»In dem Buch über den ›Turmbau von Babel‹ müßte ich heute wenige Einzelheiten weglassen, einige umdeuten, viele hinzufügen. Im ganzen könnte ich die Konzeption nicht mehr auf Europa ausrichten; doch im anthropologischen Kern ist sie weder durch die Wandlungen der Geschichte noch durch Fortschritte der Forschung überholt. Nach wie vor begreifen wir die Vielzahl der Sprachen und Völker zwiespältig, einerseits als Hindernis globaler Kommunikation und als verstockten Regionalismus, andererseits als Ergebnis differenzierter Lebenserfahrungen und als Bedingung persönlicher Zuwendung zu unseren Nachbarn. Wir können das eine nicht vom anderen trennen, ohne die Menschlichkeit aufzugeben.«

ARNO BORST

DER TURMBAU VON BABEL

Geschichte der Meinungen über Ursprung
und Vielfalt der Sprachen und Völker

Band IV
Schlüsse und Übersichten

dtv

Deutscher Taschenbuch Verlag

Unveränderter Nachdruck der 1957 bis 1963 erschienenen Originalausgabe

November 1995
Deutscher Taschenbuch Verlag GmbH & Co. KG,
München
Lizenzausgabe mit freundlicher Genehmigung
des Anton Hiersemann Verlags, Stuttgart
Umschlaggestaltung: Dieter Brumshagen
unter Verwendung eines Gemäldes von Pieter Brueghel d. Ä.
(© Archiv für Kunst und Geschichte, Berlin)
Satz: Ensslin & Laiblin, Reutlingen
Druck und Bindung: C. H. Beck'sche Buchdruckerei,
Nördlingen
Printed in Germany · ISBN 3-423-59028-9

VORWORT

Von drei Leistungen und Aufgaben des Menschen spricht dieses Buch, in diesem letzten Band auch ausdrücklich: von der Treue zum Vertrauten und Dauernden; von der Offenheit für das Fremde und Neue; von ihrem kurzen, lebendigen Bund, den sie in Geschichte und Sprache schließen. Dabei kann ich, noch am Ende meiner Arbeit, nicht zwischen sachlichen Einsichten und persönlichen Erfahrungen trennen. So widme ich das Werk den Vielen, die mir halfen, dem Thema standzuhalten: den Nächsten, deren persönliche Treue mir unentbehrlich war, den Freunden und Lehrern aus Münster und Göttingen, dem wagemutigen Verleger und dem geduldigen Verlagsleiter; ferner den Fremden aus verschiedenen Fächern und Ländern, die in Diskussionen und Rezensionen das Gespräch über die Sache weiterführten; schließlich den untersuchten Autoren selbst, die mich bildeten, weil sie zum Thema Besseres zu sagen hatten, als ich fragen konnte. Ihnen allen ist es zuzuschreiben, wenn dieses Buch kein Turmbau zum Himmel, sondern eine Brücke zwischen Menschen ist.

Erlangen, Dezember 1962

ARNO BORST

INHALT

SCHLÜSSE

GESCHICHTE UND SPRACHE

Läßt sich eine Geschichte der Meinungen über Ursprung und Vielfalt der Sprachen und Völker sinnvoll zusammenfassen und zu allgemeinen Schlüssen führen? Nach der Definition des Aristoteles (Poetik IX S. 1451 b) hätte die Historie – im Gegensatz zur Philosophie und selbst zur Poesie – nicht das Allgemeine, nur das Besondere zum Gegenstand; in der Tat werden die hier besprochenen Meinungen nicht durch übergreifende gedankliche Ordnung, sondern aus ihrem einmaligen geschichtlichen Zusammenhang verständlich. Und doch ist die Vielfalt des Besonderen, von der sie handeln, etwas Allgemeines. Zwar ist diese Weltgeschichte einiger Details einem doppelten Einwand ausgesetzt, dem philosophischen, daß die erstrebte Universalität nicht allgemein genug, und dem historischen, daß das ausgewählte Detail nicht begrenzt genug sei; aber eine solche Häufung von Bruchstücken ist wohl nicht nur Schuld einer alles verknüpfenden und nichts erschöpfenden Darstellung, sondern Forderung des Themas. Die ihm zugrundeliegende Tatsache, daß es auf Erden viele verschiedene Sprachen und Völker gibt, sondert die Menschen und Zeiten immer neu voneinander und ist doch zugleich ihr allgemeines Schicksal in allen uns bekannten Zeiten und Räumen. Auch die Meinungen darüber sind unübersehbar vielgestaltig und richten sich doch immer und überall auf diese eine Tatsache.

Allerdings muß man hier näher zusehen. Die Fülle der Meinungen wird verbunden und gegliedert durch drei gemeinsame Eigenheiten:

Erstens setzen sich die untersuchten Meinungen zwar alle mit der einen Vielfalt der Sprachen und Völker auseinander, aber zu deren Deutung ziehen sie die verschiedensten Lebensbereiche heran, von der Religion und Natur über Individuum und Gemeinschaft bis zur gesellschaftlichen und geistigen Welt; der Leser begreift die Meinungen erst, wenn er diesen weitläufigen Assoziationen folgt. So unendlich jedoch die möglichen Kombinationen sind, so geschlossen war jede wirkliche Komposition; sie grenzte sich ab gegen die des nächsten Nachbarn, dessen Gedanken und Reden an einem anderen Punkt mit der Wirklichkeit zusammentrafen. Der Leser muß den roten Faden von Punkt zu Punkt neu suchen.

Zweitens waren die untersuchten Meinungen nicht nur, jede anders, von geschichtlichen Umständen bedingt oder herausgefordert; sie betrachteten auch, seit dem Alten Testament in ihrer Mehrzahl, die Vielfalt der Sprachen und Völker als veränderlich und ihr Problem als Frage an die Geschichte. Wie man diese Frage fast überall in der wirklichen Weltgeschichte beachtete, so war auch fast jede Antwort eine Deutung der Weltgeschichte, ihres Ursprungs, Verlaufs und Ziels. Der Leser steht immer wieder vor dieser Verquickung von begrenzter geschichtlicher Lage und universalhistorischer Meinung, von geschehender und ausgelegter Geschichte; auch hierbei berührten sich Gedanken und Wirklichkeit an immer neuen Punkten.

Drittens wurden in den untersuchten Meinungen diese geschichtliche und jene inhaltliche wirkliche Begrenztheit und geistige Unendlichkeit miteinander verbunden und auswählend bestimmt durch sprachliche Auslegung und deutende Vermittlung; sie grenzte das sachliche Feld gedanklich ab und formulierte die geschichtlichen Prozesse sprachlich. Aber die Auslegung selbst war nicht eindeutig und kein pures Faktum oder Datum, sie wurde erst den nicht mehr Beteiligten nachträglich zum Objekt; in der lebendigen Kette blieb jede Auslegung offen für immer neue Interpretation. Daß sie inhaltlich nicht begrenzbar und zudem geschichtlich übertragbar war, machte ihre vermittelnde Kraft und ihre Vorläufigkeit gleichermaßen aus.

Inhaltliche Unendlichkeit, geschichtliche Vielfalt und auslegende Bestimmung sind nun aber nicht allein Kennzeichen der Meinungen über Sprachen und Völker, sondern offenbar auch Eigenarten der Sprachen und Völker selbst. Die Meinungen lassen sich demnach nicht scharf trennen von der Sache, mit der sie sich befassen; die Geschichte der Fragen läßt die sachliche Antwort erraten. Das soll nun im einzelnen an den Ergebnissen der Untersuchung verdeutlicht werden, freilich nur in abstrahierender Systematik, also wiederum zuspitzend, auswählend und auslegend; um indes den Zusammenhang mit den konkreten Details zu wahren, geben die Fußnoten der folgenden Zusammenfassung ein systematisches Register der voraufgegangenen historischen Darstellung[1]).

1. Strukturen der Ordnung

Unser Thema unterscheidet sich von vielen ähnlichen Problemen dadurch, daß es zwar ein fest umrissenes Detail betrifft, sich aber trotzdem in seinen sachlichen Beziehungen nicht begrenzen läßt. Es reicht, wie sich während der Untersuchung ergab, mehr oder weniger weit in alle Bezirke menschlichen Den-

[1]) In den folgenden Anmerkungen verweisen Zahlen ohne Zusatz auf die fortlaufend numerierten Seiten der vorangegangenen Bände, mit vorangestelltem „Anm." auf die ebenfalls durchgezählten Anmerkungen dieses Bandes.

kens, Tuns und Seins hinein. Das ist um so erstaunlicher, als diese Strukturen und Wirkungszusammenhänge von der Religion bis zur Kultur in sich scheinbar geschlossen sind und sich wenigstens gegeneinander abgrenzen; sie müssen so verfahren, weil sie alle mehr oder weniger entschieden auf die großen Fragen des Daseins antworten, die nie entscheidbar sind. Es ist, als ließen sich nun die Meinungen über so schwankende Gebilde wie Sprachen und Völker und ihre wechselreiche Geschichte gerne ermutigen von der Gewißheit und Stetigkeit anderer Bereiche; immer wieder gelingt die *μετάβασις εἰς ἄλλο γένος*. Wie ist das möglich? Solche Übertragungen haben doch nur dann Grund und Dauer, wenn sie mehr als Grenzüberschreitungen sind, nämlich unentbehrliche Brücken, die das immer schon Entschiedene für immer neue Verwendungen und Aneignungen offenhalten, miteinander verbinden und lebendig erhalten.

*

Die Religion läßt sich auf die Geschichte der Welt und die Vielfalt irdischer Sprachen und Völker meist nur von oben her ein. Sie will das hinter allem besonderen Wandel dauernde allgemeine Prinzip, den Ursprung und Grundsatz der ewigen Wahrheit bewahren, allerdings in der geschichtlichen Welt auch durchsetzen. Dabei jedoch gerät sie selbst in die Zone profaner Vielfalt, in der die Ideen realisiert werden sollen, und hat Teil an der Geschichte[2]). Es gibt viele rivalisierende Religionen nebeneinander, jede mit ausschließendem Anspruch, und es gibt Religionsgeschichte ohne eindeutigen Fortschritt der Weltdeutung. Der magische Naturglaube und welthafte Polytheismus der Alten konnte die Vielfalt der Nationalismen und Nominalismen allenfalls zahlensymbolisch erklären, aber gut beschreiben; der Monotheismus der Hochreligionen verbürgte die Einheit der Welt, ihrer Schöpfung und Geschichte, freilich vom Jenseits her; der moderne Pantheismus und Pluralismus zog die Religion in die Welt hinein, aber so, daß Gottes Wege sich in der Geschichte verloren oder vor ihr verbargen; die Religionskritik endlich hinterließ eine entzauberte, aber dadurch verwirrte Welt[3]). Ähnlich zwiespältig wandelte sich das Verhältnis zwi-

[2]) Religion und Geschichte, verbunden 10 f., 31, 356, 364 f., 723 f., 927 f., 1001, 1134, 1150, 1178, 1365, 1422, 1540, 1562, 1566, 1686, 1689, 1729 ff., 1733, 1742, 1746, 1759, 1764, 1868 f., 1878, 1881; getrennt 73, 93, 108 ff., 212, 219, 353, 404, 656, 832, 969, 990, 1068, 1080, 1105 f., 1175, 1181, 1193, 1291 ff., 1308, 1310, 1323, 1397, 1455, 1521, 1537 f., 1575, 1607, 1677 f., 1806, 1838 f., 1866, 1869.

[3]) Vielfalt von Religionen Anm. 257. Religionsvergleich Anm. 172, Anm. 319. Polytheismus 84, 116 ff., 146 f., 151, 159, 177 f., 187 f., 227, 813, 1443, 1566, 1701, 1760, 1865, 1870. Monotheismus 77, 188, 198, 227, 325, 354, 369, 1280, 1371, 1562, 1566, 1635, 1701 f., 1849 f. Pantheismus 214, 1310, 1591, 1692, 1805. Pluralismus Anm. 182.

schen Religion und Sprache. Man betrachtete die Sprache als Gottheit, als gültigen Ausdruck oder minderen Ausfluß des Göttlichen, als seinen irdischen Widerpart oder als sein gleich fiktives Seitenstück; doch je verfügbarer sie wurde, desto unzuverlässiger wurde sie auch[4]). Der alte Mythos bezeichnete noch als „Rede" und „Geschichte" im einmaligen Ereignis das immer Gegenwärtige und band mit vertauschbaren Namen und Zeiten alle Verwandlungen an den Ursprung. Dann machte die Offenbarung das benennende und wirkende Schöpferwort Gottes zugleich zum Anruf an den Menschen, zum Eingreifen Gottes in den irdischen Prozeß. Schließlich wurden Mythos und Offenbarung als Dichtung und Menschenrede verstanden und verloren die Kraft, Geschichte zu übergreifen; die fortschreitende Geschichte selbst erschien dann als wahre Offenbarung[5]). Wie auch immer, Sprache und Geschichte lassen sich wohl von der Religion, aber nicht voneinander trennen; das gilt auch in den Einzelbereichen religiösen Denkens.

Gott selbst bleibt in den meisten Hochreligionen von der Geschichte und Sprache der Menschen geschieden als der ganz andere. Gott hat keine Vorfahren und Nachkommen, wird nicht geboren und stirbt nicht; seine Wohnung ist selten räumlich begrenzt, auch wenn er sich auf die Erde herabläßt[6]). Er hat

---

Religionskritik 178 f., 1112, 1382, 1531 f., 1537, 1607 ff., 1661, 1679, 1701 f., 1730, 1734, 1748, 1770, 1774, 1800, 1828, Anm. 282.

[4]) Religion und Sprache, verbunden 25, 58 f., 69 f., 72, 85 f., 108, 130 f., 324 f., 484, 496, 503, 525, 547, 636, 695, 1061, 1189, 1194, 1219, 1342, 1489, 1656 ff., 1661, 1682, 1686, 1702, 1711, 1729, 1805, 1823, 1830, 1858 ff., 1868, 1877, Anm. 357; getrennt 232, 336, 347, 354 f., 378, 419 f., 434, 489 ff., 514, 542, 547, 642, 745, 1717 f., 1841.

[5]) Mythos und Geschichte, verbunden 8, 21, 23, 27, 267 f., 438, 1562–5, 1586, 1690, 1731, 1738, 1751; getrennt 1406, 1531 f., 1561, 1572, 1574, 1577, 1580, 1689, 1699, 1731, 1733, 1739, 1775, 1795, 1797, 1834. Mythos als Dichtung 1492, 1531, 1560 ff., 1564, 1572, 1574, 1577, 1582, 1590 f., 1597, 1647, 1669, 1699 f., 1768, 1779, 1798, 1811, 1831, 1848, 1857, 1860, 1865, 1880 ff., Anm. 452. Gottes Schöpfungswort Anm. 357. Gottes Wort als Offenbarung 64, 76, 231, 325, 331, 333, 336, 378, 398, 415, 419, 832, 880, 1063 f., 1069, 1076 f., 1134, 1186, 1192, 1290, 1309, 1317, 1358, 1416, 1461, 1468, 1489, 1563 f., 1574, 1579, 1616, 1679 f., 1727, 1738, 1776 f., 1792, 1800 f., 1830, 1860, 1862, 1865 f., 1869, 1879. Offenbarung als Menschenrede 1362, 1395, 1400, 1424, 1498 f., 1504, 1520, 1526, 1631, 1701, 1715, 1740, 1865. Geschichte als Offenbarung 1310, 1635, 1651, 1690 f., 1826, 1829, 1834, 1865; dagegen 1456. Sprache als Offenbarung Anm. 196, Anm. 357. Natur als Offenbarung Anm. 35.

[6]) Gott und Geschichte, getrennt 60, 62, 76, 97, 110, 189, 208 f., 236, 331, 402, 791, 813, 822, 1068, 1200, 1236, 1280, 1285, 1308 f., 1390, 1392, 1395, 1414, 1425 f., 1470, 1486, 1488 f., 1513 f., 1531 f., 1563, 1668, 1775, 1795, 1800, 1802, 1804, 1871, 1877; verbunden 76, 91 f., 99, 113 ff., 130 f., 144, 170, 174, 221, 230, 321, 344, 353, 373, 396, 410, 412, 448, 455, 469, 687, 791, 808, 813, 983, 994, 1009, 1069, 1132, 1134, 1152, 1254, 1311 f., 1334, 1341, 1376, 1416, 1426, 1459, 1467, 1472, 1478, 1489, 1508 f., 1522, 1548, 1626, 1689, 1691, 1695, 1707, 1746, 1814, 1830, 1868, 1870. Götterher-

keinen einzelnen, festlegenden Eigennamen und keine bloß irdische Sprache; wie sein Denken ist sein Reden unergründlich und geheimnisvoll[7]). Dennoch vernimmt der Mensch seine Stimme und verehrt in ihm den Herrn der Sprache; Gott redet zu den Menschen[8]). Ihretwegen gebraucht er menschliche Rede, vielleicht nur eine einzige Sprache, vielleicht verschiedene, vielleicht alle Idiome der Erde; mit seinen Geboten macht er sich allen Menschen verständlich, und doch verstehen sie ihn nicht ganz[9]). Denn seine Zeichen sind oft nichtsprachlicher Art: Segen und Fluch, Gnade und Wunder bezeugen die Hand Gottes und seine heilsgeschichtliche Vorsehung, seine Herrschaft über die Welt und seinen Bund mit den Menschen[10]).

---

kunft 32 f., 38, 52, 59, 76, 92, 94, 551. Nachkommen Gottes 128 f., 676, 860; dagegen 162. Tod Gottes 80, 179, 1734. Wohnung Gottes 24, 77, 79, 84, 116, 174, 285, 1343, Anm. 59. Herabsteigen Gottes 68, 149, 194, 197, 215, 374, 598, 628, 1172, 1489, 1496.

[7]) Gott hat keine Namen 59, 61, 98, 228, 230, 340, 491, 832, 1161, 1302, 1540 f.; hat keine Sprache 98, 178, 230, 243, 245, 259, 368, 374, 393, 454, 478, 658, 992, 994, 1028, 1541, 1809; ist nicht erkennbar 244, 375, 1029, 1092, 1809; dagegen 243, 607, 979, 1489, 1501, 1625, 1746. Gottes Geheimnisse 84, 374, 378, 419, 526, 748, 1392, 1467, 1471, 1664; dagegen 169, 1471. Gott spricht anders als Menschen 60 f., 72, 83, 85 f., 91, 102, 130 f., 230, 264, 336, 341, 369, 393, 433, 440, 478, 520, 524 ff., 561, 606, 710, 775, 900, 982, 1259, 1358 f., 1448, 1579, 1593, 1599, 1616 f., 1736, 1777, 1794, 1800 f., 1811, 1853, 1866.

[8]) Stimme Gottes 174, 197, 223, 385, 393, 774 f., 1049, 1359, 1429, 1538, 1568, 1587. Gott als Herr über die Sprache 33, 36 ff., 69, 129 f., 181, 399, 420, 606, 647, 668, 775, 819 f., 1132 f., 1358, 1490, 1587, 1599 f., 1801, 1850, 1860; dagegen 1221, 1701. Gott spricht 108, 118, 140, 231, 602, 606, 654, 727, 745, 775, 832, 1000, 1105, 1161, 1213, 1218, 1264, 1550, 1557, 1731, 1800 f.

[9]) Gott redet eine Sprache 39, 102, 140, 149, 178, 191, 194–7, 238, 264, 478, 993 f., 1049, 1075, 1154, 1189, 1192, 1204 f., 1207, 1253, 1259, 1288, 1326, 1338, 1347 f., 1351, 1360, 1363, 1383, 1389, 1453, 1470, 1486, 1545, 1847; redet verschiedene Sprachen 104, 181, 193 f., 201, 224, 226, 381, 1646; redet alle Sprachen 38, 54, 92, 104, 181, 238, 496, 1036, 1053, 1857. Gottes Gebote 127, 197, 342, 448, 654, 794, 809, 1830. Gott ist unverständlich Anm. 7, Anm. 20.

[10]) Segen 478, 701, 834, 841, 1214, 1695, Anm. 234. Fluch 120, 211 f., 406, 589, 793, 971 f., 1008 f., 1065, 1318, 1325, 1391, 1406, 1673, Anm. 234. Gnade und Geschichte, verbunden 249, 317, 397, 419, 427, 572, 586, 634, 972, 1001, 1160, 1294, 1297, 1468, 1486, 1782, 1803, 1868; getrennt 748, 881, 1156, 1323. Wunder und Geschichte, verbunden 426, 745 f., 802, 804, 830 f., 851, 860, 980, 1254, 1301, 1312, 1336, 1417, 1419, 1513, 1565, 1870, Anm. 321–4, Anm. 329; getrennt 813, 861 f., 1218, 1246, 1304, 1319, 1400, 1487, 1515; Kritik am Wunder 1304, 1400, 1410, 1439, 1498, 1505, 1519, 1532, 1699, 1701. Gottes Hand und Vorsehung 285, 323, 326, 402, 507 f., 636, 649 f., 822, 963, 1149, 1163, 1259, 1265, 1293 f., 1312, 1447, 1464, 1470, 1506, 1537, 1565, 1639, 1655, 1689 f., 1695, 1697, 1721, 1869; dagegen 1396, 1436, 1487, 1504, 1508 f., 1637, 1858 f. Gott als Weltherrscher 58, 69, 75, 81–5, 87, 99, 114, 126, 130, 133, 138, 143, 149, 185, 196, 326, 368, 395, 1029, 1062 f.; als Herrscher des Volkes 105, 136, 153, 185, 237. Reich Gottes 219, 265, 482; vgl. Anm. 325. Gottes Bund mit Menschen 353, 396, 1303 f., 1308 f., 1312, 1316, 1653.

Erst im christlichen Logos wird das Wort Fleisch (Joh. 1, 1–14) und hält Weltgeschichte und Erdräume, alles irdisch Verschiedene geistlich zusammen. Christus, der zweite Adam, hatte leibliche Ahnen (Matth. 1, 2 ff.; Luk. 3, 23ff.) und gehörte einem Volk der Geschichte an; dennoch hob sein Kreuzesopfer für alle Völker und Zeiten die Folgen des Sündenfalls durch messianische Erlösung auf[11]). Christus trägt irdische, vielleicht zahlreiche Namen, aber sie sind treffend; er redete in einer geschichtlichen Sprache, und doch heiligte sein Opfer nicht nur die drei an seinem Kreuze stehenden (Joh. 19, 20; Luk. 23, 38), sondern alle Sprachen[12]). Und er hinterließ den Heiligen Geist, dessen pneumatische Kraft in allen Epochen wirkt, dessen pfingstliche Fülle alle Idiome durchdringt[13]). In Geschichte und Sprache selbst lebt der göttliche Mittler.

Zwischen das Numinose und das Alltägliche traten freilich früh auch andere, nichtgöttliche Wesen der Vermittlung, im Guten und Bösen. In der Antike waren es einerseits die sprachenkundigen Musen, die Helfer der Dichter, anderseits die titanischen Göttersöhne, die den Himmel stürmen wollten[14]). In der jüdisch-christlichen Religion waren es Engel und Teufel. Die Boten Gottes sprechen und verstehen die jenseitige Rede des Herrn ebenso wie das Men-

---

[11]) Christus als Logos 225 f., 231, 242 f., 369, 374, 376, 393, 410, 420, 606, 658, 721 f., 1259, 1358, 1613 ff., 1784, 1850, 1862, 1868; als Mitte der Geschichte 220, 226, 230, 236, 261, 323, 367, 369 f., 374 f., 411, 419, 469, 504, 512, 531, 538, 564, 590, 598, 628, 676, 685, 755, 815, 829 f., 885, 924, 1002, 1013, 1117, 1206, 1269, 1290, 1304, 1308, 1323, 1331, 1379, 1382, 1472, 1557, 1597, 1675; dagegen 1599, 1785. Christus als geographischer Richtpunkt 469, 630, 754, 999; als zweiter Adam 308, 529, 820, 1077, 1117. Herkunft Jesu 217, 222, 230, 234, 266, 457, 466, 489, 492, 676, 684, 710, 726, 793, 795, 846, 860, 1024, 1082, 1193, 1324, 1391, 1699 f., 1837. Kreuzesopfer 228, 376, 654, 675, 793, 818, 1323, 1870. Erlösung 249, 1358, 1616, 1674, 1698. Messias 201, 206 f., 216, 520, 1391, 1541, 1676, 1730, 1826.

[12]) Namen Christi 454, 491, 894, 1075, 1154 f., 1161. Chr. redete menschliche Sprache 367, 376, 520, 654, 745; nur eine Sprache 217, 219, 308, 489 f., 529, 895, 999, 1089, 1118, 1142, 1176, 1181, 1192, 1348, 1489, 1557, 1599, 1870; alle Sprachen 804, 813, 999, 1067, 1857. Drei Sprachen am Kreuz 219, 251, 264, 266, 320, 378 f., 383, 390, 396, 415, 454, 468, 488, 503, 532, 534, 548, 555, 613, 625, 634, 649, 651, 685, 806 f., 809, 811 f., 861, 880, 899, 1015, 1053, 1086, 1088 f., 1132, 1165, 1178, 1192, 1194, 1222, 1323, 1345, 1361, 1620, Anm. 307 f. Heiligung aller Sprachen 419, 504, 1092, Anm. 309.

[13]) Heiliger Geist und Geschichte, verbunden 224, 230, 244 f., 261, 283, 312, 321, 385, 394 f., 399, 427, 432, 448, 586, 1000, 1040 f., 1135, 1157, 1466, 1674, 1826; getrennt 630, 721, 1577, 1800. Heiliger Geist als Sprache 249, 269, 606, 658, 721, 1701; als Sprachenfülle 469, 476, 478, 512, 774, 1001, 1197, 1200, 1243, 1527, 1759. Pfingsten Anm. 321–5.

[14]) Musen 90, 93 f., 154, 1121, 1237, 1249, 1282, 1545, 1587 f., 1646, 1664, 1865. Titanen 91, 118, 146, 151, 186, 624, 946 f., 1184, 1426, 1447, 1540, 1545, 1646, 1798, 1801.

schenwort, vielleicht in allen Sprachen[15]). Engel vollziehen die Weisungen Gottes in der Geschichte, sie führen die Völker, teilen die Sprachen, schützen den Einzelnen[16]). Ihre hierarchisch gegliederte Vielfalt und die Summe ihrer bedeutsamen Namen steht zwischen dem einen Schöpfer und den ungeordnet vielen Geschöpfen[17]). Die Geschöpfe werden indes auch bedrängt von bösen Geistern und Dämonen in großer, mitunter geordneter Zahl und mit wüster, aber deutlicher Sprache, vom Teufel vor allem, und auch er redet verständlich, allzumenschlich und wirkt in der hiesigen Geschichte; mit einer historischen Sprache verführte schon die Schlange im Paradies die Mutter der Menschen (Gen. 3, 1–5). Doch besaß bereits der Vater der Menschen (nach Gen. 2, 19 f.) auch die heilige Kraft, Namen zu geben[18]). Denn der Mensch steht zwischen Gott und Satan und ist frei, Gottes Ebenbild oder Gottes Widersacher zu sein[19]).

Sprache und Geschichte sind die Helfer des Menschen vor Gott. Menschliche Sprache kann Gott vielleicht nicht oder nur im Gleichnis benennen; sie ver-

---

[15]) Engel sprechen jenseitig 264, 282, 376, 433, 454. 523, 561, 654, 657, 722, 741, 871, 900, 982, 992, 1161, 1325, 1387, 1462, 1540, 1648, 1782; sprechen menschliche Sprache 150, 193 ff., 210, 229, 393, 407, 563 f., 611, 652 ff., 746, 803, 992, 1049, 1079, 1250, 1348, 1540; dagegen 1462, 1828; sprechen alle Sprachen 193, 199, 216, 276, 350, 382, 533, 992, 1053, 1361, 1409, 1673, 1706, 1814.

[16]) Engel und Geschichte, verbunden 142, 148 ff., 197, 211, 215, 228, 282 f., 337, 339, 681, 774, 819, 853, 873, 1024, 1064, 1093, 1405, 1692, 1712; getrennt 118, 128 f., 142, 149 f., 229, 1342, 1809. Völkerengel 129, 142 f., 149, 180, 194 f., 198, 204, 208, 212 f., 232 f., 235 ff., 241 f., 254 ff., 282 f., 291, 369, 375, 382, 395, 408, 433, 654, 657 f., 1029, 1218, 1405, 1835; dagegen 251, 746 f. Engel teilen die Sprachen Anm. 233. Schutzengel 129, 232, 254, 384 f., 452 f., 746, 1515.

[17]) Engel, ihre Hierarchie 144, 193, 204, 212, 254 ff., 283, 561, 873 f., 1050; ihre Zahl 142, 145, 194 f., 197 f., 204, 208, 212, 215, 233, 235, 256, 263, 350, 375, 390, 607, 1049 f., 1079, 1183, 1261, 1303; dagegen 832, 1278. Engelnamen 198.

[18]) Geister und Dämonen 20, 194, 211, 237, 332, 340, 414 f., 561, 601, 717, 758, 815, 1230, 1390, 1597; dagegen 1410, 1706. Ihre Zahl 332, 758. Geistersprache 20, 32, 54, 440, 501, 537, 1079, 1361, 1759. Teufel in der Geschichte 3, 31, 85, 88, 211, 298, 316, 337, 369, 374, 446, 492, 561, 626, 746, 748, 808, 817, 980, 1014, 1016, 1147, 1325, 1352, 1359, 1401, 1467, 1596, 1599, 1643, 1648, 1829 f. Teufel spricht jenseitig 433, 1325; redet menschliche Sprache 1830; alle Sprachen 501, 527, 537, 570, 578, 646, 746, 748, 1126, 1147, 1402, 1429, 1458, 1706 f.; nicht alle Sprachen 1180, 1617, 1769. Schlange 171, 278, 764, 835, 1514, 1729, 1857; ihre Sprache 529, 1205, 1269, 1288, 1302, 1324, 1326, 1329, 1338, 1383, 1389, 1403, 1453, 1485, 1639, 1860. Sündenfall Anm. 224. Namengebung Anm. 47, Anm. 209.

[19]) Mensch als Gottes Ebenbild 63, 93 ff., 104, 118 ff., 170, 219 f., 236, 244, 251, 367, 375, 965 f., 968, 978 f., 983, 1087, 1182, 1254, 1304. 1342, 1358, 1400, 1446, 1482, 1489 f., 1507, 1526, 1542, 1550, 1561, 1568 f., 1582, 1590, 1628 f., 1637, 1651, 1668, 1686, 1689 f., 1792 f., 1832, Anm. 282; als Gottes Widersacher 24, 91, 162, 1656, 1663, 1734, 1742, 1777, 1784, 1800, 1803, 1809, 1851, 1878.

bindet uns doch mit dem Heiligen[20]). Schon Gottes Namen haben im Menschenmund besondere Macht, so vielgestaltig sie auch sind; in ihrer Zahl liegt höhere Ordnung[21]). Die überall verständliche Stimme der göttlichen Inspiration und des Gewissens und das menschliche Bekenntnis des Glaubens und der Reue läutern den Menschen[22]); er kann sich erheben über seine ichbezogene Lüge und über die geschichtliche Zwietracht der Sünden, von denen besonders der Stolz, aber auch Ehrgeiz, Eitelkeit, Eigensucht, Herrschsucht, Trägheit und Angst als Babelsünden Verstrickung in die Geschichte bedeuten[23]). Die Freiheit des Gläubigen überwindet diesen Wirrwarr durch die ebenso vielfältigen wie beständigen Tugenden; unter ihnen ist die größte die alles Getrennte verbindende, mit allen sprechende pfingstliche Liebe; doch übersteigen auch Einfalt und Demut, Glaube und Hoffnung die geschichtliche Verwir-

[20]) Menschliche Sprache erfaßt Gott nicht 340, 343, 375, 378, 384, 393, 525, 658, 748, 832, 1028, 1302, 1541, 1782, 1787, 1809, 1865, Anm. 360; verbindet Gott und Mensch 69, 427, 520, 606, 658, 678, 710, 744, 812, 979, 982, 1087, 1200 f., 1467, 1489 f., 1541, 1546 ff., 1614 f., 1731, 1867 f., Anm. 172.

[21]) Gottesnamen, ihre Etymologie 104, 783, 1185, 1190, 1225, 1254, 1279, 1370 f., 1697, 1745; ihre Kraft 32 f., 35, 38, 60 f., 182, 187, 197 f., 211, 246, 325, 367 f., 399, 774 f., 979; ihre Vielgestalt 25, 35, 37, 77, 85, 97 f., 102, 135, 155, 177, 180 f., 196, 199, 206, 211, 237, 243, 339, 342, 428, 740, 779, 805, 881, 900, 1029, 1185, 1225, 1343, 1359, 1596; ihre Zahl 69, 77, 87 f., 182, 196, 198 f., 201, 206, 211, 367 f., 378, 454, 740, 778, 894, 1018, 1034, 1049 f., 1075, 1079, 1155, 1183, 1260 f., 1343, 1368, 1617.

[22]) Inspiration 398, 402, 654, 805, 880, 1154, 1323, 1329 f., 1860, Anm. 425, Anm. 429; dagegen 1807. Gewissen 367, 520, 1001, 1064, 1499. Bekenntnis 185, 402, 428, 432, 457, 496, 890, 1066, 1089, 1206–9, 1257, 1259, 1323, 1330, 1351, 1360 f., 1518, 1600, 1619 f., 1648, 1698, 1802 f.; vgl. Anm. 74. Buße und Reue 321, 353, 511, 584, 678, 748, 804, 982, 1776, Anm. 32.

[23]) Lüge Anm. 95. Sünde als sprachlich 197, 1489, 1673, 1741, 1829 f.; als geschichtlich 40, 249, 281, 319, 398, 412, 523, 584, 588, 592, 655, 746, 748, 752, 820, 990, 994, 1065, 1092, 1149, 1154, 1230, 1695, 1818; ihre Zahl 40. Babelsünde des Stolzes 242, 367, 395, 398, 400, 425, 446, 477, 489, 497, 504, 515 f., 522, 529, 539, 547, 585, 597, 625 f., 635, 641, 654 f., 697, 718, 727, 732, 734 f., 740, 749 f., 753 f., 790, 792, 808, 815, 819, 852, 861, 874, 945, 960, 980, 983, 999, 1001, 1017, 1040, 1065, 1133, 1146, 1165, 1191, 1193, 1201, 1204, 1213, 1218, 1256, 1286 f., 1289, 1359, 1390, 1407, 1448, 1467 ff., 1486, 1516, 1525, 1571, 1593, 1595, 1614, 1617, 1638, 1640, 1646, 1648, 1656, 1711, 1728, 1776, 1795, 1801, 1803 f., 1820, 1847, 1867, 1869; Stolz in der Geschichte 552, 554, 563, 702, 1125, 1248; vgl. Anm. 306. Ehre als babylonisch 1390, 1618. Sünde des Ehrgeizes 1191, 1240, 1594, 1781, 1834; der Eitelkeit 1062, 1090, 1185, 1267, 1271, 1282, 1324, 1708, 1750; der Eigensucht 749, 788, 999, 1281, 1359, 1388, 1404 f., 1429, 1468 f., 1568, 1653, 1742, 1769 f.; der Herrschsucht 394 f., 585, 652, 749, 790, 792, 819, 973, 1003 f., 1010, 1015, 1267, 1491, 1620; der Habgier 552, 994; der Zwietracht 337, 398, 487, 743, 1081, 1154, 1190 f., 1203, 1241, 1268, 1408 f., 1524; der Trägheit 1042; der Langeweile 53, 1673, 1678, 1790; der Angst 330, 337, 343, 349, 1095, 1391, 1437, 1591, 1653, 1803, 1834, 1855, 1867, 1880, Anm. 236.

rung[24]). Nicht alle Menschen erlangen das Ziel, aber die Auserwählten und Heiligen kommen aus allen Völkern in großer Zahl; sie haben wie die Gottesmutter Maria viele Namen und Macht über die Sprachen; sie vertreten wie die heiligen drei Könige (Matth. 2,1) die ganze Erde, sie reden viele Sprachen und reden von Gott durch ihr Leben, den Späteren zum geschichtlichen Vorbild[25]). Das einhellige und vielstimmige Lob Gottes gilt den Gläubigen als Sinn der Sprachenvielfalt, der Weltgeschichte und der natürlichen Schöpfung, die sich dabei zur Harmonie vereint[26]). Neben dem Dank steht die Bitte; die Menschenrede findet Gott auch im Wort des Gebetes, das nach antikem Verständnis eher formelhaft, der Alltagssprache fremd, auf ein Idiom beschränkt sein sollte, nach christlicher Meinung aber in jeder Sprache vorgebracht und dem Beter vertraut sein durfte. Eben so wurde das Gebet des Herrn, das Vaterunser, zur Zusammenfassung aller Weltsprachen und das Gebet, auch als Hymnus, zu einer Gattung der Weltliteratur, bis neuzeitlicher Spiritualismus das Beten ohne Worte lehrte[27]).

---

[24]) Religiöse Freiheit 339, 365, 654, 1160, 1218, 1618 f., 1676, 1736, 1878. Tugenden als Überwindung der Geschichte 166, 434, 584, 640, 657, 670, 749, 861, 970 f., 1007, 1105, 1174, 1657; ihre Vielfalt Anm. 258. Liebe 216, 523, 618, 630, 638, 745, 774, 881, 960, 983, 1090, 1154, 1157, 1259, 1300, 1418, 1423, 1437, 1448, 1467, 1540 f., 1543, 1568, 1576, 1597, 1617, 1640, 1643, 1648, 1653, 1656, 1665, 1675, 1680 f., 1723, 1806, 1816, 1834, 1862, Anm. 322. Einfalt 516, 646, 1016, 1076, 1082, 1337, 1469. Demut 395, 497, 516, 547, 635, 654, 749, 790, 1359, 1468, 1657. Gehorsam 749, 752, 1180, 1255. Glaube 206, 402, 607, 955, 1089, 1148, 1311, 1323, 1360 f., 1378, 1391, 1655, 1698, 1757, 1794, Anm. 322. Geduld 554, 749, 922, 1741. Hoffnung 602, 1697, 1776, 1873 f., 1877, Anm. 478. Eintracht 207, 401, 414, 421, 432, 828, 1154, 1213, 1359. Unschuld 563, 752, 1272, 1338, 1429, 1462. Gegen die Tugenden 1656 f.

[25]) Auserwählung 328, 335, 503, 516, 635, 752, 881, 1131, 1197, 1297, 1423; dagegen 1220. Zahl der Auserwählten 338, 607, 649 f., 663, 770, 774, 1184. Heilige aus allen Völkern 298, 318, 326, 407, 492, 506, 523, 735, 770, 860, 1259; dagegen 1135. Maria 261, 531, 569, 738, 745, 747, 804, 829 f., 918, 963, 1034, 1038, 1135, 1176. Drei Könige 469 f., 515, 520, 621, 654, 662, 766, 1750. Heilige reden viele Sprachen 1053, 1361, Anm. 329; keine Fremdsprachen 746, 802. Vorbild der Heiligen und hagiographische Literatur 40, 65, 294, 318, 320–5, 329 f., 407, 421, 423, 427, 436, 442, 458, 467, 484, 494, 501, 506, 513, 521, 534, 536–9, 567, 570, 580, 629, 631, 646, 669, 671, 676, 678, 701, 745, 778, 802 ff., 841, 851 f., 860 f., 967, 973, 1007 f., 1157, 1870.

[26]) Gotteslob in allen Sprachen 250, 254, 324, 350, 370, 396, 410 f., 415 f., 432, 478, 496, 498 ff., 534, 536, 600, 634 ff., 697, 716, 808, 813, 861, 972, 1000, 1067, 1075, 1119, 1132, 1192, 1199, 1236, 1348, 1431, 1470, 1585, 1617, 1620; in Geschichte und Natur 413, 524, 1259, 1343, 1469 f., 1668, 1685.

[27]) Gebete als Formeln 60, 69, 181, 185, 217, 325; ihre Zahl 344, 817. Man bete nur in einer Sprache 185, 190, 213, 220, 231, 636, 1141, 1288, 1388, 1410, 1453, 1605; in jeder Sprache 54, 98, 171, 177, 181, 190, 209, 238, 498, 500, 1192, 1857, 1861; jeder in seiner Sprache 177, 185, 190, 238, 498 ff., 579, 621, 738, 1067, 1547, 1604. Gebet u. Geschichte 1600, 1853. Vaterunser 817 f., 1026, 1086, 1119, 1129, 1261, 1331, 1365,

Bis dahin ertönten Bekenntnis, Gotteslob und Gebet nicht nur im Herzen des Einzelnen, sondern in der jenseitsgerichteten Gemeinschaft der Gläubigen, in der Kirche, die sich als mystischer Leib des Herrn, als Haus, Turm, Arche und Stadt verstand; denn sie wollte den Weg zum Himmel sicher weisen und in der Einheit des Glaubens, zumal im gemeinsamen Bekenntnis ihrer Konzilien, alle Sprachen der Erde umfassen, keiner besonderen geschichtlichen Herkunft verhaftet sein[28]). Aber sie ließ sich auf das glänzende Elend des hiesigen Treibens ein, wurde von der Säkularisation ständig bedroht, redete besondere irdische Sprachen, band sich an begrenzte Räume und Verwandtschaften, verkörperte sich nur allzu greifbar in steinernen Kultbauten und ordnete sich wie geschichtliche Staaten[29]). Oft geriet sie so in den Verdacht, selbst babylonische, verworrene Welt zu sein, und brauchte immer wieder die Reform der ursprünglichen Ideale, die erneuerte Weltenthaltung und Armut, aber auch die strenge Zucht des Kirchenrechts und der geordneten Hierarchie[30]). In der

1417, 1533, 1621. Gebete als Literaturgattung 37, 81, 84 f., 87, 190, 329, 431 f., 778, 894, 1018, 1599 f. Hymnen als Literaturgattung 37, 77, 83, 85, 92, 128 ff., 138, 159, 180, 297, 383, 385, 420, 431 f., 478, 539, 572, 584, 605, 635, 702, 721, 732 f., 738, 997, 1044, 1046, 1094, 1100, 1108, 1155, 1240, 1358 f., 1407, 1468, 1486, 1529, 1694, 1747, 1750, 1829. Beten ohne Worte 1537, 1829, 1853; vgl. Anm. 353.

[28]) Kirche als jenseitige Gemeinschaft 239, 366, 369, 451, 593 ff., 649, 822, 1076, 1162, 1173, 1191, 1462, 1696, 1698, 1816, 1819 f.; als Leib Christi 229, 421, 467, 482, 505, 512, 531, 595, 618, 649, 733, 1425; als Haus und Turm 227 f., 428, 446, 505, 600, 648 f., 658 f., 718, 990; als Arche 983; als Stadt 990, 1156; als Einheit des Glaubens Anm. 320. Konzilien als Sammlung 321, 528, 762, 1020 f., 1177, 1821. Kirche umfaßt alle Sprachen 224, 228, 230, 238, 395, 600 f., 636, 1817, 1820, 1835, Anm. 325; ist frei von der Herkunft 221, 381 f., 471, 484, 561, 584, 618, 676, 736, 1518.

[29]) Kirche als geschichtlich 515, 526, 603, 645, 709, 728, 731, 750, 815, 1177 f., 1239, 1381, 1426, 1481, 1655, 1745 f., 1814, 1819 f. Säkularisation 510, 642, 665 f., 755 f., 782, 814 f., 874 f., 904, 1096, 1115, 1131, 1169 f., 1177, 1217, 1275 f., 1310, 1315 f., 1405 f., 1433, 1436, 1472, 1505, 1521, 1525–8, 1609. Kirche als Sprachgemeinschaft 355, 383, 526 f., 583, 585 f., 747, 916, 991 f., 1105, 1200, Anm. 320, Anm. 325; dagegen 229, 342, 366 f., 432, 718, 1003. Kirche als räumliche Sonderung 466 f., 484, 526 f., 585, 676, 709, 1065, 1071; dagegen 229. Kirche an die Herkunft gebunden 337, 344, 352, 482, 484, 765, 879. Kultbauten 68, 79, 132, 157, 189, 212, 327, 333, 355, 620, 654, 672, 778, 1632, 1654, 1684, 1747, Anm. 159. Kirche und Staat, verbunden 291, 321, 378, 385, 436, 516 f., 526 f., 730, 755, 815, 852, 887, 893, 1065, 1176, 1190 f., 1193, 1195 ff., 1209, 1226, 1241, 1251, 1261, 1315, 1334, 1614, 1616, 1619, 1622, 1639 f., 1692, 1696, 1721 f., 1745, 1750, 1752, 1755; getrennt 301, 366, 369, 731, 884 f., 1012, 1076, 1303, 1640, 1698, 1707, 1723, 1819, 1824, 1829.

[30]) Kirche als Babel 596, 659, 1064, 1182, 1223, 1239, 1252, 1467 ff., 1636, 1675, 1678 ff., 1736. Kirchenreform Anm. 188. Armut 646, 732, 749, 754, 806, 1060, 1761. Kirchenrecht 189, 423, 511, 527 f., 532, 538, 583, 586, 643 ff., 732 f., 755, 990 f., 1174, 1469, 1817; Zahlen im Kirchenrecht 423 f., 462, 475 ff., 528; Sprache im Kirchenrecht 1001, 1257, 1751, 1817. Zahlengliederung der Hierarchie 374, 477, 527, 779, 1021.

harmonischen Gliederung ihrer priesterlichen Stände, auch in der Forderung umfassender Sprachenkenntnisse ihrer Leiter suchte die Kirche das menschlich Besondere und Unzulängliche zu überwinden[31]). Geschichtlich mußte sie gleichwohl bleiben, um für die Seelen zu sorgen. Selbst die Sakramente, sprachlich gebundene Zeichen des Ewiggültigen, mußten dem Sprechenden und Hörenden vernehmlich und allen Völkern der Geschichte zugänglich sein[32]). Die Liturgie vereinte die Gemeinde in einer Sprache und hob in der Wiederkehr ihrer Feste den geschichtlichen Wandel auf; aber sie tat es leichter in ihrer Zahlensymbolik als in ihrer Sprache. Denn sie konnte nicht zugleich einheitlich und allen verständlich sein; der Veränderlichkeit lebendiger Sprachen entging eine tote Fremdsprache als sakrales Idiom, aber literarische Dauer wurde nur durch Distanz, Lebensnähe jedoch durch Unbeständigkeit erkauft[33]). Besser gelang es der Predigt, das heilige Wort volkstümlich zu verkünden, denn auch dort, wo sie zu Literatur wurde, konnte sie sich der augenblicklichen, lebenden Sprache bedienen, weil sie fast immer nur als menschliche Auslegung galt[34]).

---

[31]) Papst als Herrscher 416, 423, 464, 532, 534, 539, 582, 656, 703 f., 720, 815 f., 885, 960, 991, 1065, 1191, 1194, 1296, 1711; als Nimrod 595, 665, 820 f., 960, 1065, 1081, 1196, 1199, 1204, 1297, 1343. Sprachenkenntnisse der Päpste 434, 578 f., 642, 890, 1759, 1819. Sprache der päpstlichen Kurie 484, 523, 969, 1060, 1062, 1107, 1140, 1257, 1750 f. Kardinäle als Nimrode 1636; ihre Zahl 816, 990, 1020 f.; ihre Sprachenkenntnisse 1020 f., 1140, 1750. Bischöfe als Babelbauer 1343; ihre Zahl 392, 400, 423 f., 462, 528; ihre Sprachenkenntnisse 482, 540, 558, 695, 746. Priester 447, 656, 1830; ihre Zahl 127 f., 424, 477, 528; ihre Sprachenkenntnisse 109, 482, 484, 520, 646, 732, 745 f., 897, 991–4, 1044 f., 1061, 1126, 1162, 1232, 1408. Priestertum als geschichtlich 19, 39, 60 f., 1197, 1462, 1607 f., 1620, 1733, 1763, Anm. 140. Mönchtum als Überwindung der Geschichte 421, 436, 475, 483, 506 f., 511, 571, 576, 602, 710, 727–30, 746, 748, 793, 802, 913, 1149; als babylonisch 646, 1063 f., 1075, 1091. Kritik am Mönchtum sonst 1593. Sprachenkenntnisse von Mönchen 252, 421, 436, 631, 646, 678, 713, 745, 773, 1126, 1148 f., 1379, 1439.

[32]) Seelsorge und Sprachen 1156, 1174, 1817. Sakrament und Sprache 484, 1350, 1408. Sakrament für alle Völker 1156. Taufe und Geschichte 536, 650, 674, 744, 1094. Sprache und Taufe 249, 484, 1000, 1207, 1408; und Beichte 574, 695, 1020, 1387, 1817, Anm. 22; und Eucharistie 448, 1350, 1391 f.; und Ehe 1817.

[33]) Liturgie für alle Welt 60, 197, 397; als einheitlich 585, 839, 861, 1015, 1067, 1817; als vielfältig Anm. 258; als mehrsprachig 223, 226; als Zahlenordnung 40 f., 171, 189, 194, 453, 654, 676, 837. Fremdsprache als Liturgiesprache 19, 75 f., 149, 219, 237, 277, 317, 321, 355, 364, 366, 379 f., 383, 481, 499, 513, 526 f., 585, 604 f., 644 ff., 709, 856, 922, 926, 1015, 1060 ff., 1067, 1105, 1162, 1173 f., 1176 f., 1208, 1219, 1330, 1348, 1379, 1624 f., 1747, 1759, 1817, 1819; dagegen 1192, 1199, 1223, 1297, 1315, 1345, 1350, 1428, 1837, 1857. Volkssprache als Liturgiesprache 55, 227, 229, 258, 290 f., 293, 314 f., 317, 442, 533, 585, 702, 747, 755, 1015, 1067, 1082, 1350, 1750, 1817, 1819. Liturgie als Literatur 284, 303, 312, 428, 432, 456, 462, 475 f., 496, 519, 549, 605, 702, 732 f., 1014 ff., 1037, 1067, 1162.

[34]) Predigt als Verkündigung 972, 1224; als volkstümlich 817, 971, 982; in der

So wird die Religion durch Sprache und Geschichte ebensowohl gefördert wie gehemmt. Sie verlangt, daß alle Sprache von Gott ausgehe und der Mensch ihm hörend antworte, daß er sich über seine irdische Geschichte zu dem ihn Übergreifenden erhebe; und doch muß sie ausgehen von dem, was sie zu überwinden strebt. Sie hält die Vielfalt der Sprachen und Völker meist aus ihrem innersten Kreis fern, ohne sich ihrer Wirkung immer entziehen zu können. Denn der Kern der Religion selbst enthält ein sublimes sprachlich-geschichtliches Element: Religion ist Gespräch und Ereignis zwischen Gott und Mensch.

*

Wie die Religion erscheint die Natur als ein Übergreifendes, in dem der Mensch steht, das er aber nicht versteht. So verehrt er sie gern religiös, als das Einheitliche und Allgemeine, als das wunderbare oder vernünftige, jedenfalls unverbrüchliche Gesetz, als Schöpfung und eigentliche Offenbarung Gottes, als göttliche Schöpferin selbst[35]). Doch unbedingter als die Religion steht die Natur jenseits von Geschichte und Sprache. Wohl ist sie in dauernder Bewegung und zeitlich strukturiert, sie zeugt Leben, läßt es wachsen, blühen, reifen und sterben, jedoch in unendlicher Wiederkehr und ohne Überlieferung, Erfahrung oder Bewußtheit; ihre Mannigfaltigkeit bezeichnet vielmehr die ste-

---

Volkssprache 248, 326, 343, 467, 482, 484, 499 f., 631, 700, 732, 804, 914, 991, 1045, 1060, 1081, 1156, 1173 f., 1176 f., 1207 ff., 1350, 1539, 1708, 1750; in Fremdsprachen 631, 646, 676, 695, 804, 914, 991 f., 1020, 1045, 1428, 1495, Anm. 227; als Literatur 197, 215, 242 f., 248, 298, 302, 310, 317, 395, 416, 420, 427, 478, 546 f., 561, 584, 608, 629 ff., 634, 667, 676, 723, 728, 731, 747, 749, 774, 817 f., 832, 847, 852, 884, 972, 983, 991, 1014, 1020, 1029, 1044 f., 1064, 1068, 1131, 1147, 1193, 1209, 1239, 1278, 1290, 1458, 1467, 1513, 1527, 1653, 1721, 1800, 1805, 1821, 1844.

[35]) Natur als einheitlich und allgemein 205 f., 425, 632, 659, 798, 1102, 1160, 1310, 1342 f., 1447, 1522, 1524, 1612, 1661, 1667, 1736; vgl. Anm. 317; als wunderbar 1318 f., 1334, 1422, 1469, 1486, 1514; als vernünftig 187, 640, 904, 991, 1268, 1311, 1423, 1434, 1493, 1543, 1548, 1565, 1571, 1574, 1628, 1657 f., 1714, 1748, 1860, 1876; als gesetzmäßig 1305, 1312, 1335 f., 1342, 1421 ff., 1445, 1447, 1456, 1487, 1504, 1563; als Schöpfung 18, 29, 31, 62, 74, 76, 126, 171, 185, 205 f., 243 f., 325 f., 366, 471 f., 526, 744, 806, 822, 873, 920, 1029, 1077 f., 1183, 1381, 1397, 1434 f., 1439, 1461, 1478, 1482, 1528, 1563, 1616, 1621 f., 1658, 1667, 1687, 1785; dagegen 1702. Natur als Offenbarung Gottes 366, 748, 904, 1268, 1381, 1397, 1407, 1416, 1421 f., 1461, 1471, 1497, 1499, 1528, 1599, 1621 f., 1664, 1680, 1844, 1880; als Schöpferin 638, 640 ff., 982, 1109 f., 1112, 1309 f., 1395, 1434, 1437, 1607, 1611, 1705. Natur und Religion, verbunden 74, 146 f., 175, 257, 364 f., 641, 1300; getrennt 214, 354 f., 955, 1014, 1112, 1414, 1523, 1568, 1590, 1667, 1684.

tige Breite des Variablen[36]). Was an ihr geschichtlich zu sein scheint, ist eher die Geschichte ihrer Kultivierung durch den schaffenden und die Geschichte ihrer Deutung durch den betrachtenden Menschen; diese Geschichte dreht sich im Kreis zwischen der Hoffnung auf folgsamen Widerhall, dem Versuch eines Gesprächs und dem Verzicht auf benennende Verfügung[37]). Auch Sprache ist der Natur nicht eigen; ihre Laute und Zeichen sind zwar unendlich vielgestaltig und überall gleich, aber unartikuliert und unverständlich. Wo die Natur zu sprechen scheint, ist es der Mensch, der ihr seine Sprache leiht oder aufdrängt[38]). Wenn auch die menschliche Fähigkeit zu sprechen natürlich wäre, Menschenrede in geschichtlichen Sprachen ist es nicht. Diese Rede eignet sich das Natürliche eher metaphorisch übertragend an, so wie auch die vernünftige Klassifikation der Natur immer nur menschliche Benennung ist[39]). Weil die Deutung in der Natur seltener das gegenwärtige Gespräch von gleich zu gleich, öfter den festen Halt im mächtigen Ursprung sucht, behandelt sie Sprache und Geschichte gern unterschiedlich: Während Geschichte oft als Abfall von der Naturkraft überhaupt gilt, fahnden viele nach der natürlichen Sprache. Man begreift sie als Sprache der göttlichen Schöpfung und des Ursprungs, als Gleichung zwischen Ding und Wort, als organische Fülle einer Muttersprache, als den tiefsten Trieb in allen Menschen oder als die wortlose, übertragene „Sprache" der Augen und Winke, der Sterne und Formeln[40]). Fast immer meint man,

---

[36]) Natur und Geschichte, verbunden 638, 656, 983, 1270, 1318, 1438, 1489, 1503, 1522, 1554, 1611, 1628, 1660, 1662 f., 1666, 1668, 1720; getrennt 244, 246, 642 f., 904, 957, 1113, 1395, 1433, 1437, 1441, 1443, 1446, 1466, 1563, 1595, 1665, 1668, 1730, 1842. Natur als Dauer 1086, 1102, 1461, 1667; als Bewegung 996, 1824, 1844; als unendlich 1102 f., 1184, 1277, 1280, 1503, 1522, 1527, 1544, 1546, 1706, 1761, 1831; als ungeistig 1106, 1343, 1412, 1437, 1632, 1715, 1717, 1739 f., 1755, 1789, 1825; als mannigfaltig Anm. 259.

[37]) Kultivierung und Landwirtschaft 172, 215 f., 1436, 1439, 1441, 1506, 1530, 1533, 1608, 1642, Anm. 56, Anm. 134. Naturdeutungen 96, 354, 364 f., 525, 955, 1101, 1315, 1363, 1393, 1405, 1423, 1452, 1568, 1758, 1835, 1860, 1876.

[38]) Natur und Sprache, getrennt 51, 55, 70, 215, 311, 425, 606, 632, 640, 658, 719, 796, 807, 871, 896, 902, 905, 1027, 1102, 1109, 1113 f., 1136, 1165, 1299, 1316, 1379, 1381, 1387, 1429, 1434, 1451, 1624, 1665, 1677, 1769 f., 1773, 1779, 1789, 1825, 1862; verbunden Anm. 45, Anm. 49, Anm. 197, Anm. 368. Naturlaute 55, 418, 490, 722, 796 f., 807, 897. Artikulation Anm. 371.

[39]) Natürliche Sprechfähigkeit Anm. 197. Naturmetaphern 45 ff., 50 f., 65, 69, 76 f., 84, 91, 95, 98, 131, 145, 148, 169 f., 174, 314, 374, 420, 595, 629 f., 1267, 1477, 1525, 1824. Klassifikation der Natur 1434, 1460 f., 1517, 1611, 1658, 1667 f.

[40]) Geschichte als Abfall Anm. 223. Natursprache als Ursprache 51, 640, 870 f., 1077, 1122 f., 1221, 1271, 1342, 1355 f., 1414, 1432, 1436 f., 1442, 1568, 1860, Anm. 197; als Gleichung von Ding und Wort 722, 1416, 1499, 1563, 1664, 1666, 1668, 1671, 1862, Anm. 363; als Muttersprache 482, 511, 524, 577, 622, 756, 761, 804, 828, 847, 862, 871, 961, 1027, 1035, 1123, 1126, 1138, 1142, 1167, 1170, 1200, 1217, 1250,

diese wahre Natursprache sei der geschichtlichen Sprache überlegen, dem geschichtlichen Menschen aber schwer zugänglich.

Daß im einzelnen die natürliche Welt mit ihrem Leben und Sterben vergänglich ist, hindert nicht, daß sie im ganzen als unerschöpfliche Kraft erscheint; Denken und Sprechen, Handeln und Geschehen gehören ihr an, werden ihrer aber nicht Herr. Wir reden zwar vom Leben der Sprache und von einzelnen „lebenden Sprachen"; aber das sind bloß organische Gleichnisse für geschichtliche Erscheinungen[41]). Nur der Natur- und Aberglaube bemächtigt sich der Welt durch Wortmagie und sprachenkundigen Zauber, durch Beschwörung des Ursprungs und vorgreifende Wahrsagung, durch Verwendung des Kleinsten in der Alchimie, des Größten in der Astrologie; aber er gelangt nur zu trügerischer Anverwandlung einzelner Aspekte[42]). Den Elementen selbst gewinnt das menschliche Verständnis gewöhnlich bloß eine metaphorische Deutung ab: Das Wasser, Zeichen des grenzenlos Tiefen und Verbreiteten, scheint nur zu sprechen; die Luft ist als Atem und Hauch zwar Bedingung des Redens, zugleich aber Zeichen himmlischer Schöpfungskraft und lebendiger Geistfülle. Das Feuer ist jenseitigen Ursprungs und wird geschichtlich wirksam erst beim Ende aller Geschichte; feurige Zungen sprechen nicht wörtlich, sondern im Glauben oder in der Liebe. Das göttliche Licht leuchtet allen geschichtlichen Völkern, jedoch als Wahrheit oder Vernunft, und menschliche Sprache

---

1355, 1385, 1426, 1453, 1682; als Trieb 1412, 1431, Anm. 77; als Kindersprache Anm. 80; als Tiersprache Anm. 50. Natursprache, übertragen 1405, 1407 f., 1416, 1469 f., 1493, 1499, 1507, 1547, 1608, 1620, 1661, 1664 f., 1788, Anm. 76, Anm. 406.

[41]) Welt als unerschöpflich 1102, 1112, 1184, 1263 f., 1271 f. Leben als vergänglich 1112, 1168, 1232, 1262, 1689; als unerschöpflich 962, 1554, 1573, 1575, 1660, 1757, 1769, 1780 f., 1783, 1822, 1844. Sterben Anm. 345. Leben und Denken, verbunden 1186, 1539, 1552, 1824; getrennt 1184, 1492, 1521, 1539, 1552, 1576, 1661, 1781, 1823 f. Leben und Sprechen, verbunden 92, 1137 ff., 1183, 1232, 1448, 1486, 1503, 1508, 1527, 1679, 1723, 1730, 1781, 1801, 1809; getrennt 1732, 1735, 1824 f., 1856, 1861. Leben und Geschichte, verbunden 1522, 1611, 1658, 1880; getrennt 1256, 1503, 1512, 1527, 1658, 1735, 1856. Sprache als lebendig 1137, 1140, 1149. Lebende Sprachen 499, 1136 f., 1139, 1155, 1167, 1174, 1177, 1186, 1207, 1451, 1461, 1503, 1508, 1511 f., 1526, 1539, 1545, 1552, 1555, 1575, 1590, 1625, 1686, 1852, Anm. 309. Tote Sprachen Anm. 354.

[42]) Wortmagie 47, 69, 117, 180, 183, 198, 210, 237, 243, 439, 1232, 1369, 1763, 1782, 1851, 1861; dagegen 500, 1240, 1437 f., 1599, 1774. Zauber 68, 136, 179, 184, 193, 233, 344, 401, 412, 441, 443, 447, 451, 458, 475, 500, 555, 568, 570, 609, 652, 662, 707, 725, 735, 758, 815, 840, 842, 960, 981, 1012, 1040, 1043, 1143, 1231 f., 1462, 1467, 1583, 1642, 1652, 1665, Anm. 358; dagegen 1164. Beschwörung 60, 237, 475 f., 578, 686, 834, 1092, 1111. Wahrsagung 45, 181, 215, 265, 269, 355, 500, 1765, Anm. 386. Alchimie 48, 1077, 1235, 1338, 1356, 1362, 1368, 1647. Astrologie 45, 79, 139 f., 159, 164, 171, 186, 205, 213, 265, 338, 715, 846, 1174, 1373, 1644, 1784, Anm. 60.

ist bloß sein Schatten[43]). Nur einzelne Farben beginnen in der schmückenden Sprache des Menschen zu reden, als Symbole geschichtlicher Ordnungen, ähnlich einzelne geformte Stoffe, besonders edle Metalle und Steine[44]). Auch Pflanzen gewinnen meist erst in geschichtlicher Stilisierung Bedeutung und zahlensymbolische Ordnung; es ist doch der Mensch, der ihnen seine Sprache zuschreibt und aus ihnen spricht; es ist seine Vergänglichkeit, die er in ihrem Wachsen und Vergehen bemerkt, und seine Sehnsucht, die den Baum zum Bild der in der Zeit verwurzelten und verzweigten Generationen, aber auch der den Raum übersteigenden Himmelsleiter macht[45]).

Kann ihm das vegetative Leben nur als großflächiges Bild seiner Geschichte dienen, so spiegelt er im tierischen gerne sich selbst. Nicht nur, daß er sich in der blutigen Macht des Löwen und in der Unschuld der Taube erkennt, der Mensch fühlt sich dem Tier in Geschichte und Sprache nahe. Auch wenn das Tier als heilig, als unnahbare Gottheit oder als Opfer empfunden wird, kann es Vorfahre des Menschen sein und menschliche Herrschaft begründen[46]). Ob Gott oder ein Mensch die Tiere benannte, sie haben jedenfalls verständliche Namen[47]); vielleicht haben sie auch verständliche Sprachen wie der Mensch, ja

---

[43]) Elemente 47, 103, 137, 171, 1184, 1604, 1671. Wasser, seine Bedeutung 52, 77, 84, 131, 174, 1184, 1388, 1812; seine Sprache 29, 1357, 1458. Luft als Sprache 63, 367, 375, 393, 430, 449, 491, 515, 980, 1000, 1088, 1232, 1343, 1484, 1703; als Leben 49, 282, 472, 491, 1110, 1232, 1401, 1569, 1858. Feuer 276, 412, 630, 1213; als göttlich 60, 453, 458, 591, 652, 792, 996, 1190; kommt vom Himmel 224, 276, 312, 650, 829, 1392, Anm. 57; am Ende 85, 145, 168, 216, 344, Anm. 343. Feuerzungen Anm. 322. Licht 60, 168, 214, 241, 248 f., 630, 650, 676, 733, 752, 982, 1019, 1323, 1328, 1466, 1597, 1600, 1770, 1795, 1848, 1862. Schatten 50 f., 169 f., 1077, 1183, 1232, 1568.

[44]) Farbensymbolik 45, 54, 71, 145, 197, 216, 290, 334, 339, 352, 853, 1033, 1306, 1647, 1666, 1862. Metalle 175, 179, 476, 1707, 1720. Gold 95, 125, 282, 376, 551, 564, 579, 591, 674, 725, 766, 1152, 1158, 1239, 1368, Anm. 185. Silber 127, 282, 1152, 1595, 1604. Edelsteine 48, 493, 551, 591, 676, 740, 1152, 1254, 1552 f., 1661. Marmor 493, 591, 1026, 1466.

[45]) Pflanzen, ihre Namen 562; ihre Zahl 127, 171, 211, 216, 228, 236, 262, 406, 448, 758, 806, 1368; ihre Sprache 171, 179, 216, 310 f., 1271, 1469 f.; als Symbol der Geschichte 22 f., 65, 69, 91, 207, 343, 374, 892, 922, 964, 1025, 1138, 1157, 1247, 1284, 1305, 1407, 1477, 1480, 1491, 1679 f., 1780, 1824, 1826, 1828; dagegen 1109. Pflanzen als Symbol des Überirdischen 211, 551, 839. Bäume als Stammbäume 562, 1725; als Himmelsleitern 69, 355, 818.

[46]) Tier und Mensch, verbunden 194, 1338, 1432, 1482, 1595, 1637, 1653, 1659, 1701, 1706, 1714. Tiere verkörpern menschliche Eigenschaften 54, 101, 145, 217, 310, 576, 646, 692, 739, 752, 764, 1112, 1184, 1642, 1733, 1768. Tiere als heilig 20, 45, 54, 58, 186, 278, 725, 766, 1040 f., 1328; dagegen 1091. Tiere als Opfer 127 f., 171, 194, 197, 201, 211, 574, 614, 829; als Vorfahren 29, 54, 278, 581, 1305, Anm. 192; als Könige 30, 1666; als teuflisch Anm. 18.

[47]) Tiernamen 648, 708, 772, 853, 1024, 1329; kommen von Gott 26, 853; vom Urmenschen 26, 119 f., 148, 171, 197, 217, 250 f., 258, 271, 426, 507, 514, 592, 793, 898,

den menschlichen ähnlich, nur allgemeiner und natürlicher[48]). Aber was wissen wir davon? Selbst das menschenähnlichste Tier, der Affe, lernt nicht sprechen; der Papagei wie der Esel wissen nicht, was ihre Laute dem Menschen bedeuten; und noch das treueste Haustier, der Hund, gleicht mit seinem Gebell höchstens dem barbarischen Reden des Ausländers; an ihn erinnert das Wiehern der Pferde, das Meckern der Ziegen, das Blöken der Schafe, kaum anders das Gezwitscher der Vögel. Was man aus den Tierstimmen hört, ist das Fremde, und wäre es das Himmlische[49]). Die Tiere loben den Herrn vielleicht noch in ihrer Natursprache, und sie verstehen einander; nach menschlichem Verständnis sind sie doch alle stumm wie die Fische. Von ihnen trennt sich der Mensch durch seine Herrschaft über das Tier, durch seine bewußte Geschichte und besondere Sprache[50]).

Noch ferner steht er dem Makrokosmos, in den er sich gestellt sieht; dessen gewaltige Zeichen wagt der Mensch kaum als sprachlich und geschichtlich zu deuten. Die Erde erscheint ihm wohl als Mutter, denn aus ihrem Stoff ist er gemacht, und sie ernährt ihn mit ihren Früchten; sie ist das gemeinsame Vaterland aller Völker, und ihre Entdeckung und Beschreibung hat früh und immer

---

908, 973, 982, 1007, 1022, 1253, 1302, 1324, 1451, 1471, 1476, 1489, 1561, 1641, 1734, 1753; von Späteren 425, 478 f. Vgl. Anm. 209.

[48]) Tiere haben Sprache 37, 506, 1324, 1599, 1611, 1637, 1659, 1773, 1837, 1844; überall gleiche Sprache 55, 425, 807, 1343; verschiedene Sprachen 107, 156, 621, 697, 712 f., 916, 1282, 1359, 1423, 1559, 1632, 1677, 1742, 1780. Tiersprache als Natursprache Anm. 50. Tiersprachen sind Menschen unverständlich 185, 198, 418, 722, 1769; waren Menschen früher verständlich 45, 95, 135, 147, 171, 325, 1324, 1639, 1742; sind Menschen verständlich 65, 162, 216, 341, 1077, 1282, 1329, 1665, 1706. Menschensprache entstand aus Tiersprache 1142, 1201, 1493, 1548, 1559, 1624, 1718 f., 1726, 1810, 1828. Tiere reden menschliche Sprache 20, 164, 310, 506 f., 512, 576, 579, 602, 646, 679, 758, 843, 1166, 1256, 1282, 1324, 1433, 1556, 1642, 1701, 1845, 1847, Anm. 18; reden alle Sprachen 20, 30, 198 f., 646, 739, 1166, 1403, 1780.

[49]) Affen sprechen 1433, 1637, 1639, 1659, 1725; sprechen nicht 194, 1434, 1624, 1717, 1780. Sprache des Papageis und Sittichs 164, 579, 679, 843, 1273, 1282, 1845; des Esels 507, 512, 758, 1061, 1353. Hundegebell 47, 51, 164, 175, 222, 555, 560, 578 f., 632, 712, 772, 797, 843, 904, 938, 1045, 1166, 1545, 1659, 1719, 1742. Sprache der Pferde 1288, 1403, 1410, 1453, 1458; der Ziegen 1245, 1387, 1699, 1706, 1752; der Schafe 51, 722, 1249, 1253 f.; der Vögel 46, 97 f., 101 f., 579, 621, 712 f., 1206, 1328, 1403, 1559, 1603, 1677, 1702. Tiere sind dem Himmel nahe 282, 330, 333, 340 f., 343, 349, 1001, 1643.

[50]) Tiere reden in der Natursprache 1271, 1282, 1342 f., 1665; verstehen einander 398, 1112, 1198; sind stumm 25, 1434, 1661, 1666, 1743, 1780. Mensch und Tier, getrennt durch Herrschaft 17, 119, 206, 208, 250, 978, 1081, 1324, 1550, 1703, 1733, 1837, 1851; durch Geschichte 44, 95, 157, 159 f., 884, 1268, 1342, 1403; durch Sprache 164, 185, 418, 871, 979, 1053, 1087, 1107, 1137 f., 1219, 1273, 1289, 1299, 1359, 1361, 1433 f., 1589, 1611, 1657, 1660, 1717, 1742, 1769, 1788, 1842.

wieder viele gelockt[51]). Und doch wußte man schon vor der Suche, daß man keine menschliche Ordnung fände: Die Erde in ihrer regelmäßigen Bewegung hat eine geometrisch klare Gestalt und eine meßbare, begrenzte Größe; denn der Erdkreis wird umfangen von der Schöpfermacht Gottes[52]). Nach Gottes Auftrag und ohne menschliches Zutun ist die Erdoberfläche symmetrisch gegliedert in Erdteile[53]) und Länder[54]), nach heiligen Zahlen und mit ehrwürdigen Namen, in fester Größe und sanktionierten Grenzen. Wunderbar sind die natürlichen Erscheinungen auf Erden, Quelle und Fluß, Meer und Inseln, Wüsten und Oasen, Ebenen und Berge; der Betrachter begreift sie lediglich als heilsgeschichtliche Zeichen, als gottgesetzte Grenzen, als Bilder für seine Geschichte und Sprache[55]). Die Landschaft ist schön, aber fremd; sie prägt die Menschen,

[51]) Erde als Mutter 92, 438, 1184, 1358, 1663, 1738; als Stoff des Menschen 1024, 1267, 1354; dagegen 29. Erde als Ernährerin 127, 172, 215, 262, 457, 1081; als Vaterland Anm. 127; als umfassend 47, 58, 134, 1802; als Mitte des Weltalls 1211. Entdeckungsreisen 48 f., 52, 152, 262, 854 ff., 931, 975, 984, 1048, 1102, 1152, 1171, 1179, 1238, 1306 f., 1688. Erdbeschreibung und Geographie 96 f., 99, 121 f., 134 f., 148 f., 160 f., 182, 262, 332, 335, 341 f., 348, 371, 373, 381, 409, 445, 481, 485, 546, 557, 589, 619 f., 639, 673, 679 f., 695, 700, 707 f., 718, 726, 743, 769, 771, 777, 780, 791, 816, 825, 836 f., 856, 899, 968, 970, 1084, 1223, 1225 f., 1228, 1252, 1279, 1400, 1500. Vgl. Anm. 58, Anm. 146.

[52]) Erde, ihre Bewegung 409, 448, 996, 1381; ihre Gestalt 50, 53, 58, 77, 211, 230, 348, 448, 472, 484 f., 527, 693, 829 f., 848, 983, 996, 1102, 1435, 1667; ihre Größe 179, 983; ihre Grenzen 230, 348, 472, 757, 848, 889, 1287, 1553. Erdkreis 228, 250, 385, 389, 391, 396, 401, 418, 427, 446, 453, 517, 528, 539, 557, 603, 630 f., 658, 728, 1096, 1146, 1152, 1195.

[53]) Erdteile, ihre Zahl 52, 55, 58, 64 f., 81 ff., 86, 99, 122, 148, 182, 210, 263, 268, 283 f., 332, 369, 434, 475, 492, 509, 511, 515, 525, 527, 535, 564, 572, 587, 604, 654, 743, 747, 769 f., 777, 791, 854, 1109, 1239, 1508, 1593, 1663; ihre Namen 173, 268, 369, 409 f., 492, 1129, 1152, 1194, 1216, 1306, 1356, 1820; ihre Größe 445, 566, 906; ihre Grenzen 148, 247 f., 263, 288, 314, 365, 825, 878, 917. Vgl. Anm. 241.

[54]) Länder, ihre Zahl im ganzen 43, 46 f., 56, 58, 62, 64 f., 67, 75, 83, 87 f., 186, 202, 205, 278, 283, 299, 302, 322, 372, 416 f., 462, 470, 507 f., 526 f., 571, 590 f., 655, 660, 674, 706, 780, 839, 841, 852, 911, 1022, 1193, 1261; ihre Zahl in Einzelbereichen 50 f., 55, 133, 182, 202, 205, 481, 665, 703, 754, 780, 789, 836, 1005, 1015, 1017, 1026; ihre Namen 82, 465, 669, 691, 693, 699, 701, 722, 866, 899, 967 f., 1022, 1024, 1096, 1099, 1123, 1130, 1152, 1247, 1249, 1368, 1370, 1697; ihre Gliederung 39, 52 f., 75, 84, 105 f., 299, 327, 365, 372, 681, 753, 839, 877, 1016 f., 1029, 1193, 1389. Länderlisten 372, 839.

[55]) Quellen und Brunnen 127, 257, 262, 395, 747, 1068, 1187, 1371, 1864. Flüsse 28, 36, 44, 148, 196, 302, 344, 420, 552, 702, 722, 917, 968, 1072, 1102, 1108, 1187, 1199, 1203, 1456, 1516 f., 1617, 1686, 1693. Meere 38, 43, 45 f., 48, 60, 62, 71, 171, 265, 270, 281 ff., 472, 859, 968, 1102, 1112, 1118, 1229, 1254, 1305, 1389, 1466, 1477, 1667, 1770. Inseln 62, 71, 148, 535, 680 f., 689, 1078, 1228 f., 1232, 1318, 1340, 1386, 1389, 1403, 1484 f., 1589; vgl. Anm. 332. Wüsten 42, 270, 843, 1040, 1142, 1328, 1627, 1646, 1705, Anm. 285. Oasen 127, 262. Ebenen 116, 169, 194, 457, 749, 753 f., 848, 892, 972, 999, 1454. Berge 44, 55, 62, 67, 91, 146, 148, 198, 224, 305, 344, 355, 629, 758, 869, 968, 1153, 1175, 1203, 1254, 1323, 1389 f., 1595, 1652, 1851, Anm. 160. Grenzen Anm. 266.

die in ihr wohnen, nach Schicksal und Redeweise[56]). Vollends empfindet man das Klima, das die Erde in feststehende, geheiligte Zonen teilt, als schicksalhaften Einfluß auf den Menschen, auf Sprachen und Völker. Aus den Wolken, zu denen nur vermessene Bauten emporstreben, redet Gott im Gewitter mit Blitz und Donner; die Winde, Gottes schnelle Boten, stürzen die Türme der Menschen um. Menschenrede ist dem Wind vergleichbar, aber mehr an Geschwindigkeit als an Gewalt[57]). Nur das Raumbild wird wie selbstverständlich vom Standort des Betrachters aus geordnet, gilt also auch als geschichtlich bedeutsam; nach den Himmelsrichtungen legt sich der Mensch oft den Verlauf der Geschichte zurecht, orientiert sich freilich auch hier lieber am Sonnenlauf als an seiner Perspektive[58]).

Der Himmel selbst, als Sitz Gottes gedacht, ist nach Zahl und Maß gegliedert; seine Sphärenharmonie vereint unter sich alles irdisch Geschiedene. Doch von der Erde ist er fern; zu ihm führt nicht der gewaltsame Weg, den überhebliche Himmelsstürmer planen[59]). Die unerreichbaren Sterne rühmen still und bewegt des Ewigen Ehre in harmonischer Zahl, auch sie bisweilen bestimmend für das Geschick der irdischen Sprachen und Völker; die Astrono-

---

[56]) Landschaftliche Schönheit 244, 701, 753, 870, 873, 990, 998, 1093 f., 1116, 1276, 1301, 1391 f., 1454, 1594, 1605, 1664. Landschaft und Geschichte 42, 57 f., 74, 323, 764, 1254, 1389; und Sprache, verbunden 86, 107, 139, 185, 602, 679, 792, 839, 1017, 1442, 1645, 1864; getrennt 202, 1015.

[57]) Klima, seine Geschichte 1552 f.; seine Zonen 122, 148, 183, 287, 348, 492, 1635; sein Einfluß auf den Menschen 184, 348, 1434, 1449, 1519, 1573; auf die Sprachen 50, 137, 811, 1442; auf die Völker 139, 207, 348, 385, 885, 995, 1027, 1246, 1389, 1431, 1509. Wolken 285, 737, 962, 1088, 1093, 1486, 1523. Gewitter 224, 393, 697, 848, 876, 1006, 1103, 1184, 1205, 1245, 1391, 1530, 1727, 1729. Winde als Boten 28, 52, 98, 146 f., 149, 198, 283, 289, 320, 326, 352, 587, 697, 963, 1018, 1171, 1389, 1391, 1514, 1540. Sprache als Wind 58, 1110, 1738.

[58]) Raumbild und Geschichtsbild 43, 51, 55, 97, 100, 109, 121 f., 131, 135, 139, 148 f., 158, 212, 230 f., 297, 348, 355, 397, 492, 562, 740, 829 f., 925, 1001, 1016, 1037, 1113, 1152, 1374, 1480, 1697, 1758, 1791, 1802 f., 1879, Anm. 471. Himmelsrichtungen 35, 43, 61 f., 66, 74 f., 82, 182, 221, 223, 298, 352, 412, 439, 472, 520, 561, 1479; ihre Zahl 52, 60, 375, 412; Osten 43 f., 60, 116, 124, 259, 263, 269, 281, 288, 406, 434, 457, 467, 469, 515, 561, 630, 710, 754, 765, 776, 972, 999, 1116, 1336, 1391, 1479; Süden 43, 46, 55, 148, 175, 265, 270, 288, 314, 348, 434, 439; Westen 26, 44, 62, 152, 381, 406, 434, 466 f., 532, 561, 1391; Norden 26, 28, 44, 62, 124, 148, 175, 259, 263, 279, 287 f., 314, 348, 548, 1235, 1246, 1337, 1553.

[59]) Himmel, seine Bewegung 51; als Wohnung Gottes 43, 166, 446, 545, 1391, 1467, 1540, 1596, 1798, Anm. 6; als Sammlung des Irdischen 43, 223 f., 1029, 1617. Zahl der Himmel 41, 47, 62, 159, 165, 180, 210, 229, 327, 757, 1079, 1183. Himmel und Erde, verbunden 36, 44, 47, 51, 58, 94, 171, 355, 1813; getrennt 1239, 1252, 1391, 1401, 1409, 1467, 1675, 1680. Himmelsleitern, vergebliche 69, 79, 91, 116, 118, 146, 175, 330, 333, 340 f., 355, 446, 624, 818, 981, 1001, 1035, 1390, 1392, 1401, 1469, 1540, 1542, 1545, 1632, 1680 f.; erfolgreiche 229, 242, 263, 283, 434, 503, 648, 718, 861, 1049, 1155, 1239, 1559, 1702, 1834; vgl. Anm. 159.

men beobachten sie nur von ferne und ungefähr[60]). Höchstens der Erdtrabant, der wechselnde Mond, gilt mitunter als erreichbare, andere Erde, bewohnt von Menschen mit unbekannter Sprache und Herkunft[61]). Jedem geschichtlichen Zugriff entrückt ist hingegen die göttliche Sonne, die alle, auch die fernsten Völker beleuchtet und erwärmt, auf Erden Zahlenordnung und Geschichte schafft und doch nur den Phantasten als erreichbar gilt[62]). Die kosmische Ferne gibt dem Menschen freilich auch nicht mehr als den Rahmen seines Daseins; die Gestirne gliedern ihm die Zeit in Tag und Nacht, in Monat, Jahreszeit und Jahr[63]), aber erst der Mensch erfüllt den immergleichen, auch von der Uhr nur als wiederkehrend gemessenen Ablauf mit seiner singulären Geschichte.

Wenn das Altertum die Übereinstimmung zwischen Mensch und Natur, das Mittelalter noch ihren von Gott verbürgten Bund sah, so brach die moderne Technik und Naturwissenschaft mit dem frommen Staunen; in ihr nahm der Mensch zur Bewältigung seiner Geschichte Teile der Natur als Werkzeug in die Hand[64]). Das war nur möglich auf Kosten einer allgemeinverständlichen Naturdeutung. Noch während die ältere Naturwissenschaft und Medizin der allgemeinen Literatur angehörte, mehrten sich die Klagen über das Kauderwelsch der Sachverständigen[65]). Die moderne Sprache der Maschinen und der

---

[60]) Sterne, ihre Namen 1211, 1616; ihre Bedeutung 43, 45, 79, 128, 569, 595, 657, 705, 1259, 1344, 1693, 1784; ihre Zahl 79, 159, 165, 171, 179 f., 183, 185, 198, 208, 211, 338, 840, 1261; ihr Einfluß auf das Geschick 47, 180, 183 f., 198, 209, 212, 338, 705, 1343, Anm. 42. Astronomie 78 ff., 95, 163, 179, 182, 206, 268 f., 308, 340, 458, 668, 724, 734 f., 776, 794, 837, 878, 899, 911, 1070, 1078, 1211, 1236, 1239, 1381, 1608, 1633; vgl. Anm. 159 Observatorium.

[61]) Mond als göttlich 52, 77, 83. Mond und Erde 24, 28, 52, 179, 338, 472, 1252, 1477, 1494 f., 1784. Sprache auf dem Mond 179, 1271, 1427 f., 1664, 1677.

[62]) Sonne als göttlich 37, 52, 83, 85, 91, 136, 184, 748, 1729, 1784, 1795; vereint die Völker 36, 46, 60, 93, 228, 252, 472, 1151 f., 1335, 1361; ihre Namen 59; ihre Bedeutung 249, 343, 1267, 1271 f., 1560; ihre Zahlenordnung 52, 56, 59, 477, 511, 751, 806, 809, 1123; ihr Einfluß auf die Geschichte 67, 282, 289, 374, 1391, 1589, 1729. Reise zur Sonne 1185 f., 1271. Sonne als unzugänglich 279, 282, 906, 1391, 1401. Sonnensprache 1186, 1271.

[63]) Zeitrechnung Anm. 461. Tage 78, 88, 338, 439, 445, 477, 489, 686, 781, 1238, 1354. Nächte 216, 271 f., 439, 445, 666, 818, 1155, 1206, 1540, 1692. Wochen 46, 78, 1848. Monate 159, 338, 439, 500. Jahreszeiten 444, 621, 1240, 1267, 1469, 1707, 1823. Jahre 46, 68, 78, 429, 1848. Uhren 1646, 1660, 1707.

[64]) Naturbemächtigung durch die Technik 330, 333, 340 f., 343, 1240, 1263 f., 1273, 1316, 1433, 1629, 1643, 1650, 1660, 1758, 1778 ff., 1785, 1796, 1825, 1832, 1835, 1880; durch die Naturwissenschaft 1460 f., 1568, 1629, 1648, 1662 f., 1667 f., 1709 f., 1715, 1718, 1735, 1778.

[65]) Naturwissenschaftliche Literatur 164 f., 526, 638, 657, 697, 740, 769, 843, 1078, 1086, 1101, 1212 f., 1236, 1250, 1329, 1341, 1344, 1368, 1381, 1433 ff., 1447, 1461, 1494, 1517, 1535, 1601, 1604, 1611, 1636, 1660, 1667, 1700, 1714, 1718 f., 1778, 1844, 1849, 1858, 1860 f. Medizinische Literatur 78, 176 f., 1188, 1214, 1339, 1366, 1368, 1535, 1724, 1804, 1846, 1871. Unverständliche Sprache der Techniker 1283, 1354, 1778; der Mediziner 1283, 1354, 1499, 1645.

mathematischen Formeln gilt heute den einen als die wahre Universalsprache, nach deren Modell sie die menschliche Sprache selbst durchkonstruieren möchten; die anderen sehen in der technisch-naturwissenschaftlichen Weltbemächtigung die selbstzerstörerische Hybris der Menschen, den neuen Babelturm[66]).

So wird die Natur immer wieder in der menschlichen Geschichte mit menschlicher Sprache beschworen, aber immer um den Preis der Überanstrengung. So nützlich und unentbehrlich die Natur den Menschen ist, so fremd ist sie ihnen auch, obgleich sie selber Naturwesen sind. Denn was die Menschen ausmacht, Sprache und Geschichte, trennt sie von ihrem Ursprung. Unentwegt schlägt indes die Auslegung auch hier ihre Brücken.

*

Zwischen Religion und Natur, zwischen Gott und Welt empfindet sich der Mensch als Individuum; in seiner Einzigartigkeit scheint seine Unmittelbarkeit begründet[67]). Zwar ist diese Eigenart nicht an Sprache gebunden und bleibt im geschichtlichen Wandel dieselbe; doch wird der Mensch dadurch noch nicht zum Naturwesen, weder zum Herrn noch zum Knecht der Umwelt; er bleibt unbestimmt, vielleicht als biologisches Mängelwesen beschränkt, vielleicht eben dadurch berufen zur geistigen Freiheit von der Natur und ihren Zwängen[68]). So erscheint denn leicht als eigentliches Wesen des Menschen seine Sprachlichkeit und seine Geschichtlichkeit; der Einzelne meint, über seine Sprache und Geschichte souverän zu verfügen, wenigstens als Dichter und Heroe, als Held von Biographien und Memoiren. Aber der Mensch besitzt

[66]) Mathematik als Universalsprache Anm. 331. Technik schafft Einheitssprache 1240 f., 1704, 1758, 1774, 1778 f., 1794, 1811 f., 1831; zerstört die alten Sprachen 1662 f., 1874. Technik als Babelturm 1656, 1776, 1778, 1797, 1832, 1847, 1870, 1872, 1881. Vgl. Anm. 147.

[67]) Mensch als Individuum 113, 126, 137, 209, 257, 329, 375, 955, 957 ff., 966, 983, 1026, 1107, 1111, 1149, 1174 f., 1231, 1293, 1388, 1402, 1412, 1428, 1441, 1478, 1507, 1522, 1541, 1551, 1574, 1589, 1596 f., 1626, 1651, 1695, 1702, 1713, 1716, 1726, 1734, 1755, 1798, 1812, 1815, 1829, 1836, 1846, 1871, 1879, Anm. 191; dagegen 1520, 1533.

[68]) Wesen des Menschen als immergleich 241, 249, 296, 384, 1166, 1535, 1546, 1551, 1569 f., 1576 f., 1804; als ungeschichtlich 810, 957, 1482, 1591, 1687. Mensch und Natur, verbunden 1259, 1301, 1434, 1508, 1541, 1668, 1780; getrennt 632, 722, 797, 905, 1482, 1611, 1666, 1877. Mensch als Herr der Natur 250, 472, 708, 1132, 1240, 1253, 1581, 1667, 1880; als ihr Knecht 638, 1102, 1395, 1413, 1544, 1611, 1667, 1705. Mensch und Welt, verbunden 63, 843, 1078 f., 1240, 1263, 1268, 1363, 1769, 1787, 1808, 1847 f., 1851; getrennt 1541, 1619, 1677, 1679, 1681, 1767, 1815, 1833, 1845, 1847. Mensch als mangelhaftes Wesen 89, 179, 959, 982, 1000, 1362, 1378, 1408, 1596, 1617, 1626, 1661, 1769, 1818, Anm. 195; als biologisch beschränkt 1649, 1776, 1792, 1797, 1809, 1861; als frei von der Natur 797, 979, 988, 1395, 1446 f., 1489, 1523, 1537 f., 1579, 1618 f., 1624 f., 1632, 1662, 1735, 1769 f., 1777, 1833.

und ererbt Sprache und Geschichte nicht, er erwirbt sie und könnte es als einzelner kaum[69]). Er bleibt auch hier das Wesen, das sich immer neu selbst definieren muß. Freilich scheint ihn sein Eigenname von außen zu determinieren; er ist ihm übergeben, seiner Willkür entzogen, spiegelt sein Wesen und seine Geschichte. Der Name ist von einem Zauber umgeben, der auch in fremde Sprachen wirkt. Aber auch den Eigennamen kann man ändern und übersetzen; auch der Namenlose kann in Rede und Schrift gewaltig wirken[70]). Der Mensch kann sich selbst wie einem Fremden gegenübertreten.

Sogar seine leibliche Beschaffenheit, Besonderheit und Vielgestalt ist ihm oft fremd. In der Gliederung seines Körpers sieht er gern das Abbild kosmischer Zahlenordnungen, erst spät die geschichtliche, vielfältig wechselnde Erscheinung. Gesundheit und Krankheit sind ihm Schickungen, die die Geschichte fremder Völker und die Sprache des normalen Menschen bestimmen und verändern, ohne daß der Mensch sie in der Hand hätte[71]). Seine eigene Gestalt

---

[69]) Sprachlichkeit als Wesen des Menschen 18 f., 63, 90–3, 245, 375 f., 523 f., 632, 635, 658, 727, 785, 797, 812, 871, 979, 1087, 1106, 1108, 1114, 1142, 1219, 1253, 1411, 1523, 1537, 1542, 1566, 1576, 1604, 1742, 1745, 1753, 1755, 1765 f., 1791, 1802, 1808, 1813, 1855, 1860, 1881, Anm. 360, Anm. 368; seine Geschichtlichkeit 213 f., 639, 924, 957, 1280 f., 1396, 1589, 1769, 1803, 1811, 1868 f., 1871, 1877 f., 1881, Anm. 458. Einzelne bestimmen die Geschichte 91, 152 f., 162, 231, 311, 409, 444, 457, 474, 543, 553 f., 574, 614, 844, 1105, 1169, 1524, 1538, 1575, 1651 f., 1665, 1713, 1851; dagegen 1611, 1871. Einzelne bestimmen die Sprache 1109 f., 1726, 1739, 1815, 1862, Anm. 118; dagegen 1139, 1149, 1527, 1551, 1576, 1701, 1703, 1732, 1743, 1799, 1810, 1822, 1853, 1863, 1865. Jeder hat seine besondere Sprache 640, 678, 1109 f., 1167, 1169, 1174, 1185, 1232 f., 1242, 1256 f., 1283, 1397, 1401, 1428, 1450, 1524, 1546, 1567, 1570, 1576, 1726, 1771 f., 1781, 1798, 1811, 1816, 1818, 1832 f., 1835, 1841, 1851, 1868, 1880, Anm. 368. Biographien 71 f., 161, 167 f., 184, 241, 329 f., 500 f., 511, 527, 533, 537, 540, 544, 551 f., 569, 574, 579 f., 588, 623, 676, 717 f., 786, 960, 963, 1006 f., 1106, 1111, 1195, 1205, 1214, 1258, 1409, 1796, 1844, Anm. 25. Autobiographien 393 f., 603, 634, 696, 847, 967, 1046, 1111, 1141, 1214, 1300, 1543, 1554, 1558, 1590, 1600, 1623, 1825. Memoiren 156, 995, 1019, 1657, 1721. Vererbung 348, 1317, 1537, 1770, 1844.

[70]) Name für „Mensch" 20, 124, 439, 632, 1024, 1027, 1062. Eigenname spiegelt das Wesen 97, 182 f., 632, 674, 678, 1126, 1360, 1663, 1731, Anm. 359; die Geschichte 668, 1214, 1279, 1320, 1327, 1354, 1408, 1722; in Fremdsprachen 157, 166, 185, 237, 466 f., 470, 504, 513, 533, 562, 637, 670, 707, 728, 733, 768, 772, 781, 1034, 1060, 1095, 1164, 1202, 1298, 1431, 1664, 1673, 1783. Namensänderung 82, 172, 735, 1183. Anonyme Literatur 255, 277, 445, 553 f., 569, 638, 665, 701, 755, 787, 798, 888, 1020, 1023, 1095, 1123, 1366, 1368, 1432, 1491, 1498, 1532, 1558, 1619, 1750 f., 1839, 1869 f. Pseudonyme Anm. 414.

[71]) Leib als kosmische Ordnung 21, 23, 27, 48, 68, 184, 375, 439, 595, 654, 708, 982, 1111, 1571, Anm. 28; dagegen 1077. Zahlenordnung des Leibes 68, 655, 1079, 1183, 1359. Leib als geschichtlich 174, 893, 915, 1531, 1535; als vielfältig Anm. 260. Krankheit und Geschichte 60, 413, 464, 556, 1160, 1531, 1544; und Sprache 47, 796 f., 1414, Anm. 75; und Zahlenordnung 27, 78, 168, 1126, 1368.

wird ihm erst deutlich im Gegensatz zu mächtigen, fast gottgleichen Riesen der Urzeit, die nicht von Menschen stammen, aber Ahnherrn vieler Menschenvölker wurden, und im Gegensatz zu Zwergen, die ihm selten als ohnmächtig, eher als unheimlich wissend erscheinen[72]). Zuerst bemerkt er an anderen, an Ausländern die Unterschiede der Körperstärke und der Rassen, die verschiedenen Farben und Formen der Haut, der Haare und der Augen; mit der Geschichte und mit sich selbst, auch mit der Besonderheit seiner eigenen Sprache verbindet er sie nur zögernd[73]).

Weil die Sinnesorgane allen Menschen gemeinsam und gleich sind, gelten die Sinne nicht als Eigentum des Einzelnen, sondern als Geschenk an uns alle. Jeder besitzt ausgebildete Sprachorgane, Mund, Lippen, Zunge, Zähne; jeder kann seine Stimme ertönen lassen. Obwohl man auch die innere, wortlose Stimme kennt, bezeichnet man die ganze Sprache mit dem Namen für Mund, Lippe oder Zunge, als läge ihr Wesen in ihren Organen[74]). Die Sprachstörungen bei Stotterern, Stummen und Taubstummen werden lange Zeit als unnatürlich verachtet; vielfach gelten auch ausländische Sprachen als stotternd oder mundlos; bisweilen sieht man indes Zeichen göttlicher Begnadung oder Bestrafung im Lallen und Verstummen[75]). Wenn schon dem Sprechen das Fremd-

---

[72]) Riesen als urtümlich kräftig 24 f., 142, 146, 267 f., 308, 440, 471, 486, 545, 624, 639, 655, 668, 689 ff., 694, 698, 716, 875 f., 908, 912, 958, 980 f., 996, 1008, 1013, 1023, 1081, 1125 f., 1167, 1184, 1186, 1190, 1227, 1230, 1245, 1254, 1333, 1352, 1373 f., 1390 ff., 1509, 1540, 1592 f., 1596, 1673, 1692, Anm. 246, Anm. 249; von nichtmenschlicher Herkunft 506, 1078, 1593, 1596; als Ahnherren von Völkern 305, 716, 824 f., 912, 1013, 1023, 1031, 1058 f., 1084, 1092, 1205. Unheimliche Zwerge 31, 297, 440, 1078, 1403. Der Mensch als Zwerg 1333, Anm. 416.

[73]) Unterschiede der Körperkraft 552, 573, 579, 693, 719 f., 1006, 1076, 1212, 1531; der Rassen 36, 58, 97, 285, 309, 315 f., 1519, 1531, 1715, 1856, Anm. 261; der Hautfarbe 93 f., 97, 184, 197, 214, 285 f., 315, 569, 571, 712, 853, 963, 1698; der Haarfarbe 311, 344, 408, 737, 846; der Haarform 492, 1744; der Haartracht 285, 309, 492 f., 576, 682, 808, 853, 859, 876, 963, 994, 998, 1041; der Augenfarbe 327, 330, 344, 492. Rasse und Sprache, verbunden 1659, 1688, 1717, 1744 f., 1858; getrennt 827, 1670, 1747, 1773, 1856.

[74]) Sinne 374, 425, 1268, 1292, 1381, 1432, 1446, 1451, 1520, 1573, 1631, 1752, 1767. Sprachorgane 55, 454, 561, 563, 745, 790, 794, 1101 f., 1112, 1363, 1434, 1446, 1610, 1718, 1862. Mund 58, 149, 393, 678, 1113. Lippen 116, 118, 130 f., 147, 149, 455, 1101 f., 1462. Zunge 34, 61, 77, 91, 98, 130 f., 197 f., 266, 393, 410, 455, 491, 520, 524, 727, 830, 860, 1061, 1101 f., 1110, 1113 ff., 1259; vgl. Anm. 126. Zahl der Zungen 90, 162, 181, 350, 408, 476, 604, 1140, 1469. Zähne 344, 1078, 1101. Kehle 130, 454, 563, 646, 1113. Stimme als natürlich 104, 107, 160, 220, 409 f., 419, 425, 430, 455, 490, 496, 515, 632, 657, 729, 740, 744, 796 ff., 807, 810, 871, 904, 968, 1540, 1610; innere Stimme 728 f., 775, 1429, Anm. 22, Anm. 85, Anm. 353.

[75]) Sprachstörungen als unnatürlich 140, 262 f., 962, 1010, 1018; als ausländisch 20, 58, 98, 130, 410, 441, 1283, 1305; als Gnade 641, 1359, 1362; als Strafe 69, 77, 140, 186, 728, 745, 1783, 1829. Verstummen Anm. 353. Erlernung von Sprache durch Taubstumme Anm. 228.

artige, nicht Verfügbare anhaftet, so erst recht dem Hören, das auf die Rede antwortet und nach draußen gewandt ist; besonders mit der religiösen Botschaft wird das Gehör verbunden. So wenig wie der Gehörsinn kann sich der Geruchsinn dem Fremden verschließen; in größerer Freiheit öffnet sich das Auge sonnenhaft dem Licht, um es zu sehen, zu spiegeln und zu schildern, wenn es nicht aus Verhängnis oder Schuld blind ist. Nicht nur das göttliche Licht glänzt im Auge; es gibt eine Sprache der Augen, unbehindert durch die Vielfalt der Idiome und Völker, und sie stellt den Menschen selber dar, eine Sprache, die aus dem Herzen, aus der Mitte kommt[76]). Dies alles ist nicht Willkür oder Geschichte, es ist Schicksal, auch in der Gestalt der Sprache.

Instinkte wie der Trieb zur Selbsterhaltung und Fortpflanzung bewirken vielleicht Sprache, Geselligkeit, selbst geschichtliche Gruppierung, aber sie hängen von ihren Wirkungen nicht ab. Die Sinnlichkeit hat keine Geschichte und keine Sprache; nur in ihrer Hemmungslosigkeit liegt das Babylonische[77]). Der Liebende braucht die Sprache der reizenden Frau nicht zu kennen; er redet selbst nicht in seiner alltäglichen Sprache; zur Verführung gehört eher das fremde Idiom. Ein männliches Idealbild ist die Frau, die vieler fremder Sprachen kundig ist, und wohl auch die, die gar keine versteht; und wie aus der gewöhnlichen Sprache, so wird die Frau als Göttin und Herrscherin aus der gängigen Geschichte entrückt[78]).

Die Kette der Zeugungen, die Genealogie, ist uralte menschliche Erfahrung, aber gleichfalls keine Geschichte. Sie hat Ursprung und Ende, aber keine zeitlichen Lücken, keine räumlichen Grenzen; erst ihre bewußte Verwendung zur

---

[76]) Hören und Sprechen 63, 393, 426, 843, 1102, 1375, 1387, 1647, 1842. Ohr und Religion 119, 149, 393, 439, 658, 775, 1259, 1358, 1701, 1782. Geruchsinn 282 f., 310, 700, 1593, 1647. Auge und Religion 368, 439, 1416. Blindheit 175, 1468. Sehen und Sprechen 368, 1584, 1671, 1719. Augensprache 881, 1405, 1408, 1493, 1664 f. Sprache des Herzens 153, 395, 678, 1259, 1353, 1429, 1442, 1540, 1550, 1570, 1603, 1651, 1665, 1673, 1740, 1865; dagegen 1110, 1232. Herz als Mitte 180, 211, 1559 f., 1865.

[77]) Instinkt und Sprache, verbunden 1411 f., 1432 f., 1436, 1441, 1476, 1478, 1495, 1538, 1595, 1634, 1657, 1659, 1679, 1713 f., 1731, 1825, Anm. 40; getrennt 1316, 1536 f., 1773, 1807. Instinkt und Geschichte, verbunden 197, 412, 750, 1404 f., 1411 f., 1648; getrennt 1539. Sinnlichkeit in der Geschichte 94, 303, 420, 436, 552, 562, 668 f., 713, 1208, 1245, 1403, 1469, 1490, 1708, 1738, 1802; als babylonisch 225, 374, 1169, 1323, 1390, 1618, 1803 f., 1812, 1826.

[78]) Liebe ohne Sprachkenntnis 163, 678 f., 1018, 1588, 1781 f., 1785; dagegen 992 f. Verführung und Fremdsprache 19, 71, 621, 634, 646, 961, 992, 1141, 1269, 1288, 1326, 1338, 1347, 1388, 1410, 1453, 1587, 1618, 1664, 1693, 1741, 1818. Frauen sprechen Fremdsprachen 344, 501, 578, 634, 678, 714, 743, 746, 916, 1166, 1424, 1618, 1642, 1677, 1785; sprechen keine Fremdsprache 408, 804, 962, 1781; reden minderwertige Sprache 19, 71. Frau als Göttin 27, 31, 52, 73, 129, 152, 156 f., 159, 180, 409, 444; als Herrscherin 85, 201, 412, 639, 668, 767, 889.

Legitimation braucht ein berühmtes erstes Glied der Ahnenreihe und eine zahlensymbolische Gliederung; erst diese Pseudo-Historizität macht der geschichtlichen Betrachtungsweise die Genealogie überhaupt suspekt[79]). Öfter vergleicht man zwar die Lebensalter des Einzelmenschen mit den Epochen der Welt- und Sprachgeschichte, besonders gern die Kindheit mit der Frühzeit; aber der Vergleich hinkt, denn gerade wer die Jugendzeit der Welt preist, schätzt gewöhnlich nicht so sehr die kindliche Frische als die Weisheit des Alters, welche die jugendliche Unbestimmtheit überwand oder vergaß[80]). Die Leiblichkeit des Menschen wird also auf vielfältige Weise mit seiner Sprache und Geschichte verbunden, ohne sie aber im Wesen zu bestimmen und ohne durch sie bestimmt zu sein.

Noch schwerer zugänglich als der Leib ist dem Menschen seine Seele. Er hält sie oft für heimatlos und gestaltlos, auf der Suche nach tieferem Grund. Sie hat keine Geschichte, ist überall dieselbe und unsterblich; man kann sie kaum ordnen und zergliedern. Sie läßt sich bilden und ansprechen; aber wer Eindrücke als Geschichte, Sprache als Ausdruck der Seele versteht, erfaßt nur die Oberfläche [81]). Die Seele scheint zu sprechen in Freude und Leid, im Lachen und Weinen, in einer Sprache, die jedermann überall versteht; aber sie ist so unsagbar wie die Bildersprache des Traumes, der vor der Geschichte aus-

---

[79]) Genealogie in der Geschichte 23, 39, 62, 72, 92, 97, 141, 177, 319, 327, 409, 437, 439, 475, 541 f., 678, 844, 925 f., 1510, 1710; als Legitimation 46, 76, 93, 278, 314, 337, 408, 689 f., 717, 781, 788, 824, 845, 849, 862 ff., 914, 916, 918 f., 1008, 1016, 1071, 1095, 1099, 1226, 1270, Anm. 116. Ahnenreihe, ihr erstes Glied 67, 97, 156, 162, 222, 230, 278, 387, 438, 444, 458, 461, 467, 471, 473, 475, 481, 513, 543, 565, 574, 609, 684, 686, 688, 697 f., 781 f., 846, 975, 1095, 1202 f., 1237, 1285, Anm. 104; ihre Zahlengliederung 149, 222, 230, 443, 466, 710, 884, 1439; ihre Lücken 688, 845, 908. Kritik an der Genealogie 155, 221, 234, 348, 351, 422, 457, 484, 576, 726, 834, 961, 971, 1001, 1105, 1167, 1235, 1256, 1270 f., 1329, 1354, 1399, 1408, 1443, 1458, 1467, 1495, 1512, 1606, 1618, 1642, 1652, 1659, 1705.

[80]) Lebensalter als Geschichtsepochen 394, 426, 447, 476, 572, 594, 638 f., 806 f., 1182, 1500; als Sprachepochen 426, 1378, 1584, 1637, 1787. Frühgeschichte als Kindheit 1182, 1231, 1290, 1541, 1774. Frühe Sprache als Kindersprache 1137, 1153, 1348, 1433, 1442 f., 1493, 1495, 1500, 1511, 1687, 1693, 1793, Anm. 191. Kindersprache als Natursprache 217, 775, 1405, 1442, 1693, 1705 f. Kindheit und Jugend, verehrt 612, 1403, 1466, 1468, 1589, 1679; geringgeschätzt 21, 102, 1406, 1537. Alter, verehrt 127, 168, 193, 296, 409, 1220; geringgeschätzt 21.

[81]) Seele als heimatlos 182, 584, 1645; als ungeschichtlich und unsterblich 62, 86, 219, 237, 354, 408, 584, 831, 843, 960, 979, 1429, 1468 f., 1482, 1507, 1544, 1619, 1681, 1696; dagegen 1300. Seele überall gleich 367; als Weltseele 1184, 1664, 1670; ihre Zahlenordnung 144. Seele und Sprache, verbunden 64, 107, 137, 420, 870, 959, 982, 1000, 1358, 1478, 1493, 1573, 1607, 1618, 1645, 1679, 1687, 1730, 1734, 1739, 1799, 1807, 1840, 1858, 1861; getrennt 900, 1001, 1285, 1302, 1538, 1794.

weicht und doch Geschichte deutet[82]). Die Seele ist bewegt und erfüllt vom Unbewußten, von Empfindungen und Leidenschaften, die aus der unsprachlichen und ungeschichtlichen Tiefe des Menschen aufzusteigen scheinen, aber auch von Sinneseindrücken, Gefühlen und Vorstellungen, die eher von außen kommen und leichter sprachlichen Ausdruck finden. So deutlich sich jedoch alle diese Seelenkräfte von den Objekten lösen, sie werden selbst keine deutlichen Objekte, und so kann man sie ebensogut für überall gleich und einheitlich wie für geschichtlich erworben und veränderlich erklären[83]). Der Zusammenhang zwischen der menschlichen Seele und der Sprache und Geschichte ist wohl ebenso unlöslich wie unerklärlich.

Klarer bestimmt sich der menschliche Geist in seinem Verhältnis zu Geschichte und Sprache. Er empfindet sich als unendlich und übergeschichtlich, Sprache und Geschichte nur als seine Medien; denn der Gedanke verkörpert sich geschichtlich in Religion, Kultur und Politik, sprachlich in Wort und Schrift. Dennoch fühlt sich die geniale Intuition dieser irdischen Sphäre überhoben[84]). Denken und Sprechen werden höchstens religiös verbunden, lieber erkenntnistheoretisch getrennt; das Denken setzt sich oft autonom, weder den Dingen noch den Sprachen versklavt[85]). Die immergleiche und allgemeine Ver-

---

[82]) Freude und Lachen 482, 807, 1000, 1272, 1358, 1809. Leid und Sprache 679, 744, 1358, 1679. Seufzer und Weinen 51, 425, 775, 807, 810, 904, 1822. Traum und Sprache 491, 602, 818, 1544, 1568, 1594, 1693, 1828, 1831, 1861. Traum als Flucht vor der Geschichte 1133, 1168, 1310, 1642, 1783 f. Geschichte als Traum 1390 ff., 1713.

[83]) Unbewußtes und Sprache 1527, 1604, 1618, 1645, 1679, 1726, 1738, 1860 ff.; und Geschichte, verbunden 1414, 1504, 1527; getrennt 1450, 1495, 1611, 1628, 1647, 1714, 1804, 1813, 1828. Empfindungen und Sprache, verbunden 1112, 1432, 1476, 1503, 1591; getrennt 103, 431, 959, 1742. Empfindungen und Geschichte, verbunden 1573. Leidenschaften und Sprache, verbunden 1496; getrennt 775, 1315, 1588, 1603. Leidenschaften und Geschichte, verbunden 64, 137, 412, 1325, 1289, 1315, 1613, 1632; getrennt 92, 905, 1285, 1496, 1804, 1861. Gefühl und Sprache, verbunden 137, 156, 812, 1523, 1528, 1568, 1591, 1639, 1840; getrennt 1442, 1568, 1645, 1732. Vorstellung und Sprache, verbunden 107, 811 f., 1000, 1160, 1314, 1397, 1407, 1431, 1799, 1840. Vorstellung und Geschichte, verbunden 137, 807; getrennt 107, 138, 176, 798, 1498, 1537, 1703, 1840.

[84]) Geist und Geschichte, verbunden 923, 1561, 1578 f., 1581, 1701, 1742; getrennt 478, 526, 584, 812, 979, 991, 1028, 1284, 1522, 1541, 1543, 1566 ff., 1570 ff., 1576, 1589, 1604, 1628 f., 1660, 1687, 1700 f., 1703, 1715 f., 1735, 1740, 1789, 1815 f., 1823 f., 1842, 1851 f. Geist und Sprache, verbunden 678, 992 f., 1067, 1107, 1548, 1581, 1657, 1685, 1717, 1742, 1796, 1801, 1813, 1841; getrennt 1782, 1846. Genie und Sprache 1400, 1410, 1423, 1521 f., 1540, 1565, 1591, 1604, 1628, 1634, 1642, 1801, 1815, 1824.

[85]) Denken und Sprechen, verbunden 61, 367, 375 f., 386, 404, 425, 427, 449, 490 f., 605, 642, 678, 721 f., 728, 797 f., 805, 807, 811 f., 871 f., 924, 982, 1000, 1014, 1102, 1109 f., 1161, 1242 f., 1259, 1264, 1268, 1284, 1287, 1289, 1292, 1387 f., 1397,

nunft beansprucht, das Wesen des Menschen zu beherrschen und die Geschichte der Völker und Sprachen in gottgleicher Ungebundenheit zu ordnen[86]). Sie glaubt, die eindeutige Wahrheit zu erkennen, die zwar überall in der Geschichte und Sprache wohnt, aber ihrer Vermittlung nicht bedarf[87]). Jenseits der wesenlosen Formen denkt man sich das geschichtslose Sein und die übersprachliche Idee; zu ihnen strebt die logische Abstraktion, indem sie geschichtliche Anschauung zu sprachlichen Begriffen läutert, die Knoten des Verworrenen löst und das Getrennte neu verbindet[88]). Da fügt sich aus den flüchtigen Erscheinungen das zeitlose Wesen, aus geschichtlichen Extremen die goldene Mitte, aus dem Be-

---

1434, 1441, 1476, 1478, 1482, 1529, 1537, 1550 f., 1556, 1565, 1581, 1583, 1595, 1608, 1613 f., 1631, 1642, 1651, 1674 f., 1701, 1710, 1719, 1739, 1766 f., 1806, 1841 f., 1853, 1866; getrennt 98, 105, 176, 184, 187, 230, 342, 367, 369, 375, 383 f., 393, 433, 490, 605 ff., 631, 637, 679, 710, 722, 728, 809, 896, 905, 992, 1028, 1070, 1102, 1232, 1240, 1272 ff., 1309, 1356, 1424, 1432, 1488 f., 1495 f., 1504, 1508, 1525, 1536 ff., 1597, 1603, 1606 f., 1651, 1661, 1664, 1669, 1713 ff., 1732, 1774, 1807 f., 1823 f., 1827, 1862.

[86]) Vernunft als Wesen des Menschen 547, 642, 658, 812, 843, 1273, 1482, 1604 ff., 1753; dagegen 1089, 1412, 1523, 1703. Vernunft und Geschichte, verbunden 245, 340, 342, 401, 630, 637, 1028, 1343, 1412, 1489, 1538 f., 1550, 1579 ff., 1607 f., 1853; getrennt 98, 138, 166, 176, 187, 393, 402, 424, 547, 585, 588, 601, 632, 636 ff., 640, 651, 729, 805, 831, 1029, 1254, 1262 ff., 1279, 1311, 1393, 1445 f., 1475 f., 1483, 1485–8, 1490, 1493, 1499, 1519, 1597, 1610, 1770, 1773, 1801, 1807. Vernunft und Religion, verbunden 228, 243, 364, 415, 651, 1029, 1066, 1148, 1160, 1254, 1262, 1286, 1317, 1325, 1330, 1376, 1378, 1445 f., 1476, 1482, 1486, 1491, 1603, 1609, 1698; getrennt 245, 1290, 1325, 1343, 1523, 1577.

[87]) Wahre Erkenntnis ist möglich 137, 244 f., 367, 798, 805, 871, 896, 905, 1049, 1160, 1216, 1283, 1490, 1529, 1536, 1767 f.; ist unmöglich 96, 637, Anm. 7. Wahrheit und Geschichte, verbunden 175, 177, 207, 228, 231 f., 241, 253, 1400, 1444 f., 1453, 1465, 1482, 1618, 1625, 1775, 1828, 1863, 1868; getrennt 73, 94, 104, 340, 343, 366 f., 370, 378, 979, 1028 f., 1071, 1315, 1381, 1398, 1476, 1492, 1497, 1572, 1577, 1579, 1615, 1625, 1656, 1699, 1734, 1784, 1787, 1801, 1846, 1850, 1866. Wahrheit und Sprache Anm. 364.

[88]) Das Sein, getrennt von Geschichte und Sprache 62, 64, 73, 95, 525, 799, 896, 1416, 1482, 1569, 1678, 1842, 1850, 1861, 1863, 1869. Das Nichts als Wirklichkeit 498, 502, 1280; als Name 491, 896. Sprache als nichtig 1014, 1232; dagegen 1614, 1832, 1847. Ideen und Geschichte, verbunden Anm. 476; getrennt 1183, 1410, 1416, 1425, 1442, 1450 f., 1482, 1557, 1570 ff., 1595, 1625, 1651, 1714. Ideen und Sprache, verbunden 1397, 1449, 1476; getrennt 1289, 1397. Logik und Geschichte, getrennt 1242, 1445, 1741, 1786 f. Logik und Sprache, verbunden 1014, 1137, 1445, 1648, 1779, 1787, Anm. 331, Anm. 372; getrennt 1476, 1525, 1788, 1794, 1842, 1855. Begriff und Geschichte, verbunden 924, 927, 1432, 1511, 1569, 1573, 1581, 1584, 1620 f., 1701, 1796; getrennt 23, 106 f., 239, 257, 882, 1222, 1437, 1465, 1507, 1520, 1522, 1541, 1568, 1571, 1615, 1618, 1767, 1787. Begriff und Sprache, verbunden 1314, 1437 f., 1511, 1624, 1701, 1732, 1774, 1796, 1859; getrennt 631, 797, 1547, 1632, 1809, 1878.

sonderen das Allgemeine[89]). Freilich versagt sich die äußere Wirklichkeit mit ihren unzähligen und wechselnden Umständen immer wieder der geistigen Durchdringung; der Einbildungskraft wird gar zu oft die Wirklichkeit zum Anlaß unendlicher Täuschungen, an denen auch die Sprache schuld hat[90]). Indes scheint Erinnerung eine schlichtere Dauer und Vermittlung zu stiften, ja in Tradition und Sprache anzuhäufen; doch das Gedächtnis des Menschen ist kurz, Vergessen und Neugier verdrängen das Bleibende. Erfahrung wird an der geschichtlichen Wirklichkeit erworben und sprachlich formuliert; aber vererbt wird sie nicht, sie bleibt oft am äußeren Schein haften und dient allein dem Moment[91]). Flieht der Geist aus der Nüchternheit des Denkens und Wirkens, so erhebt ihn zwar der Rausch des Wahnsinns über Sprache und Verantwortung, aber auch über Wahrheit und Wirkung. Die Trunkenheit führt in babylonischen Taumel, dem zwar die fremdesten Sprachen zu Gebote stehen, der aber an der geschichtlichen Wirklichkeit gar nichts ändert[92]). Es bleibt nur Selbsterkenntnis, die im Vernehmen des Vergangenen und Fremden den Menschen geschichtlich und sprachlich bestimmt; sie weist ihn über seine Gedanken hinaus zur Tat[93]).

---

[89]) Wesen und Erscheinungen, verbunden 680, 1452, 1651, 1664, 1742; getrennt 45, 183, 331, 798 f., 896, 903, 1182, 1224, 1272, 1344, 1431, 1452, 1537, 1593, 1731, 1801. Mitte und Extreme, getrennt 106, 139, 148, 175, 348, 379, 406, 811, 869, 1250, 1280 f., 1671, 1879. Allgemeines und Besonderes, getrennt 103, 106, 108, 110, 206, 355 f., 364 f., 524, 660, 751, 1028, 1343, 1419, 1627; verbunden Anm. 492.

[90]) Wirklichkeit und Denken Anm. 481–7. Einbildungskraft und Sprache, verbunden 819, 1232, 1274, 1309, 1389, 1397, 1506, 1701. Einbildungskraft und Geschichte, verbunden 1410, 1837; getrennt 1401, 1434, 1499, 1619, 1628. Täuschung 72, 1167, 1300, 1324, 1389 ff., 1401, 1701 ff., 1774, 1828, 1833, Anm. 95.

[91]) Erinnerung und Sprache 961, 1142, 1314, 1362, 1645, 1666, Anm. 329. Erinnerung und Geschichte 394, 691, 979, 1112, 1594, 1652, 1662, 1700, 1833. Tradition Anm. 407–19. Vergessen 287, 394, 476, 1102, 1408, 1532, 1656, 1662, 1808, 1833. Neugier 446, 515, 545, 595, 742, 825, 1001, 1133, 1142, 1191, 1250 f., 1287, 1496. Erfahrung und Geschichte, verbunden 1243, 1423 f., 1449, 1611, 1650, 1758, 1877 f., 1880; getrennt 1108, 1241, 1395, 1411, 1430, 1499, 1511, Anm. 409. Erfahrung und Theorie, getrennt 1101, 1182, 1263, 1268, 1360 f., 1372, 1381, 1393 f., 1396, 1423 f., 1476, 1505; verbunden 1452, 1603, 1607, 1767 f. Erfahrung und Sprache, verbunden 1114, 1292, 1316, 1369 f., 1396, 1416, 1434, 1449, 1498, 1536, 1587, 1660, 1777, 1840; getrennt 1102, 1520, 1650 f.

[92]) Wahnsinn und Sprache 253, 263, 431, 501, 527, 587 f., 1079, 1133, 1232, 1360, 1644, 1666, 1732, 1772, 1798. Trunkenheit und Fremdsprachen 179, 343, 584, 757, 1004, 1089, 1467, 1528, 1677, 1679, 1828, 1861 f. Trunkenheit als babylonisch 994, 1088, 1092, 1109 f., 1204, 1401; als Überwindung der Geschichte 1391, 1593; als göttlich 58. Geschichte als Taumel 1523, 1525, 1529, 1829.

[93]) Selbsterkenntnis und Geschichte 217, 1256, 1259, 1430, 1495, 1550, 1561 f., 1579, 1687, 1703, 1714 f., 1726, 1731, 1804, 1842, 1853, 1876, Anm. 477.

Erst im Bereich des Handelns definiert sich der Mensch. Kann auch sein Wille die geschichtlichen Wechselfälle und die sprachliche Vielfalt nicht wenden, er muß ihnen doch standhalten. Ob der Wille gebunden oder frei ist, jedenfalls muß er sich selbst binden, durch Treue in der Geschichte, durch Aufrichtigkeit in der Sprache[94]). Denn die Sprache kann lügen und glaubt sich durch den Wirrwarr des Geschehens entschuldigt; aber sie ist, auch wo sie Ausflucht sein möchte, Hilfe zur Tat, vielfach selbst eine Tat, und darum muß sie wahrhaftig sein[95]). Ihr Zeugnis klingt durch die Geschichte als Nachruhm des handelnden Menschen; vielen gilt er als allgemein und weitverbreitet. Und doch ist der große Name vergänglich und beschränkt, denn die Sprache reicht nicht weit und währt nicht lange[96]). Letztlich hängt auch die Norm sittlichen Handelns nicht von Sprache und Geschichte ab. In der Geschichte siegt nicht immer das Gute; geschichtlich ist eher das Böse, wenigstens die Verwirrung von Gut und Böse. Das wahre Glück liegt jenseits des Geschehens; Geschichte ist öfter das Feld des Leidens[97]). Und doch macht diese sittliche Norm das menschliche Zusammenleben möglich, denn sie verweist den Einzelnen hinaus über seine Einzigartigkeit. Nur in der Ablenkung von sich selbst kann das Individuum die Vielfalt annehmen, die es bedrängt; es verwirklicht sich, indem es sich in Geschichte und Sprache hinein auslegt, in einen Bereich, der ihm nicht ganz gehört und dem es nicht ganz gehört.

*

[94]) Wille und Geschichte, verbunden 176, 231, 655, 726, 742, 745, 757, 878, 965, 979, 1109 f., 1149, 1375 f., 1443, 1471, 1504, 1521, 1607, 1625, 1636, 1662, 1712, 1735; getrennt 519, 1294, 1611, 1718 f., 1722, 1725. Wille und Sprache, verbunden 176, 637, 639, 755, 812, 819, 1087, 1149, 1274 f., 1316, 1605, 1731, 1773; getrennt 1718, 1725, 1727. Treue 698, 775, 1185.

[95]) Sprache als Lüge 153, 191, 298, 574, 678, 734, 749, 865, 971 f., 980, 1061, 1104, 1299, 1343, 1353, 1401, 1403, 1444, 1506, 1734, 1776; vgl. Anm. 306. Sprache muß wahrhaftig sein 63 f., 86, 93, 216, 573, 674, 1087, 1232, 1243, 1283, 1466, 1482, 1506, 1569, 1584, 1742, Anm. 364. Sprache als Tathilfe 130, 176, 193, 384, 436, 455, 635, 658, 678, 721, 734, 775, 961, 1060 f., 1075, 1219 f., 1375, 1387, 1469, 1656, 1673, 1742, 1873, 1882; als Tat 1460, 1578, 1581, 1673, 1723, 1769, 1773 f., 1832, 1874; dagegen 420 f., 1087, 1542. Vgl. Anm. 366.

[96]) Ruhm und Name als allgemein und dauernd 35, 75 f., 92, 106, 472, 478, 532, 716, 960, 981, 1111 f., 1116, 1405, 1588; als vergänglich und beschränkt 117, 119, 122, 172, 212, 414, 425, 466, 496, 545, 697, 739, 754, 786, 1040, 1089, 1193 f., 1218, 1220, 1271, 1286, 1299, 1325, 1390, 1454, 1486, 1514, 1540, 1618, 1836.

[97]) Das Gute und die Geschichte, verbunden 387, 789 ff., 794 ff., 1418; getrennt 85 f., 135, 213 f., 252, 326, 726, 817, 1003, 1063, 1070 f., 1098, 1299, 1538, 1546, 1614, 1803. Das Böse und die Geschichte, verbunden 297, 398, 412, 588, 891 f., 1062 f., 1065, 1344. Geschichte als Verwirrung von Gut und Böse 1169, 1343, 1803. Glück und Geschichte, getrennt 73, 137, 161, 715, 1361, 1523, 1589, 1595, 1753, 1774, 1826. Unglück und Geschichte, verbunden 47, 411 f., 545, 662, 687, 962 f., 1105, 1112, 1627. Geschichte als Leiden 73, 189, 214, 217, 1353, 1826.

Erst in der Gemeinschaft scheint sich das Leben der Individuen zu erfüllen. Der Mensch ist ein Gemeinschaftswesen; schon daß er sprechen kann, macht ihn dazu; erst in der Gemeinschaft der Gleichstrebenden vollzieht sich die Geschichte. Zwar gehört der Einzelne keiner Gemeinschaft ganz, immer vielen zugleich; doch jede beansprucht ihn überwölbend mit ihrer eigenen Geschichte und ihrer besonderen Sprache. Die politischen Verbände hypostasieren sich besonders gern zu natürlichen oder religiösen Objektivationen und halten sich für die einzigen Träger der Geschichte, ihre Sprache für allgemein und dauernd; sie werden darin gestört durch die Vielfalt der Sprachen und den geschichtlichen Wandel[98]).

Am wenigsten beeinträchtigen Sprache und Geschichte die auf natürlichen Bindungen beruhenden Gruppen. Die Freundschaft lebt im Augenblick und schafft sich ihre Sprache der Verständigung; die Feindschaft ist zwischen Vertrauten ebenso möglich wie zwischen Fremden. Erst späte Verallgemeinerung hält Menschen gleicher Sprache und Herkunft für Freunde, Fremde für Feinde[99]). Die Ehe setzt keine gemeinsame Sprache, noch weniger gemeinsame Herkunft der Partner voraus; sie schafft das Verbindende von Fall zu Fall, höchstens für die Zukunft ein geschichtliches Erbe stiftend[100]). Schon die Familie hat jedoch Vergangenheit, von Vater und Mutter her, als Abstammungsgemeinschaft. In der Familie lernt der Mensch Erfahrung und Sprache, als „Vatersprache" und „Muttersprache"; die Familie gilt vielfach als Keimzelle aller politischen Gemeinschaften. Doch gestaltet sie trotz Familientradition und Ahnenverehrung selten das sprachliche und geschichtliche Leben[101]). Vater und

---

[98]) Mensch als Gemeinschaftswesen 159 f., 394, 401, 414, 421, 443, 718, 810, 1111, 1133, 1146, 1312, 1358, 1396, 1410 f., 1493, 1506, 1521 f., 1609, 1632, 1653, 1671, 1680, 1704, 1714, 1752 f., 1756 ff., 1773, 1799, 1818, 1821, 1825, 1832, 1846, 1874. Gemeinschaft und Sprache Anm. 129, Anm. 368, Anm. 380. Gemeinschaften machen Geschichte 240, 541, 1553 f.

[99]) Freundschaft und Sprache 61, 98, 137, 286, 370, 718, 811, 1110, 1322, 1355, 1358, 1512. Feindschaft und Sprache 61, 600, 1142, 1198, 1825. Feindschaft und Geschichte 757, 879, 926, 1051, 1083, 1207, 1839. Gleichsprachige Freunde Anm. 300. Fremdsprachige Feinde Anm. 305.

[100]) Ehe ohne gemeinsame Sprache 677, 691, 737, 773; dagegen 303, 1131. Ehe ohne gemeinsame Herkunft 309, 311, 318, 560 f., 677, 690, 737, 763, 824 f., 916, 919, 1043, 1212, 1233, 1371 f.; dagegen 303, 1233, 1531. Ehe schafft gemeinsame Sprache 872, 1550, 1639; verändert die Sprache 1330; schafft Geschichte 412, 414, 509, 552, 609 f., 662, 668, 695, 824 f., 867 f., 910 f., 1009 f., 1012, 1023, 1099, 1129, 1234 f., 1249.

[101]) Familie als Gemeinschaft der Abstammung 792; der Sprache Anm. 233; schafft Geschichte 23, 26, 85, 201, 262, 274, 279, 414, 735, 845, 1002, 1159, 1161, 1364, 1428, 1445, 1523, 1580, 1748; dagegen 1700, 1838. Ahnenverehrung 42, 53, 67, 152, 274, 279, 845, 1002. Vater und Geschichte 1305, 1783. Vater und Sprache 63, 513,

Mutter sind allerdings Bilder des Ursprungs überhaupt, Kinder das Bild geschichtlicher Entfaltung, und so nutzen sprachliche Übertragungen ungeschichtliche Zustände für geschichtliche Situationen: Familie der Völker, der Sprachen; Vater der Menschheit, des Volkes; Mutter der Gläubigen, der Sprachen; Brüder der Fremden, der Toten; Kinder Adams, des Fleisches[102]). Mythos und Geschichtslegende stellen den Gründerhelden immer wieder als Sohn eines gewaltigen Heroen dar; die Geschichte beginnt mit der zweiten Generation, wie der Streit um Erstgeburt und Ebenbürtigkeit zeigt[103]).

Die Sippe, der Kreis der Verwandten, reicht schon tiefer in die Geschichte hinein; sie kennt Zahlengliederung, Generationsketten und Ahnenreihen, jedoch meist nur über wenige Jahrzehnte hinweg und noch immer kaum durch sprachliche Besonderheiten in ihrem Selbstbewußtsein bestärkt[104]). Erst der Stamm tritt als selbständige, mitunter gleich als die höchste Gemeinschaft auf; er braucht einen eigenen Namen, auch eine alte Geschichte, ausgehend von Ereignissen, lieber noch von einem Stammvater. Man sieht Stämme vielfach als Individuen an, man kann sie zählen und gliedern, sie haben ihren geprägten Stammescharakter und ihren Stammesdialekt. An die Konstanz des Stammes glaubt man um so hartnäckiger, je kurzlebiger sein Dasein und je undeutlicher seine Abgrenzung ist; aber die Verschiedenheit der Stämme kann schnell im

---

547, 1153, 1348. Name „Vatersprache" 153, 155, 293, 303, 430, 499 f., 527, 926, 969, 1082, 1138, 1362. Mutter und Geschichte 659, 1375, 1545, 1737 f., 1804. Mutter und Sprache 427, 495, 513, 1153, 1341, 1348, 1450, 1854. Name „Muttersprache" 440, 747, 803, 826, 860, 871, 886, 897, 903, 978, 988, 1003, 1068, 1102, 1123, 1125 f., 1155, 1177, 1195 f., 1217, 1237, 1267, 1283, 1362, 1482, 1484, 1539 f., 1544 f., 1682, 1741, 1848; vgl. Anm. 40, Anm. 309.

[102]) Übertragene Bedeutung von „Familie" 296, 1428, 1633, 1682, 1781, 1790 f., 1870, Anm. 340; von „Vater" 165, 182, 201, 439, 461, 469, 500, 547, 732, 1058, 1078, 1194, 1247, 1313, 1358, 1361, 1475, 1540, 1619, 1674, 1700; von „Mutter" 201, 327, 353, 550, 640, 659, 718, 760, 1044, 1200, 1516, 1545, 1560, Anm. 51; von „Bruder" 338, 422, 441, 562, 698, 768, 864, 1002, 1006, 1043 f., 1057, 1068, 1071, 1378, 1427; von „Schwester" 1465; von „Kind", „Sohn", „Tochter" 128 f., 187, 195, 197, 251, 313, 326, 395, 406, 423, 439, 461, 768, 872, 983, 1001, 1019, 1077, 1206, 1233, 1282, 1349, 1372, 1409, 1457, 1465, 1467, 1484, 1523 f., 1545.

[103]) Väter und Söhne im Mythos 201, 240, 387, 401, 412 f., 451, 458, 463, 468, 473, 552, 599, 609 f., 654 f., 668 f., 671, 695, 707, 761, 783, 789, 795, 815, 825, 844, 846, 849, 865 f., 887, 899, 905, 909 ff., 917 ff., 984, 1002, 1009 f., 1012, 1017, 1023, 1031, 1059, 1099, 1144, 1171, 1227, 1245, 1249, 1268, 1281, 1325, 1354, 1370, 1372, 1391, 1603. Erstgeburt 535, 894, 1038, 1065, 1130, 1197, 1226, 1326, Anm. 240. Ebenbürtigkeit 77, 255, 306. Adoption 76 f.

[104]) Sippe als Abstammungsgemeinschaft 478, 753; ihre Zahlengliederung 478, 1037, 1039, 1214; Generationsketten 134, 416, 435, 443, 451, 466, 516, 660, 710, 753, 790, 792, 837, 858, 879, 892. Ahnenreihen 408, 422, 459, 563, 565, 567, 670, 684, 697, 718, 743, 760, 824, 863, 975, 1002, 1108, 1167, 1233, 1268, 1512, Anm. 79.

größeren Verein aufgehen[105]). Gleiches gilt vom Vaterland und von der Heimat; das Land der Jugend, der alten Erinnerung, der Muttersprache ist zwar unvertauschbar und für den Vertriebenen unersetzlich, oft gerade für ihn erst unvergleichlich; doch sammeln sich auch Heimat und Vaterland im Begriff des Volkes, das die Stämme umschließt[106]).

Das Volk ist durchaus nicht immer eine Gemeinschaft der Abstammung oder der Sprache; es kann auch im räumlichen Beisammenwohnen, in der gemeinschaftlichen Religion oder Politik begründet sein, oft in vielen Komponenten zugleich[107]). Aber man erhebt es gern zu einem Individuum, zu einem reinen Typus jenseits geschichtlichen Wandels. Ein gemeinsamer, überzeitlicher Volksgeist und ein ehrwürdiger Volksname sollen die Kraft und das Alter seines Einverständnisses bezeugen; gegen historische Anfechtung verteidigt man die natürliche Reinheit des völkischen Organismus[108]). Wenn auch Sprache und

---

[105]) Stamm als höchste Gemeinschaftsform 85, 114, 148, 472, 522, 536. Stammesnamen 440, 442, 494, 566. Zahlengliederung 43, 50, 87, 265, 268, 276, 310, 551, 719, 836, 839, 1827; dagegen 516, 604. Stamm und Sprache, verbunden 160, 177, 261 f., 265, 280, 417, 444, 570, 671, 1030 f., 1814, Anm. 233; getrennt 100, 272, 400, 416 f., 522, 1025. Stämme als Teile eines Volkes 25 f., 90, 99, 114 f., 123 ff., 153, 160 f., 176, 265, 443, 461, 487, 540, 542, 567, 573, 624, 631, 684 f., 723, 751, 753, 1090, 1556, 1580.

[106]) Vaterland als unersetzlich 422, 601, 623, 702, 828, 1201, 1209, 1233, 1338, 1612, 1625, 1748, 1870. Mutterland 73, 1738. Heimat als unersetzlich 36, 98, 152 ff., 600, 698, 801, 869 f., 873, 1510, 1584, 1595, 1645, 1677. Vertriebene Anm. 313. Kritik an der Heimat 64, 1281, 1332, 1510, 1646, 1814.

[107]) Volk als Abstammungsgemeinschaft 17, 346, 538, 801, 924, 1027, 1081, 1246, 1289, 1553, 1625, 1856; dagegen 52, 102, 116, 401, 414, 542, 753, 828, 892 f., 1310, 1343, 1375, 1443, 1566, 1702, 1713. Volk als Sprachgemeinschaft Anm. 110; als räumliche Gemeinschaft 299, 416 f., 801, 836 f., 1431, 1509; dagegen 202, 372. Volk als Religionsgemeinschaft 25, 73, 114, 118, 168, 275, 325, 329, 335, 533, 566, 977, 1027, 1065, 1069, 1101, 1135, 1140, 1150, 1207, 1209, 1212, 1242, 1261 f., 1335, 1343, 1355, 1357, 1361, 1380, 1386, 1427, 1431, 1443, 1552, 1554 ff., 1560, 1566, 1574, 1585 f., 1591, 1623 ff., 1630, 1634, 1637 f., 1652, 1676, 1699, 1702, 1705, 1708, 1721, 1729 ff., 1745 f., 1748, 1760, 1826, 1837, 1843, 1859 f., 1867, 1878 f.; dagegen 54, 58, 91 f., 227, 334, 355, 392, 542, 875, 920, 1090 f., 1195, 1229 f., 1297, 1303, 1348, 1381, 1589, 1678, 1726, 1750, 1770, 1802 f., 1815, 1843, 1857. Volk als politische Gemeinschaft 102, 116, 1431, 1443, 1565.

[108]) Volk als Individuum 185, 958, 1521, 1525, 1543, 1570 f., 1573, 1635, 1717, 1841, 1881. Volk und Geschichte, verbunden 176, 373, 381, 400, 417, 523 f., 539, 894, 1246, 1254, 1599, 1733, 1737, 1881; getrennt 1705, 1731, 1768, 1818, 1840. Volksgeist 1431 f., 1569, 1578, 1634 f., 1687, 1710, 1716 f., 1730, 1734, 1740, 1840, 1858, 1872; dagegen 1650, 1726. Volksnamen 166, 274, 295, 297 f., 305, 440, 524, 556 f., 562, 566, 645, 694, 707, 757, 849, 884, 894, 938, 941, 945, 1228, 1565; des eigenen Volkes Anm. 290; fremder Völker Anm. 296; ihre Deutung 166, 320, 379 f., 439, 442, 451 f., 460, 463, 494, 512, 522, 524, 552, 559, 562, 566, 573, 662, 691, 693 f., 700, 707, 760, 763,

Name manches Volkes sich geändert haben, man findet in Gleichungen von Völkernamen und in der Annahme von Sprach- und Blutsverwandtschaften Anzeichen für die geschichtliche Unversehrtheit der Völker[109]). Daß Volk und Sprache, schon wegen ihrer verschiedenen Geschichte, miteinander nicht wesenhaft eins sind, wird dort bestritten, wo sich keine konkretere Gemeinsamkeit als die der Sprache anbietet, aber dort bemerkt, wo Völker ohne eigene Sprachen politische Ordnungen finden[110]). Auf dem Weg zur politischen Konkretisierung, von der gemeinsamen Herkunft über die gemeinsame Sprache zu dem gemeinsamen Willen politischer oder sozialer Ordnung, ist erst recht der

---

768, 772, 824, 827, 878, 884, 915 f., 969, 989, 1013, 1051, 1070, 1105, 1189, 1195, 1197, 1228, 1246 ff., 1252, 1259 f., 1279, 1356, 1371, 1373, 1429, 1473, 1481, 1530, 1553, 1606, 1654, 1685, 1733, Anm. 214; dagegen 62, 102, 254, 440, 468. Reinheit des Volkes 144, 1705, 1856; des eigenen Volkes Anm. 291; dagegen 176, 373, 1247.

[109]) Wechselnde Sprache eines Volkes 100, 114, 153 f., 303, 346, 380, 445, 560, 587, 663 f., 668 f., 685, 766, 1038, 1123, 1165 f., 1172, 1234, 1275, 1278, 1289, 1375, 1378, 1380, 1535, 1677. Volksname stammt aus Fremdsprachen 172, 439, 463, 531, 557, 559, 662, 884. Wechselnder Volksname 172, 849, 894. Gleicher Name verschiedener Völker 388, 407, 410 f., 413, 428, 443, 445 ff., 451 f., 459, 502, 512, 514, 516, 560, 567 ff., 573, 580, 595, 614, 625, 655, 700, 734, 766, 769 f., 879, 918, 933, 935 f., 951, 970, 976, 986, 1013, 1039, 1044, 1054–9, 1070, 1072, 1100, 1104, 1120 f., 1177, 1187 ff., 1194, 1210, 1214, 1216, 1224, 1228, 1246, 1275, 1294, 1327, 1335, 1346, 1418, 1426 f., 1463, 1473, 1476 f., 1683, 1697. Gleichsetzung ähnlichklingender Völkernamen 451, 468, 473, 509, 530, 560, 611, 669, 687, 692 f., 695, 734, 767, 773, 894, 912, 970, 985, 1012, 1057, 1123, 1224, 1228, 1243, 1481, 1553, 1606, 1637, 1697; dagegen 1477. Unterscheidung von Völkern Anm. 177. Sprachverwandtschaften zwischen verschiedenen Völkern 313, 1099 f., 1118, 1230, 1248, 1327, 1329, 1339 f., 1373, 1375, 1378, 1409, 1411, 1461, 1477, 1561 f., 1600, 1617, 1683, 1685, 1715, 1830, Anm. 178; dagegen 691, 1057, 1706, 1741. Genealogische Verbindung (Filiation) verschiedener Völker 371, 438, 443, 460, 512, 516, 518, 536, 565, 568, 580, 597, 607, 624, 686, 693, 698, 703, 768, 917, 919, 970, 986, 1032 f., 1043 f., 1056, 1059, 1100, 1104, 1187, 1224, 1227, 1246 f., 1275, 1327 f., 1378, 1427, 1461, 1477, 1481, 1502, 1561 ff., 1603, Anm. 177.

[110]) Volk als Sprachgemeinschaft 17, 39, 73, 82, 100, 104, 116, 119 f., 144, 160 f., 166, 181, 183, 187, 200, 218, 293 f., 299, 312 f., 320, 377, 401, 410, 414 ff., 444, 450, 453, 464, 522 f., 532 ff., 538, 542, 566, 579, 670, 681 f., 701 f., 727, 741, 744, 757, 820, 828, 836 f., 876 f., 893, 959, 968, 1022, 1052, 1064, 1123, 1125, 1131, 1138, 1172, 1193, 1209, 1213, 1215, 1217, 1240, 1289, 1310, 1317, 1320, 1339, 1413, 1421, 1432, 1449 f., 1476 f., 1493 ff., 1503, 1505, 1525, 1530, 1539, 1544 f., 1548, 1550 f., 1553–8, 1566, 1573, 1575 f., 1578, 1580, 1587, 1605, 1607, 1609, 1615, 1625, 1628, 1674, 1683, 1685, 1691, 1705, 1709 f., 1715 f., 1720, 1724, 1733, 1737 f., 1740, 1746, 1748 f., 1755 f., 1761 f., 1764 f., 1788, 1796 f., 1813, 1818, 1823, 1835, 1840, 1851, 1853 f., 1857, Anm. 233; dagegen 40, 81 f., 100, 126, 202, 207 f., 213, 288, 294, 298, 304, 373, 400, 416 f., 524, 530, 538, 542, 551, 611, 624, 648, 664, 681, 699 f., 706, 723, 741, 751, 770, 801, 859, 972, 1005, 1044, 1055, 1057, 1063, 1086, 1193 f., 1197 f., 1225, 1275, 1277 f., 1307, 1335, 1375, 1534 f., 1634 f., 1645, 1650, 1680, 1710, 1715, 1717 f., 1725, 1734, 1763, 1773, 1814, 1843, 1855 f.

Begriff der Nation[111]). Heftiger als ihre Definition wird allerdings seit Jahrhunderten das Recht ihrer Absonderung, der Nationalismus, umstritten, und das ist zuerst eine Frage der historischen Konstellation[112]).

Denn politische Zusammenschlüsse sind stärker als natürliche dem Einfluß der geschehenden Geschichte ausgesetzt, weniger an einheitliche Herkunft und Sprache als an gemeinsames Reden und Wollen gebunden. Trotzdem wird der Staat nicht gern vom Volk geschieden, ja im Nationalstaat neu mit ihm gleichgesetzt; er nimmt an der Altersweihe, gemeinsamen Sprache und religiösen Würde des Volkes gerne teil[113]). Aber er ist, zumal als Territorialstaat, selten völkisch homogen und muß der geschichtlichen Vielfalt Raum gewähren, wenn sie seine Zwecke nicht hindert. Wie sich der Staat in zählbare Zonen rational gliedert, so umfaßt er oft mehrere Sprachräume, die sich nicht immer als Dialekte einer Staatssprache unterordnen lassen. Der Staat kann sich zwar durch eine Amts- und Behördensprache allgemein verständlich machen, seine Autorität jedoch nicht auf sprachliche Eintracht gründen, der Vielvölkerstaat und der Staatenbund so wenig wie der Nationalstaat[114]). Vollends das Reich will eine gegliederte Welt, manchmal von religiöser Allgemeinheit oder von universalhistorischer Tradition sein, bleibt also über der Vielgestalt geschichtlich gewachsener Völker und Sprachen als deren imperiale Zusammenfassung stehen und tastet sie in der Regel nicht an. Mag auch die herrschende Schicht

---

[111]) Nation als Gemeinschaft der Abstammung 624, 723, 753, 786, 792, 892, 972, 997, 1121, 1289, 1691, 1748, 1843; der Sprache 1289, 1539, 1558 f., 1578, 1762; der Religion 1729 f.; des politischen Willens 878, 1005, 1021 f., 1037, 1375, 1521, 1591, 1607, 1630, 1702, 1734, 1737, 1741; der Gesellschaftsordnung 1521, 1607, 1629, 1653, 1705; dagegen 1748, 1881.

[112]) Nationalismus Anm. 291. Kritik an ihm 397, 521, 1090 f., 1140, 1300, 1324, 1388, 1402, 1410, 1493, 1512, 1516, 1526, 1557, 1612, 1655, 1671, 1692, 1696, 1703 f., 1708, 1720, 1725, 1734 f., 1737, 1741 f., 1755, 1762, 1770, 1782, 1796, 1817, 1829, 1836, 1838 f., 1843 f., 1851, 1871, 1881.

[113]) Staat als Gemeinschaft des politischen Willens 102, 680, 1161, 1227, 1262, 1557, 1689, 1721, 1800; der Sprache 49, 104, 187, 317, 522, 562, 755, 828, 876 f., 995, 1004, 1105, 1161 f., 1200, 1258, 1266, 1380, 1521, 1558, 1601, 1607, 1727, 1756, 1761, 1790; dagegen 105, 470 f., 522, 1005, 1099, 1399, 1557, 1665, 1720, 1762, 1792 f., 1797 f., 1805, 1807, 1812, 1853. Staat und Volk, verbunden (Nationalstaat) 105, 755, 828, 1380, 1557 ff., 1691, 1727, 1737, 1748, 1761; getrennt 134, 998, 1096, 1099, 1209, 1622, 1663, 1665, 1702, 1715, 1719, 1734, 1740 f., 1745, 1770, 1792 f., 1806, 1812. Staat und Religion, verbunden 328, 1689, 1691, 1721; getrennt 347, 1080 f., 1290, 1296, 1316, 1402, 1734, 1753, 1800, 1804. Staatstheoretische Literatur 811, 815, 825, 829, 869, 876, 885 ff., 895, 1003, 1021, 1023, 1165, 1177 f., 1185 f., 1247, 1266, 1290, 1310, 1313, 1315 f., 1326, 1399, 1405, 1443, 1557, 1575, 1615, 1724.

[114]) Staat, seine Zahlengliederung 40, 159, 181 f., 462, 995, 1019, 1705; seine Amtssprache 24, 55, 219, 278, 308, 330, 446, 682, 717, 823, 914, 919, 1042, 1558 f., 1585, 1598, 1633, 1740 f., 1790, 1807. Toleranz im Staat 680–3, 685.

sich als das eine Reichsvolk gebärden und eine Reichssprache fördern, je ökumenischer der Anspruch auf Herrschaft, desto unerläßlicher die Duldung des Besonderen[115]). Die erstrebte Einheit ist zuerst die der Macht.

Darum konzentrierte sich das ältere politische Sprach- und Geschichtsdenken auf die Person des Herrschers, in dem man monarchisch die Einheit des Vielfältigen verkörpert sah. Sein Name und Titel galt als göttlich und heilig wie seine Person oder wie seine Herkunft, die früh in Herrschergenealogien festgehalten wurde; er kam aus der Ferne oder Fremde oder stammte von großen Heroen[116]). Seine Macht war ein Abbild der göttlichen Herrschaft über die Welt, noch im Christentum religiöser Auftrag oder wenigstens uralte Legitimität, jedenfalls unverbrüchliche Ordnung, gegen die kein Widerstand möglich schien, weil die Geschichte mit ihr war[117]). Der Herrscher machte die Geschichte, die man zu seinem größeren Ruhm aufzeichnete; er benannte gültig

---

115) Reich als Welt 33, 38, 43, 65, 81, 87, 139, 158, 161, 165, 167, 308, 540, 593; dagegen 56. Zahlengliederung des Reiches 40, 49, 87, 100, 557, 570, 665, 693, 758, 844. Reich als religiöse Macht 77, 153, 354, 410 f., 413, 663, 725, 1165, 1195, 1837; dagegen 369. Reich als Macht der Überlieferung 322, 553, 558, 1692, Anm. 415; als Zusammenfassung von Völkern 106, 132, 134, 165, 407, 497 f., 500, 511 f., 557 f., 561, 568, 573, 620, 671, 683 f., 828, 1585, 1724, 1768; vgl. Anm. 337; als Hüter der Sprachenvielfalt 54 f., 81 f., 132 f., 155, 158, 162, 167, 268, 317, 324, 438, 458 f., 464, 540, 581, 677, 682 f., 690, 772 f., 828, 834, 848, 1136, 1166, 1231, 1555, 1608, 1766; als Volk einer Sprache 671, 886, 1360, 1556, 1672, 1837. Spracheinheit im Reich gefördert 165, 167, 246, 293, 298 f., 383, 398, 529, 645, 827, 886, 968 f., 988, 1135 f., 1380, 1555 f., 1681, 1707 f., 1715, 1724, 1737. Reichssprache 24, 54 f., 82, 86 f., 132 f., 144, 158, 224, 293, 298, 364, 396, 499, 533, 969, 1141, 1585, 1759, 1791.

116) Herrscher, sein Name 81; sein Titel 43, 47, 75, 81, 84, 86, 294, 532 f., 772, 909, 999, 1410, 1431; Fixierung seiner Genealogie 43, 76, 83, 278, 351, 443 f., 471, 508, 512, 574 f., 597, 686, 692, 781, 788, 907, 1006, 1008, 1052, 1095, 1188, 1235, 1237, 1258, 1328; seine Herkunft von Göttern 33, 36, 44, 52, 76, 88, 134 f., 156 f., 278, 444, 471, 581, 684, 844, 1105, 1121, 1238; aus der Fremde 76, 152, 157, 290, 321; von Heroen 88, 134, 278 f., 293, 301, 322, 344, 351, 467, 512, 543 f., 553 f., 556, 574 f., 614, 662, 665, 677, 692, 706 f., 717, 760, 778, 788, 845 f., 849, 855, 888, 913, 962, 981, 985, 989, 1005, 1008 f., 1015 f., 1031 f., 1034, 1038, 1042, 1052, 1056, 1103, 1121, 1124, 1143, 1164, 1187 f., 1197, 1235, 1249, 1258, 1270, 1285, 1352, 1372, 1423, 1654; dagegen 1052, 1190, 1270, 1403, 1429, 1485. Vgl. Anm. 79.

117) Macht als göttlich 46, 149, 197, 236, 1045, 1431. Christus als König 818, 972, 1045. Macht als religiöser Auftrag 51, 54, 74 ff., 118 ff., 162, 230, 559, 756 f., 784, 793, 996, 1003, 1070, 1084, 1132 ff., 1177, 1306, 1313, 1315 f., 1350, 1425, 1691 f., 1753 f., 1837; dagegen 49, 133, 197, 344, 585, 809, 818, 972, 1012 f., 1134, 1148, 1164, 1255, 1295 f., 1315, 1391, 1443, 1803. Macht als Legitimität 1313, 1753; als traditionslos 47, 75 f., 559, 680 f., 683, 1429; als gerechtfertigt durch die Geschichte 275, 280, 497, 527, 560, 692, 694, 716 f., 885, 1313; als Rechtsordnung 137, 639; vgl. Anm. 125. Widerstand gegen die Macht 197, 274, 1429, 1873, Anm. 250.

die Dinge der Welt und war der Herr der Sprache, die er verbreitete[118]). Aber dank seiner Begabung oder Erziehung zwang er auch das derzeit Getrennte zusammen durch universale Sprachenkenntnis, die fast überall zum Idealbild des Herrschers gehörte und, ähnlich wie seine Bautätigkeit, die Weite seiner Macht bezeugte; auch in der Zahlengliederung seines Gefolges sprach sie sich aus[119]). Noch nach der nationalen Wendung, in der Neuzeit, war die Sprache des Herrschers, seines Hofes, seiner Kanzlei, seiner Hauptstadt tonangebend im weiten Umkreis; Sprache war Attribut der Macht, als Befehl und Richterspruch im eigenen Kreis, als Waffe gegen die Feinde, als Triumph des Eroberers[120]). Der Krieg selbst sorgte freilich dafür, daß die Träume der Sieger selten reiften; er entglitt dem Zügel der Mächtigen. Herausgefordert durch die geschichtliche Vielfalt, bewirkte er schnelle geschichtliche Veränderung der Völker und Sprachen, bisweilen babylonische Verwirrung, doch auch neue Zahlenordnungen. Und er verband die getrennten Sprachen und Völker, als heiliger Krieg und Kreuzzug in gemeinsamem Kampfruf, auch sonst in verbündeten Heeren aus vielen Völkern; sogar im Kampf mit den Feinden, noch in der Kriegsgefangenschaft und in der gemeinsamen Sehnsucht nach Frieden verknüpfte der Krieg, was er trennte, und wäre es erst in der nachträglichen Sinn-

---

[118]) Herrschergeschichten als Literaturgattung 72, 75 f., 83, 340 f., 407, 493 f., 560 f., 567, 575, 607, 664 ff., 670, 681 f., 684 f., 690, 692, 698, 703, 706, 783, 816, 826, 836, 845, 851, 864, 876, 971, 1031, 1038, 1043, 1073, 1100 f., 1143 f., 1164, 1371, 1485. Herrscher als Herr der Sprache 46 f., 52, 324, 495, 565, 969, 983, 1004, 1055, 1124, 1127, 1135 f., 1138, 1140, 1287 f., 1291, 1313, 1315, 1335, 1348, 1380, 1388, 1405, 1421, 1439, 1485, 1526, 1539, 1554, 1605, 1634, 1727, 1732, 1734 f., 1755 f., 1862, 1875; dagegen 1397.

[119]) Herrscher, seine Erziehung 34, 55, 161, 306, 443, 492, 503 f., 513, 544, 581, 706, 784 f., 790, 1043, 1058, 1091, 1106, 1234, 1269, 1286, 1288, 1290, 1357, 1371, 1426, 1428, 1433, 1436, 1473, 1497; seine Sprachenkenntnisse 30, 38, 55, 82, 165, 193, 318, 345, 350 f., 458 f., 482, 500, 511, 529, 537, 558, 567, 571, 574, 578, 622, 671, 673 f., 685, 690, 738, 756, 784 f., 835 f., 847, 876, 888, 916, 962, 966, 989, 994 f., 1010, 1017 f., 1020, 1053, 1141, 1166, 1184, 1217, 1258, 1555, 1720; seine Bauten 87, 553, 662, 715, 834, 845 f., 1023, 1163, 1238, 1427, 1654, 1643; Zahlengliederung seines Gefolges 54, 128, 462, 549, 674 f., 677, 703, 758, 778, 789, 834, 849, 1059, 1072, 1737. Könige als Autoren Anm. 139.

[120]) Herrscher redet nur in seiner Sprache 308, 556, 558, 642, 665, 685, 717, 824, 835 f., 1122, 1140 f., 1258. Hofsprache 19, 682 f., 690 f., 775, 995, 1151, 1274, 1282, 1284, 1511, 1545, 1642, Anm. 31. Kanzleisprache 456, 847, 880, 1067. Sprache der Hauptstadt Anm. 143. Befehlssprache 1141, 1269, 1347, 1388, 1453, 1874. Rechtssprache Anm. 126. Sprache als Waffe 34, 191, 335, 620, 671, 691, 787, 1405, 1720, 1761, 1862; als Triumph der Eroberer 38, 58, 73, 89, 133, 310, 398, 608, 681, 683, 690, 782, 911 f., 988, 1005, 1009 f., 1096, 1157, 1314, 1375, 1380, 1460, 1539, 1554, 1625, 1649, 1763, Anm. 244; dagegen 54 f., 71, 81, 158, 167, 685, 1332, 1555, 1829.

gebung durch seine Historiker[121]). Der blutigen, tyrannischen Sonderung widersetzten sich auch Religion und Individuum; wie die Tyrannei, so erschien vielfach die Macht selbst als böse und babylonisch, als geschichtlich bedingt und sprachlich beschränkend; der Herrschaft trat entgegen die Forderung nach politischer Freiheit[122]).

Die Demokratie, die Herrschaft als Auftrag der Beherrschten verstand, beschwor die trennende Vergangenheit um so seltener, je dringlicher die gegenwärtige Verständigung wurde. Überall, wo Kollegien Macht ausübten, vom Sanhedrin und Senat bis zum Parlament, brauchten sie nicht nur eine Zahlengliederung, die sinnenfällig Ordnung demonstrierte, sondern auch eine gemeinsame Sprache, wenn nicht Sprachenkenntnisse, jedenfalls sprachliche Vermittlung. Denn im Innern sollte vielzüngige Propaganda die Zustimmung der öffentlichen Meinung wecken, nach außen vielsprachige Diplomatie in Verhandlungen und Verträgen Freunde werben[123]). Nach innen und außen

---

[121]) Krieg als geschichtlich und babylonisch 64, 624, 767, 965, 998, 1103, 1203, 1241, 1315, 1440, 1590, 1594, 1600, 1712, Anm. 245, Anm. 247; seine Zahlenordnung 330, 351, 390, 671, 673 ff., 758, 778, 981, 1513; sein Lob 1189, 1206, 1243, 1252, 1275, 1649, 1720. Sprachverschiedenheit als Kriegsgrund 882, 888, 988, 1770, 1788; dagegen 1777, 1789, 1798. Krieg verändert die Sprachen 109, 986, 1102, 1160, 1260, 1330, 1341, 1484, 1529. Heiliger Krieg 92, 151, 330; dagegen 24, 333, 716, 744. Kreuzzug 281 f., 287, 321, 601, 603, 617 f., 621 f., 674, 678 f., 681, 712, 718, 738, 758, 931, 960, 1175. Kampfrufe 620, 671, 691, 787. Krieg verbindet Sprachen, in verbündeten Heeren 163 f., 186, 295, 408 f., 441, 499, 514, 563 f., 716 f., 743, 888, 960, 1175, 1584, 1586; im Kampf 568, 671, 691, 787, 888, 1068, 1358 ff., 1408, 1594, 1798, 1874; in Gefangenschaft 36, 714, 737, 766, 992. Frieden Anm. 350. Kriegsgeschichten als Literaturgattung 101 f., 156, 164, 293 f., 569, 579, 603, 619, 623, 681.

[122]) Macht als böse und babylonisch 64 f., 274, 344, 394, 412, 498, 565, 585, 641, 662, 746, 771, 815, 834, 846, 866, 891, 1003, 1045, 1063, 1065, 1106, 1148, 1164, 1182 f., 1190, 1231, 1296, 1309, 1392, 1616, 1620, 1675, 1797, 1803, 1836, Anm. 245, Anm. 247; dagegen 350, 1209, 1285, 1297, 1313, 1318. Tyrannei als böse und babylonisch 192, 197, 269, 305, 370, 485, 563, 585, 641, 786, 827, 996, 1003 f., 1061, 1161, 1169, 1213, 1252, 1280, 1403, 1405, 1421, 1439, 1594, 1600, 1668 f., 1674, 1705, 1736 f., 1862, Anm. 245, Anm. 247. Tyrannei der Sprache 1437, 1774. Politische Freiheit 274, 365, 1437 f., 1449, 1608, 1650, 1688, 1746, 1756, 1761, 1790, 1876.

[123]) Herrschaft als Auftrag oder Wahl der Beherrschten 265, 460, 463, 518, 912, 963, 1141, 1146, 1235, 1237 f., 1240, 1296, 1314 f., 1320, 1396, 1449. Machtausübende Kollegien 127, 189, 191, 428, 448, 512, 612, 704, 1233, 1280, 1321; ihre Zahlengliederung 127, 168, 189 f., 297, 327, 338, 406, 423 f., 448, 462, 469, 516, 528, 612, 709, 751, 806, 809, 821, 834, 866, 980, 990, 1021, 1079, 1183, 1233, 1280, 1298, 1303, 1315, 1321, 1496; ihre Sprache 1060, 1431, 1558 f., 1606; ihre Sprachenkenntnisse 155, 193, 847; dagegen 1085, 1321, 1475. Propaganda und Presse 757, 764, 915, 1053, 1199, 1543, 1629, 1672, 1705, 1728, 1766 f., 1776, 1781, 1856, 1858, 1871. Vielsprachige Diplomatie 38, 82, 155, 205, 209, 294, 328, 341, 556, 558, 691, 707 f., 713 f., 736, 738, 743, 765, 772 ff., 785 f., 824, 888, 984, 995 f., 1108, 1205, 1361, 1557 f. Diplomatensprache Anm. 333.

schützte zudem vor der Willkürsprache der Macht das alte Weistum von Sitte und Brauch, das freilich mündlich überliefert, geschichtlich wandelbar und gewöhnlich an ein einzelnes Volk gebunden war. Es gönnte Fremden selten mehr als einen gastlichen Gruß in ihrer Sprache[124]). Stärker band der Spruch des Rechts, der früh in Gesetzbüchern aufgezeichnet und immer neu ausgelegt wurde. Früheren Zeiten sollte das Recht göttlichen Ursprungs und unvordenklich alt sein, sich mächtig der Wandlung und Besonderung entziehen; doch war es angewiesen auf den Rückhalt an einem Volk und Staat. Gerade diese Trennung der Rechte gehört zum Inhalt des Völkerrechts, zumal neuerdings das Recht ganz gegenwärtig sein will und sich auf die Übereinstimmung der ihm Unterworfenen stützt[125]). Auch dann noch muß es allgemein sein, als zahlensymbolische Ordnung auftreten, Ausländern und Ohnmächtigen Gastrecht und Schutz gewähren; es muß in Gesetzen und vor Gericht nicht nur der gelehrten Rechtssprache, sondern auch der allen verständlichen Umgangssprache Raum geben und jedem Einzelnen das Recht auf seine Muttersprache garantieren; es muß die Verbindlichkeit von Namen und Aussagen, die Aufrichtigkeit menschlichen Tuns und Redens behaupten und durch Heiligung des Eides sowie durch drastische Bestrafung der Unredlichen erzwingen[126]). Denn nur dieses Naturrecht der Verantwortung, von Geschichte und Sprache immer wieder verletzt, macht die Gleichheit und Gemeinschaft aller Menschen möglich. Freilich bleibt die darauf gründende Menschheit ein theoretisches Gebilde. Wohl sind alle Menschen Brüder einer Familie, vom Vater Adam oder von der Mutter Natur her; die ganze Erde ist unser aller Vaterland, Menschlichkeit ist

[124]) Sitte und Brauch 43 f., 66, 229, 303, 320, 340, 344, 401, 408, 410, 421, 478, 538, 566, 581, 717, 828, 876, 901, 982, 1310, 1476, 1523, 1535, 1557, 1691, 1783. Sitte als allgemein 229; als geschichtlich wechselnd 1733; als gemeinschaftsgebunden 132 ff., 197, 1691; dagegen 753. Grußformeln in Fremdsprachen 307, 743, 773, 776, 889.

[125]) Gesetzbücher 77, 292 f., 321, 424, 444 ff., 450, 452 ff., 499, 565, 703, 761, 786, 847. Juristische Auslegung Anm. 174. Recht als göttlich 77, 99, 433, 784, 1070, 1280, 1313, 1321, 1691, 1738; als alt 639, 643, 670, 694, 761, 789, 1008, 1043, 1145, 1152, 1313, 1386, 1426 f., 1431, 1552, 1653; dagegen 1102, 1285, 1443. Recht als Macht 46, 586, 1070, 1313; als allgemein 138, 167, 643 f., 1146; als gemeinschaftsgebunden 402, 538, 586, 626, 645, 753, 828, 892 f., 1105, 1310, 1431, 1573, 1738. Völkerrecht als Recht der Einzelvölker 292, 643, 733, 820, 876 f., 883, 1146, 1161, 1299, 1315, 1399, 1505 f., 1748. Recht als Übereinstimmung 1161, 1299, 1661. Konvention Anm. 361.

[126]) Zahlen im Recht 54, 338, 423 f., 462, 528, 806, 866, 1019, Anm. 30. Gastrecht 92, 311, 581, 620, 701, 802 f.; dagegen 71, 186, 406. Gelehrte Rechtssprache 191, 298 f., 444, 456, 644, 1430 f. Verständliche Rechtssprache 51, 77, 292, 499, 761, 763, 787, 824, 836, 847, 911 f., 984, 991, 995, 1122, 1595. Recht auf Muttersprache 133, 307, 422, 429, 1453, 1748, 1762, 1817. Verbindlichkeit von Namen 77, 449; von Aussagen 63, 749, 806, 971, Anm. 95. Eid 319, 424, 462, 521, 537, 787, 847, 908, 1219, 1711. Strafe und Sprache (Zunge-Abschneiden) 77, 410, 860.

die Sprache, die uns alle verbindet; wir alle haben Gemeinschaft und Sprache. Aber eben Gemeinschaft und Sprache trennen uns voneinander, vielleicht nicht wesentlich, aber geschichtlich. Menschheit ist Erinnerung oder Forderung; gegenwärtig ist immer nur ihr religiöses oder humanistisches Postulat[127]).

Die Vielfalt der Sprachen und Völker greift also tiefer als in alle anderen Bereiche in den der politischen Gemeinschaft ein. Sie konstituiert ihn als den Raum von Sprache und Geschichte, hindert ihn jedoch eben dadurch an der Dauer und Vollendung, die im Wesen und Begriff der Gemeinschaft zu liegen scheint.

*

Weniger eng als mit politischen Gemeinschaften scheint die geschichtliche Vielfalt der Sprachen und Völker mit den sozialen und wirtschaftlichen Gruppierungen der Gesellschaft verbunden zu sein; denn diese widmen sich begrenzteren Zielen auf bewußtere Weise und sind intensiver auf ihre Gegenwart bezogen. Aber so wandelbar und besonders jede Gesellschaftsordnung ist, im ganzen dient sie so elementaren Bedürfnissen, daß man die Gesellschaft leicht als zeitlos übergreifendes Gefüge und als schlechthin gültige, bisweilen religiös fundierte Gegebenheit versteht[128]). Auch im gesellschaftlichen Bereich besteht also die Spannung zwischen Struktur und Veränderung; auch in ihm hat wie die Geschichte so die Sprache ein Doppelgesicht. Sprache verbindet alle Glieder der Gesellschaft, unbekümmert um ihre soziale und wirtschaftliche Funk-

---

[127]) Naturrecht der Gleichheit 585, 592, 641, 643 f., 702, 720, 813, 873, 1215, 1749, Anm. 326; dagegen 884, 1313. Menschheit als Theorie 403, 1702, 1827, 1835, 1852; als genealogische Einheit 67, 74, 84, 88, 122, 134, 143, 155, 215, 221, 223, 241 f., 489, 512, 515, 546, 553, 561, 905, 970, 983, 1502, 1506, 1519, 1565, 1577, 1635, 1669, 1685 f., 1697, 1708, 1727, 1746, 1748, 1751, 1790 f., 1818 f., 1821, 1875 f., Anm. 193, Anm. 326; dagegen 93, 1078, 1276 f., 1393, 1535, 1670, 1724 f., 1728, 1730, 1747, 1823, 1844. Ganze Erde als Vaterland 58, 134, 165, 178, 409, 411, 445, 601, 623, 870, 1295, 1388, 1458, 1506, 1547, 1557, 1595, 1704, 1770, 1802. Ökumene Anm. 326. Menschlichkeit 44, 113, 138, 155, 165, 196, 207, 214, 216, 228, 236, 241, 376, 392, 401, 421, 856, 1091, 1251, 1400, 1404, 1423, 1428, 1491, 1497, 1505 ff., 1522, 1539 ff., 1575, 1584 ff., 1605, 1609, 1625, 1674 ff., 1736, 1741, 1745, 1749, 1777, 1794, 1805 ff., 1815 ff., 1821, 1835, 1873, 1876, 1878. Menschheit besteht aus getrennten Völkern 1555, 1573, 1577, 1717, 1731; und Sprachen 1813, 1854. Menschheit als religiöse Forderung 230, 1574, 1632, 1658, 1665, 1674, 1791, 1802, 1839, 1858, 1870; als humanistische Forderung 137, 355, 1556, 1633, 1672, 1747 f.

[128]) Gesellschaft als vielfältig besonders Anm. 278; als geschichtlich 1412 f., 1443, 1449, 1642, 1724, 1763; dagegen 1137 ff., 1441 f., 1520, 1607, 1615, 1748. Gesellschaft und Staat, getrennt 1682, 1715. Gesellschaft und Religion, verbunden 49, 1132 ff., 1176, 1229, 1304, 1308, 1421, 1447, 1614, 1619, 1653, 1753, 1791, 1802, 1806, 1860.

tion, und doch trennt sie als Sondersprache einzelner Stände und Berufe die sonst Gleichsprachigen und Gleichzeitigen[129]). So ist selbst dieses mehr durch Tätigkeiten als durch Überlieferungen abgesteckte Feld jener Beunruhigung und Verwirrung ausgesetzt, die von Sprache und Geschichte gemeinsam ausgeht. Das hindert die Gesellschaft nicht, beide als ihr Werkzeug zu gebrauchen; die Sprache scheint Ergebnis gemeinsamer Arbeit zu sein, die Arbeit aber, das allen Menschen gemeinsame Mittel der Selbsterhaltung, soll über dem geschichtlichen Wandel ihrer Mittel, über der Vielfalt ihrer Zweige stehen[130]).

Freilich unterscheiden sich schon die einfachsten Gewohnheiten menschlicher Bedarfsdeckung, Ernährung, Kleidung, Wohnung, so voneinander, daß sie verschiedenen Berufen zugewiesen werden, aber auch so, daß sie die Völker und die Zeiten voneinander trennen[131]). Daß die wirtschaftliche Tätigkeit wechselnden Voraussetzungen unterliegt, wird dabei leichter zugegeben als die Folgerung, daß sich damit auch die soziale Stufung der Tätigen ändert; bis weit in die Neuzeit hinein galt die hierarchische Ordnung der Stände als unverbrüchlich und von Gott ein für allemal fixiert[132]). In Wirklichkeit werden die gleichen Berufe immer wieder verschieden bewertet, je nach dem Idealbild von Tätigkeit und Nutzen für andere; das gilt selbst für so ursprüngliche, der menschlichen Ernährung dienende Berufe wie die des Jägers, Fischers und Hirten. Es sind einsame, ungesellige Berufe; so hören wir selten von ihrer Sprache, und selten begegnen uns Übertragungen, die die Sprache als Nahrung verstünden[133]). Häufiger ist die Rede vom Bauern. Sein Tagewerk galt als grundlegend und ursprünglich, beständig und natürlich; das Zusammenleben im

---

[129]) Gesellschaft und Sprache, verbunden 244, 392, 414, 790, 1107, 1137 f., 1165, 1213, 1375, 1387, 1396 ff., 1410 ff., 1430, 1441, 1445, 1450 f., 1482, 1492 f., 1511, 1534, 1536, 1567, 1607, 1614 f., 1625, 1632, 1642, 1669 f., 1703, 1724, 1727, 1752, 1763, 1765, 1769, 1799, 1802, 1808, 1825, 1827, 1840 f., 1844, 1852 f., 1860, 1866, 1868, 1875; getrennt 1794, 1843, 1872. Sondersprachen 20, 1166 f., 1428, 1451, 1533, 1608, 1662.

[130]) Arbeit und Geschichte 1847. Arbeit und Sprache 1703, 1723, 1732, 1761, 1763, 1765 f., 1773 f., 1777, 1832, 1874. Sprache als Werkzeug 193 f., 642, 981, 1102, 1669, 1789, 1791, 1796, 1808, 1813, 1831, 1841, 1874; als Arbeit 34, 455, Anm. 306; dagegen 91, 1501.

[131]) Unterschiede der Ernährung 20, 43 f., 66 f., 92, 102, 164, 531, 610, 773, 808, 1070, 1125, 1185, 1202, 1216, 1467, 1479, 1484, 1510; der Kleidung 162, 164 f., 260, 285 f., 294, 306, 315 f., 395, 401, 532 f., 677, 808, 853, 859, 963, 965, 972, 994, 997, 1125, 1355, 1466, 1489, 1495, 1587, 1606, 1651, 1871; der Wohnung 414, 1606.

[132]) Ständeordnung als dauernd 61, 344, 510, 655, 666 f., 834, 839 f., 1392 f., 1692; dagegen Anm. 341.

[133]) Jäger 208, 867, 1098, 1533, 1607 f., 1688, 1691 f., Anm. 136, Anm. 246. Fischer 20, 248, 675, 1607 f. Hirten 67, 105, 114, 145, 208, 235, 960, 1173, 1214, 1455, 1500, 1525, 1533, 1608, 1613, 1688, 1691 f., 1712; ihre Sprache 1155, 1271, 1533, 1645. Sprache als Nahrung 1001.

dörflichen Kreis und mit patriarchalischem Sinn bewahrte die alten Überlieferungen, ja die Lebenskraft des Volkes. In dieser übergeschichtlichen Stärke fand man allerdings zugleich die sprachliche Schwäche. Der Bauer ist im Reden bäurisch ungeschickt, vom Dialekt tölpisch beschränkt, an die heimische Scholle gefesselt[134]). So rückt er je später, desto häufiger in die Nähe der unfreien Unterschicht, der Sklaven und Knechte. Ihnen gesteht man indes nicht die Ursprünglichkeit sinnvoller Arbeit zu, ihre Stellung soll Strafe für geschichtliche Schuld sein; Knechte und Mägde sind Nachfahren des sündigen Cham, Sklaven stammen aus barbarischen Völkern. Ihre Sprache gilt denn auch als rauh und beinahe unmenschlich; daß sich gerade unter Unfreien viele Sprachenkundige finden, bestärkt eher das Mißtrauen gegen sie[135]). Da alle diese Schichten sich selten schriftlich äußern, bleiben sie vielfach stumm wie archaische Monumente.

Anders die Freien, vor allem vom Adel. Der Freie legitimiert sich durch seine alte und edle Herkunft; der Adlige beruft sich auf seine Ahnenreihe. In Wahrheit verdankte er seine Stellung jedoch eher seiner Tätigkeit als seiner Geburt, seinen großräumigen und ungebundenen Funktionen, etwa der Jagd wilder Tiere, dem Raub, aber auch dem Krieg gegen die Feinde und, als Gegengabe für solchen Schutz, der Herrschaft im Land. Erst ständische Erstarrung begünstigte konservative Gesinnung und rief die Kritik am Blutadel wach, das Ideal vom Adel der Tüchtigkeit[136]). Wahrer Adel hatte sich aber schon immer in seiner Gegenwart bewähren und durchsetzen müssen, war also beweglich und lernbegierig. Zur adligen Erziehung und Bildung gehörten denn auch seit eh und je ausgedehnte Sprachenkenntnisse. Sie waren unentbehrlich für eine

[134]) Bauerntum als ursprünglich 115, 213, 655, 839 f., 960, 1019, 1042, 1045, 1075, 1253, 1346, 1436, 1439, 1441 f., 1506, 1530, 1533, 1625, 1673, 1679, 1705 f.; dagegen 1034, 1071, 1075, 1135, 1608. Dorfgemeinde 27 f., 85, 877, 1019, 1214, 1844. Bäurische Sprache, verachtet 484, 524 f., 536, 776, 1154, 1214, 1248, 1607; geachtet 525, 1155, 1645. Dialekte Anm. 311. Bauern als Autoren 1041 f., 1535.

[135]) Unterschicht als bestraft 47, 197, 255, 265, 397, 447, 449, 452, 507, 509, 553, 562 f., 585, 592, 641, 655, 666 f., 781, 839, 915 f., 990, 996, 1071, 1093, 1218, 1267, 1391, 1407, 1473, 1553, 1724; ihre verächtliche Sprache 71, 98, 993, 1166, 1271, 1653; dagegen 1643. Sprachenkundige Unfreie 155, 393, 434, 678, 698, 1439, 1458, 1496, 1645, 1812; dagegen 578, 1804. Gegen Sklaverei 761, 1627, 1663, 1666, 1668. Unfreie als Autoren 175.

[136]) Herkunft der Freien 447, 485, 655, 666, 989, 1009, 1308, 1375. Adel als Blutadel 331, 422, 456, 494, 552, 655, 666, 670, 677 f., 736, 793, 830, 845, 867, 869, 891 f., 983, 989, 1003, 1022, 1033 f., 1038, 1057, 1062 f., 1066, 1071, 1075, 1108, 1871; dagegen 576, 1233, 1426, 1494, 1606. Adlige als Jäger und Räuber 792 ff., 817, 891 f., 1035; als Herren 89, 94, 558, 793, 891, 1042, 1063, 1081, 1705. Kritik am Adel 646, 655, 736, 792 f., 891 f., 961, 990, 1022, 1041 f., 1045 f., 1090 f., 1109, 1328 f., 1404, 1495 f., 1606, 1652 f., 1705. Adel der Tüchtigkeit 351, 502, 566, 620, 736, 757, 881, 964, 970 f., 1007, 1022, 1075, 1168, 1285, 1512.

international versippte Herrenschicht, auch als sie sich schließlich an vornehme Sprechweise und höfische Sprache gewöhnte und ihre mündliche Unmittelbarkeit dem Schriftwissen opferte[137]). Es versteht sich, daß die Aristokratie in der Literatur die Genealogie und Historiographie besonders pflegte[138]). Geschichtsbewußtsein und hohe Abkunft, zugleich auch Maß und Ordnung und breite Sprachenkenntnis wurden erst recht vom Hochadel verlangt, von den Fürsten, auch wenn sie längst im Dienste einer höheren, politischen Herrschaft standen. Widerstrebten sie der Mediatisierung, so galten sie leicht als babylonische Unruhestifter, während Könige und Kaiser sich auch literarisch um den Nachweis ihrer Ordnungsaufgabe bemühten[139]).

Dem herrschenden Adel trat zur Seite das freie Priestertum, geadelt nicht durch Herkunft und Kraft der Person, sondern durch esoterische Tradition des Standes. Die Priester hüteten heiliges und allgemeines Schriftwissen, das geistvoll ausgelegt und neu vergegenwärtigt wurde, in klassisch reiner Schriftsprache, die den illiteraten Laien lang verschlossen blieb. Unberührt von häuslicher Sorge und Handarbeit, blieb die priesterliche Bildung freilich oft weltfremd, wenig um historischen Horizont und um Sprachenkenntnis bemüht; doch kam die neuzeitliche Revolution gegen alles hieratisch Starre auch aus dem Umkreis des Pfarrhauses[140]).

Energischer löste sich aber erst das städtische Bürgertum aus ererbten Sozialordnungen. Die Stadt, freigesetzt von Naturbedingungen und vom Zwang des Hergebrachten, war eine reine Menschenwelt, vielfach von traditionsloser, aber intensiver Frömmigkeit, dem Wandel der Geschichte und ihrer Vielfalt

---

[137]) Adlige Erziehung 1091, 1098, 1108, 1175, 1232, 1265, 1328. Sprachenkenntnisse des Adels 103, 408, 421 f., 578, 622, 642, 693, 700, 702, 714, 737 f., 746, 755, 760, 776, 822, 847, 888 f., 988, 1045, 1053, 1060, 1103 f., 1107 f., 1124, 1140 f., 1175, 1275, 1354, 1375, 1388, 1453, 1521, 1607, 1679, 1812, 1874. Vornehme Sprechweise 1107 f., 1112, 1140, 1271, 1274, 1354, 1375, 1607, 1642. Hofsprache Anm. 120.

[138]) Adlige Autoren (der Neuzeit) 1076, 1353, 1363, 1370, 1400, 1430, 1449, 1535, 1559, 1585, 1753, 1788. Grafen als Autoren 621, 980, 1107, 1410, 1481, 1530, 1560, 1564, 1616, 1619, 1625 f., 1635, 1674, 1861. Herzöge als Autoren 992, 1266, 1281, 1371. Lords als Autoren 1406, 1413, 1422, 1596.

[139]) Fürsten, ihre Herkunft 670, 845, 1034, 1038, 1057; ihre Zahlenordnung 347, 666, 674 f., 677; ihre Sprachenkenntnisse 578, 622, 642, 693, 700, 737, 847, 889, 1053, 1060, 1141, 1198, 1388, 1453; als Autoren 346, 351, 978; als babylonisch 1063, 1081, 1705. Könige als Autoren 36 f., 445, 544, 581, 711, 785, 824, 835, 878, 887, 914, 1042, 1258, 1335, 1485. Kaiser als Autoren 51, 302, 312, 497 f., 510, 567, 665, 756, 845 ff., 1052, 1140 ff., 1837.

[140]) Priester, ihre Erziehung 430, 514, 650, 774, 1322 f., 1817; als Bildungsschicht 19, 58, 61, 109, 293, 666, 795, 833, 897, 1608, 1763; dagegen 1017, 1200, 1345. Sprachenkenntnisse Anm. 31. Söhne von Geistlichen als Autoren 1314, 1356, 1358, 1370, 1407, 1418, 1453, 1460, 1462, 1483, 1493 ff., 1505, 1528, 1533, 1544, 1555, 1565, 1568, 1589, 1593, 1662, 1664, 1666, 1685, 1688, 1716, 1719, 1731, 1739, 1803, 1846.

hingegeben. So wurde die vielsprachige Großstadt, durch Babel symbolisiert, zum Inbegriff geschichtlichen Glanzes, zum Bild menschlicher Herrschaft und Gemeinschaft, überhaupt rationaler Ordnung, aber auch zum Beispiel geschichtlicher Vergänglichkeit, Verwirrung und Entwurzelung[141]). Frühere Städte zeigen Späteren, was menschliche Tatkraft vermag; aber ihre Namen sind weithin Zeugen des Verlorenen, wenn sie nicht gar vergessen oder verändert wurden. Die Stadtgeschichten priesen gewöhnlich nur das eigene, lebende Gemeinwesen[142]). Auch die Sprache der Städter war dem Augenblick zugewandt, nüchtern und beweglich, im täglichen Gespräch geschliffen, vielleicht in jeder Stadt anders geformt, aber überall zu vernünftiger Schriftlichkeit geeignet und für ländliche Dialekte maßgebend[143]). Die städtischen Handwerker kamen zwar selten weit vors Tor und beharrten in Brauch und Sprache beim Alten; doch waren manche Berufe, wie Köche, Gastwirte und Maurer, weltoffen und weitgewandert, auch sprachenkundig. Der Macht über die Sprache war man sich wohl bewußt; häufig sind die Metaphern, nach denen man die Sprache webt wie ein Kleid oder baut wie ein Haus[144]). Vollends die führende städtische

[141]) Stadt als traditionslos 739, 833, 1019, 1057, 1606, 1662; als geschichtlich 172, 768, 1035, 1075, 1347, 1466, 1506, 1521, 1559, 1646, 1652, 1775. Stadt und Religion, verbunden 74, 77, 83 f., 153, 231 f., 318, 418, 532, 550 f., 575, 654, 967, 990, 1038, 1593; getrennt 225, 344, 498, 1463. Stadt als vielsprachig 166, 613, 693, 1323, 1826; als Beispiel geschichtlichen Glanzes 162, 378, 411, 422, 486, 529, 564, 743, 858, 892, 960, 990, 1156, 1196, 1208, 1325, 1344, 1593, 1632 f., 1642, 1646, 1759, 1784; als Symbol der Herrschaft 74, 97, 117 f., 293, 296, 311, 1003, 1203; der Gemeinschaft 118, 575, 704, 877, 1019, 1203; der Zahlenordnung 337, 344, 589, 783, 1019; der Verwirrung 492, 659, 662, 665, 716, 856, 983, 1062, 1065, 1098, 1110, 1196, 1223, 1230 f., 1239, 1323, 1352, 1359, 1389, 1407, 1593, 1642, 1646, 1652, 1664, 1772, 1810, 1826, 1831. Kritik an der Stadt 213 f., 1646, 1772, 1804, 1810, 1834.

[142]) Berufung auf frühere Städte 322, 341, 498, 783, 863, 970, 1171, 1196, 1228, 1230, 1544, 1593, 1646, 1654, 1772, 1826; dagegen 1380, 1463. Ortsnamen als Geschichtszeugnis 77, 116 f., 485, 492, 597, 639, 657, 665, 709, 716 f., 856, 865 f., 917, 983, 1023, 1054 f., 1072, 1110, 1153, 1245, 1374, 1386, 1532, 1534, 1561, 1566, 1684, 1709, 1719, 1722, 1797, 1834; dagegen 1125, 1168, 1450. Ortsnamen wechseln 82, 135 f., 172, 604, 691, 856, 967 f.; sind nach Sprachen verschieden 307, 537, 574, 576, 637, 707, 728. Stadtgeschichten als Literaturgattung 134, 152, 564, 566, 585, 599, 704 f., 852, 862 f., 865–8, 964–7, 971, 974 f., 1016 ff., 1033 ff., 1038, 1054, 1105 ff., 1118, 1195, 1217, 1228, 1374, 1502 f., 1602.

[143]) Jede Stadt hat ihre besondere Sprache 855 f., 1108, 1117, 1174, 1428. Städtische Sprache als maßgebend 299, 324 f., 533, 803, 1044, 1122, 1138, 1274, 1463; dagegen 1763–6.

[144]) Handwerker 248, 773, 1046, 1060, 1079, 1155, 1214, 1436, 1584, 1713, 1743. Köche 29, 576, 646, 1052, 1357. Gastwirte 103, 1035, 1088, 1545, 1720, 1834. Maurer 29 f., 549, 718, 833, 870, 1347, 1354, 1845. Sprache als Kleid 981, 1495, 1651, 1713, 1715; als Bauwerk 612, 871, 1349, 1638, 1648, 1728 f., 1779, 1788, 1801, 1809, 1831, 1862 ff.; als Babelturm Anm. 444. Haus, übertragene Bedeutung 368, 967, 979, 1358, 1563, 1565, 1596, Anm. 28. Handwerker als Autoren 965, 1039, 1074, 1111, 1228, 1342, 1728.

Schicht der Kaufleute, zupackend und reich, manipulierte die Sprache wie das Geld, mit dem sie seitdem oft verglichen wurde. Die neugierigen und fleißigen Fernhändler suchten ihren Gewinn jenseits der eigenen Stadtmauern, mit Hilfe des tauschbaren Geldes und der fremden Sprachen, die sie eifrig lernten und aufschrieben[145]). Ihre Reiseberichte von fernen Völkern und Sprachen erwiesen, daß Handel und Verkehr, zu Land und zur See, die Menschen einander nicht nur räumlich nahebrachten; Reisen verbanden die getrennten Völker und Sprachen, bildeten den Reisenden, veränderten freilich auch die Zustände im ganzen und konnten darum besorgten Gemütern daheim als babylonische Verwirrung erscheinen[146]).

Die bürgerliche Emanzipation verwischte schließlich, zusammen mit der industriellen Revolution, die Eigenart der Berufe und den Unterschied der Stände überhaupt. Der moderne Proletarier hatte kein Vaterland und sprach keinen Provinzdialekt mehr; gleichzeitig machten Post, Eisenbahn und Rundfunk die entlegensten Völker und Sprachen miteinander vertraut. Die Auflösung der Klassen drohte jedoch zu neuen Spaltungen zu führen, zu Teams von Technikern mit formalisierten Fachsprachen; die Sprache selbst drohte zu der Maschine zu werden, mit der man sie nun verglich[147]). Die Befreiung von vorgegebenen geschichtlichen Ordnungen der wirtschaftlichen Tätigkeit und der sozialen Wertung war also keine Befreiung von den Einwirkungen der Geschichte und der Sprache, eher das Gegenteil.

---

145) Städtischer Reichtum 749, 752, 994, 1217, 1365, 1619, 1740. Geld und Austausch 47, 205, 579, 1062, 1094, 1544, 1614. Sprache als Geld 4, 1343, 1355, 1476, 1478, 1492, 1525, 1544, 1614, 1661 f., 1833, 1859. Sprachenkundige Kaufleute 323, 332, 714, 962, 1068. Kaufleute u. ä. als Autoren 262, 833, 838, 840, 854, 856, 1019 f., 1180, 1217, 1401, 1492, 1598.

146) Reiseberichte als Literaturgattung 36, 39, 50, 176 f., 294, 438, 747, 765 f., 772 f., 816, 855, 857, 908 f., 984 f., 1026, 1035 ff., 1046, 1050, 1145, 1181, 1238, 1257, 1276, 1408, 1415, 1544, 1604, 1613, 1617, 1644, 1708, 1728 f.; vgl. Anm. 51. Verbindung der Völker durch Handel und Verkehr 34 f., 38, 48, 53, 62 f., 74, 94, 100, 114, 123, 131, 139, 160, 175, 229, 243, 281, 295, 325, 332, 335, 345, 407, 467, 579, 677, 679, 741 f., 848, 850, 854 f., 980, 984, 1026, 1090, 1180, 1214, 1217, 1251, 1276, 1306 f., 1380, 1408, 1411, 1450, 1643, 1668, 1678, 1779, 1781, 1788; durch Schiffahrt 53, 161, 198, 344, 484 f., 1232, 1428, 1629, 1638, 1666 f., 1705, 1834. Verkehr fördert die Sprachenkenntnis 100, 160, 191, 262 f., 323, 332, 617, 1107 f., 1126, 1161, 1194, 1217, 1240, 1703, 1735, 1740, 1761; dagegen 1408. Verkehr ändert die Sprachen 1108, 1253, 1260, 1330, 1341, 1479; als babylonische Verwirrung 989, 1203, 1390, 1408, 1678 f., 1779.

147) Proletarier ohne Vaterland 1704; ohne Einzelsprache 1760 f., 1763 f.; dagegen 1762. Verbindung der Völker durch die Post 332, 1161, 1629, 1668, 1758; die Eisenbahn 1629, 1638, 1642 f., 1668, 1705; den Rundfunk 1758, 1870; durch die Technik 1704 f., 1735, 1770, 1832, 1873; dagegen 1650, 1663, 1672, 1681, 1758, 1768, 1779 f., 1785, 1797 f., 1872. Vgl. Anm. 66. Sprache als Maschine 978, 1588, 1645, 1662, 1682, 1684, 1707, 1718; dagegen 1273.

Frühere Gesellschaftsordnungen hielten sich für zeitlos allgemein und waren doch geschichtlich besonders; spätere wurden sich ihrer geschichtlichen und sprachlichen Differenzierung immer deutlicher bewußt, und nun kann keine mehr ursprünglich sein, keine mehr autonom. Die fortschreitende Bewußtheit sozialer Einsichten und Ordnungen verweist vielmehr auch die Gesellschaft auf ein anderes, zentrales Gebiet, auf das menschliche Selbstbewußtsein in seinen überpersönlichen, geschichtlich vielgestaltigen und sprachlich vermittelten Verkörperungen, also auf Bildung, Kunst und Wissenschaft.

*

Schöpfungen und Einrichtungen der geistigen Kultur werden gleich anderen Lebensbereichen von der geschichtlichen Vielfalt der Sprachen und Völker betroffen; auch hier sucht man sie im Dienst allgemeiner, überzeitlicher Ideen zu bändigen. Die Kultur selbst wird oft nicht als grenzenloses Feld geistiger Tätigkeit, sondern als ein festes, auf diesem Feld errichtetes Gefüge begriffen, in sich säuberlich gegliedert, folgerichtig aufbauend auf Traditionen und deren Pflege, in der Geschichte auch als Gebilde sichtbar, sei es in einer Religions- oder Sprachgemeinschaft oder im Verband gleichgesinnter Sprachen und Nationen, in einer Bildungsgemeinschaft. Indes geschieht es auf diesem Sektor häufiger als anderswo, daß die Vielfalt sprachlicher und geschichtlicher Bedingungen nicht nur als Hindernis, sondern als Herausforderung ernstgenommen wird; denn Bildung, Kunst und Wissenschaft wollen das tägliche Treiben mit sprachlichen Mitteln und anhand geschichtlicher Erfahrungen zu Haltung, Gestalt und Erkenntnis läutern. Das ist aber nur möglich in der geistigen Freiheit von allen, auch den eigenen Objektivationen[148]).

Erziehung und Bildung hielten sich freilich lange an andere Normen. Als Lehrer der Menschen galt Gott, später die Natur; zu Gott und zur Natur sollte der Mensch geführt werden, vielleicht auch zur Gemeinschaft und zu sich selbst. Vor allem sollte er in der Bindung an eine wahre Überlieferung seine Herkunft übersteigen, seine Geschichte bewältigen, alles geschichtlich Besondere in seiner Haltung versöhnen. Selten gestand man der Geschichte erziehende Autorität zu; die Erziehung des Menschengeschlechts geschah mehr in

[148]) Kultur, ihre Gliederung 350, 366, 396, 450, 663, 809, 811, 825 f., 972, 999; als geschichtliches Gefüge 363, 1003, 1388, 1531, 1539, 1669, 1715, 1740, 1743, 1773, 1791, 1856; als Überlieferung 356 f., 363, 1278, Anm. 415; als Gemeinschaft der Religion 324, 345, 365, 445, 709, 1791; dagegen 772, 1635, 1702, 1819. Kultur als Gemeinschaft der Sprache 324, 355, 405, 415, 524, 529, 534, 603, 709, 716, 897, 1222, 1224 f., 1253, 1654, 1670, 1812; dagegen 365. Kultur als Sammlung mehrerer Sprachen 152, 160, 345, 365, 417, 969, 1511, 1796, 1812. Geistige Freiheit 812, 1184, 1441, 1596, 1765, 1787, 1806, 1875.

der Geschichte als durch sie[149]). Die Sprache dagegen war immer als das wichtigste Mittel der Erziehung und Bildung anerkannt, denn sie vermittelt das formende Wissen und gehört selbst zu ihm. Zur Bildung rechnet man überall die Kenntnis von fremden Sprachen und Völkern, für Herrscher, Priester, Adlige, Kaufleute, Gelehrte; sie erschließt geistige Gehalte jenseits der eigenen Erfahrung und erlaubt das Hinauswirken über den eigenen Kreis[150]). Diese Schulsprachen und Bildungssprachen waren indes lange Zeit alte und tote Sprachen, die geschichtlichen Wandlungen entzogen waren und in die Vergangenheit gehörten, selbst wenn man ihnen zeitlose Lebensweisheit entnahm[151]). Die tatsächlichen Kenntnisse, besonders im Hebräischen und Griechischen, blieben freilich immer hinter den hohen Forderungen zurück; um so heftiger kritisierte man schließlich die toten Bildungssprachen selbst[152]). An ihre Seite, dann

---

[149]) Erziehung Anm. 119, Anm. 137, Anm. 140. Gott als Erzieher und Lehrer 159, 325, 385, 539, 1029, 1071, 1076, 1466, 1496 f., 1614, 1730, Anm. 196; dagegen 245, 1292, 1807. Natur als Erzieherin 638. Erziehung als Überlieferung 1189; als Bewältigung der Geschichte 518, 735, 1377, 1379, 1388 f., 1402, 1583 f., 1668, 1742, 1770; als Sammlung des Verschiedenen 43, 106, 139, 253, 372, 430, 459, 903, 971, 1770. Geschichte als Erziehung der Menschheit 156, 230, 239, 412, 518, 784, 789 f., 994, 1138, 1241, 1284, 1377, 1497, 1506, 1572, 1584, 1657; dagegen 642 f., 817, 1070 f., 1273, 1466. Geschichte in der Erziehung 161, 784, 1098, 1257. Lehren der Geschichte Anm. 457.

[150]) Sprache als Erziehungsmittel 157, 903, 969, 999, 1028, 1085, 1087, 1200, 1361, 1376, 1511, 1576, 1715. Erziehung zur Kenntnis von Fremdsprachen 272, 282, 308, 344, 365, 393, 427, 737, 742, 784, 1166, 1311, 1377, 1410, 1431 f., 1573, 1672, Anm. 328; von Fremdvölkern 742, 854 f., 1081, 1166, 1257, 1267, 1388.

[151]) Schulsprachen 55, 570, 578, 617, 646, 897 f., 991, 1148, 1200. Tote Bildungssprachen 163 ff., 175, 181, 191, 219, 229, 243, 248, 292, 308, 320, 351 f., 355, 364, 374, 386, 393, 399, 409, 417, 421 f., 434, 442, 450, 459, 465 f., 482, 494, 500 f., 511, 532, 542, 568, 602 ff., 617, 627, 634, 644, 651, 660, 685, 775, 812, 847, 857, 860, 876, 890, 897, 901 ff., 926, 988, 1048, 1061, 1067, 1075, 1088, 1090, 1096 ff., 1112, 1126, 1148, 1176 f., 1219, 1241, 1286, 1333, 1385, 1400, 1410 f., 1414, 1509, 1527, 1590, 1608, 1623, 1713, 1759, Anm. 354; als Liturgiesprachen Anm. 33; als heilige und gelehrte Sprachen Anm. 307 f.

[152]) Kenntnisse im Hebräischen 475, 492, 494, 503, 512, 569, 597, 634, 639, 714, 718 f., 733, 740, 762, 774, 843, 880, 889, 893, 907, 966, 979, 1001, 1049, 1054, 1074, 1081, 1083, 1115, 1117, 1136, 1176, 1183, 1187, 1192, 1198, 1229, 1250 f., 1257, 1267, 1328, 1369, 1455, 1458, 1512 f., 1542, 1693. Keine Hebräischkenntnisse 259, 490, 514, 626 f., 647 f., 651, 805, 811, 839, 1014, 1053, 1061, 1116, 1124, 1411, 1458, 1625. Kenntnisse im Griechischen 406, 411, 421, 425, 427, 465, 475, 482, 492, 500, 511, 513, 524 f., 527, 529, 569, 578 f., 634, 664, 754, 756, 762, 843, 857, 961, 966, 979, 1001, 1096, 1107, 1117, 1122, 1126, 1128, 1130, 1188, 1244, 1246, 1269, 1328. Keine Griechischkenntnisse 430, 434, 450, 490, 494, 503, 512, 514, 525, 540, 562, 569 f., 597, 631, 641, 647 f., 651, 660, 678, 733, 799, 805, 839, 961, 1061, 1167, 1256, 1282, 1512. Keine Lateinkenntnisse 556, 564, 567, 646, 717, 804, 824, 816, 1713. Kritik an toten Bildungssprachen 576, 579, 1109, 1125, 1167, 1234, 1256, 1267, 1273, 1283, 1328, 1359, 1398, 1484, 1494, 1586 f., 1599, 1603, 1607, 1625, 1679, 1706 f. Vgl. Anm. 330.

an ihre Stelle traten die Volkssprachen als Bildungssprachen; ihr erzieherischer Wert war eingeschränkter, doch intensiver, und auch er verwies auf vergangene Sprachschichten und fremde Einflüsse[153]). Die verfeinerte Stufung des Schulwesens von der Elementarschulung in der Muttersprache bis zu Fremdsprachenschulen und zum Sprachenstudium an Hochschulen führte in immer weitere Räume und Zeiten[154]); die Begegnung mit ihnen sollte Erkenntnis und Gestaltung des Eigenen, also Haltung und Freiheit ergeben. Ob die Bildung im Gespräch mit dem Fremden nicht unlebendig, unverbindlich und äußerlich wird, ist indes immer eine offene Frage[155]). Sie muß es bleiben.

Leichter scheint es der Kunst möglich, das vielfältig Wechselnde in schöner Anschauung und schöpferischer Verkörperung darzustellen oder sogar zu überwinden, von der Natur zur Religion zu führen; wenn sie in jeder Zeit und Sprache den Stoff für ästhetische Ordnung des Mannigfaltigen findet, meint sie der geschichtlichen Wirklichkeit oft nicht mehr zu bedürfen, ja, Sprache und Geschichte selbst zum Kunstwerk zu erheben[156]). Etwa die Plastik bildet das Dauernde in reiner, allseitiger Harmonie. Und doch sind ihre Menschenbildnisse nur leblose Statuen, Götzenbilder sogar, und ihre Aussage trifft bloß das

---

[153]) Volkssprache als Bildungssprache 364, 407, 436, 476, 524, 558, 636, 639, 644, 671, 713 f., 731, 738 f., 772, 775, 822 ff., 859, 871, 897 f., 911, 965, 1005, 1046, 1074, 1083, 1098, 1108, 1124 f., 1155, 1200 f., 1232, 1248, 1255 f., 1274, 1282, 1322, 1345, 1350, 1405, 1414, 1429, 1466, 1608, 1715; als Liturgiesprache Anm. 33; als heilige und gelehrte Sprache Anm. 309.

[154]) Schulen 65, 212, 398, 488, 504, 511, 537, 557, 569 f., 578, 612, 726, 1061, 1178, 1189, 1200, 1345, 1513, 1522, 1790. Sprachenschulen 420, 621, 754 f., 764, 774, 882 f., 886, 1092, 1122, 1322 f., 1750 f. Universitäten und Sprachenstudium 617, 878, 886, 1465. Erlernung von Sprache Anm. 191, Anm. 195; von Fremdsprachen Anm. 328 f., Anm. 380.

[155]) Bildung als frei von Herkunft und Stand 43, 98, 106, 135, 430, 459. Kritik an der Bildung 48, 173, 213, 252, 413, 420, 464, 746, 1003, 1092, 1309, 1361, 1428, 1439, 1461, 1467, 1603, 1645, 1671, 1673, 1679, 1715, 1810; an der Fremdsprachenbildung 173, 179, 209, 252, 1092, 1231, 1354, 1442, 1653, 1656, 1673, 1715, Anm. 306; an der Schule 1232 f., 1359, 1705.

[156]) Schönheit als Harmonie des Vielfältigen 139, 311, 408, 640, 651, 737, 748, 817, 1156, 1253 f., 1400, 1412, 1597, 1646, 1656, 1780, 1782, Anm. 56, Anm. 165. Sprachliche Schönheit 269, 663, 697, 794, 817, 887, 959, 1108, 1111, 1174, 1249, 1288, 1414, 1463 f., 1479, 1484, 1493, 1512, 1516, 1528, 1538, 1588, 1644, 1778, 1841 f. Häßlichkeit als Absonderung (auch sprachlich) 214, 307, 311, 473, 601, 634, 961, 1414, 1627, 1648, 1708, 1782. Kunst und Wirklichkeit, verbunden 672, 1547 f., 1606; getrennt 435, 1656, 1684, 1700, 1713, 1726, 1731, 1760, 1801, 1816. Kunst und Natur, verbunden 1400, 1425, 1434, 1442, 1492, 1536, 1580, 1594, 1628, 1664, 1780, 1785, 1831, 1837; getrennt 1414, 1465, 1619, 1632, 1657, 1713, 1730 f., 1760, 1781, 1815, 1845 f., 1852. Kunst und Religion, verbunden 1547, 1561, 1619, 1628, 1731, 1760, 1809; getrennt 1474, 1657. Sprache als Kunstwerk 1274, 1387, 1414, 1605, 1659, 1815, Anm. 167; dagegen 1657, 1713, 1781, 1817.

menschlich Vergängliche; Säulen, Sinnbilder des Ragens und Tragens, sind Fragmente der Weltordnung, mehr nicht[157]). Die Architektur schafft bleibende Monumente gegliederter Ordnung, wie es scheint; dennoch sind ihre Bauten vielleicht sinnlos oder sündhaft vermessen[158]). Ob sie gelingen oder nicht, ihre Sprache ist vieldeutig. Der gewaltige Bau, vor allem der Turm, weist ekstatisch über das Menschenmaß, über Raum und Zeit hinaus; er kann Sitz des Göttlichen selbst sein, wenigstens als Gotteshaus betend zum Himmel zeigen; er kann ihm auch drohen als eine Sturmleiter, die wirklich den Himmel erreicht; vielleicht will er ihn jedoch nur von fern beobachten[159]). Der Turm kann auch irdischen Zielen dienen, einem hohen Berg ähnlich, als Zeichen politischer Sammlung und Herrschaft, als Zwingburg des Einsamen, als Bau der Angst; aber vielleicht ist er eher ein Denkmal, das viele Menschen ihrer eigenen Kraft, ihrem Ruhm, ihrer Erinnerung setzen, alleinstehend oder als Wahrzeichen einer Weltstadt[160]). Mehr noch als in der Entwicklung der Bautechnik, den Ge-

---

[157]) Plastik als Bild der Dauer 37, 68, 978; der Zahlenharmonie 68, 330, 564, 705, 834, 852, 866 f.; als Götzenbild 194, 196, 330, 725, 766, 841, 1008, 1514, 1633, 1691, 1727; als Bild des Vergänglichen 588 f., 628, 683, 705, 780, 965, 1120. Säulen als Bild der Dauer 179, 282, 344, 355, 984, 1190, 1411; der Zahlenordnung 87, 1344; des Vergänglichen 549, 1867.

[158]) Turmbau als sinnlos 253, 263, 272, 282, 431, 587, 648, 858, 915, 962, 1036, 1093 f., 1133, 1203, 1239, 1252, 1264, 1325, 1351, 1360, 1374, 1392, 1401, 1457, 1489, 1515 f., 1524, 1559, 1596, 1678, 1828; dagegen 917, 960, 986, 1299, 1318, 1542. Turmbau als sündhaft 326, 384, 398, 574, 593, 626, 640, 676, 701, 838, 999, 1092, 1159, 1180, 1198, 1421, 1425, 1470, 1523, 1627, 1653, 1802 f., 1857, Anm. 444; dagegen 196, 207 f., 271 f., 276, 414, 518, 652, 735, 860, 986, 1017, 1082, 1116, 1175, 1190, 1193 f., 1199, 1255, 1286, 1299, 1303, 1339, 1419, 1446, 1448, 1459, 1487, 1497, 1501, 1684, 1797, 1803, 1806 f., 1810.

[159]) Turm als Wohnung Gottes 79 f., 84, 100; als Tempel 118, 194, 212, 216, 227, 483, 550, 648 f., 658, 718, 861, 965, 990, 1035, 1062, 1064, 1111, 1190, 1289, 1339, 1392, 1401, 1420, 1469, 1474, 1542, 1563, 1589, 1632, 1656, 1675 f., 1684, 1775, 1834, 1839; vgl. Anm. 28; als Drohung gegen den Himmel 24 f., 80, 91, 146, 172, 175, 194, 212, 273, 283, 316, 323, 326, 340 f., 343, 349, 388, 444, 446, 518, 545, 547, 612, 665, 706 f., 792, 870, 905 f., 981, 1043, 1103, 1153, 1245, 1391 f., 1401, 1638, 1873; als Himmelsleiter 79, 194, 203, 333, 340, 355, 597, 1496, 1540, 1678, 1680, 1778, 1809 f., 1873; vgl. Anm. 59. Turm soll in den Himmel reichen 196, 263, 349, 546, 548, 597, 610, 861, 889, 906, 945, 960, 980, 1004, 1006, 1109, 1239, 1252 f., 1286, 1343, 1378, 1390 f., 1401, 1440, 1469, 1523, 1542, 1593, 1602, 1675, 1678, 1760, 1795, 1803, 1809 f.; dagegen 252, 509, 737, 792, 962 f., 998, 1105, 1339, 1438, 1542, 1656, 1797. Turm als Observatorium 79, 340, 593, 1373, 1784.

[160]) Turm als Berg 25, 962, 1245; als Zeichen der Sammlung 24, 118, 174, 197, 208, 231, 319, 405, 549, 986, 1093, 1116, 1178, 1264, 1296, 1331, 1390, 1402, 1415, 1418, 1421, 1427, 1437, 1454 f., 1471 f., 1500, 1532 f., 1542, 1548, 1557, 1563, 1569, 1580, 1688, 1695, 1741, 1797, 1806, 1832, 1848, 1858; der Herrschaft 118, 300, 341, 652, 715, 720, 790, 878, 973, 1084, 1316, 1318, 1320, 1341, 1513, 1653, 1795; als Zwingburg 30, 337, 548, 610, 643, 743, 996, 1042, 1072, 1133, 1163, 1175, 1350, 1384, 1473 f.,

danken über Gestalt, Höhe, Material und Bauweise des Turmes, spricht in den Baugedanken selbst die geschichtliche Zeit[161]). Sie will sich in Pyramiden verewigen, sich durch Mauern, Festungen und Burgen gegen den Wandel abschirmen; und doch sind die bleibendsten Monumente der Baukunst Gräber, und allenthalben stehen Ruinen. Nachträglich ergänzt sie der Gelehrte, aber leicht gleichen sie Luftschlössern, ähnlich der Sprache, die man so gern einem festen Bauwerk vergleichen möchte und die bestenfalls nur eine schwankende Brücke ist[162]).

Reinere Bilder der bunten Welt als die Sprache schafft allerdings die Malerei; der Pinsel redet die Sprache aller Völker, ja, Sprache selbst erscheint vielfach als unvollkommene Malerei; ihre Willkür kann das Unsagbare, aber Wirkliche nicht erreichen. So ergänzt das Bild oft den geschriebenen Text, den religiösen, den dichterischen, auch den historischen[163]). Denn wie im Bild die sprachliche

---

1729; als Hort des Einsamen 1643, 1784; als Bau der Angst 1437, 1867, Anm. 23; der Langeweile 1678, Anm. 23; als Denkmal menschlicher Kraft 172, 231, 300, 640 f., 715, 862, 974, 1095, 1467, 1579, 1745; des Ruhmes 116 f., 174, 242, 376, 398, 418, 446, 612, 720, 753, 757, 792, 892, 953, 1062, 1111 f., 1193 f., 1325, 1374, 1405, 1436, 1479, 1541, 1594, 1711, 1775 f., 1836, 1869, 1872 f.; der Erinnerung 116, 231, 414, 509, 652, 1229, 1436, 1447 f., 1656, 1692; als Stadtwahrzeichen 77, 546, 549, 667, 720, 888, 973, 976, 978, 996, 1074, 1088, 1116, 1404, 1802 f.

161) Bautechnik 24 f., 29, 77, 116, 227, 323, 550, 650, 672, 683, 853, 860, 965, 978, 998, 1040, 1065, 1093, 1292 f., 1316, 1347, 1401, 1404, 1415, 1436, 1474, 1542, 1606, 1635, 1656, 1671, 1691 f., 1772, 1775, 1795, 1803, 1867, 1870, 1872, 1874. Turmgestalt 285, 549 f., 591, 612, 672, 682, 739, 777, 830, 837 f., 860, 868, 889, 906, 965 f., 974, 978, 997 f., 1040, 1082, 1093, 1218, 1220, 1276, 1303, 1347, 1427, 1467, 1474, 1542, 1544 f., 1640, 1712, 1795, 1803. Turmhöhe 77, 80, 149, 175, 197, 391, 591, 654, 737, 830, 899, 962, 984, 996, 998, 1017, 1022, 1039 f., 1065, 1142, 1153, 1296, 1440, 1803, Anm. 159. Baumaterial 25, 326, 612, 639, 672, 906, 997 f., 1039, 1175, 1203, 1347, 1407, 1489, 1632, 1656, 1828.

162) Pyramiden 24 ff., 80, 849, 1145, 1252, 1256, 1289, 1298, 1325, 1389 f., 1440, 1513, 1563, 1595, 1632, 1684, 1760, 1775 f., 1785, 1867. Befestigungen 47, 77, 91, 197, 276, 289, 319, 332, 344, 347, 531 f., 546, 549, 665, 673, 720, 819, 830, 860, 967, 973, 1026, 1092, 1389, 1405, 1407, 1496, 1540, 1593, 1597, 1652, 1784, 1809 f., 1828. Burgen 87, 317, 344, 351, 442, 494, 548, 576, 610, 624, 674 f., 720, 743, 792, 819, 869, 889, 1035, 1046, 1079, 1541. Gräber als Monumente 80, 243, 569, 649, 698, 760, 816, 820, 855, 1051, 1058, 1231, 1373, 1545, 1708, 1819, Anm. 345. Ruinen 25 f., 80, 83, 117, 604, 856, 961, 1079, 1125, 1230, 1415, 1597, 1616, 1692, 1728 f. Rekonstruktionen 79 f., 100, 1369, 1427, 1474; dagegen 1427. Luftschlösser 1169, 1389, 1400 f., 1544, 1648, 1788. Sprache als Bauwerk Anm. 144. Brücken 1389, 1732, 1809, 1828.

163) Malerei als der Sprache überlegen 1102, 1110, 1333, 1496, 1547, 1760. Sprache als Malerei 420, 1185, 1356, 1441, 1493, 1573, 1605. Sprachliche Schilderung von Abbildungen 497, 604, 716, 758, 1171. Bilder zu Dichtungen 140, 667, 672, 1110; zu Chroniken 309, 315 f., 838, 859, 868, 918, 965, 1040; zur Bibel (Bilderbibeln) 140, 190, 260 f., 284 ff., 435, 455, 492 f., 497, 514, 531 f., 549, 571, 576, 672, 794, 829, 914, 973, 1082, 1098, 1110, 1347, 1457, 1640, 1712.

Begrenzung aufgehoben scheint, so die zeitliche. Adam, der die Tiere benannte; Nimrod, der den Babelturm baute; das Pfingstwunder des Heiligen Geistes; alle heilsgeschichtliche und profane Vergangenheit wird uns im Bild gleichzeitig und gegenwärtig[164]). Aber das Bild ist, selbst wenn es in einer festen ikonographischen Tradition zu stehen scheint, nicht allein Wiedergabe, sondern auch Auslegung und braucht immer neue Auslegung; sie ist eingeschränkt auf sprachliche und geschichtliche Erfahrung wie der Maler selbst. Unmittelbarer noch, aber auch unanschaulicher drückt die Musik die gottgewollte Harmonie vielfältiger Töne aus, in einer, wie es scheint, vollkommenen Sprache des reinen Gefühls, in einer Ursprache, die alle Menschen und Völker hören können. Die Sprache selbst ist vielleicht Gesang, Rhythmus liegt in jedem Idiom, und manches ist besonders sangbar. Selbst Gesang in fremden Sprachen vereint die getrennten Menschen wie die Himmlischen. Allein, das irdische Leben ist nicht harmonisch; die Sprache der Musik sagt wie der Ruf der Glocken jedem etwas anderes und manchem gar nichts; die Musik erklänge nicht ohne den Interpreten, den „Übersetzer" und Ausleger, der in seiner geschichtlichen Lage befangen bleibt[165]).

Der kühnste Versuch, die Geschichtlichkeit der Sprache zu bewältigen, ist wohl die Monumentalisierung der Sprache selbst, die Dichtung; jedenfalls ist sie der riskanteste. Als Sprachrohr Gottes, dann als gottgleiche Schöpfung selber will sie die Wahrheit des Daseins jenseits der wirren Wirklichkeit gestalten und das Besondere der Geschichte nicht nur schildern, sondern allgemein gül-

---

[164]) Bilder von Adams Namengebung 285, 435, 514, 549, 667, 697, 708, 793, 853, 973; vom Babelturm 256 f., 260 f., 263, 285, 309, 315, 323, 435, 493, 497, 514, 549 f., 589, 627 f., 650, 667, 672, 682 f., 739, 780, 793, 830, 838, 853, 860, 868, 914 f., 965 f., 978, 994, 997 f., 1040, 1082, 1092 ff., 1098, 1120, 1180, 1213, 1220, 1252, 1276, 1297, 1301, 1347, 1427, 1457, 1473, 1542, 1583, 1628, 1640, 1691, 1712, 1794 f., 1797, 1803; vom Pfingstwunder 261, 284, 306, 309, 312, 316, 435 f., 531 f., 571, 576, 628, 650, 829 f., 853 f., 963, 965, 973, 1171, 1491. Bilder zur übrigen Heilsgeschichte 257, 260 f., 286, 435, 492 f., 497, 604, 649 f., 672, 704, 829, 846, 857, 859, 1040 f., 1098, 1110, 1640; zur Profangeschichte 316, 497, 549, 571 f., 604, 682, 759, 846, 869, 1052, 1072, 1353, 1473.

[165]) Harmonie des Vielfältigen 95, 184, 254, 432, 640, 654, 697, 721, 746, 807, 1264, 1344, 1359, 1405, 1450, 1478, 1541, 1713, 1759, Anm. 156; der Sprachen 246, 432, 1192, 1201, 1260, 1440. Musik als vollkommene Sprache 95, 310, 1185, 1271, 1344, 1381, 1393, 1547, 1617, 1656, 1729, 1731, 1774, 1783, 1801, 1865 f.; dagegen 1733, 1741. Sprache als Musik 217, 1432, 1440 f., 1493, 1503, 1507, 1509, 1545 ff., 1554, 1570, 1585, 1603, 1639, 1645, 1647, 1659, 1701, 1793, 1808, Anm. 27. Rhythmus der Sprache 1185, 1865; dagegen 1645. Sangbare Sprachen 191, 1135, 1249, 1254, 1288, 1381, 1410, 1449, 1510, 1570, 1588, 1618, 1741; dagegen 1470. Gesang in Fremdsprachen 98, 350, 576, 1171, 1570. Gesang als Sammlung des Getrennten 184, 229, 254, 277, 369, 381, 411, 551, 770, 775, 809, 1064, 1185, 1344, 1617, 1681, 1861; dagegen 51, 561, 746. Disharmonie in der Geschichte 179, 746, 1449, 1470, 1784. Sprache der Glocken 40 f., 194, 564, 809, 837, 1595.

tig und gleichzeitig machen; die Geschichte tritt auf als Gedicht oder Drama. Ob aber die dichterische Ordnung im Rückgriff auf ein Urbild höhere Realität stiftet oder bloße Fiktion und babylonische Verwirrung bedeutet, bleibt fraglich[166]). Gewiß ist, daß Dichtung die Geschichte verwandelt; das tut sie auch mit der Sprache, mit ihrem Medium, das sie oft selber für Dichtung hält. Mag man die Dichtersprache aber auch für die Götter- und Ursprache erklären, es war doch immer eine historisch besondere Sprache, meistens die Muttersprache, die von den Dichtern erst zu geschichtlichem Leben erweckt wurde, als sie Form und Inhalt einander zuordneten[167]). Freilich machten sie sich bald von neuem auf die Suche nach einer paradiesisch ungewohnten Sprache, fern vom Alltag des Volkes, dem sie nicht allein dienen wollten; und so horchten viele Dichter auf fremde Zungen und Sitten, auf vergangene Reden und Meinungen, damit ihr Abbild nicht das menschliche Ganze verfehle[168]). Zu finden ist es nur im Bannkreis geschichtlicher Vielfalt, aus dem es die Dichtung zu erlösen sucht; mit ihrem fertigen Werk begibt sie sich wieder in diesen Kreis hinein, denn es ist angewiesen auf Überlieferung und verstehenden Willen des späteren Lesers.

[166]) Dichtung als Gottesdienst 154, 728, 875 f., 1253 f., 1282, 1362, 1528, 1559, 1616 f., 1648, 1664, 1692, 1782 f., 1831; als gottgleiche Schöpfung 72, 343, 980, 1154, 1166, 1169 f., 1282, 1341 f., 1414, 1522, 1527 ff., 1546 f., 1559, 1591, 1647, 1742, 1782, 1801, 1829, 1831, 1845 ff., 1861 f., 1865. Dichtung übersteigt die Wirklichkeit 94, 117, 162, 675, 677, 876, 957, 980 f., 1103, 1107, 1166, 1230, 1281, 1361 f., 1370, 1390 f., 1432, 1492, 1512, 1524 f., 1531, 1559, 1565, 1588, 1591, 1597, 1612 f., 1623, 1628, 1647, 1667, 1676, 1713, 1743, 1771, 1784, 1809, 1828 f., 1846 f., 1852, 1863, 1865; faßt sie zusammen 136, 162, 677, 981, 1185, 1849; spiegelt sie 678, 742, 961, 1602, 1643, 1772, 1827; gibt sie wieder 981, 1185, 1281, 1358, 1626, 1642, 1648, 1677, 1831. Geschichte als Dichtung 72, 387, 1232, 1300, 1309, 1391, 1393, 1410, 1475, 1560, 1565, 1582, 1602, 1628, 1643, 1689, 1775, 1804, 1831; vgl. Anm. 454; als Drama Anm. 388. Dichtung als Fiktion 252, 402, 956 f., 964, 1007, 1032, 1073, 1133, 1232, 1248, 1270, 1359, 1520, 1571; als babylonische Verwirrung 1390, 1543, 1571, 1588, 1845 f., 1871, 1881. Dichtungen über Babel 993 f., 1075, 1204, 1390, 1392, 1542, 1644, 1692, 1743, 1750, 1754, 1845, 1871.

[167]) Sprache als Dichtung 1546, 1605, 1607 f., 1646, 1664, 1671, 1743, 1755, 1808, 1831, 1854, 1865, Anm. 156. Dichtersprache als Göttersprache 1282, 1362, 1591, 1831; als Ursprache Anm. 221. Dichtung an eine besondere Sprache gebunden 713, 1165, 1226 f., 1594, 1617, 1627. Dichter prägen Volkssprachen 622, 711, 713, 756 f., 1106 f., 1126, 1135, 1170, 1346, 1348, 1430, 1627, 1814. Form und Inhalt der Sprache, verbunden 99, 459, 921 f., 1387, 1575, 1738; getrennt 208 f., 965, 978, 1014, 1375, 1400, 1405, 1537, 1646, 1648, 1657, 1727, 1844, 1855. Vgl. Anm. 489.

[168]) Dichter suchen neue Sprache 1281, 1644, 1647, 1760, 1808, 1828. Dichter und Volk, verbunden 1560, 1672, 1676; getrennt 957, 1522, 1559, 1617, 1641, 1646, 1676, 1813. Dichter achten auf Sprachenvielfalt 161, 620 f., 690, 714; lassen Verschiedensprachige sich unterreden 91 f., 162, 341, 601 f., 620, 677, 713, 737, 1275, 1285, 1428, 1439; dichten in Fremdsprachen 153, 408, 476, 578 f., 620, 690, 1126, 1169, 1204, 1302, 1587, 1644, 1771, 1784, 1795, 1848; dagegen 713, 757, 1587, 1673. Übersetzungen Anm. 433.

Einfacher sieht sich die nicht gestaltende Beschreibung der geistigen Welt durch die Wissenschaft an. Zwar reichte auch sie ihre Ergebnisse sprachlich und schriftlich weiter, in dem Traditionszusammenhang der Gelehrtensprache zunächst, der Zitate und Fußnoten bis heute; aber sie achtete kaum auf die Form und machte die Sprachen, die sie in Fülle erlernte und beherrschte, zum Instrument und Wissensspeicher[169]). Sie möchte wie Melchisedech ohne Abstammung sein, auch wenn sie dem religiösen Anspruch oder dem nationalen Pathos in Zustimmung und Widerspruch verhaftet bleibt; sie möchte die Vernunft über Autorität und Tradition stellen, wirklichkeitsnahe und dem unendlichen Fortschritt in der Wahrheit geöffnet sein[170]). Was sie daran hindert, ist das, was sie gerne geringschätzt, die Unbestimmtheit der vielen Sprachen und die Besonderheit der geschichtlichen Lage. Die konservative Buchgelehrsamkeit gebraucht die Muttersprache so zögernd, wie sie die Gegenwart untersucht, und wird darum gerügt als zeitfern und weltfremd, unverständlich und tyrannisch, als ein Babelturm, in dem sich die Gelehrten unablässig zanken, ohne die Wahrheit zu finden[171]).

---

[169]) Fremdsprache als Gelehrtensprache 563, 617, 627, 956, 959, 985, 988, 1060, 1126, 1129, 1138, 1180, 1236, 1244, 1253, 1330, 1377, 1379, 1388, 1395, 1430, 1445, 1457 f., 1496, 1530 f., 1585, 1590, 1624, 1725, 1769, 1778, 1814, Anm. 308. Volkssprache als Gelehrtensprache 1243 f., 1273 f., 1344 f., 1377, 1395, 1453, 1465 f., 1482 f., 1491, 1511, 1518. Gelehrte als Sprachenkenner 137 f., 193, 195, 198, 209, 244, 386, 396, 613, 748, 901 f., 972, 1028, 1129, 1231, 1233, 1282 f., 1444 f., 1485, 1496, 1674, 1711, Anm. 330; dagegen 1122, 1184, 1325. Sprache als Wissensspeicher 584, 1138, 1253, 1314, 1362 f., 1388, 1492, 1495; dagegen 1240, 1273, 1289, 1398, 1732.

[170]) Wissenschaft ohne Ansehen der Herkunft 1453. Wissenschaft und Religion, verbunden 334, 370, 607, 634, 745, 750, 774, 809, 820, 902, 982, 1091, 1279, 1304, 1366 f., 1441, 1635, 1641, 1686, 1709 f., 1723, 1736, 1777, 1815; getrennt 126, 220 f., 228, 247, 642, 729, 1003, 1243, 1301, 1304, 1311, 1444, 1641, 1684, 1701, 1718, 1733, 1735, 1743, 1820. Wissenschaft und Nation, verbunden 1128, 1131, 1151, 1225, 1247, 1336, 1374, 1719 f., 1724, 1802; getrennt 1429, 1453, 1836. Vernunft steht über der Autorität 1274, 1279, 1297, 1303, 1457. Gelehrte Kritik der Überlieferung 596, 611, 686, 724, 735, 790, 796, 966, 968, 1047, 1057, 1073, 1120, 1128, 1167, 1234, 1238, 1275, 1439, 1455, 1481, 1574, 1623, 1626, 1688, Anm. 418; dagegen 1075. Wissenschaft als wirklichkeitsnahe 368, 483, 550 f., 605, 628, 650, 723, 753, 787 f., 794 ff., 802, 804, 992, 1137 ff., 1212, 1262, 1522, 1868, 1872 f.; als Fortschritt 630, 632, 663, 1240, 1450, 1506, 1631 ff., 1635, 1787, Anm. 222.

[171]) Wissenschaft als theoretisch 288, 357, 366, 386, 390, 823 f., 1301, 1457, 1520; als gegenwartsfremd Anm. 409; als weltfremd 748, 1133, 1274, 1400, 1417, 1427, 1429, 1439, 1444, 1539, 1709, 1769, 1781, 1784; als unverständlich 991, 1267, 1282 f., 1322 f.; als tyrannisch 1336, 1643 f.; als Babelturm 398, 629, 641, 659, 727, 794, 991, 1094, 1184, 1187, 1231 f., 1256, 1300, 1303, 1343, 1352, 1390, 1469, 1489, 1543, 1568, 1588, 1591, 1643 f., 1732, 1734, 1757, 1760, 1776, 1797, 1849, 1872, 1881. Gelehrte Werke über Babel 1345, 1352, 1370, 1585, 1721, 1777 f., 1788, 1830, 1834, 1851, 1867, 1870.

Wie kann etwa die Theologie in menschlicher Sprache von Gott reden? Sie muß die Heilige Schrift in die historisch-philologische Analyse hineinziehen, mit Sprachenkenntnis ihren Wortlaut, mit Kritik Verfasser, Zusammenhang, Glaubwürdigkeit feststellen und den nicht profanen Sinn exegetisch auslegen, vielleicht traditionell, aber immer neu und anders, wenn sie nicht bei der Deskription bleiben will, über die eine neutrale Religionswissenschaft kaum hinauskommt[172]). Den aus der Pflege heiliger Texte hervorgegangenen Philologien von der altehrwürdigen Orientalistik bis zur avantgardistischen Germanistik ergeht es nicht besser, wenn sie weltliche Schriften zerlegen und jenseits des armen, zufällig überlieferten Wortlauts das gemeinte Ganze wiedererwecken wollen[173]). Wenn die Rechtswissenschaft geltende Gesetze auslegt, findet sie schwer den Weg zur bleibenden Norm der sittlichen Rechtsidee[174]). Wie will die Philosophie mit Wörtern nach der Wahrheit selbst zielen? Sie sucht das Allgemeine gar zu oft jenseits der Geschichte, in der sie steht, und jeder Philosoph redet seinen eigenen babylonischen Jargon. Aber anderseits ist die Kritik an der Metaphysik, die Klärung der Begriffssprache nur eine Vorarbeit[175]). Die feindliche Schwester, die Geschichtswissenschaft, kann über das Besondere, wirklich Geschehene schwer allgemein urteilen, ja kaum sprechen. Frühere Historiker bändigten die Fülle mit dem Vorgriff des Glaubens, spätere mit dem der Vernunft; der Historismus versagte sich den Vorgriff überhaupt, doch

---

[172]) Theologie in menschlicher Sprache 243, 378, 419 f., 719, 734, 832, 972, 1303, 1467, 1469, 1471, 1632, 1679, 1719, 1721, 1728, 1777, 1800, 1851, 1865, Anm. 20. Biblische Philologie 200, 235, 251, 379, 388, 719, 751 f., 831, 968, 977, 1087, 1179, 1427, 1471, 1496, 1504, 1510, 1729, Anm. 437; dagegen 1677, 1727, 1746. Bibelkritik, Verfasserfrage 985, 1159, 1277, 1290, 1295, 1310, 1435 f., 1454, 1497, 1499, 1531, 1648, 1710; Prüfung des Zusammenhangs 1435, 1560, 1695, 1710 f., 1728, 1781 f., 1838 f.; der Glaubwürdigkeit 1406 f., 1416, 1418, 1435, 1599, 1641, 1676 f., 1679 f., 1685 f., 1699 f., 1718 f., 1727, 1735, 1737, 1746, 1751, 1781, 1806, 1830, 1837 f., 1850, 1865 f. Bibelauslegung Anm. 437–53. Religionswissenschaft 199, 205, 270, 342, 962, 1499, 1562, 1564, 1619, 1641, 1648, 1657, 1702, 1708, 1738 f., 1753, 1782, 1838, 1850, Anm. 319.

[173]) Philologie 135, 140, 214, 968 f., 977, 985, 1184, 1293, 1295, 1562, 1573, 1709, 1762, 1811, 1843, 1865. Orientalistik 214, 764, 878, 886, 975, 1128, 1198, 1213, 1221, 1236, 1297, 1302, 1321, 1330, 1341, 1349, 1364, 1454, 1456, 1474, 1498, 1610, 1617, 1639, 1710, 1729, 1744, 1796, 1837. Germanistik 1460, 1569, 1585, 1682, 1726, 1739.

[174]) Rechtswissenschaft 586, 877, 883, 1146, 1162, 1189, 1285, 1299, 1315, 1321, 1345, 1373 f., 1376, 1432, 1465, 1479, 1500, 1506, 1516, 1573, 1615, 1683, 1691, 1748, Anm. 30, Anm. 125 f., Anm. 449.

[175]) Philosophie und Geschichte, verbunden 241, 711, 721, 922 f., 1438, 1478, 1548, 1574, 1815; vgl. Anm. 457; getrennt 235, 615, 617, 621, 704, 797, 1438, 1452, 1483, 1492, 1741, 1787. Philosophie als Spiel mit Wörtern 180, 231, 248, 398, 641, 659, 727, 794, 1329, 1518, 1527, 1529, 1614, 1774, 1843, 1850, 1881; als Klärung der Sprache 19, 95, 902, 1268, 1362, 1437, 1587, 1603, 1743, 1788; dagegen 1000, 1272 f., 1428. Kritik an der Metaphysik 1613, 1623, 1630, 1632, 1741, 1787, 1836, 1841 f. Vgl. Anm. 85–90.

damit auch die Universalhistorie[176]). Ist die Historie von der Nähe bedroht, so die Völkerkunde von der Ferne: Was kann sie von fremden Völkern wissen? Frühere Forscher ermittelten Verwandtschaften durch naive Namensetymologien und Ahnentafeln; aber auch naturwissenschaftliche Völkerpsychologie oder universaler Völkervergleich verzerren das, was sie jenseits des Befundes teilweiser Ähnlichkeiten und teilweiser Verschiedenheiten zu sehen meinen[177]). Daß der Spott über die eigene Vorgeschichte keine Wissenschaft aus ihrer eigenen Bindung an geschichtliche Einseitigkeit entläßt, zeigt sich besonders eindringlich an der Sprachwissenschaft. Sie begann mit der etymologischen Suche nach Sprachverwandtschaften, die alsbald in diachronische Sprachfiliationen und in geschichtliche Völkerverwandtschaften umgedeutet wurden[178]);

---

[176]) Geschichtswissenschaft 1189, 1367, 1455, 1465, 1480, 1554, 1563, 1572 ff., 1687 f., 1707, 1716, 1738, 1745, 1764, 1833, 1843, 1872 f. Historismus 10, 1270, 1293, 1630, 1687, 1693, 1880; dagegen 1794, 1800, 1833. Vgl. Anm. 456–80.

[177]) Völkerkunde 52, 55, 96 f., 108, 126, 156, 166, 176, 192 f., 297, 335, 371, 407, 412, 544, 1151, 1345, 1367, 1386, 1430, 1447, 1475, 1516, 1519, 1535 f., 1538, 1575, 1598, 1630, 1668 f., 1717, 1729, 1744, 1764, 1782, 1799, 1850. Völkerpsychologie 1685, 1687, 1717, 1838, 1840 f.; dagegen 1726, 1807, 1815, 1846. Ermittlung von Völkerverwandtschaften 484, 512, 518, 568, 765, 769, 781, 1227, 1230, 1248, 1360, 1373 ff., 1378, 1480, 1487, 1555, 1706, 1708. Unterscheidung von Völkern 885, 937 f., 961, 1056, 1073, 1079, 1081, 1090, 1104, 1128, 1159, 1188, 1190, 1225, 1248, 1267, 1286, 1375, 1487, 1546. Vgl. Anm. 109.

[178]) Sprachwissenschaft 50, 69, 109, 331, 904, 1114, 1151, 1533 f., 1617, 1621, 1630, 1657 f., 1669, 1682, 1686, 1697, 1709, 1716 ff., 1721, 1725 f., 1728, 1735, 1738, 1745, 1749, 1754, 1763 f., 1777 f., 1793 f., 1798 ff., 1818, 1827, 1853 f., 1875. Ermittlung von Sprachverwandtschaften 25, 188, 200, 215, 313, 342, 366, 388, 494, 504, 514, 518, 524, 534, 551, 560 f., 614, 681, 685, 695, 698 ff., 763, 768 f., 773, 781, 857, 871, 901, 914, 916 f., 1048, 1050, 1054 f., 1058 f., 1067 f., 1072, 1076, 1082 f., 1086, 1096 f., 1099, 1108, 1118, 1122 f., 1128 f., 1138, 1146, 1168, 1180, 1186 f., 1192, 1196, 1198 f., 1205, 1208, 1216, 1219, 1221 ff., 1227 f., 1237 f., 1245 f., 1248 f., 1252, 1259 f., 1269, 1279, 1291, 1298, 1301, 1306, 1320, 1327, 1336, 1341, 1345, 1347, 1349, 1356, 1365 f., 1372 f., 1375, 1378, 1386, 1417, 1430, 1439 f., 1455 f., 1459 f., 1463, 1473, 1475, 1477, 1487 f., 1496, 1508, 1519, 1526, 1528 f., 1555, 1562, 1568, 1573, 1580, 1588, 1592, 1598, 1615, 1621, 1634, 1647, 1654, 1670, 1680, 1694, 1741, 1762, Anm. 109. Gleichsetzung verschiedener Sprachen 380, 386 f., 590, 646, 689, 691, 700, 940, 951 f., 988, 1005, 1063, 1099, 1111, 1129 f., 1171, 1181, 1187, 1202, 1208, 1210, 1215 f., 1223, 1225 f., 1244, 1275, 1278, 1291 f., 1336, 1357, 1426, 1459, 1463, 1471, 1476, 1480 f., 1484. Sprachfiliationen 64, 663, 763, 897, 903, 1118, 1128, 1138, 1165, 1177, 1180, 1192, 1200, 1210, 1215 f., 1221, 1224, 1237, 1248, 1252, 1259, 1275, 1291, 1301, 1318, 1341, 1349, 1364, 1369, 1371, 1379, 1415, 1417, 1454 f., 1474, 1481, 1488, 1508, 1513, 1529, 1588, 1592, 1612, 1637, 1651, 1659, 1703, 1830; dagegen 1799. Erklärung von Sprachverwandtschaften durch Völkerverwandtschaften 200, 516, 518, 684 f., 688, 695, 765, 768, 773, 826, 914, 1260, 1291, 1301, 1659; dagegen 1799. Erklärung von Sprachverwandtschaften durch geschichtliche Ereignisse 529, 688, 1083, 1306. Sprachgeschichtliche Literatur 967, 969, 1106 f., 1110, 1115, 1118, 1123, 1125, 1128, 1130 f., 1135, 1139 f., 1165, 1174,

in der Rekonstruktion, Aufzählung und schematischen Vergleichung von Grundsprachen sah sie dann lange ihr Ziel[179]). Sie mußte diese Anfänge verleugnen, je deutlicher sie die tiefe Verschiedenheit der beschriebenen Sprachen bemerkte[180]); aber auch wenn sie nun, nach dem vorsichtigen Einzelvergleich, eine natürliche oder logische Gemeinsamkeit der Sprachen postulierte, konnte sie doch kein geschichtliches Idiom aus seiner Besonderung erlösen[181]).

Dieser Weg der Wissenschaften endet gleichwohl nicht in der Skepsis, er ist ein Fortschritt. Die Wendung der Wissenschaft zur Erforschung ihrer eigenen Sprache und Geschichte führt nämlich zur Einsicht in die aller Wissenschaft immer gemeinsame Begrenztheit ihrer geschichtlichen Lage, Sprache und Erkenntnis[182]). Dieses methodenkritische Bewußtsein macht die Weltmacht der modernen Wissenschaft aus. Auch die Geschichte der Meinungen über Ursprung und Vielfalt der Sprachen und Völker gewinnt erst dann einen exem-

---

1242, 1298, 1301, 1303, 1332, 1339, 1348 f., 1454, 1456, 1461, 1465, 1470 f., 1480 f., 1493, 1500, 1508, 1517, 1534, 1553, 1569, 1585, 1606, 1617, 1635, 1684, 1686 f., 1720, 1726, 1747, 1755, 1765, 1821 f., 1830.

179) Grundsprachen 190, 681, 1085, 1200, 1221, 1223 f., 1226, 1250 f., 1261, 1287, 1295, 1301, 1319, 1326 f., 1336, 1339, 1345, 1361, 1363–6, 1368 f., 1371, 1379, 1422, 1425 ff., 1449, 1459 ff., 1463 ff., 1470, 1475–9, 1484, 1488, 1498, 1502, 1534, 1546, 1558, 1560, 1578, 1601, 1603 f., 1624, 1655, 1682, 1685, 1718 ff., 1725 f., 1741, 1744, 1747, 1749, 1762 f., 1781, 1786, 1799, 1820 f., 1827, 1848. Ihre Zahl 1251, 1330, 1364 ff., 1371, 1379, 1420, 1427, 1459, 1624, 1695. Sie sind miteinander verwandt 1223, 1287, 1502, 1655, 1686, 1711, 1739, 1744, 1749, 1762, 1781, 1818, 1820 f.; nicht verwandt 1221, 1670, 1682, 1685, 1718, 1747, 1786, 1827. Vgl. Anm. 235.

180) Sprachverschiedenheiten 493, 560, 651, 681, 739, 742, 763, 769, 794 f., 802, 816, 826, 871 f., 879 f., 916 f., 973, 1020, 1026, 1081, 1085, 1097, 1099, 1123, 1153, 1208, 1215, 1221 f., 1227, 1237, 1244, 1249, 1251, 1378, 1389, 1419, 1455, 1464, 1487, 1586, 1621, 1623, 1704; vgl. Anm. 267. Sprachbeschreibende Literatur 1355, 1357 f., 1363, 1465, 1470, 1512 f., 1533 f., 1546, 1549, 1575, 1577, 1601, 1605, 1623, 1626, 1647, 1657, 1718, 1755, 1778, 1789 f., 1854.

181) Sprachenvergleichung 50, 75, 100 f., 109, 137 f., 154 f., 200, 215, 276, 282 f., 286, 298, 313, 504, 664, 769, 800, 856, 859, 978, 988, 1058, 1068, 1082 f., 1097 f., 1122, 1137, 1139, 1187, 1213, 1221 f., 1322, 1330, 1405, 1413, 1421, 1435, 1449, 1456, 1461, 1475, 1502, 1529, 1533 f., 1571, 1578, 1613, 1615, 1655, 1657, 1682, 1685, 1716, 1726, 1733, 1745, 1772, 1791, 1793, 1855. Vgl. Anm. 331. Sprachvergleichende Literatur 1086, 1153, 1200, 1213, 1224, 1237, 1249, 1260 f., 1287, 1317, 1342, 1357, 1364, 1380, 1384, 1417, 1423, 1425, 1437, 1446, 1456, 1471, 1516, 1534, 1546, 1558, 1577, 1586, 1622, 1624, 1635, 1638, 1682, 1686, 1711, 1725 f., 1744, 1749, 1764, 1805, 1827, 1840, 1850.

182) Skepsis 178, 1079, 1127, 1151, 1169, 1174, 1226, 1240, 1255, 1267, 1269 f., 1317, 1329, 1453, 1494, 1660, 1828, 1878; dagegen 1259, 1875. Relativität des Wissens und Pluralismus, perspektivisches Denken 99, 169, 962, 1166, 1185, 1232, 1257, 1262, 1389, 1398, 1550, 1758, 1823, 1875, 1877, 1879.

plarischen und allgemeinen Wert, wenn ihre Darstellung keine eigene, andere, „bessere“ Hypothese mehr verkünden, sondern Reflexion über die sprachlich-geschichtlichen Möglichkeiten und Grenzen, über die Perspektiven menschlicher Weltdeutung sein muß.

*

Unser Versuch, die sachlichen Beziehungen zwischen der geschichtlichen Sprachen- und Völkervielfalt und den übergeschichtlichen Strukturen der Ordnung zu klären, ergab einen umfassenden und unbestimmten Wirkungszusammenhang. Kein Bereich, der nicht beansprucht hätte, dauernder Grund der Sprache zu sein: Sprache als göttliche Schöpfung, als Nachahmung der Natur, als Ausdruck des Individuums, als Tat der Gemeinschaft, als Produkt der Gesellschaft, als geistige Gestaltung. Auch kein Bereich, der nicht die Geschichte grundsätzlich erklären könnte: als Heilsgeschichte, als natürlichen Prozeß, als Leistung großer Einzelner, als Leben der Gemeinschaften, als Experiment der Gesellschaft, als Bewußtwerden des Geistes. Alle diese Ansprüche haben ihr Teil Berechtigung; denn die historische Darstellung zeigte uns hundertfach, daß Sprache und Geschichte, erst recht die Meinungen über sie, weithin bestimmt sind vom Weltbild einer Religion, vom Naturverständnis, von der Persönlichkeit eines Autors, von seiner Zugehörigkeit zu politischen, sozialen und geistigen Gruppen. Aber nun ergab sich auch das Gegenbild, daß Sprache und Geschichte, und auch die Meinungen über sie, mehr oder minder weit in diese Sachbereiche hineingehören und aus keinem ganz wegzudenken sind.

Die Geschichte unserer Fragestellung ergab denn auch keine fortschreitende Eingrenzung oder gar Lösung der Frage, eher umgekehrt ein immer breiter werdendes Schwanken zwischen den Lösungen; vor allem verweisen zahlreiche unscharfe oder wechselnde Aussagen der großen, genialen Denker auf die Unendlichkeit des Problems[183]). Sie stört sogar die behauptete überzeitliche Gültigkeit der schon entschiedenen Positionen und macht sie, auch als verwirklichte, zu bloß einseitigen Möglichkeiten des Menschen. Gerade der Mensch in seiner sprachlich-geschichtlichen Begrenztheit und Endlichkeit empfindet aber diese Bereiche zugleich als ihm entzogene, unendliche Ergänzung, die seine Offenheit und Unbestimmtheit binden und übergreifen soll. Es scheint ihm immer wieder zu mißlingen, wenigstens gegenüber seiner zeitgenössischen

[183]) Schwankungen in der Meinung eines Autors 238, 290 f., 336 f., 390, 472, 516, 525, 707, 723, 740, 790 f., 869–74, 1079, 1265, 1309, 1315 f., 1325, 1352, 1427, 1614, 1682, 1685, 1699 f., 1710 f., 1728, 1733, 1735, 1764 f., 1786, 1824 f., 1863 ff., 1874 ff.; vgl. Anm. 449.

Lage und Aufgabe, in seiner Gegenwart allein. Doch vermag er das Unmögliche, indem er die grenzenlosen Ansprüche als Erinnerung an einen verlorenen Ursprung oder als Forderung an eine verborgene Zukunft begreift, also geschichtlich interpretiert. Um jenen vorerst undeutlichen Wirkungszusammenhang näher zu bestimmen, müssen wir daher jetzt die in ihm wirksamen Aspekte der Veränderung analysieren.

2. Aspekte der Veränderung

Die Meinungen über Ursprung und Vielfalt der Sprachen und Völker geben sich fast nirgends zufrieden mit der Feststellung des jeweils gegenwärtigen, nämlich des vielgestaltigen und wandelbaren Zustandes; sie erklären diesen Zustand selbst, und zwar seit dem Judentum als Ergebnis geschichtlicher Veränderung. Dabei beruft man sich indes gewöhnlich nicht auf den äußeren, chronometrischen Zeitablauf oder auf historisch fixierte Schichten und Epochen; wie alle menschlichen Sprachen ihre temporale Gliederung auf die Gegenwart des Sprechers beziehen, so übergreifen auch die Meinungen perspektivisch von der eigenen Gegenwart her die zeitliche Erstreckung des Daseins im ganzen und gliedern sie durch eine „Weltgeschichte der Zeitstadien“, durch Denkmodelle des Zeitablaufs und seiner Veränderung. Wie die Reichweite der Meinungen sachlich unbegrenzt ist, so ist sie auch zeitlich umfassend; beide Aspekte verquicken sich, weil zugleich mit der Vielfalt der Sprachen und Völker meist auch die Universalhistorie aller Lebensbereiche gedeutet wird. In der Regel geht man davon aus, daß der dauernde, immergültige Zustand des Daseins nicht mehr oder noch nicht Wirklichkeit ist; die Norm für die Gegenwart wird also nicht in ihr selbst gefunden, sondern in sie hineingetragen. Es ist, als lockte die Gewißheit des Gewesenen und die Hoffnung auf das künftig Mögliche die standortgebundenen Meinungen in die Weite der Geschichte. Das ist nur dann sinnvoll und erfolgreich, wenn in der Vielfalt des Besonderen, in der Verschiedenheit der Sprachen und Völker selbst eine Komponente liegt, die in jeder Gegenwart das einst Geschehene und künftig Geschehende immer neu verdichten und verwerten lehrt.

*

Die Verehrung des Ursprungs ist nicht ursprünglich, denn sie verdeckt einen geschichtlichen Bruch, indem sie Verlorenes idealisiert. Inmitten geschichtlicher Bewegung verbindet sich mit dem Ursprünglichen die Vorstellung des Göttlichen und Natürlichen, des Vernünftigen und Wesentlichen, des einfachen Ganzen, das von der Geschichte unversehrt, aber auch unerreicht bleibt[184]). Was seit dem Goldenen Zeitalter und der Vertreibung aus dem Paradies geschah, ist Abfall, Verfall, Abschweifung, Verwirrung; doch können treue Tradition oder radikale Reform immer wieder zurückgreifen[185]). Es gibt sogar einen Fortschritt zum Ursprung, über alles bisher Verwirklichte hinaus; gegen die verächtlichen Anfänge wird dann ein neuer Ursprung gesetzt, der nicht verloren, sondern erreichbar ist[186]). Denn Ursprung muß nicht Anfang sein, er steht als Unbedingtes außerhalb der Zeit, ihr gegenüber. Was unter diesem doppelten Aspekt von Tradition und Fortschritt als ursprünglich verstanden und verehrt wird, das ist allerdings jeweils geschichtlich besonders und verschieden, also bedingt von dem, was überwunden scheint.

Solange man sich mit der eigenen Religion allein glaubte, gab man ihr keinen Ursprung, nur einfach Wahrheit. Erst gegen konkurrierende fremde Kulte wurde die eigene Ursprünglichkeit betont, der eigene Glaube als göttliche Uroffenbarung verstanden. Noch mehr schworen die Gläubigen auf sprachlich tradierte Uroffenbarung, nachdem die Religionskritik den historisch-menschlichen Ursprung aller Religion erwog[187]). Auch die Kirche verstand sich zu-

184) Ursprung als göttlich 59, 70, 109, 159, 199, 1048 ff., 1071, 1185, 1359, 1376, 1419 f., 1471, 1504, 1534, 1565, 1614, 1617 f.; als natürlich 640, 643 f., 1300, Anm. 40; als vernünftig 1170, 1417, 1488, 1493, 1502, 1504, 1519; als wesentlich 10, 45, 99, 109, 153 f., 166, 215, 279, 398, 518, 699, 924, 957, 1004, 1049, 1061, 1063, 1068, 1077, 1115, 1131, 1150, 1299 f., 1302, 1334, 1359, 1363 f., 1369, 1376, 1395, 1407, 1423, 1441 f., 1452, 1490 f., 1497, 1521, 1546 f., 1560 f., 1565, 1589 f., 1612 f., 1615, 1626, 1628, 1657 f., 1663, 1665, 1682, 1731, 1733, 1736, 1738, 1740, 1753, 1755, 1772, 1801 f., 1805, 1813, 1818, 1831, 1835, 1848, 1860 f., 1863, 1871. Ursprung und Geschichte, getrennt 354, 400, 1049, 1115, 1131, 1150, 1341, 1504, 1556, 1612, 1616, 1731, 1733 f., 1818, 1861, 1863; verbunden 365, 924, 1025, 1163, 1342, 1413, 1451, 1565, 1669, 1772.

185) Goldenes Zeitalter 74 f., 93, 151, 161, 376, 539, 1004, 1063, 1074, 1087, 1129 f., 1407, 1460, 1462, 1616, 1753; dagegen 1245, 1552, 1591. Ursprüngliches Paradies 74, 281 ff., 633, 653 f., 708, 777, 830, 1233, 1254, 1325, 1470, 1503, 1668, 1675, 1769, 1805, 1860, 1873; sein Ort 148, 830, 848, 906, 1065, 1545, 1552 f., 1598, 1603, 1688, 1820; seine Sprache 338, 1545, 1828, Anm. 200–8. Vertreibung aus dem Paradies Anm. 224. Traditionalismus Anm. 417. Reform Anm. 188.

186) Fortschritt zum Ursprung 161, 242, 250, 389, 435, 504, 635, 649, 653, 710, 737, 874, 921 f., 1051, 1186, 1260, 1329, 1344, 1350, 1352, 1360, 1363 f., 1369, 1395, 1437, 1441, 1443 f., 1448, 1526, 1545, 1552, 1566, 1591, 1612, 1635, 1640, 1684, 1696, 1712, 1715, 1721, 1735, 1738, 1746, 1749, 1764, 1786, 1825 f. Anfänge verächtlich 44, 49, 95, 102, 106, 137, 157, 159 f., 281 ff., 286, 394, 426, 807 f., 816, 884, 902, 956, 961, 978, 981, 1165, 1245 f., 1263 f., 1268 f., 1273, 1284 f., 1292, 1346, 1393, 1400 f., 1407, 1413, 1433, 1436, 1440 f., 1549, 1554, 1558, 1579 f., 1583, 1624, 1632, 1661, 1669, 1680, 1690, 1705 f., 1713, 1715, 1719, 1724, 1733, 1738, 1770, 1785, 1828.

187) Eigene Religion als ursprünglich 336, 1300, 1330, 1462, 1509, 1850; als Uroffenbarung 1327, 1364, 1371, 1420, 1425, 1562, 1592, 1615, 1618, 1622, 1641 f., 1657 f., 1708 f., 1752, 1805, 1830. Menschliche Erfindung der Religion 1437, 1443, 1550, 1701 ff., 1738; vgl. Anm. 225.

nächst nicht als geschichtliche Gründung; ihr Stiftungsfest war das pfingstliche Wunder, das alle Zeit aufhob. Erst im Streit der Religionen und Konfessionen verfolgte man die Kette der Beglaubigungen, die „Wolke der Zeugen" durch die Geschichte zurück bis zum Ursprung der Welt, auch um durch Reform dem geschichtlichen Verfall zu steuern[188]). Die Identität von Gott und Ursprung verstand sich von selbst, solange die Welt als göttliche Schöpfung galt.

Als Schöpfung Gottes stand für religiöse Meinungen auch die Natur dem ewigen Ursprung nahe, ob diese Schöpfung nun für einmalig oder für fortdauernd gehalten wurde; vollends die Naturgläubigen, die in der Natur die ewige, unerschöpfliche Schöpferin selbst verehrten, zweifelten an ihrer Ursprünglichkeit nicht[189]). Während die Natur, bisweilen auch die Erde und das Leben als ungeworden erscheinen, schreibt man ihren Geschöpfen fast immer einen punktuellen Ursprung zu, zumal den lebenden und wachsenden, den Pflanzen und Tieren; freilich wird auch ihr Ursprung meist als unabänderliches Prinzip ihrer Entwicklung aus dem geschichtlichen Bereich herausgelöst[190]).

Ähnlich begriff man zunächst das Schicksal des Einzelmenschen. Seine Geburt schien ihn zu definieren für das ganze folgende Leben; auch die Sprache war ihm schon in die Wiege gelegt. Jedoch hatte er keine angeborene Sprache; alle Experimente scheiterten, die Kindern in künstlicher Isolierung eine Natur- oder Ursprache entlocken wollten. Denn der Mensch ist auf seine Umwelt angewiesen und muß ihre Sprache mühsam erlernen. Jenseits von Sprache und Geschichte konnte sich freilich das Individuum immer noch als einzigartig und ursprünglich empfinden, mußte dann allerdings die Gattung Mensch verachten[191]). Denn diese Gattung hatte wie andere Geschöpfe einen abhängigen Ur-

---

[188]) Pfingstfest Anm. 321–4. Ungeschichtlicher Ursprung der Kirche 224, 884 f., 899, 990, 1069, 1081, 1129, 1310, 1324, 1363, 1426, 1472. Geschichtlicher Ursprung Anm. 226. Kirchenreform 578, 582, 586, 595, 629, 1020 f., 1118, 1126, 1344 f., 1681, 1693–9, 1705, 1712, 1723, 1784, 1801, 1825, 1829, 1833.

[189]) Natur als ursprünglich 1396, 1414, 1441 f., 1476, 1511, 1519, Anm. 40; als Schöpfung und als Schöpferin Anm. 35. Welt als ewig 70, 96, 1102, 1663. Schöpfung als einmalig 237, 489, 577, 626, 643, 833, 1203, 1273, 1357, 1414, 1488, 1802; als fortdauernd 206, 263, 451, 806; vgl. Anm. 231.

[190]) Ursprung der Erde 62, 76; des Lebens 1658, 1714; der Pflanzen 472; der Tiere 29, 49, 53, 74, 1329, 1733 f.

[191]) Geburt des Menschen 408, 419, 801, 1125, 1153, 1333, 1466. Der Mensch spricht von Geburt an 37, 48, 426, 449, 638, 654, 728, 1202, 1387, 1405, 1408, 1466, 1738, 1814; lernt nur die Sprache der Umwelt 469, 1127, 1387, 1577, 1677; muß sie mühsam erlernen 63 f., 71, 393 f., 476, 639, 806, 843, 1223, 1659; vgl. Anm. 195, Anm. 228. Ursprachen-Experimente an Kleinkindern 39, 756, 800, 870, 1010, 1050, 1105, 1142, 1216, 1256, 1272, 1389, 1393, 1397, 1432, 1447, 1515, 1793; dagegen 843, 862, 966, 1094, 1126 f., 1142, 1165, 1191, 1202, 1253, 1256, 1317 f., 1328, 1387, 1485, 1683, 1699, 1752, 1765. Individuum als ursprünglich 701 f., 1310, 1434, 1441, 1702, 1713.

sprung, in der Erschaffung oder Geburt durch Gott oder die Natur oder gar in der Abkunft von einzelnen ihrer Kreaturen, von Pflanzen oder Tieren[192]). Individuum und Gattung schienen indes im Ursprung zusammengefaßt; man dachte sich die Menschheit an einem einzigen, meist asiatischen Orte entstanden und nahm als den Vater aller Menschen einen einzigen Urmenschen an[193]). Er besaß dank göttlicher Eingebung oder eigener Einsicht, was den Späteren fehlte: die Fülle vernünftiger Weisheit und körperlicher Kraft, einen bedeutsamen, wahren Namen und eine treffende Sprache, die er sogleich beherrschte[194]). War aber schon im Christentum der Urmensch durch den zweiten Adam Christus überboten, so büßte er unter der Ägide der Naturdeutung auch Einmaligkeit und Frühe ein. Es gab Menschen neben und vor Adam; viele Kinder der verschwenderischen Natur entwickelten sich langsam aus tierischen Vorstufen, und Mängelwesen blieben sie. Der kindische Zögling Mensch fand erst allmählich zur Vernunft und zur Sprache[195]). Ziemlich einhellig meinte man also überall, daß der Ursprung des Menschen sekundär sei und in der geschichtlichen Zone liege.

Damit wurde der Ursprung der menschlichen Sprache problematisch. War sie vom schaffenden, namengebenden Gott eingerichtet, so mußte sie dem Menschen von außen zugekommen sein, als Teil seiner Schöpfung, als Ge-

---

[192]) Ursprung des Menschen von Gott 22, 25, 29, 56, 67, 76, 94, 143, 184, 206, 216, 231, 325, 439 f., 979, 982, 1185, 1301, 1379, 1753, 1776, 1803, 1813, 1842; aus der Erde Anm. 51; von Pflanzen 22 f.; von Tieren 22 f., 29, 53 f., 278, 581, 835, 1433, 1639, 1660, 1719, 1724, 1751, 1788, 1844, Anm. 46.

[193]) Einheitlicher Ursprung der Menschheit 34, 56, 143, 155, 165, 171, 175, 219, 253, 409, 736, 1166, 1282, 1299, 1389, 1428, 1434, 1437, 1461, 1493, 1536, 1557, 1580, 1619, 1658, 1674; an einem Ort 55, 84, 136, 159, 1158, 1338 f., 1501, 1525, 1533, 1535, 1547, 1553, 1562, 1568, 1570, 1592, 1613, 1632, 1688, 1744, 1857 f.; von einem Urmenschen (von Adam) 23, 61, 67, 230, 376, 384, 397, 621, 648, 839, 843, 858, 983, 988, 1003, 1019, 1057, 1108, 1145, 1158, 1233, 1247, 1259, 1302, 1327, 1360, 1379, 1398 ff., 1404, 1422, 1461, 1495, 1506, 1515 f., 1533, 1536, 1538, 1545, 1583, 1592, 1619, 1626, 1652 f., 1655, 1685, 1689, 1698, 1700, 1708, 1745, 1819, 1859, 1870; von Noah 326, 1007, 1052, 1083, 1117, 1125, 1171, 1184, 1195, 1225, 1270, 1321, 1418, 1500 f., 1653, 1688, 1700; dagegen 1382, 1400, 1688, 1744.

[194]) Urmensch als weise und kräftig 44, 197, 287, 325, 330, 332 f., 397, 635, 657, 708, 742, 811, 831, 973, 1001, 1014, 1117, 1183, 1240, 1268, 1338, 1342, 1369, 1373 f., 1404, 1561, 1571, 1592, 1745; sein Name 96, 105, 119, 143, 193, 341, 349, 413, 439 f., 1225, 1307, 1375, 1549; Deutung seines Namens 171, 254, 1027, 1062, 1202, 1267, 1549. Urmensch sprach sofort 333, 592, 1324, 1421, 1448, 1585; in allen Sprachen 330 f.

[195]) Adam und Christus Anm. 11. Menschen vor Adam (Präadamiten) 338 f., 1078, 1184 f., 1231, 1265, 1276 f., 1336, 1438, 1543, 1545, 1593, 1596, 1636, 1663, 1667, 1702, 1716 ff.; dagegen 1280, 1374, 1406, 1598. Urmensch als tierisch mangelhaft 1062, 1182, 1292, 1324, 1413, 1770, 1790. Urmensch mußte Sprache erst lernen 722, 1404 f., 1413.

schenk, Eingießung, Offenbarung oder Lehre; vielleicht kam nur die Fähigkeit zu sprechen von Gott, und der Mensch entwickelte die Anlage weiter[196]). Wenn die Natur Sprache hervorbrachte, so war der Mensch wiederum der nachahmende Empfänger einer fertigen Gabe oder einer Befähigung, die ihm nicht gehörte[197]). Wenn aber der Mensch selber die Sprache schuf, dann hatte sie an der menschlichen Unzulänglichkeit und am sekundären Ursprung des Menschen teil; dann waren die Menschen anfangs stumm und erfanden die Sprache langsam, vielleicht zufällig und willkürlich, vielleicht genötigt oder vernünftig, vielleicht als Einzelne im Gespräch miteinander, vielleicht in der Konvention oder Gewohnheit der Gemeinschaft[198]). Keine Alternative erklärte die Sprache

[196]) Sprache kommt von Gott 39, 70, 77, 86, 93, 104, 159, 175, 181, 210, 238, 244, 258, 291, 392, 410, 471, 654, 744 f., 1076 f., 1079, 1087, 1201, 1219, 1223, 1264, 1288 f., 1302, 1385, 1387 f., 1470, 1476, 1487–91, 1513, 1570, 1614 ff., 1624, 1650, 1829, 1842, 1862, 1865; ist von Gott dem Menschen anerschaffen 25, 207, 252, 439, 592, 870, 1024, 1192, 1195 f., 1330, 1341, 1345, 1349, 1421, 1448, 1461, 1465, 1471, 1479, 1576 f., 1613, 1622, 1637, 1709, 1745, 1755, 1813, 1845; geschenkt 33, 37, 39, 55, 84, 108, 170 f., 185, 215, 241, 244, 325, 398, 506, 727, 735, 870, 1027, 1094, 1142, 1159, 1166, 1294, 1311, 1319, 1325, 1336, 1361, 1363, 1377, 1396, 1419, 1425, 1430, 1447, 1486, 1525, 1547, 1564, 1568, 1587, 1599, 1606, 1614, 1698, 1742, 1746, 1748, 1784, 1802, 1850, 1859, 1862, 1867; eingegossen 999, 1165, 1278, 1348, 1364, 1375, 1404, 1413 f., 1469 f., 1516 f.; offenbart 149, 819, 833, 870, 1024, 1077, 1264 f., 1335, 1366, 1369, 1432, 1446, 1753, Anm. 357; rational gelehrt 153, 588, 1077, 1084, 1129, 1260, 1315 f., 1417, 1420, 1490, 1496, 1508, 1515, 1593, 1596, 1626, 1685, 1690, 1752, 1801. Sprechfähigkeit von Gott 61, 104, 245, 375 f., 592, 864, 872 f., 1259, 1375, 1377 f., 1396 f., 1409, 1447, 1464, 1476, 1490, 1500, 1515, 1610, 1867. Sprache von Gott gegeben, vom Menschen entwickelt 785, 1264, 1316, 1377, 1413, 1420, 1422, 1639, 1845; vom Menschen mit Gottes Hilfe erfunden 170, 392 f., 514, 1014, 1375, 1460, 1525, 1529, 1533 f., 1561, 1571, 1612, 1860; vom Urweisen erfunden 44, 48, 59, 103 f., 139, 465, 1274, 1400, 1597; dagegen 178, 252. Gegen göttlichen Sprachursprung 137, 178, 1492, 1498, 1523, 1533, 1553, 1567, 1583 f., 1631, 1634, 1657, 1683, 1781, 1806, 1810.

[197]) Sprache kommt von der Natur 137 f., 154–7, 178, 244, 366, 524, 638, 640, 727, 872, 982, 1102, 1256, 1268, 1432 f., 1436, 1441 f., 1444, 1446 f., 1476, 1492 f., 1502, 1507 f., 1595, 1611, 1637, 1659, 1682, 1686, 1714, 1717 ff., 1725 f., 1738, 1769. Sprechfähigkeit als natürlich 103 f., 812, 873, 968, 981, 1027, 1077, 1102, 1107 f., 1137 f., 1244, 1289, 1387, 1476, 1500, 1512, 1534, 1576, 1657, 1659, 1714, 1791, 1799, 1825, 1853, 1892. Sprache entstand aus Naturnachahmung 366, 394, 1432 f., 1447, 1451, 1492 f., 1498, 1548 f., 1551, 1584, 1603, 1605, 1607, 1611, 1659, 1665, 1669, 1687, 1710, 1717, 1804; vgl. Anm. 359 Lautmalerei. Gegen natürlichen Sprachursprung 178, 640, 1109, 1409, 1568, 1624, 1631, 1739 f.

[198]) Mensch schuf Sprache 44, 48, 59, 95, 103 f., 137, 139, 157, 187, 245, 465, 572, 632, 657, 862, 968, 981, 1079, 1113, 1229, 1272 ff., 1289, 1292, 1314, 1388, 1397, 1400, 1420, 1435, 1441 f., 1446, 1454 f., 1459, 1492 f., 1501, 1516, 1523, 1533, 1537 f., 1567, 1570, 1573, 1597, 1618, 1631, 1657, 1683, 1687, 1690, 1702 f., 1710, 1739, 1779, 1790, 1793, 1828, 1831, 1841, 1844, 1852; zufällig 103, 1400; willkürlich 178, 341, 424, 525, 530, 604, 632, 797, 801, 807, 897, 902, 968, 981, 1109, 1123, 1126, 1137, 1265, 1309,

ganz; aber daß man den Sprachursprung für einen späten, stufenförmigen oder vielsträngigen Vorgang oder überhaupt für unerklärlich hielt, war erst recht keine Lösung, zumal die Frage nach dem Ursprung hier die Frage nach dem Wesen war[199]).

Das gilt weniger vom Problem der Ursprache. Daß es eine einzige Ursprache gab, war nach Gen. 11, 1 bis weit in die Neuzeit hinein allgemeine Überzeugung[200]). Nicht nur die erste Äußerung des Urmenschen glaubte man zu kennen, sondern man schrieb der Ursprache auch umfassende Kraft und einfache Struktur zu, ob man sie nun als einsilbig dachte oder bloß aus Vokalen oder Konsonanten oder aus Wurzeln bestehen ließ[201]). Wer freilich den Anfängen

1315, 1398, 1412, 1419, 1421, 1482, 1535, 1662, 1732; genötigt 137, 156, 164, 191, 426, 981, 1256, 1316, 1389, 1400, 1404 f., 1432 f., 1436 f., 1451, 1669, 1703, 1774, 1841; vernünftig 138, 154 f., 157, 163, 245, 637, 651, 797 f., 805, 872, 1284, 1414, 1538, 1581, 1657, 1713, 1773, 1787, 1825; als Individuum 1546, 1664, 1720, 1726; im Gespräch 1272 f., 1411, 1550, 1639; in der Gemeinschaft 156, 163, 187, 530, 1126, 1138, 1240, 1375, 1387, 1398, 1436, 1482, 1570 f., 1576, 1578, 1587, 1634, 1636, 1669, 1687, 1717, 1724, 1731, 1763, 1773 f., 1791, 1799, 1808, 1827, 1837; durch Konvention 46, 107, 137, 154, 197, 394, 478, 807, 971, 1137, 1272, 1284, 1299, 1315, 1398, 1412, 1492, 1505, 1511, 1661, 1799 f.; durch Gewohnheit 163, 187, 398, 805, 872, 968, 1108, 1126, 1137, 1412, 1659, 1825. Gegen menschlichen Sprachursprung 178, 252, 1461, 1488, 1496, 1517 f., 1564, 1569, 1576, 1590, 1615, 1626, 1634, 1813, 1822.

199) Anfangs waren die Menschen stumm 30, 157, 476 f., 594, 1404 f., 1413, 1492, 1495, 1538, 1690, 1719, 1744, 1763, 1786; dagegen 1461, 1496, 1518, 1564, 1766, 1868. Vorstufen der Sprache 1637, 1718, 1741, 1763, 1769, 1844, Anm. 48, Anm. 406; dagegen 1842. Sprachursprung an vielen Orten 52, 1411, 1414, 1421, 1576, 1634, 1718 f., 1844; dagegen 376. Sprachursprung als ungewiß oder unerklärlich 178, 1421, 1432 f., 1441 f., 1447, 1483, 1488, 1500, 1553, 1578, 1580, 1623, 1642, 1661, 1682, 1686, 1725, 1727, 1731, 1752, 1754, 1789, 1799, 1815 f., 1842, 1850, 1852, 1856, 1861, 1864, 1875.

200) Ursprache als einheitlich 25 f., 28, 69, 74, 84, 95, 116, 137 f., 146 f., 151, 165, 169, 196, 208, 231, 237 f., 241, 258, 265, 282, 288 f., 302, 304, 317, 320, 395, 397, 406, 411, 419, 426, 477, 488, 504, 506, 509, 546, 592, 610, 662, 716, 742, 815, 852, 879, 890, 915, 945, 990, 1038, 1043, 1059, 1065, 1074, 1077, 1087, 1105, 1122 f., 1133, 1146, 1178, 1189, 1193, 1205, 1213, 1223, 1286 f., 1289, 1298, 1314, 1316 f., 1321, 1325 f., 1330, 1336, 1342, 1349, 1360, 1366, 1419, 1430, 1476, 1481, 1501, 1516, 1519 f., 1523 ff., 1528, 1530 f., 1553, 1558, 1560, 1565 f., 1571, 1573, 1592, 1601, 1606, 1615, 1619, 1637 ff., 1641, 1650, 1654 f., 1657, 1708 f., 1716, 1723, 1739, 1745 f., 1753, 1766, 1781, 1803, 1840, 1848, 1850, 1859, 1874. Begründungen dafür 249, 727, 756, 986, 1138, 1254, 1269, 1332, 1378, 1422, 1425, 1441, 1446 f., 1468, 1489, 1500, 1524, 1565, 1571, 1613, 1626, 1632, 1669, 1683, 1727, 1755, 1813, 1818, 1821, 1830, 1872. Gegen die Einheit der Ursprache 1413, 1464, 1499, 1535, 1703, 1710, 1717 f., 1727 ff., 1747, 1773, 1776, 1779, 1786, 1791, 1793, 1810 f., Anm. 202.

201) Erste Äußerung des Urmenschen 434, 465, 638, 870, 873, 1450, 1508, 1511, 1564, 1585, 1617 f., 1685, 1753, 1845. Bezeichnungen für „Ursprache" 1099, 1105, 1123, 1192, 1251, 1271, 1287, 1298, 1325, 1332, 1392, 1420 f., 1446, 1476, 1486, 1509, 1528, 1530, 1553 f., 1626, 1753, 1814, 1821. Ursprache als kraftvoll 39, 138, 210, 231, 233, 238, 276, 347, 411, 1027, 1122 f., 1138, 1192, 1213, 1379, 1384, 1412, 1432, 1436 f.,

mißtraute, der glaubte lieber an viele Ursprachen nebeneinander, denen es an Klarheit und Wahrheit durchaus noch fehlte[202]). War die Ursprache eine geschichtliche, greifbare Sprache? Die Frage wurde vom spätantiken Synkretismus zuerst bejaht, von Psammetich und hellenistischen Juden und Syrern; früh zeigte sich die Neigung, eher eine archaisch fremde als die alltägliche eigene Sprache zur Ursprache zu erklären[203]). Darum war die Lehre von der unverändert kraftvollen und schönen hebräischen Ursprache auch dem christlichen, lateinischen Mittelalter noch genehm; denn die Hochreligion verbot die Heiligsprechung des Eigenen und Geschichtlichen, und die Heilsgeschichte selbst schien Gründe genug zu bieten[204]). Freilich kamen bald exegetische und histori-

1441, 1445 f., 1476, 1488, 1493, 1500, 1515 f., 1546 f., 1560 ff., 1565, 1567, 1570 f., 1613, 1615, 1626, 1632, 1639, 1642, 1659, 1664, 1712–5, 1752, 1782, 1793, 1830, 1859, 1861, 1865; als alle Sprachen umfassend 215, 264 f., 1181, 1360, 1448, 1603, 1661, 1665, 1830, 1861, 1872; als einfach 213, 659, 1137, 1176, 1349, 1357, 1361, 1384, 1432, 1435, 1493, 1515, 1615; als einsilbig 55, 1058, 1073, 1196, 1216, 1223, 1331, 1418 f., 1436 ff., 1446, 1459, 1500, 1509, 1525, 1533, 1562, 1565, 1571, 1639 f., 1669, 1683, 1698, 1715, 1762, 1830; bestand aus Vokalen 638, 1343, 1413, 1444, 1511, 1561, 1604, 1647, 1744, 1861 f.; aus Konsonanten 1744; aus Wurzeln 1082, 1196, 1198 f., 1336 f., 1362, 1437, 1523, 1638, 1657 f., 1682, 1687, 1848.

[202]) Ursprache als roh 163, 282, 981, 1114, 1137, 1182, 1234, 1272, 1292, 1375, 1377, 1384, 1389, 1413, 1420, 1433, 1436, 1438, 1449, 1483, 1492 f., 1495, 1500, 1530, 1548, 1551, 1567, 1595, 1639, 1659, 1683, 1718, 1744, 1766, 1786, 1810, 1841. Vielfalt der Ursprachen 30, 191, 217, 381, 594, 1107, 1109, 1117, 1124, 1205, 1244, 1277, 1284, 1288, 1291, 1326, 1338, 1389, 1411, 1414, 1439, 1531, 1533 f., 1549 f., 1575, 1592, 1621, 1634, 1636, 1685, 1718, 1744, 1806, 1876; dagegen 1146, 1294, 1349, 1383 f., 1471, 1650.

[203]) Fremdsprache als Ursprache: Phrygisch 40; dagegen 1142, 1165, 1216, 1223, 1245. Ägyptisch 185. Syrisch 193, 254, 263 ff., 271, 279, 281 f., 287–90, 332 f., 335, 337, 343, 1079, 1129, 1144, 1181, 1185, 1215, 1245, 1418, 1497, 1751; dagegen 276, 302, 304, 337, 346, 449, 794 f., 1142, 1250, 1349. Arabisch 283, 332, 337 f., 353, 756, 1511. Griechisch 276, 1411, 1508. Lateinisch 434 (?).

[204]) Hebräisch als Ursprache 149 f., 171, 191, 194, 196 ff., 206, 208, 213 f., 232 ff., 236, 238, 240, 274, 287, 302, 308, 346 f., 398, 414 f., 423, 430, 443 f., 446, 476 f., 488, 504 f., 515, 563, 587, 596, 611, 625, 640, 647, 651, 692, 707, 715, 718 f., 722, 735, 753, 760, 780, 790, 792, 794 f., 805, 811, 819, 833, 838, 858 ff., 862, 865, 867, 883, 890, 892 f., 898, 905 f., 917, 921, 926, 948, 985, 996, 999, 1009, 1024, 1038, 1040, 1043, 1049 ff., 1054, 1058, 1065, 1074–7, 1079, 1086, 1120, 1123, 1153, 1163, 1165, 1172, 1174 ff., 1183, 1187, 1191 ff., 1195, 1197 ff., 1201, 1207, 1210, 1213, 1218, 1221–4, 1229, 1250 f., 1259 f., 1264 f., 1267, 1277 f., 1285, 1297 f., 1302, 1314, 1316 f., 1319 ff., 1323, 1330, 1335, 1339, 1346, 1348 f., 1351, 1356 f., 1363–7, 1369, 1379, 1382, 1384, 1392, 1416, 1423, 1425 ff., 1454–7, 1460 ff., 1468–72, 1479, 1486, 1488, 1493, 1509, 1513–7, 1519, 1545, 1564, 1588, 1598, 1624, 1641, 1676, 1696. Begründungen dafür 196, 207 f., 215, 259, 301 f., 304, 320, 380, 388, 415, 444, 449, 479, 505, 529, 548, 590, 724, 740, 777, 800, 870, 1049 f., 1067, 1075, 1084, 1115 f., 1142, 1146, 1159, 1176, 1189, 1192, 1221, 1224, 1236, 1250, 1253, 1260, 1278, 1287, 1294, 1297, 1311, 1341, 1348, 1363 f., 1420, 1425, 1437, 1444, 1456, 1460, 1513, 1615, 1694.

sche Zweifel auf; von der hebräischen Ursprache stand in der hebräischen Bibel nichts, und eigentlich durfte die Ursprache keinen historischen Namen tragen[205]). Daß statt dessen die eigene, insbesondere eine germanische oder keltische Muttersprache die allgemeine Ursprache sei, brachte erst der Nationalismus der frühen Neuzeit in Schwang; doch hoben gleichzeitig weltbürgerliche Entdeckungen wieder exotische Idiome, Chinesisch und später Sanskrit, auf den Schild[206]). Noch die romantische Wissenschaft, die längst den unwiederbringlichen Verlust der namenlosen Ursprache beklagte, sehnte sich nach ihr zurück[207]); andere verstanden sie gar nicht mehr linguistisch, sondern übertragen als eine universale Verständigung ohne Worte und Namen[208]). Die Suche nach der Ursprache war eine Flucht aus der Gegenwart; die Frage nach dem Ursprung der Sprache war mehr: die Frage nach dem Wesen des Menschen.

Nach seiner Beziehung zur Umwelt und zu seinesgleichen fragen die Meinungen vom Ursprung der Namen. Wenn sie Attribute der Sachen waren, hatte wohl die Gottheit im Schöpfungswort den Dingen mit ihrem Dasein auch den formenden Namen gegeben. Die jüdisch-christliche Deutung verschränkte frei-

---

[205]) Hebräische Ursprache, Einschränkungen der These 380, 466, 756, 1083 f., 1129, 1137, 1168, 1171 f., 1214 f., 1229, 1245, 1274 f., 1290 f., 1295, 1318, 1332, 1353, 1356, 1411, 1415, 1417, 1425, 1437, 1444 f., 1524, 1568, 1570, 1601, 1647, 1654, 1694, 1709. Gegen die hebräische Ursprache 245, 254, 259, 264 f., 271, 276, 288–91, 380, 477, 572, 590, 594, 608, 897, 1027, 1051, 1079, 1127 f., 1136, 1138, 1181, 1185, 1187, 1216, 1225, 1265, 1269, 1291 f., 1298, 1309, 1318, 1331 f., 1337, 1409, 1430, 1448, 1455, 1459, 1477 ff., 1483, 1487, 1494, 1499, 1523 f., 1534, 1571, 1578, 1580, 1626, 1637, 1683, 1685, 1697, 1710, 1781, 1783, 1810, 1839.

[206]) Als Ursprache gilt die eigene Sprache Anm. 302; eine germanische Sprache 659, 1051, 1058, 1073, 1216, 1338, 1355, 1371, 1389, 1411, 1476, 1481, 1553 ff., 1560, 1567; dagegen 1202, 1212, 1218 f., 1221 f., 1235, 1269, 1291, 1297, 1349, 1363, 1365, 1440, 1484, 1509, 1545. Als Ursprache gilt eine keltische Sprache 1422, 1440, 1606, 1638; dagegen 1440. Exotische Ursprache: Chinesisch 55, 1306 f., 1331, 1420, 1459, 1487, 1578, 1698; dagegen 1332, 1365, 1455, 1459, 1545. Sanskrit 918 (?), 1181, 1521, 1528, 1534, 1546, 1549, 1558, 1560, 1567, 1578, 1603, 1615, 1638, 1706, 1716; dagegen 64, 1553, 1592, 1694, 1706. Andere 1187, 1821, 1830; dagegen 1440.

[207]) Ursprache als namenlos 380, 395, 397 f., 406, 411, 426, 435, 468 f., 592, 662, 742 f., 879, 1094; als verloren 100, 259, 663 f., 1022, 1027, 1174, 1289, 1291, 1298, 1336, 1342, 1393, 1414, 1419, 1421, 1430, 1441, 1446, 1454, 1459, 1461, 1465, 1487, 1516, 1523, 1531, 1546 f., 1551, 1557, 1560, 1562, 1568, 1571, 1578, 1626, 1639, 1697, 1712, 1716, 1753, 1755, 1821, 1840, 1872, Anm. 232; als nicht feststellbar 1165, 1221, 1255, 1291, 1332, 1418 f., 1439 f., 1450, 1471, 1474, 1476, 1499 f., 1533 f., 1545, 1571, 1585, 1650, 1706, 1754, 1764 f., 1782, 1822, 1827, 1850, 1852, 1874 f.

[208]) Ursprache in übertragenem Sinn 547, 1271, 1286, 1342, 1362, 1412, 1432, 1441, 1451, 1462, 1492 f., 1495 f., 1528, 1546, 1560, 1568, 1570, 1591, 1603, 1657, 1664 f., 1669, 1686, 1693, 1711, 1731, 1763, 1788, 1801, 1814, 1822, 1854, 1860 f. Einheit der Ursprache in übertragenem Sinn 169, 207, 212, 236, 246, 487 f., 529, 563, 750, 1043, 1075, 1081, 1117, 1175, 1208, 1429, 1448, 1469, 1565, 1668.

lich auch hier Gottes Schöpfermacht mit menschlicher Freiheit; nach Gen. 2, 19 f. betrachtete sie den weisen Urmenschen als Urheber aller Namen. Ihre Prägekraft, zuerst in der hebräischen Ursprache sichtbar, wirkte vielleicht auch auf spätere Sprachen[209]). Vielleicht ging aber schon beim Sündenfall ihre natürliche Wahrheit verloren, und seitdem gibt jeder Mensch Namen nach seiner beschränkten Einsicht oder Willkür; vielleicht war es nie anders. Mochten auch einzelne große Denker und Dichter den Grundstock gelegt haben; wenn sich Namen als Worte, nicht als Dinge erwiesen, gehörten sie wie die Sprache zur Konvention menschlicher Gemeinschaften oder zum Zwang politischer Herrschaft[210]).

Woher kommen diese Gemeinschaften selbst? Daß die Menschenrassen ursprünglich verschieden seien, ist erst ein neuzeitlicher Gedanke; aber die Teilung der Geschlechter galt fast immer und überall als ursprünglicher, göttlicher oder natürlicher Plan. Aus der Ehe zweier Urmenschen erwuchs vielleicht die Sprache, jedenfalls die Familie, aus ihr der Stamm[211]). An den Anfang stellte man solche kleine, überschaubare, der Einheit nahe Gruppen, nicht das Volk. Der Ursprung von Volk und Völkern wurde in die Folgezeit gerückt und darum kaum abstrakt diskutiert; das Urvolk war ein Geschichtsvolk mit konkretem Namen. Wie die Frage nach der Ursprache kam die nach dem Urvolk aus dem Hellenismus; wie dort ehrte man hier gern ein fremdes Volk als das älteste. Das Mittelalter überließ den Vortritt neidlos den fremden Juden, weil das neue Gottesvolk nicht durch Alter, sondern durch Erwählung geadelt war. Moderne Entdeckungen gaben wieder exotischen Völkern, nationale und ro-

---

[209]) Namen kommen von Gott 60, 81, 94, 182, 244 f., 325, 339, 369, 439, 502, 632, 805, 869 f., 900, 979, 1069, 1211, 1267, 1616, 1731, Anm. 47; dagegen 981. Schöpfungswort Gottes Anm. 357. Namen kommen vom weisen Urmenschen (von Adam) 137, 170, 258, 330 f., 392, 397, 424, 449, 488, 505, 507, 602, 635, 648, 657, 667, 742, 811, 831, 869 f., 973, 979, 999, 1024, 1049, 1077, 1122, 1132, 1138, 1154, 1161, 1164, 1201, 1240, 1267 f., 1271, 1302, 1316, 1341 f., 1581, 1584, 1657, 1723, 1731, 1841, 1850 f., Anm. 47. Ursprüngliche Namengebung in hebräischer Sprache 171, 217, 251, 724, 898, 908, 973, 1007, 1022, 1024, 1049, 1077, 1253, 1471, 1641. Kraft der Namen Anm. 359.

[210]) Ursprüngliche Namen verloren später ihre Kraft 135, 199, 397, 449, 602, 979, 1132 f., 1547, 1611, 1799; vgl. Anm. 224; dagegen 488, 592, 688, 708, 736, 1007, 1024. Ohnmacht der Namen Anm. 365. Namengebung in der Geschichte 505, 648, 1166, 1584, 1731; durch jeden Menschen 426, 449, 478 f., 604, 632, 635, 724, 819, 924, 1024, 1062 f., 1154, 1161, 1168, 1182, 1292, 1397, 1512, 1651, 1664, 1747, 1769, 1789, 1811, 1867; durch die Denker 606, 805; durch die Dichter 1166, 1664; durch die Gemeinschaft 271, 1209, 1284; durch die Herrscher 46 f., 52, 575, 1055, 1387, 1732.

[211]) Ursprüngliche Verschiedenheit der Rassen 37, 185 f., 325 f., 340, 342, 1438, 1627, 1635 f., 1658, 1844, 1858, Anm. 261; des Geschlechts 1288, 1516, 1545, 1550, 1603, 1822, 1851. Ursprünglichkeit der Familie 23, 26, 760, 1523, 1724; der Stämme 21, 47, 438, 1536.

mantische Gegenthesen dem eigenen, möglichst autochthonen Volk die Ehre; seitdem galt das Urvolk als verschollen, wenn man es nicht in primitiven Stämmen abseits der Weltgeschichte fortleben sah[212]). Am gemeinsamen Ursprung aller Völker hielt man lange fest und glaubte ihre Genealogie rekonstruieren zu können; sie begann bei einem Gott oder bei einem mythischen Heros, vielfach bei einem biblischen Patriarchen[213]). Der Gründer war nicht nur der leibliche Stammvater des Volkes; er gab ihm mit seinem Eigennamen auch oft den Volksnamen, also die Individualität, seltener die Volkssprache[214]). Diese Gründernamen erscheinen in den Schriftquellen mit so vielen Varianten, daß sie ihre Herkunft aus der mündlichen Zone der „Volksetymologie", zwischen Tradition, Eindeutung und Erfindung, dem modernen Gelehrten deutlich verraten. Aus der Kritik an solchen durchsichtigen Ahnenreihen folgerte das neuzeitliche Geschichtsdenken dann, daß der Ursprung der Völker unbekannt, von allem Anfang an heterogen oder erst in geschichtlich bekannten Ereignissen zu

[212]) Ein Volk als ältestes Volk 39 f., 100, 136, 159, 181, 215, 335, 346, 369, 415. Juden als Urvolk 215, 369, 415, 443 f., 970, 1095, 1168, 1280, 1415, 1509; dagegen 397, 460, 1277, 1432, 1438, 1688, 1698, 1729. Exotisches Urvolk 1094, 1245, 1306, 1310, 1331. Das eigene Volk als Urvolk Anm. 292; als autochthon Anm. 294. Urvolk als verschollen 1094, 1546, 1555, 1580, 1619, 1754. Primitive Völker 1413, 1451, 1772; dagegen 1615.

[213]) Ursprung der Völker als einheitlich 23, 25, 31, 53 f., 88, 96, 122, 197 f., 208, 240, 335, 397, 457, 1006, 1081, 1191, 1198, 1203, 1476, 1534, 1562, 1565 f., 1634 f., 1654, 1711, 1755, 1802 f., 1827 f. Völker stammen von einem Gott 97, 161, 166, 184, 286, 341, 409, 438, 475, 495, 543, 565, 688, 716, 827, 878, 976, 998, 1095, 1120, 1171, 1227 f., 1717; dagegen 100, 303, 1270 f. Völker stammen von einem mythischen Heros 93, 95 f., 99, 102, 136, 156, 166, 177, 184, 240, 267, 274, 283 f., 286, 303, 341, 387, 409, 413, 440, 451 f., 459 f., 473 f., 495, 536, 598, 688, 693, 695 ff., 722, 736, 768, 1130, 1243, 1467, 1543, 1691; von einem biblischen Patriarchen 123, 141, 172 f., 255, 263, 303, 344, 347, 371, 388 f., 405, 422, 436, 447, 451 f., 457, 460, 487, 513, 518, 530, 553 f., 573, 591, 611, 623, 653, 655, 660, 693, 769, 771, 792, 837, 849, 859, 878 f., 974, 1007, 1023, 1038 f., 1041, 1043, 1052, 1058 f., 1129, 1143, 1163, 1188, 1196, 1214, 1226, 1247, 1254, 1278 f., 1295, 1327 f., 1382, 1455, 1460, 1487, 1500, 1508, 1561 f., 1601, 1694, 1697, 1722, 1752, 1783, 1820; vgl. Anm. 247; von einzelnen Menschen 1543, 1691; vgl. Anm. 264; dagegen 1500, 1700, 1702, 1739, 1838. Abstammung des eigenen Volkes Anm. 293; fremder Völker Anm. 297, Anm. 299.

[214]) Stammvater des Volkes als namengebend 93, 98, 102, 124 f., 141, 240, 267, 269, 274, 284, 289, 299, 305, 379 f., 405, 413, 444, 451 f., 460, 472 f., 485 f., 508 f., 512, 518, 553 f., 559, 562 f., 573, 593, 609 f., 612, 623, 662, 668 f., 671, 686 f., 689 ff., 694 f., 698, 701, 716, 736, 767 f., 782 f., 789, 824, 845, 849, 857, 865 ff., 878, 887, 912, 915, 917 ff., 962, 967, 976, 984, 987, 1002, 1005 f., 1011, 1031–5, 1041, 1043, 1046, 1052, 1054, 1056–9, 1061, 1065, 1070 ff., 1076 ff., 1083 f., 1092, 1099 ff., 1120, 1129 f., 1163, 1171, 1188, 1194 f., 1197, 1202, 1205, 1210 f., 1214, 1227 f., 1230, 1235, 1237, 1247, 1249, 1294, 1306, 1308, 1321, 1327, 1345 f., 1352, 1356, 1369 ff., 1378, 1382, 1461, 1467, 1475, 1503, 1529, 1540, 1561, 1592, 1602 f., 1722, 1820; dagegen 452, 831, 1032 f., 1172, 1228, 1238, 1335, 1373. Stammvater als Schöpfer der Volkssprache Anm. 237.

suchen sei[215]). Daß kein Volk aus sich selbst entsteht oder zeitlos besteht, war indes schon früheren Meinungen beinahe selbstverständlich.

Seitdem die Hochreligionen der Macht den Makel des Bösen anhefteten, sah man auch politische Herrschaft und Gemeinschaft an einem späten historischen Punkt entspringen. Erst neuzeitliches Gottesgnadentum verteidigte wieder wie der Alte Orient den göttlichen Auftrag von Staat und Herrschaft, sah den paradiesischen Frieden in der ursprünglichen Teilung der Erde, der Macht und des Rechtes befestigt und glaubte an das Uraltertum der Monarchie. Deren Widersacher postulierten dagegen die demokratische Absprache als Ursprung staatlicher und rechtlicher Ordnung, bis der Staat überhaupt zum Fortschritt über tierische Anfänge hinaus erklärt wurde. Dann verwies man den Krieg in archaische Ferne und fand im späten Ursprung der Rechtsordnung ihre sammelnde Kraft bewiesen[216]). Ursprung und Fortschritt der Politik wurden jedenfalls meist im Zusammenhang der Geschichte, nicht im Jenseits gesucht.

Auch die Gesellschaftsordnung wies nach der gängigen Meinung auf innergeschichtlichen Ursprung zurück. Man malte sich die paradiesische Urzeit gern als einfaches Landleben und ungeschiedene Eintracht aus, während die Gliederung der Stände und Wirtschaftszweige erst in spätere Zeit verlegt wurde; schließlich sah man den Ursprung der Gesellschaft in einem geschichtlichen Vertrag, der archaische Trennungen überwand[217]). Jeder Bürger bezeichnete

[215]) Kritik an Völker-Ahnentafeln 962, 966, 968, 970, 986 f., 1007, 1032, 1037, 1057, 1072 f., 1079, 1083, 1091, 1095, 1099, 1104, 1120, 1125, 1160, 1168, 1187, 1190, 1202, 1225, 1228, 1230, 1233 ff., 1238 f., 1248, 1252, 1255, 1266 f., 1270 f., 1275, 1278, 1286, 1304, 1318, 1329, 1333 ff., 1353, 1355, 1367, 1374 f., 1380, 1399, 1406, 1410, 1415 f., 1429, 1438, 1440, 1453, 1478, 1480 f., 1492, 1494, 1502, 1514, 1530, 1594, 1627, 1715. Ursprung der Völker ist unbekannt 1073, 1247, 1335, 1425, 1459, 1477, 1534, 1564, 1574, 1578, 1699 f., 1715; ist verschieden 31, 39, 90, 97, 105 f., 136, 230, 338, 341, 387, 407, 428 f., 451, 538, 883, 1277, 1438, 1493, 1525, 1535, 1543, 1545, 1553, 1555, 1574 ff., 1658, 1699, 1705, 1717, 1727, 1730, 1748, 1754 f., 1823, 1825, 1838; liegt in der Geschichte 194, 196, 198, 202, 596, 608, 623, 762, 1012, 1099, 1145, 1158, 1237, 1290, 1300, 1310, 1367, 1371, 1407, 1433, 1450, 1566, 1724, 1734, 1747, 1860.

[216]) Ursprünglichkeit der Macht 884, 1003, 1146, 1164, 1313, 1352, 1387, 1443, 1753; des Staates 105, 240, 405, 623, 733, 755, 828, 886, 899, 1054, 1121, 1161, 1299, 1420, 1691; der Erdteilung 105 f., 235, 1012; der Monarchie 149, 197, 267 f., 335, 611, 639, 698, 786, 885, 912, 917, 1035, 1037, 1058 f., 1066, 1071 f., 1121, 1164, 1306, 1313, 1324, 1350, 1443, 1479; dagegen 1335. Ursprünglichkeit des Friedens 1065, 1074, 1220, 1753; der Rechtsordnung 463, 639, 643, 1280, 1321, 1738; des Naturrechts 643, 1146, 1299, 1321; der Moralordnung 1418; der Demokratie 612, 786, 1215, 1235, 1399, 1443; des Krieges 1046, 1571, 1734. Geschichtliche Entwicklung des Staates 1436, 1580.

[217]) Ursprünglichkeit der Gesellschaft 1445, 1472, 1614 f., 1618; der Ständeordnung 61, 68, 510, 1071, 1075, 1451; der Wirtschaftsformen 1411, 1763, 1766. Geschichtliche Entwicklung der Gesellschaft 26, 1268, 1320 f., 1436 f., 1497, 1511, 1753; der Ständeordnung Anm. 252; der Wirtschaftsformen 1339, 1703.

zwar gern seine Stadt als uralt, als göttliche, heroische oder biblische Gründung eines Namengebers, der von weither kam; aber man blieb damit im Rahmen der bekannten Geschichte, noch bevor solche Geschichtslegenden kritisiert wurden und die Stadt als Behebung primitiver Roheit, ihre stetige Seßhaftigkeit als Überwindung des anfänglichen Nomadendaseins gefeiert wurde[218]). Vollends in der geschichtlichen Zone liegt alles, was man über den Ursprung von Handel und Verkehr, über frühe Weltreisen und Entdeckungsfahrten und über die Anfänge technischer Erfindungen zu wissen glaubte; denn hier überall geht es um Errungenschaften, die vielleicht sehr alt, aber nicht älter als der Mensch sind[219]).

In ursprünglichere Zusammenhänge gehört wie die Sprache des Menschen die Kultur. An ihrem Ursprung standen göttliche Mächte oder gottbelehrte Weise; sie begannen mit der Erziehung der Menschen zu Normen der Moral und der Bildung, die jenseits menschlicher Willkür zu stehen schienen[220]). Geschenk der Götter waren erst recht die Dichtkunst und die Dichtersprache, aber auch die Musik; die körperhafte Baukunst wurde eher menschlicher Leistung zugeschrieben[221]). Der Wissenschaft aber gestand man wieder gottgleiche,

[218]) Ursprünglichkeit der Stadt 84, 153, 231, 409, 535, 643, 961, 1003, 1008, 1033, 1046, 1100 f., 1571, 1847. Älteste Stadt 38, 77, 84, 106, 213, 231, 412, 470, 535, 805, 862, 866 f., 966, 968, 974, 976, 984, 1046, 1111, 1125. Stadtgründung durch einen Gott 77, 79, 84, 105; durch einen mythischen Heros 192, 401, 458, 485, 566, 575, 668, 689, 767, 778, 783, 795, 863 f., 866 ff., 960, 967 f., 1032, 1045, 1084, 1103, 1109, 1143, 1202; durch einen biblischen Partriarchen 405, 486, 673, 705, 863 ff., 892, 967, 974 f., 1032 f., 1041, 1051, 1117 f., 1144, 1245, 1450, 1722; vgl. Anm. 247; dagegen 1143, 1746. Gründung der eigenen Stadt Anm. 314. Stadtgründer als Namengeber 401, 409, 458, 566, 575, 599, 619, 662, 668, 707, 767, 792, 816, 825, 837, 849, 863 f., 866, 919, 964, 966 f., 1018, 1021, 1032, 1035, 1039, 1041, 1051, 1058 f., 1100 f., 1109, 1111, 1144, 1164, 1171, 1202 f., 1214, 1371 f.; dagegen 717, 1037, 1450, 1485. Stadtgründung aus der Fremde 157, 589, 623, 717, 872, 964, 966 ff., 989 f., 1037 f., 1041, 1163 f., 1246, 1249, 1602; aus der Nachbarschaft 964, 968, 1018, 1037, 1041, 1106, 1130. Stadtgründer nicht zu ermitteln 566, 575. Stadtgründung und Seßhaftigkeit als geschichtliche Entwicklung 157, 1407, 1506, 1533, 1797, 1804. Ursprünglichkeit des Nomadenlebens 1339, 1472, 1502, 1532, 1688.

[219]) Ursprünglichkeit von Handel und Verkehr 440, 736, 763, 825, 863, 865 f., 868, 984, 1164, 1338 f., 1428, 1436; der Schiffahrt 28, 123, 268, 705, 863, 865, 975, 1023, 1260, 1290, 1308, 1385, 1602, 1667; der Technik 107, 139, 1065, 1095, 1803, 1867, 1872. Noah als Reisender 215, 705, 815, 848, 865, 867, 911, 967, 974 ff., 984, 1023, 1100, 1118, 1144, 1164, 1260, 1331, 1385, 1514, 1602; dagegen 1163, 1168, 1374, 1513, 1746.

[220]) Kultur als ursprünglich 231, 409, 1189, 1409, 1414, 1436, 1533, 1562, 1565 f., 1579, 1762, 1773; als geschichtliche Entwicklung 45, 95, 978, 1245, 1738. Ursprung der Erziehung 139, 978, 1054, 1144, 1191, 1273, 1377.

[221]) Ursprünglichkeit der Dichtung 90, 93, 875 f., 1185, 1302, 1342, 1346, 1512, 1528, 1547, 1603, 1651, 1693; der Dichtersprache 1412, 1432, 1547, 1559 f., 1591, 1612 f., 1854, 1861, 1863, 1865; der Musik 94, 452, 657, 668, 879, 1144, 1152, 1536 f. Baukunst als ursprünglich 84, 1054; als geschichtliche Entwicklung 1046, 1436, 1606, 1656, 1873.

adamische Weisheit und Wahrheit seit Urzeiten zu, solange sie noch nicht als Fortschritt menschlicher Erfahrung galt. Insbesondere war die Schrift uralt und naturnahe oder göttlich, auch weil sie die religiöse Urwahrheit der Heiligen Bücher tradierte; wie die Sprache heiliger Texte bisweilen für die Ursprache galt, so verehrte das Mittelalter auch die hebräische Schrift, in der das Alte Testament aufgezeichnet war, als die Urschrift. Wenngleich die Erfindung des Buchdrucks dann die Entdeckung der Schrift als menschliche Errungenschaft betrachten lehrte, blieb die Bibelschrift noch lange von der geschichtlichen Entwicklung ausgenommen[222]).

Im ganzen wichen im Lauf der Ideengeschichte die primitiven Anfänge immer weiter vor dem zivilisierten Fortschritt zurück; der archaische Ursprung wurde immer häufiger in den menschlichen Bereich geschichtlicher Entfaltung einbezogen. Dennoch wies noch der Fortschrittsglaube hinaus über das Realisierte und hütete mit resignierter Sehnsucht ein sehr fernes Urbild. Ob es am Anfang oder in historischer Vergangenheit stand oder noch bevorsteht, es ist gegenwärtig nicht greifbar und darum ehrwürdig. Der Gloriole des Ursprünglichen konnte noch die moderne Selbstkritik wenig von ihrer Anziehungskraft nehmen; denn der Ursprung gibt, was die geschichtliche Vielfalt nirgends bietet, einen archimedischen Punkt für die Auslegung.

*

Die Entfaltung hat als Weg vom Ursprung zur Vielfalt ein doppeltes Gesicht; sie ist Ausbreitung und Erniedrigung der einen Wahrheit in das Getrennte, aber auch Entwicklung und Bereicherung der Anlagen durch Verwirklichung. Sie kann den Übergang in das geschichtliche und sprachliche Chaos bedeuten, aber auch die göttliche oder vernünftige Ordnung fortschreitender Sinn-Offenbarung; vielleicht ist sie sogar Verfall und Fortschritt in einem[223]). Wie man sie auch sieht, Entfaltung gehört zum eigentlich geschicht-

[222]) Ursprünglichkeit von Weisheit und Wissenschaft 139, 146, 211, 215, 262, 269, 381, 397, 409, 463, 588, 635, 668, 707 f., 734, 902, 911, 1105, 1180 f., 1189 f., 1211, 1243, 1268, 1338, 1346, 1359, 1367, 1372 f., 1436, 1470, 1474, 1495, 1561, 1822. Geschichtliche Entwicklung 268, 282, 657, 713, 715, 725, 892, 910, 980, 1015, 1062 f., 1144, 1182, 1272, 1346, 1715. Schrift als ursprünglich 33, 36 f., 44, 52, 83 f., 146, 159, 186, 188, 211, 268, 340, 440, 495, 512, 1189, 1201 ff., 1205, 1302, 1366, 1593, 1651, 1665, 1861. Sprache heiliger Bücher als Ursprache 64, 196, 289 f., 380, 388, 505, 1176, 1187, 1192, 1297, 1471. Hebräische Schrift als älteste 651, 1189, 1192, 1280, 1302, 1311, 1349, 1351, 1477, 1688; dagegen 1235, 1277, 1298, 1309. Schriftfindung als geschichtliche Entwicklung 146, 267, 512, 632, 966, 1220, 1229, 1341.

[223]) Entfaltung als Verfall 153 f., 163, 167, 214 f., 311, 398, 402, 488, 588, 643 f., 1004, 1014, 1063, 1066, 1068, 1074, 1079, 1117, 1187, 1193, 1196, 1254, 1333, 1341, 1344, 1349, 1359, 1363 f., 1376, 1429, 1442 f., 1462, 1547, 1556, 1570, 1596, 1615,

lichen Bereich des Besonderen, wenn nicht für die primäre Erfahrung, dann doch für die nachträgliche Deutung; darum fand man sich bald damit ab, daß auch diese Deutung von der jeweiligen geschichtlichen Position bestimmt wurde und an dem scheinbar festeren Maßstab des Ursprünglichen zu messen war.

Der Gläubige ist überzeugt, seine Religion entfalte sich unverändert und siegreich in der geschichtlichen Welt, aus der sie nicht stamme. Aus ihrer ursprünglichen Geborgenheit und Kraft fiel freilich nach christlicher Anschauung der Mensch heraus, durch den Sündenfall, durch die Vertreibung aus dem Paradies und durch Kains Untat; mit diesem menschlichen Versagen vor dem göttlichen Anspruch begann die Geschichte und ihre Vielfalt, die Unsicherheit irdischer Sprachen und Ordnungen, die Tradition der Erbschuld[224]). Zwar trifft sie alle Menschen gleich, doch sind ihr die Ungläubigen doppelt versklavt; früh wurden fremde Religionen beschuldigt, daß irrende Menschen sie in der Geschichte gestiftet und durch Götzendienst die ursprüngliche Einheit des Glaubens zersprengt hätten, etwa bei Nimrods Babelturm[225]). Das Ärgernis ihrer Verbreitung wurde wettgemacht durch den historischen Pilgerzug der eigenen Kirche, der in der Frühzeit der Welt bei Patriarchen und Propheten begann. Apostel und Jünger, Zeugen der ursprünglichen Wahrheit inmitten der Geschichte, Vorbilder für spätere Hierarchen und Priester, eroberten die vielfältige Welt für den wahren Glauben, durch pfingstliche Sprachengaben und (nach Matth. 10, 1

1626 f., 1642, 1646, 1659, 1684, 1706, 1713, 1730, 1740, 1742, 1753, 1769 f., 1773, 1782, 1861, 1865; als Fortschritt 113, 230, 239, 282 f., 291, 412, 423, 433 f., 481, 504, 518, 632 f., 635, 661, 729, 734, 736, 868, 885, 964 f., 933, 1114, 1128, 1137, 1153 f., 1182, 1213 f., 1245, 1247, 1265, 1268 f., 1292 f., 1329, 1340, 1395 f., 1406 f., 1412 ff., 1416, 1419 f., 1429, 1433, 1435 f., 1440 f., 1443 f., 1448, 1450 f., 1463 f., 1476, 1478, 1484, 1493, 1495, 1497, 1504, 1506 f., 1517, 1519 f., 1527, 1530, 1533, 1538, 1541, 1544, 1548 f., 1551, 1566, 1572, 1578, 1581, 1583, 1603, 1606–9, 1611, 1619 f., 1632 f., 1639, 1655 f., 1659 ff., 1668–71, 1687, 1719, 1727, 1743, 1747, 1761, 1766, 1769, 1771, 1785 f., 1823, 1844, 1878, Anm. 186; vgl. Anm. 479; als Verfall und Fortschritt 1377 f., 1380, 1411 f., 1423, 1444, 1642, 1715.

[224]) Sündenfall als Beginn der Geschichte 115, 215, 400, 412, 644, 1001, 1149, 1276, 1324, 1403, 1545, 1572, 1596, 1793, 1813, 1826, 1839, 1861; als Schwächung der Sprachkraft 147, 353, 397, 1061, 1132, 1201, 1205, 1240, 1302, 1324 f., 1489, 1805, 1810, 1813, 1860; vgl. Anm. 210; als Beginn der Sprachenteilung 1698, 1709, 1839. Erbschuld 756 f., 957, 1066, 1349, 1616, 1775; dagegen 1220, 1457. Vertreibung aus dem Paradies 147, 353, 1205, 1810. Kain und der Beginn der Geschichte 471, 743, 817, 1003, 1045 f., 1071, 1354, 1391, 1596, 1809, 1860.

[225]) Fremde Religionen von Menschen erfunden 233, 267, 320, 447, 453, 458, 655, 716, 725, 735, 766, 781, 899, 963, 1012, 1185, 1190, 1198, 1295, 1308, 1508 f., 1830, 1860, 1870; vgl. Anm. 187. Götzendienst am Babelturm begonnen 194, 196, 212, 233, 238, 330, 349, 395, 498, 539, 546, 654, 708, 812 f., 990, 1081, 1110, 1157, 1191, 1207, 1295, 1323, 1325, 1327, 1377, 1462, 1509, 1514, 1562, 1566, 1569, 1593, 1691, 1712, 1721, 1727, 1795, 1800, 1804, 1823, 1830, 1848, 1859, 1870; vgl. Anm. 246. Konfessionen in Babel entstanden 1420, 1462, 1511.

und Luk. 10, 1) durch zahlensymbolische Universalität bestärkt[226]). An ihre Taten knüpften zunächst das Bekenntnis der Märtyrer und die Aussage der Kirchenväter, später die Züge der Pilger und vor allem der Missionare an; sie folgten den Völkerwanderungen und Kolonisationen über die ganze Erde, lernten viele Sprachen, predigten in fremden Zungen, übersetzten das Heilige Wort, um alle Völker zu lehren, miteinander zu verbinden und in den einen Ursprung heimzuholen[227]). Hier dient die Entfaltung also lediglich der Überwindung geschichtlicher Vielfalt.

Auch in der Natur sieht man selten und spät geschichtliche Entwicklung. Selbst wenn die Entfaltung des Lebens Differenzierung bedeutet, sind Zuchtwahl und Kampf ums Dasein ein Weg ins Chaos, nicht in die Ordnung; die Ausbreitung der Pflanzen und Tiere über die Erde zeigt keine erkennbare Richtung und keine sinnvolle Grenze. Anders sieht man in der Regel den Einzelmenschen. In seiner Kindheit wächst er allmählich in die Ordnungen menschlicher Umwelt hinein; er lernt sprechen, denken, sich der Gemeinschaft einfügen und sie gestalten, auch wenn ihm die Natur die volle Beherrschung seiner

---

[226]) Geschichtliche Entfaltung der Kirche seit Noah und Abraham 228, 327, 353, 492, 731, 1065 f., 1071, 1303, 1308, 1337 f., 1462, 1590, 1654, 1700. Patriarchen 290, 446, 449, 487, 846, 1190, 1470, 1523. Propheten 446, 449, 520, 729, 734, 982, 1142, 1330, 1379, 1489 f., 1711, Anm. 386. Apostel als Zeugen des Ursprungs 446, 487, 627, 650, 723, 749, 886, 1003, 1021, 1147, 1324, 1468, 1510; als Missionare 224, 233, 249, 317 ff., 369, 374, 377, 379, 410, 430, 477, 520, 528, 533, 571, 576 f., 628, 630, 634, 646, 686, 709, 734, 791, 851, 861, 979, 1003, 1017, 1068, 1176 f., 1181, 1332, 1379, 1490, 1510, 1527, 1597, 1602; als Vorbild der Bischöfe 528; ihre Zahl 56, 224, 410, 477, 507, 527, 532, 571, 586 f., 650, 747, 809, 818, 968. Jünger als Missionare 379, 448, 469, 477, 576 f., 663, 676, 723, 790, 809, 851, 890, 892, 913, 1000, 1017, 1076, 1640; als Vorbild der Priester 477, 527 f., 532, 583, 586, 635, 644, 723, 809, 876, 1020 f.; ihre Zahl 46, 56, 222, 236, 241, 253, 271, 277 f., 283, 287, 289, 327, 330, 373, 377, 379, 390, 400, 410, 447, 469, 476 f., 479, 488 f., 508, 511, 515 f., 519, 527 f., 532, 548, 583, 586, 589, 599, 626 f., 635, 644, 655, 663, 676, 685, 709 f., 723 f., 750 f., 770, 779, 790, 792, 806, 809, 821, 851 f., 858, 861, 876, 890, 892, 895, 898, 907, 913, 968, 975, 1000, 1017, 1020, 1022, 1038, 1040, 1076, 1079, 1081, 1133, 1184, 1250, 1289, 1295, 1315, 1344, 1347, 1366, 1496, 1700, 1739. Sprachengabe Anm. 323.

[227]) Märtyrer 226, 228, 239, 318, 374, 436, 458, 513, 1076, 1094 f., 1324, 1518. Kirchenväter 430, 1147, 1220, 1261, 1336 f., 1475, 1819. Pilgerreisen 50, 300, 466, 556, 595, 619 f., 671, 674, 678, 747, 841, 858, 913, 939, 1007, 1035 ff., 1323 f., 1361, 1415, 1708. Pilger und Fremdsprachen 595, 1036. Mission als Sammlung 219, 222, 320, 324, 377, 390, 392, 410 f., 413, 421, 429, 432, 587, 1020 f., 1089, 1130 ff., 1146, 1157 f., 1478, 1566, 1640, 1665, 1782. Missionare als Sprachenkenner 220, 223, 321, 324, 352, 432, 534, 570, 574, 700 f., 754, 773 f., 785, 800, 816, 856 ff., 882 f., 890, 902, 914, 982, 1148, 1151, 1157; als Prediger in Fremdsprachen 225, 248 f., 295, 314, 422, 467, 482, 484, 499, 533 f., 614, 700, 754, 858, 890, 914, 1135, 1156 f., 1329, 1340, 1400, 1457, 1499, 1517, 1750; vgl. Anm. 34; als Übersetzer 192, 197, 226, 248 f., 295, 364, 1067, 1157.

Sinne versagt hat. Hier heißt Entfaltung Anpassung und Erweiterung in einer nicht umzukehrenden und nicht unbegrenzten Richtung; sie ist geschichtlich[228]). Die Differenzierung der menschlichen Gattung bedeutet ähnlich die Entfernung von einer ursprünglichen, nicht wieder zu gewinnenden Ganzheit, die genealogische Entfaltung des ersten Menschenpaares, die Vermehrung der anfangs noch zählbaren Familien und Stämme, vielleicht auch die geschichtliche Ausbildung rassischer Unterschiede; doch ist dies alles kein schleichender Vorgang, sondern geschichtliche Epoche, beginnend etwa bei den Kindern Noahs und beim Turmbau von Babel, mit dem man Streit und Trennung der Einzelnen, bisweilen die Differenzierung menschlicher Gestalten und Gesichter, regelmäßig die Entfaltung der Sprachen und Völker verknüpfte[229]).

Daß die heutigen Sprachen in ihrer Vielfalt aus einer einzigen Ursprache entsprangen, wurde durch Spätantike und Christentum zur herrschenden Meinung. Noch Noah schien diese paradiesische Sprache gebraucht zu haben[230]). Mittelalterliche Deutungen glaubten meist an eine plötzliche epochale und fortdauernde Wende, an das Wunder, das auf die menschliche Schuld des Turmbaus von Babel (Gen. 11, 1–9) mit der Schaffung aller modernen Sprachen antwortete[231]). Demnach war die babylonische Sprachverwirrung (Gen. 11, 8)

---

[228]) Differenzierung des Lebens 1611, 1659 f., 1662, 1703, 1718. Ausbreitung der Pflanzen 1271; der Tiere 1525. Erlernung des Sprechens 98, 394, 476 f., 594, 843, 1223, 1253, 1317, 1375, 1420, 1438, 1499, 1537, 1614, 1624 ff., 1799, 1844, Anm. 191, Anm. 195; durch Taubstumme 501, 803, 864, 1273, 1353, 1397, 1788.

[229]) Kinder des Urmenschen 21, 23, 341, 349, 470, 507, 544, 591, 888 f., 1071, 1211, 1338, 1689; Kain Anm. 224. Anfängliche Zahl der Familien 247, 249, 258, 414, 478, 701 f., 735, 848, 1178 f., 1264, 1308, 1320, 1513; vgl. Anm. 260. Entfaltung der Stämme aus Familien 21, 23, 25, 52, 88, 93, 276, 593, 670, 972, 1280, 1580. Geschichtliche Entfaltung der Stämme 593, 670, 972, 1280; der rassischen Unterschiede 286, 492, 1338; und zwar bei den Söhnen Noahs 121, 192, 290, 334, 339, 1211, 1306, 1564, 1613, 1698, 1708, 1729, 1747, 1858; beim Turmbau von Babel 285, 337, 348, 1041, 1511, 1655, 1727; dagegen 682, 846. Differenzierung der Gesichtszüge in Babel 174, 893, 915, 1341.

[230]) Entfaltung aller Sprachen aus einer einzigen Sprache 258, 353, 389, 550, 651, 863, 839, 1051, 1084, 1086, 1129, 1165, 1192, 1198 ff., 1213, 1216, 1221, 1223, 1253, 1259, 1294, 1298, 1312, 1317, 1335, 1353, 1364 f., 1379, 1387, 1416, 1425, 1437, 1460 f., 1469 f., 1472, 1513, 1516, 1545, 1549, 1553, 1562, 1606, 1641, 1695, 1745, 1751, 1755, 1781, 1802, 1820 f., 1830, 1840, 1848, 1860, 1872; dagegen 1239, 1301, 1439, 1500, 1524, 1533. Noahs Sprache 284, 1336, 1364, 1385, 1456, 1695, 1751.

[231]) Turmbau von Babel als Anlaß der Sprachen-Entfaltung 25, 28, 240 f., 253, 256, 258, 263, 267, 276, 282, 286, 304, 307, 330 ff., 337, 343, 349, 388, 398, 418 f., 428, 430, 447, 469, 477, 506, 523, 531, 545, 548, 573, 588 f., 594, 612, 620, 623, 641, 648, 652, 701, 716, 718, 722, 727, 732, 808, 833, 836, 838, 861, 867, 870, 888, 890, 902, 933, 940, 967, 986, 990, 997, 1004, 1006, 1009, 1032, 1059, 1064 f., 1111, 1114, 1121, 1123, 1127 f., 1131, 1138, 1153, 1192 f., 1195, 1201, 1206, 1213 f., 1222, 1230 f., 1252 f., 1294 f., 1298,

eine reinliche Sprachenteilung, entweder Wegnahme des bislang allgemeinen Sprachenverständnisses, Schöpfung ganz neuer, miteinander nicht verwandter Sprachen oder partielle Abwandlung der einen Ursprache zu neuen Dialekten[232]). Das Wunder ging aus von Gott, Christus, der Dreifaltigkeit oder von Engeln; es traf und trennte die Menschen, vielleicht milde in Völker, Stämme oder Familien, vielleicht streng in Stände oder gar Individuen[233]). Es verhin-

1306, 1320, 1325 f., 1330, 1339, 1349, 1360, 1363, 1366, 1375 f., 1388, 1415 ff., 1419 ff., 1425 ff., 1430, 1435, 1440, 1447–50, 1456, 1459 f., 1470 f., 1481, 1486, 1488, 1496, 1500 f., 1513 ff., 1517 f., 1524, 1531, 1547, 1564, 1569, 1617, 1621, 1626 f., 1637 f., 1641, 1650, 1655, 1676, 1694, 1697, 1708 f., 1711 f., 1727, 1745 f., 1750, 1756, 1781, 1793, 1797, 1825 f., 1830, 1835, 1839 f., 1847, 1859 f., 1867, 1872. Sprachverwirrung als menschliche Schuld 349, 379, 488 f., 545, 577, 593, 666 f., 874, 888, 1051, 1109 f., 1185, 1196, 1204, 1303, 1308; vgl. Anm. 268; als plötzliches Ereignis 204, 271 f., 282, 287, 289, 317, 335 ff., 398, 411, 421, 507, 666, 818, 870, 889, 1176, 1178, 1246, 1252, 1285, 1287, 1302, 1316, 1325, 1349, 1378, 1391, 1427, 1513, 1638, 1709, 1727; als Epoche 299, 505, 623, 660, 705, 780, 838, 907, 933, 1287, 1361, 1830; als fortdauernde Wirkung 545, 593, 820, 1059, 1066, 1081, 1134, 1138, 1146, 1153, 1179, 1190 f., 1196, 1199, 1204, 1213, 1233, 1303, 1421, 1489, 1596, 1609 f.

[232]) Sprachverwirrung als Sprachenteilung 242 f., 246, 249, 252, 256, 258, 261, 281, 284, 287, 290, 299, 307, 370, 390, 406, 418, 428, 430, 447, 469, 479, 496, 506, 519, 523, 531, 539, 548, 558 f., 573, 589, 592 ff., 623, 641, 660, 666, 718, 720, 727, 731, 747, 758, 762, 788, 790, 806, 808, 815, 818 f., 830, 848, 888, 902, 997, 1003, 1032, 1039, 1078, 1085, 1118, 1133, 1148, 1178 f., 1194, 1199, 1229, 1361, 1421, 1449 f., 1603, 1695; als Verwirrung und Teilung zugleich 320, 414 f., 715, 780, 889, 999, 1317, 1366, 1402; als Aufhören des Sprachenverständnisses 191, 217, 249, 370, 382, 425, 633, 640 f., 648, 874, 986, 1117, 1267, 1319, 1360, 1378, 1397; als Schöpfung neuer Sprachen 118, 194, 204, 235 f., 276, 307, 398, 406, 414, 479, 546 ff., 687, 886, 1128, 1176, 1199, 1250, 1252, 1254 f., 1264, 1285, 1297, 1301, 1320, 1323, 1325, 1385, 1417, 1419, 1470, 1486, 1513, 1516, 1564, 1859; als Abwandlung der Ursprache 118 f., 240, 242, 252, 307, 317, 426, 469, 489, 504, 507, 515, 529 f., 626, 666, 716, 724, 735, 750, 753, 760, 889, 1038, 1114, 1170, 1178 f., 1223, 1253, 1357, 1415, 1417, 1437, 1470 ff., 1561, 1639, 1650. Verwandtschaft der Ursprache mit den Babelsprachen 215, 836, 1050, 1082, 1084, 1116, 1129, 1142, 1213, 1223, 1259, 1312, 1318 ff., 1325, 1332, 1341, 1348 f., 1363, 1676, 1745; dagegen 1128, 1250, 1254, 1417. Völliger Verlust der Ursprache in Babel 149, 258 f., 282, 307, 1216, 1509, 1515, 1519, 1872; danach Verstummen der Menschen 149, 1378, 1391, 1509, 1517.

[233]) Sprachverwirrung durch Gott 84, 197 f., 252, 258, 281, 284, 287, 398, 406, 469, 479, 496, 509, 574, 592 f., 597, 648 f., 666, 738, 747, 830, 835, 858, 876, 889, 899, 909, 940, 963, 1003, 1017, 1043, 1078, 1133, 1148, 1152, 1170, 1174, 1176, 1178 f., 1195, 1199, 1215, 1223, 1240, 1250, 1253, 1256, 1264, 1267, 1286, 1297, 1302, 1304, 1311, 1316, 1319 ff., 1357, 1361, 1364, 1378, 1391, 1421, 1426, 1430, 1435 f., 1440, 1444, 1447, 1470, 1472, 1486, 1488, 1498–1501, 1513, 1517, 1523, 1525, 1563 f., 1602 f., 1650, 1698, 1797; durch Christus 261, 367, 374, 874, 889, 1172 (?); durch den Heiligen Geist 244, 1123; durch die Dreifaltigkeit 497, 633, 1489; durch Engel 194, 204, 235 f., 276, 433, 819, 914 f., 973, 997, 1218, 1392, 1515. Zuteilung einer Sprache an jedes Volk 235 f., 240, 261, 301, 411, 479, 893, 1064, 1323, 1859; jeden Stamm 265, 760, 777; jede Familie 262, 272, 790 f., 1116, 1159, 1264, 1313, 1320, 1323, 1364, 1369; jeden

derte menschliche Vereinigung zum Bösen in der Universaltyrannei wie zum Guten in der Universalreligion und ließ allein das Getrennte gedeihen, was man im Mittelalter gewöhnlich als Fluch, in der Neuzeit nicht selten als Segen ansah[234]). Neuzeitliche Meinungen glaubten überhaupt nicht gern an die wunderbare Katastrophe; die Ursprache konnte sich auch allmählich und natürlich, etwa über einige Grundsprachen, verzweigt haben, sei es in Babel beginnend oder beschleunigt, sei es ganz ohne Turmbau[235]). Doch suchte man schon im Mittelalter göttliche Vorsehung und natürliche Entwicklung einander zu nähern, zumal die Bibelexegese der wörtlich-historischen Auslegung des Babelberichtes mißtraute. Dann galt der Turmbau von Babel entweder als urbildliches, überzeitliches Gleichnis oder als lokales Ereignis, das nicht von allen Menschen, mindestens nicht von den Hebräern verschuldet wurde und vielleicht nicht alle Menschen traf, oder als geheimnisvoller, unergründlicher Vorgang, als wirkliche, aber vorübergehende Verwirrung der Gedanken und Meinungen, als Entzweiung oder Bestürzung der Menschen, von Gott gesandt oder von den Menschen verursacht oder zufällig eingetreten[236]). Wenn sie dabei wirklich

---

Stand 870, 915, 1418; jeden Einzelnen 231, 247, 258, 301, 307, 317, 330, 380, 414, 421, 469, 546, 548, 666, 701 f., 818, 906, 915, 945, 993, 996, 1006, 1196, 1253, 1470.

234) Sprachverwirrung als Trennung der Menschheit 116, 398, 406, 820, 872, 889, 1112, 1138, 1153, 1176, 1194, 1240, 1253, 1523 ff., 1603, 1778, 1803, 1843, 1845, 1859 f., 1875; der Bösen 210, 284, 384, 414, 430, 727, 754, 1159, 1213, 1267, 1289, 1421, 1458, 1488, 1603, 1614, 1708; der Guten 169, 288, 411, 425, 545, 588, 1165, 1187, 1366, 1375, 1377, 1607, 1627, 1776, 1778, 1797; der Religionen 312, 648 f., 820, 881 f., 1159, 1191, 1194 ff., 1199, 1423, 1459, 1498, 1511, 1537, 1825; als Fluch 119, 179, 217, 244, 288, 411, 649, 1051, 1066, 1077, 1081, 1083, 1131, 1138, 1153, 1190 f., 1206, 1221, 1223, 1255, 1269, 1311, 1402, 1423, 1496, 1711, 1775 f., 1814, 1834 f., 1875; als Segen 238, 262, 282, 413 f., 1116, 1146, 1455, 1512, 1519, 1523, 1539, 1551, 1575, 1678, 1777, 1797, 1805, 1819, 1830.

235) Natürliche Differenzierung der Ursprache vor Babel 245, 279, 381 f., 633, 641, 828, 873, 1174, 1316, 1319, 1335 f., 1417, 1421, 1454 ff., 1472, 1479, 1487, 1498, 1500, 1508, 1514, 1525, 1530, 1549, 1571, 1576, 1606, 1613, 1624, 1626, 1658 f., 1683, 1697 f., 1781, 1813, 1839, 1859. In Babel entstanden nur Grundsprachen 198, 232, 264, 986, 1085, 1128, 1160, 1197 f., 1216, 1229, 1295 f., 1319, 1330, 1332, 1336, 1339, 1345, 1349, 1364, 1366, 1369, 1371, 1378, 1420, 1459 f., 1470, 1488, 1513 f., 1698, 1709; wandelten sich die Sprachen allmählich 232, 264, 600, 1084, 1165, 1172, 1304, 1307, 1312 f., 1317 ff., 1331, 1337, 1341, 1378, 1417, 1419, 1446, 1454, 1469, 1471 f., 1477, 1481, 1486, 1497, 1514, 1516, 1569, 1698, 1709. Ohne Turmbau Anm. 238.

236) Sprachverwirrung als Gleichnis Anm. 444; als lokal 349, 457, 604, 636, 653, 667, 743, 996, 1121, 1172, 1190, 1204, 1216, 1277, 1306, 1336, 1418, 1422, 1471, 1479 f., 1653, 1755, 1795, 1806, 1839; als allgemein 488 f., 506, 535, 593, 1299, 1305, 1419, 1427, 1459, 1564, 1654, 1697, 1839. Hebräer nicht betroffen 204, 207, 236, 249, 282, 320, 347, 398, 800, 806, 1198, 1218. Sprachverwirrung als unerklärbar 505, 519,

die Ursprache verloren, konnten sie sich doch selber neue, willkürliche Sprachen erfinden, ohne Gottes Eingriff, vielleicht von den Stammvätern der Völker angeleitet[237]). Damit trennte sich von dem babylonischen Geschehen, das ohne historische Folgen blieb, die Entfaltung der Sprachen als natürliches Wachstum oder langwierige Bemühung von Einzelnen oder Gruppen; je genauer man die Ausbreitung und die Veränderungen einzelner Idiome beobachtete, desto überflüssiger wurde schließlich die Annahme der einen Ursprache selber[238]). Der Wandel der Meinungen berührte freilich kaum die einhellige Grundüberzeugung, daß die Entfaltung der Sprachen ein geschichtliches Ereignis gewesen sei.

Leichter fiel es, die Entfaltung der Völker gutzuheißen; sie ließ sich durch die Kette der Zeugungen natürlich aus dem einen Ursprung erklären, doch zog man auch hier die geschichtliche Deutung vor[239]). Die Sintflut (Gen. 6, 7 ff.) hatte, wenn man sie als historische Epoche und universales Faktum verstand, zwar nur Noah und die Seinen verschont, die in der Arche das Urbild für die kommende Geschichte retteten; doch war damit ein historischer Neubeginn gesetzt, auch wenn seine Einzelheiten strittig blieben, zum Beispiel, ob sich die Sintflut wiederholen konnte, wo die Arche landete und was sie bedeutete, wie-

---

909, 974, 984, 1039, 1301 f., 1311, 1317 ff., 1342, 1367, 1445, 1454, 1531, 1617, 1650, 1754, 1793; als wirkliche Verwirrung 169, 172, 174, 194, 245, 307, 320, 330, 337, 374, 394, 421, 487, 496, 505 f., 574, 596 f., 682, 738, 819, 831, 861, 876, 908, 997, 1001, 1017, 1170, 1230, 1252, 1256, 1325, 1329, 1357, 1417, 1425, 1436, 1470, 1472, 1500 f., 1523, 1525, 1563, 1602, 1617, 1619, 1621, 1741, 1746, 1756, 1876; als vorübergehend 119, 245, 1293, 1397, 1419, 1446; als Gedankenverwirrung 118 f., 146, 207, 236, 245, 587 f., 813, 819, 878, 993, 997, 999, 1317, 1327, 1337, 1341, 1392, 1402, 1419, 1454 ff., 1469, 1479, 1510, 1826 f.; als Streit 245, 963, 1088, 1307, 1317, 1419, 1446, 1455, 1481, 1497, 1501, 1524, 1531, 1533, 1557, 1839; als Schreck 330, 337, 343, 349, 1112, 1378, 1391, 1530, 1692, 1727, 1795; als Zufall 963, 1088, 1292, 1318, 1459, 1532, 1729, 1763, 1774 f., 1779, 1791.

[237]) Babelsprachen als Erfindung der Menschen 149, 248, 330, 394, 425 f., 530, 870, 1085, 1123, 1129, 1252, 1316, 1343, 1378, 1414, 1422, 1509, 1515, 1517, 1638; der Stammväter der Völker 136, 248, 610, 612, 695 f., 911, 1040, 1051, 1059, 1063, 1070, 1072 f., 1099, 1224, 1298, 1369 f., 1422, 1456, 1459 ff., 1529, 1601, 1695; dagegen 1255.

[238]) Entfaltung der Sprachen fand nicht in Babel statt 169 f., 196, 245, 381, 573, 597, 1157, 1325, 1420, 1444, 1446, 1455, 1498 f., 1502, 1510, 1525, 1532 f., 1639, 1643, 1685, 1689, 1696, 1700, 1710, 1719, 1776, 1789, 1795, 1806, 1822, 1827, 1848; sondern in der Geschichte 663 f., 969, 1219, 1378, 1593, 1601, 1623, 1633, 1663, 1667, 1703, 1725, 1746, 1770, 1799. Geschichtliche Ausbreitung und Veränderung einzelner Sprachen 133, 158, 271, 337, 347 f., 392, 442, 450, 521, 645. Gegen die eine Ursprache Anm. 200; vgl. Anm. 205.

[239]) Natürliche Differenzierung der Völker 23, 414, 756 f., 858, 883, 891, 1141, 1251, 1289, 1305, 1443, 1493, 1548, 1576, 1578, 1580, 1603, 1819.

viele Söhne Noah hatte und welcher von ihnen der älteste und fruchtbarste war[240]). Meist hielt man die Aufteilung der Erde unter die Völker und deren Trennung für gottgefällig, natürlich und segensreich; sie förderte Selbsterhaltung und Fortpflanzung. Vielleicht hatte (nach Deut. 32, 8) Gott, vielleicht (nach Gen. 9, 25–27) der Erzvater Noah die Erde planvoll oder durchs Los seinen Nachkommen verteilt, vielleicht hatten die Noachiden selbst die Teilung nach Kontinenten oder Ländern verabredet[241]); man setzte sie gerne früher als den bösen Turmbau von Babel an. Wer an den engen Zusammenhang zwischen Volk und Sprache glaubte, hielt allerdings oft auch den Turmbau und die Sprachverwirrung

---

[240]) Sintflut als Epoche 3, 28, 67, 74 ff., 83, 94, 115, 240, 269, 274, 280, 283, 296, 334, 338, 364, 394, 398, 412, 423, 428, 455, 473, 476, 505, 609 f., 612, 639, 643, 657, 659 f., 820, 867, 878, 966, 974, 976, 982 f., 1072, 1152, 1189, 1241, 1299, 1305, 1326, 1334, 1338, 1377, 1382, 1399, 1437, 1449, 1479, 1591, 1599, 1612, 1667, 1692, 1706, 1753, 1783 f., 1793, 1871; als allgemein 856, 1299, 1305, 1338, 1400, 1667; dagegen 471, 1125, 1277, 1306, 1310, 1331, 1400, 1600, 1755, 1850. Wiederholung der Sintflut 982 f., 1124, 1265, 1594, 1667, 1809; vgl. Anm. 249. Arche Noah 257, 287, 334 f., 338, 435, 489, 543, 650, 654, 684, 694, 736, 797, 856, 1004, 1052, 1057, 1125, 1203, 1302, 1391 f., 1493, 1500 f., 1525, 1533, 1579, 1642, 1667, 1809, 1820; ihr Landeplatz 274, 486, 593, 670, 719, 753, 855, 878, 970, 984, 1024, 1245, 1332, 1336, 1391; ihre übertragene Deutung 364, 983, 1307, 1458. Noah hatte mehr als drei Kinder 205, 265 f., 269, 283, 334, 338, 446, 543 f., 668, 684 f., 705, 724 f., 734, 776, 780, 789, 794, 835, 845, 848 f., 858, 865, 867, 879, 899, 907, 909, 911, 974–7, 1011, 1015, 1023, 1077, 1180, 1187; dagegen 287, 662, 1214, 1255, 1500, 1602. Noahs erstgeborener Sohn 268, 280, 349, 848, 892, 1066, 1129, 1197, 1838; gegen seine Feststellung 1399, 1443. Noahs fruchtbarster Sohn 381, 735 f., 740, 891 f., 1025, 1213 f., 1265. Deutung der Namen von Noahs Söhnen 120, 122, 451, 752, 1641.

[241]) Völkerteilung durch Gott 25 f., 29, 69, 116, 128, 142, 146, 151, 172, 194, 240, 326, 414, 933, 1077, 1152, 1389, 1399, 1563, 1612, 1690 f., 1695, 1707, 1734; durch Engel 853, 1712; durch Noah 1306, 1367, 1388; durch den Teufel 1619; durch die Menschen 26, 146, 1455, 1579 f., 1608, 1620; als Segen 119, 172, 419, 626, 1152, 1299, 1399, 1493, 1553, 1572, 1695; als Fluch 174, 253, 374, 600, 1195, 1627, 1709, 1756, 1803. Ausbreitung der Völker als gottgewollt 1116, 1339, 1436, 1531, 1797. Erdteilung durch Gott 25, 105 f., 221, 256, 1012, 1116, 1148, 1264, 1690; durch den Urmenschen 67; durch Noah 31, 148, 247, 283, 287–90, 314, 337, 345, 381, 406, 422, 457, 509, 611, 626, 648, 668, 693, 725, 769, 777, 848, 865, 972, 976, 984, 996, 1005, 1012 f., 1037, 1065, 1074, 1100, 1144 ff., 1156, 1164, 1180, 1216, 1227, 1264 f., 1306, 1313, 1320, 1391, 1404, 1418, 1425, 1436, 1489 f., 1602; dagegen 1163, 1399, 1620; durch das Los 146 ff., 198, 247, 259, 267, 626, 1074, 1313; durch Noahs Kinder 146, 148, 259, 267, 283, 288, 290, 305, 319, 626, 972, 1004, 1013, 1146, 1289, 1294, 1443, 1508. Erdteile als Anteile von Noahs Söhnen 122, 148, 263, 434 f., 445 f., 451, 474, 490, 492, 507, 515, 548, 553, 599, 626, 655, 673, 693, 707, 722, 761, 769, 777, 780 f., 783, 794, 818, 836 f., 848, 858, 864 f., 867, 878, 906, 909, 911, 913, 973, 975 f., 996, 1024, 1033, 1063, 1100, 1129, 1133, 1145, 1187, 1194, 1216, 1222, 1224, 1228, 1247, 1254, 1289, 1296, 1306, 1308, 1370, 1391, 1417, 1425, 1502, 1525, 1549, 1602, 1675, 1708, 1710; dagegen 259, 288, 401, 417, 662, 725, 892, 976, 1024, 1160.

für den Anlaß der Völkerscheidung[242]). Jedenfalls zogen die Völker von einem einzigen Orte, vom Paradies oder von Babel, hinaus und besiedelten in langen Völkerwanderungen die ganze Erde; sie wandelten die Sprachen[243]). Daß diese Wanderungen aus der Alten Welt schon früh auch China und Amerika erreichten, die Länder der „Antipoden", glaubte noch das Zeitalter der Entdeckungen selbst; auch daß in der Ausbreitung über die Erde einzelne Völkergruppen besonders erfolgreich waren, schien Gottes Wille zu sein. Noch die europäische Kolonisation verstand sich gerne nach Gen. 9, 27 als segensreiche Fortsetzung von Noahs Entwurf. Spät erst bemerkte man, daß diese Ausdehnung politische und sprachliche Unterdrückung von Vorbewohnern war, daß die Wanderer nicht in menschenleere Räume kamen, daß also die Entfaltung der Völker nicht leicht auf einen einzigen Ort und Zeitpunkt zurückzuführen war[244]). Als geschichtlichen Vorgang mußte man sie auch dann verstehen.

---

[242]) Völkertrennung vor dem Turmbau von Babel 230, 319, 347, 405, 457, 535, 648, 985, 1022, 1156, 1190, 1277, 1306, 1326, 1331, 1334, 1338 f., 1373 f., 1382, 1391, 1400, 1402, 1439, 1472, 1479 f., 1502, 1532 f., 1553, 1571, 1688, 1730, 1751 f., 1850, 1870; vor der Sprachverwirrung 196, 288 f., 301, 304, 457, 504, 509, 587, 600, 648, 720, 727, 735, 760, 777, 819, 976 f., 1022 f., 1388, 1391, 1421, 1439, 1442, 1446, 1479, 1501, 1509, 1523, 1525, 1548, 1620, 1635, 1722, 1774 f., 1788, 1839, 1870; beim Turmbau von Babel 28, 120, 146, 151, 216, 247, 263 f., 376, 406, 418 f., 493, 505, 587, 589, 762, 1190, 1220, 1290, 1303, 1330, 1337, 1399, 1418, 1450, 1542, 1564, 1569, 1571, 1578, 1580, 1623, 1640, 1651, 1708, 1712, 1722, 1745 f., 1823; aus Anlaß der Sprachverwirrung 116, 247, 259, 272, 274, 279 f., 302, 312, 320, 400, 406, 505, 642, 672, 701, 865, 876, 911 f., 976, 996, 1032, 1074, 1095, 1116, 1128, 1130, 1133, 1143 f., 1160, 1203, 1210, 1213, 1222, 1228, 1264, 1281, 1289, 1299, 1306, 1308 f., 1374, 1385, 1416, 1435 f., 1448, 1459, 1477, 1479, 1498, 1501 f., 1506, 1517 f., 1528, 1531, 1542, 1623, 1627, 1633, 1655, 1678, 1711, 1775, 1797; nach der Sprachverwirrung 149, 252, 263 f., 291, 302, 307, 370, 414 f., 421, 423, 428, 453, 480, 496, 506, 523, 626, 635, 641, 762, 790, 858, 933, 963, 996, 1001, 1004, 1133, 1190, 1213, 1310, 1317, 1337, 1450, 1602, 1627, 1695, 1727, 1748, 1756. Zusammenhang von Volk und Sprache Anm. 110.

[243]) Entfaltung der Völker durch Wanderungen 26 f., 34, 82, 116, 131, 149, 173, 269, 274, 281, 290, 413, 452, 481, 536, 554, 669, 687, 691, 697, 782 f., 820, 827, 837, 849, 906, 910, 984, 1012, 1031, 1099, 1101, 1103, 1123, 1133, 1139, 1187 f., 1190, 1203, 1229, 1237 f., 1247, 1249, 1300, 1305, 1331, 1339, 1374, 1382, 1472, 1479 f., 1501, 1553, 1566, 1613, 1683, 1737, 1747, 1749, 1755, 1775. Völkerwanderungen ändern die Sprachen 1223, 1246, 1378, 1449 ff., 1454 f., 1484, 1524.

[244]) Antipoden 484 f., 693, 1145. Besiedlung Amerikas aus der Alten Welt 1145, 1158, 1179, 1260, 1290, 1295, 1300, 1305, 1307, 1312, 1338 f., 1345, 1360, 1386, 1400, 1422, 1430, 1460, 1488, 1516, 1519, 1598, 1600, 1602, 1694; dagegen 484 f., 1438, 1601, 1754 f. Ausbreitung einzelner Völker (Kolonisation) 97, 120, 381, 893, 969, 976, 1129, 1260, 1296, 1306, 1395, 1472, 1563, 1638, 1708, 1746, 1871. Biblische Begründung europäischer Kolonisation 976, 1129, 1145, 1152, 1163, 1260, 1294, 1296, 1306, 1386, 1404, 1518, 1592, 1598, 1654, 1666; dagegen 1146, 1192, 1323 f., 1399, 1416. Unterdrückung von Vorbewohnern 58, 144, 275, 280, 669, 684, 689, 1096, 1621, 1666, 1747 ff., 1762 f., 1812 f., 1833; ihrer Sprachen (Substratsprachen) 1055, 1747, 1749, 1762, 1818, Anm. 120. Sprachen in den Kolonien 1135 f., 1253, 1271, 1755 f., 1829.

Wo man sie indes nur als menschlichen Vorgang begreifen konnte, wurde die Entfaltung verurteilt; so geschah es weithin mit den rein politischen Gemeinschaften, zwar nicht im Alten Orient und nicht immer in der Neuzeit, aber in zahlreichen religiösen Deutungen. Am Turm von Babel begannen die Teilung der Staaten, die monarchische Gewalt, Macht und Herrschaft mit Unrecht und Tyrannei, der Bürgerkrieg und der Krieg, der erobernde Griff nach fremden Ländern und nach der Weltmacht, die Bildung der großen Reiche[245]). Verkörpert fand man die Entfaltung der Machtpolitik im Namen und Schicksal Nimrods (Gen. 10, 8 ff.). Ob er hamitischer Herkunft war, wußte man weniger genau zu sagen als daß er ein Riese von Gestalt war, ein kühner Jäger und Räuber, ein Götzendiener und Feind Gottes, wenn nicht gar ein Götze der heidnischen Mythologie oder der Teufel in Person[246]). Mehr noch, er war der Typus des geschichtlich handelnden Einzelmenschen, der erste König, Tyrann, Weltherrscher oder Usurpator, ein Kriegsherr und Städtegründer, vielleicht ein Völker-

---

[245]) In der Geschichte (beim Babelturm) begann die Teilung der Staaten 213 f., 370, 1004, 1191, 1620; die Monarchie 1295, 1313, 1343, 1391 f., 1399, 1403, 1473, 1539, 1609; die Macht und Herrschaft 117, 136, 151, 161, 265, 267 ff., 274, 290, 300, 341, 405, 412 f., 447, 470, 486, 585, 603, 612, 643, 656, 662, 668, 673, 693, 703, 706, 720, 735, 743, 759, 767, 816, 828, 849, 866, 868, 884 f., 917, 919, 964, 976, 994, 1035, 1044, 1054, 1086, 1092, 1118, 1121, 1164, 1190, 1235, 1238, 1260, 1313; das Unrecht 754; die Tyrannei 370, 585, 641, 643, 1594, 1609; der Krieg 25 f., 198, 264, 269, 398, 422, 652, 693, 715, 736, 780, 892, 899, 964, 993, 1070, 1075, 1081, 1118, 1165, 1203, 1207, 1220, 1392, 1422, 1473 f., 1491, 1563, 1571, 1638, 1729, 1746; die Eroberung 290, 321 f., 422, 819, 885, 1289, 1314, 1325, 1399; die Weltherrschaft 212, 867, 984, 996, 1023, 1065, 1103, 1267, 1392, 1524 f., 1708; die Reichsbildung 146, 341, 405, 412, 507, 662, 688, 760, 789, 960, 1070, 1074, 1571, 1617, 1636, 1753, 1836. Vgl. Anm. 247.

[246]) Nimrod in der biblischen Völkertafel 121, 124, 132, 200 f., 247, 479; Deutung des Namens 208, 344, 392, 451, 488, 891, 972, 1063, 1203, 1245; seine Sprache 794 f., 874, 1185; seine Herkunft von Cham 213, 267, 274, 280, 306, 337, 341, 381, 545, 555, 612, 662, 668, 725, 735, 760, 771, 776, 789, 794, 819, 849, 864, 919, 973, 996, 1003, 1015, 1023, 1038, 1130, 1142, 1153, 1157, 1203, 1289, 1636, 1643; von Sem 205, 269, 707, 780, 907, 996, 1007; von Japhet 768, 917; von anderen 268, 458, 655, 768, 1075, 1491. Nimrod als Riese 142, 146, 265, 267, 269, 288, 306, 371, 381, 398, 405, 412, 447, 453, 457 f., 488, 492 f., 545, 555, 591, 593, 625, 652, 668, 673, 707, 715, 719 f., 724, 753, 762, 792, 794, 805, 830 f., 838, 862, 864, 867, 870, 892, 899, 909, 911, 917, 960, 962, 973, 981, 984, 1003, 1006, 1013, 1040, 1043, 1081, 1093, 1123, 1125, 1175, 1230, 1513, 1643; genaue Körpermaße 655, 725, 771, 837, 848, 858, 967, 1002, 1007, 1022, 1038. Nimrod als Jäger 208, 549, 612, 764, 786, 891, 960, 1065, 1070, 1076, 1148, 1193, 1203, 1245, 1253, 1301, 1303, 1325, 1342, 1350, 1403, 1433, 1471 f., 1497, 1501, 1539, 1643, 1646, 1734, 1836; als Räuber 805, 817, 891, 1035, 1081, 1245; als Götzendiener 212, 330, 453, 591, 652, 655, 708, 759, 762, 771, 792, 963, 996, 1196, 1308; als Feind Gottes und der Frommen 666, 805, 972, 981, 1063, 1081, 1095, 1097, 1328, 1467, 1691 f., 1734; als antiker Gott 345, 705, 815, 911, 976, 1009, 1066, 1072, 1074, 1092, 1100, 1188, 1190, 1245, 1279, 1290, 1296, 1352, 1454; als Teufel 374, 446, 626, 999, 1076. Nimrods Ende Anm. 345. Kritik an seiner Historizität 1618.

stifter und sogar ein gewitzter Denker; aber auch wer ihn nicht für den Teufel selber hielt, wagte ihm nur bängliche Sympathie zu widmen[247]). Er schien der Mann, der allein den tollkühnen Plan des Babelturms gefaßt haben konnte; folglich hatte er ihn angestiftet[248]). Wo der Turm stand, in Babel oder draußen, und wann er begonnen wurde, zu Noahs Lebzeiten oder später, das zählte wenig gegenüber der dramatischen Vision, daß Nimrod mit seinen Riesen und der gegliederten Zahl seiner Helfer den Himmel stürmen, die Menschen vor einer neuen Sintflut schützen oder die Einheit der Welt vollenden wollte[249]); alle

[247]) Nimrod als Typus 595, 754, 764, 786, 820 f., 997 f., 1063, 1081, 1182, 1230, 1636, 1848, Anm. 31; als Anführer 516, 612 f., 715, 724, 760, 780, 792, 845, 1354; als (erster) König 117, 197, 231, 265, 322, 334, 549, 654, 706, 768, 794, 868 f., 891, 963, 999, 1006, 1074, 1121, 1190, 1209, 1286, 1313, 1326, 1513, 1539, 1688, 1729, 1848; als (erster) Tyrann 209, 274, 333, 337, 451, 488, 585, 641, 643, 656, 715, 720, 731, 754, 768, 819, 849, 858, 867, 891, 963, 965, 989, 994, 999, 1010, 1022 f., 1038, 1042, 1075, 1130, 1133, 1146, 1153, 1161, 1164, 1175, 1193, 1196, 1218, 1245, 1253, 1295, 1308, 1325, 1350, 1425, 1501, 1525, 1627, 1836, 1848; als (erster) Weltherrscher 212, 341, 349, 776, 805, 815, 820, 844, 909, 989, 996, 1011, 1064, 1174, 1177, 1190, 1392, 1402, 1473, 1643, 1781, 1836; als (erster) Usurpator 212, 996, 1007, 1065, 1075, 1267, 1524 f.; als (erster) Kriegsherr 960, 989, 1022, 1193, 1220, 1230, 1289, 1426, 1643; als Städtegründer 125, 213, 268, 345, 405, 453, 458, 549, 620, 639 (?), 673, 805, 830, 911, 973, 976, 1031 f., 1037 f., 1286, 1473, 1729; als Ahnherr und Völkerstifter 399, 761, 844, 868, 917 f., 1009 f., 1022 f., 1416, 1455; als gelehrt 613, 668, 715, 839, 846, 984, 1377, 1511; als kühn 1006, 1163, 1175.

[248]) Nimrod als Bauherr des Babelturmes 118, 172, 197, 204 f., 279, 282, 288, 300, 306, 315, 320, 323, 330, 333, 337, 343, 349, 398 f., 423, 447, 451, 453, 492 f., 545, 589, 591, 593, 610, 612, 620, 625 f., 643, 652, 654 ff., 662, 676, 695, 706 ff., 716, 735, 754, 780, 805, 838, 848 f., 864, 868, 873 f., 888, 892, 899, 905 f., 960, 962 f., 967, 972 f., 978, 980, 984, 989, 993, 996 f., 999, 1003 f., 1006, 1009, 1022, 1036, 1043, 1051, 1064, 1072, 1084, 1093, 1103, 1105, 1118, 1121, 1123, 1130, 1133, 1142, 1153, 1157, 1163, 1169, 1175, 1178, 1180, 1183, 1195, 1199, 1201, 1218, 1252 f., 1256, 1266, 1285, 1295, 1318, 1320, 1322, 1325, 1341, 1350, 1384, 1390 ff., 1404, 1425, 1427, 1444, 1473, 1479, 1500, 1513 f., 1571, 1579, 1593, 1627, 1688, 1691, 1722, 1729, 1795, 1836, 1848; dagegen 149, 208, 264 f., 271, 286, 340, 405, 592, 1116, 1255, 1289, 1399, 1427, 1471, 1473, 1727, 1729. Andere Bauherren des Babelturmes 283, 316 f., 326, 340 f., 379, 430, 507 f., 776, 780, 783, 833, 889, 993, 1184, 1190, 1230, 1401, 1707, 1803.

[249]) Ort des Turmbaus außerhalb von Babel 146, 149, 830, 981, 1082, 1160, 1501, 1592, 1632, 1728. Zeit des Turmbaus in Noahs Tagen 986, 1065 f., 1070, 1118, 1133, 1214, 1267, 1294 ff., 1384, 1392, 1472, 1602; dagegen 780, 818, 1277. Riesen als Helfer beim Turmbau von Babel 146, 267, 273 f., 546 f., 593, 597, 604, 654 f., 665, 667, 672, 716, 737, 818, 899, 990, 1035, 1081, 1190, 1203, 1265, 1391, 1513, 1524, 1640, 1643. Zahl der Helfer 276, 283, 301, 304, 308, 317, 347, 469, 548, 610, 612, 655, 666, 701, 818, 833, 905 f., 996, 1002, 1015, 1022, 1051, 1059, 1116, 1183, 1194, 1205, 1305, 1308, 1318 f., 1339, 1369, 1399, 1419; dagegen 1427, 1440. Turmbau als Sturm auf den Himmel Anm. 159; als Schutz vor neuer Sintflut 25 f., 28, 146, 172, 263, 281, 300, 308, 347, 612, 716, 720, 753, 762, 790, 819, 892, 905, 962, 993, 999, 1022, 1036, 1039, 1077, 1088, 1105, 1142, 1175, 1201, 1204, 1391 f., 1401, 1437, 1566, 1579, 1653; dagegen 1064, 1133, 1159, 1175, 1286, 1318, 1351, 1797; als Einigung der Welt Anm. 160.

Menschen bauten mit, und nur wenige, die Juden oder andere Bevorzugte, hielten sich fern oder wagten sogar offenen, allerdings erfolglosen Widerstand[250]). Im Mittelalter meinte man, der Turm sei vor seiner Vollendung von Gott oder den Engeln durch Wind oder Gewitter zerstört worden; in der Neuzeit nahm man an, er sei vollendet, aber dann verlassen worden und verfallen; aber noch wenn man an der Historizität des Turmbaus zweifelte und ihn übertragen deutete, blieb er ein Zeichen für die Menschen, daß sich die Geschichte nicht in der Geschichte überwinden lasse[251]). Die Entfaltung selbst ist kein letztes Ziel.

Ähnlich wie die politische wurde die gesellschaftliche Differenzierung bewertet. Religiöse Auslegungen verwarfen soziale Unterscheidungen als göttliche Strafe oder menschliche Eitelkeit; so wurde die Trennung der Stände, der Edlen, der Freien und der Knechte, mit den drei Söhnen Noahs in Verbindung gebracht und als babylonische Sündenstrafe betrachtet. Konnte der Adel hierbei auf seine noachische Abstammung pochen, so wurde er doch auch als der Stand Nimrods, als raubgierig verdächtigt. Neuzeitliches Denken empfand dann freilich die Arbeitsteilung in der Gesellschaft als Fortschritt vom Nomadenleben zum Hirtendasein und endlich zum Bürgertum, als Kumulation der

---

[250]) Alle Menschen bauten am Turm von Babel 173, 405, 550, 643, 682, 701, 718, 722, 735, 792, 892, 962, 1133, 1159, 1180, 1199, 1203, 1229, 1253, 1299, 1305, 1343, 1391, 1427, 1430, 1435 f., 1459, 1580, 1654, 1710 f., 1831; dagegen 197, 316, 457, 592, 672, 753, 777, 794, 976, 996, 1116, 1121, 1130, 1198, 1216, 1306, 1318, 1320, 1331, 1336, 1360, 1364, 1418, 1422, 1456, 1471, 1479 f., 1500, 1502, 1514, 1530, 1559, 1592, 1602, 1640, 1644, 1653, 1698, 1729, 1795, 1806, 1826, 1850. Juden (Semiten) bauten nicht mit 194, 259, 301, 304, 320, 337, 347, 444, 760, 819, 1142, 1194, 1312, 1349 f., 1489; dagegen 1180, 1456. Widerstand gegen den Turmbau von Babel 174, 197, 330, 333, 349, 720, 870, 892, 1350, 1353, 1392, 1795, 1803.

[251]) Babelturm wurde zerstört 281, 288, 315 f., 323, 326, 696, 732, 793, 961, 963, 980, 1040, 1064, 1078, 1344, 1361, 1392, 1420 f., 1427, 1494, 1511, 1597, 1638, 1667, 1728, 1795, 1836, 1846; von Gott 25, 118, 146, 242, 323, 330, 332, 337, 343, 349, 740, 793, 914 f., 963, 1772, 1795, 1803, 1846; von Engeln 1093, 1692; durch Wind 28 f., 146 f., 149 ff., 172, 252, 273, 281, 283, 288, 305 f., 320, 326, 545, 667, 963, 1093, 1153; durch Gewitter und Feuer 25, 848, 1006, 1103, 1392, 1640, 1667, 1836. Babelturm wurde nicht zerstört 30, 315 f., 675, 714 f., 737, 830, 888 f., 909, 962 f., 1006, 1008, 1065, 1171, 1401, 1627, 1797; wurde vollendet 194, 323, 341, 1474, 1514, 1795; blieb unvollendet 116, 118, 279, 315, 597, 720, 861, 873, 966, 1112, 1239, 1361, 1457, 1474, 1530, 1542, 1544, 1563, 1592, 1600, 1619, 1675, 1678, 1709, 1712, 1775 f., 1803, 1810, 1847, 1873. Turmbau von Babel als historische Epoche 149, 234, 447, 545, 550, 573, 593, 623, 659, 867, 976, 986, 1066, 1070, 1081, 1190 f., 1253, 1287, 1298, 1378, 1722, 1753, 1821, 1830, 1871. Turmbaugeschichte als unhistorisch 1406, 1438 f., 1444, 1496 f., 1524 f., 1531–4, 1548, 1554, 1559 ff., 1635, 1651, 1684, 1699 f., 1729, 1739, 1765, 1776, 1779, 1782, 1786, 1807, 1831, 1834, 1838, 1851; dagegen 27, 535, 1531 f., 1564, 1572, 1592, 1640 f., 1655, 1676, 1707 f., 1728, 1741, 1775, 1781, 1785, 1795, 1797 f., 1819, 1826, 1838 f., 1848, 1867, 1871. Übertragene Deutung Anm. 444.

Erfahrungen und Erfolg der Weltbemächtigung[252]). Auch hier wurden die plötzlichen Katastrophen abgelöst von den allmählichen Fortschritten, aber beide Denkmodelle gehören dem geschichtlichen Bereich an.

Einhelliger begrüßte man schon im Mittelalter die kulturelle Entfaltung als Fortschritt. Bildung und Weisheit, Kunst und Wissenschaft kamen aus dem Osten in ständigen Translationen und Übersetzungen und verbreiteten sich über die ganze Erde. Aus der Kenntnis der einen Urschrift erwuchs die Vielzahl der Schriftarten und damit neue Belehrung von allen Seiten. Allerdings fürchtete man oft, die wachsende Breite sei der Tiefe abträglich; die sittliche Norm der Bildung und das unzerteilte Urwissen gingen dabei, vielleicht in Babel, verloren; dort kam wohl auch die Kunst auf die Irrwege heidnischer Mythologie und Poesie; dort begann die Sprachentrennung die universale Entfaltung der Wissenschaft zu hemmen. Trotzdem hoffte man, daß in der geschichtlichen Ausbreitung der Kultur auch die ursprüngliche Weisheit, das wahre und wichtige Wissen immer neu bestärkt, immer vollständiger erkannt werde[253]).

Die Kategorie der Entfaltung wurde nicht überall beachtet; für statische Weltbilder wie die des Vormittelalters war sie zum guten Teil entbehrlich. Denn sie bezeichnet eine zeitliche Bewegung, die ebenso unabgeschlossen wie unumkehrbar ist. In ihrem *Imperfectum* zu verharren, fällt noch modernen Zeiten schwer; leichter ist es, die Entfaltung als unvollendete Vergangenheit anzusehen, hinter die man zurückgehen oder über die man hinausgehen kann. Darum löst man die beiden Aspekte der Entfaltung, Verfall und Fortschritt, gern voneinander; wie man sie gegeneinander abwägt, das hängt von der Deutung der Geschichte im ganzen ab, von den Positionen, zwischen denen die Entfaltung vermittelt, also von der Auslegung des Ursprungs und der Vielfalt.

*

Die Vielfalt ist wie der Ursprung eigentlich etwas übergeschichtlich Allgemeines; jedoch steht sie nicht jenseits der Zeit überhaupt, sondern meist in der jeweiligen Gegenwart, weithin ungebunden von Vergangenheit und Zukunft.

---

[252]) Gesellschaftliche Differenzierung entstand in Babel 197, 213 f., 265, 447, 507, 509, 592, 655, 673, 707, 720, 754, 768, 771, 792, 818, 834, 839 ff., 891 f., 906, 915, 960, 990, 1009, 1015, 1019, 1022, 1034, 1042, 1052, 1075, 1354, 1391 f., 1442, 1472, 1523, 1533, 1563, 1613, 1640, 1652, 1691 f., 1712; als Fortschritt 485, 713, 759, 867, 988, 1023, 1033, 1339, 1441, 1472, 1502, 1506, 1532 f., 1607 f., 1688, 1723 f. Entfaltung der Berufe 26. Nomadenleben Anm. 218.

[253]) Ausbreitung der Bildung und Weisheit 106, 222, 552, 902, 1190, 1572; der Kunst 48, 54; der Schriften 198, 253, 269, 1189, 1192. Translationen Anm. 415. Behinderung der Kultur durch Babel 320, 1189, 1240, 1509, 1590, 1778, 1788, 1843.

Denn die Vielfalt des Besonderen ist eine Erfahrung der Wirklichkeit und des Augenblicks. Doch wird sie nur von unbeteiligten Ästheten und Gelehrten als solche hingenommen, sonst fast immer in einem geschichtlichen Zusammenhang gedeutet. Dann erscheint sie als harmonische und organische Ordnung des Dauernden, als ursprüngliche und endzeitliche Fülle[254]); oder aber man versteht sie als die Breite des geschichtlichen Interims, das heißt als babylonische Verwirrung oder als Krönung der Entfaltung[255]). Wie man sie bewertet, hängt davon ab, wie man sie ordnen kann; der Unordnung erkennt man nicht gerne Dauer und Wirkung zu.

Im religiösen Bereich ist die Vielfalt ebenso offenkundig wie unerwünscht; wo man sie duldet, möchte man sie sublimieren[256]). Nur der antike Polytheismus sah in der Vielzahl der Götter die unendliche Fülle des Lebens verkörpert, ohne über sie hinaus zur ursprünglichen oder geistigen Einheit zu streben. Daß es auf Erden viele Religionen gibt, galt den Gläubigen sonst meist als Verwirrung und Verdunklung der einen Wahrheit, fast nirgends als angemessener Preis für ihre geschichtliche Verwirklichung. Für das Mittelalter war es schon viel, daß man die Dreiteilung der Menschen in Heiden, Juden, Christen als Faktum anerkannte. Erst häretische Toleranzforderung und moderne Skepsis meinten in der Zahl der Religionen eine heilige Ordnung zu erkennen und sahen in ihrer Vielfalt das eine Unsagbare am deutlichsten verkündet[257]). Kirchen und

---

[254]) Vielfalt als dauernde Ordnung 66, 90, 101, 126, 137, 154, 159, 180, 186, 188, 223, 262, 326, 373, 380 f., 395, 413 f., 432, 453, 525 f., 538–41, 551, 579, 595, 615, 640 f., 656 f., 663 f., 697, 730 f., 746, 748, 755 f., 774, 813, 956, 965, 979, 990, 1028 ff., 1043, 1105, 1156, 1175, 1247, 1267, 1283, 1300, 1372, 1376, 1395 f., 1503, 1511, 1543, 1547 f., 1550, 1553 f., 1556, 1572 f., 1575, 1635, 1660, 1662, 1669, 1684, 1689, 1714, 1745 ff., 1753, 1766, 1777, 1780 f., 1805, 1870, 1872, 1875; als ursprünglich 419, 591, 1522, 1582, 1601, 1635, 1703, 1714, 1747, 1823, 1875, Anm. 202.

[255]) Vielfalt als geschichtliche Verwirrung 62, 89, 92, 95 f., 106, 164, 176, 179, 187, 238 f., 354 ff., 368, 374 f., 409, 418, 431, 519, 588, 603, 634, 657, 659, 742, 746, 749, 775, 802, 807, 813, 832, 900, 979, 989, 1001, 1029, 1062, 1106, 1109, 1118, 1125, 1232, 1280, 1360, 1377, 1388, 1390, 1392, 1467, 1620, 1633 f., 1645, 1647, 1651, 1734, 1760, 1784, 1797, 1810, 1829, 1835, 1859, 1861; als geschichtliche Ordnung 324, 514, 539 f., 1811; vgl. Anm. 317.

[256]) Religion und Vielfalt, verbunden 58, 75, 96, 105 f., 128, 133, 140, 147, 170, 217, 226, 239, 244 f., 257, 291, 329, 357, 364 f., 373, 382, 414, 425, 433, 437, 482, 491, 501, 503, 618 f., 641, 814 f., 921 f., 927, 1185, 1259, 1264, 1348, 1402, 1469, 1550, 1648, 1670, 1722, 1829, 1851; getrennt 73, 93, 108 ff., 239, 253, 271 f., 328 f., 353, 366, 369, 376, 400 ff., 404, 496, 1064, 1068 f., 1708, 1803.

[257]) Polytheismus Anm. 3. Zahl der Götter 77, 85. Vielfalt der Religionen und Konfessionen als Verwirrung 330, 675, 717, 1117, 1129, 1241, 1303, 1343, 1420, 1650, 1708, 1870. Dreiteilung Heiden, Juden, Christen 401, 446, 587, 649, 716, 741, 766, 825, 837, 840, 879, 1104, 1198, 1490; dagegen 512, 620 f., 677. Toleranz zwischen Religionen und Konfessionen 50, 66, 86, 177, 202, 330, 342, 368, 408, 552, 555, 566,

Konfessionen jedoch möchten die Mannigfaltigkeit auf das Irdische und Äußerliche, auf die Formen von Riten und Bräuchen, beschränkt sehen; hier kann sie, analog den Zeiten, Sprachen und Völkern, nach Psalm 44, 10 sogar ein Schmuck der einen Kirche und Wegweiser zum einen Glauben sein. Freundlicher ließ man innerhalb der eigenen Kirche die gestufte Vielfalt der Ämter, Ordnungen und Orden zu, in der die zahlreichen Tugenden einander ergänzten; auch die vielfältigen Auslegungen der Heiligen Schrift wurden selten als Folge geschichtlich besonderer Situationen, lieber als Entfaltung der alles zusammenfassenden Wahrheit verstanden[258]).

Auch die Fülle der lebendigen Natur schien die Gläubigen auf eine höhere Ordnung zu verweisen, auf die Schöpfermacht Gottes, welche die Schöpfungswerke gegliedert hatte, oder auf die unerschöpfliche Zeugungskraft der Natur, die der Mensch im gliedernden System begreifen konnte. Die unendliche Vielgestalt der Pflanzen, der Tiere und ihrer Stimmen, die Vielzahl der Welten betraf den betrachtenden Menschen nicht so unmittelbar, daß sie ihn bedrängt hätte[259]). Stärker beunruhigt ihn seine eigene Vielfalt; während er sein Innenleben noch zu ordnen versucht, sind die Varianten der äußeren Erscheinung zu mannigfach, als daß man sie zählen könnte. Man schließt sie deshalb zu größeren Gruppen zusammen und charakterisiert Familien, Stämme, Völker und Rassen als konstante Gestalten[260]).

---

620 f., 674, 680 f., 743 f., 1027, 1029, 1218, 1220, 1251, 1254, 1257, 1296, 1303, 1332, 1363, 1396, 1431, 1468, 1484, 1537, 1553, 1556, 1603 f., 1649, 1701, 1730, 1770. Skepsis Anm. 182. Zahl der Religionen 3, 27, 328 f., 338, 340, 342 f., 351, 851, 856.

[258]) Vielfalt der Riten 340, 401, 408, 433, 514, 538 f., 561, 566, 578, 595, 634, 657, 661, 732, 803, 808, 1029, 1750; dagegen 585, 1091, 1708. Vielfalt als Schmuck der Kirche 395, 428, 431, 433, 506, 531, 551, 577, 582, 587, 595, 600, 625, 636, 650 f., 660 f., 709, 723, 732 f., 774, 808; dagegen 517, 583, 615, 1091, 1118. Innere Gliederung der Kirche 374, 657, 676, 994, 1025, Anm. 30 f. Vielfalt der Tugenden 431, 577, 600, 625, 651, 709, 723, 774, 832; ihre Zahl 329, 774. Vielfalt der Auslegungen Anm. 449.

[259]) Vielfalt der Natur 137, 659, 982, 1102, 1431, 1434 f., 1437, 1503, 1519, 1522, 1543, 1571, 1604, 1611, 1664, 1780 f.; dagegen 1773. Vgl. Anm. 317. Natürliche Vielfalt als göttliche Schöpfung 37, 223, 326, 328 f., 419, 455, 540, 773, 1547, 1553, 1621, 1801, 1814. Gliederung der Schöpfung 149, 199, 300, 451, 489, 979, 982, 1297; der Welt 51, 77, 1344; der Natur Anm. 39; der Pflanzen 215 f.; der Tiere 44, 507; der tierischen Laute 107. Vielzahl der Welten 64, 327, 440.

[260]) Gliederung der menschlichen Natur 213 f., 296. Vielgestalt des Leibes 34, 36, 217, 773, 856, 1543, 1573; der menschlichen Erscheinung 164, 183 f., 216 f., 328, 384, 419, 516, 644, 773, 982, 1112, 1313, 1428, 1435, 1543, 1547, 1573, 1714, 1746, 1748, 1797, 1799, 1802, 1823. Vielfalt der Familien 419; ihre Zahl 52, 258 f., 272, 1364, 1366; vgl. Anm. 229. Zahl von Stämmen 114, 127 f., 143, 145, 174, 207, 211, 313, 338, 477, 587, 740, 809, 839; dagegen 516.

Völker und Rassen, nach mittelalterlicher Meinung erst durch die Geschichte, etwa seit dem Bau des Babelturmes, abgewandelt, werden in der Neuzeit gründlicher, fast als gesonderte Schöpfungen oder Naturen, voneinander geschieden. Dann wird vollends die Frage akut, wodurch diese Vielfalt bedingt sei, durch Gottes Schöpferwillen ohne weitere Veranlassung, durch die Natur mit klimatischen und landschaftlichen Einflüssen oder durch den Menschen selbst mit seiner geschichtsverwandelnden Macht. So oft auch hierbei Babel zitiert wurde, siegreich blieb die Ansicht, die Völkervielfalt sei gottgewollt oder natürlich, also sinnvoll und überschaubar; so wagte man früh klassifizierende und zählende Listen[261]). Die berühmteste wurde die mosaische Völkertafel von Gen. 10, 1–32. Aber wer zählt die Völker, nennt die Namen ? Mehr die selbstsichere Tradition als die kritische Exegese fand in der Liste siebzig oder zweiundsiebzig Völker, hervorgegangen aus den drei Söhnen Noahs; dies sei die Zahl der Weltvölker überhaupt oder wenigstens derjenigen, die zur Zeit des Turmbaus von Babel bestanden[262]). Aber die Namen der Liste, erst recht die Babelvölker und schon gar die Völker der Erde ließen sich auch anders zählen, zumal diese

---

[261]) Vielfalt der Rassen als natürlich 982, 1027, 1246 f., 1401, 1633–6, 1686, 1736, 1837, Anm. 211; als babylonisch 1306, 1325, 1710, 1729; ihre Zahl 88, 612, 1535, 1613, 1636, 1641, 1663, 1702, 1710, 1729, 1744. Vielfalt der Völker festgestellt 149, 401, 410, 1428, 1823. Art ihrer Unterschiede Anm. 107, Anm. 110. Vielfalt der Völker als Gottes Wille 326, 419, 479, 755, 990, 1030, 1413, 1589, 1721, 1748, 1795 f., 1819, 1870; als natürlich 286, 416, 452, 457, 648, 727, 735, 755, 901, 964, 982, 1027, 1030, 1081, 1161, 1166, 1299, 1412, 1431, 1493, 1523, 1543, 1548, 1574, 1576, 1578, 1689, 1870; als geschichtlich oder babylonisch 588, 1091, 1431, 1747, 1749, 1802. Klassifikation der Völker 120, 139, 148, 348 f., 371, 708 f., 1246, 1535, 1592. Völkerlisten 35 f., 38, 61 f., 64, 90, 96 f., 162, 182, 247, 298 f., 304, 310, 318, 335, 337, 370 f., 377, 412, 422, 459, 461, 468, 473 f., 481, 536, 545 f., 552, 565, 598, 609–12, 768, 910, 1043 f., 1702 f.

[262]) Siebzig Völker überhaupt 124 ff., 128, 132, 150, 183, 192, 194, 196 ff., 200 f., 206 ff., 210 ff., 214–7, 234, 251, 304 ff., 338, 448, 564, 751, 1515, 1848; in Babel 370 f., 858 f., 893, 906, 974, 1218, 1250, 1260, 1294, 1415, 1696 f. Einundsiebzig Völker überhaupt 212, 320, 349, 479. Zweiundsiebzig Völker überhaupt 142, 182 f., 198, 204 f., 230, 233, 247, 254, 259, 267 f., 289, 297, 299 f., 305, 318, 347, 377, 477, 479 f., 487, 515, 530, 723, 734, 780 ff., 836, 1022, 1040, 1183, 1261, 1368, 1730, 1821, 1835; in Babel 319 f., 370, 390, 399 f., 422, 453, 459, 489, 505, 545, 548, 558, 591, 612, 652, 655, 719 f., 727, 740, 762, 806, 809, 820, 864, 892, 905, 917, 921, 940, 973, 975, 996, 999 f., 1004, 1015, 1017, 1023, 1038 ff., 1077, 1123, 1163, 1174, 1261, 1265, 1294 f., 1306, 1313, 1320, 1384, 1399, 1848. Listen der zweiundsiebzig Völker 734, 1368. Dreiundsiebzig Völker 213, 477, 974. Aufteilung der Babelvölker-Zahl auf die drei Söhne Noahs 124 f., 142, 192, 200, 204 f., 213, 247, 254, 259, 272, 276 f., 281, 288 f., 300, 305, 370 f., 381, 399, 417, 447, 453, 479, 481, 489, 505, 515, 548, 558, 591, 610, 626, 652, 707, 719, 724, 735, 740, 782, 790, 795, 818, 837, 865, 867, 890, 917 f., 986, 1032, 1038, 1051, 1213, 1250, 1320, 1384.

Zahl vielleicht in der Geschichte schwankte oder immer weiter zunahm[263]). Außerdem war fraglich, ob die schwerverständlichen Namen der Völkertafel, selbst wenn sie zu enträtseln waren, Völker oder nicht vielmehr Individuen meinten, ob sie nur die alten oder auch modernere Völker betrafen, ob sie alle Völker oder nur einige verzeichnen wollten[264]). Hatte man die Tafel schon bald in übertragenem Sinn gedeutet, so fragten späte Kritiker, ob sie überhaupt ein historisches Dokument sei[265]). Doch betraf die Skepsis mehr die Einzelheiten als den Grundsatz, daß auf der geordneten Vielzahl der Völker Gottes immerwährender Segen ruhe; denn Gott schien (nach Deut. 32, 8) die Grenzen zwischen den Völkern unverrückbar gezogen und einem jeden Volk seinen beson-

---

[263]) Namen der biblischen Völkertafel, ihre Zahl 124 f., 256, 258, 388 f., 435, 447, 453, 505, 515, 548, 597, 610, 626, 655, 724, 734 f., 750 ff., 790, 792, 811, 818, 820 f., 837, 858, 867, 890, 893, 898, 918, 986, 1011, 1024, 1032, 1083, 1085, 1152, 1159 f., 1191, 1213, 1229, 1343, 1352, 1366, 1696 f., 1711; ihre Zählweise 60, 200 ff., 215, 247, 259, 280, 297, 300, 370 f., 399 f., 479 f., 652, 719, 795, 821, 907, 977, 1159, 1179, 1225, 1294. Andere Zahl der Babelvölker 272, 281, 288 f., 417, 610, 837, 1215, 1295, 1320, 1523. Kritik an der Zählung der Babelvölker 373, 400, 417, 433 f., 489, 523 f., 611, 741, 859, 977, 1123, 1133, 1179, 1191, 1220, 1255, 1295, 1709. Zahl der Völker auf Erden 23, 27, 35 f., 38, 40, 58, 60, 62, 64, 69, 195, 201, 215, 227 f., 288, 298, 304, 338, 371, 375, 377, 416, 468, 551, 611, 741, 782, 974, 1051 f., 1642; der Völker in begrenzten Bereichen 87, 100, 131, 160, 165, 182, 223 f., 265, 281, 310, 351, 371, 412, 473, 601, 619, 741, 763, 1006, 1847. Völkerzahl seit Babel vermehrt 371 ff., 400, 417, 523 f., 611, 741, 859, 1123. Kritik an der Völkerzählung überhaupt 511 f., 1133.

[264]) Namen der biblischen Völkertafel als deutbar 148, 299, 480, 734, 1685; als unverständlich 172, 388, 401, 523, 722, 740, 894, 986, 1024, 1037, 1039, 1064, 1083, 1105, 1116 f., 1129, 1133, 1160, 1251, 1265 f., 1286, 1295, 1363, 1382, 1415, 1502; als Namen von Völkern 399 f., 480, 1378, 1549, 1560; von Individuen 247, 1313, 1500, 1838; von Völkervätern 399, 505, 652, 720, 792, 907, 986, 1133, 1159 f., 1194, 1320, 1500, 1709; nur von alten Völkern 297, 318 f., 370 f., 388, 505, 523, 599, 611, 1160, 1191, 1229, 1278, 1304, 1327, 1371, 1399, 1415, 1425; auch von neueren Völkern 192, 208, 213, 216, 276, 371, 410, 451, 486 ff., 554 f., 610, 648, 655, 763, 792, 820, 859, 974, 1007, 1041, 1043, 1072, 1129, 1163, 1174, 1213, 1250, 1265, 1279, 1294 f., 1352, 1382, 1384, 1694, 1696, 1722; dagegen 173, 347, 371, 486, 599, 1160, 1251, 1304, 1471, 1480, 1500, 1502, 1516, 1694, 1709. Biblische Völkertafel überblickt die ganze Völkerwelt 695, 848, 1007, 1015, 1064, 1152, 1179, 1192, 1295, 1319, 1352, 1404, 1419 f., 1430, 1460, 1500, 1514, 1688, 1694, 1697 f., 1707, 1710, 1722, 1839; nicht alle Völker 173, 486, 599, 652, 720, 892, 977, 986, 1078, 1133, 1191, 1265, 1277 f., 1320, 1331, 1419, 1438, 1502, 1514, 1525, 1571, 1640 f., 1696 f., 1699, 1751, 1791, 1806, 1839.

[265]) Übertragene Deutung der biblischen Völkertafel 170, 212 ff., 306, 348, 384 f., 401, 446, 451, 469, 487, 602, 662, 709, 723, 725 f., 752, 859, 994, 996, 1009, 1025, 1036, 1182, 1195, 1198, 1285, 1304, 1306, 1323 f., 1343, 1462, 1472, 1525, 1549, 1613, 1802. Völkertafel als historisches Dokument 1251 f., 1304, 1363, 1448, 1561, 1564, 1583, 1635, 1640 f., 1685, 1694, 1696 f., 1710 ff., 1722, 1727, 1729, 1750 f., 1866, 1870; dagegen 1406, 1525, 1533, 1560, 1613, 1635, 1685, 1690, 1699 f., 1712, 1717, 1838.

deren Charakter für alle Zeiten zugewiesen zu haben[266]). Daß diese Vielfalt das immer wieder in Frage gestellte Ergebnis der Geschichte sei, zudem in Ordnung, Zahl und Grenzen bloß sprachlich abstrahierend festgestellt werden könne, ist eine späte und seltene Einsicht.

Schon immer waren die Meinungen über die Sprachenvielfalt zweideutiger, zwischen dem Lob natürlicher Harmonie und der Sorge vor geistiger Verwirrung schwankend. Daß die Sprachen auf Erden verschieden sind, wurde bald bemerkt; worin sie sich unterscheiden, war schwerer zu sagen. Die alte Hoffnung, nur Äußerlichkeiten und Wörter trennten die Idiome, verging angesichts insistierender Untersuchung, die immer grundsätzlichere Verschiedenheiten der sprachlichen Weltansichten fand[267]). Ob sie Segen oder Fluch waren, hing an der Einordnung in die Geschichte. Autoren der Antike und der Neuzeit meinten, die Sprachenvielfalt sei ursprünglich oder natürlich, also übergeschichtlich; Frühchristentum und Mittelalter glaubten beim Blick auf den Turmbau von Babel, sie sei Gottes unergründlicher Wille oder Gottes Antwort auf menschliche Schuld; nach neuzeitlichem Verständnis verwandelte die Geschichte durch Völkerwanderungen, Eroberungen, Erfindungen allmählich den Erfahrungsschatz und damit die Sprachen[268]). Zu allen Zeiten suchte man

[266]) Völkergrenzen als unverrückbar 128 f., 148, 190, 207, 211, 233, 235, 251, 263, 321, 849 f., 886 f., 968, 1022, 1050, 1063, 1203, 1250, 1219, 1553; dagegen 649, 1046, 1770. Völkercharaktere 139, 166, 177, 185, 207, 217, 348, 552, 554, 961, 1023, 1125, 1185, 1213, 1239, 1389, 1432, 1458, 1494 f., 1510, 1537, 1544, 1555, 1651, 1680, 1717, 1720; vgl. Anm. 269.

[267]) Verschiedenheit der Sprachen festgestellt 21, 36, 48, 50, 83, 90, 97, 100 f., 104, 107, 131, 153, 155, 161, 163 f., 168, 176 f., 186, 217, 220, 230, 245, 270, 297, 313, 340, 342, 345, 383, 393, 398, 400, 467, 490, 538, 560, 578, 600, 626, 691, 739, 741, 743, 746, 757, 783, 798, 801, 835, 855 f., 885, 890, 981, 989, 1035, 1058, 1068, 1102, 1112 f., 1138, 1147, 1180 f., 1272, 1300, 1430, 1540, 1557, 1584, 1599, 1646, 1705, 1743; vgl. Anm. 180. Art ihrer Unterschiede 1147, 1430, 1482, 1505, 1576, 1610, 1615, 1853, 1862, 1866.

[268]) Sprachenvielfalt als Segen 187, 425, 1029, 1112, 1805, 1808, 1835; als Fluch 164, 406, 588, 961, 964, 1203, 1372, 1445, 1825; als ursprünglich 26, 330, 1550, 1553, 1571, 1574, 1689, 1729, 1786, 1852–5, 1864, 1869, 1875, Anm. 202; als natürlich 50, 107, 137, 178, 185, 871, 873, 968, 982, 988, 1078, 1088, 1112, 1124, 1174, 1246, 1254, 1299, 1317, 1343, 1412, 1419, 1421, 1434 f., 1437, 1442, 1451, 1455, 1479, 1484, 1501 f., 1512, 1523 f., 1532 f., 1537, 1543, 1548 f., 1551, 1558, 1561, 1573, 1590, 1603 f., 1684 f., 1696, 1710, 1717 f., 1782, 1813, 1825, 1864; als gottgewollt 29 f., 37, 58, 63, 69, 84, 149, 151, 159, 197, 245, 256, 272, 325 f., 339, 367 f., 380 f., 398, 414, 477, 479, 534, 640, 744, 755, 806, 876, 982, 1017, 1029, 1079, 1201, 1267, 1537, 1547, 1551, 1553, 1616, 1621, 1625 f., 1639, 1685, 1689, 1691, 1705, 1721, 1748, 1778, 1795, 1797, 1805, 1850, 1872; als Gottes Antwort 174, 217, 224, 238 f., 244, 282, 302, 398, 432, 478 f., 641, 732, 812, 1053, 1696; als menschliche Schuld 21, 25 f., 116, 197, 238, 249, 319 f., 367, 378, 395 f., 484, 588, 600, 626, 648, 667, 813, 852, 1117, 1303, 1323, 1378, 1448, 1650, 1803, 1859, 1867; vgl. Anm. 231; als allmähliche Entfaltung 245, 258 f., 279, 350, 381, 633, 828, 873, 986, 1030, 1336, 1421, 1454 f., 1469, 1479, 1487,

den Grund der Sprachenvielfalt auch im Menschen selbst, in den verschiedenen Charakteren der Völker oder in Beschaffenheit oder Willkür der Individuen[269]). Die Schwankungsbreite der Sprachenvielfalt schien nicht unbegrenzt, räumlich wie inhaltlich; zwischen den Sprachräumen standen Sprachgrenzen, allerdings fließende, und jeder Sprache eignete ein besonderer Charakter, der sie zur einen Aufgabe besser, zur anderen schlechter befähigte; aber keine Sprache reichte überallhin, und keine taugte für alles[270]). Abgrenzende Klassifikationen und Listen der Sprachen ließen sich aufstellen; aber die Vielfalt zu zählen konnte der noch nicht versuchen, der nur das lokal Verschiedene beobachtete, und konnte der nicht mehr hoffen, der die Unermeßlichkeit menschlicher Gestaltungen sah[271]). Nur das fromme Mittelalter fand mit Hilfe der mosaischen Völkertafel eine gottgewollte, überschaubare Ordnung in den siebzig oder zweiundsiebzig Sprachen, die es in der Welt gibt oder mindestens in Babel unter Noahs Nachkommen gab[272]). Auch hier waren wie bei der Völkertafel an-

---

1532, 1573, 1658 f., 1806, 1839, Anm. 235, Anm. 238; als Ergebnis der Geschichte 26 ff., 30, 136, 160, 213 f., 248, 347 f., 386, 441, 1246, 1260, 1292, 1310, 1318, 1375, 1397, 1421, 1442, 1481–4, 1497, 1512, 1533, 1605 f., 1608, 1620, 1626, 1657, 1659, 1704, 1723, 1747, 1749, 1765 f., 1773 ff., 1872.

[269]) Begründung der Sprachenvielfalt in der Verschiedenheit der Völkercharaktere 137, 170, 185 f., 301, 810, 1112, 1246, 1317, 1332, 1388, 1405, 1416, 1445, 1476, 1479, 1484, 1523, 1532, 1550, 1557, 1669 f., 1685, 1687, 1710, 1806, 1823, 1850, 1853; in der menschlichen Beschaffenheit 425 f., 469, 630, 637, 641, 797 f., 810, 812, 966, 988, 1027, 1256, 1401, 1409, 1428, 1447, 1477, 1484, 1493, 1539, 1548, 1565, 1578, 1613, 1700, 1726, 1777, 1793, 1796, 1807, 1868; in der menschlichen Willkür 425, 478, 640, 797, 807, 870, 873, 902, 905, 971, 1174, 1261, 1316, 1329 f., 1376, 1378, 1397, 1413, 1499, 1515, 1530, 1535, 1565, 1595, 1610, 1625, 1714, 1787, 1869; als unerklärlich 1716; als selbstverständlich 156, 178, 877, 1782.

[270]) Sprachgrenzen 634, 645, 669, 732, 1053, 1094, 1203, 1225, 1770. Sprachencharakteristik 1135, 1173, 1248 f., 1254, 1269, 1288, 1449, 1463 f., 1673, 1840; dagegen 1453. Verschiedene Sprachen für verschiedene Aufgaben 191, 282, 800, 903, 989, 994, 1135, 1141, 1149, 1166, 1269, 1288, 1326, 1347, 1377, 1388, 1410, 1453, 1587, 1711, 1741; zu verschiedenen Zeiten 449 f. Einseitigkeit jeder Sprache Anm. 376.

[271]) Klassifikation der Sprachen 139, 826, 871, 1085 f., 1215, 1221, 1224, 1332, 1336, 1351, 1368, 1459, 1477, 1479, 1498, 1502, 1635, 1640, 1659, 1670, 1682, 1694 f., 1711, 1762, 1775, 1786 f., 1840, 1848; dagegen 1216, 1361, 1491, 1658, 1685, 1713. Sprachenlisten 763 f., 834, 879, 1020, 1036, 1085, 1179, 1215, 1221 f., 1237, 1251, 1295, 1351 f., 1459 f., 1655, 1694. Vielfalt der Sprachen als nicht zählbar 245, 406, 551, 1059, 1063 f., 1088, 1102, 1114, 1123, 1126, 1160, 1216, 1336 f., 1349, 1378, 1402, 1417, 1461, 1513, 1547, 1604, 1626, 1796.

[272]) Siebzig Sprachen überhaupt 190–3, 195–9, 204, 206–9, 213, 216, 224, 233 f., 251, 264, 290, 330, 338, 516, 528, 593, 723, 751, 1352, 1365, 1371; in Babel 893, 974, 1218, 1250, 1252, 1260, 1294, 1326, 1365 f., 1372. Einundsiebzig Sprachen überhaupt 479; in Babel 760, 1039. Zweiundsiebzig Sprachen überhaupt 3, 88, 142, 183, 198, 202, 230, 232, 234, 254, 265, 267, 272, 276 ff., 281, 283, 287–91, 297, 299, 302, 308, 320, 338, 340, 349, 351, 377, 417, 448, 462, 470, 479 f., 487, 506 ff., 515, 523, 548, 551,

dere Zählungen möglich, zuerst aus exegetischen, später aus empirischen Gründen; selbst wenn man Babelsprachen mit Babelvölkern gleichsetzte, mußte man zugestehen, daß die Geschichte seitdem vieles verändert, also auch die Zahl der Sprachen stetig oder launisch vermehrt oder vermindert hatte[273]). Und wer der Geschichte der Sprachen vertraute, wurde am Wesen der Sprache irre, denn die Vielfalt der Sprache tritt in jedem Idiom, in jedem Wort bestürzend hervor. Der sprachliche Ausdruck ist ungenau und wandlungsfähig; schon in der gleichen Sprache hat ein Ding viele Namen, und in verschiedenen Sprachen kennt man für die gleiche Sache verschiedene Wörter, für verschiedene Dinge gleiche Bezeichnungen[274]). Frühere sahen in dieser Vielfalt die Fülle des be-

563, 590 f., 610, 624, 627, 666, 674, 676, 679, 723, 744, 747, 751, 770 f., 774, 817 f., 833 f., 836, 838, 840 f., 851 f., 858, 860, 918, 1018, 1020 ff., 1024 f., 1033, 1050 f., 1079, 1086, 1092, 1183 f., 1261, 1351, 1655, 1750, 1871; in Babel 322, 335 f., 349 f., 370, 372, 399 f., 419, 422 f., 453, 459, 469, 504 f., 516, 519, 528, 545, 548, 592, 596, 610, 612 f., 652–5, 660, 663, 667, 696, 706 f., 727, 735, 740, 753, 762, 776 f., 780, 790, 792, 806, 809, 818, 835, 837 f., 848, 867, 892, 898, 905, 911, 915, 917, 921, 963, 967, 972 f., 975, 977, 984, 986, 993 f., 996 f., 999, 1015 ff., 1023, 1026, 1038, 1040, 1043, 1046, 1051, 1059, 1077, 1116, 1123, 1142, 1153, 1160, 1163 ff., 1174, 1178 f., 1188, 1194 f., 1199, 1205, 1252, 1259, 1261, 1264, 1287, 1294, 1308, 1320 f., 1343, 1346 ff., 1351, 1366–9, 1372, 1383 ff., 1391 f., 1471, 1513, 1684. Listen der zweiundsiebzig Sprachen 5, 281, 299, 310, 372 f., 377, 422, 554, 611 f., 679, 763, 842, 852, 883, 929–52, 997, 1036 f., 1183. Dreiundsiebzig Sprachen 332, 343, 349, 516. Aufteilung der Babelsprachen-Zahl auf die drei Söhne Noahs 202, 205, 272 f., 277, 281, 283, 291, 336, 338, 340, 349, 417, 480, 528, 777, 780, 782, 911, 1043, 1051, 1250, 1351.

[273]) Andere Zahl der Babelsprachen 381, 516, 613, 696, 782, 790, 861, 889, 906, 1051, 1059, 1084, 1109, 1204, 1215, 1225, 1259, 1295 f., 1308, 1319 f., 1323, 1330, 1332, 1345, 1357, 1371, 1402, 1420, 1440, 1523, 1593, 1638, 1750. Kritik an der Zählung der Babelsprachen 406, 489, 551, 762, 893 f., 990, 1040, 1059, 1063 f., 1123, 1128, 1133, 1159 f., 1178, 1184, 1191, 1198, 1201, 1213, 1216, 1220, 1222 f., 1225, 1229, 1255, 1265 f., 1276, 1278 f., 1295–8, 1302 f., 1307, 1311 f., 1319 ff., 1327, 1331, 1337, 1363–6, 1378, 1402, 1415, 1419, 1425, 1454 f., 1470, 1474 f., 1479, 1481, 1498, 1513 f., 1517, 1526, 1585, 1626, 1641, 1650, 1685, 1698, 1709, 1739, 1875. Zahl der Sprachen auf Erden 3, 23, 27 f., 30, 49, 69, 82, 134, 232, 352, 380 f., 507, 782, 837, 1278, 1287, 1303, 1326, 1351, 1369, 1425, 1439, 1488, 1498, 1502, 1596, 1599, 1638, 1658, 1671, 1676, 1685, 1698, 1734, 1747, 1752, 1766, 1788 f., 1854, 1875; der Sprachen in begrenzten Bereichen 3, 24 ff., 49, 54, 73, 100, 160 f., 165, 223 f., 278, 282, 345, 481, 618 f., 687, 763, 871, 879, 1005, 1010, 1015, 1017, 1020, 1026, 1210, 1617, 1633, 1750, 1847; von Dialekten 160, 303, 839, 871, 1145, 1157, 1175, 1250, 1378, 1556, 1610, 1676, 1753, 1847. Sprachenzahl seit Babel vermehrt 232, 336, 400, 986, 1040, 1085, 1123, 1160, 1179, 1194, 1205, 1225, 1250, 1252, 1326, 1330, 1369, 1371 f.,; seit Babel unverändert 196, 372 f., 417, 593, 666, 833; verringert Anm. 335.

[274]) Vielfalt des sprachlichen Ausdrucks 420, 440, 651, 1241, 1450, 1807, 1845, 1859; der Namen für ein Ding in derselben Sprache 59, 69, 180, 206, 339, 557, 1154, 1166; in verschiedenen Sprachen 70, 180 f., 367, 393, 424 f., 449 f., 467, 490, 600, 621, 631, 798, 812, 1028, 1154, 1329, 1354, 1359, 1410, 1603, 1731, 1743, 1771, 1808, 1842, 1855 f., 1859; der gleichbenannten Dinge 489, 578, 606, 1113 f., 1859, 1872.

nannten Objekts, Spätere die Schwäche des benennenden Subjekts. Wenn Vielfalt Spaltung ist, dann darf sie nicht geduldet werden; vorhanden bleibt sie gleichwohl.

Weniger befremdlich als die Vielfalt der Sprachen wirkte seit jeher die Vielfalt politischer Gebilde, weil man anerkannte, daß diese äußere Ordnung nicht ohne Spaltung oder Gliederung möglich ist; hier brauchte die Mannigfaltigkeit nicht erst erklärt zu werden. Selbst Weltreiche unterteilten ihre Fülle oft zahlensymbolisch, und darin lag nicht immer nur ein Hinweis auf ihre Allgemeinheit und Dauer; zudem entging es den Kritikern nicht, daß es in der Geschichte viele solche Weltreiche nebeneinander gab[275]). Vor allem jene, die in dieser Vielfalt Schutz vor Überwältigung suchten, priesen sie hoch. Die Einzelstaaten beharrten auf ihrer Eigenart; sie ertrug keine übergreifende Zusammenfassung, und gerade die souveräne Vielheit der Gleichberechtigten galt als gottgewollt und ursprünglich. Hatten doch die Völker seit eh und je verschiedene Waffen, verschiedene Rechtsnormen, verschiedene Sitten und Bräuche, sogar verschiedene Moralbegriffe[276]). Innerhalb der jeweiligen Ordnung ließ sich die Vielgestalt wohl zahlensymbolisch oder klassifizierend abstufen, aber die Ordnungen selbst blieben einander inkommensurabel; ihre Verschiedenheit spottete der historisch relativierenden Erklärung wie der abstrahierenden Synthese. Zwar wollte man gern die Menschheit als ein Ganzes begreifen und systematisch gliedern, aber ihre Vielfalt ließ sich nicht aufheben; wenn man die Zahl der Menschen auf Erden zu ermitteln suchte, fand man kaum je glatte Symbolzahlen[277]). Im innersten Bereich der geschichtlichen Zone ließ man die Vielfalt am ehesten bestehen, ohne sie in Ursprung und Fortschritt, in Ordnung und Verwirrung zu zerlegen.

Anders, in unseren Quellen allerdings viel weniger ausgeprägt sind die Ansichten über die Vielfalt der Gesellschaftsformen, der Wirtschaftszweige und Berufe, der Stände und Klassen. Im Mittelalter begnügte man sich damit, eine seit Babel bestehende Welt im Kleinen zu bewundern, die statisch wohlgefügt

---

[275]) Reiche, ihre Untergliederung 40, 68, 171, 210, 344, 671, 674 f., 677, 758, 789, 981, 997; ihre Vielfalt 674 f., 885; ihre Zahl 49, 211, 623, 675, 725, 841, 981, 997, 1037, 1233.

[276]) Staaten, ihre Vielfalt als gottgewollt 581, 702, 885, 1553, 1721; als natürlich 828, 1770; ihre Gleichberechtigung Anm. 340; ihre Zahl 48, 1026, 1285. Vielfalt der Waffen 162, 286, 401, 409, 581, 965, 981; der Rechtsordnungen 402, 538, 786, 828, 1310, 1431; der Sitten und Bräuche 303, 338, 340, 401, 408, 410, 421, 478, 538, 566, 581, 828, 876, 901, 982, 1310, 1476, 1557, 1618, 1733; ihre Zahl 338. Vielfalt der Moralbegriffe 420, 588, 1734; der Tugenden Anm. 258.

[277]) Menschheit als gegliedert 587, 806, 1434, 1718 f., 1744; als vielfältig 17, 51, 134, 143, 155, 181, 410, 484 f., 869, 956, 1678, 1723, 1737, 1778, 1791, 1857. Zahl der Menschen auf Erden 701, 1159, 1264, 1305, 1308, 1318 f., 1586, 1601, 1629; gegen ihre Zählung 516.

und in ihren Zünften und Städten sauber gegliedert schien; die neuzeitliche Dynamik hingegen verlangte Großgliederungen, die über die bestehende Vielfalt hinausführen sollten[278]). Hier wurde die Vielfalt in geschichtliche Abläufe übersetzt, und zwischen dem alten Vertrauen auf eine unabänderliche Sozialordnung und der neuen Hoffnung auf eine künftige Universalgesellschaft blieb wenig Raum für das Vorhandene.

Noch sicherer fühlte sich die geistige Kultur in ihrer Ordnungsfunktion, die alle Verwirrung zur reinen Harmonie des Ursprungs oder des Fortschritts läuterte. Daß es zahlreiche Kulturen nebeneinander gibt, wurde erst der Neuzeit allmählich bewußt; zuvor war vom Problem der geistigen Vielfalt in unseren Zusammenhängen fast nirgends die Rede. Daß die Bildung vielerlei Normen haben kann, störte so wenig wie die Mannigfaltigkeit in der Kunst, die Unzahl ihrer Themen, die Abweichungen beim gleichen Thema, die zeitlichen und nationalen Unterschiede, die Fülle der Formen und Gattungen; das Vollendete ruht in sich. Erst wer die Kunst als Fragment ohne Ende sieht, empfindet das Ärgernis der Vielfalt. Es wurde auch in der Wissenschaft früher selten verspürt. Es gibt vielerlei Schriftarten, aber man kann sie zählen und ordnen; es läßt sich alles Mögliche und Unmögliche niederschreiben, aber die Buchstabenzahl der verschiedenen Alphabete verspricht zahlensymbolisch die innerste Harmonie alles Geschriebenen. Freilich muß niemand die Schriftarten zusammenfassen; denn nur der Schriftkundige hat mit ihnen zu tun, und als Gelehrter kennt er das Verschiedene. Kenntnis war schon Ordnung, denn zum Spiel der unbegrenzten Imagination bekannte sich die Wissenschaft ungern; man liebte sie früh nach Zahl und Maß zu gliedern, weil ihre Aufgabe die geistige Ordnung der vielfältigen Wirklichkeit ist[279]). Und doch ist diese Ordnung immer nur vorläufig; sie bleibt Stückwerk in der Vielzahl kontroverser Thesen, in der Überfülle des mehr oder weniger Wissenswerten. Aber wie es scheint, kann in der kulturellen wie in der religiösen und sprachlichen Sphäre schwerer als im Reich der Objekte akzeptiert werden, daß Vielfalt Ordnung und Verwirrung zugleich ist.

Je näher die Vielfalt dem Menschen rückt, desto schwerer erträgt er sie. Dabei ist sie, anders als Ursprung und Entfaltung, keine Projektion oder Vermittlung, sondern pures Faktum aller natürlichen und geschichtlichen Wirklichkeit. Dennoch wird gerade sie zum Aspekt der Veränderung zerdehnt; man fügt ihr eine umfassende und ordnende Deutung hinzu oder man löst aus ihrer Un-

[278]) Vielfalt der Gesellschaften 1415, 1445, 1770. Zahl der Wirtschaftszweige 338, 994; von Städten 74, 90, 551, 589, 783, 1019.

[279]) Vielfalt der Kulturen 1770, 1792, 1847; der Schriften 107, 449, 816, 1109 f.; ihre Zahl 49, 65, 198, 202, 272, 277, 287 f., 340, 372, 860. Listen der Schriftarten 332, 372, 1126. Buchstabenzahl der Alphabete 129, 149, 171, 300, 338, 379, 426, 441, 451, 1049, 1343. Vielfalt der Wissenschaften 979; ihre Zahl 211, 338, 351, 725, 892, 910, 1343.

ordnung ein allgemeines Absolutes oder ein besonderes Eigenes heraus, das dann allein sinnvoll sein will. Vielfalt wird selten verstanden ohne Sonderung.

*

Die Sonderung ist Voraussetzung für die tätige Bewältigung gegebener Vielfalt; Ernst und Erfolg des Handelns hängen mit der Beschränkung auf das Wichtige zusammen. Dieselbe Beschränkung findet sich aber auch im Denken, das die Vielfalt nicht hinnimmt; schnell wird das Eigene zum höchsten Prinzip, das Fremde für minderwertig erklärt. Später und weniger häufig stellt man umgekehrt das Fremde über alles in der Welt; die Extreme berühren sich. Denn das lebendig Ergriffene wird über seine Relativität und Intensität hinweg ins Ursprüngliche und Bleibende versetzt, und das für barbarisch spät und flüchtig Erklärte reagiert auf gleich superlativische Weise. Daraus entstehen Gegensätze und Spannungen, die auf das tätige Dasein zurückwirken; erst wenn sie bewußt werden und nach ihrer natürlichen oder geschichtlichen Berechtigung befragt werden, wird das Verharren in ihnen problematisch[280]). Daran scheiden sich die Geister, die Epochen und Bereiche.

In der Religion, wo es um absolute Wahrheit geht, ist die Sonderung vielleicht am schroffsten. Sie trennt das Menschliche vom Göttlichen, im Polytheismus durch den Neid der Götter auf menschliche Macht, im Monotheismus durch den Zorn Gottes über menschliche Schuld. Schärfer noch trennt sie das wahre Eigene vom falschen Fremden. Der Gläubige hält die eigene Religion für allein wahr, für uralt und für allgemein verbreitet; alle fremden Kulte gelten ihm als falsch, spät und abgesondert, als Vorstufe, Nachahmung oder Mißverständnis des eigenen Glaubens[281]). Die fremden Götter sind bloß Menschen,

---

[280]) Sonderung als natürlich 1083; als geschichtlich 133, 191, 194, 378, 397, 600, 649, 788, 956, 1007, 1300, 1782, 1829, 1836, 1873, 1881. Gegensatz 45, 96, 617, 640, 1027 ff., 1554, 1556, 1565, 1579, 1581, 1628 f., 1696, 1713 f., 1732, 1758, 1768, 1822, 1846, 1878.

[281]) Neid der Götter 84, 101, 119, 151, 179, 1111, 1440, 1444, 1734, 1828, 1838, 1845. Zorn Gottes 25, 28, 370, 758, 1404, 1667, 1710 f., 1753, 1803. Die eigene Religion als allein wahr 190, 193, 206, 210, 213, 218, 225, 239, 328, 343, 366, 374 f., 833 f., 1159, 1195, 1212, 1229, 1238 f., 1266, 1278, 1301, 1311 f., 1322–5, 1328 f., 1343, 1458, 1722; als uralt 141, 212, 228, 234, 718, 1290; als verbreitet 228, 816, 1237. Fremde Religionen als falsch 102, 177, 185, 228 f., 236 ff., 243, 252 f., 286, 290, 302, 312, 334 f., 366, 369 f., 375, 397, 406, 628, 654, 1004, 1066, 1091, 1171, 1186, 1255, 1292, 1300, 1327 f., 1333, 1352, 1485; als minderwertig in der Herkunft 553, 879, 1182, 1196, 1208, 1513, Anm. 225; als Vorstufen 241; als Nachahmungen der eigenen Religion 170, 186, 232, 553, 879, 1182, 1185, 1208, 1290, 1513. Apologetische Literatur 177, 185, 228 f., 236 ff., 242 f., 247, 252 f., 286, 302, 312, 334 f., 366, 369 f., 375, 378, 381, 392, 395, 397, 406, 415, 427, 583, 628, 733, 1062, 1066, 1146, 1209, 1255, 1292, 1300, 1327, 1420 f., 1468, 1612, 1655, 1698, 1728.

ungebärdige Kinder der eigenen Patriarchen oder von minderwertiger Herkunft; ihre Gläubigen sind blinde Heiden und Ungläubige, Gotteslästerer und Gottlose, die das Menschliche frech vergotten[282]). Schwieriger als diese Distanzierung nach draußen ist die innerhalb der eigenen Religion; doch auch hier hilft der geschichtliche Aspekt. Die eigene Diözese, das eigene Kloster haben höheren Rang und ältere Gründer als die Nachbarn; fremde Kirchen und Konfessionen sind schismatische, historische Abspaltungen; die Häresien verwirren die Sprache der Wahrheit und ziehen sie hinab in das geschichtlich Verschiedene, Einseitige, zuweilen ins Volkssprachliche. Wenn sich herausstellt, daß in dieser Sonderung alle Religionen und Häresien einander gleichen, bleibt noch die Auffassung, daß der wahren Gläubigen und Auserwählten wenige sind, daß sie auf Erden Fremdlinge und Pilger sind, daß ihre Gemeinde durch Abspaltungen selbst ins Getto gedrängt wurde. Doch muß noch nach aller Differenzierung das Ganze verteidigt werden; Hochschätzung fremder Religionen muß Konversion sein[283]). Wo die Macht der Religion ungebrochen ist, gehört die Sonderung zu ihren Grundlagen; denn sie vertritt ein Allgemeines, das nicht von dieser Welt ist.

Weniger sublim und legitim ist das Verfahren der Sonderung im natürlichen Bereich. Daß Leben nur durch kräftige Scheidung gedeiht, wird überall an der Natur beobachtet, jedoch meist sogleich der eigenen Position dienstbar ge-

[282]) Fremde Götter als Menschen 409, 450 f., 473, 611, 684, 783, 913, 975, 1144, 1651, Anm. 225; als Kinder der eigenen Patriarchen 122, 146 f., 233, 268, 273 f., 283, 305, 308, 345, 458, 488, 509, 545, 609, 611 f., 652, 655, 705 ff., 716, 725, 735, 784, 789, 815, 844, 846, 899, 911, 963 f., 976, 984, 996, 1009, 1015, 1032, 1041, 1065 f., 1072, 1074, 1092, 1100, 1121, 1129 f., 1174, 1178, 1184, 1188 ff., 1193, 1215, 1222, 1235, 1238, 1245, 1254, 1279, 1286, 1290, 1295 f., 1299, 1325, 1327 f., 1339, 1352, 1370 f., 1385, 1454, 1472, 1508, 1513, 1563; vgl. Anm. 319. Heiden als Ungläubige 379, 384, 395, 398, 410, 414, 419, 446, 484, 537, 540, 561, 601, 603, 630, 712, 726, 744, 794, 833, 839, 841, 859, 888, 1009, 1017, 1103, 1175. Gotteslästerung 971 f., 1081, 1220, 1302, 1525. Atheismus 88, 246, 396, 595, 640, 980 f., 1133, 1196, 1206, 1303, 1374, 1391 f., 1614, 1675, 1708, 1821; vgl. Anm. 3. Selbstvergottung des Menschen 341, 629, 978 f., 1521, 1528, 1836, 1871; vgl. Anm. 19.

[283]) Vorrang der eigenen Kirche 527, 598 f., 623, 632, Anm. 29. Schisma in der eigenen Kirche 661, 665, 706, 920, 958, 987, 989 f., 1004, 1020, 1042, 1047 f., 1469. Streit der Konfessionen 1159, 1195, 1229, 1238 f., 1278, 1301, 1311 f., 1322 ff., 1328 f., 1333, 1342 f., 1563, 1722. Fremde Kirchen und Konfessionen als schismatisch 254, 256, 273, 291, 293, 306, 377, 526, 579, 583, 599, 1021, 1094, 1860; als geschichtlich 1324, 1722. Ketzereien als geschichtlich bedingt 290, 401, 406, 445, 458, 487, 505, 529, 531, 583, 625 f., 649, 659, 716, 733, 820, 882, 1036, 1075, 1090, 1156, 1186, 1208, 1218, 1265 f., 1403, 1583, 1746, 1839; als volkssprachlich 442, 1126, 1162, 1176, 1208, 1322, 1858 f., 1872; dagegen 1119, Anm. 309. Die Auserwählten sind wenige 174, 265, 328 f., 338, 349, 492, 649 f., 675, 744, 789, 833 ff., 837, 841, 856, 1017, 1021, 1693 ff.; ihre Zahl Anm. 25. Religiöses Leben als Pilgern in der Fremde 401 f., 466, 736, 749, 922, 1076, 1324, 1540. Konversion 203, 674, 1750.

macht. Nicht genug damit, daß sich der Mensch von den Naturwesen, etwa von den Tieren unterscheidet, er betrachtet sich als ihr Herr. Diese gemeinsame Herrschaft könnte zur Solidarität wenigstens aller Menschen führen, aber das Individuum hält sich für unvergleichlich; es bindet sich selten an Freunde, ohne zugleich Feindschaft zu stiften[284]). Nicht genug damit, daß die Erde überall bewohnt und bebaut wird, der eigene Raum und das eigene Land werden gepriesen als Welt überhaupt, als Nabel der Erde und Wiege der Welt, als neues Paradies; die Männer und Frauen der Heimat gelten überall als unerreicht, die Ehen mit Fremden allenthalben als verpönt. Das Ausland ist Elend und Wüste; es liegt am Ende der Welt[285]). Gegner und Ausländer werden ungern als Menschen anerkannt und lieber mit Tieren verglichen; fremde Sprachen sind eine unerschöpfliche Quelle für höhnische Witze[286]). Das kultivierte Altertum spottete über die Barbaren mit stammelnder Sprache; das fromme Mittelalter hielt Fernwohnende für monströse Zwitter, tierisch nach Sprache und Herkunft; die aufgeklärte Neuzeit pries die reine Herrenrasse, die weit über Mischlingen und Juden steht[287]). Wahre Geschichte vollzieht sich nur in „unserem" Kreis; hier

---

[284]) Leben als Kampf und Scheidung 1659, 1712, 1720 f., 1757. Sonderung des Menschen vom Tier Anm. 50; des Individuums von der Gemeinschaft Anm. 67. Freundschaft und Feindschaft Anm. 99.

[285]) Lob des eigenen Landes 60, 264, 623, 701, 732, 869, 873, 1098, 1135, 1233, 1254, 1338, 1340, 1530, 1598, 1600, 1783; als die Welt 34, 67, 355, 1702; dagegen 46, 983, 1064, 1179, 1216, 1491, 1673. Das eigene Land als Mitte der Welt 34, 43, 48, 51, 55, 60, 67, 70, 77, 84, 87, 94, 97 f., 131, 139, 148, 180, 265, 287, 333, 335, 348 f., 352, 355, 440, 472, 564, 757, 783, 865, 969, 989 f., 995, 1166, 1250, 1702, 1772, 1851, 1857; vgl. Anm. 290; dagegen 46, 55, 100, 406, 603, 619, 713, 816, 820, 829, 983, 1062, 1360, 1562, 1708, 1838. Eigenes Land als ältestes 39, 52 f. Lob der Menschen des eigenen Landes 408, 712, 741, 967, 993, 1167; der eigenen Rasse 1540, 1636, 1856 f. Ehen mit Fremden Anm. 100. Ausland als Wüste am Rand 38, 42, 62, 82, 441, 472, 624, 634, 671, 757, 1825; am Ende der Welt Anm. 297.

[286]) Feinde und Fremde als Tiere 47, 51, 145, 174, 211, 222, 310, 410, 418, 577, 709, 718, 970, 1060 f., 1090, 1184, 1300, 1328, 1514, 1556; vgl. Anm. 304. Witze über Fremdsprachen 36, 102, 163, 251, 282, 438, 578, 817, 826, 1018, 1126, 1140, 1205 f., 1211 f., 1282, 1326, 1383, 1528, 1706, 1743, 1824; dagegen 135, 153, 163, 1584. Vgl. Anm. 328.

[287]) Verachtung von Fremden als Barbaren 43 f., 51, 55 f., 64, 98, 102 f., 106, 131, 176, 241, 255, 375, 378, 385, 396, 406, 409 f., 413, 418, 421, 425, 442, 459, 494, 513 f., 527, 537, 539 f., 562, 564, 577 f., 586, 588, 603 f., 620, 624, 626, 628, 634, 701, 703, 800, 811, 868, 887 f., 961 f., 967, 969 f., 1056, 1090, 1103 f., 1107 f., 1147, 1156, 1167, 1219, 1230, 1271, 1289, 1340, 1389, 1402, 1413, 1428, 1442, 1450, 1461, 1748, 1755; als Monstra 64, 164, 175, 179, 194, 471, 506, 601, 628, 772, 843, 858, 909, 926, 1078, 1391, 1490, 1673; als Fremdrassige 601, 746, 1636, 1729, 1837, 1856 f. Haß gegen Juden (Antisemitismus) 210, 327, 376, 406, 430, 446, 457, 490, 503, 512, 572, 577, 587, 710, 766, 879, 886, 926, 970, 1025, 1054, 1168, 1494 f., 1545, 1707 f., 1729 ff., 1749, 1783, 1806, 1810, 1837 f., 1856 f.

wohnt auch die reine Natur. Unter allen Familien der Welt wird die eigene als adlig und uralt hervorgehoben; Sippe und Stamm sind für ihr Mitglied älter und edler als alle anderen Gruppen und wohnen im Zentrum der Welt[288]). Religiöse Besinnung, humanistischer Idealismus, geschichtlicher Vergleich brachen gelegentlich mit diesen Vorurteilen. Das Heilige Land liegt in der Ferne, und dort, in Jerusalem, ist die geistliche und geographische Mitte der Welt; auch Ausländer sind achtbar, die vermeintlichen Barbaren haben ihre eigene Kultur und Geschichte[289]). Dann hält man allerdings umgekehrt das besondere Fremde und Exotische für heilig oder klassisch und findet sich nur zögernd zur allgemeinen Anerkennung des Gesonderten bereit.

Wie schwer sie wurde, zeigt sich an der Sonderung der Völker. Aus der Sympathie, die jeder für seine Volksgenossen empfindet, erwuchsen grundsätzliche Kollektivurteile über den Vorrang der eigenen Gemeinschaft. Jedes Volk hielt sich selbst gerne für die Gemeinschaft der Menschen schlechthin, für die Mitte der Welt, ausgestattet mit allen guten menschlichen Eigenschaften; wenn es überhaupt auf die Nachbarn achtete, verstand es sich als ihr Herrenvolk oder wenigstens als Sammlung und Summe der übrigen Völker. Schon der Name des Volkes schien seine faszinierende Stärke zu bezeugen[290]). Trat die Wirkung fremder Völker deutlicher ins Bewußtsein, so wurde das eigene Volk von allen restlichen Gruppen scharf abgesondert, als das reine und klassische Mustervolk oder als das auserwählte Gottesvolk[291]). Diese Ruhmestitel wurden

---

[288]) Hervorhebung der eigenen Familie 274, 975, 1121; der eigenen Sippe 440 f., 961; des eigenen Stammes 31, 177, 671, 1030, 1188 f. Dagegen 65, 1214. Stammesgegensätze 406, 468, 470, 472 f., 579, 621, 746, 1033.

[289]) Heiliges Land in der Fremde 848, 893, 1015, 1065, 1277, 1708. Weltmitte in Jerusalem 210, 603, 619, 713, 816, 820, 829. Achtbare Fremde Anm. 299. Gegen die Barbaren-Verachtung 104, 134 f., 185, 231 f., 235, 252 f., 298, 311 f., 326, 367, 375, 411, 416, 431, 437, 464, 469, 512, 517, 520 f., 574, 684, 718, 736, 808, 812, 956, 1062, 1090, 1247 f., 1273, 1285, 1324, 1430, 1510, 1597, 1617, 1646, 1669, 1684.

[290]) Freundschaft mit Gleichvölkischen 155, 702, 1731, 1734. Das eigene Volk als die Menschen überhaupt 20, 34, 100, 105, 124, 176 f., 274, 408, 410, 712, 1202, 1552, 1675, 1760; als Mitte der Welt 70, 97, 105 f., 129, 148, 175, 207, 211, 265, 327, 441, 1338; vgl. Anm. 285; seine guten Eigenschaften 29, 349, 435, 457, 463 f., 512, 552, 559, 573, 662, 693, 760, 884, 1033, 1121, 1185, 1189, 1206, 1243, 1248, 1252, 1275, 1338 f., 1354, 1487, 1649, 1720; als Herrenvolk 162, 165, 196, 207, 212, 214, 217, 265, 369, 385, 397, 767, 989, 1189, 1322, 1450, 1593, 1606 f., 1618, 1633, 1638, 1672, 1721, 1818, 1826; als Sammlung der Völker 603, 619, 622 ff., 668, 1017, 1072, 1123, 1130 f., 1189 f., 1226, 1244, 1248, 1275, 1337, 1339 f., 1360, 1401, 1422, 1426, 1519, 1530, 1552, 1609, 1670, 1675 f., 1805, 1836. Name des eigenen Volkes 62, 102, 274, 439 f., 463, 468, 522, 524, 1034, 1197, 1345 f., 1356, 1733.

[291]) Absonderung des eigenen Volkes (Nationalismus) 56, 73, 129, 131, 144, 150, 168, 174, 189 f., 192 ff., 197, 206, 217, 270, 284, 288, 352 f., 460, 464 f., 468, 472, 494, 555, 560, 562, 582, 617, 621, 698 f., 702, 885, 911, 958, 987, 995, 1044, 1048 f., 1080,

mit Vorliebe historisch legitimiert. Das eigene Volk ist das Urvolk der Geschichte, und wenn nicht das älteste, dann doch älter als andere und von besonders edler Herkunft[292]). Dabei konnte man sich entweder auf antiken Adel, zum Beispiel auf die durch Homer und Vergil angebotenen Trojaner, oder auf biblisches Alter berufen; besonders begehrt waren semitische Ahnen, die zur Weihe des Gottesvolkes verhalfen; manche Noachiden wurden eigens erfunden, um als honorige Urväter ein Volk zu repräsentieren[293]). Wo man das genealogische Detail scheute, wählte man zwischen allgemeineren Alterna-

---

1211, 1243, 1246, 1322, 1340, 1463 f., 1482, 1510, 1552, 1587, 1595, 1601, 1719, 1730 f., 1768, 1818; als rein 144, 911, 1552; als auserwähltes Gottesvolk 29, 38, 52, 97, 105, 114, 128–31, 143, 145, 149, 161 f., 174, 181, 190, 196 ff., 204, 207, 210, 212, 217, 222, 264, 266, 278, 296, 324, 369, 395, 464, 540, 553, 603, 619, 622, 681, 701, 755, 781, 824, 856 f., 883, 886 f., 909, 1008, 1044 f., 1052, 1054, 1063, 1065, 1069, 1081 f., 1130, 1135, 1152, 1163, 1195 ff., 1201, 1209, 1212, 1248, 1259 f., 1297, 1301, 1320, 1322, 1334, 1357, 1396, 1405, 1418, 1423, 1426, 1463 f., 1486, 1593, 1596, 1600, 1603, 1628, 1636, 1653, 1721, 1746, 1826, 1830, 1837, 1857 f.; dagegen 1029, 1309, 1763. Vgl. Anm. 112.

[292]) Das eigene Volk als Urvolk 22, 27, 29, 31, 94, 100, 268, 335, 409, 1051, 1058, 1096, 1260, 1337 f., 1340, 1361, 1463, 1552, 1555, 1593, 1719, 1749, 1783, 1857 f.; dagegen 100, 335, 398. Das eigene Volk älter als andere Völker 141, 170, 274, 305, 319, 443, 472 ff., 593, 610–3, 689, 767, 865, 879, 915, 917, 984, 987, 1012, 1041, 1043, 1051, 1073, 1099, 1153, 1172, 1193, 1198, 1205, 1210, 1216, 1321 f., 1337 f., 1352, 1354, 1385, 1480, 1519, 1529, 1600, 1715, 1719, 1746; dagegen 327, 701, 1594. Besonders edle Herkunft des eigenen Volkes 544, 568, 669, 697 f., 705, 920, 926, 963 f., 1006, 1011, 1016.

[293]) Das eigene Volk hat antike Ahnen 536, 552, 560, 568, 593, 597, 669 f., 761, 769, 771, 844, 970, 1016, 1021, 1024, 1039; hat trojanische Ahnen 157, 161 f., 166, 401, 422, 452, 460 f., 463, 473 f., 485 ff., 495 f., 508, 518, 559 f., 564, 567, 573, 593, 596 f., 607, 609, 623 f., 653, 662, 670, 686–91, 693, 695, 707, 717, 735 f., 757, 761, 781, 786, 788 f., 815, 824 f., 845 f., 863, 866, 878, 884 f., 887, 895, 908, 910, 913, 918, 962, 970, 974, 984, 988, 990, 1007 f., 1012, 1030–3, 1041, 1043, 1055 f., 1074, 1095, 1120 f., 1124, 1128, 1188, 1214, 1246, 1249, 1268, 1281, 1322, 1606, 1623, 1636 f., 1697; hat biblische Ahnen 96 f., 273 f., 279 f., 318 f., 322, 327, 346, 349, 351 f., 452, 468 f., 474 f., 505, 534, 543, 548, 554, 607, 609 ff., 684, 686, 692 ff., 703, 761, 763, 768, 782 ff., 826 f., 844, 865, 878 f., 894, 909 f., 912, 917, 919, 974, 976, 985, 987, 996, 1005 f., 1009 ff., 1013, 1022 ff., 1033, 1035, 1039, 1043, 1051, 1059, 1063 ff., 1070, 1072, 1078, 1083 f., 1100, 1123, 1129 f., 1143 f., 1152 f., 1163, 1172, 1187–90, 1193–8, 1204, 1210, 1213–6, 1224, 1226 ff., 1238, 1246, 1250, 1294 f., 1306, 1308, 1321, 1326 f., 1337, 1340, 1352 f., 1356 f., 1361, 1365, 1370–3, 1382, 1422 f., 1426 f., 1469, 1472 ff., 1477, 1480, 1500, 1503, 1514 f., 1518, 1530, 1602, 1694, 1697, 1745 f., 1830, 1858; dagegen 970, 1143, 1494. Das eigene Volk stammt von semitischen Ahnen 334 f., 340, 346 f., 349, 352 f., 483, 509 f., 580 f., 684, 686, 692, 781, 865, 1016, 1033, 1210 f., 1227, 1235, 1320, 1322, 1326 ff., 1333, 1418, 1487, 1592 f., 1598, 1600, 1653 f.; dagegen 395, 477, 809, 1045, 1066, 1070, 1131, 1218, 1278, 1280, 1564, 1602, 1655, 1670, 1707, 1819. Erfundene Noachiden als Ahnherren 274, 349, 351, 468, 473 f., 486, 543 f., 599, 608 ff., 684, 693 f., 705, 768, 789, 865, 867, 910, 967, 974 f., 1006, 1016, 1044, 1056, 1058, 1071, 1077, 1084, 1092, 1128, 1130, 1205, 1227, 1237, 1337, 1370, 1602, 1783; dagegen Anm. 215.

tiven: Entweder war das eigene Volk aus weiter Ferne gekommen, wie man im Mittelalter häufig meinte; oder es hatte schon immer im Lande gesessen, was eher neuzeitlicher Mentalität entsprach[294]). Weniger häufig als im Ursprung der Geschichte suchte man in ihrem Fortgang die Beglaubigung; aber es verstand sich, daß das eigene Volk eine glanzvolle Vergangenheit und berühmte Vorbilder besaß, daß es mit mächtigen Nachbarn verwandt war und von Weltvölkern stammte, daß es selbst zu den Weltreichen und Großmächten der Geschichte gehörte und nicht untergehen würde[295]).

Diese Flucht aus dem geschichtlichen Fluß auf eine möglichst einsame Insel war zugleich, wenn nicht zuerst Diffamierung der Fremden. Lange Zeit achtete man auf fremde Völker nur nebenbei; manche zählte man gar nicht zu den Menschen, andere wurden mit Spottnamen bedacht und durch Lasterkataloge charakterisiert. Die schlechten Eigenschaften der Fremdvölker waren freilich stereotyp und vertauschbar; denn das Fremde ist nicht individuell, sondern vage[296]). Wenn man fremden Völkern überhaupt Geschichte zugestand, dann waren sie entweder späte Nachkömmlinge des eigenen Volkes oder minderwertige Bastarde vom Ende der Welt, Feinde und Verderber des reinen Gottesvolkes[297]). Freilich bedurfte der blanke Völkerhaß überhaupt keiner Begrün-

[294]) Das eigene Volk kam aus der Fremde 26, 215, 443 f., 457, 468, 472 ff., 481, 489, 494, 509, 516, 518, 536, 552, 593, 609, 669 ff., 684, 688 f., 694 f., 697, 761, 765, 769, 771, 781 ff., 844, 908, 911, 913, 970, 1002, 1009 f., 1016, 1021, 1024, 1031 f., 1039, 1099, 1105, 1118, 1145, 1188, 1202, 1234, 1308, 1382, 1528; ist autochthon 153, 162, 177, 670, 698, 1012, 1054, 1056 f., 1172, 1204, 1281, 1308, 1600 f.

[295]) Das eigene Volk hat eine glanzvolle Vergangenheit 340, 698, 869, 984, 1056, 1061 f., 1122, 1376, 1464, 1692, 1818; hat berühmte Vorbilder 543, 552, 623, 689, 701, 1021, 1031, 1248; ist verwandt mit mächtigen Nachbarn 481, 512, 536, 568, 573, 593, 597, 614, 684, 767, 769, 771, 1016, 1055, 1091, 1099, 1237 f., 1308, 1429, 1431, 1478, 1480; mit Weltvölkern 168, 422, 442, 446, 460 f., 468, 472 ff., 485, 536, 560, 568, 593, 612, 624, 686, 767 f., 786, 970, 985, 1012, 1030 ff., 1039, 1045, 1072, 1101, 1118, 1125, 1164, 1187, 1195, 1246; gehört zu den Weltreichen 162, 280, 535, 767, 885, 895, 1012, 1055 f., 1058, 1100, 1128 ff., 1135 ff., 1188 f., 1306, 1360, 1554, 1590; wird überleben 130 ff., 145, 207, 540, 689, 1360, 1539, 1552, 1554, 1593, 1597, 1600 f., 1634, 1826; dagegen 1710.

[296]) Fremde Völker werden nicht beachtet 58, 82, 196, 212, 275, 295, 313, 409, 468, 573, 630, 678, 684, 687, 712, 1367; nicht zu den Menschen gezählt 327, 452, 464, 598, 766, 830, 926, 1156; mit Spottnamen belegt 473, 531, 563, 634, 827, 915 f.; ihre schlechten Eigenschaften 20, 29, 31, 35, 64, 92, 94, 106, 145, 153, 163, 172, 184, 186, 197, 217 f., 265, 298, 306, 311, 352, 410, 473, 485, 494, 512, 527, 537 f., 552, 562 ff., 569, 587, 624, 634, 692, 698 ff., 703, 712, 732, 741, 746, 786, 830, 869, 961, 970, 1033, 1051, 1090, 1120, 1125, 1185, 1230, 1248, 1487, 1539, 1675, 1749.

[297]) Fremde Völker, minderwertige Herkunft 29, 31, 88, 255, 293, 296, 303, 306, 319, 337, 344, 347, 369, 387, 389, 443, 447, 452, 460, 464, 486, 502, 508, 512, 515, 523, 531, 553, 562, 567 ff., 580, 598 f., 601, 609, 614, 624, 665, 689, 692, 706, 716, 725, 746, 764–7, 769, 772, 776, 781, 827, 835, 837, 857, 868, 878, 909, 926, 976, 1015, 1022 f.,

dung; er vertrug sie kaum[298]). Begründungen kamen eher von der Gegenseite, welche die antike Idee der Menschlichkeit oder die christliche der Brüderlichkeit vertrat. Sie bewunderte ein urtümliches Gottesvolk, dessen alter Nimbus unzerstörbar schien, oder klassische Mustervölker einer fremden Vergangenheit; sie respektierte die achtbare Herkunft und die guten Eigenschaften der anderen, zeitgenössischen Völker; sie entdeckte in exotischer Ferne die edlen Wilden und die subtile Weisheit unbekannter Völkerscharen; sie empfand die Schwächen des eigenen Volkes an den Vorzügen fremder Nationen[299]). Durch diese Rangerhöhung wurde die Antinomie freilich eher verschoben als gelöst; doch war die geistige Antinomie selbst erträglich, weil und solange die Völker auch in der Wirklichkeit getrennt blieben.

Schwieriger war die Sonderung durchzuhalten im Bereich der Sprachen, der mehr fließende Übergänge als hermetische Spaltungen kennt. Immerhin gibt es überall individuelle Geheimsprachen, die kein Außenstehender verstehen soll, und immer fühlt man sich zu denen besonders hingezogen, die die gleiche Sprache reden. Die eigene Sprache ist gewöhnlich der Maßstab für „Sprache über-

---

1033, 1035, 1043, 1051, 1057, 1064, 1196, 1204, 1266, 1282, 1305 f., 1337, 1473, 1487, 1592, 1598, 1666, 1708, 1858; späte Anfänge 347, 369, 379 f., 460, 473, 485 f., 531, 537, 539, 554, 563, 567 f., 578, 624, 685, 689, 831, 1158, 1241, 1290, 1305 ff., 1438, 1514; unbekannte Herkunft 531, 537, 539, 563, 603, 680 f., 746, 766 f., 1473; Herkunft vom Ende der Welt 131, 539, 664, 680 f., 757, 767, 889, 1287; vom eigenen Volk 554, 1130, 1246, 1300, 1329, 1336, 1339, 1345, 1361, 1370, 1426; als Verderber des eigenen Volkes 153 f., 158 f., 166, 914, 1056, 1275, 1672 f., 1680, 1720; als Feinde des Gottesvolkes 129, 131, 150, 168, 210 ff., 275, 293 f., 322, 327, 338, 446, 457, 486 f., 584, 601, 656, 665, 692, 710, 723, 1025, 1064, 1140, 1586.

[298]) Völkerhaß 482, 485, 521, 538, 564, 586, 588, 622, 624, 700, 702, 732, 879, 910, 914 ff., 926, 1008 ff., 1035, 1043 ff., 1049, 1051, 1054 f., 1061 f., 1065, 1068, 1083, 1090 f., 1094, 1120, 1135, 1140, 1165, 1172, 1193 f., 1203, 1205, 1230, 1238 f., 1243, 1249, 1353, 1376, 1383, 1389, 1460, 1554 f., 1561, 1621 f., 1720, 1765, 1807, 1826, 1838, 1858, Anm. 287.

[299]) Menschlichkeit Anm. 127. Brüderlichkeit Anm. 326. Verehrung eines fremden Gottesvolkes 395, 477, 809, 1045, 1066, 1131, 1218, 1278, 1280, 1564, 1602, 1670, 1707, 1819; klassischer Mustervölker 159, 538, 626, 809, 825 f., 844, 897, 1080, 1508, 1590, 1670, 1686, 1710, 1747. Alte und achtbare Herkunft fremder Völker 47, 216, 303, 305, 341, 369, 428 f., 435, 446, 473, 481, 486, 488, 555, 609, 653, 655, 695, 707, 716 f., 761, 763, 766, 786, 795, 825 ff., 844, 849, 855, 859, 866, 878, 887, 893, 909, 996, 1011, 1015, 1023, 1025, 1032, 1039, 1041, 1043, 1083, 1095, 1121, 1143, 1158, 1163, 1179, 1326 f., 1360, 1386, 1415, 1508, 1598, 1645, 1694, 1697 f.; ihre achtbare Geschichte 428 f., 555, 614, 699 f., 918, 1094, 1120, 1144, 1158, 1340, 1645; ihre guten Eigenschaften 91, 326, 438, 552, 581, 646, 677, 692 f., 802 f., 961, 1108, 1257, 1399, 1408, 1428 f., 1438, 1449, 1458, 1545, 1549, 1555, 1563, 1590, 1592, 1598, 1608, 1612, 1652, 1665, 1673, 1707. Verehrung exotischer Völker 38, 48, 71, 90 f., 98 f., 130, 134 f., 153, 184, 228, 231, 306, 311 f., 347, 349, 446, 467, 552, 671, 715, 849, 931, 1603, 1617, 1620 f., 1644 f., 1654, 1705; vgl. Anm. 212. Kritik am eigenen Volk 538, 827, 1125, 1157, 1430, 1618, 1673, 1680, 1707, 1713, 1733.

haupt", die einzig menschliche und richtige, an der man alle guten Eigenschaften findet; sie ist so selbstverständlich, daß man ihr erst spät einen besonderen Namen gibt[300]). Im Kreise fremder Sprachen gilt sie als die umfassendste, zusammenfassende und verbreitetste, oder sie hebt sich von allen anderen ab als die reine und auserwählte, heilige und himmlische Sprache[301]). Auch in der Geschichte hat die eigene Sprache den Ehrenplatz inne; sie ist die Ursprache der Welt oder ein besonders altertümliches Idiom, das wenigstens vom Babelturm unmittelbar herstammt und seither vom geschichtlichen Wandel unberührt blieb[302]). Wenn die eigene Sprache nicht von weither kommt, ist sie mindestens

[300]) Geheimsprachen 658, 1280, 1403, 1778, 1801, 1851, 1875. Freundschaft mit Gleichsprachigen 155, 294, 342, 344 f., 570, 681, 685, 738, 765, 962, 1232, 1360, 1439, 1540, 1544, 1584, 1720, 1734. Die eigene Sprache als Sprache überhaupt 20, 87, 130, 180, 207, 210, 212, 264, 335, 338, 364, 439 f., 713, 728, 1172, 1249, 1269, 1355, 1402, 1444, 1449, 1463 f., 1862; dagegen 154, 337, 642, 811, 1155, 1157, 1163, 1236, 1253, 1269, 1403, 1423. Gute Eigenschaften der eigenen Sprache 155, 164, 213, 263 f., 269, 282, 286, 310, 326, 335, 353, 562, 712, 887, 960, 988, 1014, 1035, 1043, 1068, 1104, 1111, 1124, 1135, 1232, 1248 f., 1258, 1326, 1353, 1357, 1362, 1383, 1388 f., 1432, 1440, 1463 f., 1588, 1590, 1612, 1623, 1644, 1649, 1674, 1683. Name der eigenen Sprache 114, 289, 380, 464, 522, 537, 540, 555 f., 569, 602, 620, 636, 645, 668, 671, 678, 714, 738, 743, 774, 785, 847, 873, 876, 917, 962, 995, 1051, 1073, 1180, 1588.

[301]) Die eigene Sprache als Sammlung der Sprachen 175, 610, 612 ff., 695 f., 911, 1010, 1017 f., 1035, 1058, 1114, 1118, 1124, 1139, 1173, 1227, 1248, 1252, 1258, 1314, 1345, 1354, 1388, 1458, 1552, 1586, 1674 f., 1762 f., 1813; als weitverbreitet 158, 184, 264 f., 284, 311, 335, 346, 353, 642, 827, 866, 1018, 1058, 1070, 1125, 1135, 1189, 1201 f., 1205, 1207 f., 1223, 1232, 1246, 1300, 1314, 1347 f., 1372, 1440, 1479, 1494, 1545, 1606, 1704, 1720; als abgesondert 39, 129, 155, 164, 177 f., 191, 193, 265, 286 f., 310, 323 f., 337, 343, 352, 409, 472, 562, 659, 664, 960, 969, 982, 988 f., 1035, 1058, 1068, 1083, 1121, 1135, 1154, 1174, 1196 f., 1202, 1205, 1229, 1258, 1274, 1288, 1314, 1326, 1345 f., 1349, 1354–7, 1362, 1385 f., 1463 f., 1465, 1473, 1477, 1479, 1482, 1545, 1555, 1586, 1588, 1590, 1595, 1609, 1614, 1622 f., 1673, 1683, 1741, 1743, 1829, 1837, 1854, 1864, 1867; als rein 213, 263, 337, 348, 562, 712, 911, 1079, 1104, 1107, 1118, 1123, 1131, 1147, 1153, 1164, 1196, 1274, 1346, 1353, 1356 f., 1529, 1552, 1554 f.; als auserwählt 190, 210, 335, 613, 1017, 1217, 1348, 1655, 1682, 1867; als heilig 190 f., 193 f., 197 f., 200, 204, 208 ff., 212, 217, 289 f., 535, 1051, 1165, 1207, 1431, 1467, 1555, 1569, 1622, 1625, 1651, 1682, 1693, 1870, Anm. 309; als himmlisch 29, 97, 191, 195, 200, 210, 213, 263 f., 269, 335, 337, 407, 439, 668, 887, 992 f., 1135, 1154, 1205, 1357, 1362, 1544 f., 1569, 1623, 1693; dagegen 328, 341.

[302]) Die eigene Sprache als Ursprache 27, 29, 200, 210, 254, 263 ff., 271, 284, 338, 353, 659, 866, 1051, 1216, 1288, 1338, 1346, 1371, 1383 f., 1389, 1422, 1440, 1481, 1530, 1553, 1555, 1606, 1622, 1751, 1762 f.; dagegen 870, 1269, 1516, 1545, 1754. Die eigene Sprache als altertümlich 41, 83, 273, 278, 340 f., 353, 439, 487 f., 495, 610, 695 f., 826, 872, 993 f., 1054, 1060, 1072 f., 1118, 1168, 1202, 1210, 1223, 1230, 1335–8, 1356 f., 1361, 1422, 1426, 1461, 1480, 1529, 1552, 1601, 1649, 1683, 1706, 1762, 1783; als vom Babelturm stammend 29 f., 281, 320, 322, 336 f., 346, 610, 613, 668, 701, 915, 917, 1017, 1022, 1046, 1059, 1063, 1070, 1073, 1128, 1130, 1153, 1160, 1164, 1187 f., 1197 f., 1215, 1229, 1246 f., 1295, 1303, 1314, 1336 f., 1345, 1357, 1361, 1364, 1369, 1383–6,

autochthon; sie ist verwandt mit führenden Weltsprachen und hat andere Sprachen befruchtet; sie wird auch alle künftigen Wechselfälle überleben[303]). Demgegenüber verdienen fremde Sprachen keine individuellen Bezeichnungen und überhaupt kein Augenmerk; sie sind keine rechte Sprache, mundlos oder tierisch, abwegig, unaussprechlich und unverständlich, unrein und barbarisch, beladen mit allen schlechten Eigenschaften, durch Spottnamen gebrandmarkt[304]). In der Geschichte treten sie spät auf, als Verderbnis der eigenen Sprache oder in einem abseitigen Winkel der Welt entstanden; sie sind verhaßt[305]). Man meidet Fremdwörter und nimmt Fremdsprachen nicht in den Mund; man mag sie nicht lernen, denn das ist ebenso wertlos wie mühsam und bloß verwirrend; Sprachenkenntnis ist Heimtücke oder Prahlerei, also Unredlichkeit[306]).

1450, 1473, 1488, 1515, 1830; dagegen 970, 1163, 1168, 1172, 1200, 1385, 1517. Die eigene Sprache unberührt von der Veränderung 100, 200, 313, 659, 689, 695, 911, 1009 f., 1073, 1099, 1118, 1210, 1223, 1314, 1326, 1336 f., 1346, 1361, 1385, 1484 f., 1526, 1529, 1552, 1655, 1662, 1731, 1733, 1765, 1785, 1788, 1814, 1828.

[303]) Die eigene Sprache als weither kommend 1683; als autochthon 1009 f., 1118, 1128, 1174, 1196 f., 1202, 1242, 1383, 1385, 1529, 1552, 1749; als verwandt mit Weltsprachen 1122, 1128, 1135, 1139, 1147, 1153 f., 1163, 1165, 1168, 1173, 1249, 1326 f., 1484, 1513, 1545, 1567, 1612, 1614, 1638, 1654, 1713 f., 1746; als Grundlage anderer Sprachen 1216, 1223, 1326, 1336 f., 1345, 1349, 1364, 1371, 1426, 1463 f., 1477, 1481, 1484, 1526, 1560, 1588; als künftig überlebend 145, 695, 1051, 1539, 1608, 1616, 1644, 1755, 1785 f., 1814.

[304]) Fremdsprachen, ihre Bezeichnung 393, 567, 1090, 1389, 1667, 1678, 1769, 1847; sie bleiben in ihrer Eigenart unbemerkt 82, 176, 293 f., 671, 872, 1412, 1804; als tierisch und abwegig 20, 29 f., 46, 58, 64, 97 f., 130, 164, 175, 243, 282, 303, 307, 410, 441, 555, 560, 578, 772, 830, 1051, 1201, 1268, 1305, 1328, 1496, 1516, 1653, 1663 f., 1715, Anm. 49, Anm. 75; als unaussprechlich 537, 712, 1623; als unverständlich 24, 51, 53, 82, 100, 102, 131 f., 164, 184 f., 344, 540, 563 f., 570, 603, 614, 732, 855 f., 888, 993, 1126, 1180, 1267, 1274, 1646; als unrein 264, 331, 337, 839, 1196 f., 1353, 1357, 1403, 1552, 1554, 1713; als barbarisch 90, 94, 98, 100, 102, 130 f., 156, 163, 165, 175, 177, 184 ff., 188, 229, 248 f., 293 ff., 298, 307 f., 311, 324, 337, 382, 386, 396, 458, 482, 485 f., 494, 499, 501, 513, 532 f., 536, 557, 563, 567, 576, 586 ff., 603, 625, 628, 636, 646, 664, 681, 693, 700 f., 703, 716, 728, 736, 800, 805, 833, 855, 870, 886, 888, 926, 969, 999, 1007, 1015, 1028, 1037, 1055, 1058, 1083, 1086, 1088, 1106, 1126, 1157, 1166, 1171, 1223, 1236, 1253, 1274, 1389, 1423, 1430, 1438, 1449, 1485, 1517, 1543, 1566, 1609, 1623, 1733, 1749, 1804; als unfromm 326 f., 507, 993, 1135, 1154; ihre schlechten Eigenschaften 50 f., 83, 94, 102, 130 f., 165, 191, 282, 290 f., 344, 408, 420, 484, 536, 562, 585, 695, 856, 887, 960, 995, 1014, 1090, 1135, 1180, 1248 f., 1254, 1288, 1353, 1383, 1410, 1458, 1496, 1508, 1555, 1588, 1603, 1612, 1673, 1713; ihre Spottnamen 532, 567.

[305]) Fremdsprachen, ihre minderwertige Herkunft 195, 265, 702, 1201, 1353, 1357, 1458, 1485, 1559, 1706 f.; ihre geringe Verbreitung 335; als Verderbnis der eigenen Sprache 20, 200, 212, 214, 728, 765, 773, 856, 1059, 1130 f., 1187 f., 1210, 1246, 1345, 1357, 1386, 1555; als verhaßt 521, 558, 618, 622, 681, 702, 787, 915 f., 988 f., 992, 1035, 1045, 1053, 1135, 1249, 1269, 1353, 1383, 1408 f., 1516, 1622, 1720, 1723, 1748, 1783.

[306]) Fremdwörter gemieden 187, 337, 340, 712, 1217, 1269, 1271, 1346, 1354, 1356,

Doch setzten sich sehr früh andere Maßstäbe durch; weit eher als das fremde Volk gewann die fremde Sprache besonderen Rang, zuerst als heilige Sprache. Heilig war sie, weil sie den Offenbarungsgehalt der heiligen Schrift vermittelte, weniger wegen ihrer inneren Form oder äußeren Geschichte; doch nahm sie selbst teil an der Verehrung des Unverständlichen, Numinosen, Liturgischen. Mittelalterliche Autoren bezeichneten vielfach die drei Sprachen der Bibelversionen, Hebräisch, Griechisch, Lateinisch, als geheiligt; man entrückte sie gern dem Auf und Ab der Sprachgeschichte, auch wenn sie nicht Ursprachen waren. Je deutlicher aber von der vergleichenden Exegese und Philologie ihre Wandelbarkeit erkannt wurde, desto mehr rückten sie neben andere Sprachen; vor Gott ist keine irdische Sprache heilig, oder jede geschichtliche ist es gleichmäßig[307]. Die drei Sprachen waren aber außerdem klassische Gelehrten- und

---

1458, 1503, 1513, 1526, 1554 f., 1623, 1673, 1706, 1720, 1766, 1863. Gegen die Erlernung von Fremdsprachen 95, 191, 295, 299, 324, 376, 382 f., 396, 443, 558, 570, 600, 628, 750, 772, 787 f., 839, 889, 901, 920, 958, 1111, 1322 f., 1347, 1353 f., 1408 f., 1412, 1558 f., 1584, 1653, 1823, 1856; sie ist wertlos 308, 421, 587, 630, 994 f., 1092, 1402, 1427 f., 1466 f., 1485, 1495, 1555 f., 1584, 1599, 1673, 1706, 1733; sie ist mühsam 34, 393, 524, 989, 1107 f., 1186, 1194, 1196, 1244, 1273 f., 1361, 1410, 1444, 1501; sie ist verwirrend 1354, 1405 f., 1501, 1783; vgl. Anm. 155. Sprachenkenntnis als Heimtücke 97, 153, 155, 173, 184, 298, 379, 568, 646, 691, 699 f., 738 f., 980, 993, 1167 f., 1232, 1355, 1409, 1584, 1673, 1708, 1848; vgl. Anm. 95; als Prahlerei 558, 562, 776, 1060, 1075, 1081, 1108, 1232 f., 1283, 1322, 1354, 1359, 1366, 1408, 1448, 1466, 1496, 1653, 1708, 1848; vgl. Anm. 23, Anm. 330.

[307]) Fremdsprachen als Sprache heiliger Bücher 192, 378, 454, 468, 544, 728, 880, 1067, 1069, 1076, 1081 f., 1086, 1095, 1176, 1199 f., 1206, 1219, 1489, 1867; vgl. Anm. 426; als Liturgiesprachen Anm. 33; als heilige Sprachen 70, 149, 185, 187, 197, 245, 254, 293, 336, 342, 354, 1193, 1343, 1431, 1488, 1546, 1550, 1603, 1704, 1733, 1801. Hebräisch, Griechisch, Lateinisch als die drei heiligen Sprachen 293, 320, 396 f., 454, 468, 470, 478, 504, 507, 555, 611, 613, 649, 651, 790, 794, 800, 806, 815, 817, 839, 842, 859, 861, 892, 938, 982, 989, 992, 999, 1015, 1053, 1086, 1088 f., 1111, 1148, 1153, 1173, 1187, 1192, 1194, 1197, 1201, 1223, 1236, 1345, 1361, 1858. Hebräisch als heilige Sprache und Sprache des Gottesvolkes 190 f., 193 ff., 198, 210, 212 f., 514, 588, 594, 605, 626 f., 719, 777, 840, 870, 1065, 1074 f., 1115, 1118, 1129, 1155, 1165 f., 1187, 1192, 1194 f., 1198, 1207, 1225, 1235, 1250, 1253, 1259, 1287, 1303, 1309, 1311, 1320, 1330, 1335, 1345, 1348, 1357, 1379, 1425 f., 1437, 1470, 1496, 1509, 1513, 1615. Latein als heilige Sprache 503, 511, 532, 563, 585, 594, 709, 728, 804, 969, 988, 1148, 1165, 1178, 1625. Hebräisch als geschichtliche Sprache 1278, 1289, 1309, 1335, 1379, 1455 f., 1476, 1488, 1495, 1590; dagegen 1280, 1339, 1341, 1349, 1363 f., 1420, 1457, 1470, 1486, 1509. Sprachen sind nicht heilig 348, 393, 415, 433, 489 f., 494, 496, 498 f., 501, 524, 534, 644, 746, 861, 870 f., 897 f., 972, 1069, 1119, 1132, 1173, 1176 f., 1199, 1207, 1235 f., 1309, 1322 f., 1683, 1777; besonders Hebräisch nicht 529, 1015, 1088, 1137, 1147, 1221 f., 1292, 1309, 1322, 1331, 1470, 1483, 1495 f., 1837; besonders Latein nicht 834, 1236, 1352, 1383, 1783. Heiligkeit aller Sprachen Anm. 309, Anm. 322.

Buchsprachen, infolgedessen geschichtliche Hauptsprachen. Während dabei Hebräisch zurücktrat, wurden Griechisch und Latein erst recht verehrt; sie waren normative und zugleich historische Hochleistungen menschlicher Klarheit und Kunst, vergangene und doch erreichbare Muster für jüngere Idiome[308]). Unter diesen war bislang die Muttersprache geringgeschätzt worden als barbarische, alltägliche, angeborene „Volkssprache“ des einheimischen Pöbels; aber bald stellte man die Muttersprache neben die heiligen und die klassischen Sprachen, bisweilen noch als deren verderbten Sprößling, doch immer öfter als wirkende Kraft. Anders als die „toten“ Idiome ist die Muttersprache eine gegenwärtige, „lebende Sprache“ und gilt darum leicht als unvergleichlich, unergründlich, ursprünglich, als heilige Sprache Gottes oder der Natur. Aber jede Sprache ist oder war Muttersprache; so ist keine besser als die anderen[309]). Ja, die Mutterspra-

[308]) Hebräisch, Griechisch, Latein als gelehrte Sprachen 649, 982, 1054, 1080, 1097, 1126, 1138, 1192, 1196, 1214, 1241, 1282, 1349, 1429, 1484; vgl. Anm. 152, Anm. 169; als geschichtliche Hauptsprachen 386, 393, 396, 407, 415, 454, 465 ff., 469 f., 490, 494, 498, 503, 524, 526, 534 f., 576, 604, 613, 622, 636, 663, 756 f., 762, 765, 770, 778 f., 801, 806, 817, 842, 861, 865, 880, 894 f., 943, 966, 978, 980, 999, 1007, 1015, 1050, 1084, 1086, 1122, 1126, 1136, 1139, 1166, 1179, 1187, 1195, 1198, 1219, 1227, 1251, 1261, 1295, 1345, 1351, 1354, 1379, 1400, 1461, 1466, 1496, 1509, 1590, 1615, 1783, 1814, 1819. Griechisch und Latein als klassische Sprachen 504, 604, 664, 1114, 1243, 1287, 1333, 1353, 1388, 1440, 1486, 1508 f., 1526, 1539, 1588, 1599, 1642, 1646, 1713, 1733; dagegen 1444.

[309]) Bezeichnung der Muttersprache als Vulgärsprache 569, 574, 644, 817, 961, 1001, 1098, 1123 f., 1160, 1177, 1330, 1350; als einheimisch 1096, 1174, 1206, 1350, 1624; als angeboren 622, 664, 670, 685, 761, 1139, 1200, 1509; als „Muttersprache“ Anm. 101. Muttersprache geringgeschätzt und kritisiert 82, 154, 208 f., 467, 493, 501, 511, 513, 527, 536, 555, 664, 685, 931, 1015, 1034, 1036, 1059 f., 1090, 1122, 1148, 1163, 1177, 1220, 1281, 1333, 1344, 1380, 1408, 1410, 1414, 1442, 1448, 1485, 1494, 1511, 1539, 1584, 1587, 1605, 1612, 1618, 1624, 1627, 1708, 1713, 1733, 1741, 1770, 1772, 1781, 1826, 1835, 1857, Anm. 310; hervorgehoben 95, 98, 155, 254, 283, 540, 702, 729, 787 f., 822 f., 873 f., 920, 956, 959, 1048, 1097 f., 1172, 1200, 1205, 1210, 1225 f., 1306, 1354, 1379, 1407, 1409, 1428, 1442, 1484, 1510, 1526, 1544, 1618, 1622 f., 1673 ff., 1724, 1813, 1851; gleichgesetzt den heiligen Sprachen 498 f., 535 f., 544, 803, 843, 978, 1044, 1066 f., 1075 f., 1082, 1097, 1108, 1118, 1124, 1128, 1135 ff., 1153, 1168, 1173, 1196–1201, 1216, 1223 f., 1314, 1337, 1345, 1465, 1504, 1590, 1746; den klassischen Sprachen 524, 560, 562, 620, 622, 644, 689, 691, 694 f., 713 f., 738, 781, 825, 888 f., 971, 988, 1030, 1034, 1058, 1097, 1107, 1112, 1135 ff., 1154, 1169 ff., 1210, 1244, 1283, 1356, 1463, 1465, 1473, 1508, 1552, 1587 f., 1623, 1625, 1713, 1783, Anm. 153; als lebende Sprache 271, 869, 1201, 1203, 1353, 1427, 1464, 1504, 1521 f., 1539, 1569, 1595, 1623, 1715, 1733, 1853, 1870, 1880, Anm. 41; als unvergleichlich 347, 787, 872, 1138 f., 1362, 1405, 1450, 1494, 1496, 1505, 1511, 1522, 1526, 1550; als Ursprache 1217, 1223, 1355, 1385, 1530, 1740, 1867; als Natursprache Anm. 40; als heilig 380 f., 479, 1051, 1092, 1100, 1119, 1151, 1155, 1207, 1217, 1258, 1297, 1350, 1527, 1529, 1545, 1555, 1622, 1624 ff., 1738, 1859, Anm. 301, Anm. 324. Jede Sprache ist Muttersprache 95, 886, 1004, 1526, 1730, 1743, 1831, 1850, 1852.

che trat manchmal gegenüber zeitgenössischen Fremdsprachen zurück; keine war (nach 1 Kor. 14, 11) barbarisch, manche mustergültig und wertvoll, vielleicht auch uralt, selbst wenn man sie nicht verstand; man borgte gerne aus ihnen[310]). Freilich wurde dieser Rang nur großen Schriftsprachen eingeräumt, nicht der kleinflächigen Vielfalt der Dialekte. Diese wurden in ihrer natürlichen Fülle lange Zeit der Muttersprache gleichgeachtet oder wie sie geringgeschätzt; man beschrieb sie öfter als man in ihnen schrieb. Nach dem Aufstieg der Volkssprachen zu Gemein- und Schriftsprachen wurden die Dialekte als bäurisch plump und ungegliedert empfunden und der Muttersprache als deren fragmentarische Teile untergeordnet[311]). Die Nation opferte sie ihrer sprachlichen Einheit, damit ihre Absonderung von anderen Nationen um so deutlicher werde.

Überhaupt ist im politischen Bereich die Sonderung viel selbstverständlicher als im sprachlichen. Weltreiche und Hegemonialmächte setzten sich oft als Weltmitte, als Vertretung der ganzen Menschheit und als uralte, gesegnete Gründungen gegen mindere Staaten ab. Nationale und regionale Staaten behaupteten demgegenüber ihre Individualität, ihr Alter und ihre gottgesegnete Kraft und Rechtlichkeit; sie warfen fremden Staaten immer wieder gern tyrannische Ambitionen vor, nicht ohne sie für abhängig, spät und minderwertig zu halten. In ihrem eigenen Raum duldeten auch sie keine Sonderung; im politischen Sprachenkampf wurden Fremdsprachen abgedrängt, Dialekte wichen der einen Volkssprache. Minderheiten wurden selten rechtlich geschützt, An-

---

310) Die eigene Sprache ist barbarisch 392 f., 450, 524, 538, 827, 992. Keine Sprache ist barbarisch 98, 153 f., 163, 220, 229, 337, 496, 517, 622, 642, 1085, 1119, 1124, 1157, 1207, 1250, 1285, 1378, 1547, 1556, 1612. Fremdsprachen als Muster 155, 276, 605, 859, 1165, 1208, 1437, 1618, 1683, 1708, 1743; ihre guten Eigenschaften 50, 83, 164, 191, 282 f., 353, 454, 493, 641, 663 f., 859, 1249, 1353, 1379, 1388, 1410, 1449, 1458, 1463 f., 1588, 1618, 1649, 1708, 1812; als uralt 1298, 1369, 1612. Lob der barbarischen und unverständlichen Fremdsprache 134, 157, 166, 208 f., 417, 420, 432, 466, 621, 646 f., 774, 1584, 1595 f., 1656, 1664, 1693, 1761, 1808. Aufnahme von Fremdwörtern 153, 610, 882, 1098, 1108, 1154, 1169, 1256, 1333, 1458, 1475, 1485, 1511 f., 1557, 1747.

311) Dialekte, ihre Bezeichnung 640, 903, 1610, 1642; ihre Beschreibung 41 f., 46, 51, 95, 100, 136, 160 f., 177, 222, 226, 260, 310, 324, 345, 416 f., 487, 570, 700, 706, 746, 773, 825, 827, 839, 855 f., 871, 903, 916, 1025 f., 1067 f., 1104, 1106 ff., 1116, 1208, 1222 f., 1271, 1335, 1378, 1400, 1512 f.; als Schriftsprachen Anm. 423; als natürliche und lebende Sprachen 525, 567, 577, 671, 855, 1050, 1111, 1153, 1204, 1256 f., 1274, 1584 f., 1618, 1642, 1645 f., 1679 f.; als verächtlich 19, 30, 86, 89, 102, 104, 520, 577, 631, 646, 659, 713, 803, 890, 992 f., 995, 1081, 1088 f., 1126, 1138, 1201, 1214, 1257, 1274, 1283, 1485, 1607, 1609, 1625, 1781, 1831; als Teile der Muttersprache 24, 55, 66, 132, 158, 620, 640, 855, 903, 958, 1001 f., 1063, 1067 f., 1096, 1117, 1138, 1200, 1204, 1494, 1521, 1556, 1607, 1610, 1680, 1812.

dersdenkende häufig als Verschwörer und Verräter verbannt[312]). Die Emigranten selbst empfanden sich um so mehr als hervorragende Besondere und wurden in der Fremde auch oft so geschätzt, nicht allein ihrer anderen Sprache wegen; schon in frühen Geschichtslegenden genossen die trojanischen und die babylonischen Flüchtlinge hohes Ansehen. Erst die moderne Weltläufigkeit und Heimatlosigkeit machte die Sonderung und Entfremdung der Menschen zum allgemeinen Schicksal; sie ist nichts Besonderes mehr[313]).

Ähnliche Bedeutung hatte die Sonderung in der Gesellschaft dort, wo sich Führungsschichten abheben, Adel und Priestertum durch Herkunft und Bildung vom Volk unterscheiden wollten; auch die Bürger rühmten Alter, Mittellage und Glanz ihrer Stadt vor anderen Städten und vor dem platten Land. Die sozialen Kämpfe der folgenden Jahrhunderte haben schließlich auch hier eine Nivellierung gebracht, die kaum mehr grundsätzliche Sonderungen zuläßt, schon gar nicht auf dem Umweg über historische Reminiszenzen[314]). Denn sie ist ein Faktum, kein Aspekt des bloßen Denkens mehr.

Zäher hält sich die Sonderung im kulturellen Bereich, wenngleich auch hier alte Scheidungen längst überholt sind. Dennoch liegt es noch heute nahe, die eigene Kultur für besonders alt und ehrwürdig oder doch für hervorragend und einflußreich zu halten. Weisheit und Bildung scheinen im eigenen Volk ihre wahre Heimstatt zu haben; fremde Gruppen gelten als weniger einsichtig. Man hofft, sie durch Erziehung und Belehrung erst zu Menschen zu bilden. Erst recht glaubt der einzelne Lehrer, nur er unterrichte die Elite; der Dichter ist stolz auf seine eigene Sprache; der Gelehrte weiß alles Wissenswerte, während ringsum nur fruchtloses Schulgezänk herrscht. Unter den Schriftarten wird als

---

[312]) Das eigene Reich als Weltmitte 43, 106, 125, 139, 703; als uralt 274 f., 1012, 1033, 1144, 1164; als gesegnet und auserwählt 274, 700 f., 1016, 1044, 1163; als abgesondert 623, 1552. Der eigene Staat als Individuum 1689; als uralt 335, 1164; als rechtlich 98, 334, 586, 645, 1607. Fremde Staaten, herabgesetzt 997, 999; gelobt 91. Politischer Sprachenkampf 681 f., 702, 787, 1205 f., 1372, 1379, 1431, 1521, 1558, 1649 f., 1741 f., 1796 f., 1806 f.; vgl. Anm. 333; dagegen 744. Schutz der Minderheiten Anm. 126. Verschwörung 179, 444, 537, 820, 945, 1239. Verrat 409, 620, 868, 1057.

[313]) Vertriebene aus Troja 463, 485, 559, 623, 692, 705, 863, 1243, 1248; aus Babel 668, 720, 974; andere 36, 94, 131, 163, 175, 189, 208, 213, 222, 238, 258, 281, 383, 415 f., 495 f., 757, 766, 849, 869, 968, 1024, 1231, 1452, 1458, 1645, 1828, 1834. Sprache der Emigranten 94, 163, 175, 189, 383, 386, 1408, 1540, 1857. Entfremdung der Menschen 398, 406, 820, 1138, 1389 f., 1541, 1677 ff., 1701–4, 1708, 1736, 1785, 1793, 1826, 1834.

[314]) Sonderung des Adels Anm. 136 f.; der Priester Anm. 140. Die eigene Stadt als alt 80, 106, 153, 327, 575, 589, 599, 865 f., 961, 1008, 1018, 1033, 1046, 1055, 1100 f., 1109, 1111; als Weltmitte 43, 51, 77, 80, 83 f., 103, 106, 267, 391, 408, 564, 705, 757, 968, 983, 1016; als abgesondert 870, 990, 1111. Städtekämpfe 704, 853, 862–6, 869, 875, 959. Absonderung der eigenen Wirtschaft 295. Soziale Gegensätze 736, 839, 869, 900, 906, 1011, 1019, 1041 f., 1311, 1629, 1705, 1707, 1755, 1761, 1815, 1874.

die älteste und beste gern diejenige gerühmt, die man kennt und benutzt; nicht jeder soll alles Geschriebene lesen dürfen, Geheimschriften und Zensuren verhindern es[315]). Trotzdem ist das Geistesleben niemals so esoterisch, wie es sich gibt. Manche sind der eigenen Kultur überdrüssig und suchen die fremde; sie finden Weisheit und Kenntnisse bei fremden Völkern und lassen sich von ihnen belehren; man preist ungewohnte Schriftarten und übernimmt sie. Der Erzieher, Künstler, Gelehrte, der sich mit fremden Federn schmückt, mag darin eine neue Sonderung suchen, die ihn vor seinesgleichen auszeichnet; sie wird sich dennoch unweigerlich verbreiten[316]). Aber es liegt auch auf der Hand, daß sich auf dem einen wie auf dem anderen Wege zwar manches Wertvolle behaupten und erwerben, jedoch nicht das eine Gute, Schöne und Wahre finden läßt.

Im ganzen sucht die Sonderung die Vielfalt des Vorhandenen dadurch zu gliedern, daß sie auswählend akzentuiert und auslegt. Die Stufung nach dem Freund-Feind-Schema erlaubt es, das Eigene und Gegenwärtige mit dem Allgemeinen und Dauernden gleichzusetzen, das Fremde als vorübergehend und besonders herabzusetzen; sie ermöglicht auch die Umkehrung, die Hochschätzung des Fremden, die vielleicht weniger naiv, aber nicht weniger einseitig ist. Denn Sonderung ist nur in der Sphäre der reinen Fakten oder der reinen Ideen ohne Verzerrung möglich; in jenem Zwischenbereich, wo Wirklichkeit und Gedanken einander begegnen, im eigentlich geschichtlichen Bereich, ist sie ein Notbehelf, auch und gerade wenn sie als Aspekt geschichtlicher Veränderung auftritt. Sie löst nicht die Aufgabe, über die Vielfalt des Besonderen, über diese Antinomie jeder Gegenwart, durch eine Synthese hinauszukommen.

*

Die Kategorie der Sammlung wird wie die verwandte der Entfaltung vorwiegend dort benötigt, wo das Dasein geschichtlich, aber zugleich auf einen

[315]) Die eigene Kultur als alt 688, 976; als hervorragend 151 f., 177, 372, 411, 422, 605, 630, 690, 764, 926, 1654, 1793; als geschlossen 365, 461, 500, 537, 562, 568, 617 f., 731, 746, 1019, 1150 f., 1190, 1389, 1511, 1587, 1617. Das eigene Volk als besonders gebildet und weise 106, 140, 214, 334, 344, 349, 558, 1121, 1130 f., 1144, 1243 ff., 1260; als Lehrer der Fremden 1131, 1244. Fremde als minder gebildet und klug 43 f., 344, 485, 634, 1056, 1837. Ehrwürdige Schriftarten 320, 465, 508, 524, 533, 570, 880, 909, 1122. Die eigene Schrift als uralt 146, 332, 334, 1058, 1130 f., 1168, 1205, 1244, 1372. Verachtung fremder Schriften 82, 286, 765. Kritik an der eigenen Schrift 191. Geheimschriften 486, 508, 909, 1280, 1360, 1547, 1734, 1826. Zensur 47, 145, 1117, 1191, 1426, 1431, 1622, 1641, 1723, 1747.

[316]) Interesse für fremde Kulturen 1332, 1430, 1603, 1747, 1757 f., 1776, 1780, 1783 f., 1856. Fremde Völker als weise 181, 222, 552, 648, 809, 902, 972, 1373, 1379; als Lehrer 105, 166, 253, 311, 552. Fremde Schriften, gepriesen 191; gesammelt 276 f., 287, 486, 855, 857, 1054–7, 1096; übernommen 75, 114, 298 f.

überzeitlichen Grund hin gedeutet wird. Sie bezieht sich auf feste Punkte, auf die zu überwindende gegenwärtige Vielfalt und auf die zu erreichende überzeitliche Einheit, die rückgreifend im Ursprung oder fortschreitend im Ende erstrebt wird; nicht selten erscheint dabei die Einheit des Ursprungs als natürliche, die des Endes als geistige Sammlung des Verschiedenen. Sammlung wird meist als Hoffnung, Zukunft und Möglichkeit verstanden; aber es bleibt immer fragwürdig, ob sie ein Ereignis der Geschichte selbst sein kann, das über Verwirrung und Vermischung des Besonderen hinausführt, oder ob ihre Mittel, Vergleich, Analogie und Austausch, lediglich Denkverfahren sind, die die Wirklichkeit nicht klären[317]).

Im religiösen Bereich ist Sammlung auf sehr verschiedene Weise möglich. Im Polytheismus ahnt man hinter der unaufhebbaren Göttervielfalt nur undeutlich die Einheit des Göttlichen, und sie verwirklicht sich halbwegs im geschichtlichen Synkretismus der Kulte. Für monotheistische Religionen, die sich damit nicht begnügen können, muß sich die Einheit Gottes manifestieren in der Ausbreitung seines Wortes über die ganze Erde; aber daß die Mission aus der Phase der Entfaltung in die der geschichtlichen Sammlung getreten sei, kann keine Geschichtsdeutung behaupten[318]). Aus der Resignation stammt wohl der neuzeitliche Ansatz des Mythenvergleichs, der auf keine Verwirklichung mehr drängt; hinter den vertauschbaren alten Namen der Bibel und aller Weltreli-

---

[317]) Sammlung als geschichtlich möglich 1027, 1119, 1566, 1768, 1828; unmöglich 1030, 1102, 1280, 1389, 1415, 1498, 1526, 1571 ff., 1594, 1739, 1872; als Vermischung und Verwirrung 205, 402, 492, 603, 630, 815, 1106, 1520, 1546, 1577, 1636, 1645, 1879. Ursprüngliche Einheit jenseits geschichtlicher Vielfalt 10, 18, 205, 223, 242, 371 ff., 595, 623, 659, 823 f., 957, 1027, 1119, 1150, 1243, 1300, 1312, 1422, 1472, 1491, 1517, 1520, 1546, 1563, 1569, 1582, 1592, 1684, 1714, 1802, 1822, 1845, 1869. Natürliche Einheit jenseits geistiger Vielfalt 425, 632, 1109 f., 1412, 1447, 1526, 1536, 1594, 1644; vgl. Anm. 35. Geistige Einheit jenseits natürlicher Vielfalt 62, 77, 95, 179, 183 f., 365, 367, 435, 441, 648, 798, 812, 1028, 1077, 1134, 1183, 1445, 1475 f., 1538 f., 1543, 1562, 1571, 1576, 1589 f., 1658, 1714, 1717, 1741, 1744, 1773, 1800 f., 1806, 1816, 1853, 1876 f., 1879. Sammlung als zukünftiger Fortschritt 617, 1185, 1574, 1634, 1671, 1747, 1785, 1787. Vergleich und Analogie 140, 230, 1028, 1048 f., 1221 f., 1263, 1278, 1290, 1330, 1374, 1430 ff., 1435, 1534, 1670, 1714, 1877 f.; dagegen 1450, 1687. Austausch 764, 1096, 1411, 1449, 1493, 1505 f., 1520, 1556 f., 1607 f., 1643, 1668, 1670, 1735, 1770, 1776, 1801, 1819, 1859.

[318]) Synkretistische Sammlung des Göttlichen 32, 58 f., 66, 72, 75, 77, 82, 85, 92, 94 f., 134, 138, 146, 151, 157 ff., 175, 181, 188, 237, 268, 311, 342, 510, 955, 1138; dagegen 178, 1759. Einheit Gottes als Grund der Sammlung 143, 219, 228, 365, 368, 376, 378, 395 f., 411, 415 f., 427, 432, 481, 483, 488, 496, 510, 558, 561, 575, 584, 588, 631, 648, 661, 721, 730, 733, 741, 762, 774, 813, 832, 881, 922, 927, 979, 1129, 1148 ff., 1162, 1173, 1180, 1185, 1251, 1259, 1261, 1300, 1429, 1491, 1497, 1507, 1547, 1566, 1587, 1603 f., 1689, 1697 f., 1708, 1710, 1727 f., 1759 f., 1791 f., 1797, 1805, 1835, 1869, 1876; vgl. Anm. 3. Mission Anm. 226 f.

gionen spürt er eine mehr menschliche als göttliche universale Gemeinsamkeit auf, die zwar zur religionsgeschichtlichen Forschung, sonst aber nur zu vager Weltfrömmigkeit anregt[319]). Demgegenüber behaupten die Kirchen ihre geistliche Universalität und ihre Einheit im Glauben, die sich jedoch in der Geschichte immer nur teilweise realisierte; sogar der intensivste Versuch der Sammlung, die mittelalterliche Christenheit, blieb dem lateinischen Okzident verhaftet und erreichte die Union mit den griechischen Christen nicht ganz. Auch in der Neuzeit wollten Gespräch und Bund zwischen den gespaltenen christlichen Konfessionen nicht gelingen[320]).

Dieses Versagen war um so irritierender, als der christlichen Kirche gleich bei ihrer Gründung das größte Beispiel geistlicher Sammlung gegeben wurde, das Pfingstwunder (Act. 2, 1 ff.) als der reine Gegensatz zum Turmbau von Babel[321]). Die Deutung dieses Wunders war in der Kirchengeschichte allerdings umstritten; sie richtete sich nach den verschiedenen Wunschbildern von der Sammlung. Die frühchristliche und neuzeitliche Auslegung verstand Pfingsten vorzugsweise als ekstatische Überschreitung aller irdischen Trennungen, auch der sprachlichen Begrenzung; das Wunder war die feurige Begeisterung des

---

[319]) Mythenvergleich mit Namen innerhalb der Bibel 544, 619, 656, 692, 725, 834, 837, 879, 885, 1009, 1015, 1069, 1120, 1129, 1144, 1235, 1308, 1352, 1370, 1391, 1561, 1644, 1722; dagegen 1064, 1278, 1453. Mythenvergleich zwischen den Religionen 268, 274, 283, 345, 604, 705, 976, 1185, 1245, 1254, 1278, 1299, 1307, 1325, 1327, 1370 f., 1373, 1454, 1528, 1561 f., 1564, 1619, 1641, 1647, 1657, 1708, 1713, 1717, 1727, 1782, 1867, 1873; vgl. Anm. 282. Namensgleichungen zwischen den Religionen 55, 231, 340, 349, 409, 450 f., 668, 781, 783, 867, 876, 878, 909 f., 913, 976, 1015, 1056, 1084, 1086, 1092, 1100, 1118, 1121, 1128 ff., 1144, 1184 f., 1188, 1214 f., 1222, 1225, 1227, 1245, 1247, 1254, 1260, 1264, 1279, 1289 f., 1299, 1307, 1325, 1327 f., 1331, 1335, 1365, 1370–3, 1419, 1454, 1562 f., 1602; dagegen 1148, 1245, 1255, 1487, 1655. Religionswissenschaft Anm. 172.

[320]) Kirche als universal 298, 374, 377, 385, 392, 395, 397, 431, 475, 485, 488, 510, 526 f., 538, 709, 826, 834, 1044, 1119, 1148, 1295, 1537, 1624, 1655, 1698, 1750, 1756, 1795, 1797 f., 1819 f., 1859 f., 1870; dagegen 1069, 1079, 1729, 1857, 1878. Kirche als einheitlich 252 f., 291, 374, 484, 516, 538, 595, 630 f., 661, 733, 750, 882, 956, 1029, 1075, 1081, 1095, 1162, 1261, 1425, 1691, 1826. Christenheit als lateinisch beschränkt 383, 537, 583, 585, 629, 670, 741, 747, 837, 969, 971, 997, 1017 f., 1020, 1037, 1064, 1081, 1129, 1193, 1206 f., 1258, 1266, 1296, 1314, 1322, Anm. 29; als geistlich unbegrenzt 505. Union mit den griechischen Christen 578 f., 660 f., 754,774, 882,1025, 1759. Christliche Konfessionen, Kritik an ihrer Trennung 1468; Austausch zwischen ihnen 1350, 1478, 1698, 1759, 1859 f. Sammlung der Religionen und Konfessionen 1138, 1251, 1254, 1363, 1770, 1801.

[321]) Pfingstwunder als Gegensatz zum Turmbau von Babel 224, 236, 238, 243, 246, 249 f., 261 ff., 284, 287, 291, 297, 302, 307, 312, 397, 427, 431 f., 497, 516, 547, 595, 600, 635, 648 ff., 658, 676, 727, 738, 749, 794, 808, 830, 921, 990, 1000, 1053, 1123, 1131 f., 1155 f., 1161, 1199, 1275, 1289 f., 1323, 1326, 1344, 1348, 1405 f., 1468, 1490, 1514, 1566, 1572, 1640, 1698, 1709, 1823, 1859, 1876; dagegen 1499.

gemeinsamen Glaubens und der einträchtigen Liebe, nicht etwa die Aufhebung der faktischen Sprachenvielfalt[322]). Die meisten mittelalterlichen Exegeten glaubten hingegen, das Pfingstwunder sei im Bereich menschlichen Sprechens und Hörens geschehen und habe den Aposteln die weltweite Predigt, allen Völkern ihr hörendes Verständnis ermöglicht. Man schwankte, ob ein Hörwunder oder, wozu die Mehrheit neigte, ein Sprachenwunder anzunehmen sei, ob nur die Apostel oder alle Gläubigen die wunderbare Sprachenkenntnis erhielten, ob die Begnadeten nur je eine Sprache, mehrere oder alle Idiome der Welt empfingen; herrschende Meinung war im Mittelalter, daß die Apostel wirklich in allen Sprachen predigten. Doch selbst dann war das Pfingstwunder die einmalige, vorübergehende Gnadengabe Gottes an Einzelne, ein historischer Punkt oder eine urbildliche Verheißung, aber von der geschichtlichen Gegenwart nicht erreichbar[323]). Das Pfingstwunder kann für alle Zeiten ein Zeichen des wahren Glaubens sein; das Sprachenwunder kann die Kirche zur Weltmission befähigt, alle Muttersprachen geheiligt und dem Gotteslob geweiht haben; das Zungenreden (1 Kor. 14, 2 ff.) kann alle Sonderungen auch in geschichtlicher Zeit wiederholt überflügelt haben – die geistlich gesammelten Sprachen der Erde sind dadurch noch nicht wirklich vereint[324]). Zwar redet

---

[322]) Pfingsten als ekstatische Überschreitung menschlicher Sprache 224 f., 411, 427, 433, 584, 721 f., 968, 1089, 1123, 1344, 1490, 1499, 1679, 1684, 1736, 1860 f., 1868, 1875; als feurige Begeisterung 291, 297, 312, 492, 497, 572, 576, 584, 586, 658, 709, 721, 734, 747, 749, 829, 1131, 1499, 1589, 1811, 1839, 1864; als Bild gemeinsamen Glaubens 427, 496, 709, 745, 749, 751 f., 794, 1003, 1155, 1378, 1527, 1577, 1693 f.; einträchtiger Liebe 236, 243, 297, 312, 587, 595, 630, 636, 638, 660, 721, 774, 1046 f., 1089, 1132, 1161, 1289 f., 1665, 1697 f.

[323]) Pfingsten als Hörwunder 302, 426, 430 f., 477, 547, 627, 809, 894, 1045, 1089, 1147, 1156, 1161, 1218, 1510, 1782, 1867, 1870; als Sprachenwunder 246, 252, 266, 289, 307, 416, 547, 627, 634, 725, 738, 809, 890, 894, 1067 f., 1132, 1156, 1161, 1218, 1351, 1486, 1723; vgl. Anm. 13. Sprachengnade nur für Apostel 252, 262, 266, 271, 289, 309, 382, 478, 576 f., 1178; für Apostel und Jünger 276, 380, 395, 397, 630; für alle Gläubigen 249, 395, 397, 420, 990, 1000. Begabung mit je einer Sprache 266, 271, 309, 328, 1156; mit mehreren Sprachen 287, 307, 309, 385, 410 f., 431, 433, 628, 658, 791, 803, 887, 967, 1001, 1041, 1046, 1053, 1067, 1076, 1089, 1161, 1218, 1361, 1466 f. Zahl der Pfingstsprachen 309, 380, 476, 646, 676, 738, 747, 774, 818, 889, 895, 1323, 1367. Begabung nicht mit allen Sprachen 307, 497, 628; mit allen Sprachen 249, 252, 255, 262, 289, 302, 382, 395, 397, 427, 430, 432, 469, 478, 502 f., 506, 531, 534, 547, 576, 587, 598, 600, 625, 627, 630, 634 f., 646, 649, 667, 676, 685, 725, 738, 747, 808, 813, 818, 830, 847, 860 f., 895, 899, 906, 990, 1000, 1068, 1132, 1176, 1178, 1206 f., 1236, 1302, 1325, 1350, 1417, 1426, 1466, 1515 ff., 1529, 1674, 1695, 1791 f. Sprachengnade als vorübergehend 246, 249 f., 255, 312, 395 f., 427, 431, 433, 587, 625 f., 630, 774, 816, 989, 1000, 1089 f., 1147, 1157, 1161, 1207, 1566; dagegen 287, 395; vgl. Anm. 324. Wiederholung des Pfingstwunders Anm. 446.

[324]) Pfingstwunder als Zeichen des wahren Glaubens 249, 270, 287, 427, 626, 658, 661, 808, 831, 1046 f.; als Befähigung der Kirche zur Mission 225, 236, 245, 252, 259,

seitdem die Kirche (nach Psalm 18, 4) in allen Sprachen der Erde; sie sieht die Eintracht ihres gemeinsamen Glaubens und Gotteslobes, also ihrer Sprache, in der einen Kirchensprache bezeichnet; sie versteht sich überdies als neues Volk jenseits der geschichtlichen Völker, als Gottesvolk – aber sie erwartet die Sammlung im Gottesreich selten vor dem Ende der Geschichte, in der sie wirkt[325]).

Im natürlichen Bereich kehrt die religiöse Sehnsucht nach Sammlung nicht wieder; er ist eher gekennzeichnet durch eine Ursprünglichkeit des Besonderen, die keine geistige Verschmelzung braucht und verträgt, es sei denn aus der Distanz menschlicher Deutungen. Im Individuum scheint allerdings die Natur selbst einigend zu wirken, denn die menschliche Natur ist immer und überall dieselbe; so sind alle Menschen gleich und eins, ihrer Herkunft wie ihrer Art nach. Diese natürliche Einheit ruft nach Verwirklichung in der Sammlung der Menschheit; aber selbst wenn die von manchen erträumte organische Verschmelzung der Menschenrassen gelänge, wäre die Aufgabe erst zum kleineren Teil gelöst, der ersehnte Consensus noch immer von der Besonderheit sprachlicher und politischer Gemeinschaften bedroht. Vorerst verwirklicht sich die ökumenische Idee völkerverbindender Menschlichkeit nur im Einzelnen; allein als Individuum ist er Weltbürger. Nicht auf die natürliche Einheit, sondern auf die geistige Sammlung des geschichtlich Verschiedenen käme es an[326]).

263, 266, 309, 382, 395, 410, 416, 420, 423, 427, 430, 432 f., 477 f., 496, 539, 572, 605, 625, 630, 648, 685, 702, 750, 752, 813, 967, 1000, 1068, 1089, 1132, 1156, 1191, 1207, 1251, 1297, 1325, 1350 f., 1361, 1468, 1490, 1695, 1709, 1711 f., 1723, 1791, 1803, 1841, 1859; als Heiligung der Muttersprachen 1097, 1165, 1192, 1207, 1269, 1367, 1527, 1696; vgl. Anm. 309. Zungenreden 72, 217, 220 f., 224, 584, 600, 626, 1424, 1577, 1597, 1602, 1801, 1823, 1848, 1860. Sprachentrennung durch das Pfingstwunder nicht beseitigt 246, 266, 419, 496, 577, 1147, 1194, 1290, 1566, 1696, 1834, 1867; dagegen 224, 242, 249, 261, 337, 395, 397, 420, 469, 516, 605, 1134, 1156, 1195 f., 1326, 1709.

[325]) Kirche redet alle Sprachen 225 f., 284, 395 ff., 410, 415, 427 f., 432 f., 448, 477, 482, 498 ff., 531, 627, 634 ff., 654, 718, 728, 826, 886, 922, 955, 997, 1020, 1046, 1062, 1156, 1191, 1206 f., 1290, 1321, 1344 f., 1424 f., 1585, 1797, 1817, 1819 f.; dagegen 741, 1859. Kirche redet in einer einzigen Sprache 130, 226, 230, 252, 254, 303, 369, 395 f., 415, 420, 427, 432, 496, 526 f., 539, 605, 630, 718, 732, 873, 890, 1147, 1162, 1208, 1261, 1587, 1795; vgl. Anm. 28–34, Anm. 334. Kirche als neues Volk 226, 228, 369, 418, 587, 649, 708 f., 723, 746 f., 806, 922 f., 926, 1001, 1072, 1074, 1134, 1239, 1296, 1320 f., 1323, 1468. Sammlung im Gottesreich 87, 214, 238, 358, 421, 482, 517, 520, 540, 531, 535, 1165, 1289 f., 1325 f., 1425, 1429, 1450, 1563, 1566, 1708, 1723, 1746, 1777, 1802, 1859; vgl. Anm. 10; dagegen 1857.

[326]) Immergleiches Wesen des Menschen Anm. 68. Gleichheit aller Menschen nach ihrer Herkunft 34, 56, 143, 155, 165, 171, 175, 219, 253, 409, 736, 1166, 1251, 1282, 1299, 1389, 1428, 1434, 1437, 1461, 1493, 1536, 1557, 1580, 1619, 1658, 1674, Anm.

Vordringlich wäre also die Sammlung der Sprachen und Völker. In der Idee der Sprache liegt ihre Einheit; denn alle Menschen sprechen, und sie reden, wenn auch in verschiedener Weise, doch von denselben Dingen. Wenn dahinter nicht die Einheit der benannten und der benennenden Kreaturen, also die Einheit der Schöpfung stünde, bliebe immer noch die Einheit menschlicher Eigenart, sei sie nun geistig oder triebhaft, oder wenigstens der Zusammenhang der menschlichen Geschichte. Aber diese ideelle Einheit verwirklicht sich in den geschichtlichen Sprachen nur so, daß ihr gemeinsamer Nenner eher ihre Unzulänglichkeit ist, die in die Vielfalt des Besonderen verstrickt bleibt. Die meisten Ansätze zu Sprachreformen versuchten mit der Reinigung eine Sammlung der Sprache, mit geringem und flüchtigem Erfolg[327]).

Lassen sich indes nicht wenigstens die geschichtlich geformten, scheinbar objektiven Sprachen sammeln? Der nächste, aber steilste Weg dazu ist der individuelle des Sprachenlerners. Daß jeder Mensch jede Sprache auf Erden erlernen könnte, klingt ermutigend; freilich ist nur die Möglichkeit universal, in Wirklichkeit beherrscht jeder Mensch nur eine Sprache, meist seine Muttersprache, ganz und von Fremdsprachen nicht viele. Trotzdem riß fast nirgends in der Weltgeschichte die Kette der Einzelnen und der Völker ab, die sich Fremdsprachen aneigneten; denn fast überall galt der Sprachenunkundige als bäurisch und beschränkt; Fremdsprachenkenntnis aber war nicht nur Bestandteil der persönlichen Bildung, sondern ein Anfang zur Überwindung von Babel,

---

127, Anm. 193; nach ihrer Art 354, 384, 585, 643 f., 756, 813, 1309 ff., 1434, 1458, 1577, 1617, 1619, 1671, 1749, 1761, 1770, 1797, 1802, 1806, 1808, 1819. Einheit aller Menschen 181, 217, 376, 420, 718, 744, 1062, 1066, 1425, 1547, 1567, 1576, 1590, 1816, 1827 f. Menschheit als natürliche Gemeinschaft 17, 56, 138, 155, 178, 181, 326, 401, 421, 512, 517, 562, 636, 813, 1146, 1299, 1428, 1434, 1447, 1450, 1556, 1571, 1574, 1586, 1615, 1617, 1711, 1738, 1745, 1758, 1781, 1791, 1819, 1831, 1859, 1865. Vereinigung der Rassen 669, 743, 1085, 1247, 1401, 1597 f., 1633, 1671, 1745, 1748, 1783, 1797, 1814, 1819. Ökumene als Einheit 98, 133, 135, 137 ff., 146, 155, 158, 160, 165, 167, 176, 183, 186, 229, 252, 325, 354 f., 956, 1129, 1146, 1879. Menschlichkeit Anm. 127. Weltbürgertum 138, 175, 178, 411, 1428, 1445, 1453, 1493, 1510, 1622, 1680, 1704, 1735, 1881. Geistige Sammlung der Menschheit 1444, 1635, 1642 f., 1779, 1781, 1783, 1788, 1810, 1814, 1849.

[327]) Einheit der Sprache als Einheit der benannten Dinge 105, 311, 367, 393, 631 f., 798, 979, 1272, 1321, 1330, 1447, 1499, 1604, 1648 f., 1661, 1820; der Schöpfung und des Glaubens 83, 88, 181, 237 f., 303, 395, 432, 496, 523, 551, 583, 718, 813, 873, 1029, 1086, 1547, 1590, 1805; des menschlichen Geistes 107, 342, 478, 547, 631, 798, 1428, 1430, 1445, 1447, 1482, 1484, 1505, 1556, 1567, 1569 f., 1573, 1575 ff., 1595, 1610, 1614 f., 1638, 1656, 1671, 1705, 1711, 1741, 1748, 1779, 1787, 1793 f., 1796, 1807, 1811, 1816, 1831, 1864, 1869, 1876, Anm. 331; des menschlichen Triebes 1281, 1496; der gemeinsamen Geschichte 1379, 1417, 1447, 1569, 1573, 1617; der Mangelhaftigkeit 1410, Anm. 364. Sprachreform 1229, 1265, 1269, 1271, 1274, 1283, 1356, 1429, 1595, 1651, 1680, 1766, 1774, 1776, 1788; dagegen 1282 f., 1398.

zur Sammlung der Sprachen[328]). Welche Sprachen man lernen sollte, alte oder moderne, exotische oder benachbarte, war dabei strittig; unklar war auch, wie man Sprachen lernen konnte, durch ein Wunder und die Gnade Gottes oder durch Fleiß und Gedächtnis des Menschen; unbezweifelt blieb aber bis weit in die Neuzeit hinein, daß einzelne Begabte auf die eine oder die andere Weise wirklich die Kenntnis sämtlicher Sprachen erlangten[329]). Den Polyglotten begegnete man mit hoher Verehrung; staunend rechnete man ihnen die Zahl der beherrschten Idiome nach. Allerdings erreichte diese Zahl niemals auch nur entfernt die Summe der Sprachen; überdies war zu bemängeln, daß gerade die umfassendste Sprachenkenntnis bloß äußerlich bleiben mußte und daß überhaupt die Aneignung von Vokabeln eher eine Ablenkung als eine Förderung des Denkens war[330]). Dann mußte also die Sammlung der Sprachen ausgehen von

[328]) Jeder könnte jede Sprache lernen 450, 813, 1077, 1577, 1739 f., 1816, 1864. Niemand beherrscht wirklich viele Sprachen 347, 888, 961 f., 1718, 1787, 1823. Erlernung von Fremdsprachen durch Einzelne 39, 53, 98, 100, 103, 136, 161, 163, 175, 184, 223, 270, 294, 311, 313, 342, 346, 469, 493, 501, 619, 663, 691, 693, 698, 700, 743, 746, 774, 784 f., 855, 1010, 1075, 1090, 1103, 1166, 1220, 1360, 1418, 1425, 1511, 1584, 1598, 1644 f., 1677, Anm. 31, Anm. 78, Anm. 119, Anm. 135, Anm. 137, Anm. 139, Anm. 145, Anm. 152; durch ganze Völker 37, 52, 82, 86 f., 100, 103, 114, 116, 131, 140, 151 f., 154 f., 189, 213, 441–5, 493, 619, 914, 1054, 1093, 1227, 1353, 1431, 1439, 1545, 1673, 1677, Anm. 332. Unkenntnis von Fremdsprachen, verachtet 184, 311, 344, 521, 524 f., 578, 624, 628 f., 642, 698, 702, 914 f., 962, 988, 1166, 1257 f., 1268, 1408, 1430 ff., 1458, 1653, 1675, 1772; verspottet 574, 646, 1004, 1060, 1232 f., 1258, 1359, 1408, 1430 f., 1458, 1646, 1653, 1673, 1772; vgl. Anm. 286. Sprachenkenntnis als Teil der Bildung 153, 272, 282, 318, 427, 581, 622, 629, 699, 742 f., 901 f., 1061, 1108, 1148, 1166 f., 1233, 1257 f., 1269, 1273, 1377, 1388, 1410, 1495, 1501, 1512, 1539, 1573, 1575, 1587, 1664, 1734, 1740, Anm. 150; als Sammlung der Menschheit 101, 178, 352, 394, 631, 634, 639, 695, 719, 754, 774, 962, 982, 1053, 1067 f., 1138, 1147 ff., 1156, 1161 f., 1166, 1217, 1269, 1275 f., 1325, 1332, 1354, 1361, 1376, 1379, 1402 f., 1506, 1550, 1674, 1750, 1765, 1783, 1805, 1820, 1825, 1872.

[329]) Auswahl der zu lernenden Fremdsprachen 427, 784, 1088, 1092, 1108, 1138, 1148, 1200, 1244, 1257, 1377, 1398, 1440, 1599, 1741. Sprachenlernen durch Wunder 501, 534, 695, 745 f., 750, 803 f., 860, 1166, 1329, 1424, 1467; durch Gottes Gnade 847, 1176; durch Fleiß 742, 813, 848, 851, 902, 986, 1156, 1317; durch Gedächtnis 961, 979, 1142, 1362; vgl. Anm. 91. Kenntnis aller Sprachen auf wunderbare Weise 26, 30, 49, 65, 82, 184, 190, 193, 195, 198 f., 209, 216, 224, 330 f., 350 f., 382, 434, 469, 478, 506, 520, 533, 551, 657, 774, 803, 813, 851, 999, 1027, 1231, 1269, 1361, 1403, 1515; dagegen 1085, 1321. Kenntnis aller Sprachen auf menschliche Weise 145, 153, 193, 639, 674, 738, 760, 799, 902, 1018, 1079 f., 1275, 1642, 1645 f., 1674.

[330]) Polyglotte 295, 755, 902, 989, 1287, 1362, 1458, 1655, 1744, 1750, 1771, 1806, 1819; Zahl der von ihnen beherrschten Sprachen 49, 153, 165, 232, 287, 290, 318, 332, 345, 352, 386, 391, 407, 430, 442, 524, 569 f., 622, 714, 738, 756, 762, 771, 889, 961, 965, 979, 996, 1010, 1020, 1026, 1053, 1092, 1126, 1128, 1142, 1152, 1166, 1168, 1226, 1233, 1253, 1258, 1317, 1321, 1354, 1358, 1360, 1362, 1408, 1458, 1464, 1474, 1539, 1574, 1655, 1666, 1744, 1750. Sprachenkenntnis als äußerlich 679, 748, 1147, 1184, 1273, 1325, 1361, 1428, 1494, 1539, 1653, 1677, 1718, Anm. 152, Anm. 306.

der gemeinmenschlichen Vernunft, von Logik und Grammatik, die, wie es vielen schien, in allen Sprachen dieselben sind. Doch ließe sich diese Einheit höchstens in einer Kunstsprache realisieren; und auch eine logisch-mathematische Universalsprache wäre, sobald sie über die Formulierung des Formalen hinausginge, ein besonderes Idiom, nicht weniger wandelbar, aber weniger lebendig als die geschichtlichen Sprachen[331]).

Darf man dann die Sammlung der Sprachen der lebendigen Geschichte selbst anvertrauen? Ihre Ereignisse schufen in der Tat immer wieder Räume der Mehrsprachigkeit, der Sprachenmischung und der Mischsprachen, allerdings von begrenzter Ausdehnung und Wirkung[332]). Verheißungsvoller schien es, daß der Gang der Geschichte einzelne Idiome von religiös, politisch oder geistig führenden Völkern wiederholt als Sprachen des universalen Austauschs auszeichnete. Während internationale Diplomatensprachen nur den kleinen Kreis der Oberschicht verbinden konnten, schienen einige wenige Hauptsprachen fast überall verständlich zu werden, und schließlich zeichnete sich sogar die Vorrangstellung einer einzigen Weltsprache gelegentlich ab[333]). Eine der

---

[331]) Einheit der Sprachen als Einheit von Vernunft, Logik und Grammatik 138, 217, 524, 547, 604, 636 ff., 733, 796, 798 f., 805, 851, 895 f., 903 f., 1085, 1114, 1168, 1240, 1280, 1284, 1287, 1430, 1445 f., 1595, 1610, 1656, 1734, 1753, 1779, 1822, 1842, 1855, 1874. Gegen die Einheit der Grammatik in allen Sprachen 636, 1050, 1137, 1221, 1272, 1687, 1689, 1702, 1741. Kunstsprachen 1051, 1055, 1113, 1128, 1137, 1168, 1263, 1356, 1403, 1414, 1455, 1459, 1461, 1465, 1498, 1781, 1874. Künstliche Universalsprachen 1028, 1240 f., 1265, 1272, 1329, 1362, 1369, 1379, 1381, 1393, 1421, 1435, 1437 f., 1475, 1483, 1517, 1567 f., 1590, 1608, 1610, 1632, 1648 f., 1735, 1774, 1778 f., 1783, 1787 f., 1789, 1793, 1798, 1801, 1807, 1830, 1843 f., 1847, 1864, 1880; dagegen 1398, 1465, 1604, 1621, 1627, 1778, 1811, 1814, 1860, 1867, 1874 f. Mathematik als Universalsprache 799, 1028, 1272, 1329, 1344, 1368 f., 1381, 1475 f., 1608 f., 1633, 1774, 1779, 1794, 1801. Bezeichnungen für „Universalsprache" 1287, 1517, 1608 f., 1647, 1812, 1814.

[332]) Mehrsprachige Völker 53 f., 76, 85–8, 92, 132 f., 162 f., 165, 167, 181, 186, 209, 219, 268, 441, 443–6, 521, 682 f., 685, 769, 782, 857, 919, 987, 995, 1081, 1093, 1212, 1505, 1585, 1649 f., 1736 f. Sprachenmischung 331, 1086, 1106 f., 1123, 1136, 1213, 1223, 1229, 1237, 1296, 1319, 1412, 1450 f., 1456 f., 1503, 1623, 1636, 1703, 1729, 1763, 1847, 1862. Mischsprachen 53, 72 f., 264, 271, 450, 532, 782, 793, 901, 1109, 1283, 1375, 1378, 1380, 1383, 1411, 1485, 1706, 1789 f. Sprachinseln 332, 494 f., 593, 671, 765, 773, 1032.

[333]) Vorrang von einzelnen Sprachen, aus religiösen Gründen 348, 396, 588, 648, 663, 806, 972, 999, 1187, 1379, 1517; vgl. Anm. 307; aus politischen Gründen 396, 503, 625, 648, 663, 806, 839, 972, 999, 1068, 1136, 1187, 1236, 1241, 1287, 1291, 1314, 1526, 1557 f.; vgl. Anm. 312; aus geistigen Gründen 396, 450, 488, 503, 604, 613, 663, 800, 806, 817, 839, 972, 999, 1219, 1236, 1253, 1379, 1595, 1608, 1612; vgl. Anm. 308. Diplomatensprachen 37, 82, 155, 205, 1122, 1141 f., 1173, 1244, 1347, 1554, 1557 f., 1720, 1828. Hauptsprachen 1088, 1136, 1142 f., 1198, 1200, 1207, 1217, 1222 f., 1241, 1253, 1314, Anm. 308. Weltsprachen 81, 86 f., 132 f., 140, 157 f., 161,

geschichtlich gewachsenen Sprachen könnte tatsächlich die künftige Universalsprache werden – aber welche ? Jede lebende Sprache ist wandelbar, jede tote ist ungeschmeidig, und so könnte sich aus sachlichen Gründen keine zwischen dem Hebräischen und dem Englischen durchsetzen – aber aus welchen Gründen sonst ? Die Sprache einer Kirche oder einer Großmacht würde nur herrschend, wenn sie die übrigen religiösen oder politischen Gruppen überwältigte; das wäre Sonderung, nicht Sammlung[334]). Die Geschichte selbst hat ihre Ansätze zur Sammlung immer wieder zerstört; die Zahl der Sprachen hat sich zwar verringert, geblieben sind aber die tiefen Unterschiede zwischen ihnen. Sie zu respektieren und allen Sprachen gleiches Recht zuzubilligen, ist nötig, aber es ist vielen nicht genug[335]). Die verzagende Hoffnung wendet sich endlich zu wortlosen Universalsprachen, von der Gestik bis zur Musik; doch sie sind vage. Von der Bestimmtheit der Sprache ist die Besonderheit der Sprachen schwerlich zu trennen[336]).

Wie ist dann noch die politische Sammlung der Völker möglich ? Herrschaft ist allerdings nicht auf sprachliche Gemeinschaft angewiesen; auf die Einheit

---

163, 165 f., 171, 193, 219, 226, 243, 258, 262, 275, 292 f., 345, 364, 378, 407, 438, 441–6, 622, 645 f., 682, 690, 698, 702, 713, 729 f., 739, 743, 748, 756, 765, 772 f., 784, 794, 800, 855, 859, 882, 968, 984, 1004, 1062, 1068, 1081, 1086, 1103 f., 1108, 1124 f., 1136, 1138, 1140–3, 1157, 1166, 1177, 1208, 1222, 1234, 1241, 1244 f., 1271, 1287 ff., 1291, 1353, 1372 f., 1379, 1388, 1395, 1409 f., 1421, 1427, 1431, 1448 ff., 1453, 1484 f., 1498, 1511, 1517, 1526, 1554, 1586, 1601, 1603, 1605, 1608 f., 1612, 1614, 1638, 1643, 1655, 1662, 1675, 1677, 1704, 1715, 1720, 1759, 1766 f., 1778, 1785 f., 1788, 1792, 1804, 1848; dagegen 1498. Bezeichnungen für „Weltsprache" 1241, 1291, 1450.

334) Eine geschichtliche und lebende Sprache als künftige Universalsprache 352, 604, 882, 969, 1129, 1138, 1198, 1235, 1241, 1244, 1287, 1330, 1422, 1425, 1429, 1444 f., 1485, 1539, 1590, 1595 f., 1608 f., 1616, 1638, 1785 f., 1788 f., 1845; dagegen 1147, 1315, 1403, 1415 f., 1483, 1526, 1548, 1553, 1556, 1558, 1573, 1576, 1610, 1626 f., 1660, 1662, 1669, 1740, 1759, 1764, 1776 f., 1781, 1798, 1800, 1812, 1816, 1841, 1852 ff., 1856, 1862, 1864, 1875. Internationale Kirchensprachen 66, 315, 325, 503, 511, 526 f., 533, 587, 594, 602, 624, 1020, 1148, 1329, 1463, 1614, 1704, 1746, 1759, 1867, Anm. 33 f., Anm. 325; dagegen 1001. Großmachtsprachen 165, 303, 369, 398, 408, 716, 851, 968 f., 1051, 1104, 1379, 1506, 1520, 1668, 1764. Künftige Sammlung der Sprachen, religiös 130, 132, 180, 225, 238, 283 f., 389, 606, 654, 1079, 1154, 1261, 1290, 1325 f., 1329, 1331, 1425, 1488, 1652, 1693, 1712; geschichtlich 1372, 1652, 1684, 1704, 1735, 1743, 1747, 1756, 1761, 1763 f., 1766, 1786, 1814, 1844 f., 1859.

335) Sprachenzahl durch die Geschichte verringert 1511, 1596, 1601, 1735, 1747, 1749, 1773, 1793, 1814, 1844; vgl. Anm. 273. Gleichberechtigung aller Sprachen 915, 919, 1079, 1109, 1124 f., 1139, 1199, 1262, 1484, 1511, 1516, 1684 f., 1761, 1875.

336) Wortlose Universalsprachen 1282, 1407, 1448, 1506 f., 1547, 1557, 1647, 1664 f., 1680, 1764, 1783, 1788; vgl. Anm. 406. Sonderung der Sprachen als unauflösbar 398, 419, 1066, 1221, 1255, 1271, 1550, 1621, 1765, 1800, 1816, 1834 f., 1853 f., 1861, 1864, 1867, 1869, 1872, 1875 ff., 1880.

der Herrschaft stützte sich denn auch der alte Gedanke des Weltreiches. Wer ihn zu verwirklichen suchte, gab seinen Universalismus gern als göttlichen Auftrag der Sammlung aus; er versprach nicht allein den Raum der ganzen Erde, auch die Zeit der Weltgeschichte zu umspannen in jener Reihe der vier Weltreiche, die sich aus Dan. 2, 29 ff. herauslesen ließ. Das letzte Weltreich, das ökumenische Römerreich, schien sich im mittelalterlichen Kaisertum fortzusetzen[337]). Damit verband sich im Mittelalter die religiöse Hoffnung, daß sich das Gottesvolk in der Geschichte selbst als Sammlung aller Völker konstituieren werde; von ähnlichen, wenngleich säkularisierten Erwartungen zehrten noch die neuzeitlichen Versuche, eine Hegemonie über den Staaten zu errichten[338]). Aber war die Zusammenfassung nicht eher eine nimrodische Konfusion im Widerspruch zur göttlichen und natürlichen Vielfalt der Völker? Gelänge die Universalmonarchie, so wäre sie Tyrannei und Tod; mißlänge sie, so würde sie nur neue Sonderung bedeuten[339]). Nicht Herrschaft, nur Gemeinschaft konnte die Sammlung erreichen; die Völker vermischen sich oder fühlen sich als Glieder der einen Völkerfamilie und schließen Völkerbünde, die Staaten verbünden sich miteinander und sorgen für das Gleichgewicht der Mächte. Freilich hielten die Bündnisse sogar zwischen gleichsprachigen oder verwandten Völkern nicht lange, und die Kongresse der Staaten boten eher ein Bild der

[337]) Sammlung im Weltreich 43, 46 f., 51, 54, 65, 67 f., 75 ff., 81 f., 86, 132, 134, 161 f., 201, 240, 296, 303 f., 308, 323 f., 340 f., 344, 368 f., 386, 396, 408, 410, 446, 535, 564, 568, 656, 707, 716, 725 f., 734, 736, 740, 762, 780, 789, 806, 845 f., 858, 869, 899, 911, 968, 976, 986, 1009, 1011, 1037, 1100, 1129, 1164, 1196, 1198, 1306, 1322, 1348, 1360, 1399, 1563, 1590, 1693, 1706; vgl. Anm. 115. Reihe der Weltreiche 144, 192, 334, 353, 369, 386, 412, 497, 540, 722, 734, 776, 789, 858, 996, 1011, 1074, 1196, 1590, Anm. 415. Kaisertum 43, 47, 52, 161, 296, 303 f., 322 ff., 491, 532 f., 562, 564, 567 f., 570 f., 575, 597, 656, 666, 669 f., 677, 688, 704, 711, 741, 762, 828, 845 f., 869, 1018, 1023, 1037, 1055, 1065, 1070, 1076, 1196 f., 1380, 1624, 1636, 1654, 1837. Kaiser als Autoren Anm. 139.

[338]) Gottesvolk als Sammlung aller Völker 129 f., 132, 149, 171, 197, 221, 223–6, 228 f., 240, 250, 282, 298, 303, 317, 324, 326, 329, 339, 354, 369 f., 372, 376, 378, 395 f., 401 f., 410, 413, 416, 418 f., 421, 427, 432, 467, 469, 482, 488, 492, 496 f., 512, 520, 534, 536, 580, 618, 620, 625, 630, 649, 700 f., 716, 858, 882 f., 972, 1100, 1290, 1325 f., 1593, 1598, 1638, 1640, 1805; vgl. Anm. 348. Hegemonie 1070, 1121, 1130, 1151, 1247, 1263 f., 1426 f. Künftige politische Sammlung der Menschheit 138, 144, 180, 270, 390, 851, 1261, 1620, 1652, 1668, 1693, 1735, 1740, 1746, 1749, 1759, 1786, 1788, 1790, 1814, 1870.

[339]) Kritik am Imperialismus der Weltreiche 138, 144, 211 f., 349, 353, 368 f., 403, 464, 497 f., 662, 885, 990, 1003, 1161, 1191, 1247, 1252, 1289, 1374, 1402, 1418, 1537, 1553, 1555 f., 1558, 1594, 1675, 1715 f., 1721, 1737, 1759, 1766, 1770, 1776, 1781, 1804, 1815, 1826, 1856, 1858, 1869, Anm. 247; des Kaisertums 317, 539, 625, 641, 732 f., 755, 764, 786, 876, 883, 885, 989, 1057, 1064, 1146, 1182, 1267, 1623, 1759; der Hegemonialmächte 1199, 1203, 1520 f.; an Großmächten überhaupt 403, 414, 876, 891 f., 999, 1081, 1203, 1213, 1326, 1412, 1523, 1737, 1825; vgl. Anm. 122.

Verwirrung als der Eintracht; von der Gemeinschaft war deshalb kaum mehr zu erwarten als das Eingeständnis, daß alle Völker und Staaten der Erde gleichberechtigt seien[340]). Doch ist eine allseitig anerkannte Sonderung noch keine Sammlung.

Leichter scheint sie im gesellschaftlichen Bereich möglich, im Kleinen durch lokale Stände- und Städtebünde, aber auch grundsätzlich. Während ältere Meinungen die sozialen Unterschiede in der Idee des einen Gottesvolkes aufgehen lassen wollten, erwarteten neuere Ansichten ihre Behebung von der ökonomischen und technischen Wirklichkeit; doch waren auch diese Pläne noch das, was sie überwinden wollten, Ideologien, denen sich die geschichtliche Wirklichkeit versagte. Die tatsächlich erreichte Nivellierung in der Weltwirtschaft ist keine Sammlung; sie würde es erst in Verbindung mit einer Idee, die wirklich allgemein wäre[341]).

Wenn also die Sammlung des geschichtlich Vielfältigen und Gesonderten eine geistige Leistung sein müßte, sollte man ihr Stichwort im Bereich der geistigen Kultur finden können. Sie bestrebt sich wirklich, das Gesonderte zusammenzufassen, wenn nicht in einer Weltkultur, so doch im Vergleich und Wettstreit der Kulturen. Das Ziel der Bildung und Erziehung ist vielfach der *uomo universale* und das *studium generale*. Die Kunst möchte in jedem ihrer Werke ein Universum schaffen, das in der Malerei und Musik alle Menschen unmittelbar anspricht, während die Dichtung Weltliteratur als das Buch aus allen Sprachen schreiben will. Die Wissenschaft liebte einst die universale Kenntnis; der einzelne Gelehrte wollte gerne alle Schriften, Sprachen und Disziplinen kennen, um sie so zu sammeln. Was den Polyhistoren mißlang, das versuchten dann die Gemeinschaftsunternehmungen, die Enzyklopädien, schließlich die gelehrten

---

[340]) Vermischung der Völker 136, 312, 1102, 1213, 1247, 1401, 1532, 1649, 1740, 1783; dagegen 303, 1090, 1556, 1601, 1829. Völkerfamilie 90, 296, 1428, 1482, 1506, 1689, 1824. Völkerbünde 56, 1289, 1310, 1380, 1422, 1567, 1606, 1749, 1757 f., 1766, 1790, 1802, 1825, 1835. Bündnisse der Staaten 353, 370, 919, 997 f., 1011 ff., 1080, 1100, 1121, 1219, 1238, 1241, 1247, 1266, 1270, 1530, 1557, 1643, 1724, 1748; dagegen 1106. Bündnisse zwischen Gleichsprachigen 727, 995; zwischen Verwandten 443, 573, 1226, 1234 f. Politische Kongresse 1557, 1599, 1674 f., 1704, 1725, 1764, 1874. Gleichberechtigung aller Völker 1139, 1146, 1150, 1262, 1482, 1690, 1711; aller Staaten 556, 617 f., 682, 702 f., 730, 755, 823, 911, 919, 955, 995 f., 1121, 1161, 1199, 1247, 1262 f., 1310 f., 1395 f., 1493, 1506, 1520, 1558, 1793.

[341]) Städtebünde 1019, 1203. Sammlung der Städte 138, 176, 326, 851, 968. Gesellschaftliche Sammlung der Menschheit, Aufhebung der sozialen Unterschiede 56, 840, 972, 990, 1045 f., 1071, 1609, 1619, 1630, 1652 f., 1663, 1668, 1675, 1703 f., 1723 f., 1758, 1760 f., 1763–8, 1770, 1791 f., 1845, 1874; dagegen 1675, 1694, 1721, 1753, 1760, 1765, 1775, 1812, 1824. Weltwirtschaft 1663, 1735, 1740, 1758, 1776; vgl. Anm. 146 f.

Kongresse: die Zusammenfassung der Wissenschaften[342]). Aber die Einheit ist auch hier eine Idee, die sich in der Wirklichkeit nur formal verifizieren läßt; in allem Inhaltlichen kann auch die Kultur nichts anderes sein als ein Wettbewerb, allenfalls ein Konzert, zu dem jeder auf seine besondere Weise und mit seiner beschränkten Kraft beiträgt, im Bewußtsein, daß geistiges Leben sich aus vielen Aspekten deuten läßt. Wer so die Besonderheit menschlichen Meinens für allgemein hält, kommt damit der Wirklichkeit nahe, allerdings gerade dadurch, daß er sie nicht zusammenfaßt.

Die Sammlung erweist sich also als der Versuch, in der geschichtlichen Vielfalt und Sonderung eine ideelle Einheit zu verwirklichen. Diese Realisierung scheint unmöglich zu sein, und doch kann die Hoffnung auf sie nicht verstummen; denn sie nährt sich aus tieferen Gründen als der geschichtlichen Erfahrung, sie ist Bestandteil jedes Geschichtsdenkens überhaupt. Wer die Einheit in und über der Vielfalt leugnen wollte, würde die Welt zum Tollhaus machen, ebenso aber auch, wer sie verwirklichen könnte. Die Spannung ist unaufhebbar; sie treibt den Menschen über seine Bedingungen hinaus. Die offene Frage ist nur, ob diese Antinomie nicht den Menschen selbst zerstören wird, also das Ende ist.

*

Das Ende bezeichnet wie der Ursprung keinen Verlauf, sondern die Aufhebung von Zeit und Geschichte, von Wirklichkeit und Möglichkeit. Doch unterscheiden sich die Meinungen über das Ende von denen über den Ursprung durch eine strengere Alternative. Während man den Ursprung so begreift, daß er in Verfall oder Fortschritt, aber jedenfalls in zeitliche Entfaltung übergeht und eine Zukunft hat, bedeutet das Ende nur für diejenigen den zukünftigen Höhepunkt der Sammlung, Fortschritt und Ziel, die an eine sinnvolle Veränderung des derzeitigen Daseins glauben; von der täglichen Erfahrung her hat das Ende ein schlimmeres Gesicht und ist Abbruch, Scheitern und Tod. Eben diese Sinngefährdung durch die Grenzsituation erzwingt erst die Entscheidung über Zeit und Geschichte im ganzen; von den verschiedenen Positionen des Geschichtsdenkens aus wird denn auch meist eindeutig darüber entschieden.

---

[342]) Weltkultur 1764; dagegen 1776. Vergleich der Kulturen 1430, 1790 ff., 1856. Weltliteratur 1185, 1544, 1597, 1617, 1693, 1703, 1776, 1781, 1827 f., 1831. Kenntnis aller Schriften 49, 65, 186, 895. Vereinigung aller Schriften 1793, 1835. Polyhistoren 151, 307, 311, 985, 1101, 1189, 1339, 1366 f., 1465, 1475, 1481; dagegen 1644. Enzyklopädien 55, 159 f., 305, 338, 448–55, 604, 730, 741, 749 f., 769, 777, 788, 790 f., 793 f., 826, 839 f., 858, 905, 913, 965, 1201, 1286, 1351, 1367, 1372, 1444 ff., 1449 f., 1453, 1472, 1484, 1607, Anm. 447; dagegen 1184, 1447. Gelehrte Kongresse 980, 1820, 1843. Zusammenfassung der Wissenschaften 882, 904, 971, 1345, 1445.

Im religiösen Bereich wird das Ende erst durch die Jenseitsreligionen akzentuiert; dann freilich kann es nur Verwandlung zum Wesentlichen bedeuten, Vollendung der Schöpfung, Überwindung von Vielfalt, Sünde und Tod, Krone des ewigen Lebens, Ziel der Sammlung in der einen und ewigen Wahrheit. Das heißt aber auch Höhepunkt der Sonderung des Wahren vom Falschen, des Guten vom Bösen im Jüngsten Gericht. Danach haben Himmel und Hölle kein Ende, und ihre Gliederung ist reine Harmonie ohne den Beiklang geschichtlicher Vielfalt; das himmlische Vaterland kennt keine Unterschiede der Sprachen und Völker mehr. Auf welche Art sich in der Gemeinschaft der Heiligen die irdische Mannigfaltigkeit auflösen oder verklären würde, das malte man sich allerdings ebenso unterschiedlich aus wie die Ordnung und Sprache unter den Verdammten[343]). Im himmlischen Paradies gipfelt und endet auch die Kirche als Gottesvolk und pfingstliche Gemeinschaft der Gläubigen; nur antikirchliche Meinungen prophezeien ihr ein geschichtliches, schmähliches Ende. Allerdings erwarten auch die Gläubigen vor dem seligen Ende schwere geschichtliche Prüfungen. Der Antichrist wird kommen und mit ihm die von Ez. 38, 2 ff. und Apoc. 20, 7 geweissagten fürchterlichen Völker Gog und Magog; die endzeitlichen Kämpfe und Wirrungen werden noch einmal an Nimrod und Babel erinnern. In kriegerischen Zeitläuften meinte mancher, nun sei das Ende der Welt gekommen; berechnen ließ es sich freilich nicht[344]).

Die Naturdeutung kennt kein gleich gefährdetes Weltende, weil die Natur in ihrem Stirb und Werde keine Geschichte hat; sie könnte höchstens überwältigt werden durch den Tod, nach dem unbegreiflichen Ratschluß Gottes, nach der Willkür des Menschen oder in der entropischen Verwirklichung aller ihrer Möglichkeiten. Die Erde ist scheinbar unerschütterlich; verschollene Erdteile wie die sagenhafte Atlantis gingen nicht ganz unter, denn man entdeckt sie immer wieder. Gewiß ist lediglich, daß die einzelnen Naturwesen sterben, daß

---

[343]) Vollendung der Schöpfung 979, 1379, 1447 f., 1478, 1497, 1520, 1652. Ewiges Leben 393. Auferstehung 282, 344, 775, 1115, 1794. Jüngstes Gericht 40, 115, 402, 611, 649 f., 957, 1018, 1218, 1409. Himmlisches Paradies als harmonisch 579, 584, 983; als gegliedert 229, 327, 330, 350; als Heimat 503, 584, 873, 1070, 1194, 1540, 1620, 1666. Fegefeuer 537, 775. Hölle 168, 175, 190, 215, 314, 327, 344, 817 f., 873 f., 983, 1230, 1253, 1266, 1462, 1798. Sprache im Jenseits Anm. 355.

[344]) Ende der Kirche 1859; in der Geschichte 709 ff., 1065, 1182, 1186, 1702 f. Antichrist 374, 384, 492 f., 537, 601, 660, 666, 709, 737, 770, 786, 805, 990, 1045, 1086, 1196, 1467, 1586, 1675, 1733 f., 1759, 1777, 1867, 1869. Gog und Magog 131, 216, 225, 265, 269 f., 279, 287, 296, 306, 310, 322, 327, 332, 334, 339, 347 ff., 384, 388 f., 401, 410, 452, 486 f., 515, 518, 523, 530 f., 553, 567, 581, 598, 646, 686, 689, 725, 766, 770, 772, 776, 786, 830, 836, 855, 857, 912, 917, 919, 1011, 1064, 1211, 1235, 1266, 1337, 1380, 1722. Ende der Welt 180, 225, 227, 234, 239, 283, 488, 649, 710, 983, 1074, 1119, 1390, 1458, Anm. 43; seine Chronologie 85, 229 f., 234, 263, 322, 329, 366, 368, 370, 375, 384, 405, 415, 417 f., 432, 487, 492, 710, 1759.

auch das Leben des Einzelmenschen ein Ende hat. Mit dem ersten Menschen kam der Tod in die Welt als sein ständiger Begleiter. Er kann sinnvoll sein und eine Lebensgeschichte in harmonischer Fülle der Jahre abrunden; oft aber ist er Mord oder Abbruch, wenn nicht gar Strafe wie der Tod des gescheiterten Nimrod, wenigstens pure Vergänglichkeit und Lebensschwäche, von der Gräber eindringlich reden. Das Reich der Toten ist dann eine blasse, traurige Welt ohne Leben, Ordnung und Sprache. Allenfalls bleiben die Namen der Toten im Gedächtnis der Lebenden. Anders die religiöse Jenseitshoffnung: Der Tote versteht noch die Sprache der Seinen, vollends den Anruf der Engel und den Spruch Gottes beim Jüngsten Gericht, ganz zu schweigen vom paradiesischen Jubel. Das neuzeitliche Paradies auf Erden will den Tod gleichfalls überwinden; ob es dem Übermenschen gelingt, ohne mit der Vielfalt zugleich das Leben und den Menschen zu zerstören, ist freilich immer noch eine geschichtliche Entscheidung, die das Ende unliebsam beschleunigen, aber nicht nach Wunsch verhindern könnte[345]).

Verzögert und in große Sinnzusammenhänge gestellt erscheint das Ende des Einzelmenschen dadurch, daß er nach seinem Tod auf Erden fortlebt in seiner Gattung, in seinen Nachkommen, der Held zudem im Nachruhm seines Namens. Ewig lebt indessen auch der große Name nicht; auch Familien und Sippen sterben aus oder werden in höheren Gemeinschaftsformen unkenntlich. Viele Stämme der Geschichte verschwanden vom Erdboden wie die zehn verlorenen Stämme Israels, von denen niemand wußte, ob sie spurlos untergegangen oder in neuen, noch lebenden Völkern aufgegangen waren[346]). Auch für die Völker im ganzen stellt sich die Alternative Untergang oder Verwandlung. Frühe Meinungen mochten nicht wahrhaben, daß diese ursprünglich scheinenden Gebilde ein Ende haben könnten. Aber man sah es. Natur und Geschichte, Krankheiten und Kriege ließen viele Völker sterben oder verderben; selbst ihre Namen sind vergessen, ihre Träger zerstreut oder verschollen[347]). Eine

---

[345]) Verschollene Erdteile (Atlantis) 1129, 1216, 1241, 1340, 1345, 1386, 1593, 1857 f. Tod und Geschichte 20, 35, 54, 127, 150, 159, 186, 287, 403, 489, 989, 1102, 1276, 1457, 1663, 1692, 1756, 1804, 1823. Lob des Todes 179, 403, 1756. Harmonische Zahl der Lebensjahre 48, 64, 68, 137, 229, 501, 1316 f., 1341, 1402, 1500. Mord 840, 849, 1046, 1252, 1571, 1809. Tod als Strafe 47, 458, 521, 815, 1823. Nimrods Ende 288, 306, 817 f., 874, 963, 1230, 1266, 1390, 1392, 1836. Gräber als Zeugen der Vergänglichkeit 176, 414, 1409, 1545, 1596, 1664, 1679, Anm. 162. Totenreich 32, 40, 80. Name der Toten 20, 35, 92, Anm. 96. Sprache der Toten 38, 92, 179, 1403, 1428, 1808, 1814; im christlichen Jenseits Anm. 355. Überwindung des Todes 257, 1112, 1589, 1608, 1667, 1775, 1794, 1804; dagegen 1403. Überwindung des Lebens 1713; des Menschen 1734 ff., 1801 f., 1804, 1810, 1865, 1880.

[346]) Aussterben von Sippen 964; von Stämmen 131, 173, 406, 725, 766, 781, 857, 1145, 1158, 1237, 1252, 1322, 1367, 1386, 1598, 1602, 1654 f. Nachruhm Anm. 96.

[347]) Aussterben von Völkern 145, 196, 379, 400, 487, 577, 658, 687, 986, 1634, 1666, 1710, 1814.

Verwandlung der Völker müßte sie zu höherer Einheit sammeln; das erwartete die mittelalterliche Hoffnung vom Gottesvolk, die moderne von Menschheitsverbrüderung oder Weltrevolution[348]). Hier wurde das Ende wieder in die Geschichte eingeholt und mit der politischen Sammlung gleichgesetzt. Die Geschichte politischer Gemeinschaften lehrt allerdings eher umgekehrt, daß am Ende der Zerfall zu stehen pflegt; die großen Weltreiche lösten sich in ihre Teile auf oder fielen in fremde Hände; die Einzelstaaten sind erst recht vergänglich[349]). Rechtsordnungen kommen und gehen, und wenn auch der Krieg seine Formen wandelt, er endet doch nicht in dem ewigen Frieden auf Erden, den immer neue Projekte und Verträge sichern wollten[350]). Politische Ordnungen gibt es, solange es Menschen gibt; oder sollten sie in einer höheren, gesellschaftlichen Ordnung aufgehen können ? Doch auch in ihr bemerkt man Untergang und Verwandlung; Berufe sterben aus, Stände zerfallen, viele Bürgerstädte sind zerstört oder verlassen, während andere wieder erstehen. Die alten Ordnungen sind überführt in neue Formen einer klassenlosen Gesellschaft, ohne daß deren Gleichförmigkeit endgültig oder paradiesisch wäre[351]). Ein Ende geschichtlicher Umbildungen ist nicht abzusehen, es sei denn mit dem Ende der Menschheit selbst; bis dahin ist die Vermengung von Tod und Verwandlung wohl das Gesetz geschichtlicher Wirklichkeit.

Diese Verquickung aufzulösen und zu überwinden scheint keine Aufgabe fortschreitender Erfahrung, sondern geistiger Bewältigung des Wirklichen zu sein; sie wäre wie von der Religion am ehesten von der geistigen Kultur zu erfüllen. Diese aber weiß auf ihre unendliche Frage immer nur endliche Antworten; das Ende liegt jenseits ihres Zugriffs oder wird allein im Versagen oder Verzichten des geistigen Anspruchs sichtbar. Kulturen sterben oder zerstören sich selbst, wenn sie die Brücke zwischen Gedanken und Wirklichkeit nicht mehr schlagen wollen; die Bildung erstickt im bloßen Schulbetrieb. Die Kunst ist im Einzelwerk vielleicht vollendet, im ganzen nicht. Ob man sich das Architekturdenkmal des babylonischen Turmes als unvollendet oder als nachträg-

[348]) Überwindung der Völker durch das Gottesvolk 58, 119, 131, 220 f., 228, 230, 254 f., 327, 366, 369, 390 f., 420, 496, 512 f., 517, 607, 723, 770, 809, 1046, 1280, 1617, 1674 ff., 1695, 1756, 1759 f., 1802, 1826, 1865; vgl. Anm. 338; dagegen 30, 1678. Überwindung der Völker durch Menschlichkeit 138, 1606 ff., 1617, 1619, 1652, 1703, 1747, 1749, 1761, 1766 f., 1788, 1824, 1845; dagegen 1748, 1769.

[349]) Untergang von Weltreichen 219, 353, 369, 604, 1138, 1439; von Großmächten 117, 183 f., 270, 557, 586, 658, 691, 1755, 1757, 1770, 1780; von Staaten 1808 f., 1812 f.

[350]) Ende des Krieges 1668, 1770, 1788. Dauernder, ewiger Friede 27, 145, 161, 167, 183, 211, 415, 510, 584, 718 f., 828, 1095, 1166, 1287, 1359 f., 1377, 1458, 1506, 1537, 1597, 1607, 1638, 1643, 1748, 1776, 1783, 1788, 1790, 1830.

[351]) Ende der Gesellschaftsordnung 840, 1758. Untergang von Städten 131, 532, 1772, 1784; ihr Wiederaufbau 412, 620, 639, 662, 666, 805, 1325.

lich zerstört denkt, sein Zustand bezeichnet allemal die endliche Grenze eines unendlichen Entwurfes; vollends die Weltliteratur ist das Fragment der Fragmente. Ähnliches widerfährt der Wissenschaft, dieser Frage ohne Ende, die allenfalls im babylonischen Chaos des Gewußten und nicht Wissenswerten am Ende ist, ohne ihr Ziel je zu erreichen[352]). Aber was könnte das Ziel einer Verwandlung im Geistigen sein ? Das wirkliche Ende des Geistes wäre das Schweigen, das Ende des Gesprächs und der Sprache.

Doch auch das Ende der Sprache kann beides sein, Versagen oder Überwindung. Menschliche Sprache verstummt oft, gegenüber dem fremdsprachigen Mitmenschen, aber auch im Übermaß des Unsäglichen. Die übermenschliche Wahrheit ist stumm, und so könnte die Sprache des Endes das innere Wort und jenes tiefe Schweigen sein, das sich mystisch dem Ursprung vermählt[353]). In der Geschichte sterben die Sprachen jedoch anders. Viele Idiome sind verfallen oder ganz ausgestorben; andere führen als tote Sprachen ein gespenstisches Dasein, nachdem ihre Träger sich neuen Muttersprachen zugewandt haben; nicht nur den Juden und ihrem Hebräisch erging es so[354]). Dieses vorzeitige Ende bleibt immer vorläufig, eine Episode der geschichtlichen Vielfalt. Mit solchem Wechsel wird es nach der Überzeugung der Gläubigen im Jenseits vorbei sein. Vielleicht wird am Ende drüben die eine Ursprache wiederkehren, die hebräische Endsprache, die von den Propheten (Jes. 19, 18; Soph. 3, 9) nur angedeutet und von den Rabbinern postuliert wurde. Im Mittelalter zögerten viele, auch solche, die an der hebräischen Ursprache nicht rüttelten. Das Ende greift weiter als der Ursprung hinaus über die Geschichte, kann also keine geschicht-

[352]) Ende der Kultur 1444, 1710, 1773, 1775, 1812, 1823, 1856; der Bildung 1663; der Kunstwerke Anm. 162. Vollendung des Babelturmes Anm. 251. Ende der Wissenschaften 584.

[353]) Verstummen der Sprache 77, 393, 520, 679, 744 f., 774 f., 1166, 1359, 1664, 1801; dagegen 1470. Sprache ohne Worte 491, 520, 881, 1155, 1259, 1861, Anm. 27, Anm. 85, Anm. 406. Inneres Wort 722, 744, 811, 832, 900, 1000, 1028, 1077, 1155; vgl. Anm. 74. Schweigen als Sprache von Ursprung und Ende 39, 63, 98, 367, 375 f., 384, 386, 393, 414 f., 520, 727, 730, 832, 881, 900, 991, 1001, 1014, 1155, 1259, 1359, 1540, 1594, 1617, 1677, 1784, 1788, 1874. Mystik 210, 216, 245, 312, 321, 333, 342, 584, 774 f., 823, 831 f., 881, 900, 920, 990, 1014, 1077, 1092, 1147, 1155 f., 1175, 1330, 1342 ff., 1359, 1362, 1428 f., 1448, 1462, 1507, 1521, 1782, 1785 f., 1793, 1801, 1810, 1826, 1841; dagegen 1192, 1706, 1844. Mystische Auslegung Anm. 440.

[354]) Verfall geschichtlicher Sprachen 60, 94, 164, 187, 269, 386, 1136, 1138, 1348, 1601, 1756, 1801, 1812; ihr Aussterben 133, 144, 149, 161, 277, 442, 445, 495, 687, 734, 986, 1010, 1022, 1102, 1108, 1160, 1174, 1219, 1378, 1600, 1605, 1652, 1710, 1718, 1773, 1785, 1847. Tote Sprachen 149, 197, 254, 275, 756, 1139, 1162, 1174, 1177, 1181, 1323, 1346, 1451, 1483, 1486, 1503, 1511 f., 1539, 1552, 1555, 1605, 1627, Anm. 151; ihre Rekonstruktion 1456, 1500. Sprache überhaupt als tot 1824. Änderung der Muttersprache eines Volkes Anm. 109. Verlust einer Muttersprache 379, 587, 870, 999, 1176, 1180, 1633 f., 1812, 1814.

liche Sprache absolutsetzen. Vielleicht wird es eine neue, überirdische Sprache sein, von der wir noch nichts wissen können; vielleicht werden (nach 1 Kor. 13, 8) die Sprachen überhaupt aufhören. Vielleicht ist aber nicht der strenge Ursprung, sondern die jubelnde Vielfalt das Letzte und Höchste; dann verstehen die Heiligen alle Sprachen der Erde und singen im Chor aller geschichtlichen Zungen das ewige Gotteslob. Das hieße, daß die Weltgeschichte seit dem Sündenfall und dem Turmbau von Babel kein Umweg war, der am Ende rückgängig zu machen wäre, sondern ein sinnvoller Weg zu einem noch nie erreichten Ziel. Moderne Planung erstrebte das gleiche Ziel, nun freilich hier auf Erden; in naher Zukunft möchte sie der Sprachenvielfalt ein Ende machen und sie sinnvoll aufheben in einer eindeutigen, klaren und menschlichen Universalsprache. Wie alle ähnlichen Projekte könnte indes auch dieses mit jähem Abbrechen und Verstummen enden[355]. Denn nur die Aspekte haben gewechselt; die Frage ist noch immer die gleiche: Gibt es eine geschichtliche Wirklichkeit ohne geschichtliche Vielfalt ? Gibt es ein Ende, das Wirklichkeit und Einheit sinnvoll miteinander verknüpft ?

Die ungelöste Frage zeigt, daß das Ende nicht unabhängig von der jeweils gegenwärtigen Vielfalt zu denken ist und mit ihr zusammenhängt, auch wenn es die Rückkehr zum Ursprung verkündet. Als reine Erfahrung wäre das Ende immer nur punktuell besonders und ginge niemanden an außer denen, die es gerade betrifft. Die Deutung erst macht das Ende zu einem Stück allgemeiner Geschichte, ja zur Sinngebung der Geschichte; denn in der Antinomie zwischen Untergang und Überwindung liegt die Frage nach dem Wert der Veränderung überhaupt. Zu beantworten ist sie immer bloß einseitig, in der geschichtlichen Vielfalt des Besonderen.

*

Auch unser zweiter Ansatz, der die Meinungen über die Vielfalt der Sprachen und Völker nach Zeitbezügen gruppierte, erbrachte weitgespannte und unscharfe Beziehungen. Kein Entwurf, der den dauernden Grund der Sprache nicht von einem Aspekt der Veränderung aus fixiert hätte: Sprache ließ sich u. a. verstehen als reiner Ursprung, als babylonische Entfaltung, als umfassende Vielfalt, als intensive Sonderung, als pfingstliche Sammlung, als jubelndes

[355]) Endsprache wird eine historische Sprache (Hebräisch) sein 180, 195, 283, 390, 550 f., 611, 652 f., 862, 1025, 1050, 1084, 1115, 1132, 1218, 1250, 1260, 1269, 1350, 1513, 1516; nicht das Hebräische 1470, 1507; eine überirdische Sprache 282, 626, 775, 1000, 1015, 1462, 1570, 1594, 1617, 1620, 1697, 1782, 1829. Aufhören aller Sprachen im Jenseits 255, 390, 454 f., 584, 803, 992, 1860; dagegen 972, 1000. Im Jenseits erklingen alle Sprachen 199, 229, 350, 416, 434, 506 f., 550 f., 808, 873 f., 972, 1000, 1029, 1350, 1469, 1769. Diesseitige Universalsprache Anm. 331, Anm. 333 f.

Ende. Kein Entwurf auch, der nicht die Geschichte auf eine Zeitstufe hätte festlegen wollen, etwa auf den ewigen Ursprung, auf die fortschreitende Entfaltung, auf die chaotische Vielfalt, auf die schmerzliche Sonderung, auf die hoffnungsvolle Sammlung, auf das unausweichliche Ende. Die Meinungen sind keine bloßen Hirngespinste; denn wir sahen in der historischen Darstellung immer wieder, daß Sprache und Geschichte wirklich weithin bestimmt werden vom einordnenden Zeit- und Selbstverständnis ihrer Epoche. Nun ergab sich jedoch, daß Geschichtsdenken und Selbstverständnis jeder Gegenwart an ihrer Eindeutigkeit und Selbstbeschränkung gehindert werden durch die Unbestimmtheit von Sprache und Geschichte, die sie mit ihrer einäugigen Sehweise festlegen wollen. Vom Ausgangspunkt, der gegenwärtigen Vielfalt von Sprachen und Völkern und ihrer wandelbaren Geschichte, lassen sich die Deutungen fortziehen zur grundsätzlichen zeitlichen Ordnung von Sprache und Geschichte überhaupt, ohne aber dabei einen festen Stand zu finden.

Die Geschichte der Fragestellung zeigte denn auch keine zunehmend deutlichere Fixierung der Aspekte, eher umgekehrt eine immer umfassendere Betrachtung zeitlicher Veränderung und immer vielseitigere perspektivische Antworten. Man hatte versucht, jenseits der zeitgenössischen Erfahrung allgemeine Zeitabläufe zu finden, die die Offenheit und Unbestimmtheit des Menschen ausrichten und abklären sollten. Es mißlang, weil sich die Aspekte der Veränderung nicht als ein zusammenhängendes Faktum, sondern als geschichtlich bedingte sprachliche Deutungen erwiesen, die der Veränderung entgehen wollten. Während sie die zeitliche Bewegung aufspalteten in Verfall und Fortschritt, Verwirrung und Ordnung, Untergang und Überwindung, ließen sie die dahinterstehende Grund-Antinomie unbeachtet oder unbewältigt: die sprachliche und geschichtliche Vielfalt des Besonderen. Sie widersteht der Eingliederung in feste Zeitbezüge ebenso wie der Erklärung durch umfassende Sachzusammenhänge; sie ist aber in den Strukturen der Ordnung und in den Aspekten der Veränderung gleichermaßen wirksam. Wenn sie sich trotzdem von beiden Seiten nicht einseitig fassen läßt, bleibt uns nur ein dritter Zugang, die Brücke selber. Wir fragen also nach den Funktionen, die Struktur und Aspekt, Ordnung und Veränderung gemeinsam haben.

3. Funktionen der Vermittlung

Die Meinungen über die Vielfalt der Sprachen und Völker reichen in die verschiedensten Sachzusammenhänge und überqueren die mannigfachsten Zeitbezüge. Was sie ins Weite des sachlich nicht Begrenzten und ins Ferne des geschichtlich Veränderten führt, ist aber zugleich das, was sie zusammenhält: ihr sachliches Thema und seine sprachliche Aussage. Wenn diese Gedanken sogar die entschiedensten Sachzusammenhänge für neue Entscheidungen öffnen, „deklinieren", wenn sie selbst die festgefügte Abfolge der Zeit für jede Gegenwart neu bewegen, „konjugieren", dann kreisen sie offenbar um einen Punkt, der das Allgemeingültige mit dem geschichtlich Besonderen, die Wirklichkeit mit den Gedanken durch Vergegenwärtigung, durch Repräsentation umfassend verbindet. Inhaltlich deuten nun die untersuchten Meinungen die Sprache und die Welt durch Geschichte, sie ergründen das Wesen der Sprache im Zusammenhang mit der Geschichte von Welt, Völkern und Menschen. Formal sind die gleichen Meinungen Auslegung der Geschichte und der Welt durch Sprache, in deren *Medium* sich Sein und Werden, Formen und Gedanken, Bedingtes und Dauerndes spiegeln. Sprache und Geschichte treffen sich also darin, daß sie die Vielfalt des Besonderen zum Thema haben und das Getrennte durch Auslegung und Vergegenwärtigung vermitteln. Diese Vermittlungen sind nur „syntaktische" Funktionen; wir versuchen trotzdem bei ihnen den Schlüssel für die Geschichte unserer Fragen und für die sachliche Antwort auf diese Fragen zu finden.

*

Daß die Sprache eine vermittelnde Auslegung sei, war keineswegs die Ansicht aller untersuchten Autoren. Wer nach dem bleibenden Wesen der Sprache fragte, schrieb ihr gern auch ein eigenes Wesen zu, das auf nichts anderes verwies und zu den Strukturen der Ordnung gehörte. Für archaische und konservative Meinungen galt Sprache oft als Welt überhaupt, wenigstens als eine eigene und wahre Welt für sich, als eine dauernde und souveräne Größe von unerschöpflich wirkender Kraft[356]). So erhielt sie einen religiösen Nimbus, sei es, daß man sie als göttlich oder als göttlich geschaffen verehrte; sie schien als Gottes Schöpfungswort, als Offenbarung an die Menschen, als heiliges Wort selbst eine Schöpferin zu sein. Auch wo sie als Geschenk der unergründlichen Natur betrachtet wurde, pries man sie gern als naturbeherrschend und mächtig[357]). Als

[356]) Sprache als eigene Welt 70, 1102 f., 1115, 1166, 1221, 1259, 1282, 1288 f., 1343, 1362, 1445, 1448, 1451, 1522–7, 1548 f., 1576, 1682, 1685, 1689, 1716 ff., 1727, 1732 f., 1766, 1773, 1787, 1794, 1799 f., 1811, 1837, 1842, 1845, 1852 ff., 1863, 1865, 1880; dagegen 1233, 1256 f., 1529, 1581, 1631, 1855. Sprache als ewig 70, 72; als dauernd 35, 75, 94, 1223, 1482 ff., 1551 f., 1615 f., 1625, 1651, 1669, 1689 f., 1693, 1733, 1740, 1794, 1824, 1863, 1868; als wirkende Kraft 98, 1552, 1575, 1578, 1843 f., 1854.

[357]) Sprache als göttlich 33, 47, 58, 61, 67, 69, 72, 94, 96, 98, 138, 155, 210, 216, 237 f., 367, 385, 439, 502 f., 526, 979, 1526, 1528 f., 1540, 1559, 1865; als göttlich geschaffen Anm. 196; als göttliches Schöpfungswort 25, 33, 37, 76, 97, 108, 119, 180, 231, 242, 367 ff., 439, 478, 502, 520, 525, 572, 632, 710, 880, 1358 f., 1381, 1392, 1397, 1528, 1563, 1599, 1610, 1614, 1794, 1814; als Offenbarung 58, 72, 149, 180, 226, 729, 734, 1069, 1589, 1869, Anm. 196; dagegen 1410. Heiliges Wort 231, 355, 520, 1529,

unerklärliches Wunder oder geheimnisvoller Zauber zieht sie den Sprechenden in ihren Bann, verleiht ihm aber auch Macht über die Dinge und Zeiten der Welt[358]). Wenn Sprechen und Benennen zugleich ein gestaltendes Schaffen sind, bezeichnet der heilige Name das Wesen oder die Geschichte der Menschen und Dinge, durch sinnerschließende Etymologie oder durch beschwörende Lautmalerei[359]). Freilich begannen religiöse und philosophische Deutungen bald Sprache und Welt zu scheiden, auch wenn sie einander nahe blieben. Das göttliche Wort ist menschlicher Rede ähnlich, nicht gleich; der irdische Name und seine Etymologie sind nicht Weltschöpfung selbst, sondern auslegendes Gleichnis der Schöpfung; die Sprache ist irdisch begrenzt und gehört zum Menschen, in ihrer kreatürlichen Schwäche wie in ihrer vernünftigen Kraft[360]). Neuzeitlicher Analyse erschien die Sprache vollends als Werkzeug des Menschen, als Ergebnis individueller Willkür oder Not oder als Folge geselliger Vereinbarung und Gewohnheit[361]). So auf den Menschen beschränkt, verlor sie ihre Zaubermacht; in

---

1617 f., 1647. Sprache als Schöpferin 25, 33, 37, 47, 58, 61, 76, 87, 180, 199, 205 f., 225 f., 231, 397, 439, 478, 968, 979, 1571, 1617, 1647, 1651, 1773, 1789, 1815, 1829, 1850, 1860; als Naturgeschenk Anm. 197.

[358]) Sprache als Wunder 1590, 1739, 1742, 1808, 1868, 1874 f.; als Zauber 19, 31 f., 59 f., 69, 77, 117, 183, 193, 198, 210, 237, 243, 455 f., 979 f., 1079, 1232, 1405, 1496, 1560, 1646 f., 1731, 1733, 1763, 1782, 1801, 1808, 1813, 1829, 1831, 1835, 1841, 1861; vgl. Anm. 42; dagegen 425, 500, 1437 f., 1599, 1701, 1774. Sprache als Macht 34, 77, 98, 197, 368, 439, 449, 832, 1080, 1161, 1164, 1182, 1358, 1581, 1590 f., 1651, 1731 f., 1789, 1829, 1841, 1862; dagegen 384, 1596.

[359]) Name bezeichnet das Wesen 19 f., 32, 44, 47, 59 ff., 65, 77, 98, 104, 119 f., 157, 166, 182, 237, 367, 439, 449, 502, 648, 650, 774, 811, 869, 924, 973, 1028, 1154 f., 1161, 1183, 1250, 1259 f., 1342, 1425, 1448, 1460 f., 1466, 1547, 1561, 1616, 1651, 1738, 1771, 1862; bezeichnet die Geschichte 97, 117, 254, 295, 311, 451, 473, 670, 917, 1072, 1153, 1722. Vgl. Anm. 70. Heilige Namen 237, 420, 1540. Etymologie als sinnerschließend 105, 108, 116, 120, 122, 138, 176, 196, 385, 399, 448 f., 451, 505, 648, 920, 924, 955, 1024, 1051, 1215 f., 1224, 1228, 1238, 1345, 1466, 1566, 1656, 1685 f., 1763, 1820, 1830, Anm. 21, Anm. 108; dagegen Anm. 374. Lautmalerei 1341, 1355 f., 1492, 1496, 1509, 1605, 1661, 1741.

[360]) Trennung von göttlichem und menschlichem Wort Anm. 7. Sprache als irdisch begrenzt 745, 774, 1001, 1069, 1547, 1800, Anm. 20; als Teil des Menschen 86, 245, 755, 814, 966, 1109, 1138, 1161, 1201, 1286, 1400, 1409, 1459, 1523, 1542, 1546, 1548, 1559, 1561, 1569 f., 1583, 1614, 1631, 1651, 1665 f., 1673, 1683, 1687, 1690, 1702, 1715, 1731, 1734, 1743, 1789, 1791, 1793, 1796, 1806, 1811, 1813 ff., 1851, 1862, 1865, 1867, 1875, Anm. 69; als vernünftig 138, 636 ff., 658, 1284, 1512, 1551, 1565, 1610, Anm. 198, Anm. 331.

[361]) Sprache als Willkür des Einzelnen 34, 65, 95, 178, 187, 375, 424, 469, 512, 529, 604, 722, 797, 801, 810, 897, 902, 905, 960 f., 982, 1028, 1087, 1113, 1165, 1240, 1261, 1314 f., 1397, 1416, 1482, 1492 f., 1624, 1662, 1796, 1861, Anm. 69, Anm. 198. Sprache als Konvention der Völker 70, 95, 102, 160, 424, 1087, 1299, 1315, 1505, 1661, 1799, 1861, Anm. 198. Gewohnheit Anm. 413.

kraftloser Nachahmung und Stellvertretung erreichen Wort und Laut nicht einmal mehr die geistige Bedeutung, die sie formulieren sollen[362]); noch weniger kann das Wort der Sprache die Wirklichkeit der Dinge begreifen und begrenzen[363]). Und von der unvermittelten Wahrheit ist dann ein weiter Weg bis zur Sprache; denn Sprache ist ungenau und geschwätzig, unklar und unrein, in sich gespalten und babylonisch verworren, ungreifbar und vielgestaltig[364]). Name ist Schall und Rauch, beliebige und unverbindliche Setzung[365]). Zwar wird die Sprache durch diesen Nominalismus von den Dingen befreit, aber auch aus ihrer Verantwortung entlassen. Nur moralische Aufrichtigkeit, die in bewußter Anstrengung Worte und Taten, Namen und Dinge zusammen-

---

[362]) Laut und Wort, getrennt 375, 393, 722, 728 f., 740, 811, 832, 900, 1000, 1028, 1077, 1155; verbunden 402, 449, 490. Laut und Bedeutung, getrennt 220, 632, 637, 658, 722, 729, 779, 801, 904, 968, 1114, 1232, 1314, 1355 f., 1397, 1511, 1647, 1661, 1714, 1760, 1799, 1845, 1859; verbunden 376, 1116, 1720, 1842, 1845. Wort und Bedeutung, getrennt 70, 169 f., 178, 342, 367, 491, 631 f., 797, 811, 922, 1113 f., 1116, 1284, 1299, 1505, 1742, 1824; verbunden 70, 180, 376, 728 f., 1216, 1349 f., 1696, 1771.

[363]) Sprache und Wirklichkeit, getrennt 45, 50 f., 58 f., 63, 70, 95 f., 107 f., 135, 187, 378, 393, 424 f., 427, 490 f., 526, 530, 557, 605 f., 631 f., 712, 755, 797 f., 807, 811 f., 870, 896, 905, 981, 991, 1014, 1087, 1102, 1114, 1133, 1161, 1223, 1232, 1240, 1256 f., 1268, 1272, 1299, 1309, 1314, 1316, 1329, 1346, 1409, 1416, 1434, 1482, 1495, 1525, 1537, 1541, 1599, 1648, 1701 f., 1731 f., 1740, 1743 f., 1760, 1774, 1777, 1796, 1799, 1808 f., 1818, 1829, 1833, 1844 ff., 1855, 1859, 1868 f., 1872, 1874 f.; verbunden 19, 45, 61, 108, 137, 226, 244 f., 367 ff., 404, 449, 498, 526, 605 f., 637, 799, 805, 832, 924, 1029, 1084, 1154, 1198, 1223, 1264, 1267, 1302, 1356, 1425, 1451, 1460, 1476, 1493, 1496, 1632, 1643, 1645, 1664, 1668, 1718, 1729, 1742 f., 1766 f., 1771, 1777, 1805, 1829 ff., 1842, 1852, 1854 f., 1865, 1874, Anm. 40.

[364]) Sprache und Wahrheit, getrennt 45, 61, 63, 65, 95, 107, 244 f., 393, 402, 424, 605 f., 710, 896, 1000, 1028, 1112, 1161 f., 1168 f., 1268, 1271 f., 1309, 1315, 1381, 1387 f., 1397 f., 1412, 1437, 1505, 1599, 1613, 1677, 1702, 1712, 1732, 1787, 1810, 1818, 1845, 1856, 1868, 1878; verbunden 104, 187, 216, 325, 393 f., 420, 449, 811, 924, 1028, 1268, 1476, 1482, 1628, 1713, 1730, 1850, 1854, Anm. 95. Sprache als ungenau 102 f., 414, 679, 900, 959, 982, 1110, 1126, 1271, 1273, 1344, 1393, 1424, 1431, 1437, 1538, 1540, 1645, 1651, 1661, 1663, 1669, 1702, 1713, 1732, 1738, 1760, 1772, 1774, 1782, 1785–8, 1796, 1810, 1812, 1815, 1822 f., 1829, 1831 f., 1843, 1846, 1856, 1861; als geschwätzig 402, 436, 562, 585, 679, 727, 1000 f., 1155, 1203, 1239, 1265, 1355, 1359, 1442, 1448, 1541, 1568, 1677, 1729, 1741, 1784; als unklar 1269, 1503, 1645, 1647, 1829; dagegen 213, 775, 1513, 1648, 1787. Sprache als unrein 1269, 1513, 1829; als gespalten 1862, 1878, 1880; als Babelturm Anm. 444.

[365]) Wort ohne Realwert 515, 1530, 1542, 1587, 1664, 1732, 1812, 1818, 1824, 1860; Name ohne Realwert (Nominalismus) 383 f., 420, 425, 491 f., 520, 574 f., 606, 640, 774, 798, 832, 900, 905, 964, 979, 990, 1000, 1014, 1062, 1154, 1164, 1268, 1272, 1397, 1410, 1516 f., 1651, 1661, 1671, 1685, 1760, 1774, 1799, 1829, 1841. Name ist Schall und Rauch 32, 45 f., 63, 73, 91, 95 f., 105, 135 f., 176, 181, 199, 900, 1537, 1541, 1841.

führt, kann dann noch die Würde der Sprache neu begründen[366]). Ihr Rang ist so allerdings gebunden nicht an zeitlos gültige Ordnungen, sondern an die verworrene und veränderliche Geschichte[367]).

Wo dies zugestanden ist, muß weniger nach dem Wesen als nach der Aufgabe der Sprache gefragt werden, und dann sieht man ihre Geschichte und Struktur in hellerem Licht; denn ihre Unbestimmtheit hängt mit der Vielzahl ihrer Funktionen zusammen. Die Sprache schlägt in der Tat die Brücke zu jeglicher Ordnung, als Anrufung Gottes, als Beschreibung der Natur, als Monolog oder Ausdruck des Einzelnen, als Gespräch zwischen Individuen, als Mitteilung an andere, als Bindeglied zwischen den Gemeinschaften, als Vehikel der Gedanken[368]). Sie spiegelt das Verhalten des Menschen zu seiner Wirklichkeit, führt ihn aber sogleich über den augenblicklichen Standort hinaus und vermittelt zwischen Verschiedenem, zwischen Laut und Bedeutung, zwischen Gedanken und Wirklichkeit, zwischen den Menschen, zwischen den Zeiten, zwischen Zeit und Dauer[369]). Denn wer redet, braucht dafür Zeit; aber was er sagt, will zeitlos sein. Und umgekehrt: Der einmalige Inhalt kleidet sich in überlieferte Formen. In allen Zeiten gleich, wenn auch in der Deutung verschieden gestuft, ist die formale Struktur der Sprache; sie folgt gewissen Gesetzen, die sich theoretisch

---

[366]) Sprache als frei 164, 1578, 1765, 1776 f., 1825. Worte und Taten, verbunden 95, 97, 383, 1061, 1469 f., 1504, Anm. 95; getrennt 94, 1001, 1232, 1431, 1542, 1790, 1834; Übereinstimmung gefordert 63 f., 86, 93, 98, 420, 425, 721, 1087, 1219 f., 1375, 1482, 1561, 1872 f. Namen und Dinge, Übereinstimmung gefordert 44 f., 65, 86, 135, 176, 367, 420, 575, 721, 810, 1076, 1091, 1154, 1377, 1767 f.; dagegen 520.

[367]) Sprache als geschichtlich veränderlich 61, 64 f., 70, 91, 100, 164, 176, 207, 245, 392 f., 433, 469, 583, 657, 812, 982, 1128, 1536, 1651, 1664, 1683, 1799, 1827, 1831, 1843, 1852 f., 1855, 1875; vgl. Anm. 379.

[368]) Sprache als religiöse Anrufung 25, 130, 220, 224, 396, 618, 808, 924, 1132, 1192, 1551, 1801, Anm. 4 f., Anm. 27; als Naturbeschreibung 979, 1103, 1264, 1329, 1446 f., 1661, 1714, 1731, 1828, Anm. 38 f.; als Monolog 1832, 1863, 1880 f.; als Ausdruck des Individuums 347, 375, 378, 384, 386, 525, 811 f., 900, 1014, 1256, 1259, 1268, 1280, 1283, 1286, 1302, 1445, 1499, 1505, 1524, 1537, 1591, 1661, 1702 f., 1793, 1807, 1840 f., 1861, Anm. 69; als Gespräch 165, 625, 1088, 1107 f., 1139, 1161, 1259, 1387, 1490, 1512, 1550, 1808, 1866; als Mitteilung 154, 156, 163, 165, 244, 347, 392 f., 449, 633, 636 f., 678 f., 718, 871, 982, 1000 f., 1107, 1110, 1131, 1232, 1273, 1289, 1299, 1314, 1358, 1387, 1403, 1421, 1466, 1506, 1512, 1529, 1633, 1666, 1669, 1742 f., 1761, 1766, 1769, 1804, 1855, 1864, 1874; als Band der Gemeinschaften 105, 119, 399, 509, 718, 727, 775, 982, 1001, 1107, 1232, 1278, 1289, 1529, 1633, 1742 f., 1761, 1766, 1769, 1804; als Träger der Gedanken Anm. 85.

[369]) Sprache als Vermittlung zwischen mehreren Bereichen 182, 376, 433, 449, 455, 526, 606, 618, 631 f., 637, 658, 710, 728 f., 744, 811, 819, 999, 1027 f., 1087, 1166, 1256, 1259, 1263, 1375, 1387, 1434, 1451, 1476, 1478, 1489, 1492, 1540, 1550, 1566, 1569, 1604 f., 1615, 1628, 1661, 1701, 1732, 1739, 1742, 1757, 1766 f., 1769, 1777, 1787, 1791, 1796, 1799, 1809, 1852 f., 1855, 1861 f., 1877, 1880.

formulieren lassen[370]). Sprache wird immer stimmlich artikuliert; sie gliedert Laute und verbindet sie mit Bedeutungen; im Kontext meint sie nur eine von ihnen, läßt aber viele andere mitklingen[371]). Ihre Differenzierung und Nivellierung fügt sich in eine grammatikalische Ordnung, die für jede Sprache und jede ihrer Epochen verschieden ist, sich aber als ein Ganzes jeweils beschreiben läßt und oft beschrieben wurde, zuerst für fremde Bildungssprachen, dann für einzelne Volkssprachen, schließlich vergleichend. In jeder Phase ist sich die Sprache darin gleich, daß sie rhetorische Kunstlehren und Formeln herausfordert und analogisch verwendet, daß sie zum Ausgleich ihrer geschichtlichen Anomalien Dialektik und Sprachlogik erfordert und in ihre Vielfalt durch Stilistik und Poetik Ordnung bringt. Daß die Struktur der Sprache so über die Zeiten und Räume hinweg vermittelt werden kann, ist die Hoffnung derer, die ihre formalen Konstanten beachten und oft hypostasieren[372]). Indes ändern sich nach Zeit und Raum die Formen der Sprache selbst. Laute werden verschoben, Silben wandeln sich, die Aussprache und der Klang werden anders[373]). Die Se-

[370]) Sprachtheorie und -philosophie 70, 96, 103–7, 137 f., 502, 561, 605 ff., 615, 627, 631, 636 f., 724, 796–802, 895 f., 905, 920, 982, 991, 1160, 1286, 1411, 1414, 1421 f., 1435, 1442, 1444, 1449, 1452, 1482 f., 1486, 1488, 1491 ff., 1498 f., 1501, 1524, 1532, 1548, 1552, 1556, 1567 f., 1572, 1577, 1579, 1595 f., 1616, 1635, 1638 f., 1670, 1682, 1684, 1687, 1695, 1698, 1709, 1718 f., 1723, 1726, 1732, 1739, 1744, 1755, 1767, 1773 f., 1777, 1779, 1788 f., 1793 f., 1800, 1802, 1805–8, 1811, 1818, 1841 f., 1852–5, 1858 ff., 1863 ff., 1867 ff., 1874 f.; dagegen 1283, 1568, 1816. Sprachgesetze 637 f., 1718, 1726, 1818. Klassifikation der Sprache 1341, 1640, 1669, 1715, 1743, 1787, 1799, 1840 f., 1852 ff.; der Sprachen Anm. 271. Art der Unterschiede der Sprachen Anm. 267.

[371]) Artikulation 160, 425, 430, 490, 515, 722, 796 ff., 801, 904, 1101 f., 1113 f., 1363, 1413. Stimme Anm. 74. Lautgliederung 104, 107, 156, 182, 187, 375 f., 490, 631 f., 640, 697, 722, 798 f., 807, 880, 896, 905, 1000, 1181, 1246, 1462, 1835, 1841, 1861 f. Bedeutung Anm. 362.

[372]) Grammatikalische Ordnung 60, 69, 72, 135, 137 f., 140, 154, 167, 187 f., 200, 205, 286, 375, 409, 500, 503, 525, 534, 604, 612, 636 f., 695, 728, 870, 872, 896, 927, 1014, 1020, 1061, 1076, 1085, 1136, 1196, 1240 f., 1273, 1537, 1604, 1610, 1657, 1686, 1794, 1842; vgl. Anm. 331. Grammatiken von Bildungssprachen 212, 455, 484, 490, 494, 515, 529, 561, 644 f., 651, 733, 799, 801, 897, 903, 1014, 1050, 1059, 1083, 1115, 1181, 1197, 1310, 1380, 1751; von Fremdsprachen 83, 1369, 1644; von Volkssprachen 500, 547, 636, 1076, 1082, 1118, 1136, 1197, 1229, 1244, 1284, 1314, 1384, 1433, 1463, 1530, 1683; vergleichende 1682, 1827. Rhetorik 94, 186, 191, 251 f., 282 f., 376, 430, 524, 600, 604, 630, 633, 640, 651 f., 665, 721, 792, 799, 848, 965, 978, 1014, 1122, 1346, 1353 f., 1388, 1413, 1484, 1711, 1741; dagegen 1274, 1328, 1467. Dialektik und Sprachlogik 600, 603 f., 631 ff., 643, 750, 796 f., 799, 1551, 1783, Anm. 88, Anm. 331; dagegen 584 f., 794. Stilistik 500, 502, 624, 800, 1074, 1274, 1288, 1347, 1458, 1643. Poetik 440, 564, 875 f., 913, 969, 1144, 1186, 1284, 1347, 1356, 1643, 1829, 1861.

[373]) Veränderung der Laute 107, 631 f., 679, 798, 827, 932, 1000, 1686, 1726 f.; der Silben 393, 433, 489, 1090, 1227, 1333, 1414, 1419, 1421, 1511, 1523, 1566, 1571, 1634, 1669, Anm. 201; der Aussprache 131, 139, 282, 454, 489, 525, 533, 547, 563, 567, 646, 712, 787, 790, 794, 826 f., 839, 856, 859, 870, 903, 916, 967, 981, 1020, 1035, 1085,

mantik lehrt den ständigen Wechsel der Wortbedeutungen und des Wortschatzes, dessen Bestand die Wörterbücher vergeblich bewahren möchten; sie zeigt den Einfluß von Lehn- und Fremdwörtern und die Unsicherheit der Etymologien, die dann nur noch als Wortspiele Ungleichartiges miteinander verkoppeln[374]). Vielleicht ist sogar die Aufgabe und Art der Sprache durch die Geschichte umgestaltet worden, wenn sie sich vom Instinkt zum Intellekt, von der Natur zur Konvention gewandt hat[375]). Dennoch ist die Sprache nicht, wie die Skeptiker meinen, als Veränderung allein zu begreifen; denn noch in ihrer Wandelbarkeit zeigt sich ihr vermittelnder Charakter. Sie bringt dem hier und jetzt Lebenden das Fernste und Vergangenste nahe, wenn er es sich nur durch Vergegenwärtigung aneignet, wenn er es interpretiert, so wie schon zwischen Zeitgenossen und Landsleuten Sprache interpretiert werden muß.

Allerdings wird die vermittelnde Aufgabe der Sprache scheinbar erschwert durch ihre Objektivation in einer Vielfalt von Idiomen. Sprache ist nur in begrenzten Sprachen vorhanden. Jede hat ihren Namen und ihre Eigenart, jede ist eine Weltansicht für sich, jede ist einseitig. Man möchte glauben, es gebe eine besonders gute und treffende unter den vielen; aber es gibt keine einheitlichen Kriterien, ihre Qualitäten zu messen, abgesehen von historisch bedingten Vorstellungen, die einseitige Postulate sind[376]). Daß alle getrennten Spra-

---

1088 f., 1106, 1112 ff., 1116, 1173, 1180 f., 1243, 1253, 1288, 1309, 1344, 1349, 1360, 1363, 1421, 1442, 1479, 1546 f., 1561, 1601; des Sprachklangs 139, 367, 449, 504, 605, 631, 681, 1027 f., 1068, 1090, 1442, 1511, 1539, 1570, 1595, 1605, 1642, 1783.

[374]) Veränderung der Semantik 104, 205, 375, 455, 489, 513, 533, 626, 798 f., 801, 1067, 1108, 1170, 1286, 1292, 1314, 1353, 1365, 1409, 1446, 1459, 1472, 1601, 1785. Wörterbücher für Fremdsprachen 75, 81, 83, 85, 565 f., 919, 1250, 1336, 1340, 1377, 1644, 1751; der eigenen Sprache 1166, 1274, 1314, 1346, 1409, 1462, 1473, 1605, 1684; vergleichende 1082 f., 1198, 1217, 1327, 1349, 1377, 1535. Lehn- und Fremdwörter, ihr Einfluß 134, 163, 166, 187, 229, 271, 392, 421, 434, 450, 504, 513 f., 533, 637, 728, 733, 746, 1458, 1686; ihre Ablehnung Anm. 306; ihre Aufnahme Anm. 310. Kritik an der Etymologie 812, 964, 1005, 1014, 1291, 1373, 1406, 1450, 1477 f., 1502, 1532, 1706. Wortspiele 102, 116 f., 120, 151, 375, 393, 399, 449, 455, 495, 640, 648, 766, 811 f., 881, 1203, 1232, 1265, 1283, 1341 f., 1355, 1360 f., 1367, 1384, 1466, 1555, 1706, 1783.

[375]) Veränderung von Aufgabe und Art der Sprache 657, 1432 f., 1435, 1442, 1444, 1446 f., 1451, 1492 f., 1496, 1507 f., 1512, 1517, 1538, 1546, 1548, 1551, 1555, 1561, 1565, 1567, 1570, 1573, 1584, 1608, 1637 f., 1640, 1669, 1713 ff., 1738, 1762, 1769, 1813, 1841.

[376]) Jede Sprache hat ihren Namen 289, 380, 464 f., 522, 537, 540, 547, 555, 566, 569, 579, 602, 620 f., 636, 645, 659, 671, 678, 681, 714, 738 f., 743, 785, 847, 873, 876, 917, 962, 995, 1059, 1073, 1205, 1588; seine Deutung 668, 1040, 1051, 1180, 1516. Name der eigenen Sprache Anm. 300; fremder Sprachen Anm. 304. Jede Sprache hat ihre Eigenart 779, 1058, 1068, 1112, 1138, 1181, 1511, 1574, 1595, 1673, 1689, 1741, 1801, 1832, 1848; jede ist einseitig 812, 1343, 1362, 1670, 1711, 1771, 1787, 1796, 1843; vgl. Anm. 270; dagegen 1664. Eine beste Sprache 265, 287, 604, 794, 839, 969, 988, 1067, 1077, 1086, 1178, 1192, 1236, 1249 f., 1253, 1269, 1363, 1365, 1379, 1437, 1444,

chen zusammen die eine Wahrheit ergäben, wurde oft bestritten, oft behauptet; jedenfalls ist der eine göttliche oder geschichtliche Ursprung, die eine Natur oder die eine Vernunft hinter den entfalteten Sprachen nicht erkennbar. Die Sprachenvergleichung lehrt, daß die Sprachen miteinander – geschichtlich oder in ihrem Bau – verwandt, aber gleichwohl voneinander verschieden sind[377]). Die Sprachen zeigen in ihrem Bau Spuren ihres Alters, auch wenn gemeinsame Sprache nicht gemeinsame Geschichte bedeutet[378]). Sie haben eine Geschichte, auch wenn sich ihr Wesen nicht darin erschöpft; sie sind historische Dokumente, aber wandelbar, vergänglich, veränderlich nur für den, der auf das Ganze blickt, um so lebendiger in ihrer Gegenwart und Gemeinschaft[379]). So vermitteln auch die verschiedenen Sprachen, wie Sprache überhaupt, zwischen Zeit und Dauer, auch zwischen den Menschen. Denn ihre Vielfalt ist nicht uferlos und spaltet das Verschiedene nicht bis auf die Individualsprache, die Fachsprache, den Dialekt hinab; Sprache konstituiert sich als die Gemeinsprache einer größeren Gemeinschaft. Dieser gehört die einzelne Sprache; von der Gemeinschaft erlernt der Einzelne seine Muttersprache; mit ihrer Hilfe erfährt er die Gemeinsamkeit und die geschichtliche Überlieferung seiner näheren Umwelt. Gerade in ihrer vielfältigen Sonderung wird die Sprache ihrer vermittelnden Funktion am besten gerecht. Diese Vermittlung kennt keine grundsätz-

---

1449, 1458, 1463, 1509, 1578, 1592, 1713, 1715, 1747; Kriterien für ihre Bewertung 335, 450, 651, 1106, 1236, 1253, 1287 f., 1314, 1331, 1346, 1440, 1449, 1493, 1511, 1516, 1528, 1575, 1578, 1587, 1595 f., 1604 f., 1608, 1636, 1771, 1783, 1786. Vgl. Anm. 300 f., Anm. 304 f., Anm. 310.

[377]) Einheit der verschiedenen Sprachen Anm. 327, Anm. 331. Sprachenvergleichung Anm. 181. Sprachenverwandtschaft Anm. 178. Sprachenverschiedenheit Anm. 180.

[378]) Zusammenhang von Bau und Alter der Sprachen 450, 659, 1137, 1176, 1216, 1223, 1292, 1319, 1331, 1349, 1357, 1361, 1411, 1418 f., 1432, 1435, 1438, 1444, 1451, 1479, 1509, 1523, 1525, 1533, 1571, 1634, 1640, 1659, 1669, 1682, 1698, 1715, 1740, 1762, 1773, 1830, Anm. 201; dagegen 1219, 1291, 1365, 1799, 1850. Gemeinsame Sprache als Indiz gemeinsamer Geschichte 218, 313, 1548, 1580, 1683, 1708, 1725, 1818, Anm. 109, Anm. 178; dagegen 100, 753, 1534 f., 1578, 1685, 1726, 1793, 1799 f.

[379]) Sprachen haben Geschichte 26 ff., 50, 104 f., 381, 392, 450, 495, 503 f., 530, 565, 635, 651, 664, 669, 691, 694, 739, 773, 811 f., 827, 857, 859, 871 f., 904, 992, 1029, 1067, 1073, 1079, 1085, 1102, 1106, 1128, 1137, 1139, 1165 f., 1168, 1172, 1201, 1219, 1243, 1246, 1253, 1256, 1260, 1279 f., 1291, 1303, 1309, 1314, 1316 f., 1330, 1335, 1341, 1344, 1355, 1357, 1365, 1378, 1389, 1400, 1403, 1409, 1419, 1442, 1450 f., 1456, 1484, 1499, 1502, 1506, 1509, 1512, 1516 f., 1522, 1524, 1526, 1532, 1589, 1605, 1608, 1616, 1623 f., 1645, 1647, 1656, 1686 f., 1692, 1706, 1713 f., 1733, 1740, 1742, 1749, 1752, 1769, 1773, 1799, 1804, 1809, 1829; haben keine Geschichte 387, 398, 593, 645, 647, 649, 689, 833, 836, 870, 905, 1049 f., 1079, 1086, 1107, 1181, 1216, 1280, 1311, 1316 f., 1320, 1341, 1417, 1488, 1565, 1725 f., 1818; sind historische Dokumente 448 f., 827, 1055, 1409, 1477, 1534, 1549, 1574, 1623, 1710, 1716, 1725, 1738, 1747, 1749, 1755, 1762; vgl. Anm. 70, Anm. 359; dagegen 100, 753, 1184, 1799 f.

liche Grenze, sie bemächtigt sich jeder Umwelt und jeder Zeit; auch Fremdsprachen lernt man gemeinhin im Gespräch mit anderen Menschen oder über eine gemeinsame Sache, also durch lebendige Vermittlung[380]).

Sprache ist übertragbar, auch als gesonderte; darauf beruht die Möglichkeit der Übersetzung. Sie vermittelt zwischen gleichzeitig lebenden Sprachen, aber auch zwischen Idiomen verschiedener Zeiten, die sie vergegenwärtigt. Immer ist dabei fraglich, wie weit diese Vermittlung gelingen kann, ohne entweder der einen, originalen oder der anderen, kopierenden Sprache Gewalt anzutun. Ihre Macht wird gern an der Gemeinsamkeit aller Sprachen, ihr Unvermögen an der Einmaligkeit jeder Sprache demonstriert; der Übersetzer macht es niemandem recht und ist doch nirgends entbehrlich[381]). In seinem Geschäft potenziert sich die Stärke und die Schwäche der Sprache, denn der Übersetzer muß das Vermittelnde noch einmal vermitteln. Das gelingt am ehesten im mündlichen Verkehr, wo eine gemeinsame Situation, die Anschauung des Augenblicks behilflich ist. Darum genoß der Dolmetscher, der das Gespräch der Zeitgenossen koordiniert, fast überall und immer besonderen Respekt, solange er unparteiisch blieb; aber auch wer ihm mißtraute, der brauchte ihn[382]). Der Dolmetscher erschließt fremde Gedankenwelten und schafft vielfach erst die Gemeinsamkeit des Menschlichen – durch Auslegung. Denn in der Übersetzung wiederholt sich gesteigert die Vieldeutigkeit der Sprache selbst; Sprache ist ja

---

[380]) Sprache gehört einer Gemeinschaft 761, 792, 1138, 1269, 1299, 1315, 1343, 1398, 1416, 1458, 1493, 1571, 1605, 1635, 1799, 1827, 1837, 1850, 1852, Anm. 129, Anm. 368. Gemeinsprache als Maß für Sprache 187, 1067, 1138, 1200, 1484 f., 1489, 1494, 1607, 1726, 1748. Erlernung der Muttersprache 393, 450, 482, 622, 843, 847, 864, 870 f., 897, 1035, 1259, 1264, 1271, 1354, 1375, 1377, 1482, 1495, 1583 f., 1622, 1677; von Fremdsprachen 308, 312, 323, 393, 469, 529, 714, 742, 746, 754 f., 766, 774, 813, 825, 871, 897, 901 f., 992 f., 1027, 1074, 1083, 1089 f., 1107, 1153, 1244, 1358, 1360, 1389, 1402, 1482, 1540, 1542 f., Anm. 154. Nur getrennte Sprachen vermitteln 244, 810 f., 1315, 1544, 1576; dagegen 727.

[381]) Übersetzung als Vermittlung 525, 1280, 1819, 1829, 1831, 1835, 1866, 1868. Original und Kopie 164, 293, 386, 1061, Anm. 426, Anm. 430. Macht und Möglichkeit der Übersetzung 430, 442 f., 607, 629, 1001, 1040, 1097, 1181, 1207, 1244, 1400, 1435, 1438, 1544, 1546, 1614, 1677, 1693, 1779, 1787, 1809, 1851, 1854, 1869, 1872. Schwäche und Unvermögen der Übersetzung 343, 512, 525, 709, 779, 872, 901 ff., 1027, 1112, 1139 f., 1167, 1193, 1200 f., 1269, 1329 f., 1397, 1450, 1544, 1567, 1599, 1679, 1705, 1759, 1823, 1867. Schriftliche Übersetzung Anm. 426–33.

[382]) Bezeichnungen für „Dolmetscher" 559, 622, 691, 738, 785, 1329, 1556. Dolmetscher in der Geschichte 20, 41, 50, 97, 100 f., 103, 132 f., 205, 209, 243, 248, 294 f., 298, 332, 342, 345 f., 467, 482, 558, 567, 578, 595, 614, 621 f., 631, 665, 691, 695, 700, 713, 736, 738, 772 f., 785, 835, 890, 984, 1157, 1171, 1380, 1667, 1735, 1820, 1835. Dolmetscher, verehrt 38, 151, 262 f., 392, 544, 622, 626, 701, 738, 980, 1186, 1282, 1557, 1735, 1817, 1820, 1835; geringgeschätzt 178, 193, 310, 312, 700, 772 f., 1081, 1200 f., 1239, 1287, 1329, 1405 f., 1475, 1556.

auch unter Gleichsprachigen immer Übersetzung, man nennt sie oft den Spiegel, richtiger den Dolmetsch des Gedankens oder des Herzens und könnte kaum besser sagen, daß sie Vermittlung ist[383]).

Weil Sprache nicht selbst Gedanke oder Herz ist, darum ist sie unscharf, aber deshalb ist sie auch übertragbar und mitteilbar. Ihre Vermittlung ist flüchtig, ungreifbar, nicht abzugrenzen; ihre schwebende, spielende Vieldeutigkeit kann alles berühren und verknüpfen, weil Sprache keine feste Form ist, sondern ein lebendiges Hin und Her. Sie ist ein Zeichen, das auf ein Bezeichnetes verweist oder es vertritt, ohne selbst festgelegt zu sein. Es gibt in der Sprache kaum ein vielgestaltigeres Feld von Metaphern als das für „Sprache" selbst; man nennt sie nicht nur Dolmetsch, auch Göttin, Welt, Wind, Individuum, Volk, Münze, Bauwerk, Gemälde oder Maschine[384]). Jeder ergreift sie für sich, ohne sie zu bannen oder zu zerstören, indem er der Vielgestaltigen durch Auslegung seine Gestalt gibt und sie zu seinem Zeichen macht.

*

Die Frage, was ein Zeichen ist, bewegte die Autoren in unserem Zusammenhang weit weniger als die Frage, was Zeichen wert sind. Wie weit hat der Schein des Zeichens an der bezeichneten Wahrheit und Wirklichkeit Anteil, ist er durchscheinend, wahrscheinlich oder nur scheinbar? Für archaische Zeiten und religiöse Meinungen gab es darin kaum ein Schwanken: Fast alle Zeichen galten wie die Sprache als Symbole, die das Gemeinte in sich selber verkörpern, einen ursprünglichen und dauernden Sinn durchscheinend machen und das irdisch Vielgestaltige eindeutig mit dem Erhabenen verbinden; sie bedürfen kaum einer Auslegung, solange sie unangefochten sind[385]). Zeichen in diesem Sinn müssen nicht sprachlicher Art sein, etwa in der Staatssymbolik die Herrschaftszeichen, die Kronen, Fahnen und Wappen; in der religiösen Sphäre indes vollziehen sich manche Zeichen mit Hilfe der Sprache: das Sakrament, das Wunder, die gültige Namengebung, das Vorzeichen der Weissagung, die Vi-

---

383) Sprache als Spiegel 606, 1476, 1539, 1866; als Dolmetsch 375, 525, 979, 992, 1094, 1259, 1283.

384) Sprache als Zeichen 107, 157, 160, 449, 498, 525, 605 f., 980, 1077, 1087, 1154, 1160, 1273, 1289, 1299, 1432, 1434, 1451, 1476, 1482, 1499, 1525, 1664, 1732, 1794, 1829, 1880. Sprache als Göttin Anm. 357; als Welt Anm. 356; als Wind Anm. 57; als Individuum Anm. 69; als Volk Anm. 110; als Münze Anm. 145; als Bauwerk Anm. 144; als Gemälde Anm. 163; als Maschine Anm. 147.

385) Symbole 12, 171, 469, 482, 647, 656, 722, 758 f., 822, 881, 920, 924, 1028, 1085, 1183, 1290, 1499, 1562 f., 1593, 1641, 1644 f., 1684, 1712, 1757, 1760, 1804, 1849, 1851, 1877 ff. Kritik an ihrer Gültigkeit 393 f., 584, 710, 741, 747, 955, 1303, 1474, 1663, 1700, 1850.

sion vom Jenseits[386]). Alle diese Zeichen stehen, solange man ihnen vertraut, jenseits der geschichtlichen Veränderung; sie fassen ja das zeitlich Erstreckte, Vergangenheit, Gegenwart und Zukunft, gültig zusammen und vermitteln zwischen Sichtbarem und Unsichtbarem, geschichtlich Besonderem und sachlich Allgemeinem, jedoch so, daß ihr fester Grund in einer dauernden Ordnung liegt. Daß man die Sprache selbst zu einem solchen Symbol erklärte, wurde freilich erst üblich, als man an der Objektivität der Symbole zu zweifeln begann[387]).

In der Spätantike und im christlichen Mittelalter trat neben dem Symbol die Allegorie hervor. Sie ist öfter als das Symbol von sprachlicher Art und verweist als Besonderes auf etwas Allgemeines, an dem sie nicht teilhat. Sie braucht Auslegung und ist selbst Auslegung und Übersetzung, Bildrede und Gleichnis, dem ewig Gültigen mehr insgeheim und undeutlich zugewandt. Alles Menschliche und Vergängliche ist, wie oft betont wird, nur ein Gleichnis; die Geschichte ist eine Hieroglyphenschrift, deren Sinn man nur vage errät; das Leben und die Welt gleichen einem Schauspiel, dessen eigentliche Meinung uns verhüllt bleibt. Die Allegorie muß immer neu in der Geschichte ein unzureichendes Zeichen setzen; sie wiederholt sich und widerspricht sich, ist vielfältig und vieldeutig und verliert dabei schnell ihre Verbindlichkeit. Der kritischen Neuzeit blieben nach dem 17. Jahrhundert Symbol und Allegorie fast nur noch menschliche Deutungen, willkürliche Vermutungen, die die Wirklichkeit nicht trafen; Sprache selbst war zuerst Zeichen für menschliche Vorstellungen, also Allegorie[388]). Daran sieht man freilich, daß die moderne Analyse, die das Symbol eher der Ordnung, die Allegorie mehr der Veränderung zuweist, den lebendigen Zusammenhang beider bedroht und ihre Funktion der Vermittlung lahmlegt.

---

[386]) Herrschaftszeichen 24, 54, 315, 337, 564, 716, 868, 997, 1022, 1040, 1103, 1467, 1600, 1790, 1849. Religiöse Zeichen 249 f., 396, 427, 432, 526, 626, 709, 778, 923 ff., 1070, 1132, 1183 f., 1213, 1416, 1734. Sakrament Anm. 32. Wunder Anm. 10. Namengebung Anm. 209 f. Weissagung (Prophetie) 34, 45, 82, 97, 130 ff., 143 f., 150, 153, 168, 225, 227, 269 f., 306, 321, 353, 376, 396, 441, 451, 520, 540, 657, 665, 689, 837, 842, 845, 848, 865, 893, 924, 976, 1011, 1018, 1051, 1053, 1078 f., 1116, 1129, 1163, 1182, 1211, 1320, 1360, 1449, 1489 f., 1507, 1552, 1554, 1586, 1593, 1597, 1600, 1602 f., 1648, 1665, 1735, 1749, 1757, 1760, 1766, 1785 f., 1790, 1814, 1866, Anm. 42, Anm. 226; dagegen 1406, 1770. Prophetische Auslegung Anm. 441. Jenseitsvisionen 229, 434, 774 f., 913, 1462, 1570, 1826, 1870.

[387]) Sprache als Symbol 1570, 1630, 1664, 1678, 1727, 1731, 1782, 1804, 1852 f., 1861; dagegen 1738. Mensch als Zeichen 1540.

[388]) Allegorie und Gleichnis 138 f., 145, 169 ff., 219, 222, 402, 1444, 1467, 1571, 1597, 1607, 1732, 1846 f., 1881. Mensch als Gleichnis 1868. Geschichte als Hieroglyphenschrift 1734, 1826; als Schauspiel und Drama 85 f., 115, 126, 1077, 1232, 1277, 1300, 1309, 1391, 1393, 1475, 1689, 1804; vgl. Anm. 166. Sprache als Gleichnis 378, 606, 1028, 1732. Allegorische Auslegung Anm. 440.

Ähnlich ergeht es der Metapher, dem sprachlichen Bild, das einst auf geheime Weltzusammenhänge verwies und weite Bildfelder stiftete. Die Sprache konnte selbst als Metapher erscheinen, die immer neue Bilder zaubert und doch nie das Gemeinte erzwingt. Indes sank damit auch, was zuvor bedeutsames Sinnbild gewesen war, zum bloßen dichterischen Vergleich herab[389]). Von gleicher Struktur war der Topos, die feste sprachliche Formel. Sie deutete lange Zeit aus dem Kleinsten zusammenfassend die Welt; das Übergreifende zeigte sich im unscheinbaren Detail, aber immer auch in ganzen Toposfeldern. Erst die Moderne isolierte den rhetorischen Topos als ein müßiges literarisches Spiel abseits der Fakten und nahm ihm mit dieser Sonderung das Leben[390]). Dabei vergaß man gern, daß das Spiel selber nicht müßig und unverbindlich ist, sondern ein Zeichen, abgehoben vom tierischen Ernst der spezialisierten Unmittelbarkeit, eine Sphäre des Vermittelns und Vergleichens zwischen eingefriedeten Feldern und nach anerkannten Regeln. In diesem Sinn hat man die Geschichte, vor allem die Sprache ein Spiel genannt[391]). Das gilt wenigstens von den hier erörterten sprachlichen Zeichen. Sie spielten hin und her über alle Sachzusammenhänge, hinweg über alle Zeitabstände, zwischen dem Wesen der Dinge und ihrer Geschichte und brachten sie miteinander in Kommunikation. Sie lebten vom Vergleich, der das Einzelne der sprachlichen Aussage in größere Zusammenhänge stellte und sich nicht mit dem unvergleichlichen objektiven Faktum und seiner Mitteilung begnügte. Diese sprachlichen Zeichen selbst begründeten einen historischen Zusammenhang des geformten Sagens und des gebildeten Verstehens, der von den Anfängen der Geschichte bis ins 17. Jahrhundert reichte.

In diesen alten, heute veralteten, aber noch immer aufschlußreichen Kreis gehörten auch die Zahlzeichen, bevor sie als Rechenwerte für Beziehungen an sich abgesondert wurden. Die Zahl konnte als neutralstes, nichtsprachliches Zeichen unendlich viele Bedeutungen aus der gegenständlichen Welt an sich ziehen, solange sie auch symbolisch verstanden wurde; dann verknüpfte sie Erscheinung und Wesen, überbrückte geschichtliche Zwischenräume und spiegelte in jeder Kleinigkeit die ursprüngliche Ordnung des Ganzen. Nach antiker Vorstellung waren die Zahlen die geheime Universalsprache des Weltalls, nach Sap. 11, 21 fast Gottes Sprache, unmittelbar einleuchtend und doch universal

---

[389]) Metapher 357, 777, 871, 1446, 1500, 1542 f., 1571, 1661, Anm. 39, Anm. 384. Sprache als Metapher 1451, 1731, 1868 f. Geschichte als Metapher 1239. Mensch als Metapher 1877.

[390]) Topos 4, 13, 356 f., 363, 437, 778, 835, 838, 840, 876, 922, 927, 955, 957 f., 1700, 1882. Übergreifender Sinn im Detail Anm. 492.

[391]) Spiel 180, 393, 1733, 1793, 1811 f. Geschichte als Spiel 99, 1410, 1720, Anm. 388. Sprache als Spiel 1410, 1787, 1796, 1801, 1845. Wortspiele Anm. 374.

vermittelnd[392]). Die Zahlen konnten die ungeordnete Wirklichkeit zur Ganzheit steigern, auch durch mathematische Operationen, die die Symbolzahlen miteinander kombinierten; die Kehrseite dieser Vielseitigkeit war, daß ein und dieselbe Symbolzahl in jedem Zusammenhang etwas Verschiedenes bedeuten konnte. Aber man meinte sie gewöhnlich genau, nicht als bedeutungslose Rundzahlen; im konkreten Detail mußte sich alles finden, ein *heilig vorweggenommenes und auf schönem Vorurteil beruhendes Resultat*[393]).

Die Zahl Eins drückte die göttliche und kosmische Einheit aus, gewöhnlich vom Ursprung oder vom Ende der Geschichte her; die Zwei vertrat den ungestuften Gegensatz, den zeitlosen eher als den historischen; die Drei hingegen faßte die Teile eines entfalteten Ganzen zusammen, Personen der Trinität, Söhne eines Vaters, Stämme eines Volkes, Erdteile, Weltzeiten, heilige Sprachen[394]). Die Vier bezeichnete die gleichgewichtige Ordnung des vorwiegend räumlich Differenzierten, der Weltteile, Himmelsrichtungen und Weltreiche; die Fünf verwies auf kompaktere, schwer zu gliedernde Sachzusammenhänge, ähnlich wie andere Primzahlen; teilbare Zahlen wie die Sechs und andere wurden eher auf übersichtliche Ordnungen angewandt[395]). Wir heben noch die hei-

---

[392]) Zahlensymbolik als Vermittlung 48, 78 f., 88, 95, 126 ff., 139 f., 142 f., 144 f., 150, 179, 183, 194, 199, 236, 253 f., 322, 327, 331, 369 f., 379, 400, 402, 412, 426, 511, 529, 549, 555, 579, 638, 723, 747, 751, 758 f., 778 f., 810, 821, 894 f., 906, 920, 924, 931, 939, 980, 1079, 1092, 1101, 1183, 1264, 1315, 1344, 1352, 1365 f., 1368, 1655, 1683, 1696 f., 1835, 1848 f.; dagegen 241, 263, 775, 832, 1298, 1431, 1628, 1700, 1737.

[393]) Mathematische Operationen mit Symbolzahlen 40, 79, 127, 171, 174, 182, 197, 211, 229, 254, 296, 328 f., 339, 369 f., 379, 399, 429, 433, 441, 448, 477, 586, 593, 654, 709, 740, 744, 747, 770, 809 f., 833 ff., 837, 841, 913, 1049, 1116, 1184, 1343, 1371. „Heilig vorweggenommenes . . .“ 1849 (Thomas MANN).

[394]) Zahl Eins 67, 229, 429, 481, 496, 516 f., 538, 630, 832, 1565, Anm. 317 f., Anm. 320, Anm. 326 f., Anm. 331. Zahl Zwei 99, 125, 201, 330, 401, 654, 663, 770, 809, 973, 997, 1026, 1037, 1077 f., 1814, Anm. 280. Dreifaltigkeit 118, 246, 429, 448, 477, 497, 503, 606, 633, 654, 658, 708 ff., 747, 775, 853 f., 1029, 1087, 1359, 1489. Drei Personen (und Personengruppen) 52, 99 f., 122 f., 145, 377, 439 f., 461, 469, 474, 492, 510, 515, 689, 768, 806, 853, 860, 1002, 1071, 1338, 1619, Anm. 257; Räume 68, 122, 302, 515, 525, 527, 1027, 1065, 1184, 1246; Zeiten 63, 115, 222, 477, 511, 657, 809, 836, Anm. 471; Sprachen Anm. 12, Anm. 307 f.; Sachen 63, 129, 199, 296, 350, 441, 1062, 1753.

[395]) Vier Personen (und Personengruppen) 123, 160, 205, 254, 277, 315, 334, 370, 375, 497, 770, 830, 1021; Räume 43, 45 f., 48 ff., 53, 55, 58, 60, 64 f., 81, 83, 99, 225, 375, 475, 481, 509, 511, 525, 527, 747; Zeiten 450, 511, 803; Sprachen 82, 100, 160, 191, 1015, 1082, 1198, 1222 f., 1320, 1379, 1596; Sachen 272, 524, 979, 1113, 1221, 1368. Fünf Personen 58, 60, 124, 1021, 1343, 1535; Räume 58, 557, 1663; Zeiten 46 f.; Sprachen 232, 303, 318, 481, 687, 979, 1005, 1010, 1092, 1129, 1210, 1223, 1320, 1343, 1783; Sachen 47, 74, 272, 1129, 1535, 1663. Sechs Personen 143, 201, 399, 492, 549, 610, 830, 1029; Räume 52, 60, 67; Zeiten 206, 447, 489; Sprachen 277, 839, 1021, 1113, 1168, 1179, 1317; Sachen 272, 492.

lige Sieben hervor, die freilich auch das Fremde meinen konnte[396]), und die Zwölfzahl, der als der Zahl der Stämme Israels und der Apostel religiöse Weihe zukam[397]). Die höheren Zahlen waren eher geschichtlichen Gebilden zugeordnet, freilich auf die mannigfaltigste Weise[398]). Für unser Thema, die Vielfalt der

---

[396]) Sieben Personen (und Personengruppen) 25, 27, 58, 62, 88, 100, 123, 576, 1006, 1343; Räume 62, 71, 171, 182 f., 197, 229, 283, 327, 1474; Zeiten 127, 230, 433, 476, 613, 653 f., 1772; Sprachen 28, 100, 270, 279, 352, 1217, 1251, 1261, 1287, 1308, 1319 f., 1354, 1365, 1371, 1427, 1470, 1617, 1708, 1814; Sachen 59, 127, 144 f., 168, 171, 197, 199, 216, 321, 333, 448, 476, 489, 586, 653 f., 725, 809, 892, 1251, 1696, 1725. Acht Personen 26, 43, 197, 489, 576, 965; Räume 51, 197, 974; Zeiten 433, 503; Sprachen 839; Sachen 53, 277, 503, 612. Neun Personen 35 f., 43, 280, 571; Räume 43, 46 f., 62, 182, 440, 1065; Sprachen 54, 1253, 1319, 1366; Sachen 54, 612. Zehn Personen 131 f., 173, 201, 400, 406, 540, 570, 725, 789, 837, 853, 1037; Räume 725, 837, 1002, 1007, 1038; Sprachen 282 f., 298, 1026, 1152, 1226, 1645; Sachen 90, 127, 197, 199, 448, 654, 809, 1155, 1696. Elf Personen 124 f., 349, 675; Räume 182, 526; Zeiten 466; Sprachen 1026, 1221.

[397]) Zwölf Personen 174, 195, 227 f., 254, 288, 315, 323, 390, 552 f., 601, 719, 913, 1116, 1215, 1586, Anm. 226, Anm. 260; Räume 43, 183, 211, 283, 507, 587, 665, 689, 839, 1022; Zeiten 1305; Sprachen 309, 338, 738, 744, 833, 835, 837, 839, 1017, 1036, 1085, 1215, 1420, 1459; Sachen 127, 199, 227 f., 262, 351, 392, 441, 450, 455, 586, 601, 709, 747, 809, 972, 1100. Dreizehn Personen 125, 173, 480, 853; Sprachen 273, 763, 1126, 1253, 1358; Sachen 127, 173, 288. Vierzehn Personen 38, 124, 192, 200, 222, 310, 443, 479, 693, 719, 795, 1213, 1250; Zeiten 1236; Sprachen 73, 714, 871, 1086, 1204, 1351, 1408, 1750; Sachen 1155. Fünfzehn Personen 142, 223 f., 281, 283, 289, 310, 381, 399, 447, 453, 473, 481, 489, 515, 528, 548 ff., 591, 610, 626, 724, 735, 740, 760, 763, 777, 780, 782, 789 f., 818, 836, 848, 853, 865, 867, 911, 918, 986, 1015, 1024 f., 1038, 1051, 1152 f., 1323; Räume 79, 1005, 1025; Sprachen 272, 277, 281, 283, 528, 777, 780, 789, 911, 1015, 1051, 1128, 1237, 1323, 1330; Sachen 272, 287, 473, 610, 1018, 1266. Sechzehn Personen 281, 371, 444, 532, 674, 853, 890, 1320; Räume 64 f., 87, 90; Sprachen 336, 1320; Sachen 202, 441, 1026. Siebzehn Personen 837, 917, 995, 1029; Räume 372, 995; Sprachen 336, 340, 996, 1043, 1085, 1261. Achtzehn Personen 860, 963. Neunzehn Sprachen 281, 336, 340, 1351. Zwanzig Personen 131, 665; Räume 858; Sprachen 1574, 1633; Sachen 1037, 1233. Einundzwanzig 68 f., 1792. Zweiundzwanzig Personen 149, 269, 480, 707, 917; Räume 758 f.; Zeiten 451; Sprachen 165, 202, 205, 273, 417, 480, 528, 619, 961, 979, 1043, 1051, 1086, 1092, 1142, 1321; Sachen 129, 149, 171, 248, 300, 379, 429, 451, 1049. Dreiundzwanzig Personen 87, 269, 288, 480, 707, 837; Räume 79, 1015, 1017; Sprachen 205, 338, 417, 480, 789, 1017; Sachen 129, 343, 379, 654, 997.

[398]) Vierundzwanzig Personen 254, 288, 296, 848; Räume 283, 445; Zeiten 445, 448; Sprachen 202, 528, 1287; Sachen 296, 379, 441, 978, 1343, 1583. Fünfundzwanzig Personen 213, 381, 743, 1847; Sprachen 165, 283, 782, 961, 1474. Sechsundzwanzig Personen 125, 192, 200, 281, 479, 890, 1032, 1213, 1250; Räume 161, 372; Sprachen 202, 1250, 1351. Siebenundzwanzig Personen 142, 289, 399, 447, 453, 480 f., 489, 515, 548, 591, 610, 626, 707, 724, 735, 740, 760, 782, 790, 795, 818, 836, 865, 867, 918, 986, 1038, 1051, 1384; Räume 322; Sprachen 30, 205, 272, 417, 480, 528, 777, 780, 911; Sachen 429. Achtundzwanzig Personen 719, 1032; Zeiten 338; Sprachen 528, 782; Sachen 90, 338. Neunundzwanzig Personen 272, 795. Dreißig Personen 38,

Sprachen und Völker, erwiesen sich als die wichtigsten Zahlen die Siebzig[399]) und die Zweiundsiebzig[400]); beide galten schon im Alten wie im Neuen Testament (Gen. 46, 27; Ex. 15, 27; Num. 11, 16; Luk. 10, 1) als *numeri universitatis*, die die geschichtliche Vielfalt göttlich legitimierten. Selten verwiesen Symbol-

---

87, 125, 142, 192, 200, 447, 470, 481, 489, 515, 548, 591, 610, 626, 674, 724, 735, 740, 760, 782, 816, 818, 865, 867, 890, 918, 986, 1025, 1038, 1059, 1072, 1213, 1250, 1343, 1384; Räume 50, 159, 182, 655, 1026, 1705; Zeiten 159, 196, 1198; Sprachen 272, 528, 777, 780, 782, 911, 1020, 1250, 1319, 1425, 1610, 1666, 1847; Sachen 159, 332, 889, 1285, 1343. Einunddreißig 399, 453, 479, 653, 719, 790, 1037, 1351. Zweiunddreißig 213, 277, 281, 283, 371, 507, 674, 853, 981, 1051, 1593. Dreiunddreißig 79, 88, 507, 848, 917, 1043. Fünfunddreißig 381, 1051. Sechsunddreißig Personen 180, 289, 601, 674; Räume 41, 49, 159, 180, 183; Sprachen 49, 336, 340; Sachen 507. Siebenunddreißig 265, 273, 283, 336, 338. Achtunddreißig 281, 1702. Neununddreißig 1351. Vierzig 35, 278, 528, 758. Einundvierzig 372. Zweiundvierzig 40, 42, 211, 222, 340, 369, 466, 488, 671, 710. Vierundvierzig 51, 202. Sechsundvierzig 853. Siebenundvierzig 371. Achtundvierzig 884. Neunundvierzig 429, 549, 1331. Fünfzig Personen 26, 64, 77, 272, 1160, 1229; Zeiten 429; Sprachen 961; Sachen 48, 77, 523, 1049. Einundfünfzig 281. Zweiundfünfzig 1233. Vierundfünfzig 412, 741, 1308. Fünfundfünfzig 1295 f., 1364. Sechsundfünfzig 56, 283, 468, 846, 1113. Neunundfünfzig 288, 1194. Sechzig Personen 23, 36, 201, 349, 906, 913, 1160; Sprachen 833, 835, 841; Sachen 78. Einundsechzig 87, 816. Zweiundsechzig 851, 906, 1113 f. Dreiundsechzig 35. Vierundsechzig 49, 65, 654, 899. Fünfundsechzig 468, 611. Sechsundsechzig 298. Siebenundsechzig 304. Achtundsechzig 780. Neunundsechzig 129, 654, 837, 1225, 1357.

399) Siebzig Personen 40, 46, 54, 56, 87, 126–9, 145, 149, 160, 168, 171, 174, 189, 194 f., 201, 206, 208, 210 f., 222 f., 229 f., 236, 251, 256, 290, 327, 330, 338, 406, 423 f., 448, 454, 462, 469, 525, 545, 579, 710, 751, 775, 806, 837, 981, 1081, 1160, 1229, 1233, 1315, 1496; Jünger Anm. 226; Völker Anm. 262; Räume 27, 55, 168, 197, 210, 327, 673, 754, 758, 1193, 1303; Zeiten 27, 40, 127, 144, 327, 344; Sprachen Anm. 272; Sachen 54, 127 f., 168, 171, 194, 197 f., 201, 206, 208, 211, 228, 236, 327, 329, 333, 338, 344, 406, 429, 448, 454, 528, 573, 586, 732, 806, 980, 1696 f. Einundsiebzig Personen 189 f., 196, 212, 320, 329, 342, 671, 1160; Völker Anm. 262; Räume 79; Zeiten 68; Sprachen Anm. 272; Sachen 196, 229, 329, 429, 475.

400) Zweiundsiebzig Personen 48, 54, 78, 143, 171, 174, 179 f., 185, 189, 194, 198, 201, 203, 211, 230, 233, 248, 254, 258, 265, 276 ff., 283, 301, 304, 308, 322, 328 ff., 332, 334, 342 f., 347, 351, 367, 370, 381, 389, 392, 399 f., 424, 435, 462, 469, 478, 591, 597, 655, 672, 674 f., 677, 701, 709, 735, 740, 758, 770, 778 f., 789, 809, 818, 821, 833 f., 837, 841, 849, 879, 905, 981, 996, 1002, 1015, 1019, 1022, 1040, 1049, 1070, 1079, 1094, 1142, 1176, 1183, 1194, 1214, 1439, 1496, 1737; Jünger Anm. 226; Völker Anm. 262; Räume 48, 68, 78 f., 168, 171, 179, 181 f., 186, 194, 198 f., 207, 211, 302, 352, 453, 612, 675, 703, 758, 777 f., 789, 837 f., 840 f., 1018, 1344; Zeiten 46, 48, 56, 64, 68, 137, 143, 159, 171, 186, 196, 229, 314, 477, 501, 511, 675, 751, 809, 994, 1040, 1123, 1236, 1768; Sprachen Anm. 272; Sachen 40 f., 45, 48, 68, 70, 87, 95, 128, 165, 168, 171, 182, 189, 194, 196, 198 f., 206, 211, 236, 248, 276, 289, 296, 328 ff., 333, 342 ff., 347, 351 f., 381, 429, 441, 453, 475, 493, 511, 515, 523, 554, 564, 576, 589, 612, 614 f., 638, 655, 673–7, 687, 709, 740, 745, 758, 770, 778, 783, 817 f., 821, 834, 837, 841, 894, 918, 980 f., 994, 1018 f., 1026, 1034, 1049, 1075, 1124, 1183, 1227, 1344, 1593, 1683, 1730, 1768, 1835, 1849.

zahlen allein auf gedankliche oder soziale Ordnungen der Menschenwelt; auch die rein jenseitigen Harmonien, etwa der Engel oder der Sterne, wurden nicht oft gezählt. Wichtiger war die Stufung des geschichtlichen Bereichs, in dem Diesseits und Jenseits sich begegneten; freilich blieben die Gliederungen überschaubar und zählbar, meist im Bereich des ersten Hunderts[401]). Was darüber hinausging, wurde als gewaltige Anordnung Gottes oder als menschliche Unordnung begriffen[402]), solange bis die neuzeitliche Zahlensymbolik sich mehr auf den geistlichen Bereich beschränkte. Dann begann man die Wirklichkeit zu errechnen, mit hohen, aber nicht mehr symbolhaften Ziffern. Die Zahl behielt indes noch lange zeigenden Wert im literarischen Feld, wie zuerst als Ordnungsprinzip für heilige Bücher, so danach für Enzyklopädien und Dichtungen[403]).

---

[401]) Dreiundsiebzig Personen 328 ff., 340, 342, 351, 399 f., 436, 453, 790, 856, 974, 1051; Völker Anm. 262; Zeiten 182; Sprachen Anm. 272; Sachen 54, 199, 329, 399 f., 453, 525, 638, 790, 1683. Vierundsiebzig 174, 215, 281, 774, 977, 1052, 1160, 1229. Fünfundsiebzig 50, 78, 127, 134, 222, 232, 253, 313, 330, 406, 429, 610–3, 751, 1229, 1847. Sechsundsiebzig 174, 222, 1160. Siebenundsiebzig 27, 171, 317, 1084, 1343. Achtundsiebzig 289, 895, 1126. Neunundsiebzig 272. Achtzig 201 f., 334, 528, 782. Einundachtzig 46. Zweiundachtzig 24, 861. Dreiundachtzig 782. Vierundachtzig 372. Achtundachtzig 898. Fünfundneunzig 371. Sechsundneunzig 491. Neunundneunzig 574, 615, 623, 738, 889.

[402]) Einhundert 52, 69, 162, 408, 476, 660, 758, 967, 1253, 1440, 1617, 1642. Einhundertvier 202. Einhundertsieben 963. Einhundertzwölf 462. Einhundertdreizehn 527. Einhundertachtzehn 176. Einhundertzwanzig 224, 380, 395, 397, 433, 489, 492, 523, 577, 791, 1259. Einhundertzweiundzwanzig 508. Einhundertfünfundzwanzig 73. Einhundertsiebenundzwanzig 133, 462. Einhundertdreißig 247, 470, 508. Einhundertzweiunddreißig 462. Einhundertachtunddreißig 50, 462. Einhundertzweiundvierzig 462. Einhundertvierundvierzig 174, 448, 709, 841. Einhundertfünfzig 1145. Einhundertachtundfünfzig 272. Einhundertsiebzig 1039. Einhundertzweiundsiebzig 545. Zweihundert und mehr 254, 369 f., 412, 417, 911. Dreihundert und mehr 39, 160, 165, 175, 205, 344, 417, 911, 970, 1109, 1303, 1439, 1621. Vierhundert und mehr 205, 417, 911. Fünfhundert 128, 1498. Siebenhundertzwanzig 68. Achthundert und mehr 1116, 1676, 1685. Eintausend Personen 416, 881, 1556, 1827; Räume 416, 590, 655, 706; Zeiten 416, 660; Sprachen 181, 350, 1523, 1560, 1593, 1638, 1685; Sachen 64, 164, 770, 774. Mehr als eintausend 338, 984, 1040, 1369. Zweitausend und mehr 591, 1308. Dreitausend und mehr 1439, 1685, 1698. Viertausend 391, 830. Fünftausend und mehr 551, 1022, 1039, 1142, 1153. Sechstausend 234, 390. Siebentausend 230, 1081. Neuntausend 551. Zehntausend und mehr 39, 43, 333, 1305, 1339, 1369. Siebzigtausend 337, 344, 350, 674, 775, 981. Zweiundsiebzigtausend 68, 390, 551, 674, 1184. Über hunderttausend 770, 1159, 1318 f., 1339, 1359, 1513, 1706.

[403]) Zahlensymbolik und Wirklichkeit, getrennt 241, 289, 528, 549, 555, 589, 611, 710, 852, 883, 926, 1085, 1183, 1302 f., 1351, 1365 f. Zahlengliederung heiliger Bücher 68, 87, 171, 248, 300, 379, 429, 451, 475, 481, 493, 515, 554, 655; anderer literarischer Werke 95, 129, 296, 343, 381, 426, 436, 511, 525, 528, 576, 638, 687, 732, 744 f., 918, 980, 1124, 1227, 1343 f.

Auch im konkreteren Bereich der Maße und Gewichte kommen Symbolbedeutungen vor; jedoch denkt man sich vor allem Raum- und Gewichtmaße leicht als menschliche Ordnung, zum Unterschied von Zeitmaßen[404]). Diese geben ebenso wie die anschaulichen geometrischen Proportionen eher Anlaß zu Spekulationen über den Weltlauf im ganzen; vor allem das Rad und der Kreis sind ein Bild der Geschichte, nicht nur ihres sinnlosen Kreislaufes, sondern auch der universalen Vollendung[405]). Der Zusammenhang solcher Bilder mit der Sprache, der uns heute als weit hergeholt erscheint, war der des vermittelnden Zeichens, der die ganze Zahlenwelt zum Bedeutungsträger machte.

Mit der neuzeitlichen Abwertung der bloß vereinbarten Sprache und der Symbole gewannen andere nichtsprachliche Zeichen an Gewicht: die stummen deutungslosen Symbole der Natur, die übertragene „Sprache“ der geschichtslosen Zustände. Ihnen nahe stand die stimmliche, aber unartikulierte menschliche Äußerung, Ausruf, Mimik und Gestik. Nicht von ungefähr wurden diese Zeichen nun erst neben, ja über die artikulierte Sprache gestellt als deren eigentliche Grundlage, als deutlichster Ausdruck des Menschen. Die Zeichensprache, die immer schon zwischen Verschiedensprachigen als Ersatz, zwischen Gleichsprachigen als Hilfe für das Verstehen benutzt worden war, wurde nun vielfach als die natürliche, allen Menschen verständliche Ur- und Universalsprache aufgefaßt. Man übersah, daß sie ursprünglich, von Natur aus, nichts bedeutet und wie jede derartige Gebärde Auslegung braucht; daß auch diese Zeichen nicht natürlich sind, wird nur dadurch verdeckt, daß sie in geschichtlichen Gemeinschaften ähnlich selbstverständlich wie die Muttersprache gelten[406]). Aber man versteht alle diese Zeichen nicht von selbst, so wenig wie die Sprache; die Lebenskraft ihrer scheinbar unbegrenzten Vermittlung reicht – wie der moderne Betrachter am Beispiel von Metapher und Zahlensymbolik entdeckt – nur so weit wie das Einverständnis in ihrer Auslegung, über die Zeiten hinweg nur so weit wie ihre Überlieferung.

*

[404]) Raummaße 47, 78, 168, 171, 453, 590. Gewichtmaße 127, 523, 770. Längenmaße 68, 79 f., 197, 327, 391, 591, 612, 654 f., 673, 675, 689, 725, 758 f., 837, 848, 858, 899, 906, 967, 984, 996, 1002, 1007, 1017, 1022, 1038 ff., 1065, 1142, 1153, 1296. Zeitmaße Anm. 63, Anm. 462.

[405]) Geometrie 78, 668, 715, 799, 1144, 1381. Proportionen 78, 139 f., 400, 1101, 1344, 1604. Rad 64, 840, 963, 1105, 1362, 1556. Kreis 68, 78, 96, 99, 139, 161, 176, 492, 1028, 1381, 1508 f., 1710, 1783.

[406]) Ausruf 1405, 1413, 1438, 1441, 1444, 1447, 1451, 1509, 1769. Mimik 174, 217, 439, 856, 893, 915, 982, 1432, 1584, 1661. Gestik 376, 853, 868, 1432, 1567, 1667, 1783, 1851. Zeichensprache 20, 163 f., 830, 984, 1126, 1240, 1271, 1273, 1286, 1402, 1404 f., 1432, 1438, 1441, 1447, 1451, 1492 f., 1495, 1507 f., 1603, 1661, 1669, 1731, 1741, 1763, 1769, 1773, 1783, 1786, 1788, 1841.

Die Überlieferung wird ähnlich wie Sprache und Zeichen von denen, die mit ihr leben und in ihr zu stehen meinen, nicht als vermittelnde Auslegung angesehen, sondern als unmittelbare Wahrheit. Aber anders als die Sprache und das Zeichen legitimiert sich die Tradition nicht zuerst durch ihre gegenwärtige Lebenskraft, sondern als ehrwürdige Vergangenheit, die durch allen Zeitenwandel ungeschmälert wahr geblieben und bewahrt worden ist. Für archaische Zeiten war diese Meinung fast selbstverständlich. Die Tradition war aus dem geschichtlichen Fluß noch nicht herausgelöst, der Gelehrsamkeit und der Schrift noch nicht ausgeliefert, sie war nicht einmal durchweg von sprachlicher Art; sie verkörperte sich in den Objektivationen der Religion und des Staates und in deren Symbolen[407]). Seit dem Kontinuitätsbruch von Spätantike und Christentum verehrte man indes die Traditionen bewußter, als das verlorene oder wenigstens bedrohte Ursprüngliche und als Vorgeschichte, die sich gerade die Neulinge gerne aneigneten[408]). Die Autorität der Früheren wurde in antiquarischer Gelehrsamkeit gepflegt und vielfach höher gewertet als die zeitgenössische Erfahrung; während diese stets nur ungeordnet vielfältig war, erschien jene als abgeklärte Übereinstimmung der Weisen, freilich nur deshalb, weil bei der schriftlichen Fixierung und Auswahl dessen, was weiterhin der Erinnerung wert sein sollte, viele Traditionen verlorengingen[409]). Die restlichen erfreuten sich dann doppelten Ansehens.

Nur dank dieser auswählenden Deutung konnte man im Mittelalter wieder mit Überlieferungen leben, die allerdings aus ganz verschiedenen Schichten stammten und einander doch weithin widersprachen: antike, germanische und christliche Traditionen fanden nicht von selbst zueinander[410]). Sie miteinander

---

[407]) Überlieferung als ungestörte Kontinuität 18, 43, 94, 163, 175, 184, 363 f., 468, 592, 628 f., 644, 698 f., 789, 823 f., 927, 956, 1292, 1739, 1799; als mündlich Anm. 422; als symbolhaft Anm. 385 f.

[408]) Überlieferung als Überwindung des Kontinuitätsbruchs 109, 113 f., 144, 187, 189, 294, 297, 315, 356, 364, 429, 483 f., 505, 507 f., 541, 554, 590, 647 f., 679 f., 777, 780, 841, 905, 920 ff., 925 f., 931, 955, 957 ff., 966, 1008, 1011, 1013 f., 1031, 1042, 1047, 1101, 1103, 1114 f., 1163, 1169, 1173, 1177, 1212, 1214, 1261 ff., 1294, 1340, 1342, 1522, 1628, 1650, 1672, 1756 ff., 1794, 1815, 1871; als Aneignung einer Vorgeschichte 700, 703, 768 f., 912, 914, 917, 1002, 1105, 1463, 1649, 1818.

[409]) Autorität der Früheren 388, 412, 435, 444, 469, 473, 479, 523, 536, 568, 602, 629, 689, 705, 724, 765, 836, 862, 939, 975, 980, 1057, 1183, 1271, 1284, 1289, 1338, 1351, 1369 f., 1385, 1483. Übereinstimmung der Früheren 435, 1351, 1369. Überlieferung steht über der Erfahrung 234, 388 ff., 400, 409, 417, 453, 504, 679, 724, 921, 931, 1129, 1369 f.; dagegen Anm. 170. Antiquarische Gelehrsamkeit 135, 173, 186, 239, 314, 401, 516, 559, 569, 589, 597 f., 611, 625, 706, 715, 720 f., 907, 1023, 1131, 1167, 1482, 1560, 1610; dagegen 1340, 1427. Vgl. Anm. 463. Schriftliche Fixierung Anm. 420–4.

[410]) Häufung gegensätzlicher Überlieferungen 346, 349 f., 356, 363, 429, 437, 443, 528, 566, 661, 683 f., 687 f., 735 ff., 751 f., 788 f., 907, 1022, 1183, 1286, 1352.

zu verbinden, erforderte Abstufung und Wertung, und diese war auf die mannigfachste Weise möglich und nötig[411]). Man konnte das Alte über das Neue hinausheben; man konnte aber auch durch Berufung auf alte Überlieferungen das Herkömmliche überbieten[412]). Vielfach wurde indes das schulmäßig Erlernte nur träge kompiliert und ausgesponnen, ohne Rücksicht auf die eigene Gegenwart, auch ohne kritische Prüfung der Grundlagen und Beziehungen. Überlieferung gehörte dann zur Gewohnheit des Tages, die auch Recht und Sitte bestimmte, ja Geschichte und Sprache selbst als Tradition erscheinen ließ, als Andenken an Erlebtes und Geschehenes[413]). Und doch war immer deutende Auswahl am Werk, in der distanzierten Reflexion der Großen ebenso wie in der naiv hingenommen Situation der Kleinen; überall wurde die Tradition ungenau reproduziert, durch produktive Mißverständnisse und durch absichtliches Auslassen und Verschweigen; Fälscher und Pseudonyme nutzten die Überlieferung vollends für ihre gegenwärtigen Zwecke aus[414]). Doch verstand man

[411]) Verbindung verschiedener Überlieferungen 55, 165, 341, 397, 429, 442 ff., 456, 458, 593, 609–14, 684, 696, 781, 783, 913, 1306 f., 1408, 1585 f., 1592, 1643, 1747, 1768; der biblischen mit der antiken 127, 146, 151, 226, 341, 365, 372 f., 375, 379, 382, 459, 474, 554, 593, 604, 609, 611, 639, 655, 668, 705, 763, 847, 867 f., 918 f., 963 f., 1056, 1095, 1120, 1129, 1226 f., 1279, 1372, 1508, 1798; mit Vorrang der biblischen 303, 347, 452, 508 f., 535, 702 f., 875 f., 1095, 1124, 1143, 1171, 1321 f., 1326; mit Vorrang der antiken 387, 422, 456, 460 f., 463, 512, 552, 560, 568, 574, 604, 671 f., 686, 696, 704, 729, 767 f., 782 f., 786, 885, 908, 926, 967, 970, 987, 1041, 1053, 1230, 1237, 1285, 1346, 1510, 1713. Verknüpfung der biblischen mit der germanischen Überlieferung 483, 520 f., 543, 546, 781, 912, 1328, 1371 f., 1590, 1592; der germanischen mit der antiken 559, 565, 782 f., 1235.

[412]) Altes und Neues, getrennt 97, 113, 221, 291 f., 423, 432, 434 f., 463 f., 559, 583, 632, 791, 817, 1169, 1770; verbunden 109, 189, 596, 832, 1873. Überbietung älterer Traditionen 460, 495 f., 686, 689, 691. Vgl. Anm. 474.

[413]) Kompilation 116, 195, 373, 591, 790, 1286. Fortsetzung fremder Werke 386 f., 418, 574, 590, 596, 702, 766 f., 777, 880, 1010. Annahme von Überlieferungen ohne Rücksicht auf das eigene Bedürfnis 273, 468, 528, 648, 706, 716, 842, 852, 931, 1082, 1143, 1285, 1307. Gewohnheit als Norm der Geschichte 643, 807, 813, 1271, 1662; der Sprache 107, 187, 469, 632, 805, 1098, 1112, 1137, 1139, 1153, 1243, 1272, 1274, 1316, 1398, 1446, 1449, 1476, 1479, 1499, 1659, 1661 f., 1740, Anm. 198. Sprache als Überlieferung 1449, 1799, 1808, 1852, 1861 ff.; dagegen 1280, 1556, 1763 f. Erinnerung Anm. 91.

[414]) Überlieferungen werden ungenau wiedergegeben 191, 328 f., 363, 453, 455, 457, 705, 726, 736, 740, 780, 849 f., 884, 1296, 1384, 1453; werden mißverstanden 142, 460, 466, 473, 493, 518, 554, 610, 734, 852, 885, 937 f., 946, 1039, 1143, 1834; werden ausgelassen oder verschwiegen 405 f., 423, 428, 431, 447, 462 f., 480, 488, 490, 517, 536, 559, 572, 586, 590 f., 625 f., 660, 663, 673, 692, 715 f., 781, 815 f., 845, 859, 861, 992, 1164, 1183, 1202, 1246, 1319, 1331, 1347, 1405; werden gefälscht 423, 463, 485, 527, 665, 908 f., 975, 1099, 1384 f., 1531. Pseudonyme Literatur 142, 173, 233, 255, 264, 269, 271, 310, 379, 411, 418, 423, 468 ff., 481, 487, 505 f., 527, 530, 555, 597, 697, 819, 1368, 1385, 1847.

auch im Großen die Überlieferung als geschichtliche Entfaltung, so vor allem in dem mittelalterlichen Gedanken der Translation. Nicht nur einzelne Elemente der Tradition, sondern ganze Religionen, Weltreiche, Sprachen, Wissenschaften, Kulturen und sogar das Gottesvolk selber dachte man sich auf einer unablässigen Wanderung durch die Geschichte, so daß die Räume und Zeiten voneinander lernen, sich aneinander klären und die tradierten Wahrheiten immer deutlicher begreifen und formulieren[415]). „Wir sind wie Zwerge, die auf den Schultern von Riesen sitzen. Wir sehen also mehr und sehen weiter als die Alten; aber es liegt nicht an der Schärfe unseres Auges und nicht an unserer großen Statur, sondern einfach daran, daß sie uns tragen und wir ihre Größe nutzen dürfen"[416]).

Die neuzeitliche Sonderung brach mit solchen Kumulationen. Einerseits berief sich der starre Konservativismus und Traditionalismus nun allein auf eine ursprüngliche, verbindliche Norm, die nur wenigen anvertraut, aber der Trübung durch Wandlung entrückt und unmittelbar wahr ist; sie sagt uns auch die ganze Wahrheit über die Vergangenheit des Menschengeschlechts[417]). Anderseits vertrat die Traditionskritik das Recht der Gegenwart auf Neugestaltung des Daseins und geistige Freiheit vom Hergebrachten; Überlieferung ist dann Illusion, frommer Betrug oder *fable convenue*. Sie weiß nicht, wie es wirklich gewesen ist, weil sie nicht Erfahrung, sondern menschliche Auslegung und Übersetzung ist[418]). Während die Forschung in kritischer Quellenanalyse erst die

[415]) Translation von Überlieferungen 146, 152, 186, 252, 322, 513 f., 535, 597, 713, 875 f., 1254, 1837; dagegen 1184, 1186, 1245. Translation der Religionen 207, 820, 1279, 1290, 1472, 1837 f.; der Weltreiche 146, 150, 161, 280, 369, 820, 865, 1011, 1070, Anm. 337; von Sprachen 897, 1107, 1122, 1136; der Bildung 1377; von Wissenschaften 322, 710, 713; von Kulturen 318, 513 f., 902, 1054, 1107, 1130 f., 1189, 1244, 1366; des Gottesvolkes 451, 512, 572, 594, 704, 709, 1280, 1309, 1472, 1746, 1819, 1826.

[416]) Bernhard von Chartres, bei Johann von Salisbury, Metalogicon III, 4, WEBB (o. S. 640 Anm. 73) S. 136. Dazu Joseph DE GHELLINCK SJ, Nani et gigantes, in: ALMA 18 (1945) 25–29 mit späteren Zeugnissen; hinzuzufügen wäre u. a. das von William Temple (o. S. 1333 Anm. 110), das den Vergleich in einer für die Neuzeit charakteristischen Weise abwandelt.

[417]) Konservativismus 1025, 1355, 1376, 1594, 1629, 1770. Traditionalismus 1179 f., 1211, 1238, 1288, 1310 f., 1315 f., 1364, 1613 ff., 1622, 1637, 1642, 1752, 1755, 1833, 1835; dagegen 1625, 1631. Überlieferung als sicherer Bericht über die Vergangenheit 406, 628 f., 1418, 1753.

[418]) Kritik an der Überlieferung 96, 99, 420 f., 479, 699, 854 f., 1078, 1098, 1127, 1134, 1168, 1241, 1243, 1272 ff., 1312, 1334, 1376, 1393, 1395, 1399 f., 1453, 1462, 1490, 1499, 1504, 1522 f., 1532, 1575, 1595, 1631, 1649 f., 1670, 1681, 1732, 1734, 1758, 1764, 1767, 1783, 1785, 1805, 1819 f., 1824, 1829, 1833 f., 1843, 1877, 1880, Anm. 170. Freiheit von der Überlieferung 85 f., 659, 832, 1080, 1149, 1219, 1326, 1424, 1443, 1656, 1666, 1689 f., 1732, 1737, 1742, 1812, 1855. Überlieferung als un-

ganze Breite geschichtlicher Traditionen und ihrer Wechselbeziehungen freilegte, verlor sie den Glauben, daß diese Überlieferungen ernstzunehmen seien. Allerdings setzte sie selbst dabei neue Traditionen; und was hier die gelehrten Anmerkungen und Zitate besorgten, das stifteten in der Dichtung die verkappten Fußnoten der Metaphern und Topoi: verwandelte Dauer des Behaltenswerten, also Vermittlung[419]).

Die Dauer wurde bestätigt, der Wert verwandelt durch die Schrift, die seit ihrer Erfindung den Zugang zur Überlieferung ebnet und verstellt. Weit besser als gesprochene Rede vermittelt Geschriebenes zwischen den Zonen und Epochen und macht *alles Überlieferte für jede Gegenwart gleichzeitig*. Wie eine Übersetzung gibt die Schrift jeder Sprache ein neues Gepräge, das des Bleibenden, Gereinigten, Gehobenen. Monumentale Inschriften sind nicht allen verständlich, aber sie trotzen dem Kommen und Gehen der Sprachen und Völker. Nicht jedermann kann lesen und schreiben; aber wer es gelernt hat, der wird über den Kreis seiner eigenen Erfahrung hinausgeführt und kann Genosse aller Sprachen und Völker sein[420]). Die Schrift begründet erst historisches Selbstbewußtsein durch den Wunsch und die Fähigkeit, Gesprochenes für kommende Zeiten festzuhalten; sie grenzt indes den Bereich des historisch Wichtigen und des sprachlich Konstitutiven erheblich ein.

Zwar kennt die Geschichte viele verschiedene Schriftarten, von der symbolischen Bilderschrift bis zur konventionellen Buchstabenschrift, und diese Zeichensysteme sind wandelbar wie die Sprachen, die sie vermitteln; doch ist die Vielfalt besonderer Schriften weit weniger bunt und bewegt als die der Sprachen. Nicht zu jeder Sprache gehört eine eigene Schrift; man kann eine Sprache in verschiedenen Schriftarten aufzeichnen, allerdings immer nur ungefähr. Denn die Kehrseite der allgemeinen Verwendbarkeit ist die Oberflächlichkeit; bei weitem nicht alle Sprachlaute lassen sich schreiben. Nur naive Zuversicht kann Sprache und Schrift miteinander gleichsetzen, eine Gleichung, die nur für

---

sicherer Bericht über die Vergangenheit 94, 239 f., 573, 685, 959 f., 964, 1073, 1094 f., 1102, 1105, 1117, 1120, 1122, 1228, 1255, 1291, 1298, 1304, 1338 f., 1398, 1406, 1438, 1533, 1574, 1579, 1589, 1717, 1754, 1833.

[419]) Quellenforschung 1055, 1072, 1187, 1193, 1346, 1594 f. Metaphern und Topoi Anm. 389 f. Überlieferung als Vermittlung 435, 902, 1048 f., 1151, 1292, 1377, 1379, 1561, 1611, 1881 f.

[420]) Schrift als bewahrend 83, 1107 f., 1162, 1177, 1192, 1219, 1340, 1451, 1605. „Für jede Gegenwart gleichzeitig“ nach Hans-Georg GADAMER, Wahrheit und Methode, Grundzüge einer philosophischen Hermeneutik, Tübingen 1960, S. 367. Inschriften 53 f., 66, 81 f., 86 ff., 179, 219, 229, 264, 441, 569, 682 f., 984, 1231, 1347, 1512. Erlernung des Lesens 321, 541, 758, 855; des Schreibens 56, 308, 325. Schriftkenntnis als Kennzeichen der Bildungsschicht 73, 229, 804, 1206; dagegen 114. Vgl. Anm. 140.

tote Bildungssprachen wirklich gilt[421]). Die Schrift nimmt der Sprache, die sie konserviert, das Leben und löst sie von ihren Sprechern, auch von manchen ihrer Inhalte; vielleicht sind die mündlich übermittelten gerade die ursprünglichsten oder bedeutsamsten. Die Schrift schafft einen klassischen Schriftenkanon und fördert nur die Schriftsprache, die so richtig, normiert und verfügbar ist, wie keine Umgangssprache sein kann; die Schrift regelt sogar das Flüchtigste, die Aussprache, durch Rechtschreibung und verliert an augenblicklicher Unmittelbarkeit, was sie an vermittelnder Universalität gewinnt[422]). Die sondernde und sammelnde Kraft der Schrift ist gewaltig; während sie die Dialekte ins bäurisch Abseitige hinabdrückt, hebt sie die Volkssprachen hinauf in den erlauchten Kreis der Weltliteratur[423]).

Als Medium geschichtlicher Überlieferung erschwert die Schrift den Späteren die Aneignung, die den Umweg über die Gelehrsamkeit einschlagen muß; sie stellt aber auch den Wortlaut der Tradition scheinbar für alle Zeiten gültig fest. Wegen dieser esoterischen Beharrungskraft wird die Schrift oft für besonders glaubhaft und wahr, ja vielfach für heilig gehalten, auch in ihren konkreten Zeichen, den Alphabeten und einzelnen Buchstaben; besonders der erste Buchstabe A hat fast eine eigene Mythologie[424]). Erst recht genießt das Buch im ganzen hohe Verehrung, vor allem, weil religiöse Urkunden in heiligen Büchern aufgezeichnet sind; sie leihen ihre Anziehungskraft noch den obskursten Apo-

[421]) Schrift und Geschichtsbewußtsein 444, 1340, 1580. Schriften als geschichtlich 214, 631 f., 1277, 1280; vgl. Anm. 279. Bilderschrift 32, 42, 56, 74, 80, 83, 122, 1065, 1180, 1429, 1665. Buchstabenschrift 82, 89, 114, 1207. Schrift als Zeichen 107. Schrift und Sprache, getrennt 191, 202, 277, 299, 458, 560, 590, 765 f., 860, 903, 1022, 1107 f., 1233, 1420, 1477, 1503, 1516, 1580, 1647, 1651, 1833, 1847 f.; verbunden 309, 312, 316, 765. Schrift und Laut, getrennt 490, 801, 880, 1235; verbunden 515, 801, 1180, 1360, 1835. Schrift und Bildungssprache, gleichgesetzt 49, 186, 586, 745, 880, 1360, 1363, 1377.

[422]) Mündliche Überlieferung 89, 115, 121, 189, 471, 542, 568, 573, 698, 1137, 1200, 1383, 1839. Bezeichnungen für „Schriftsprache" 886, 1503. Umgangssprache und Schriftsprache, getrennt 32, 41, 60, 70, 89, 106, 109, 135, 189, 207, 218 f., 273, 275, 321, 336, 366, 394, 436 f., 499, 542, 871, 886, 964, 1042, 1044, 1088, 1107, 1139, 1162, 1176, 1180 f., 1219, 1451, 1503. Schriftliche Normierung gesprochener Sprache (Rechtschreibung) 500, 1082, 1229, 1360; dagegen 1102, 1283.

[423]) Schriftsprache drängt Dialekte ab 24, 32, 51, 65, 71, 73, 158, 248, 293, 303, 321, 325, 336, 1089, 1176. Dialekte als Schriftsprachen 315, 325, 878, 993, 1007, 1135, 1584. Volkssprachen als Schriftsprachen 56, 76, 153, 194, 226 f., 266 f., 279 f., 324, 471, 536, 542 ff., 617, 644, 800 f., 822 f., 847, 880 f., 900, 926, 956, 967, 1003, 1034, 1044, 1107, 1131, 1151, 1180, 1206, 1208, 1274, 1340, 1346, 1379, 1424, 1458, 1463 f., 1483, 1585 f., 1645 f.

[424]) Schrift als heilig 33, 109, 144, 159, 199, 327 f., 1176, 1192 f., 1311, 1334, 1343, 1363, 1602, 1617; dagegen 89, 1309. Alphabet als heilig 1343. Buchstaben als heilig 171, 196, 198 f., 206, 211, 229, 300, 379, 426, 441, 881, 979, 1049, 1075, 1360, 1593, 1861. Buchstabe A hervorgehoben 426, 449, 465, 638, 758, 1444, 1845.

kryphen und gelten als göttlich inspiriert und unveränderlich wahr. Aber heilig und wahr ist nicht die Schrift und das Buch; Bücher sind allenfalls Brücken zur Wahrheit. Denn schon das Lesen ist ein Auslegen; das Schreiben – auch das Abschreiben, Edieren und Drucken – ist nicht bloß authentische Wiedergabe des Authentischen; wenigstens stellen sich überall Handschriftenvarianten und Druckfehler ein, die nicht alle nur Versehen, zum Teil auch Übersetzung und der Preis für jede Aneignung sind[425]).

Deutlicher als diese stille Verwandlung der Tradition durch die Schrift wurde den Hütern der Überlieferung früh ihre Gefährdung durch schriftliche Übersetzung. Nicht umsonst durften viele heilige Schriften lange Zeit nicht in andere Sprachen übersetzt werden; nicht umsonst sind Zitate aus Übersetzungen bei den Gelehrten noch heute verpönt. Der Dolmetscher mag zwischen flüchtigen, mündlichen Volkssprachen vermitteln können; dem unvermittelten, geschriebenen Wort des Originals muß er Gewalt antun; es ist durch keine Übersetzung zu ersetzen[426]). Dennoch wurde die Bibel bald in die Weltsprachen der Zeitgenossen übersetzt, zuerst als Septuaginta ins Griechische[427]), dann als Vulgata ins Lateinische[428]). Allerdings waren Griechisch und Lateinisch schon längst klassische Schriftsprachen, und was den Versionen an Autorität noch fehlte, wurde ihnen durch die geistliche Beglaubigung der Inspiration und des Wunders verliehen[429]). Die autorisierten Übersetzungen beanspruchten dann bis-

[425]) Buch als heilig 211, 354, 397, 429, 815, 1028, 1102, 1381, 1528, 1625, 1829, 1831; dagegen 1537, 1644, 1646. Religionsurkunden als heilige Bücher 43 ff., 58 ff., 64 f., 67, 87, 115–33, 219–26, 325–8, 352, 1602. Apokryphe Schriften 248, 277 f., 328, 333, 553, 895. Inspiration heiliger Bücher 325, 336, 368, 378, 502 f., 1159, 1311 f., 1349, 1365, 1696, 1868, Anm. 429; dagegen 512, 530, 1300, 1381, 1397, 1435, 1599, 1807. Schreib- und Lesefehler 123, 918, 1439, 1561. Auslegung durch Edition 115, 119 ff., 326, 382, 1039, 1286, 1302; dagegen 1286. Buchdruck 1608, 1625, 1644, 1833.

[426]) Auslegung durch Übersetzung 141, 194, 318, 544 f., 547, 1368, 1487. Übersetzungsverbot für heilige Bücher 40, 50, 180, 190, 213, 320, 325, 336, 585, 1118, 1167, 1208, 1256, 1624, 1858 ff.; ihr Original ist besser als Übersetzungen 251, 259, 386, 389, 442 f., 480, 505, 596, 644, 901, 1147, 1179. Vgl. Anm. 381. Gelehrte Zitate in der Originalsprache 1453. Wörter aus der Originalsprache in Übersetzungen 220, 226, 1348.

[427]) Bibelübersetzung ins Griechische 227. Septuaginta 123 f., 127 f., 132, 141 ff., 191, 222, 231, 233, 235, 247, 256, 280, 290, 297, 299, 306, 371, 396, 398 ff., 429, 479, 547, 559, 578 f., 719 f., 724, 751 ff., 821, 831, 849, 907, 1093, 1143, 1159, 1179, 1280, 1289, 1294, 1305.

[428]) Bibelübersetzung ins Lateinische 385, 389, 752, 1090, 1115, 1191, 1454. Vulgata 123 ff., 142, 389 f., 399 f., 450, 454, 475, 479, 519, 525, 719, 751 f., 773, 882, 893, 1117, 1143, 1148, 1154, 1167, 1172, 1176 f., 1179, 1294, 1385.

[429]) Beglaubigung der Septuaginta 142 f., 171, 230, 235, 237, 293, 367, 376, 381, 386, 394, 399, 454, 469, 740, 1049, 1142 f., 1176, 1183, 1194, 1236, 1319, 1346 f., 1360, 1871; dagegen 172, 259, 274, 300, 304 f., 389, 450, 530, 651 f., 662, 966, 968, 1081, 1147, 1406. Beglaubigung der Vulgata 525, 1014, 1118, 1147 f.; dagegen 968 f.

weilen sogar, dem Original überlegen zu sein, und sie waren es kraft ihrer sammelnden, geschichtlich bewährten Umsicht; freilich erinnerten Polyglottenbibeln immer wieder daran, daß keine Überlieferung in einer Einzelsprache die göttliche Fülle des Ausgesagten in Fesseln schlagen durfte[430]). Der altchristliche Orient, im Westen erst der moderne Buchdruck brach schließlich freie Bahn für Übersetzungen des heiligen Wortes in jede lebende Sprache, allerdings erst, nachdem die Volkssprachen als Träger schriftlicher Überlieferung anerkannt waren[431]). Die Fülle der Versionen legte indes auch den Gedanken nahe, daß alle heiligen Bücher nur Übersetzungen sein könnten, aus einer verlorenen Ursprache oder aus der überirdischen Sprache Gottes[432]). Damit erschien auch das heilige Buch als Vermittlung zwischen Gott und der Geschichte. Leichter als die heiligen Texte selbst gab man ihre Auslegungen für die nachschaffende Aneignung frei; Bibelkommentare wurden in frommen Zeiten oft übersetzt. Im Bereich der profanen Literatur war es die verwandte Gattung der Weltchroniken, die schnell ihren Weg in fremde Sprachen fand, solange Übersetzungen einen objektiven Zusammenhang ergänzen wollten. In der Dichtung hatten sie eher persönliche Leistungen allenthalben kundzumachen; die Literaten sorgten vielfach gleich selber für Übertragung ihrer Schöpfungen in Fremdsprachen[433]). Zu entbehren ist die Übersetzung auch dann noch nicht; denn sie vermittelt Überlieferungen und regt neue geistige Bewegungen an. Jedenfalls stammt ihre Beglaubigung und ihre Wirkung nicht nur aus der zeitlosen Macht des Originals, sondern auch aus der Zustimmung der Zeitgenossen.

Daran zeigt sich noch einmal, was für alle Überlieferung, die mündlich lebendige wie die schriftlich festgelegte, gleichermaßen gilt. Es gibt, selbst bei den

[430]) Übersetzung heiliger Bücher ist erlaubt 40, 50, 72, 141 f., 190–4, 196, 200, 352 f., 392, 394, 544, 628, 856, 1049, 1155, 1859, 1866; ist besser als das Original 293, 300, 390, 394, 530, 644, 1061, 1124. Polyglottenbibeln 235, 1147, 1152, 1198, 1215, 1319.

[431]) Bibelübersetzung in Volkssprachen befürwortet 544, 1002 f., 1082, 1086, 1090, 1097, 1116, 1118 f., 1141, 1143, 1196, 1236, 1350; ausgeführt 194 f., 226 f., 249, 258, 273, 278, 317 f., 442, 482, 857, 868, 1002 f., 1067, 1081, 1097, 1100, 1124, 1128, 1141, 1154, 1191, 1206 f., 1236, 1287, 1297 f., 1336, 1340, 1465 f., 1689, 1839.

[432]) Heilige Bücher als Übersetzung aus der Ursprache 1298, 1331, 1710; aus Gottes Sprache 336, 341 f., 1528.

[433]) Übersetzung von Bibelkommentaren 548, 590; von anderer religiöser Literatur 311, 377, 382 f., 430, 628, 816 f., 856, 913, 1015 f., 1206, 1419, 1759; von Chroniken 255, 262, 273, 297, 309, 315, 346, 387, 544; von anderer Profanliteratur 53, 56, 71, 83, 173, 268, 275, 278, 281, 323, 331, 338, 547, 621, 671, 690 f., 694, 698, 739, 764, 784, 843, 855, 863, 878, 890, 908, 911, 980, 984, 988, 997, 1004, 1031, 1034, 1059 f., 1099 f., 1220, 1308, 1333, 1356, 1368, 1419, 1528, 1610, 1704. Übersetzung durch die Autoren selbst 40, 84, 143, 152, 170 f., 208, 214, 268, 286, 855, 908, 1031, 1033, 1058, 1062, 1163, 1167, 1186, 1241, 1379, 1417, 1586.

Hütern religiöser Dokumente, kaum Kontinuität ohne Variation; erst nach dem Bruch mit der Kontinuität kommt die Stunde der Konservativen. Es gibt aber auch, selbst bei den Originalgenies der Literatur, kaum Fortschritt ohne Tradition, ohne Auseinandersetzung mit der Überlieferung. Wie Sprache und Zeichen Auslegung sind und im geschichtlichen Abstand Auslegung brauchen, so gehört erst recht zur Überlieferung die Auslegung, die vergangene Worte am Leben erhält und daraus neues Leben schafft.

*

Die Auslegung kann nicht wie Sprache, Zeichen und Überlieferung als selbständige, unvermittelte Wahrheit auftreten. Sie ist abhängig von dem, was sie auslegt – sei es die Welt oder ein Mensch, die Geschichte oder ein Text – und ist von ihm abgetrennt nach Zeit und Rang. Lassen wir vorerst die Auslegung der Geschichte beiseite; die Auslegung von Sprache soll jedenfalls Aussagen verstehen und verständlich machen. Doch treten dem vermittelnden Verständnis, sobald es über die nackte Wiedergabe von Gesagtem hinausgeht, mannigfache Hindernisse entgegen, die im *Individuum ineffabile* und in der Anstrengung des Begriffs, aber auch in der Sprachenvielfalt und im geschichtlichen Wandel liegen; das Gemeinsame wird bisweilen im redlichsten Bemühen am weitesten verfehlt. Trifft dies schon auf menschliche und gleichzeitige Aussagen zu, so erst recht auf heilige und alte Schriften; manchmal verzichteten fromme Meinungen auf ihre Auslegung und Deutung überhaupt, wenn das heilige Wort als selbstverständlich oder als unverständlich galt[434]). Schriftauslegung entstand erst, als ein bislang für verständlich gehaltener heiliger Text durch geschichtliche Krisen, durch Kriege und Sprachwandlungen undeutlich zu werden drohte; man schrieb ihn auf und deutete ihn aus, um ihn sich immer neu zu vergegenwärtigen[435]). Die Auslegung nahm selbst vielfach schriftliche Gestalt an, als Kommentar zu heiligen Büchern, auch zu schwer verständlichen philosophischen, poetischen, historischen Werken[436]). Im Altertum waren indes die Exegeten dem Ursprungsdenken so sehr verpflichtet, daß sie den

---

[434]) Verstehen und Sprache, getrennt 185, 209, 217, 220, 402, 755, 890, 896, 1116, 1607, 1677, 1727, 1738, 1771, 1855, 1877; verbunden 755, 799, 1816, 1868. Verstehen und Geschichte, getrennt 1607, 1879; verbunden 70, 722, 775, 1776, 1878. Verzicht auf Auslegung 58, 72, 177 f., 332 f., 1162.

[435]) Auslegung als Überwindung des Kontinuitätsbruchs 60, 69, 109, 138, 140, 150, 187, 331 ff., 354, 364, 453, 924; als Vergegenwärtigung 733, 1826 f.

[436]) Kommentare zu heiligen Büchern 55, 69, 195, 202, 206–9, 212, 332 f., 342; zur Bibel Anm. 448, Anm. 450; zu philosophischen Schriften 424 f., 529, 557, 632, 807, 810, 812, 979, 1568, Anm. 449; zu poetischen Schriften 138, 140, 639, 978, 1154, 1238, 1346; zu historischen Schriften 975 f., 1058, 1071 f., 1106, 1267, 1286.

Bruch, den sie überbrückten, kaum bemerkten; sie glaubten, über allen geschichtlichen Wandel hinweg das Verständnis des immergültigen Textes selbstlos zu sichern, der alten Autorität kein Iota zu nehmen, den *locus classicus* wortwörtlich weiterzureichen. Demgemäß erlangten Kommentare leicht dieselbe kanonische Geltung wie die Originaltexte, obgleich die unbewußten Veränderungen recht weit gingen. Was wurde aus dem Rigveda in den Brahmanas, aus Homer im Hellenismus, aus der Genesis im Spätjudentum!

Als geschichtlich fortschreitend begann sich die Schriftauslegung zu verstehen mit der christlichen Exegese des Alten Testaments, die neuen Wein in neue Schläuche gießen, aber das Alte nicht zerstören, sondern erfüllen wollte (Luk. 5, 37 f.; Matth. 5, 17). Auch die Umdeutung der antiken Literatur durch die Kirchenväter ließ die alten Texte im Licht einer neuen Wahrheit lesen, als allegorische Zeichen. Seitdem vermittelte die Auslegung nicht mehr nur zwischen verschiedenen Epochen und Kulturen, sondern auch zwischen mehreren Sinnstufen des gleichen Textes. Die mittelalterliche Bibelauslegung war geradezu charakterisiert durch die Kumulation der Schriftsinne. Grundlage war und blieb die wörtliche Deutung, die mit Sprachenkenntnis und historischem Vergleich die geschichtliche Umwelt des Textes erläuterte. Daß man es eindeutig könne, wurde kaum bezweifelt; aber diese einmaligen Ereignisse – die babylonische Sprachverwirrung oder das pfingstliche Sprachenwunder – gehörten in eine ferne Vergangenheit, die den Leser in seiner Gegenwart nicht unmittelbar betraf[437]). Darum baute man über den wörtlichen Schriftsinn andere, übertragene Bedeutungen, die mitunter dem Wortlaut des Textes wenig Ehre antaten[438]); aber sie läuterten geschichtliche Vorgänge zu urbildlichen Wahrheiten und zu Weisheiten für immer und für jetzt[439]). Die allegorische Interpretation nahm das vieldeutige Bibelwort aus seiner historischen Enge heraus in

---

[437]) Wörtliche und historische Auslegung, angewandt 200, 205 f., 239, 248, 250 f., 253, 258, 260, 286, 386, 396, 404, 471, 531, 589 f., 612, 633, 719 ff., 748 f., 753, 810, 821, 893 f., 907, 955, 964, 1063 f., 1069 f., 1081, 1087, 1115 f., 1132, 1175, 1193, 1251, 1292 f., 1295 f., 1298, 1304, 1307, 1309, 1382, 1416, 1468, 1471, 1480, 1488, 1498 ff., 1598, 1690, 1693–6, 1710 f., 1728, 1797, 1867, 1870 f., Anm. 172, Anm. 445; abgelehnt 629, 709 f., 807, 813, 977, 1292, 1462, 1593, 1677, 1688, 1697, 1730, 1800. Sprachenkenntnis als Bedingung der Auslegung 190, 396, 634, 719, 859, 880, 893, 902, 1061, 1074, 1095, 1131, 1243, 1309, 1377, 1537, 1816 f., 1819; dagegen 295, 300, 383, 1147 f., 1322 f., 1677.

[438]) Auslegung im Gegensatz zum Text 308, 385, 399, 453 f., 523, 553, 586, 629, 672, 857, 867 f., 898, 998, 1211, 1286, 1870 f., 1879; dagegen 1062.

[439]) Urbildliche Auslegung 138, 238, 250, 257, 629, 727, 734, 749 f., 784, 806, 880, 886, 998, 1005, 1008, 1023, 1046, 1048, 1071, 1075, 1103, 1110, 1124, 1131, 1150, 1244, 1273, 1324, 1364, 1390, 1525, 1559 f., 1562, 1565, 1644 ff., 1658, 1711, 1743, 1775, 1800, 1803, 1821, 1825, 1848, 1863, 1880; dagegen 1062 f.

geistliche, „mystische“ Weite und verlieh ihm beispielhafte Dauer[440]). Die verwandte typologische und prophetische Auslegung bezog das Einzelereignis, vor allem des Alten Testaments, als vorausweisendes Zeichen auf künftig erfüllte neutestamentliche oder endzeitliche Geschehnisse, etwa die babylonische Sprachverwirrung auf das pfingstliche Sprachenwunder[441]). Die moralische Exegese lieferte zeitlose Exempel menschlichen Verhaltens für die Gegenwart, die immer neu anfangen muß und darf[442]). Die anagogische Deutung endlich sah das Wort Gottes in der Sphäre jenseitiger Erfüllung, aus der es kam; das irdische Babel löst sich im himmlischen Pfingstjubel auf[443]). So ließ sich etwa der geschichtliche Turmbau von Babel und ebenso die dabei vorgefallene Sprachverwirrung auf vielfältige Weise verstehen, als Gleichnis für den Hochmut der Ketzer, Lügner und Sünder, für die Anmaßung der Mächtigen und der Klugen, schließlich als Bild für die verworrene Sprache, die geistige Entfaltung des Menschen und für die unvollendbare Geschichte überhaupt[444]); aber der

---

440) Allegorische und mystische Auslegung 169 f., 196, 205, 207, 212, 236, 238 f., 250, 253, 379, 385 f., 446, 448, 466, 469, 477, 511, 515, 518, 528 ff., 584, 625, 629, 655 f., 697, 716, 721, 723, 749, 752, 754, 805 f., 831, 999, 1062, 1081, 1087, 1211, 1295, 1397, 1462, 1497; dagegen 1132, 1401, 1444.

441) Typologische und prophetische Auslegung 228, 230, 234, 236, 238 ff., 246, 250, 253, 306, 309, 322, 379, 390, 397, 415, 429, 451, 469, 481, 489, 504, 518, 537, 548, 603, 619, 626 f., 629, 647, 649 f., 686, 689, 708 ff., 770, 777, 794, 806, 821, 829 f., 857, 880, 975, 1070, 1081, 1182 f., 1213, 1304, 1322, 1468, 1488, 1597, 1600, 1640, 1826; dagegen 307, 406, 1447, 1700, 1730. Babel und Pfingsten Anm. 321.

442) Moralische Auslegung 242, 511, 602, 641 f., 749 f., 754, 794, 972, 994, 1063 f., 1081, 1089, 1097 f., 1193, 1531.

443) Anagogische Auslegung 389 f., 433 f., 516, 1323 f., 1468. End- und Himmelssprache Anm. 355.

444) Übertragene Deutung des Turmbaus von Babel als Ketzerei und Sünde 169, 446, 487, 505, 515, 584, 595, 625 f., 649, 655, 659, 708, 727, 749, 754, 808, 815, 972, 994, 1025, 1061, 1075 f., 1081, 1110, 1124, 1155, 1169, 1186, 1208, 1218, 1230, 1265 f., 1317, 1343, 1352, 1389, 1401, 1403, 1420 f., 1444, 1457 f., 1466 ff., 1583, 1656, 1801, Anm. 23; als geschichtliche Entfaltung 213 f., 585, 628, 654, 659, 693, 697, 806, 1004, 1064, 1088, 1175, 1182, 1203, 1220, 1252, 1280, 1344, 1389 f., 1447, 1462, 1467 f., 1486, 1489, 1557, 1563, 1583, 1585, 1589, 1594, 1619, 1627 f., 1632 f., 1635 f., 1639 f., 1667, 1680, 1693 f., 1702 f., 1770, 1775 f., 1789, 1791, 1797, 1800, 1804, 1810, 1827 f., 1831, 1834, 1839, 1844 ff., 1851, 1871 f., 1878, 1881; als geistige Entfaltung Anm. 171; als Sprache 612, 1283, 1349, 1377, 1548, 1561, 1626, 1638, 1644, 1742, 1777. Übertragene Deutung der Sprachverwirrung als Ketzerei und Sünde 169, 446, 487, 583 f., 749, 820, 980, 1062, 1065, 1147, 1186, 1448, 1467, 1870; als Bild geistiger Entfaltung 991, 1094, 1184, 1231, 1256, 1303, 1328 f., 1333, 1347, 1354, 1401, 1489, 1589, 1644, 1646; als Bild der Geschichte 583, 596, 641, 665, 749, 825, 994, 1062 f., 1088 f., 1109 f., 1147, 1169 f., 1203, 1343, 1377, 1389 f., 1440, 1469, 1474, 1542, 1545, 1554, 1566, 1583, 1664, 1804, 1823, 1828 f., 1834, 1850. Übertragene Deutung der Arche Noah Anm. 240.

Turmbau blieb auch als übertragenes Exempel in der geschichtlichen Zone, aus der er stammte, und lehrte nun alles Geschehen begreifen. Babel wurde damit unerhört aktuell für jede Gegenwart; heute und hier wiederholen sich Turmbau und Sprachverwirrung, mitten unter uns. Freilich wächst das Rettende auch, nicht nur in Anti-Babel-Türmen[445]); auch das Pfingstwunder konnte jeden Tag wieder geschehen, wenn auch im übertragenen Sinn[446]).

Für mittelalterliches Verständnis enthüllte also gerade das Abrücken vom simplen historischen Wortsinn die Bibel als Gesamtdeutung der fortschreitenden Heilsgeschichte, als göttliche Zusammenfassung der geschichtlichen Vielfalt, als das Geschichtswerk schlechthin und als Enzyklopädie. Die Vermengung der literarischen Gattungen von Weltchronik und Bibelkommentar, etwa in den Historienbibeln, hatte hier ihren Grund[447]). Daraus erklärt sich auch die Methode mittelalterlicher Bibelexegese, die die Heilige Schrift nicht im übergreifenden Textzusammenhang, sondern aus der isolierten Einzelstelle interpretierte; denn diese selbst gab eine Auslegung der ganzen Heilsgeschichte in ihrer Vielschichtigkeit. Die Interpretationen reihten sich äußerlich, enzyklopädisch aneinander; viele Kommentare umfaßten ohne innere Verklammerung das ganze Neue Testament oder mehrere Bücher des Alten Testaments neben-

---

[445]) Wiederholung des Turmbaus, wörtlich 960, 962, 978, 998, 1035, 1163, 1289, 1374, 1667, 1692 f., 1867; übertragen 379, 398, 583, 595 f., 629, 659, 665, 727, 825, 926, 972, 982 f., 991, 1062 ff., 1097, 1265, 1325 f., 1329, 1333, 1343, 1389, 1391, 1401, 1415, 1468, 1542 ff., 1583, 1588, 1593, 1609, 1614, 1619, 1626, 1643, 1652, 1654, 1668, 1675, 1678, 1696, 1721 f., 1770, 1775, 1777 f., 1790 ff., 1795, 1797 f., 1802 f., 1805, 1810, 1812, 1821, 1834, 1843, 1845, 1849, 1857 f., 1870, 1873; dagegen 1172, 1737, 1781. Anti-Babel-Türme 216, 227 f., 1111, 1156, 1325, 1467, 1563, 1595, 1632 f., 1638, 1657, 1671, 1675, 1678, 1680, 1692, 1743, 1760, 1779, 1795, 1806 f., 1820, 1826, 1828, 1832, 1873. Wiederholung der Sprachverwirrung, wörtlich 583, 766, 1078, 1088, 1109, 1153, 1170, 1354 f., 1391, 1490, 1494, 1527, 1554, 1557 f., 1568, 1594, 1615, 1642 f., 1645, 1693, 1704 f., 1709, 1724, 1742 f., 1746, 1774, 1788 f.; übertragen 806, 1529, 1540, 1547, 1559, 1563, 1568, 1583, 1600, 1623, 1678, 1706, 1734, 1743, 1754, 1777 f., 1798, 1812, 1829, 1845, 1850, 1859, 1862. Wiederholung der Sintflut Anm. 240.

[446]) Wiederholung des Pfingstwunders 216, 328, 458, 634, 646, 661, 676 f., 754, 762, 774, 802 ff., 847, 857 f., 860, 973, 1007, 1020, 1025, 1053, 1089, 1138, 1149, 1157, 1170, 1177, 1206, 1218, 1287, 1332, 1424, 1468, 1499, 1528, 1597, 1608 f., 1674, 1680, 1761, 1782, 1819 ff., 1829, 1836, 1859, 1870, 1872.

[447]) Bibel als Geschichtswerk 133, 150 f., 231, 451, 457, 519, 633, 759, 1065 f., 1131, 1133, 1211, 1222, 1251, 1307, 1332, 1367, 1436, 1442, 1474, 1497, 1500, 1502, 1565, 1590, 1641, 1689 f., 1696, 1753, 1821, 1830, 1860, 1867; dagegen 1191, 1277, 1292, 1303, 1382, 1404, 1406, 1480, 1504, 1524 f., 1577, 1602, 1647, 1677, 1699, 1737, 1800. Bibel als Enzyklopädie 133, 151, 192, 262, 451, 475, 1152, 1290, 1420; dagegen 481, 1243, 1279. Vereinigung von Bibelkommentar und Weltchronik 147, 333, 339, 519, 724 ff., 770, 859, 1264, 1319, 1469. Historienbibeln 204 f., 323, 837 f., 993, 1002, 1011, 1017.

einander[448]). Das eine Gotteswort erlaubte in seiner biblischen Entfaltung vielfache Auslegungen; die Bibel galt als Zither, auf der eine einzige Saite keine Harmonie hervorbrächte. Diese göttliche Fülle ließ sich indes nur in ständiger Bemühung vieler Autoren fassen. Trotz mancher Ansätze zu exegetischen Summen wuchsen die Auslegungen nicht zu einem gültigen Superkommentar zusammen; nicht einmal Augustins Bibelkommentare, so oft man sie nachschrieb, wurden kanonisch. Ohne die Richtschnur des Glaubens hätte freilich der heilige Text, wie man im 12. Jahrhundert sagte, „eine wächserne Nase" und ließe sich drehen, wohin man wollte. In der gemeinsamen Überlieferung klangen aber die verschiedenen Auslegungen zusammen, als voranschreitende Offenbarung der Wahrheit und als Neuschöpfung aus der dankbar gepflegten Tradition[449]).

Mit der humanistischen Rückkehr zur reinen Quelle des Textes und mit dem reformatorischen Schriftprinzip wurden die übertragenen Schriftsinne ebenso wie die Metaphern und Topoi entwertet. Die Bibel wurde nun weniger aus ihren Einzelstellen begriffen, mehr als ein Sinnzusammenhang, der alle Bücher von der Genesis bis zur Apokalypse miteinander verbindet, der indes monographisch erforscht werden muß und sich dem aktualisierenden Zugriff entzieht[450]). Die Exegese wurde dabei zur Wortphilologie, die ganze Bibel zum unveränderlichen, übergeschichtlichen Buch, das die absolute Wahrheit schlicht und verständlich sagt; die nachfolgende Geschichte wurde ausgeklammert und

---

[448]) Auslegung der Einzelstelle 307. Kommentare zu einzelnen Bibelbüchern im alphabetischen Register unter Genesis, Exodus usw.; zu mehreren Bibelbüchern 201, 256, 289, 487, 625 f., 750 ff., 894, 1083, 1160, 1163 f., 1172, 1191, 1214, 1294, 1296, 1352, 1365, 1415, 1425, 1471, 1513, 1533, 1696, 1712; zum ganzen Neuen Testament 469, 503, 710, 969, 1000, 1156, 1674; zum ganzen Alten Testament 985, 1267, 1299, 1364, 1418, 1429, 1456, 1486, 1514, 1531 f., 1561.

[449]) Vielfalt der Auslegungen 169, 198, 208, 211, 333, 433, 435, 651, 749, 807, 1730; beim gleichen Autor 243, 721, 806. Auslegung als Harmonisierung 195, 243, 377, 379, 435, 518, 607, 643, 721. Beliebigkeit der Auslegung 102, 1381; vgl. Anm. 183. „Wächserne Nase" nach Cosmas von Prag (o. S. 702 Anm. 213) S. 94, der die Auslegung juristischer Texte meint; auf philosophische Texte ist das Bild übertragen bei Alanus von Lille, De fide catholica contra haereticos I, 30, MPL Bd. 210, Sp. 333; Luther, An die Ratherren (o. S. 1067 Anm. 28) S. 40, wendet das Bild dann gegen die mittelalterliche Bibelauslegung selbst an.

[450]) Kommentare zur ganzen Bibel 624–7, 750 ff., 894, 999 f., 1083, 1172, 1192, 1196, 1218, 1266, 1295 f., 1320 f., 1323, 1351, 1364 f., 1382, 1384, 1415 f., 1418, 1427, 1469, 1472, 1487, 1513 f., 1530, 1654, 1777, 1781, 1839, 1858. Exegetische Monographien 1097, 1119, 1152, 1177, 1187, 1193, 1199, 1277, 1279, 1293, 1308, 1311 f., 1320, 1364, 1435, 1471 f., 1489 f., 1526, 1564, 1640 f., 1694, 1697, 1699, 1701, 1711, 1722, 1728, 1752, 1754, 1795, 1797, 1806 f., 1811, 1826 f., 1838 ff., 1858, 1866 f.

war Verfall[451]). Sie meldete sich wieder zu Wort in der aufgeklärten Gegenthese; nun verstand man die Bibel als Leitfaden für die fortschreitende Erziehung des Menschengeschlechts oder aber als fragmentarisches Werk der Literatur, bis die Romantik in ihr die reine, überhistorische Dichtung fand und der Realismus im Mythos dieser Sagensammlung die faktische Wahrheit vermißte[452]). Die gesonderten Deutungen meinten den Text besser zu verstehen als sein Autor; die Exegese stellte sich über den Text und erwies dabei doch von neuem, daß sie immer geschichtlich gebunden und zugleich eine Deutung der Geschichte ist[453]).

Daß jede Interpretation wirklich, wie das Wort besagt, Vermittlung und Übersetzung ist, war inzwischen an profanen Texten sichtbar geworden. Dichtung wollte im Mittelalter gleichfalls Auslegung sein, nicht allein in der Vielzahl der Bibel- und Geschichtsdichtungen; sie wollte an alten, längstbekannten Stoffen immer neue Deutungen erproben und so eine höhere Wahrheit als die historisch verworrene Erfahrung finden[454]). In der Neuzeit war es vor allem die gelehrte Kommentierung profaner Literatur, die zu ähnlichen Ergebnissen führte, weil sie nie zum Ende kam. Sie mußte ein vielschichtiges Sinngefüge ordnen und sich zuordnen; sie brauchte Intelligenz, um zwischen den Zeilen zu lesen und brachte, wenn sie es tat, die geschichtliche Situation des Kommentators mit ins Spiel. An jedem Text findet die Auslegung immer neue Seiten; wäre sie endgültig, so würde sie überflüssig. *Es kann sein, daß im Thukydides z. B. eine Tatsache ersten Ranges liegt, die erst in hundert Jahren jemand bemerken wird.* Damit ist die geschichtliche Gebundenheit der Auslegung wieder in ihr Selbstbewußtsein aufgenommen[455]).

[451]) Bibel als überzeitliche Wahrheit 1167, 1191, 1277, 1292, 1442, 1577, 1727, 1795, 1797, 1800, 1825, 1851, 1866; dagegen 1446, 1461, 1579 f. Geschichte als Verfall Anm. 223.

[452]) Bibel und Erziehung des Menschengeschlechts Anm. 149. Bibel als literarisches Fragment 1292, 1298, 1304, 1382, 1404, 1406, 1480, 1524 f., 1728, 1838; als Dichtung 876, 1406, 1410, 1505, 1524 f., 1536, 1542, 1549, 1560, 1562, 1565, 1582, 1588 f., 1596, 1599, 1612, 1643, 1795, 1838; dagegen 1532, 1700, 1817; als Sagensammlung 1532, 1535, 1580, 1688, 1718, 1737, 1838; dagegen 1563.

[453]) Auslegung als geschichtlich gebunden 150, 202–5, 264, 275, 304, 314 f., 331, 333 f., 352, 422 f., 437 f., 458, 487, 541, 586, 607, 662, 845, 886 f., 891 ff., 1381, 1397, 1401, 1427, 1480, 1502, 1666, 1702, 1767, 1801, 1820, 1852, 1855, 1868; als Deutung der Geschichte 150, 230, 332, 334, 337, 373, 624, 784, 1293, 1471; als Vermittlung 10, 69, 109, 138, 208, 331.

[454]) Bibeldichtungen 411, 423, 431, 509, 520, 535, 550, 592, 604, 642, 666 f., 673, 787, 898, 905, 1124. Geschichtsdichtungen 408 f., 497, 513, 538, 569 f., 593, 623, 665 f., 670, 681 f., 693, 738, 776 f., 825, 833–8, 887, 899, 1004, 1006, 1011, 1072 f., 1171, 1203. Vgl. Anm. 166.

[455]) „Es kann sein ..." nach BURCKHARDT, Weltgeschichtliche Betrachtungen (o. S. 1740 Anm. 175) S. 15 f. Vgl. den kritischen Teil von GADAMER (o. Anm. 420) S. 250 ff., aber auch die Einschränkungen zum historischen Teil des Buches, unten im Nachtrag S. 2115 f.

Dabei wird die Schriftauslegung erst ganz des hermeneutischen Zirkels inne, in dem sie sich seit eh und je bewegt. Weil ihre Texte unter historischen Bedingungen entstanden sind und nur in geschichtlich bedingten Kategorien verstanden werden, ist die Auslegung selbst eine historisch bedingte Deutung der Geschichte, auch wenn sie es nicht mit Geschichte, sondern mit sprachlichen Aussagen zu tun hat; sehr viel bewußter als Sprache, Zeichen und Überlieferung gehört sie in den Zusammenhang des Geschichtsdenkens.

*

Das Geschichtsdenken ist Auslegung der vorfallenden Wirklichkeit, Vermittlung zwischen Mensch und Geschehen, Vergegenwärtigung des Vergangenen, aber immer so, daß sie ihre Gegenstände weder hinnimmt noch ablehnt, sondern in eine neue Ordnung bringt. Das wandelbare und vielgestaltige Geschehen wird gemessen an dauernden Gefügen, und wäre es mit dem Bewußtsein, daß es sich nicht in sie fügt[456]). Man sucht immer wieder nach einem bleibenden Gesetz der Geschichte, das auch für die Zukunft Lehren erteilen könnte, und wenn es nur die Einsicht wäre, daß alles im Fluß ist. Lange vor der Etablierung moderner Geschichtsphilosophie beginnt diese Suche[457]). Man findet zuerst die Kategorien der Veränderlichkeit, denn die Geschichte ist immer wandelbar und vergänglich, und nur diese „Geschichtlichkeit" ist unveränderlich; aber dann könnte es sein, daß wirklich alles schon dagewesen ist und die geschichtliche Analogie ihre Berechtigung hat[458]). Vielleicht aber ist die Ge-

[456]) Geschichte und Ordnung, verbunden 108, 447, 481, 549, 727 f., 731, 748, 921, 998 f., 1070, 1149 ff., 1183, 1203, 1214, 1276, 1293, 1315, 1350 f., 1487, 1501, 1504, 1513, 1528, 1572, 1583, 1691, 1696, 1870, 1872; getrennt 73, 519, 599, 603, 644, 687 f., 1085 ff., 1109, 1232, 1262 f., 1295, 1342, 1359 f., 1520, 1646, 1678, 1692, 1742, 1774, 1786, 1805, 1829, 1835, 1846, 1849 f., 1879. Geschichte und Dauer, verbunden 35, 42 f., 45, 56 f., 96, 99, 160, 176, 220 f., 648, 708, 1027, 1102, 1108, 1162 f., 1224, 1226, 1277, 1281, 1289, 1389, 1391, 1411, 1465, 1508 f., 1529, 1616, 1689, 1710, 1868; getrennt 62, 76, 138, 433, 584, 601, 704, 715, 748, 804 f., 904, 925, 1038, 1086, 1097, 1102, 1254, 1274, 1280, 1303, 1359, 1461, 1486, 1591, 1667, 1678, 1714, 1789, 1809, 1814, 1865 f.

[457]) Gesetze und Lehren der Geschichte 47, 139, 160, 647, 789 f., 956, 1271, 1428, 1519 f., 1528, 1579 f., 1582, 1608, 1630 f., 1637, 1659, 1663, 1710, 1724 f., 1727, 1756, 1763, 1765, 1856, 1858; dagegen 1391, 1398, 1611, 1660, 1692, 1765, 1792, 1799, 1804, 1882. Vgl. Anm. 149. Geschichtsphilosophische Literatur 1190, 1245, 1270, 1407, 1497, 1509, 1526 f., 1539, 1556, 1572, 1575, 1581, 1607, 1609, 1613, 1633, 1652, 1707, 1710, 1716, 1740, 1754, 1776, 1792, 1816, 1824, 1835, 1837, 1843, 1845, 1849 f., 1856 ff., 1869, 1871 ff., 1876. Vgl. Anm. 175.

[458]) Geschichte als Feld der Veränderung 48, 64, 76, 81, 97, 155, 176, 249, 412, 419, 514, 525 f., 620, 656, 661 f., 739 f., 887, 1028, 1102, 1125, 1168, 1201, 1203, 1219, 1241, 1246, 1256, 1270, 1335, 1416, 1451, 1489, 1526, 1542, 1589, 1616, 1646, 1693, 1756, 1765, 1770, 1833; der Vergänglichkeit 34, 60, 62, 70, 76, 91, 344, 419, 433, 924, 961, 964,

schichte lediglich eine universale Analogie der babylonischen Verwirrung, also fragmentarisch, ungegliedert und das Feld des blinden Zufalls; vielleicht folgt sie auch einer höheren Notwendigkeit, die wir als unabwendbares Schicksal hinzunehmen haben[459]). Vielleicht vollzieht sie sich in schnellen, katastrophalen Veränderungen, vielleicht aber auch in langhinschwingenden Rhythmen[460]). Jede dieser Deutungen versucht eine Ordnung des zeitlich Bewegten und ist eine Auslegung des Phänomens Zeit; fast jede sieht die Zeit in einem universalen Zusammenhang auch des Raumes, als Weltgeschichte. Geschichtsdenken zielt von einem besonderen Blickpunkt aus auf das Allgemeine.

Zeitbewußtsein und Zeitrechnung sind nicht im Naturzustand möglich, erst unter dem Eindruck der nicht umkehrbaren Veränderung. Die Zeitrechnung begnügte sich nirgends mit der chronometrischen Messung und Zählung von Zeitabschnitten, die sich aus dem natürlichen Ablauf ergeben; die Zeiteinheiten wurden immer um geschichtliche Fixpunkte gruppiert. Man konnte diese festen Punkte finden im Ursprung oder im Endziel, aber auch im synchronoptischen Vergleich des Gleichzeitigen[461]). So schuf man scheinbar feste Gerüste von Zeitären, Weltaltern und Musterepochen, die freilich keine objektiven Daten waren, sondern selbst in einfachen chronographischen, chronistischen und analistischen Aufzeichnungen auslegende Deutungen der Geschichte blieben[462]).

989, 1006, 1029, 1050, 1070, 1167 f., 1230 f., 1254, 1289, 1390, 1393, 1421, 1626, 1642, 1710; der immergleichen Geschichtlichkeit 250, 354, 643, 661, 715, 729 f., 813, 904, 922 f., 1030, 1243, 1263, 1271, 1293, 1450, 1452, 1456, 1490, 1504, 1646, 1756, 1758, 1778, 1780, 1800, 1808 f., 1831, 1875, 1877; vgl. Anm. 69. Analogie Anm. 317.

[459]) Geschichte als Babel 1203, 1389, 1545, 1635, 1790, Anm. 444; als fragmentarisch und ungegliedert 402, 646, 835, 998 f., 1091, 1255, 1270, 1309, 1325, 1584,1594, 1629 f., 1643, 1646, 1703, 1712 f., 1757, 1783 f., 1786, 1822, 1826, 1846 f., 1878 f.; als Feld des Zufalls 21, 49, 146 ff., 155, 198, 247, 259, 856, 1044, 1112, 1307, 1315, 1497, 1600, 1660; der Notwendigkeit 1637, 1695, 1714, 1719, 1767, 1798; vgl. Anm. 198; des Schicksals 27, 92, 139, 183, 408, 446, 550, 1068, 1077, 1082, 1105, 1285, 1293, 1877; vgl. Anm. 60.

[460]) Geschichte als Feld schneller Veränderungen 115, 241, 317, 394, 576, 651, 1107 f., 1176, 1245 f., 1391, 1449 f., 1500, 1634, Anm. 231, Anm. 473; langsamer Veränderungen 1229, 1700, 1741, Anm. 235, Anm. 233, Anm. 268.

[461]) Zeitrechnung 33, 52, 56, 81, 264, 266, 296, 428, 466, 476, 538, 594, 1048, 1144, 1221, Anm. 63. Chronologie des Ursprungs 52, 147, 172, 231, 369, 389, 405, 423, 456, 479, 505 f., 559, 591, 596, 899, 1144, 1276, 1305, 1319, 1382, 1528, 1830; dagegen 239, 814, 964, 1266, 1277 f. Datierungen aus der Frühzeit 149, 234, 288, 447, 559, 662, 743, 865, 963, 976, 989, 1008, 1018, 1022, 1033, 1051, 1055, 1099 f., 1144, 1190, 1198, 1221, 1287, 1334, 1352, 1378, 1385, 1473, 1763, 1783, 1830, 1871. Chronologie des Endes Anm. 344. Synchronoptischer Vergleich 141, 146, 152, 240, 369, 387, 413, 458, 473, 495, 603, 652 f., 689, 789, 825, 872, 897, 907, 912, 1013, 1017, 1099, 1129, 1276, 1304 ff., 1319, 1366, 1373, 1382, 1518. Geringschätzung der Chronologie 726, 814, 964.

[462]) Zeitären 154, 230, 334, 1038, 1048, 1266, 1500. Weltalter 68, 92 f., 394, 398, 447,

Eine solche Deutung waren schon die archaischen Meinungen, die der Zeit wenig Kraft zusprachen; sie sahen sich den mythischen Ursprüngen nahestehen und strebten zu ihnen durch Auslegung zurück, wenn die sinnlose, zerstörende Geschichtszeit dazwischengetreten war. Das Göttliche blieb im zeitlos Allgemeinen stehen und konnte im Polytheismus nur die gegenwärtige Vielfalt, keine weltgeschichtliche Entfaltung hüten. Der Glanz des ewigen Augenblicks, die ermüdende Bewegung im Kreis des Gleichen oder aber der Verlust des dauernden Ursprungs und die Absonderung des Vergangenen und Vollendeten, des *Perfectum*, waren die Modelle dieses punktuellen, geschlossenen Geschichtsdenkens[463]).

Die ersten elf Kapitel der mosaischen Genesis führten mit dem Monotheismus einen neuen Zeitbegriff und damit eigentlich auch das Phänomen der Weltgeschichte und die Literaturgattung der Weltchronik in die Überlieferung des Geschichtsdenkens ein[464]). Der göttliche Schöpfer setzte nicht nur den Ursprung, er lenkt auch die Entfaltung des Irdischen zu jener Mannigfaltigkeit, in der Gott durch die Zeichen der Zeit auswählend wirkt und der Mensch ihm frei antwortet; mit dem menschlichen Versagen beim Sündenfall und beim Ba-

---

476, 594, 639, 759, 806, 828, 835, 1005, Anm. 80. Musterepochen 504, 959 f., 966, 1048 f., 1080, 1089, 1129, 1146, 1150 f., 1261, 1263, 1472, 1539, 1541. Epochengrenzen 920 f., 927 f., 1085, 1102, 1472 f., 1608, 1688, 1702, 1757, 1768; vgl. Anm. 80. Chronographische Literatur, Chroniken und Annalen 33, 48, 278 f., 286, 290, 301, 304, 306, 322, 341, 377, 405, 428, 447, 451, 462, 467, 471, 476, 480, 502, 505, 527, 537, 552 f., 556, 558 f., 570, 572 f., 580, 594, 660, 668, 677, 692, 711, 718, 735, 740, 754, 756, 758 f., 765 ff., 771, 781 f., 786, 789, 815 ff., 824 f., 835, 844 f., 851, 857, 864, 887, 899, 906, 908, 912, 916, 932, 989, 999, 1008, 1023, 1043, 1056, 1264 f., 1267, 1278, 1305, 1319, 1352, 1421.

[463]) Verehrung der Vergangenheit 39, 44, 48, 83, 109, 135, 164, 187, 289, 300, 354, 488, 517, 558, 586, 628 f., 789, 854, 901, 984, 1013, 1046, 1063, 1392, 1505, 1540, 1547 f., 1595, 1602, 1628, 1789, 1793, 1871, Anm. 409. Veränderung als sinnlos 64, 81, 109, 525 f., 648, 1393, 1594. Polytheismus Anm. 3. Augenblick Anm. 472. Kreis Anm. 405. Ursprung Anm. 184 f. Punktuelles Geschichtsdenken 109, 139, 355; dagegen 220, 1879.

[464]) Weltchroniken und Universalhistorien 71 f., 99, 126, 132, 134, 139, 159 ff., 202–5, 214 f., 234, 266, 270 f., 275 ff., 281, 283, 287 f., 296, 299 ff., 304, 307 f., 310, 313, 316, 331, 333, 335, 345 ff., 349, 369 f., 377, 387, 405, 418, 423, 426, 443, 459, 487, 505 f., 518, 528, 538, 541, 559, 563 f., 572 f., 589 ff., 595 f., 598, 603, 608, 618, 622 f., 655, 662, 706, 711, 715, 718, 734 ff., 760, 762, 771, 776, 780, 788, 795, 818, 833, 835 f., 848, 858 f., 866, 879, 899 f., 908, 911 f., 932 f., 973 f., 984, 992, 996 f., 1007, 1015 ff., 1021 f., 1024, 1039 ff., 1051, 1066, 1070, 1072, 1074, 1077, 1092, 1105, 1123, 1143 f., 1153, 1174 f., 1178, 1180, 1188, 1195, 1215, 1237 f., 1251, 1255, 1287, 1290, 1307 f., 1313, 1321, 1353, 1366 f., 1419, 1422, 1426, 1436, 1439, 1452, 1454, 1459, 1471, 1473, 1475, 1480, 1488, 1494, 1501 f., 1506, 1508, 1534, 1536, 1549, 1564, 1583, 1688–91, 1706, 1745 f., 1774 f., 1786, 1790, 1850, 1875.

belturm beginnt die Geschichte der Welt als Heilsgeschichte[465]). Freilich sonderte man, vom Judentum bis zum Islam, als Objekt der Weltgeschichte gern das eigene, gegenwärtige Volk aus; der Rest war bloß zeitlich und verworren[466]). Das Neue Testament sah von der Geschichtszeit ganz ab, proklamierte die Vereinigung alles Getrennten im Geiste Gottes und wies aus der Welt hinaus auf das Ende; doch seit dem Pfingstwunder sammelt sich schon auf Erden, in der erfüllten Heilszeit der geistlichen Weltgeschichte, das neue Gottesvolk der Gläubigen aus allen Sprachen und Völkern. Aus dieser Vision erwächst seitdem die kirchengeschichtliche Literatur[467]). Zwischen Vergangenheit und Zukunft wird die aktuelle Gegenwart des Betrachters zur Zeit des Wirkens, solange noch Tag ist, zur geschichtlichen Wirklichkeit[468]). Sie baut auf der Vergangenheit auf, erneuert sie und führt weiter in die Zukunft; sie gehört aber auch dieser Zukunft schon halb an, vielleicht sogar als Endzeit der Welt[469]). Im christlichen Mittelalter wurde diese Idee der Weltgeschichte materialisiert,

[465]) Weltgeschichte als Heilsgeschichte 86, 88, 114, 126, 133, 201, 222, 230 f., 314, 403, 412, 592 f., 598, 664, 725 f., 740, 924, 999, 1067, 1074, 1207, 1294, 1304, 1363 f., 1392, 1435, 1461, 1469, 1471 f., 1489, 1517, 1591, 1593, 1651, 1694–7, 1712, 1721, 1730, 1745, 1759, 1785, 1826, 1866, 1872; dagegen 1317, 1425 f., 1685, 1711. Weltgeschichte als Entfaltung aus dem Ursprung 268, 296, 343, 345 f., 418, 423, 456 f., 501, 506, 590, 594, 818, 845, 899, 908, 963, 1002, 1091, 1214, 1367, 1426, 1454, 1472.

[466]) Weltgeschichte begrenzt auf den eigenen Bereich 43, 130, 132, 189, 192, 274, 346, 456 f., 459, 463 f., 467, 474, 528, 538, 563 f., 572, 591 f., 594, 598 f., 608, 623, 676, 729, 759, 816, 830, 850, 864 f., 977, 1010, 1018, 1021, 1049, 1070, 1072, 1095, 1223, 1261 f., 1307, 1374, 1620; dagegen 865, 986 f., 1334, 1372 f., 1768, 1815.

[467]) Weltgeschichte als Geschichte des Gottesvolkes 240, 294, 369, 406, 594, 725, 806, 1070, 1072, 1132, 1364, 1746; der Kirche 457 f., 538, 598, 603, 649, 718, 725, 795, 815, 925, 1013, 1308, 1462, 1564, 1753; als Kirchen- und Profangeschichte 1264, 1309, 1472; dagegen 1712. Kirchengeschichtliche Literatur 240, 255, 383, 481 f., 495, 544, 575, 578, 580, 596, 615, 642, 668, 676, 685 f., 695, 700, 766, 779, 804, 816, 826, 971, 1020, 1119, 1178, 1186, 1193, 1308 f., 1337, 1426, 1468 f., 1472, 1510, 1527, 1564, 1723.

[468]) Gegenwart als Hauptobjekt geschichtlichen Interesses 23, 155, 219, 240, 294, 315, 329, 334 f., 343, 348, 387, 418 f., 438, 482, 491, 505, 527, 538, 540, 557, 566 f., 629, 670, 677, 680, 683, 686 f., 700, 704, 717, 782, 821, 828 f., 848, 850, 877, 883 f., 894, 898, 901, 912, 920, 923, 925 ff., 958, 961, 995, 1002 f., 1013, 1047 f., 1054, 1071, 1100, 1119, 1134, 1149, 1153 f., 1165, 1167–70, 1182, 1186 f., 1209 f., 1241 f., 1243, 1256 f., 1263, 1280, 1304, 1312, 1329, 1332 ff., 1371, 1396, 1399, 1411, 1433, 1452, 1458, 1465, 1494, 1501, 1504, 1512, 1520 f., 1542, 1545, 1581 f., 1586, 1618, 1623, 1626, 1630, 1642, 1652, 1704, 1706, 1726, 1764 f., 1767, 1816, 1821, 1827, 1841, 1874, 1880; vgl. Anm. 475.

[469]) Gegenwart als Fortsetzung der Vergangenheit 114 f., 157, 279, 395 f., 405, 497 f., 500, 540, 545, 548, 559, 592 f., 596, 665, 674, 725, 868, 901, 905, 917, 1022 f., 1025, 1031, 1049, 1142, 1256, 1376, 1490, 1516, 1649 ff., 1696; als Anfang der Endzeit 216, 322, 384, 389, 405, 415, 432, 493, 646, 666, 1211, 1240, 1266, 1294, 1597, 1602, 1702, 1775, 1871; dagegen 391, 487, 530 f., 770, 786, 1211, 1327, 1878.

verwirklicht und vergröbert, durch die Völkerwanderung und die Christianisierung der Germanen, durch die *Concordia discors* verschiedener Völker im einen katholischen Gottesvolk. Zwischen Ursprung und Ende fand die Bibelauslegung auch die Norm für den derzeitigen, vielfältigen Ablauf. Die Gegenwart schloß sich an das Vergangene, Wohlgeordnete an, auch wenn sie gelegentlich als nachträglich oder als vorläufig kritisiert wurde[470]). Alles Zeitliche wurde zum Zeichen des Ewigen; das konkrete Faktum bezog sich unmittelbar auf Gottes Heilsplan, der die Zeiten voneinander schied, aber aufeinander bezog. Mit Vorliebe sah man diese Weltgeschichte in einfachen, etwa dreigliedrigen Stufen geordnet und zusammengeschlossen[471]).

Mit der neuzeitlichen Freisetzung des Menschen und dem Zerfall des mittelalterlichen Gottesvolkes spalteten sich auch die Meinungen über Zeit und Weltgeschichte. Die Zeit bekam den Aspekt des Ungeschlossenen und Unendlichen, das im besonderen, springenden Punkt der Gleichzeitigkeit und des schöpferischen Augenblicks gipfelt und niemals wiederkehrt[472]). Revolution heißt die allgemeine Losung, zu der Restauration nur die Kontrafaktur ist[473]). Denn die Gegenwart überbietet und überwindet die Vergangenheit, ohne sie jemals wirklich zu bewältigen; dem Heutigen bedeutet das Gestern wenig, es ist vorbei und wirkt nicht nach, wenn man ihm nicht nachhängt[474]). Jede Ver-

470) Kritik an der Gegenwart 189, 407, 506, 538, 854, 903, 1049, 1079, 1087, 1168, 1256, 1324, 1352, 1355, 1442, 1448, 1452, 1466, 1488, 1547, 1591, 1597, 1603, 1609, 1619, 1626, 1663, 1679, 1689, 1693 f., 1729, 1736, 1740, 1753 f., 1775 ff., 1784, 1802, 1817, 1822, 1846, 1861, 1871.

471) Zeitliche Gliederung der Weltgeschichte 47, 56, 402, 423, 426, 450, 456, 492, 591–6, 603, 660 ff., 759, 781, 806, 886, 899, 1219, 1246, 1280, 1309, 1569, 1724; ihre Dreigliederung 708–11, 1189, 1240, 1246, 1473, 1562, 1632, 1669, 1702, 1724, 1738, 1746, 1764; ihre geographische Gliederung 820, 1104, 1632; vgl. Anm. 58.

472) Zeit als unendlich 1102, 1277. Gleichzeitigkeit 135, 538, 856, 1105, 1127, 1373, 1375, 1398, 1443, 1534 f., 1798 f., 1827, 1833. Augenblick, geringgeschätzt 628; hochgeschätzt 101, 107, 139, 176, 221, 894, 898, 912, 920, 983, 1006, 1108, 1408, 1509, 1522, 1575, 1618, 1824–7, 1833, 1877–80.

473) Revolution 56, 559, 583, 589, 688, 690, 956, 1245, 1292 f., 1315 f., 1451 f., 1474, 1520, 1530, 1563, 1575, 1583, 1585, 1612, 1620, 1631, 1634, 1672, 1676, 1704, 1707, 1765, 1767, 1814, 1868; vgl. Anm. 460. Restauration 1323, 1326, 1332, 1354, 1614 f., 1618 ff., 1705, 1756, Anm. 417.

474) Gegenwart als Überbietung der Vergangenheit 36 f., 47, 221, 334, 391 f., 409, 413, 496 ff., 527, 540, 603, 624, 665, 668, 713, 742 f., 762, 910, 912, 928, 1107, 1111, 1248, 1440 f., 1485, 1495, 1532, 1538, 1599, 1648, 1685, 1766, 1816; vgl. Anm. 412. Kritik an der Vergangenheit 64, 76, 82, 90, 221, 413, 527, 813, 1018, 1094, 1105, 1107 f., 1136, 1245, 1304, 1367, 1485, 1495, 1608, 1656, 1688, 1737, 1766, 1769, 1775, 1831, 1847, 1880. Vergangenheit wirkt nicht nach 97, 103, 240, 423, 505, 530, 585, 597, 662, 685, 705 f., 716, 726, 757, 850 f., 862, 887, 894, 1007, 1009 f., 1022, 1105, 1245, 1251, 1273, 1285, 1293, 1382, 1443, 1457, 1518, 1545, 1581, 1662, 1737, 1833, 1848. Vgl. Anm. 412.

gangenheit wird dem Betrachter anverwandelt; in ihr spiegelt er sich. Die Quintessenz der ganzen Weltgeschichte findet sich in jeder Gegenwart, so partikular, wie sie ist[475]). Mit Entdeckungen und Kolonisationen setzte die moderne Gegenwart autonomer Nationen und Denker eine europäische Weltgeschichte der Macht und des Geistes, die die Gunst der Stunde ins notwendig Gewordene zurückdeutete[476]). Höhepunkt und Umschlag war das aufgeklärte Geschichtsdenken des 18. Jahrhunderts, das hinter der neu gewürdigten Vielfalt der Welt die Einheit der *Ratio*, die Autonomie des gegenwärtigen Menschen fand, sie aber auch schon ins unendliche Diesseits vorausprojizierte. Der Mensch wird sich selbst immer gründlicher entdecken, die Menschheit wird immer vollständiger zusammenwachsen; die Weltgeschichte ist erst im Entstehen begriffen[477]). Die große Hoffnung liegt in einer Zukunft, die der Mensch sich endlich selbst gestalten wird, im Einklang mit seinesgleichen[478]). Der romantische Einspruch brachte dann Individualität, Historismus und Nationalismus neu zur Geltung, suchte nun freilich im verschütteten Ursprung den irrationalen Grund der zeitlosen Vielfalt; es gibt keine romantische Weltgeschichte, nur Postulate. Mit

[475]) Anverwandlung aller Vergangenheit an die Gegenwart 242, 250, 351, 370, 411, 438, 467, 481, 493, 538, 586, 599, 623, 648, 673, 689 f., 693, 696, 704 ff., 716, 739, 742, 757, 764, 771, 821, 826, 837, 844, 864, 878, 920, 924, 983 f., 1006, 1016 f., 1053 f., 1127, 1144, 1152, 1169 f., 1217, 1263, 1275, 1281, 1357, 1392, 1410 f., 1556, 1575, 1619, 1628, 1631, 1720, 1880; vgl. Anm. 468. Wie es heute ist, so war es immer 739, 964, 983, 1652, 1667, 1687, 1726, 1734, 1798, 1815, 1847; dagegen 412, 419, 514, 887, 1522, 1526, 1576, 1833.

[476]) Weltgeschichte als Geschichte der Nationen 134, 161, 214, 1407, 1594, 1837; als Machtgeschichte 240, 271, 592, 603, 960, 1189, 1472, 1710, 1716, 1720, 1740, 1836, 1856 ff. Politische Geschichtsschreibung 40, 51 f., 84, 101 f., 161 f., 273 ff., 280, 284, 313, 319 f., 428, 443 f., 446, 456 ff., 463, 467, 472, 494 f., 502, 509 f., 522, 543, 557 ff., 565, 567 f., 609, 669, 680 f., 688, 696–700, 702 f., 762, 768, 782, 784, 878, 907, 913, 915, 917 ff., 971, 985, 987, 995, 1002 f., 1006, 1008–11, 1013, 1022 ff., 1031 ff., 1035, 1039, 1044, 1054, 1057, 1060, 1073 f., 1077 f., 1083 f., 1091, 1095, 1099 f., 1104, 1106, 1120 f., 1144, 1158, 1163, 1169, 1172, 1188 f., 1198, 1210, 1225, 1227 f., 1234, 1248, 1275, 1300 f., 1308, 1322, 1326, 1334, 1340, 1382, 1411, 1459, 1478, 1481, 1502 f., 1519, 1540, 1573, 1595, 1600, 1613, 1635, 1690, 1717, 1746; vgl. Herrschergeschichten Anm. 118; Kriegsgeschichten Anm. 121. Weltgeschichte als Ringen zwischen Macht und Geist 726, 820, 1231, 1740, 1815; als Kultur- und Geistesgeschichte 447, 518, 664, 710, 1366, 1436, 1441, 1451, 1534, 1561 f., 1569, 1579 f., 1700 f., 1727, 1852 f. Kulturgeschichtsschreibung 1341, 1436, 1612, 1661, 1688, 1740, 1764, 1796, 1812.

[477]) Weltgeschichte als Selbsterkenntnis des Menschen 704, 1433, 1436, 1440, 1491, 1495, 1506, 1579 ff., 1632, 1676, 1688, 1695, 1699, 1725, 1740, Anm. 93; als Zusammenwachsen der Menschheit 139, 1247, 1307, 1501, 1711, 1743, 1747, 1849; als werdende und künftige 1406 f., 1688, 1690, 1699, 1721, 1759.

[478]) Zukunft als Hoffnung 146, 304, 709, 957, 1041 f., 1086, 1127, 1182, 1213, 1241, 1393 f., 1448, 1464, 1501, 1520, 1541, 1552, 1567, 1569, 1574, 1586, 1589, 1591, 1596 f., 1599 ff., 1603, 1609, 1619 ff., 1630, 1632, 1649, 1652, 1655, 1662, 1736, 1746, 1759, 1763 f., 1768, 1786, 1793, 1826 f., 1831 f., 1858, 1868, 1873 f.

allen spekulativen Gesamtentwürfen brachen schließlich Realismus und Positivismus und hielten sich an die Einzelfakten, an die Gegenwart allein, die ohne Traditionen und Ideologien, nackt und vor einer bedrohlichen Zukunft gesehen werden sollte[479]). Gerade so aber kam, während die Geschichtsphilosophien verblaßten, in Ausgrabungen und Forschungen die faktische Breite vergangener Weltgeschichte zutage, grenzenlos in ihrer zeitlichen Erstreckung und in ihrer inhaltlichen Vielfalt des Besonderen.

Während noch neue universalhistorische Systeme vergleichend nach Kulturkreisen und geistesgeschichtlichen Strukturen fahndeten, bahnten Weltpolitik und Technik zum erstenmal eine faktische Weltgeschichte der Gegenwart an; sie war weniger zielgerichtet und beschwingt, aber wirksamer und universaler als die gelehrten Theorien. Nun aber kann das Geschichtsdenken nicht mehr die fehlenden Teile des universalen Zusammenhangs gläubig ergänzen wollen; sein Thema kann nicht mehr die zeitliche Reihe und der strukturierende Geist von Epochen, Nationen, Reichen, Kulturen sein, die sich erst in der Auslegung des Betrachters sinnvoll zur Weltgeschichte runden, als wären sie gleichzeitig[480]). Hier versagt auch das mittelalterliche Modell. Denn jetzt ist ein universaler Zusammenhang der Wirklichkeit gedanklich zu bewältigen, nicht mehr vorgreifend, sondern nachholend; und das Geschichtsdenken muß sich dem zuwenden, was in diesem Zusammenhang das Unfertigste ist: dem immer unvollendeten Menschen, der die Geschichte perspektivisch erlebt und deutet.

Noch immer ist Geschichtsdenken Überwindung der Geschichte durch ihre Betrachtung, Vergegenwärtigung des Ganzen und Heraustreten aus dem eigenen Lebenslauf durch Aufnahme des sekundär Erfahrenen und Reflektierten in die aktuelle Situation. Noch immer beginnt Weltgeschichte mit der Vermittlung und Auslegung: dort, wo der Mensch auch im geschichtlich Anderen den Menschen sieht und anspricht; dort, wo er mit anderen Menschen und Völkern zu leben versucht; dort, wo er in fremder und vergangener Wirklichkeit auslegend sich selber, in historisch bedingten, „falschen" Meinungen und Deutungen die Wahrheit seiner eigenen Geschichte findet.

*

---

[479]) Individualismus Anm. 69. Historismus Anm. 176. Nationalismus Anm. 291. Ideologien Anm. 487. Zukunft als Bedrohung 64, 164, 1511, 1663, 1757, 1792, 1814 f., 1880. Kritik am Fortschrittsglauben 1605, 1634, 1649, 1775, 1778, 1786, 1792, 1810; vgl. Anm. 223.

[480]) Weltgeschichte als Zusammenhang 113, 412, 592, 726, 729 f., 795, 820, 955, 1027, 1167, 1219, 1402, 1412 f., 1425 f., 1521 f., 1546, 1572, 1602, 1630, 1635, 1642, 1651, 1690 f., 1710, 1716, 1724, 1745–9, 1757, 1771, 1790, 1792, 1868, 1882; ohne Zusammenhang 167, 214, 458, 528, 597, 862 f., 1281, 1390 f., 1398, 1678, 1699, 1731, 1814 ff., 1856, 1858, 1880.

Aber was hat die wirkliche Geschichte mit dem Geschichtsdenken zu tun, wenn Weltgeschichte noch bis ins 20. Jahrhundert vor allem die auslegende universale Ergänzung begrenzter geschichtlicher Situationen war und sich nun ganz anders realisiert, als das frühere Geschichtsdenken meinte? In der Tat haben viele unserer Gewährsmänner das Denken streng von der Wirklichkeit geschieden, entweder idealistisch so, daß sich der Sinn des Geschehens erst im denkenden Geist, nicht in der chaotischen Geschichte eröffnet, oder realistisch so, daß das Wolkenkuckucksheim der Meinungen nicht entfernt an die harte Realität heranreicht[481]). Wird etwa die in der Geschichte schon vorgefundene, tatsächliche und höchst wirksame Vielfalt der Sprachen und Völker dadurch verändert, daß man sie erklärt? Wird sie überhaupt von der Vielzahl einander widersprechender Meinungen treffend erklärt? Die Geschichte dieser Meinungen lehrt freilich, daß Wirklichkeit und Meinungen doch zusammenhängen, und zwar nicht nur so, wie die Idealisten meinen, daß der Gedanke das Geschehen formt, und auch nicht bloß so realistisch, daß die Meinungen als Überbau von der Wirklichkeit abhängen[482]), sondern in einer schwer zu beschreibenden Vermittlung, die sich im Lauf der Geschichte ganz ähnlich änderte wie Auslegung und Geschichtsdenken selbst.

Zunächst stellten sich die Meinungen allerdings der konfusen Realität gegenüber und konstruierten durch sprachliche Abstraktionen eine geistige, theoretische Einheit über der vielfältigen Wirklichkeit. Seit dem Alten Testament wurde diese göttliche Einheit indes selbst als Prinzip geschichtlicher Wirklichkeit verstanden; der gedankliche Vergleich zwischen geschichtlichen Erscheinungen und ihr Ausgleich wurden dadurch begründet, zugleich aber auch die

---

[481]) Trennung zwischen Denken und Wirklichkeit, idealistisch 11, 17, 63, 70, 96, 144, 169 f., 214, 245, 271, 354–7, 386, 402 f., 414 f., 418, 645, 660, 702, 739, 758, 820, 895 f., 920, 931, 957, 979 f., 987, 1030, 1047, 1049, 1087, 1186, 1264, 1272, 1442, 1460, 1462, 1492, 1504, 1520 ff., 1536, 1538, 1556, 1572, 1576 f., 1579, 1590, 1613, 1627–30, 1642, 1657, 1671 f., 1676, 1682, 1699, 1723 f., 1735 f., 1739, 1744, 1757, 1765, 1782, 1787, 1807, 1824 f., 1831, 1844 ff., 1851, 1858, 1862 f., 1879; realistisch 89, 109, 283, 295 f., 302, 357, 368, 374, 404, 423, 484, 526 f., 683 f., 730, 758, 791, 796, 844, 855, 882, 904, 910, 969, 1101 ff., 1240, 1395, 1398, 1406 f., 1415, 1424, 1449, 1505, 1518, 1620, 1650 f., 1662, 1716, 1733, 1756, 1765, 1782, 1794, 1821 f., 1844 ff.

[482]) Verknüpfung von Denken und Wirklichkeit, idealistisch 391, 419, 482 f., 506, 582, 584, 663, 675, 730, 798, 824, 875, 922 ff., 926, 1095, 1112 f., 1136, 1151 f., 1264, 1393, 1432, 1438, 1447 f., 1452, 1478, 1493, 1518, 1551, 1553, 1568 f., 1576 f., 1581, 1590, 1619 f., 1627 f., 1668, 1681, 1689, 1707, 1742, 1752, 1796, 1805, 1809, 1815 f., 1852; realistisch 133, 254 f., 325, 365 f., 377, 382, 404, 415, 425, 432, 437, 484 f., 491, 541, 558, 565, 580, 582, 682, 688, 698, 715, 862, 927, 995, 997, 1006, 1041 f., 1160, 1296, 1310, 1333, 1335, 1358, 1451, 1507, 1513, 1515, 1536, 1622, 1629, 1631, 1636, 1649, 1654, 1663, 1665, 1701–4, 1714, 1735, 1767 f., 1836, 1870.

Einwirkung auf die Wirklichkeit aus der geistigen Distanz[483]). Gedanken und Wirklichkeit trafen seitdem bei jedem Autor zwar an einem besonderen Punkt zusammen, aber sie trafen sich im Umkreis unseres Themas immer. Im christlichen Mittelalter konkretisierte sich diese Wechselbeziehung in erschreckendem Ausmaß, so daß das Denken ganz einbezogen schien in die jeweilige Situation, auf die es Antwort suchte; die Ideen sahen sich gefangen in ihren Institutionen[484]). Die geschichtlichen Fakten selbst grenzten den Rahmen des Denkens kräftig ein und schlossen die Meinungen zusammen; sie sprengten schließlich auch deren gestufte Eintracht. In der Neuzeit traten Ideen und Institutionen, Meinungen und Wirklichkeit wieder weit auseinander. Bisweilen entflohen die Gedanken vor der geschichtlichen Realität in abseitige Wunschräume[485]); freilich konnten sie auch dort noch wirksam werden, wenn etwa die Träume von der vollkommenen Welt der Utopie die Aktivität anreizten oder wenn die theoretische Konstruktion im voraus die praktische Erfahrung heraufbeschwor[486]). Noch indem das Denken die Wirklichkeit übersteigt, treibt es sie voran, allerdings ins Unkontrollierbare und Inkommensurable. Im ganzen setzte sich doch der Geist der Genialen eher über die Geschichte hinweg, als daß er sich in ihr durchsetzte. Auch die modernen Massenbewegungen der Weltanschauungen und Ideologien erreichten selten das Ziel der Wirksamkeit, das ihnen vorschwebte, bisweilen ein ganz anderes, als sie wollten[487]). Erst mit der Absage an den objektiven Geist, mit der Hingabe an die derzeitige Wirklichkeit gelang nicht der Politik, aber der Wissenschaft des 19. Jahrhunderts eine neue Annäherung der Extreme. Sie erneuerte – wie im Bereich von Sprache, Zeichen, Überlieferung und Auslegung – manches von der mittelalterlichen Vermittlung, jedoch ohne die weitgreifenden Entwürfe des religiösen Geschichtsdenkens einerseits, ohne die kurzsichtige Verklammerung der Postu-

---

[483]) Trennung von Einheit und Vielfalt Anm. 317. Vergleich Anm. 317. Wirkung des Denkens auf die Wirklichkeit 218, 220, 403, 624, 745, 850, 1170, 1186, 1234, 1352, 1376, 1444, 1464, 1478, 1497, 1509, 1515, 1567, 1678 f., 1793.

[484]) Ideen und Institutionen, verbunden 482 f., 519 f., 540 f., 582 f., 585 f., 636, 815, 922 f., 925, 1045, 1132, 1150, 1162, 1212, 1597; getrennt 539, 584, 927, 968 f., 990 f., 1045, 1076, 1150, 1261, 1323, 1386, 1675 f., 1820, 1859. Vgl. Anm. 28 f.

[485]) Ausweichen des Denkens vor der Wirklichkeit 305, 314, 392, 407, 427, 470, 614, 667 f., 680, 713, 730 f., 776 f., 799, 802, 818 f., 833, 835, 838, 843, 875, 900, 959, 963, 980 f., 1252 f., 1275, 1360, 1383, 1390, 1393, 1427, 1465, 1582, 1612, 1620, 1627, 1629, 1692 f., 1698, 1706, 1754 f., 1769, 1783, 1785, 1804, 1861, 1876.

[486]) Utopie 179, 310, 675, 737, 758, 882, 1096, 1126, 1185 f., 1241, 1271, 1344, 1360, 1402 f., 1484, 1589, 1597, 1873. Gedankliche Vorwegnahme der Wirklichkeit 894, 1620.

[487]) Ideologien 957, 1629 f., 1676, 1680 f., 1701, 1703 ff., 1708, 1718, 1721, 1732, 1735 f., 1741, 1752, 1756 ff., 1765–8, 1778, 1785, 1794, 1796, 1803, 1815, 1821, 1828, 1835 f., 1840, 1844, 1846 f., 1849, 1851, 1853 f., 1857, 1859, 1868 f., 1872 ff., 1878.

late mit den Realitäten anderseits. Darin scheint überhaupt das „ewig Mittelalterliche" zu liegen, daß Inhalte und Formen, Einheit und Vielfalt, Gedanken und Wirklichkeit zusammengeführt werden, nur vielleicht nicht mehr auf Gott zu, sondern vom Menschen her.

Denn der Mensch erfährt die Wirklichkeit als das geschichtlich Vorgefundene und Vorfallende, als die Umstände, die ihn rings umgeben[488]). Er wird ihrer indes erst als Handelnder gewahr. Das deutsche Wort „wirklich" bedeutete im Mittelalter „handelnd" und wurde erst in der Neuzeit zum Gegensatz des bloß Gedachten. Dieser Gegensatz jedoch ist sekundär, selbst im sprachlich-literarischen Bereich, wo Sprachtheorie und Sprachgebrauch der Autoren kaum voneinander zu scheiden sind. Die Mehrdeutigkeit des Wortes „Sprache" selbst erinnert uns daran, daß inhaltlich zwischen dem Gemeinten und dem Gesagten, formal zwischen der Struktur von Sprache überhaupt und der Geschichte der Einzelsprachen, ja zwischen Inhalt und Form der Sprache ein lebendiger Zusammenhang besteht. Er führte unsere Darstellung, die vom Detail ausging, ins Allgemeine. *Freilich kann die Sprache ein solches Detail, in dem sich die Welt spiegelt, nur sein, weil sie mehr ist als bloßes Verständigungsmittel, das Medium nämlich, in dem der Mensch vom Beginn seiner Geschichte an die Wirklichkeit denkend, wertend und fühlend sich angeeignet und mitgeteilt hat*[489]). Zur Tat, die nur klug für ein andermal macht, gehört das entwerfende Denken, das weise für immer werden möchte, in der aktuellen Gegenwart ebenso wie in der Geschichte, die sich erst als der mehrdimensionale Raum des Tuns und Denkens, des Gestaltens und Begreifens von der bloßen Zeit abhebt[490]). Die Herausforderung durch die Wirklichkeit ist verschränkt mit der Antwort der Meinungen; die Doppelbedeutung des deutschen Wortes „Geschichte" zeigt, daß das, was wirklich gewesen ist und geschieht, nicht abzulösen ist von dem, was man über Geschehenes weiß und sagt. Zwar hat dieses Geschehen verschiedene Perspektiven, als Vergangenes die des Faktischen und Bestimmten, als Gegenwärtiges die des Wirklichen und Bestimmbaren, als Zukünftiges die des Möglichen und Unbestimmten. Das sind

---

[488]) Wirklichkeit als geschichtlich 955, 1676, 1678, 1691, 1703, 1784 f., 1787, 1792, 1804, 1826, 1831, 1841, 1846, 1853; als übergeschichtlich 424 f., 1520, 1522, 1551.

[489]) Wortgeschichte von „wirklich" nach Friedrich KLUGE – Walther MITZKA, Etymologisches Wörterbuch der deutschen Sprache, 18. Aufl., Berlin 1960, S. 864 f. Sprachtheorie und Sprachgebrauch, verbunden 624, 729, 739, 831 f., 900, 917 f., 972, 1026, 1109, 1127, 1178, 1202, 1267, 1272 f., 1280, 1283, 1460, 1499 f., 1537, 1567, 1580, 1670 f., 1735, 1800, 1856 f., 1863; getrennt 437, 796, 799, 895 f., 905, 1449, 1537, 1824. Vgl. Anm. 167. „Freilich kann . . ." nach Erwin ISERLOH, Rezension meines Buches, in: Theologische Revue 55 (1959) 14.

[490]) Tun und Denken, verbunden 386, 498, 723, 881, 1134, 1160, 1220, 1451, 1478, 1537, 1545, 1603, 1676, 1690, 1696, 1703, 1732, 1769, 1815 f., 1879; getrennt 67, 920, 1160, 1527. Vgl. Anm. 95, Anm. 366.

indes nur verschiedene Aspekte des einen menschlichen Verhaltens in der Geschichte; schon Paracelsus wußte, und die moderne Völkerkunde wies nach, daß die Möglichkeiten des Menschen vielfältig und allgemein sind, daß ihre Wirklichkeit aber besonders und partiell ist[491]). Weil sie es ist, darum appelliert der Mensch an die unveränderlichen Bereiche des Allgemeinen, von der Religion bis zur Kultur; aber ihre Gedanken werden nur wirklich durch die Herablassung in die Einzelheiten, in die Welt der Bedingungen, in die Zonen der wirklichen Geschichte und Sprache, ohne ganz darin aufzugehen[492]). Denn Sprache und Geschichte sind offenbar weder theoretisch noch spezialistisch zu bewältigen. Auch die Geschichte ist wohl eine Vermittlung; erst in ihr durchdringen einander Wirklichkeit und Denken, so daß die vielen Meinungen der einen Wahrheit asymptotisch nahekommen und aus den Bekenntnissen der Menschen sich der Mensch erkennt. Dieser Fortschritt besteht freilich nicht in einer Lösung der Fragen, sondern in ihrem immer deutlicheren Bewußtwerden; aber es scheint mindestens seit dem 19. Jahrhundert, als käme das Denken auch den Sachen um so näher, je selbstkritischer es würde.

Wenn man die Meinungen über die Geschichte der Sprachen und Völker – wie es in diesem Buch versucht wurde – nicht als Dogmen und nicht als Kinderspiele verherrlicht oder verachtet, sondern von der gemeinsamen menschlichen Frage her versteht, dann können sie nur zur Konvergenz, nicht zur Konkordanz gebracht werden. Keine zwei unter diesen Meinungen gleichen einander genau; keine einzige löst die Frage. Die Kleinen spiegelten zwar getreulich ihre Gegenwart, trugen aber gewöhnlich die Nase zu hoch, um sie tief in die Problematik zu stecken; die Großen erfaßten sie in ihrer unendlichen Fülle, hatten aber Teil an vielen Zeiten eher als an ihrer Gegenwart und verfehlten das Umgrenzte. Gerade die Begeisterten waren beschränkt; doch wer sich nicht engagierte, der hatte nicht viel zu sagen. Die Aussage zur Sache und die Antwort auf die geschichtliche Lage schienen einander immer wieder zu hem-

---

[491]) Zur Doppelbedeutung von „Geschichte" zuletzt Hans ROTHFELS, Einleitung zu Waldemar BESSON u. a., Geschichte (Fischer-Lexikon 24), Frankfurt/Main 1961, S. 7. Drei Perspektiven des Geschehens nach Carl Friedrich von WEIZSÄCKER, Die Geschichte der Natur, 2. Aufl., Göttingen 1954, S. 11. Möglichkeit und Wirklichkeit 1077 f., 1658, 1768, 1864 f., 1869, Anm. 328. Zur Völkerkunde Ruth BENEDICT, Urformen der Kultur (Rowohlts deutsche Enzyklopädie 7), Hamburg 1954, S. 23 f.

[492]) Geschichte als Zone des Bedingten 1774 f., 1780, 1843, 1846, 1852, 1855, 1857, 1863 f., 1872, 1876 ff. Hochschätzung der Details 23, 137, 189 f., 837 f., 877, 956, 959, 1453 ff., 1534, 1628, 1630, 1648, 1662, 1669, 1685 ff., 1689 f., 1701 f., 1713, 1728, 1732, 1735, 1741, 1756 f., 1796, 1835 f., 1849, 1872, 1879. Übergreifender Sinn in den Details 12, 113, 759, 875, 1280, 1297, 1402, 1438, 1456, 1470, 1503, 1509, 1528, 1548, 1566, 1572, 1574, 1578 f., 1613, 1616, 1628, 1630, 1642, 1657, 1683 f., 1816, 1821 f., 1829, 1849, 1873, 1875, 1877 f.

men. Erst im Ganzen genommen ergänzen sie sich und bilden nicht nur eine Kette durch die Geschichte, sondern auch einen Ring um das Problem.

*

Aus dem Gesagten lassen sich einige Schlüsse auf die Struktur von Geschichte und Sprache ziehen[493]).

Sprache ist sachlich unbegrenzt; sie fixiert sich jeweils als geschichtliche; aber sie ist auch Auslegung und Vergegenwärtigung eines bereits Fixierten, selbst dort, wo sie es unverändert, als Topos oder Begriff, übernehmen möchte. Sie kann es nicht, weil sie keine objektive Welt, sondern ein vermittelndes Gespräch ist. Auch Geschichte sucht sich jeweils zu konzentrieren in Gebilden wie Völkern oder Sprachgemeinschaften; sie vollzieht sich immer neu in der Begegnung menschlichen Denkens mit der umgebenden Wirklichkeit; aber sie steht auch im ständigen Gespräch mit dem Vergangenen und Überlieferten, das sich so wenig wie die Sprache ganz in die jeweilige Situation fügt. Sprache und Geschichte halten die entschiedensten Sachzusammenhänge für neue Entscheidungen offen, sie vermitteln jeder Gegenwart die differenziertesten Zeitgliederungen; aber sie tun es nur durch Auslegung von sprachlich und geschichtlich Vergangenem, in dem immer etwas Fremdes, Herausforderndes bleibt. Denn Sprache und Geschichte der Vergangenheit erscheinen uns als vielgestaltige Fakten, als das Chaos des Bekannten und Entfremdeten; unsere gegenwärtige Sprache und Geschichte kommt uns vor als die eine Wirklichkeit, als die tröstliche Chance des Bekennens und Aneignens. So ging es Früheren auch, so wird es Späteren gehen; so geht es dem Menschen.

Weil der Mensch unbestimmt ist, darum stellt er sich in weite Sachzusammenhänge und entwirft sich in universale zeitliche Aspekte; darum braucht er Sprache und Geschichte. Darum teilt er sich mit, ruft andere an, stellt Gegenstände und Geschehnisse dar; darum ist er auf Traditionen und Situationen angewiesen. Unsere Sprache und Geschichte, alles, was wir sagen und tun, kommt uns von weither als Erbe zu; keiner kann sich seine Sprache allein zimmern, keiner seine geschichtliche Lage selbst einrichten. Wir sind dennoch frei und verwenden das Überkommene, als wäre es unser; für einen Augenblick haben wir es in der Hand und legen es aus. Wir greifen so über uns hinaus, nicht um uns hinter Fremdem zu verstecken, sondern um uns selbst in Tat und Gedanken deutlich und eindeutig zu bestimmen. Durch diese auswählende Selbstbestimmung treten wir aber, spätestens mit dem Tod, in die Reihe des schon Bestimmten und

---

[493]) Teilweise wiederholt aus Arno Borst, Die Geschichte der Sprachen im abendländischen Denken, in: Wirkendes Wort 10 (1960) 129–143, hier S. 129 f., 142 f.

Verwirklichten. Was wir einmal gesagt und getan haben, entflieht uns ohne mögliche Wiederkehr und wirkt in eine Zukunft, über die wir nicht verfügen. Wir können heute noch sagen, die Toten sollten ihre Toten begraben; morgen sind wir die Toten.

Es sind unsere Fragen, die im Staub der Bibliotheken schlafen. Wir können sie durch unsere Erfahrung und durch die Sammlung fremder Erfahrungen nicht lösen, aber wir können sie auch nicht abweisen; sie überfordern unser Verständnis, aber die herausgeforderten Antworten prägen uns. Der Umweg über die Geschichte einer solchen Frage kann die Frage selbst in einem Sinne klären, der ohne geschichtliche Besinnung nur eine Meinung, bei exemplarischer Untersuchung bloß ein Aperçu wäre, am Ende dieses engagierten Buches aber als Ergebnis auftreten darf: Der Ursprung der Sprachen und Völker liegt in der geistigen Freiheit des Menschen zum Möglichen; die Vielfalt der Sprachen und Völker liegt in der sachlichen Begrenztheit des für den Menschen Wirklichen; beides ist verklammert durch die geschichtliche Struktur des Menschen. Geschichtliche Struktur, das heißt: Zustand und Ereignis sind nicht zu trennen; das für den Unbeteiligten immergleiche Schicksal der Menschen ist für jeden, der es erlebt, einmalig; das Allgemeine verkörpert sich in der Vielfalt des Besonderen; die eine zeitlose Wahrheit liegt in den vielen zeitgebundenen Meinungen; auf die eine Frage gibt es grundverschiedene Antworten.

Auf die damit angeschnittene Frage nach dem letzten Grund wage ich keine Antwort: ob die geschichtliche Struktur des Menschen selbst etwas Allgemeines und Dauerndes oder etwas geschichtlich Gewordenes und Vergängliches ist. Diese Frage geht allzuweit hinaus über das Feld der Vermittlungen und Beziehungen, mit dem es der Historiker zu tun hat; ihm bietet die Historie immer nur fortgesetzte Nachträge zu einer ungeschriebenen Metaphysik. Wollte der Historiker seine Geschichtlichkeit absolutsetzen und dem Tageslärm entziehen, dann verträte er eine Meinung nach dreitausend anderen und versuchte zu vollenden und zu verlassen, was er nicht enden und nicht lassen kann: die Geschichte und Sprache des Menschen, den Turmbau von Babel.

NACHTRÄGE

Ohne Klammern stehen Nachträge zum Text; in eckigen Klammern stehen Nachweise, also Ergänzungen zu Anmerkungen früherer Bände und Anmerkungen zu den hier gegebenen Textnachträgen. Auf die Seiten- und Zeilen- bzw. Anmerkungszahl folgt in runden Klammern gegebenenfalls der Autorname, zu dem der Nachtrag gehört, und nach drei Punkten das Textwort, an das sich der Nachtrag anschließt.

Zu Band I

[*S. 3* Anm. 2 Z. 4 (...Sprachen.) Beide mußten ihre Schätzungen bald korrigieren, GABELENTZ in der 2. Aufl., Leipzig 1901, S. 54 auf 2000 Sprachen, BODMER in der 2. deutschen Aufl., Köln-Berlin 1959, S. 207 auf 2800 Sprachen.]

[*S. 7* Anm. 6 Z. 1, verbessern: Lazarus GEIGER. – Z. 2 (...S. 116 f.;) Viktor PORZEZINSKI, Einleitung in die Sprachwissenschaft, Leipzig-Berlin 1910, S. 9 („naive Vorstellungen"); – Z. 3, streichen: Teil 2. – Anfügen: Hermann GÜNTERT, Grundfragen der Sprachwissenschaft, 2. Aufl., hg. Anton SCHERER, Heidelberg 1956, S. 8 f.; Bernhard ROSENKRANZ, Der Ursprung der Sprache, Ein linguistisch-anthropologischer Versuch, Heidelberg 1961, S. 14.]

S. 8 Z. 4 (...Stunde.) Die von Minkowski 1960 vorgelegte Sammlung von beinahe vierhundert Babelbildern weist für die Neuzeit keine, für das Mittelalter manche beträchtliche Lücke auf.

[S. 8 Anm. 7 Z. 7 (...erwähnt;) Wilhelm Emil MÜHLMANN, Geschichte der Anthropologie, Bonn 1948, S. 25 („Fabelwelt");]

[S. 8 Anm. 9 Z. 2 (RANDA) 3 Bände, 1954–58.]

S. 9 Z. 12–13, verbessern: Wie alle diese Themen in der sogenannten Neuzeit nachwirkten, hat erst in den letzten Jahren und bisher meist außerhalb Deutschlands Gelehrte wie Allen, Bonfante, Metcalf und Verburg beschäftigt.

[*S. 18* Anm. 1, anfügen: Vgl. Georg KRAFT, Der Urmensch als Schöpfer, Die geistige Welt des Eiszeitmenschen, 2. Aufl., Tübingen 1948, S. 216 ff.]

[*S. 19* Anm. 7, anfügen: Zur Bedeutung des Namens Adolf BACH, Deutsche Namenkunde, Bd. 1, 2, 2. Aufl., Heidelberg 1953, S. 226 ff. Der Zusammenhang zwischen Sprache und Magie ist überbewertet bei Toshihiko IZUTSU, Language and Magic, Studies in the Magical Function of Speech (Keio University, Studies in the Humanities and Social Relations 1), Tokio 1956, S. 15 ff., 103 ff.]

S. 20 Z. 28 (...beherrschen.) An der Nordwestküste Nordamerikas verstanden Indianer mehrere nicht miteinander verwandte Sprachen und fanden sich trotz der Unterschiede in gemeinsamen Sagen und Zeremonien. [Ruth BENEDICT, Urformen der Kultur (Rowohlts deutsche Enzyklopädie 7), Hamburg 1955, S. 137.]

[*S. 23* Anm. 34, anfügen: Für einen gewissen historischen Sinn des frühgeschichtlichen Menschen, sichtbar in Ahnenverehrung, Stammessagen und Genealogien, plädiert Horst KIRCHNER, Über das Verhältnis des schriftlosen frühgeschichtlichen Menschen zu seiner Geschichte, in: Sociologus NF 4 (1954) 9–22; ähnlich Gertrud PÄTSCH, Rezension meines Buches, in: Deutsche Literaturzeitung 80 (1959) 876 f.]

S. 24 Z. 12 (...wollen.) Der Alur-Stamm im Kongo berichtet von den ihm verwandten, aber verfeindeten Lendu, bei ihnen seien einige Menschen von unmäßigem

Ehrgeiz besessen gewesen, die mit einem Turmbau den Himmel erreichen wollten und dafür bestraft wurden. [Marcellin VANNESTE, Legenden, Geschiedenis en Gebruiken van een Nilotisch Volk, Alur Teksten, Brüssel 1949, S. 17 f. Hinweis von E. POLOMÉ, Rezension meines Buches, in: Revue belge de philologie et d'histoire 39 (1961) 180.]

[*S. 28* Anm. 58, anfügen: Für fremde Herkunft der Sage spricht, daß sich das Gemeinschaftsgefühl der Nyamwezi auf Sippe und Bund beschränkt und nicht auf die gemeinsame Sprache erstreckt. Dazu Wilhelm BLOHM, Die Nyamwezi, Bd. 2, Hamburg 1933, S. 73 f.]

S. 30 Z. 25 (...Mundart.) In Wirklichkeit war dafür der Silberbergbau im Oberharz verantwortlich, der viele Fremde anzog; doch darauf achtet die Sage nicht.

[S. 30 Anm. 68, anfügen: Zum flämisch-wallonischen Sprachenstreit KOPPELMANN, Sprache 89 f.]

[S. 30 Anm. 69, anfügen: Das Märchen dürfte zusammenhängen mit der Mahnung König Stephans I. von Ungarn an seinen Sohn (s. u. S. 581).]

S. 32 Z. 22 (... Kraft.) Denn das Wort ist ein Ding, unveränderlich wahr und plastisch anschaulich, wie es die Wiedergabe der Sprache durch die Bilderschrift nahelegt. Damit beginnt die Suche nach der Etymologie, aber auch die Exegese, [Dazu Henry Frederick LUTZ, Speech Consciousness among Egyptians and Babylonians, in: Osiris 2 (1936) 1–27, hier S. 5 ff.]

[*S. 33* Anm. 8, anfügen: Zur Deutung Ptahs als Schöpfers Maj SANDMAN HOLMBERG, The God Ptah, Diss. phil. Lund 1946, S. 42 ff.]

[S. 33 Anm. 12, anfügen: Zur historischen Literatur und zum Geschichtsbewußtsein Ludlow BULL, Ancient Egypt, in: Julian OBERMANN u. a., The Idea of History in the Ancient Near East (American Oriental Series 38), New Haven 1955, S. 1–34.]

S. 34 Z. 9 (...geschildert.) Was man auf Inschriften von den Fremdvölkern vernimmt, ist nicht ihre eigene Sprache, nur ein ägyptisch formuliertes Flehen um Gnade. [Alfred HERMANN, Dolmetschen im Altertum, Ein Beitrag zur antiken Kulturgeschichte, in: Karl THIEME – Alfred HERMANN – Edgar GLÄSSER, Beiträge zur Geschichte des Dolmetschens (Schriften des Auslands- und Dolmetscherinstituts der Johannes Gutenberg-Universität Mainz in Germersheim 1), München 1956, S. 25–59, hier S. 27.]

S. 34 Z. 25 (Lehre des Ptahotep ...Arbeit.) Die gutgeformte Rede ist dann aber auch, wie die der Vorfahren, „etwas Unvergängliches in diesem Lande". [Text bei ERMAN (o. S. 33 Anm. 13) S. 96.]

S. 36 Z. 9 (...ungeschieden.) Manchem wurde freilich diese Heimat zu eng; er sehnte sich nach „unbekannten Reden" und „Sprüchen in neuer Rede", nicht nach dem, was „schon die Vorfahren gesagt haben". Doch das blieb vorerst eine Ausnahme. [Die Klage des Cha-cheper-re-seneb, Text bei ERMAN (o. Anm. 13) S. 149.]

S. 36 Z. 27 (...von selbst.) Die Macht der ägyptischen Götter ließ sich jetzt nur noch dadurch behaupten, daß sie auch die fremden Völker beherrschten, ja die Unterschiede der Völker schufen. So nennt eine Inschrift des Neuen Reiches Thot, den Gott der Schrift und Weisheit, den, „welcher die Zunge eines Landes von der eines anderen geschieden hat". Aus dem „Dolmetscher der beiden Länder" wurde Thot zum Urheber der irdischen Sprachenverschiedenheit, zur gleichen Zeit, als sich die Ägypter mehr und mehr bequemen mußten, fremde Sprachen zu lernen. [Jaroslav

Černý, Thot as Creator of Languages, in: The Journal of Egyptian Archaeology 34 (1948) 121 f.; Alfred Hermann – Wolfram Frhr. von Soden, Dolmetscher, in: Reallexikon für Antike und Christentum, Bd. 4, Stuttgart 1959, Sp. 24–49, hier Sp. 27 f.]

S. 39 Z. 22 (Psammetich,) der ägyptische Kinder zu Dolmetschern des Griechischen erziehen ließ, wurde [Herodot II, 154; dazu Hermann (o. Nachtrag zu S. 34) S. 30 f.]

S. 40 Z. 6 (... zuerst) das Wort *bekkos*, und das ist phrygisch.

[S. 40 Anm. 56, anfügen: Daß die Ägypter beim Einbalsamieren die Leiche 70 Tage lang in Natron liegen lassen, wie Herodot II, 86, 5 berichtet, dürfte nichts mit Zahlensymbolik zu tun haben.]

[*S. 41* Anm. 59, anfügen: unverändert in der 3. Aufl. unter dem neuen Titel: Franz Carl Endres, Mystik und Magie der Zahlen, Zürich 1951, S. 227.]

[S. 41 Anm. 64, anfügen: Die Kontinuität wird stärker betont von Fritz Hintze, Die Haupttendenzen der ägyptischen Sprachentwicklung, in: Zeitschrift für Phonetik und allgemeine Sprachwissenschaft 1 (1947) 85–108, hier S. 102.]

S. 42 Z. 3 (... Ausland,) und Dolmetscher hießen einfach „Kauderwelsch Redende". [Hermann, Dolmetscher 26.]

S. 47 Z. 1 (Han Fei Tse ... Dinge.) Wenigstens forderte dies Han Fei Tse von einem klugen Herrscher. [The Complete Works of Han Fei Tzu, übers. Wen Kwei Liao, Bd. 1, London 1939, S. 30 f., 33.]

S. 51 Z. 7 (Han-yü ... Verkehrte.) Han-yü selbst versuchte sich in seinen Gedichten zwar über seine Gegenwart zu erheben in eine Höhe, aus der ihm die neun Provinzen Chinas wie ein Staubkorn erschienen; auch daß etwa den Blumen ihre chinesischen Namen „nur zufällig von den Menschen gegeben" waren, wußte er wohl. Dennoch traf ihn die Verbannung nach Südchina hart, weil die dortigen Bewohner Affen ähneln und ihre unverständliche Sprache, mit dem Gleichnis des Meng Tse, „ein wirres Zwitschern" ist. Mit mehr Verständnis bemerkte der Dichter Po Kü-i (772–846) auf einer Reise in den Süden, wie sich das Aussehen der Gegend änderte, und meinte die Verschiedenheit der Sitten und Gebräuche vollkommen zu begreifen; doch die Sprache der Barbaren erinnerte auch den menschenfreundlichen Beamten nur an das Zwitschern der Vögel. [Han Yü's poetische Werke, übers. Erwin von Zach (Harvard-Yenching Institute Studies 7), Cambridge-Mass. 1952: V, 24 S. 144 (Staubkorn); IX, 24 S. 244 (Blumennamen); II, 12 S. 44; IV, 20 S. 107 (unverständliche Barbaren); I, 25 S. 23 (Affen, Zwitschern). Po Kü I, Gedicht Nr. 33, ebenda S. 335.]

S. 54 Z. 6 (... Heimat.) Der Aufstieg zum Himmel erschien indes den Mongolen vermessen; ihr aus dem Tibetischen übersetztes Gesser-Epos erzählt von einem kannibalischen Riesen, der auf der Spitze einer sehr hohen Pyramide sitzt und von dem Helden listig gestürzt und getötet wird. Nur der Edle genießt den Segen des unermeßlichen Himmels. [Die Taten Bogda Gesser Chan's, übers. Isaak Jakob Schmidt (Die Heiligen Bücher des Nordens 1), Berlin 1925, S. 40 f. Hinweis von Wilhelm Rau, Rezension meines Buches, in: HZ 187 (1959) 627.]

[*S. 55* Anm. 73, anfügen: Nach Eugen Feifel SVD, Geschichte der chinesischen Literatur mit Berücksichtigung ihres geistesgeschichtlichen Hintergrundes, 2. Aufl., Darmstadt 1959, S. 126 muß es sich um die sog. I-shu handeln, Kommentare des 5./6. Jahrhunderts n. Chr., die nur in späteren Zitaten erhalten sind.]

[*S. 58* Z. 8–9 („die einer wie der andere aussehenden schwarzen Leute"), dazu Anmerkung: Diese von Wilhelm Rau (o. Nachtrag zu S. 54) S. 627 erstaunt aufgenommene Übersetzung von Rigveda VI, 47, 21 stammt von DEUSSEN, Geschichte Bd. 1, S. 74].

[*S. 59* Anm. 3, anfügen: Bedeutungsfülle und geschichtliche Wandlungen der indischen Vorstellungen vom heiligen Wort sind umfassender analysiert von Bénard ESSERS, Vāc, Het Woord als Godsgestalte en als Godgeleerdheid in de Veda, Diss. theol. Groningen, Assen 1952, S. 30 ff., 60 ff. Hinweis von POLOMÉ (o. Nachtrag zu S. 24) S. 181.]

S. 67 Z. 1 (Mahabharata ... Häuptlinge.) Nicht alle verstehen im Mahabharata die Sprachen fremder Völker; doch wenigstens die Brahmanen sind „vieler Sprachen kundig". Sie hüten das universale Erbe, zumal nach der Meinung des Epos früher alle Menschen Brahmanen waren und erst in der Geschichte, durch ihre Werke, sich in die verschiedenen Kasten und „Farben" trennten. Der „Ahnherr des Menschengeschlechts" ist noch immer nur der eine Manu. [Das Mahābhārata, Ein altindisches Epos, zusammengefaßt von Biren ROY (Diederichs Taschenausgaben 26), Düsseldorf-Köln 1961, S. 34 (Fremdsprachen), 61 (Sprachenkundige), 11 (Manu); zur Lehre von der Kastenteilung im Mahabharata Walther EIDLITZ, Der Glaube und die heiligen Schriften der Inder, Olten-Freiburg i. Br. 1957, S. 81 ff.]

S. 69 Z. 26 (Panini ... Gottes,) vielleicht von ferne beunruhigt durch die Kenntnis griechischer Sprache und Schrift, vor allem aber um [Pânini's Grammatik, hg. Otto BÖHTLINGK, Bd. 1, Leipzig 1887, S. X über die Kenntnis des Griechischen.]

[S. 69 Anm. 73, anfügen: Wilhelm RAU (o. Nachtrag zu S. 54) S. 627 sammelt indische Zeugnisse von einer Turmbaulegende, die freilich keine Beziehung zur Sprachverwirrung herstellen.]

S. 72 Z. 3 (... ebenso.) Seit dem 11. Jahrhundert blühte zwar die Literatur der Chroniken in Indien auf, aber über den Bruch der Herrschaft und der Sprache hinweg konnte man nur willkürliche Genealogien zu den Helden der klassischen Vergangenheit knüpfen, um den Ruhm der Gegenwart zu erhöhen. [Hermann GOETZ, Die Stellung der indischen Chroniken im Rahmen der indischen Geschichte (Untersuchungen zur Geschichte des Buddhismus 11), München 1924, S. 13 f., 16 ff.]

S. 73 Z. 2 (... beseitigen.) Es scheiterte selbst der gewaltige Versuch des größten Großmoguls Akbar (1542–1605), der eine neue völkerverbindende Religion plante und auch den Jesuiten sein Ohr lieh. Einer von ihnen berichtet nicht ganz ohne Schadenfreude, wie Akbar die Ursprache feststellen wollte, sei es, um die Wahrheit der streitenden Religionen zu erfahren, sei es, um die Einheit der verschiedenen Sprachen zu fördern. In einem streng bewachten Schloß ließ er zwölf Jahre lang zwölf Kinder durch stumme Ammen aufziehen und dann vor sich kommen. Unter Akbars Ratgebern meinten manche (vielleicht die Jesuiten), das Hebräische müsse ihre *langue naturelle* sein; indische Weise erwarteten Äußerungen in Sanskrit; gelehrte Sprachenkenner aus aller Welt waren in Akbars Palast versammelt. Das Experiment endete so enttäuschend wie alle Ursprachen-Versuche: Die Kinder hatten von ihren Ammen die Zeichensprache gelernt und brauchten überhaupt keine Wortsprache. Die naheliegende Folgerung, daß der Mensch immer nur in seiner Umwelt Sprache lernt, wurde nicht gezogen; aber sie machte sich im Fortgang der indischen Geschichte von selbst bemerkbar. [François CATROU SJ, Histoire générale de l'empire du Mogol depuis sa fondation, Paris 1705, S. 100.]

S. 73 Z. 16 (... vergebens.) Auch der Philosoph und Dichter Rabindranath Tagore (1861–1941) forderte 1919 anstelle der englischen eine einheimische Bildung, freilich weniger exklusiv als Gandhi. Indien könne allein in der Harmonie seiner vielen natürlich verschiedenen Sprachen die wahre Einheit finden, ohne sich dem Zwang einer Einheitssprache zu beugen. Dabei ist es tatsächlich geblieben. [Einheit der Menschheit, übers. Emil ENGELHARDT, Freiburg i. Br. 1961, S. 166–170.]

S. 74 Z. 10 (... Ton an.) Die Urheimat der Sumerer war nicht das Zweistromland, aber sie fühlten sich früh in ihrem „Land" heimisch, und auf diesem Begriff des „Landes", nicht auf dem des „Volkes" baute ihr Denken auf. Ihre frühen Listenwerke reihten die Namen von Ländern, Städten und Flüssen, aber nicht von Völkern auf. [Dazu Wolfram Frhr. von SODEN, Rezension meines Buches, in: Bibliotheca Orientalis 16 (1959) 131 f.]

S. 74 Z. 25 „Völkern in fremden Ländern", verbessern: „allen Fremdländern" [Korrektur von SODEN (o. Nachtrag zu S. 74) S. 132.]

S. 74 Z. 26, verbessern: der sumerischen Bearbeitung [Korrektur von SODEN, a. a. O.]

S. 74 Z. 29 „Das geeinte Volk", verbessern: „Die geeinten Menschen" [Korrektur von SODEN, a. a. O.]

S. 75 Z. 21 (... Kultsprache.) Beide Sprachen wurden bald einander zugeordnet als die aufeinander abgestimmten „Sprachen der Symmetrie"; die Harmonie zwischen ihnen herzustellen, galt als Aufgabe des Gottes Nabu, der den Titel „Prüfer der Symmetrie" erhielt. [SODEN, a. a. O.]

S. 75 Z. 21–23, verbessern: zu erster philologischer Betätigung und später zu sumerisch-altbabylonischen Wörterlisten, die aus den sumerischen Listen, Ordnungen zugleich der Namen und der Erscheinungen, nun reine Wortverzeichnisse, beinahe zweisprachige Wörterbücher machten. Parallel dazu entwickelte sich hier [Wolfram Frhr. von SODEN, Leistung und Grenze sumerischer und babylonischer Wissenschaft, in: Die Welt als Geschichte 2 (1936) 411–464, 509–557, hier S. 428 ff.; SODEN (o. Nachtrag zu S. 74) S. 131; Wolfram Frhr. von SODEN, Zweisprachigkeit in der geistigen Kultur Babyloniens (Sitzungsberichte der Österreich. Akad. d. Wiss., Philos.-Hist. Kl., Bd. 235, Nr. 1), Wien 1960, S. 7 ff., 14 ff.]

[S. 75 Anm. 9, anfügen: Zum Geschichtsdenken in Mesopotamien Ephraim Avigdor SPEISER, Ancient Mesopotamia, in: The Idea of History (o. Nachtrag zu S. 33 Anm. 12) S. 35–76.]

S. 76 Z. 23, verbessern: versuchte, den Ursprung der Menschheit [Korrektur von SODEN (o. Nachtrag zu S. 74) S. 132.]

S. 77 Z. 14 (... verfolgen.) Diese Vielfalt der Gottesnamen ergab sich aus der babylonischen „Gleichsetzungstheologie", die in das Gewimmel sumerischer Götternamen Ordnung und Gliederung bringen wollte. Aber auch die magisch-primitive [Adam FALKENSTEIN – Wolfram Frhr. von SODEN, Sumerische und akkadische Hymnen und Gebete, Zürich 1953, S. 50 f.; SODEN (o. Nachtrag zu S. 74) S. 132.]

S. 78 Z. 5, verbessern: Zahl 72 verwendet worden, wenngleich noch nicht als die Symbolzahl, die sie vielleicht bei der Übertragung babylonischer Gedanken in fremde Kulturen wurde und die [Gegen die babylonische Zahlensymbolik mit gewichtigen Gründen SODEN (o. Nachtrag zu S. 74) S. 132 f.; doch scheinen die von SODEN hervorgehobenen, bei mir o. S. 128 erörterten Beispiele aus Ugarit das Ursprungsproblem der Zahlensymbolik nicht zu lösen.]

S. 78 Z. 9, verbessern: obgleich die Babylonier nicht nach Wochen rechneten und die Assyrer eine Sechstagewoche kannten, [Korrektur von SODEN (o. Nachtrag zu S. 74) S. 133.]

[S. 78 Anm. 30, anfügen: SODEN (o. Nachtrag zu S. 74) S. 133 betont, daß die Zahl 72 sich nur durch moderne Umrechnung der Zahlzeichen ergibt. Das gleiche gilt für die „sechsmal zwölf Ellen" S. 79 Z. 3.]

[*S. 79* Anm. 35, anfügen: Ihr letzter Vertreter Reinhard SCHUBART, Der Babylonische Turm – das Weltmodell der Antike, in: Antaios 2 (1961) 240–248, möchte aus den Abmessungen des Babelturmes und deren zahlensymbolischer Bedeutung errechnen, daß der Turm das Symbol für Gott und für den Kosmos gewesen sei.]

[*S. 80* Anm. 40 (BUSINK), anfügen: DERS., De Babylonische Tempeltoren, Leiden 1949. Dazu Otto Emil RAVN, in: Bibliotheca Orientalis 7 (1950) 67–69.]

[S. 80 Anm. 43, anfügen: Zuletzt Fritz KRISCHEN, Weltwunder der Baukunst in Babylonien und Jonien, Tübingen 1956, S. 12 ff., Abb. 1–5; und die besonnene Zusammenstellung in dem anonymen Werk: Der Turmbau zu Babel – ein Märchen? Der Bericht der Bibel im Licht moderner Forschung und heilsgeschichtlicher Bedeutung, Leipzig 1958, S. 40 f.]

[S. 80 Anm. 45 Z. 4 (... S. 226 ff.;) Ephraim Avigdor SPEISER, Word Plays on the Creation Epic's Version of the Founding of Babylon, in: Orientalia 25 (1956) 317–323.]

[*S. 82* Anm. 53, anfügen: Dazu SODEN (o. Nachtrag zu S. 74) S. 132.]

[*S. 83* Anm. 59, anfügen: SODEN (o. Nachtrag zu S. 74) S. 131 sagt, nach unserer Kenntnis habe Assurbanipal keine solchen Wörterbücher und Grammatiken anlegen lassen.]

S. 84 Z. 15 (Berossos ... Metropole.) Die Erzählung ist wohl ein spätes, vielleicht absichtliches Mißverständnis von Nabus alter Rolle; aus dem Schützer der geheiligten Zweisprachigkeit ist der Zerstörer ursprünglicher Spracheinheit geworden. Erst hier, in der hellenistischen Brechung, haben wir [Dazu SODEN (o. Nachtrag zu S. 74) S. 132.]

[*S. 85* Anm. 76, verbessern: Albrecht GOETZE, 2. Aufl., München 1957, S. 45–63.]

S. 87 Z. 6 (Behistun-Inschrift ... erschienen,) in der Darius den Stolz auf seine arische Sprache und auf die Überbietung der assyrischen Vergangenheit deutlich spüren ließ. [Dazu George Glenn CAMERON, Ancient Persia, in: The Idea of History (o. Nachtrag zu S. 33 Anm. 12) S. 77–97, hier S. 88 f.]

S. 87 Z. 18 (Avesta ... scheinbar.) Daß man behauptete, Zarathustra habe das Avesta in sieben Sprachen geschrieben, war wohl nur eine Antithese zu der polyglotten Mission des Manichäismus, keine Geste der Katholizität. [Dazu Joseph BIDEZ – Franz CUMONT, Les Mages hellénisés, Zoroastre, Ostanès et Hystaspe d'après la tradition grecque, 2 Bände, Paris 1938, hier Bd. 1, S. 40; Bd. 2, S. 101, 104, 112 f. Zum Manichäismus s. o. S. 392 und u. Nachtrag zu S. 392.]

[S. 87 Anm. 84, anfügen: Franz ALTHEIM – Ruth STIEHL, Die aramäische Sprache unter den Achaimeniden, Bd. 1, Frankfurt/Main 1959, S. 4 ff.]

S. 89 Z. 3 (... zu sein.) In diesem Sprachengewirr zwischen Akkadisch und Hethitisch entstanden die heute noch im Morgenland und Abendland geläufigen Bezeichnungen „Dragoman" und „Dolmetscher" für den Vermittler zwischen gesprochenen Fremdsprachen. Aber diese Vermittlung beschränkte sich auf die jeweils lebendige lokale Gegenwart; für [Dazu SODEN, bei HERMANN, Dolmetscher 29 ff.]

S. 90 Z. 23 (Homer ... zerstreuten Menschen.) In den neunzig Städten Kretas zum Beispiel wohnen Unzählige mit verschiedenen, gemischten Sprachen; [Odyssee 19, 175.]

[*S. 91* Anm. 7, anfügen: Pierre Chantraine, Homérique *ΜΕΡΟΠΩΝ ΑΝΘΡΩΠΩΝ*, in: Mélanges Franz Cumont, Bd. 1, Brüssel 1936, S. 121–128, bestreitet die etymologische Deutung „artikuliert redend" und schlägt die auf historischer Übertragung beruhende Deutung „erdgeboren" vor. Hinweis von Erich Hoffmann, Rezension meines Buches, in: Orientalistische Literaturzeitung 56 (1961) 236. Zu den Äthiopiern Albin Lesky, Aithiopika, in: Hermes 87 (1959) 27–38, hier S. 28 ff. Hinweis von Soden (o. Nachtrag zu S. 74) S. 133.]

[S. 91 Anm. 10, anfügen: Zu den Ahnentafeln bei Homer Erich Bethe, Ahnenbild und Familiengeschichte bei Römern und Griechen, München 1935, S. 59 ff.]

[*S. 93* Anm. 20, anfügen: Zur Idee des Goldenen Zeitalters William Keith Chambers Guthrie, In the Beginning, Some Greek Views on the Origins of Life and the Early State of Man, Ithaca 1957, S. 69 ff.]

S. 96 Z. 14 (Heraklit ... lenkt.) Der Gott selbst redet nicht, aber er gibt Zeichen. [Fragment B 93, Snell S. 30.]

S. 97 Z. 9 (... werden.) Allerdings kümmerten sie sich nicht um fremde Sprachen; sie lernten sie nicht und bedienten sich hellenisierter Barbaren, um sich in griechischer Sprache über fremde Völker unterrichten zu lassen. Aber das [Dazu Paul Peeters SJ, Erudits et polyglottes d'autrefois, in: P. P., Recherches d'histoire et de philologie orientales (Subsidia Hagiographica 27), Bd. 2, Brüssel 1951, S. 5–22, hier S. 8 ff.; Hermann, Dolmetscher 33 ff.]

[*S. 98* Anm. 38 Z. 3 (... schwören;) dazu Gilbert Murray, Euripides und seine Zeit, Darmstadt 1957, S. 47 f.]

S. 101 Z. 7 (Herodot ... Dolmetscher,) wie die, auf deren Bericht sich Herodot selbst stützt, oder sie müssen [Herodot II, 125, 6; dazu Karl Thieme, Die Bedeutung des Dolmetschens für die ‚Weltgeschichte Europas', in: Beiträge (o. Nachtrag zu S. 34) S. 9–24, hier S. 18 f.]

S. 102 Z. 8 (Thukydides ... referiert.) Nur wenn Demosthenes eine Kriegslist gegen die Amphilochier gebraucht, läßt der Bericht des Thukydides die griechischen Sprachverschiedenheiten erkennen: Messener werden vorgeschickt mit dem Befehl, die Feinde dorisch anzureden, damit diese glauben, ihre eigenen Leute vor sich zu haben. [Historiae III, 112, 4.]

S. 102 Z. 33 (... verlacht.) Vielleicht war es der Philosoph Diogenes von Apollonia, der dagegen im 5. Jahrhundert noch einmal die göttliche Würde menschlicher Sprache verteidigte: Nur den Menschen hätten die Götter außer der Zunge auch die Befähigung geschenkt, mit ihr artikuliert zu sprechen. Aber wie konnte das ein göttliches Geschenk sein, was sich so verworren und gespalten darbot? [Xenophon, Commentarii I, 4, 12, in: Opera omnia, hg. Edgar Cardew Marchant, Bd. 2, 2. Aufl., Oxford 1949 (unpaginiert); dazu Michael Landmann, De homine, Der Mensch im Spiegel seines Gedankens (Orbis academicus I, 9), Freiburg i. Br.-München 1962, S. 53 ff.]

S. 103 Z. 3–4 (Demokrit ... Ausbildung) von undeutlichen Lauten zu gegliedertem Ausdruck bedurfte der Konvention getrennter Gemeinschaften, führte also auch zur Vielfalt der Sprachen. Allenfalls war sie das [Fragment B 5, Diels S. 135 f. Vgl. o. S. 160.]

[*S. 104* Anm. 53, anfügen: Daß Platons etymologische Deutungen durch die Methode des Sokrates angeregt seien, ist die These von Carl Joachim CLASSEN, Sprachliche Deutung als Triebkraft platonischen und sokratischen Philosophierens (Zetemata 22), München 1959, S. 178 ff.]

[S. 104 Anm. 54 Z. 4 (... überzeugend); dagegen Karl BÜCHNER, Platons Kratylus und die moderne Sprachphilosophie (Neue deutsche Forschungen 85), Berlin 1936, S. 38 ff.]

S. 105 Z. 19 (Platon ... erwähnt.) Von imposanten Ahnentafeln Einzelner, die bei Herakles oder gar bei Zeus gipfeln, halten Sokrates und Platon nichts; wir alle haben unzählige Vorfahren, unter denen Könige und Sklaven, auch Barbaren und Hellenen sind. Eine andere Frage ist allerdings die Herkunft des ganzen Griechenvolkes. [Theaetet 174 E – 175 A.]

S. 106 Z. 16–17 (Isokrates ... berühmteste".) Zum Ruhm der Athener gehört die Pflege der Sprache; denn sie wissen, daß sich der Mensch vor allem durch Sprache vor dem Tier auszeichnet. Isokrates hielt also seine Mitbürger für die wahren Menschen, und auch [Panegyrikos 48, MATHIEU-BRÉMOND S. 26.]

[S. 106 Anm. 61, anfügen: Dazu Paul PACHLATKO, Die Stellung der Griechen zum Problem der Verschiedenheit der Menschen, Diss. phil. Zürich 1940, S. 67.]

S. 107 Z. 2 (Aristoteles ... entzogen.) Sprache ist eine soziale Erscheinung; denn unter den Tieren hat allein der Mensch Sprache, um den Mitmenschen alles mitteilen zu können; der Mensch ist schon durch die Sprechfähigkeit zum Gemeinschaftswesen bestimmt. [Politik I, 2 S. 1253 a.]

[*S. 115* Anm. 3, anfügen: Gerhard von RAD, Der Anfang der Geschichtsschreibung im alten Israel, in: G. v. R., Gesammelte Studien zum Alten Testament (Theologische Bücherei 8), München 1958, S. 148–188, hier S. 150 ff.]

[S. 115 Anm. 5 Z. 8, verbessern: Suhard.]

[*S. 116* Anm. 12, anfügen: Ebenso Ignace Jay GELB, The Name of Babylon, in: Journal of the Institute of Asiatic Studies 1 (1955) 1–4 (mir nur aus Zitaten bekannt).]

[*S. 117* Anm. 15, anfügen: Daß die Erzählung von einem Nichtbabylonier stamme, der die Sprachenvielfalt ätiologisch erklären wollte, ist die These von Otto Emil RAVN, Der Turm zu Babel, Eine exegetische Studie über Genesis 11, 1–9, in: ZDMG 91 (1937) 352–372, hier S. 369 f. Daß vielmehr literarische Anknüpfung an das babylonische Schöpfungsepos „Enuma elisch" (o. S. 76 f.), vielleicht auch an ein akkadisches Wortspiel mit dem Namen Babels vorliege, meint SPEISER (o. Nachtrag zu S. 80 Anm. 45) S. 317 ff.]

[S. 117 Anm. 20, anfügen: Ähnlich Claus SCHEDL, Geschichte des Alten Testaments, Bd. 1, Innsbruck 1956, S. 166 ff.]

[*S. 120* Anm. 29, anfügen: Treffend Walther ZIMMERLI, Die Weisung des Alten Testamentes zum Geschäft der Sprache, in: Das Problem der Sprache in Theologie und Kirche, Referate vom Deutschen Evangelischen Theologentag 27.-31. Mai 1958 in Berlin, hg. Wilhelm SCHNEEMELCHER, Berlin 1959, S. 1–20, hier S. 2 ff.]

[S. 120 Anm. 29 a, anfügen: Deshalb weist Otto EISSFELDT, Die Genesis der Genesis, Vom Werdegang des ersten Buches der Bibel, 2. Aufl., Tübingen 1961, S. 7, 10 f., 16 f., die Turmbaugeschichte und anderes einer eigenen „Laienquelle" zu, die durch „Offenheit für die Welt des Profanen" gekennzeichnet sei. Was ist an der Turmbaugeschichte profan?]

[*S. 122* Anm. 39, anfügen: Zur Deutung der Namen Johan SIMONS SJ, The Geographical and Topographical Texts of the Old Testament, Leiden 1959.]

[*S. 123* Z. 13 (Aschkenaz, ... Skythen meinen), dazu Anmerkung: Als Verunstaltung des Skythennamens ist „Aschkenaz" erklärt durch Hans Heinrich SCHAEDER, Die Kantäer, in: Die Welt des Orients, Bd. 1, Stuttgart 1949, S. 288–298, hier S. 298; zustimmend SODEN (o. Nachtrag zu S. 74) S. 133 und SIMONS (o. Nachtrag zu S. 122 Anm. 39) S. 10.]

S. 124 Z. 6 (... seit) der LXX (Gen. 2, 13) und Josephus.

[*S. 127* Anm. 49, anfügen: Adolf HELLER, Biblische Zahlensymbolik, Reutlingen-Betzingen 1936, S. 65 f. gibt der Zahl 70 gleich eine durchgehende Bedeutung als „Zahl der völligen Verantwortlichkeit"; das ist eine schreckliche Vereinfachung.]

[S. 127 Anm. 55 (Num. 7, 13 ff.), streichen: ff.]

S. 129 Z. 25 (... Wörter mit,) und Gen. 42, 23 achtete sogar auf den Dolmetscher, mit dessen Hilfe sich der ägyptische Joseph vor seinen Brüdern verstellte. [Dazu THIEME (o. Nachtrag zu S. 101) S. 18.]

S. 130 Z. 13 (Psalmen ... galt.) Denn die Psalmen preisen die Macht Gottes, für die unsere menschliche Sprache überhaupt zu schwach ist; die Schöpfungswerke des Herrn sind deutlichere Zeichen als alle Reden und Worte, die nicht vernehmlich klängen. Hier ist der Stolz auf eine besondere Sprache sinnlos geworden. [Ps. 138, 4; 18, 4.]

S. 130 Z. 25, verbessern: Jesaja 6,5–7.

S. 131 Z. 6–7 (Jesaja ... übernehmen.) Der Herr wird sein Volk sammeln aus Assur, Ägypten und Kusch, aus Semiten, Hamiten und Japhetiten, „von den vier Enden der Erde". Die [Is. 11, 11 f.]

S. 131 Z. 17 (Jeremia ... werde.) Doch verhieß er auch den Feinden den Untergang, vor allem dem stolzen Babel; wenn es auch bis zum Himmel steigt, so sendet doch der Herr Verderber, es kommt der Sturmwind und der Taumel, der die Völker berauscht, und Babel wird zerschmettert. Wenn Jeremia selbst dabei noch nicht an die babylonische Sprachverwirrung und die Zerstörung des Babelturmes dachte, so konnten bald die Exegeten dieser Verse daran denken. [Jer. 51, 53 (zum Himmel); 51, 1 (Sturmwind); 51, 7 (Taumel).]

S. 131 Z. 29 (... heranführt.) Im Buch der Richter sind schon die nächsten Stammesgenossen Feinde. Man erkannte sie daran, daß sie das Wort *Schibboleth* nur wie *Sibboleth* aussprechen konnten. Das ist in der Weltliteratur der erste Bericht darüber, daß die Besonderheit seiner Sprache einem Menschen den Tod brachte, und das in Israel, das dem Herrn aller Welt dienen will. Aber alle [Jud. 12, 6.]

S. 132 Z. 30 (... Glaubens.) Das Buch Nehemia, in Gesinnung und Zeit den Chronikbüchern nahe, ereiferte sich über Juden, die ausländische Frauen geheiratet hatten und nicht mehr „Jüdisch" sprachen, sondern die Sprachen der vielen Völker; das kam nun fast dem Abfall vom wahren Glauben gleich. [2 Esdr. 13, 24.]

[*S. 133* Anm. 92 (... Dolmetscher;) Esther 1, 1 und 8, 9.]

S. 134 Z. 13–14 (... Persische.) Als allerdings Onesikritos, ein Kyniker aus dem Stabe Alexanders, mit Hilfe von Dolmetschern einen indischen Weisen mit der griechischen Philosophie vertraut machen wollte, bekam er zu hören, die Verständigung über drei Dolmetscher sei so, als lasse man reines Wasser durch einen Sumpf laufen. So einfach war also die Vereinigung der Gedanken und der Sprachen nicht zu erreichen; vielleicht dachte Alexander selbst viel nüchterner. Aber mag das, was man für seine Gedanken hielt, erst [Onesikritos nach Strabo, Geographia XV, 1, 64, JONES (o. S. 161 Anm. 7) Bd. 7, S. 112; zur Stelle Truesdell Sparhawk BROWN, Onesicritus, A Study in Hellenistic Historiography, Berkeley-Los Angeles 1949, S. 39 ff.]

[S. 134 Anm. 3, anfügen: Starke Einschränkungen machen Roberto ANDREOTTI, Die Weltmonarchie Alexanders des Großen in Überlieferung und geschichtlicher Wirklichkeit, in: Saeculum 8 (1957) 120–166, hier S. 130; Ernst BADIAN, Alexander the Great and the Unity of Mankind, in: Historia 7 (1958) 425–444, hier S. 426 ff., 433 ff.]

S. 135 Z. 27 (... deutlich.) Dazu kam, daß die Begegnung mit der uralten und fremden ägyptischen Kultur die Griechen zur Besinnung auf ihre Vergangenheit und ihre archaischen Werte anregte.

[*S. 137* Anm. 14, anfügen: Philip Howard DE LACY, The Epicurean Analysis of Language, in: American Journal of Philology 60 (1939) 85–92, hier S. 85 ff.]

S. 139 Z. 10 (Polybios ... gegeben.) Früher waren wegen der Verschiedenheit der Sprachen ferne Länder beinahe unbekannt; heute kommen sie einander nahe. Aber schon früher war es für die Feinde des römischen Heeres und seiner einen Kommandosprache verhängnisvoll, daß die Karthager Söldner aus vielen Völkern und Sprachen anwarben; die Soldaten verstanden wohl ein wenig Punisch, aber der Feldherr verstand sie nicht, und so breiteten sich Meutereien aus. Die Römer zogen daraus Vorteil, obwohl auch ihre Sprache sich im Lauf der Zeit gründlich wandelte; auch sie sind nicht ausgenommen von den Naturgesetzen, etwa vom Einfluß des Klimas, der allein die Völker voneinander verschieden macht an Gestalt, Hautfarbe, Gewohnheiten und Ansichten. Im ganzen ist [Historiae III, 58, BÜTTNER-WOBST Bd. 1, S. 282 (ferne Länder); I, 67 S. 92; I, 80 S. 109 f.; XI, 19 Bd. 3, S. 151 (Karthager); III, 22 Bd. 1, S. 238 (römischer Sprachwandel); IV, 21 Bd. 2, S. 28 (Klima).]

S. 141 Z. 7 (Septuaginta ... zurückgehen.) Dazu mag die Übersetzung von Hiob 38, 14 gehören, die ausdrücklich betonte, was das Alte Testament sonst nirgends sagte, daß nämlich Gott den Menschen als sprechenden geschaffen habe. Das ist vielleicht nichts Neues; merkwürdiger [Job 38 bei RAHLFS Bd. 2, S. 335.]

[*S. 144* Anm. 39, anfügen: Negativer als oben im Text wird das Geschichtsdenken des Daniel-Buches gezeichnet von Martin NOTH, Das Geschichtsverständnis der alttestamentlichen Apokalyptik, in: Geschichtsdenken und Geschichtsbild im Mittelalter, hg. Walther LAMMERS (Wege der Forschung 21), Darmstadt 1961, S. 30–54, hier S. 53 f.]

S. 146 Z. 14 (Eupolemos ... demonstrieren.) Eupolemos verfaßte die älteste mit Adam beginnende Weltära, von der wir wissen. [Dazu Anna-Dorothee von den BRINCKEN, Weltären, in: AKG 39 (1957) 133–149, hier S. 137.]

[*S. 148* Anm. 54, anfügen: Nach Michel TESTUZ, Les idées religieuses du Livre des Jubilés, Genf-Paris 1960, S. 25 ff. wäre der Autor ein Essener, der um 110 v. Chr. schrieb. Ich zögere, den Essenern die heute beliebte Bedeutung beizumessen.]

S. 149 Z. 16 (Jubiläenbuch ... gehörten.) Die Invasion der Kanaanäer wird als widerrechtlich gebrandmarkt, wahrscheinlich weil in hasmonäischer Zeit hellenisierte Phönizier Palästina angriffen; das wirklichkeitsnahe Detail hat vielen später noch die Phantasie beflügelt. [Zum Anlaß Hans LEWY, Ein Rechtsstreit um den Boden Palästinas im Altertum, in: Monatsschrift für Geschichte und Wissenschaft des Judentums 77 (1933) 84–99, 172–180, hier S. 90 ff.; zum Nachleben Hans Joachim SCHOEPS, Rezension meines Buches, in: Zeitschrift für Religions- und Geistesgeschichte 11 (1959) 91 und u. Nachtrag zu S. 207.]

S. 150 Z. 18 (... Jubiläenbuches nicht.) Höchstens die „Weisheit Salomons", wohl in Alexandria entstanden, ist ihm zur Seite zu stellen, auch in der Abwehr der hellenistischen Versuchung. In der Verwirrung der bösen Eintracht der Völker hat die göttliche Weisheit nur den gerechten Abraham geleitet; Babel ist eine Torheit ebenso wie die vielsprachige hellenistische Welt mit ihrem „mißtönenden Geschrei"; unter allen Ländern ist Gott das allerliebste die Wohnung seiner Kinder, Palästina, das Heilige Land. Doch war dies mehr ein Wunschtraum als Wirklichkeit. Das Heilige Land glich beinahe Babel; in [Sap. 10, 5 (Abraham); 18, 10 (Geschrei); 12, 7(Heiliges Land).]

[*S. 151* Anm. 63, anfügen: Warum HERMANN (o. Nachtrag zu S. 34) S. 33 f. in Merkur-Hermes den ägyptischen Thot und nicht vielmehr den babylonischen Nabu sehen will, verstehe ich nicht.]

S. 154 Z. 31 (... wurde;) spätestens in augusteischer Zeit wurde, etwa von dem phönizischen Kriegsgefangenen Tyrannion, daraus geschlossen, die römische Sprache sei historisch aus der griechischen entstanden. Das glaubten nicht alle; aber in [Dazu Carl WENDEL, Tyrannion, in: RE Bd. 64, Sp. 1820.]

[S. 154 Anm. 72, anfügen: Gegen DAHLMANNS These von Varros stoischen Gedanken wendet sich, m. E. mit zu großer Vehemenz, Detlev FEHLING, Varro und die grammatische Lehre von der Analogie und der Flexion, in: Glotta 35 (1956) 214–270; 36 (1958) 48–100, hier S. 48 ff.]

S. 155 Z. 2 (... griechisch sprechen.) Der auch universalhistorisch interessierte Geschichtsschreiber Cornelius Nepos (ca. 100 bis ca. 32) blickte damals bewundernd auf Hannibal, der griechische Bücher schrieb; auf Themistokles, der besser Persisch sprach als geborene Perser; auf Atticus, der das Griechische wie ein Athener beherrschte. Fast schien es zum römischen Wunschbild zu werden, in fremden Sprachen möglichst heimisch zu sein. [Quae exstant, hg. Enrica MALCOVATI, Turin 1944: Hannibal 13, 2 S. 149 f.; Themistocles 10, 1 S. 21; Atticus 4, 1 S. 157.]

S. 155 Z. 9 (Cicero ... göttlich!") Und daß die zerstreuten Menschen in einer *societas vitae* zusammenkamen, sich in der *vocum communio* verbanden, dafür pries Cicero in hohen Tönen die Philosophie, als wäre sie es, die die Völker und die Sprachen schuf. [Tusculanae disputationes V, 2 § 5, MUELLER-FRIEDRICH Bd. 4, 1 S. 426.]

S. 155 Z. 10 (... anerkannt,) obwohl man es in Marseille ganz anders als in Griechenland selbst spreche; er hat doch auch [Pro L. Flacco oratio c. 26 § 63, MUELLER-FRIEDRICH Bd. 2, 2 S. 413.]

[S. 155 Anm. 73 Z. 1 (... Grammatik;) Valerius Maximus (o. S. 158 Anm. 2) II, 2, 3 S. 62 f.; dazu]

[S. 155 Anm. 75 Z. 1, verbessern: V, 40 – Anfügen: Ähnlich über Latein und Griechisch De finibus III, 2 § 5 S. 172 f.; Pro A. Caecina oratio c. 18 § 51 Bd. 2, 2 S. 54.]

[S. 155 Anm. 76 Z. 2 (... Menschen;) dazu Henrik Frants REIJDEN, Societas generis humani bij Cicero, Groningen 1954, S. 69 ff.]

S. 156 Z. 2 (Caesar ... interessiert.) Nur nebenbei erfährt man vom lebhaften Austausch der Sprachen und Kulturen in Gallien: In Caesars Heer beherrschte mancher die *lingua Gallica*; der Germane Ariovist war ihrer ebenfalls mächtig, und die gallischen Druiden schrieben in griechischen Buchstaben. [Commentarii I, 47, 4, Klotz S. 32 (Römer, Ariovist); VI, 14, 3 S. 144 (Druiden).]

S. 156 Z. 3 (... Stammbaum) mit besonderem Stolz auf den Trojaner Aeneas und über ihn auf die Göttin [Zu den in Caesars Zeit beginnenden trojanischen Ahnentafeln römischer Familien Bethe (o. Nachtrag zu S. 91 Anm. 10) S. 89 ff.]

S. 156 Z. 12 (Sallust ... dorthin.) Sallust wußte, daß auch Rom anfangs nicht von kultivierten Stadtrömern bewohnt wurde, sondern daß sich hier Trojaner unter Führung des Aeneas mit den *Aborigines* zusammenfanden, Menschen von sehr ungleicher Herkunft, Gesittung und Sprache (*dissimili lingua*); allerdings wurden sie, wie Sallust versichert, in unglaublich kurzer Zeit trotzdem eine einzige *civitas*. [Catilinae coniuratio 6, 1 f., Ahlberg S. 6.]

S. 156 Z. 22 (Lukrez ... sollen?) Das Menschengeschlecht selbst begann, *variante loquella* den Dingen Namen zu geben, damit es zusammenleben könne. [De rerum natura V, 71 f.]

S. 156 Z. 24 (... *utilitas*,) das die Sprache zum Dolmetscher des Geistes macht, und [De rerum natura VI, 1149.]

S. 157 Z. 23 (Horaz ... Normen) und stoßen sie um. Viele Wörter, die schon verfallen waren, erleben eine neue Blüte; andere, die heute in Ehren stehen, werden bald ihre Kraft verlieren, ganz nach dem Willen des *usus*, der Richter, Gesetz und Norm der Sprache ist. Im geschichtlichen Wandel scheint die Willkür zu herrschen; erst [De arte poetica 70 ff., Klingner S. 297.]

S. 158 Z. 25 (... Besonderheiten an.) Die Dialekte blieben meist bis zum Ende des Römerreiches bestehen, ohne aber selbst in den Vordergrund zu treten. [Johann Sofer, Reichssprache und Volkssprache im römischen Imperium, in: Wiener Studien 65 (1950/51) 138–155, hier S. 152.]

S. 159 Z. 35 (Diodor ... abgelauscht;) manches stammt von Demokrit. [Vgl. o. Nachtrag zu S. 103.]

S. 161 Z. 2 (Strabo ... vermerkt.) Germanen und Kelten sind eins, der lateinische Name „Germanen" bedeutet „echte" Kelten; auch wenn in Spanien die Stämme ihre einheimische Sprache vergessen und die lateinische übernehmen, ist das ein Schritt zur Einigung des Westens. [Geographia VII, 1, 2, Jones Bd. 3, S. 152 (Germanen); III, 2, 15 Bd. 2, S. 58 (Spanier).]

S. 162 Z. 1 (Vergil ... Mittelpunkt,) auch wenn Padua sich als Gründung des Trojaners Antenor rühmen durfte. Roms Geschick [Aeneis I, 242 ff., Sabbadini S. 13.]

S. 162 Z. 19–20 (Livius ... Reden.) Mit fremden Sprachen suchen bloß Feinde die Römer zu täuschen; gegen die Römer schleppt Karthago afrikanische Söldner herbei, die gewissermaßen keine menschliche Sprache haben; doch Rom bleibt unbeirrt. Es mag sein, daß die Erzählungen des Livius anmuten, [Ab urbe condita X, 4, 9 f. (Täuschung); XXIII, 5, 11 (Karthago); dazu Hermann, Dolmetscher 39.]

S. 163 Z. 25 (... gefährdet.) Vielleicht war es in den friedlichen Zeiten des Kaisers Claudius, als die Römer nur im fernen Britannien Krieg führten, bloß eine Anekdote ohne Aktualität, was der Historiker Quintus Curtius Rufus von Philotas erzählte, den man des Hochverrats an seinem Freund und Herrn Alexander dem Großen bezichtigte. Auf den Vorwurf, er spreche nie griechisch und schließe sich so aus der *societas patrii sermonis* aus, erwiderte Philotas, auch die Sieger müßten wie die Besiegten die fremde Sprache (*peregrina lingua*) lernen. Wer mochte schon in Rom Britannisch lernen? Aber in den [Historiarum Alexandri Magni Macedonis libri qui supersunt, hg. Edmund Hedicke, Editio maior, Leipzig 1908: VI, 10, 23 S. 189 f.]

S. 164 Z. 28 (Plinius ... untauglich.) Allenfalls teilte Plinius einmal ein indisches Wort mit. [Naturalis historia XII, 7, Detlefsen Bd. 2, S. 218.]

S. 165 Z. 3 (... 70.) Römisch ist nur die Bewältigung dieses Sprachengewirrs, zu der die Verwaltung 130 Dolmetscher brauchte. So viele Fremdsprachen selbst zu lernen oder auch nur zu beschreiben, war nicht Sache der Römer. [Naturalis historia VI, 5, Detlefsen Bd. 1, S. 233; dazu Hermann (o. Nachtrag zu S. 34) S. 42 f.]

S. 166 nach Z. 9 eigener Absatz: Aber wozu dient patriotische Tradition und Sprache, wenn sie den Menschen nicht sittlich läutert? Daß Sprache kein Selbstzweck sein könne, lehrte der spanische Redner Marcus Fabius Quintilianus (ca. 30 bis ca. 96) in Rom gegen Lebensende. Die Formen einer Sprache kamen nicht vom Himmel herab, sie wurden erfunden und sind der Gewohnheit unterworfen. Wir lernen sie von anderen hörend, wie Psammetichs Versuch beweist: Kinder, die von taubstummen Ammen aufgezogen werden, können nur einzelne Laute ausstoßen, aber nicht zusammenhängend sprechen. Wenn wir so Latein gelernt haben, ist es nicht unser Verdienst. Man kann Fremdsprachen lernen, wie Crassus, der die fünf griechischen Dialekte, Themistokles, der in Jahresfrist das Persische, und Mithridates, der 22 Sprachen beherrschte; doch auch dies ist nur eine Gedächtnisleistung, noch keine sittliche Tat. Gültige Wahrheiten sind in den sprachlichen Formen nicht zu finden; in die Irre geht, wer an die Macht von Etymologien glaubt, denn das *verbum* ist nicht *aere verberato* definiert, noch weniger der Mensch (*homo*) als Erdentsprossener (*humo natus*). Die Würde des Menschen liegt vielmehr darin, daß allein ihm die Natur und die Götter die Fähigkeit zum Sprechen gaben; Quintilians Buch schließt mit dem Satz, die Rede sei das Beste, was die unsterblichen Götter dem Menschen verliehen. Es ist an ihm, von ihr den rechten Gebrauch zu machen, und er kann es in jeder menschlichen Sprache. Die geschichtliche Verschiedenheit der Sprachen wird bedeutungslos, wenn es um die sittliche Haltung der Sprechenden geht. Aber könnte nicht auch, was die Sittlichkeit betrifft, unter den fremden Völkern manch eines [Institutionis oratoriae libri XII, hg. Ludwig Radermacher, 2 Bände, Leipzig 1907–35: I, 6, 16 Bd. 1, S. 42 (nicht vom Himmel); I, 6, 3 S. 40 (Gewohnheit); X, 1, 10 Bd. 2, S. 234 (Psammetich); XI, 2, 50 S. 325 (Fremdsprachen; zu den griechischen Dialekten auch XII, 10, 34 S. 408); I, 6, 34 Bd. 1, S. 45 (Etymologien); III, 2, 1 S. 131 (Natur gab Sprache); II, 10, 7 S. 57; II, 16, 12 S. 111 (Gott gab Sprache); XII, 11, 30 Bd. 2, S. 427 (Rede).]

S. 166 Z. 25 (Tacitus ... Sprache.) Auch daß Gallier und Briten verwandte Sprachen haben, wurde notiert. [Agricola c. 11, 3, Halm-Andresen-Koestermann Bd. 2, 2 S. 40 f.]

S. 166 Z. 28 (... träumte.) Dennoch konnte er den Römern keine ähnlich kleinräumige Ordnung wünschen; Tacitus wußte, was Polybios und Livius gewußt hatten: daß Heere ungleicher Sprachen keinen *consensus* erreichen können. Für den Römer gehörten *virtus* und *consensus* eng zusammen; darum [Historiae II, 37, 2, Halm-Andresen-Koestermann Bd. 2, 1, Leipzig 1950, S. 73.]

S. 167 Z. 19 (Sueton ... hervor,) daß römische Kaiser ihre Ahnentafeln väterlicherseits auf Jupiter, mütterlicherseits auf die griechische Tochter des Helios zurückführten; ferner, daß [Vita Galbae 2, Ihm S. 272.]

S. 167 Z. 22 (... Vokabel.) Allerdings beunruhigte es ihn doch, daß im Innern Germaniens eine riesenhafte *barbara mulier* dem Vordringen der römischen Legionen *sermone Latino* Halt gebot. Die Weltgeltung der lateinischen Sprache war wenig wert, wenn sie nicht mehr von der römischen Weltmacht begleitet wurde; und selbst der mächtigste Kaiser konnte nicht einem neuen Wort in der lateinischen Sprache Bürgerrecht gewähren. Die Sprache und das Nachdenken über sie waren keine Gefangenen Roms. [Vita Claudii 1, IHM S. 200 (Germanien); De grammaticis et rhetoribus 22, hg. Giorgio BRUGNOLI, Leipzig 1960, S. 24 (Kaiser und Sprache).]

S. 170 Z. 19 (Philon ... bedeutet?) Und was ist noch historisch an dem Riesen Nimrod und seinem Königreich Babel, wenn Nimrods Name „Fahnenflucht" vor Gott und Babels Name „Umstellung" bedeutet? Die Namen bezeugen nur die Veränderlichkeit der Geschichte ganz im allgemeinen. [De gigantibus 65 f., COHN-WENDLAND Bd. 2, S. 54 f.]

S. 171 Z. 19, streichen: wie im Jubiläenbuch.

S. 171 Z. 22, verbessern: 1 Esdr. 8, 35. [Ebenso in Anm. 52 Z. 4.]

S. 174 Z. 4 (Pseudo-Philo ... weigerte.) Sein Widersacher ist hier freilich nicht Nimrod, der bloß als Anführer der Hamiten auftritt, sondern Jektan, Führer der Semiten und zugleich Herr des Turmbaus, an dem sich auch die Japhetiten unter ihrem in der Bibel nicht genannten Häuptling *Fenech* beteiligen. Die Völker waren sich also alle einig in ihrem gottlosen Werk. [Liber antiquitatum biblicarum 5, 1, KISCH S. 123.]

S. 175 Z. 22 (Plutarch ... können;) er bewunderte auch Kleopatra, die im Verkehr mit Barbaren nur selten auf Dolmetscher angewiesen war und Äthiopiern, Troglodyten, Hebräern, Arabern, Syrern, Medern und Persern in deren Sprache antworten konnte; er schätzte diese Leistung um so höher, als die Ptolemäer vor ihr weder die ägyptische noch auch nur die griechische Sprache recht beherrscht hätten. Aber die Vielsprachigkeit der Barbaren machte auf Plutarch wenig Eindruck; befriedigt schrieb er, daß sie selbst dem großen Polyglotten Mithridates lästig geworden sei. Die Sprache [Vitae parallelae, Antonius 927, SINTENIS Bd. 4, S. 369 (Kleopatra); Lucullus 496 Bd. 2, S. 504 (Mithridates).]

S. 177 Z. 1 (Galen ... wie sie.) Er selber vertrat anscheinend die Ansicht, das Griechische sei die vollkommenste Sprache, während die übrigen Idiome dem Grunzen des Schweines, dem Quaken des Frosches, dem Klopfen des Spechtes ähnlich seien. Der [Alexander SCHEIBER, Das Problem des Ursprungs der Sprache im jüdischen Schrifttum, in: Jubilee Volume in Honour of Edward Mahler, Budapest 1937, S. 494–509 (Hinweis von Prof. Abraham SACHS-Providence), hier S. 507, nach den Exzerpten des Maimonides; weder bei KÜHN noch im Corpus Medicorum Graecorum fand ich die Stelle.]

S. 179 Z. 5 (Lukian ... Gesang.) Für die Verständigung würde die Pantomime genügen, wie jener pontische Fürst einsah, der sich von Kaiser Nero einen Tänzer ausbat, damit er mit seinen anderssprachigen Nachbarn ohne Dolmetscher verhandeln könne. [Opera, hg. Carl JACOBITZ, Bd. 2, Leipzig 1887: De saltatione 64 S. 162 f.]

S. 181 Z. 11 (... Bedeutung.) Die „Chaldäischen Orakel" verboten wohl um 200 die Änderung barbarischer Namen; denn die Namen seien – so interpretiert wenigstens der christliche Kommentator – jedem Volk von Gott gegeben und von gewaltiger Kraft. [Michael Psellos, Expositio in oracula Chaldaica, MPG Bd. 122, Sp. 1132; dazu Wilhelm KROLL, De oraculis Chaldaicis, Neudruck Hildesheim 1962, S. 58.]

[*S. 182* Anm. 83, anfügen: ergänzend und berichtigend TRÜDINGER, Ethnographie 81 ff.; Paul SCHNABEL, Die Entstehungsgeschichte des kartographischen Erdbildes des Klaudios Ptolemaios, in: Sitzungsberichte der Preuß. Akad. d. Wiss., Philos.-Hist. Kl., Berlin 1930, S. 214–250, hier S. 220 f.]

S. 183 Z. 9 (... an Zahl.) Eher als die geordnete Fülle wird dem Gnostiker seine Einsamkeit in dieser verworrenen Welt bewußt; so schilderten die vielleicht aus dem Umkreis des Bardesanes stammenden apokryphen Thomas-Akten, wie der Apostel Thomas auf seiner Fahrt nach Indien ein ekstatisches Lied singt, das keiner der Gäste versteht; nur eine Flötenspielerin, auch sie eine Hebräerin, wird von dem hebräischen Gesang tief ergriffen. Dieses Hebräisch ist nicht die Judensprache, überhaupt kein irdisches Idiom; wie könnte es sich in eine zahlensymbolische Reihe fügen? So dachte man in Syrien. In Ägypten jedoch blühte [Acta Thomae c. 8, hg. Maximilian BONNET (Acta Apostolorum apocrypha 2, 2), Neudruck Darmstadt 1959, S. 111; dazu Werner FOERSTER, Das Wesen der Gnosis, in: Die Welt als Geschichte 15 (1955) 100–114, hier S. 110.]

[S. 183 Anm. 85, anfügen: Zur Verfasserschaft und Datierung Henri-Charles PUECH, bei Edgar HENNECKE, Neutestamentliche Apokryphen in deutscher Übersetzung, 3. Aufl., hg. Wilhelm SCHNEEMELCHER, Bd. 1, Tübingen 1959, S. 166.]

S. 185 nach Z. 20 eigener Absatz: Im Westen, in Trier, versuchte derweilen ein anonymer Redner, sich von den Götternamen überhaupt zu lösen, ähnlich wie Apuleius. Während Konstantin der Große den Weg vom antiken Polytheismus zum Christentum suchte, sprach ihn 313 sein Panegyriker an, Gott habe so viele Namen, wie er Sprachen der Völker geschaffen habe; wie Gott selbst genannt zu werden wünsche, könnten wir nicht wissen. Die Vielfalt der Sprachen und Namen ist Schöpfung des Einen, nicht erst Ergebnis der Geschichte. Diesem Einen steht Konstantin nahe; so wird er frei von magischen Bräuchen und Vorzeichen und lenkt die Geschichte, deren Gang den gewöhnlichen Sterblichen, auch durch die irdische Vielfalt, verborgen bleibt. [Incerti panegyricus Constantino Augusto dictus XXVI, 1, hg. Willem Jacobus Gerhardus LUBBE, Diss. phil. Leiden 1955, S. 110. Hinweis von Jan Nicolaas BAKHUIZEN VAN DEN BRINK, Rezension meines Buches, in: Archief voor Nederlandsche Kerkgeschiedenis 43 (1960) 122. Dazu Hermann DÖRRIES, Konstantin der Große (Urban-Bücher 29), Stuttgart 1958, S. 28 ff.]

[*S. 187* Anm. 103, verbessern: Servius.]

[*S. 190* Anm. 9, anfügen: ebenso Carl Hermann KRAELING, The Excavations at Dura-Europos, Final Report VIII, 1: The Synagogue, New Haven 1956, S. 393 f.]

S. 191 Z. 17 (Palästinensischer Talmud ... Volkes.) Bald wird man im Sinne Jochanans die Folgerung ziehen, daß nur die hebräische Sprache eine Gabe Gottes, alle übrigen Idiome aber bloß Ergebnis menschlicher Vereinbarung seien. [Dazu SCHEIBER, Problem 499 f.]

S. 192 Z. 2 (... vorkommt.) Weniger beliebt ist die lateinische Sprache; sie wurde von einem rohen Bauern, nämlich Romulus, aus der griechischen Sprache abgeleitet, wie die Römer ja überhaupt von den Griechen stammen. Aber selbst das ist nur der Reflex der in der spätantiken Mittelmeerwelt geläufigen Geschichtsanschauungen. [Dazu Wilhelm BACHER, Rome dans le Talmud et le Midrasch, in: Revue des études juives 33 (1896) 187–196, hier S. 189 f.]

S. 192 Z. 14 (... eingereiht.) Man wußte von germanischen Gruppen am Schwarzen Meer, bei den „Skythen", und stellte auch genealogisch die Verbindung her.

S. 193 Z. 8, verbessern: oder Kirman in Persien dachte.

S. 194 Z. 1 (... Sprachen,) nach Jer. 23, 29 „wie.

S. 194 Z. 7 (... Gewand.) Ex. 28, 33 f. hatte über ihre Zahl nichts gesagt; nun war sie fixiert.

S. 195 Z. 5 (... traktiert.) Am bedeutsamsten ist die noch im christlichen Abendland oft wiederholte Gleichsetzung Schems mit dem Priesterkönig Melchisedech geworden; der Bund Gottes konzentrierte sich so auf die Semiten.

S. 195 Z. 8, verbessern: denn Magogs Neffe, Gomers Ältester.

[S. 195 Anm. 18, anfügen: Zur Deutung der Kittim (nach Dan. 11, 30) vgl. Samuel Krauss, Die hebräischen Benennungen der modernen Völker, in: Jewish Studies in Memory of George A. Kohut, hg. Salo Wittmayer Baron – Alexander Marx, New York 1935, S. 379–412, hier S. 400 f.]

S. 196 Z. 14 (Midrasch Bereschit Rabba ... offen.) So wurde Gen. 9, 27 auf die Septuaginta-Übersetzung bezogen; die Stelle sollte prophetisch verkünden, daß die Worte der Thora in der Sprache Japhets in Schems Zelten vorgetragen werden. Auch [Wünsche S. 163 zu Gen. 9, 26.]

S. 197 Z. 12 (Midrasch Tanchuma ... Juden;) sie wird ihnen auch dadurch nahegelegt, daß Adam den Tieren ihre Namen in allen 70 Sprachen gab und Moses in ihnen allen das Gesetz auslegte. Aber [Dazu Hans Joachim Schoeps, Aus frühchristlicher Zeit, Religionsgeschichtliche Untersuchungen, Tübingen 1950, S. 9, 190.]

S. 200 Z. 2 (Saadia ... betrachten.) Sein Blick reichte bis zu den Türken Gomers, zu den Slaven des Aschkenaz, den Franken Riphats und den Burgundern des Togarma; die neuen Völker fanden ihre Stelle in der Genesis. Daß die Anpassung der Juden noch weiterging, schmerzte ihn allerdings; im Osten sprächen die Juden Griechisch oder Persisch, in Ägypten Koptisch, und in arabischen und christlichen Ländern schwatzten sie eine Fremdsprache. So vergaßen sie ihr heiliges Erbe; aber Saadia sorgte auch für sie. [Dazu Krauss (o. Nachtrag zu S. 195 Anm. 18) S. 394 f., 397, 411.]

S. 202 Z. 29 (... Süditalien.) Die neue Heimat bekam alte, biblische Namen; als Nachfahren Misraims erschienen Berber und Mauren Nordafrikas, folglich als „Philister", und Vers 20 des Propheten Obadja, der die Grenzen für die Wanderungen der Kinder Israels angab, schien mit *Zarphat* Frankreich, mit *Sepharad* Spanien gemeint zu haben. [Krauss (o. Nachtrag zu S. 195 Anm. 18) S. 402 ff., 406 ff.]

S. 207 Z. 3 (Raschi ... gemeint.) Die Grenzen Israels waren dennoch gesichert: Bei Noahs Erdverteilung fiel Palästina den Nachkommen Schems zu; erst später versuchten, wie im Jubiläenbuch, Leute Kanaans die Usurpation. Doch kam neben dieser historischen Auslegung auch [Bamberger S. 30. Hinweis von Schoeps (o. Nachtrag zu S. 149) S. 91.]

S. 208 Z. 2 (Jehuda Halevi ... kann.) Sie unterscheidet sich von anderen Sprachen dadurch, daß sie vollkommen und von Gott gelehrt ist; alle übrigen Idiome sind nicht von einzelnen Weisen ausgedacht, sondern der Verabredung entsprungen, in jedem Volke anders, und darum geschichtlich wandelbar. Je mehr sich die Juden in die Geschichte einlassen, desto weiter entfernen sie sich von der heiligen Sprache, die niemals ganz ihnen gehörte. [Kusari IV, 25, Cassel S. 341 f.; II, 72 S. 172 (Vorrang des Hebräischen); I, 54 ff. S. 43; V, 20 S. 421 (übrige Sprachen). Dazu Scheiber, Problem 501, 505.]

S. 208 Z. 11 (Abraham ibn Esra ... als er) der von Gott kommenden Sprechfähigkeit die menschlichen Sprachen gegenüberstellte. Selbst Hebräisch ist keine Emanation Gottes; auch in Babel schuf Gott keine neuen Idiome, sondern änderte nur die Herzen der Menschen; sie vergaßen die alte und erfanden, jede Nation für sich, eine neue Sprache. So ungewöhnlich wie diese Erklärung der Sprachenvielfalt war für die Juden die Art, in der Ibn Esra sogar Nimrod [Dazu SCHEIBER, Problem 501, 505.]

S. 208 Z. 26 (Moses ben Maimon ... gewesen sei,) und wenn er Hebräisch heilig nannte, dann nicht als unfehlbare Sprache Gottes, sondern weil es keine Ausdrücke für Unkeusches habe und in seiner Reinheit Gott nahestehe; denn Gott gab dem Menschen Sprache, um ihn vom Tier zu scheiden. Sultan [Führer der Unschlüssigen III, 8, WEISS S. 40 f.]

S. 209 Z. 13 (Moses ben Nachman ... trennen) und gab dem Gegner Ibn Esra sogar widerwillig zu, daß auch die durch Adam gegebenen Namen nicht der Natur entsprechen müßten, sondern möglicherweise durch menschliche Konvention festgelegt worden seien. [The Commentary of Nahmanides on Genesis Chapters 1 – 6, 8, hg. Jacob NEWMAN (Pretoria Oriental Series 4), Leiden 1960, S. 73 f.]

S. 209 Z. 14 (Levi ben Gerson, 1288–1344,) glaubte zwar, die Verschiedenheit der Sprachen sei nicht natürlich, weil sie sich nicht nach den Klimazonen richte; aber wie Ibn Esra war er der Ansicht, nach dem Turmbau hätten sich die Menschen selbst neue Sprachen ausgedacht. Wieder diente die aristotelische Lehre von der Sprachkonvention dazu, den gewaltigen Abstand zwischen der Schöpfung Gottes und der Erfindung des Menschen zu betonen. Gersonides stellte [Dazu SCHEIBER, Problem 508 f.]

S. 212 Z. 25 (Prophiat Duran ... Gottesvolkes;) denn sie entstanden erst in Babel, aus der Vereinbarung der Menschen. [Dazu SCHEIBER, Problem 502, 505.]

S. 213 Z. 15 (Baschiatzi ... diese ist) – wie bei Maimonides – eine.

S. 214 Z. 30–31 (Leone Ebreo ... italienisch.) Er suchte jüdische Tradition und humanistische Interpretation zu verbinden in dem Bericht, Gott habe dem ersten Menschen Adam die mündliche Tradition, hebräisch „Kabbala", übergeben; auch Noah habe sie besessen; ihn habe man nach der Erfindung des Weines *Jano* genannt, was hebräisch „Wein" bedeute. Die wenige Jahre zuvor durch Annius vollzogene Gleichung Noah-Janus schloß so auch die jüdischen Überlieferungen mit in den antiken Kreis ein. Ähnlich [Dialoghi d'amore, hg. Carl GEBHARDT (Bibliotheca Spinozana 3), Heidelberg 1929, fol. 52 r.]

S. 215 Z. 15 (... Ganz) den jüdischen Auslegungen entnehmen können, die Aschkenaz inzwischen von Kleinasien nach Skythien, zu Chazaren, Slaven und Böhmen gerückt hatten; Ganz hatte die Gleichung vielleicht auch schon von [Dazu KRAUSS (o. Nachtrag zu S. 195 Anm. 18) S. 387 ff.]

[*S. 222* Anm. 13, anfügen: und Joseph Michael HEER, Die Stammbäume Jesu nach Matthäus und Lukas, Ihre ursprüngliche Bedeutung und Textgestalt und ihre Quellen (Biblische Studien 15, 1–2), Freiburg i. Br. 1910, S. 3 ff., 112 ff., mit Überbetonung der Zahlensymbolik.]

[S. 222 Anm. 15, anfügen: HEER (o. zu Anm. 13) S. 32 ff., 51 ff. versucht, die Zahl von genau 72 Ahnen als ursprünglich zu erweisen.]

[*S. 223* Anm. 22 Z. 3, verbessern: Act. 21, 37 und 40 (Pauli Sprachkenntnis; dazu HERMANN, Dolmetscher 42.]

[*S. 225* Anm. 33 Z. 4 (Warnach) Divus Thomas 15 (1937) 189–218, 263–290; 16 (1938) 161–196.]

S. 227 Z. 21 (... verbreitet.) Bei diesem Übergang in eine andere Sprache blieb auch der Inhalt der christlichen Verkündigung nicht unberührt; er wurde in den Formen der hellenistischen Umwelt begriffen. [Dazu Wilhelm Schneemelcher, Das Problem der Sprache in der Alten Kirche, in: Das Problem der Sprache (o. Nachtrag zu S. 120 Anm. 29) S. 55–67, hier S. 57 ff.]

S. 230 Z. 6 (Irenäus ... Menschen an.) Der Heilige Geist führe im Neuen Testament die einander fernestehenden Völker zur Einheit; in allen Sprachen sängen sie seitdem einträchtig den Lobgesang Gottes. [Adversus haereses III, 17, 2, MPG Bd. 7, Sp. 929 f.]

[S. 230 Anm. 13, anfügen: Zur Rekapitulationstheorie Alfred Bengsch, Heilsgeschichte und Heilswissen, Eine Untersuchung zur Struktur und Entfaltung des theologischen Denkens im Werk „Adversus haereses“ des hl. Irenäus von Lyon (Erfurter theologische Studien 3), Leipzig 1957, S. 178 ff. Zu den 72 Ahnen bei Lukas s. o. Nachtrag zu S. 222 Anm. 15.]

[*S. 231* Anm. 15, anfügen: Dazu Erich Fascher, Vom Anfang der Welt und vom Ursprung des Menschengeschlechts, Eine Studie zur Religions- und Kulturgeschichte (Aus der Welt der Religion NF 3), Berlin 1961, S. 6 ff.]

S. 232 Z. 3 (Klemens von Alexandria ... Ursprache) und von der göttlichen Einsetzung der Sprache.

S. 232 Z. 30 (... hervorgegangen seien,) eine These, die noch in der frühen Neuzeit zahlreiche Anhänger finden sollte.

S. 232 Z. 40, verbessern: reflektieren und sie nicht mit.

S. 233 Z. 26 (Pseudo-Klementinen ... wurden;) auch Jakobiden wurden hier 72 gezählt. [Recognitiones 1, 34, MPG Bd. 1, Sp. 1227.]

S. 233 Z. 27 (... aber,) die aus der Benennung der Tiere auf Adams prophetische Weisheit schlossen und anstelle Misraims dessen riesigen Nachfahren Nimrod als Feueranbeter mit Zoroaster gleichsetzten, bemaßen [Homilien 3, 21, GCS Bd. 42, 1 S. 64 (Namengebung); 9, 4 S. 133 (Nimrod-Zoroaster); dazu Schoeps (o. Nachtrag zu S. 197) S. 19 ff., der dies für die ursprüngliche, die der Rekognitionen für eine verderbte Fassung hält. Zu dieser Gleichung Bidez-Cumont (o. Nachtrag zu S. 87) Bd. 1, S. 42 ff. Hinweis von Marie-Thérèse d'Alverny, Rezension meines Buches, in: Cahiers de civilisation médiévale 3 (1960) 494.]

[S. 233 Anm. 18, anfügen: ferner, nicht in allem überzeugend, Georg Strecker, Das Judenchristentum in den Pseudoklementinen (Texte und Untersuchungen zur Geschichte der altchristlichen Literatur 70), Berlin 1958, S. 255 ff.]

S. 234 Z. 27 (Africanus ... Epoche.) Grundlage dieser Berechnung war die Angabe von Gen. 10, 25, zur Zeit Phalegs sei die Welt geteilt worden; Africanus machte aus der linguistischen Teilung zugleich eine chronologische.

S. 238 Z. 33 (Origenes ... Epoche,) und noch weniger bedeutete das Römerreich. Zwar hat Gott die Völker durch die Sammlung im römischen Weltreich auf die Lehre Christi vorbereitet; denn ohne die Annäherung so vieler verschiedener Völker und Reiche wäre die Ausbreitung der christlichen Botschaft viel schwieriger geworden. Aber Gottes Pläne hätten sich auch anders verwirklicht; alles [Contra Celsum II, 30, GCS Bd. 2, S. 158.]

[*S. 239* Anm. 33, anfügen: Zur Exegese auch Jean DANIÉLOU SJ, Origène comme exégète de la Bible, in: Studia Patristica, Bd. 1 (Texte und Untersuchungen zur Geschichte der altchristlichen Literatur 63), Berlin 1957, S. 280–290, hier S. 290.]

S. 240 Z. 34–35 (Eusebius ... ungeheuerlich,) vor allem, weil Eusebius souverän hinwegging über die Schwierigkeiten der Verständigung, die die Apostel bei ihrer Mission in fremden Ländern antreffen mußten. Er hielt es für ausgemacht, daß den Indern das Evangelium in hebräischen Buchstaben überbracht wurde; wie sie es lesen und verstehen sollten, ließ ihn gleichgültig. Daß er hier weder auf das Wunder noch auf die Wirklichkeit achtete, ist nur zu erklären, wenn er seinen eigenen Horizont nicht kritisch abmaß und wenn er der Vergangenheit [Kirchengeschichte III, 1, 1, GCS Bd. 9, 1 S. 188 (Mission); V, 10, 3 S. 450 ff. (Inder). Dazu HERMANN, Dolmetscher 42.]

[*S. 241* Anm. 37, anfügen: Vgl. Harald ZIMMERMANN, Über das Anfangsdatum der Kirchengeschichte, in: AKG 41 (1959) 1–34, hier S. 4 ff.]

S. 242 Z. 4 (... stand.) Sie wurde in Eusebs Tagen dadurch erneuert, daß alle Völker, Hellenen und Barbaren, sich die Worte Jesu in ihrer heimischen Schrift und Vatersprache (πατρίῳ φωνῇ) aneigneten. Die Verschiedenheit ließ sich anscheinend ohne Schwierigkeiten überwinden. Das [Demonstratio evangelica III, 7, 15, GCS Bd. 23, S. 143.]

S. 242 nach Z. 9 eigener Absatz: Doch was halfen die Spekulationen, wenn es um die Verwirklichung christlichen Lebens in der Gemeinschaft Gleichstrebender ging? Der Begründer des koinobitischen Mönchtums, Pachomius (gest. 346), sprach und verstand als Ägypter nur Koptisch; aber seine Mönche kamen aus der ganzen Mittelmeerwelt. Wie sich die Verschiedensprachigen verständigten und welche Probleme sich dabei stellten, lehrt uns der Bericht eines späteren Hagiographen. Zu Pachomius kam ein Römer, der gut Griechisch sprach, und wollte ihm beichten. Pachomius wollte einen Dolmetscher zu Rate ziehen; der Römer weigerte sich. Da versenkte sich der Mönchsvater ins Gebet, und vom Himmel herab kam in seine Hand ein beschriebenes Blatt. Er sah hinein und lernte alle Sprachen; mit dem Römer redete er griechisch und lateinisch. Ähnliche Wiederholungen des Pfingstwunders werden auch im mittelalterlichen Mönchtum noch erzählt, freilich nicht mehr in Verbindung mit einem Himmelsbrief. Sprachenkenntnis, und wäre sie wunderbar, verknüpfte sich im christlichen Altertum noch gern mit Schriftverständnis und literarischer Bildung, selbst dort, wo man die Vernunftgläubigkeit mißbilligte. Der Hagiograph erinnerte nicht an Babel, nicht an Pfingsten; es ging um Gegenwart, nicht um Geschichte. Der Freund und Förderer der ägyptischen Mönche, der Hauptgegner [De sanctis Pachomio et Theodoro paralipomena c. 11, hg. François HALKIN SJ, Sancti Pachomii Vitae Graecae (Subsidia Hagiographica 19), Brüssel 1932, S. 154 f.]

S. 243 Z. 4–5 (Kyrill von Jerusalem), streichen: gegen Julian und die Arianer auftretende [Korrektur von Henri CHIRAT, Rezension meines Buches, in: Revue des sciences religieuses 35 (1961) 59.]

S. 243 Z. 29 (Eunomios ... meinten;) sie hielten nämlich die Worte auf platonische Weise für natürlich und über menschlicher Erfindung stehend. Gott allein richte die Worte der Menschen und schenke ihnen die Sprache; ohne dieses Geschenk wären sie stumm geblieben. Eunomios mag dabei durch die neuplatonische Schule Jamblichs beeinflußt worden sein. [Dazu Jean DANIÉLOU SJ, Eunome l'Arien et l'exégèse néoplatonicienne du Cratyle, in: Revue des études grecques 69 (1956) 412–432, hier S. 412 ff.]

S. 243 Z. 33 (Basilios ... Kosmos sei,) daß er über die Völker Engel eingesetzt habe und [Adversus Eunomium III, 1, MPG Bd. 29, Sp. 657.]

S. 246 Z. 28 (Gregor von Nazianz), verbessern: als sollte Gregor von Nyssa, der vertraute Freund, vorweg widerlegt werden. [Korrektur von CHIRAT (o. Nachtrag zu S. 243) S. 59: Die Predigt 41 stammt von Pfingsten 379, ist also älter als das Werk Gregors von Nyssa.]

S. 248 Z. 13 (... sogar) nach 4 Esdr. 14, 44–46, daß.

[*S. 254* Anm. 100, anfügen: Dazu und zur Nachwirkung der Lehre von der syrischen Ursprache Etienne QUATREMÈRE, Mémoire sur les Nabatéens, in: Journal asiatique 15 (1835) 209–243, hier S. 210, 241 ff.]

S. 256 Z. 4–5 (... Pseudo-Dionys,) denn alle irdische Ordnung und Benennung wurde ihm fragwürdig beim Blick auf Gott. Auf Gott paßt kein Name, er steht über allen benennbaren Dingen; auf ihn passen alle Namen, er hat alle benennbaren Dinge geschaffen. In diesem mystischen Zirkel wurde jede Aussage falsch; doch waren solche Sätze [De divinis nominibus I, 7, MPG Bd. 3, Sp. 596.]

S. 256 Z. 14 (Katenen ... erwähnt.) Allein der Vergleich zwischen der babylonischen Sprachenverwirrung und dem Pfingstwunder, den zwischen 512 und 518 eine Predigt des Patriarchen Severus von Antiochia (gest. 538) anstellte, wurde von den Katenen zitiert. [Robert DEVREESSE, Les anciens commentateurs grecs de l'Octateuque et des Rois, Fragments tirés des Chaînes (Studi e Testi 201), Città del Vaticano 1959, S. 189.]

S. 256 Z. 24 (Prokop von Gaza ... festgesetzt.) Aus den Pseudo-Klementinen stammt auch die Gleichung Nimrod-Zoroaster.

[S. 256 Anm. 107, anfügen: Zum Scholion des Origenes vgl. DEVREESSE (o. Nachtrag zu Z. 14) S. 33.]

S. 257 Z. 26 (... machen.) Von ihrem Hauptproblem, der Fleischwerdung des Logos, war auch ihr Nachdenken über die menschliche Sprache so sehr bestimmt, daß die geschichtlichen Verkörperungen und Wandlungen kaum beachtet wurden. Diese Theologie war [Dazu Wilhelm SCHNEEMELCHER, Rezension meines Buches, in: Theologische Literaturzeitung 86 (1961) 48, 52.]

S. 258 Z. 12 (... Griechischen;) um 400 mußte in Jerusalem die griechische Liturgie bereits ins Lateinische und vor allem ins Syrische übersetzt werden. Es wurde [Itinerarium Egeriae 47, 3–5, hg. Otto PRINZ (Sammlung vulgärlateinischer Texte), 5. Aufl., Heidelberg 1960, S. 55 f.; auch in CSEL Bd. 39, S. 99. Dazu HERMANN, Dolmetscher 42 f.]

S. 259 Z. 2 (Ephräm ... gelten,) eine These, die erst in der abendländischen Neuzeit wieder aktuell wurde. Jedenfalls war Adams Idiom nicht.

S. 260 Z. 7 (... Dialekten.) Buchstäblich trat ein, was Theodoret von Kyrrhos 449 warnend der „Räubersynode" von Ephesus geschrieben hatte: „Wir sind zur Schmach geworden für unsere Nachbarn, ... weil wir in viele Zungen zerteilt waren, wir, die wir zuvor eine Stimme hatten." Dem dogmatischen folgte das sprachliche Babel der Ostkirchen. [Akten der Ephesinischen Synode vom Jahre 449, hg. Johannes FLEMMING, übers. Georg HOFFMANN (Abhandlungen der Kgl. Ges. d. Wiss. zu Göttingen, Philol.-Hist. Kl., NF Bd. 15, Nr. 1), Berlin 1917, S. 103.]

[*S. 261* Anm. 13, anfügen: Für Jakobs Orthodoxie Severin GRILL OCist, Jakob von Sarug als Dichter und Exeget, in: Jahrbuch der österreichischen byzantinischen Gesellschaft 8 (1959) 17–28, hier S. 18 f.; gegen sie Bertold SPULER, in: RGG³ Bd. 3, Sp. 522.]

S. 262 Z. 28 (Kosmas Indikopleustes), streichen: als Mönch.

S. 262 Z. 33, verbessern: auf Sokotra gebe es [Korrektur von RAU (o. Nachtrag zu S. 54) S. 628.]

[*S. 264* Anm. 19, anfügen: Daß die nestorianische Exegese eher von der antiochenischen als von der jüdischen angeregt wurde, betont gegen LEVENE Taeke JANSMA, Investigations into the Early Syrian Fathers on Genesis, in: Studies on the Book of Genesis (Oudtestamentische Studiën 12), Leiden 1958, S. 69–181, hier S. 179 ff.]

[*S. 270* Anm. 33, anfügen: Dazu Marbury Bladen OGLE, Petrus Comestor, Methodius, and the Saracens, in: Speculum 21 (1946) 318–324.]

[S. 270 Anm. 36, anfügen: Zu seinem Traditionalismus Basilius STUDER OSB, Die theologische Arbeitsweise des Johannes von Damaskus (Studia patristica et byzantina 2), Ettal 1956, S. 127 ff.]

S. 273 Z. 1, verbessern: Hippolyts.

S. 274 Z. 33 (Katholikos Johannes VI. ... nicht nur) wie Hippolyt den.

S. 276 Z. 13 (Eutychios ... Muster des) Hippolyt und des Epiphanios.

S. 276 Z. 37 (Agapios ... Rechnung des) Hippolyt und des Epiphanios.

S. 277 Z. 21 (Einleitung in die Psalmen ... seit) Hippolyt und Epiphanios.

S. 279 Z. 27–28 (Georgische Annalen), verbessern: Gedanke Gregors von Nyssa, daß.

[*S. 285* Anm. 76 Z. 2 (... danken.) Abbildung bei Helmut MINKOWSKI, Aus dem Nebel der Vergangenheit steigt der Turm zu Babel, Bilder aus 1000 Jahren, Berlin 1960, S. 12 Bild 2.]

[S. 285 Anm. 77 Z. 1 (... 61 v.) Abbildung bei MINKOWSKI, Turm 12 Bild 3. Vgl. o. S. 309.]

S. 290 Z. 16 (Gregorios Barhebraeus), verbessern: aus dem Jubiläenbuch wurde.

S. 292 Z. 26 (Justinian ... immer.) Auch religiös verstand sich das Reich Justinians als Sammlung der Völker. Die unter Justinian gebaute Apostelkirche wurde von den Byzantinern für viel höher als der Turm von Babel und die Pyramiden gehalten; sie wies den Weg zum Himmel. Und in ihrer Kuppel sah man unterhalb des Mosaiks vom Pfingstwunder die Völker nach Hautfarbe, Haartracht und Gewandung verschieden dargestellt, denen die Apostel predigten. [August HEISENBERG, Grabeskirche und Apostelkirche, Zwei Basiliken Konstantins, Untersuchungen zur Kunst und Literatur des ausgehenden Altertums, Bd. 2, Leipzig 1908, S. 16 (Babelturm), 41 ff., 196 f. (Pfingsten).]

[*S. 295* Anm. 15, anfügen: Kurze Abschnitte über die byzantinische Exegese bringt Hans-Georg BECK, Kirche und theologische Literatur im byzantinischen Reich (Byzantinisches Handbuch II, 1), München 1959, S. 415 ff. u. ö.]

S. 296 Z. 29 (Andreas von Caesarea ... Andreas,) dem Babylon nichts als „Verwirrung“ bedeutete, allerdings [Commentarius c. 41, MPG Bd. 106, Sp. 345; in der Ausgabe von Josef SCHMID, Studien zur Geschichte des griechischen Apokalypse-Textes (Münchener theologische Studien, Ergänzungsband 1), Teil 1, Textband, München 1955, S. 150.]

S. 297 Z. 1 (Arethas), verbessern: seiner wohl nicht vor 913 geschriebenen [Nach Beck (o. Nachtrag zu S. 295 Anm. 15) S. 591.]

S. 297 Z. 26–27 (Chronicon Alexandrinum), streichen: den Ägyptern ... Griechen sind, [Das steht bei Hippolyt auch schon.]

S. 300 Z. 7 (... drohte.) Bilderfreunde waren es, die als ehrwürdigen Gründer der byzantinischen Kirche den Apostel Andreas verehrten und sich auf seine Nachfolge beriefen. [Dazu Francis Dvornik, The Idea of Apostolicity in Byzantium and the Legend of the Apostle Andrew (Dumbarton Oaks Studies 4), Cambridge-Mass. 1958, S. 168 ff.]

[S. 300 Anm. 31 Z. 1, verbessern: Ein mehrfach untersuchtes [Korrektur von Chirat (o. Nachtrag zu S. 243) S. 59.] – Anfügen: Friedrich Zöpfl, Der Kommentar des Pseudo-Eustathios zum Hexaëmeron (Alttestamentliche Abhandlungen 10, 5), Münster 1927, S. 53 f. setzt es ins 5. Jahrhundert.]

S. 303 Z. 1 (Konstantinos VII. Porphyrogennetos ... Leitsätze,) nach Eccli. 13, 19 f. (LXX: 13, 15 f.) formuliert, hieß.

S. 309 Z. 21 (... genährt haben,) die auf das Mosaik der Apostelkirche in Konstantinopel verweisen: Eine Elfenbeinschnitzerei des 11. Jahrhunderts zeigt beim Pfingstwunder sechs Leute, die sich in der Tür drängen; eine [Dazu Stephan Seeliger, Pfingsten, Die Ausgießung des Heiligen Geistes am fünfzigsten Tage nach Ostern (Lukas-Bücherei zur christlichen Ikonographie 10), Düsseldorf 1958, S. 23 f., 41.]

S. 314 Z. 21 (... zugelassen.) Darum kann die orthodoxe Liturgie bis heute die pfingstliche Gesinnung der Eintracht preisen, in der die Sprachen zusammenklingen, anders als damals in Babel, wo beim Frevel des Turmbaus die Sprache verklang, die Sprachen verwirrt und die Völker zerteilt wurden; denn die Jünger Christi, die Herolde des unsterblichen Wortes, predigten mit Zungen fremdartiger Völker. [Nach Ernst Benz, Geist und Leben der Ostkirche (Rowohlts deutsche Enzyklopädie 40), Hamburg 1957, S. 91.]

[S. 314 Z. 29 (... Hintergründe), dazu Anmerkung: Zur späten und seltenen Berufung der Byzantiner auf phantastische römische Ahnentafeln Franz Dölger, Rom in der Gedankenwelt der Byzantiner, in: F. D., Byzanz (o. S. 296 Anm. 16) S. 70–115, hier S. 79 Anm. 16.]

S. 315 Z. 19, streichen: bulgarischen [Korrektur von Chirat (o. Nachtrag zu S. 243) S. 59.]

S. 316 Z. 16 (... übergesprungen.) Auch von jener bulgarischen Sage, die dem Vater Adam als dem Herrn der Tiere die Ehre der Namengebung zuschrieb, führte kein Weg zur Schätzung der eigenen, bulgarischen Sprache, die um 1400 noch als plump gegenüber der griechischen galt; und wenn bulgarische Fürsten sich edler Ahnen rühmten, waren es römische, nicht biblische. [August Leskien, Balkanmärchen aus Albanien, Bulgarien, Serbien und Kroatien, Jena 1915, S. 67 (Adam); Schaeder, Moskau 8, 10 f. (Sprache, Ahnen).]

S. 317 Z. 30 (Ilarion ... Andreas,) den die Byzantiner als Gründer ihrer Kirche verehrten, soll auch.

S. 322 Z. 11 (... mit den Russen.) Die Gog und Magog konnten als das „blonde Volk" die Russen sein, weil sich die russischen Wörter für „blond" und für „russisch" ähneln; dann aber waren sie das von Gott gesandte Volk der Endzeit, das den Glauben wiederherstellen wird. Doch [Dazu Schaeder, Moskau 41 ff.]

S. 322 Z. 23 (Spiridon ... Arphakschad,) „der erste Sohn Noahs, der nach der Sintflut geboren wurde“, war.

S. 322 Z. 31 (Ivan IV. ... erbrechtlich.) Zur leiblichen Abkunft von Augustus, die Ivan IV. 1573 dem schwedischen König gegenüber betonte, kam die geistliche Würde des Zaren, der nach den Worten eines Mönches „wie Noah in der Arche“ der einzige Hort rechten Glaubens ist. [Dazu SCHAEDER, Moskau 90 (Augustus), 213 (Noah).]

S. 323 Z. 4 (Maxim Grek ... Schriften) mit Hilfe von Dolmetschern und auf dem Umweg über das Lateinische ins [Dazu Robert Adolf KLOSTERMANN, Maxim Grek in der Legende, in: ZKG 53 (1934) 171–228, hier S. 174, 195, 202 f.]

[*S. 326* Anm. 1 Z. 7 (... Sprachverschiedenheit;) dazu Rudi PARET, Mohammed und der Koran, Geschichte und Verkündigung des arabischen Propheten (Urban-Bücher 32), Stuttgart 1957, S. 75 ff.]

S. 327 Z. 9 (Mohammed ... Noah,) dessen Arche auf einem arabischen Berg landete, und [Koran 11, 45 S. 209; dazu PARET (o. Nachtrag zu S. 326 Anm. 1) S. 90.]

S. 327 Z. 22 (... Erden) und sieben Geschichten von bestraftem Hochmut; so [Koran 15, 88 S. 248; dazu PARET (wie oben) S. 86 f.]

[S. 327 Anm. 4, anfügen: Über den Turmbau besser Heinrich SPEYER, Die biblischen Erzählungen im Qoran, 2. Aufl., Hildesheim 1961, S. 116 ff., 283 f.]

[*S. 328* Anm. 8, anfügen: SCHOEPS (o. Nachtrag zu S. 149) S. 91 macht aufmerksam auf eine jüdische Lehre von 72 Sekten, die eine Erklärung für die Ursachen der Tempelzerstörung des Jahres 70 geben will.]

S. 330 Z. 1 (... Beduinen.) Während sie sich zunächst als leibliche Nachkommen Mohammeds auszugeben suchten, mußten ihre Genealogien bald weiter zurückgreifen zu Sem und zu Noah, konnten dann aber auch fremden Völkern den biblischen Adel nicht bestreiten. [Dazu Julian OBERMANN, Early Islam, in: The Idea of History (o. Nachtrag zu S. 33 Anm. 12) S. 237-310, hier S. 290 ff.]

S. 331 Z. 21 (... erschaffen sei.) Daran schlossen sich verschiedene Auffassungen vom Ursprung der Sprache überhaupt an; während die Orthodoxen die Sprache für ein göttliches Geschenk durch Offenbarung oder Unterricht hielten und an ihre Naturwahrheit glaubten, meinten die Mutaziliten, sie entspringe lediglich menschlicher Konvention. Durch solche Streitfragen wurde man auf Historie und Exegese verwiesen; aus dem Gefälle [Dazu SCHEIBER, Problem 495 ff.]

S. 336 Z. 29, verbessern: Ein unter dem Namen Abd al-Masih al-Kindi schreibender Christ, vielleicht der Jakobit Jachja ibn Adi aus Bagdad, meinte, wohl zu Beginn des 10. Jahrhunderts, spitz [Dazu Marie-Thérèse D'ALVERNY, Deux traductions latines du Coran au moyen âge, in: AHDL 16 (1947/48) 69–131, hier S. 88 ff.]

S. 342 Z. 22 (al-Ghazzali ... Seligkeit.) Er war so konsequent, die religiöse Streitfrage, ob die Sprache aus göttlicher Offenbarung oder aus menschlicher Erfindung entstanden sei, nicht mehr doktrinär zu entscheiden, sondern dem Urteil jedes Einzelnen zu überlassen. [Dazu SCHEIBER, Problem 498.]

S. 343 Z. 3 (Ibn Tumert ... Berbersprache) und sogar durch Übersetzung der heiligen Schriften in diese Volkssprache die [Dazu Ignaz GOLDZIHER, Materialien zur Kenntnis der Almohadenbewegung in Nordafrika, in: ZDMG 41 (1887) 30–140, hier S. 43, 51, 55, 71.]

S. 343 Z. 7 (... könne.) Da mit dem Vorrang des Arabischen auch die Autorität des Koran zu stehen und zu fallen schien, bezichtigte man den großen spanisch-islamischen Philosophen Mohammed ibn Roschd (Averroes, 1126-1198) der Feindschaft gegen den Koran, als er den Lehren des Aristoteles folgte. Denn nach dem Stagiriten bezeichnen unsere Wörter nur das, was in der Seele des Menschen besteht; Buchstaben und Wörter sind nicht wie die seelischen Vorstellungen bei allen Menschen von Natur aus gleich, und da sie sich nach Völkern unterscheiden, müssen sie *ad placitum* erfunden sein. Wie immer, wenn verschiedenartige Traditionen harmonisiert werden sollen, mußte Averroes seine Zuflucht zur Auslegung nehmen und dem Koran zwar keine doppelte Wahrheit, aber mehrfache Sinnschichten zuschreiben. Die Divergenzen historisch zu erklären, fiel ihm nicht ein. [In librum De Interpretatione expositio c. 1, in: Aristotelis opera cum Averrois commentariis, Bd. 1, 1, Venedig 1562, fol. 68 va.]

S. 351 Z. 17 (... gab.) Erst im 16. Jahrhundert führten die anonymen altosmanischen Chroniken das Haus Osman über 36 Generationen zu Japhet zurück, wußten aber nur 19 Glieder der Kette mit Namen zu nennen; die Kontinuität von Urzeiten her verstand sich noch nicht von selbst. Als man bei Ausgrabungen in Konstantinopel alte Schrifttafeln fand, konnten nach den Worten der Chronik selbst Leute, die 72 Sprachen kannten, sie nicht entziffern. Die vergangene Weltgeschichte blieb ein Buch mit sieben Siegeln. [Die altosmanischen anonymen Chroniken, übers. Friedrich GIESE, Leipzig 1925, S. 9 f. (Osman), 107 (Tafeln).]

S. 351 Z. 18, verbessern: Süleyman II. (ca. 1494–1566), dem man die Kenntnis von sechzehn Sprachen nachsagte, blühten.

S. 351 nach Z. 30 eigener Absatz: Im Zeitalter der Türkenkriege gegen das Abendland waren die westlichen Völker und Sprachen schnell in die mohammedanische Weltgeschichte eingegliedert. Der osmanische Weltreisende Evliya Çelebi (1611- ca. 1684) meinte nach 1665, als er seine vielleicht fiktive Reise nach Wien beschrieb, die deutsche Sprache enthalte sehr viele persische Wörter. Diese Entdeckung der indogermanischen Sprachfamilie war nur ein Zufallstreffer; daß das Deutsche näher als mit dem Persischen mit dem Schwedischen und mit der „spanischen Sprache des Papstes" verwandt ist, fiel dem Reisenden nicht auf. Es ging ihm nur um den Nachweis, daß die irrgläubigen Deutschen und Ungarn, deren Magyaren-Name persischen Ursprungs sei, aus dem Land Alexanders des Großen eingewandert seien und von einem rechtgläubigen Perserkönig stammten, der in der Arche Noah die Sintflut überstanden habe. Somit gehört das Abendland von alters her und von Rechts wegen dem Halbmond, der es bald erobert haben wird. [Im Reiche des goldenen Apfels, Des türkischen Weltenbummlers Evliyâ Çelebi denkwürdige Reise in das Giaurenland und in die Stadt und Festung Wien anno 1665, übers. Richard Franz KREUTEL (Osmanische Geschichtsschreiber 2), Graz-Wien-Köln 1957, S. 199 (Sprache), 164 f., 227 (Herkunft).]

[S. 351 Anm. 80 Z. 1 (... Bulchasch.), verbessern: Zu Abu 'l Ghasi Bahadur: Histoire des Mogols et des Tatares, hg. u. übers. Petr Ivanovič DESMAISONS, Bd. 2, Petersburg 1874, S. 8 f.; dazu Alessio BOMBACI.]

S. 352 Z. 20 (... angab.) Als sich zu Beginn des Jahrhunderts von Ägypten her der Islam neu belebte, erweckte man die alte, unter den Dialekten fast begrabene arabische Schriftsprache, die den vorderen Orient vereinigen sollte. [Walther BRAUNE, Die Entwicklung des Nationalismus bei den Arabern, in: Beiträge zur Arabistik, Semitistik und Islamwissenschaft, hg. Richard HARTMANN – Helmuth SCHEEL, Leipzig 1944, S. 425–438, hier S. 427 ff.]

S. 352 Z. 31–32 (... Bahaismus,) der, auf dem Babismus weiterbauend und sich vom Islam lösend, für die eine Menschheit eine Einheitssprache forderte. Stärker blieb die nationale Gegenströmung. Ein neuer Kult des Arabischen war die Folge. Im Krieg gegen die Türken verschworen sich 1917 *all who spoke Arabic* miteinander. [Thomas Edward LAWRENCE, Seven Pillars of Wisdom, A Triumph, London 1955: c. 30 S. 181.]

S. 353 Z. 5 (... inzwischen) nach Kemal Atatürks Revolution 1928 zum Verbot der arabischen Schrift, bald auch der arabischen Liturgie und daraufhin zu türkischen Koranübersetzungen [Franz TAESCHNER, Der Islam im Banne des Nationalismus der Zwischenweltkriegszeit, in: Beiträge (o. Nachtrag zu S. 352) S. 484–513, hier S. 499 f.]

S. 353 Z. 7 (... Sprachen,) also auch die Mutter der arabischen. Sie war nach der von Atatürk geförderten Theorie die „Sonnensprache". Doch auch diese nationalsprachliche Beschränkung fand rasch ihre Gegner. [Dazu Gotthard JÄSCHKE, Der Turanismus und die kemalistische Türkei, in: Beiträge (o. Nachtrag zu S. 352) S. 468–483, hier S. 475 ff.; DERS., Zur Krisis des Islams in der Türkei, ebenda S. 514 bis 530, hier S. 519, 525.]

S. 353 Z. 26 (... Thema.) Unverändert gegenüber allen abendländischen Einwirkungen ist auch heute noch der Stolz auf die arabische Sprache, in der Gott mit den Menschen gesprochen hat und die alle islamischen Länder zusammenschließt. [Walther BRAUNE, Der islamische Orient zwischen Vergangenheit und Zukunft, Eine geschichtstheologische Analyse seiner Stellung in der Weltsituation, Bern-München 1960, S. 56 ff.]

Zu Band II/1

S. 371 Z. 8 (Hippolyt ... Thessalier,) Elisa die Bewohner Siziliens; die.

S. 375 Z. 12 (Arnobius d. Ä. ... Unterschiede sein.) Sie war durch das Pfingstwunder vorgezeichnet, bei dem der Redende von Verschiedensprachigen verstanden wurde, als spräche er ihr Idiom. [Adversus nationes I, 46, CSEL Bd. 4, S. 30.]

S. 375 Z. 28 (Laktanz ... Doch die) schon von Quintilian abgelehnte Etymologie.

S. 379 Z. 14 (Hilarius), verbessern: 4 Esdr. 14, 44–46, wo freilich nicht alle Versionen die gleichen Zahlen bieten –.

[*S. 380* Anm. 47 Z. 3 (STEGMÜLLER) 7 Bände, Madrid 1950–61.]

[*S. 383* Anm. 60, anfügen: Ludwig EISENHOFER, Handbuch der katholischen Liturgik, 2. Aufl., Bd. 1, Freiburg i. Br. 1941, S. 149 ff.]

[*S. 387* Anm. 81 Z. 4 (MURPHY), verbessern: hier S. 117 ff.]

S. 389 Z. 25 (Hieronymus ... Vulgata.) Sprachphilosophische Fragen, die mit der Arbeit des Übersetzens zusammenhängen, haben ihn kaum beschäftigt; seine Bibelexegese sollte seine Bibelübersetzung rechtfertigen, aber daß die Übersetzung selbst Auslegung war, beunruhigte ihn nicht. [Dazu Hans Frhr. von CAMPENHAUSEN, Lateinische Kirchenväter (Urban-Bücher 50), Stuttgart 1960, S. 132 ff.]

S. 391 Z. 1, verbessern: 4000 Schritt.

S. 392 Z. 11 (Mani ... wird".) „In der Fülle der Zeiten sei er (Mani) am Mittelpunkt der Erde, im Lande Babel, erschienen, um allen Völkern, einem jeden in seiner Sprache, die alte Wahrheit in gereinigter und schriftlich festgelegter Gestalt mitzuteilen." [Zitat aus Hans Heinrich SCHAEDER, Der Mensch in Orient und Okzident, Grundzüge einer eurasiatischen Geschichte, München 1960, S. 342.]

S. 393 Z. 5 (Augustin ... unzulänglich.) Es ist zwar ein großes Gut, alle Sprachen aller Völker zu verstehen und zu sprechen; aber dieses Ziel, das mit der Wahrheit selbst gleich wäre, ist den Menschen nicht erreichbar. Jeder erstrebt es mit seiner eigenen Sprache – und verfehlt es. Denn [De trinitate X, 1, 2, MPL Bd. 42, Sp. 973.]

S. 393 Z. 24 (... Unschärfe.) Jeder Gedanke hat in den *innumerabilibus linguis* einen besonderen Ausdruck und in jeder Sprache unzählige Ausdrucksformen; dieser verhängnisvolle Zirkel ist nicht aufzulösen. [Confessiones XIII, 24, 36, CSEL Bd. 33, S. 374.]

[S. 393 Anm. 105, anfügen: Dazu Karel KUYPERS, Der Zeichen- und Wortbegriff im Denken Augustins, Amsterdam 1934, S. 18 ff., überhaupt zu Augustins Auffassung vom Wort als einem bloß hinweisenden Zeichen.]

[*S. 394* Anm. 108, anfügen: Dazu Roderich SCHMIDT, Aetates mundi, Die Weltalter als Gliederungsprinzip der Geschichte, in: ZKG 67 (1955/56) 288–317, hier S. 292 f.]

S. 395 Z. 3 (... *quaerere ?*) Wichtig war ihm nur, daß es vor dem Turmbau noch keine Verschiedenheit der Sprachen gab und daß das göttliche Schöpfungswort keinesfalls mit einer historischen Sprache, sondern mit dem Gottessohn identisch war. [De Genesi ad litteram I, 2, CSEL Bd. 28, 1 S. 6. Dazu wenig verständnisvoll Heinrich DANNENBAUER, Die Entstehung Europas, Von der Spätantike zum Mittelalter, Bd. 1, Stuttgart 1959, S. 134.] Wir treffen hier zugleich ein tief begründetes Motiv für Augustins Methode der Bibelauslegung, die sich so oft nicht mit dem wörtlich-historischen Gehalt einer Stelle begnügt, weil die sprachlichen Zeichen über sich selbst hinausverweisen auf das ganz andere Wort Gottes, dem die allegorische Deutung am ehesten nahekommt. [Dazu Gerhard STRAUSS, Schriftgebrauch, Schriftauslegung und Schriftbeweis bei Augustin (Beiträge zur Geschichte der biblischen Hermeneutik 1), Tübingen 1959, S. 74 ff., 129 ff.]

S. 395 Z. 17 (... hinweg.) Sonst lernt der Mensch zwei oder drei, wenn es hoch kommt, drei oder vier Sprachen im Leben, durch Lehrer oder unterwegs durch Gewohnheit. Das Pfingstwunder der Kirche aber umfaßt alle Idiome der Erde. [Sermo 19, 11, MPL Bd. 46, Sp. 896 f.; auch hg. Germain MORIN OSB, Sancti Augustini Sermones post Maurinos reperti (Miscellanea Agostiniana 1), Rom 1930, S. 109 f.; dazu PEETERS (o. Nachtrag zu S. 97) S. 13. Formulierungen dieser Predigt von 404 sind, was die Ausgaben nicht vermerken, wiederholt im Psalmenkommentar, CCSL Bd. 40, S. 2155 f.]

S. 397 Z. 16 (... umgangen.) Hier entschied Augustin indes die Frage, wie sich die in der Völkertafel (Gen. 10, 5 und 20 und 31) erwähnte Vielsprachigkeit historisch mit der danach in Gen. 11, 1 vorausgesetzten Einheit der Sprache vertrage. Nach Augustin bedeutet das keineswegs, daß sich die Sprachen schon vor dem Turmbau differenzierten, sondern ist lediglich eine literarische Vorwegnahme (Prolepsis). In Wahrheit wurde zuerst die Sprache verwirrt, danach schieden sich die Völker. Wieder war dies kein Plädoyer für das Hebräische. [De doctrina christiana III, 36, 53, MPL Bd. 34, Sp. 87.]

S. 401 Z. 9 (... Augustin) war zwar davon überzeugt, daß alle Menschen von dem einen Noah abstammten, und glaubte darum nicht, daß auf den durch unermeßliche

Meeresweiten abgetrennten Teilen der Erde Antipoden leben könnten. Aber er verfolgte nicht alle Generationslinien, sondern wollte aus den 72 Völkern und ebensovielen Sprachen nur die auf Erden wandernden Gottesbürger herausgreifen, vor allem aus den Häusern Sems und dann auch Japhets. Trotz dieser Auswahl gab Augustin die seit [De civitate Dei XVI, 9, CCSL Bd. 48, S. 510 f.]

S. 407 Z. 25 (... Roms.) Ein Wandel kündigte sich allerdings im 4. Jahrhundert an; denn nun wurde die römische Ursprungssage reich und liebevoll ausgestaltet. In der vor 360 von einem heidnischen Römer zusammengestellten „Origo gentis Romanae" sind als erste Bewohner Italiens noch vor den Trojanern Antenor und Aeneas ausdrücklich Janus und der flüchtende Saturn genannt. [Die Schrift Origo gentis Romanae, hg. Hermann PETER (Berichte der Kgl. Sächs. Ges. d. Wiss., Philol.-Hist. Kl., Bd. 64, Nr. 2), Leipzig 1912: c. 1 S. 127; c. 3 S. 129. Dazu Arnaldo MOMIGLIANO, Some Observations on the „Origo gentis Romanae", in: The Journal of Roman Studies 48 (1958) 56–73, hier S. 59 ff.] Auch der römische Grammatiker Servius legte in seinem Vergilkommentar um 400 großen Wert auf die Verbindung zwischen antiken Göttern, trojanischen Einwanderern und italischem Land: Dardanus, Sohn des Jupiter und der Electra, zog von einer toskanischen Stadt aus nach Kleinasien, um Troja zu gründen; von dort kamen später die Flüchtlinge in die alte Heimat zurück. Dieser neue römische Lokalpatriotismus achtete nicht mehr auf fremde Nationen. [In Vergilii carmina commentarii, hg. Georg THILO, 2 Bände, Leipzig 1881–84: In Aeneidem III, 104 Bd. 1, S. 359; VII, 207 Bd. 2, S. 142 f.] Den Völkern, die schon länger mit Rom in Verbindung standen, konzedierte man nun auch edle antikische Herkunft; Ammianus Marcellinus wußte zu Ende des 4. Jahrhunderts davon, daß die Gallier vielleicht nach einem ihrer Könige im Griechischen „Galater" heißen, vielleicht als Flüchtlinge von Troja nach Gallien kamen, wahrscheinlich aber von Herkules stammten. Auch den Burgundern bestritt er nicht den Anspruch, sie seien Nachfahren der Römer. Gegen die neu an den Reichsgrenzen auftauchenden Stämme verhielt man sich reservierter. [Rerum gestarum libri qui supersunt, hg. Charles Upson CLARK, 2 Bände, Berlin 1910–15: XV, 9, 3 ff. Bd. 1, S. 62 (Gallier); XXVIII, 5, 11 Bd. 2, 1 S. 479 (Burgunder).]

[S. 407 Anm. 2, anfügen: Zur Bibelauslegung Serafino PRETE, I chronica di Sulpicio Severo, Saggio storico-critico (Amici delle Catacombe 24), Città del Vaticano 1955, S. 27 ff., 36 ff.]

S. 410 Z. 11 (Prudentius ... Heiden.) Denn nur Rom ist von Gott ausersehen, die Sprachen der uneinigen Völker in dem einen Gesetz, die verworrenen Riten in dem einen Bekenntnis Christi zu sammeln. [Peristephanon II, 421–436, CSEL Bd. 61, S. 311.]

S. 415 Z. 20 (Quodvultdeus ... bestand) zwischen 450 und 455 darauf [Dazu Desiderius FRANSES OFM, Die Werke des hl. Quodvultdeus, Bischofs von Karthago (Veröffentlichungen aus dem Kirchenhistorischen Seminar München 4, 9), München 1920, S. 37 ff.]

[*S. 416* Anm. 29, anfügen: Die zitierten Predigten werden in ihrer Echtheit nicht angezweifelt von Michele PELLEGRINO, Intorno a 24 omelie falsamente attribuite a s. Massimo di Torino, in: Studia Patristica (o. Nachtrag zu S. 239 Anm. 33) S. 134–141.]

[*S. 422* Anm. 41 Z. 2 (... Auvergne;) nach Lukan, Pharsalia I, 427 f., HOUSMAN (o. S. 164 Anm. 20) S. 18; dazu.]

[S. 422 Anm. 43 Z. 1 (Liber generationis), verbessern: Nr. 46–197, S. 95–107, – Anfügen: Edition der Sprachenliste u. S. 932 ff.]

S. 423 Z. 35 (Constitutum Silvestri ... nur von) 70 oder 72 Richtern.

[S. 423 Anm. 47, anfügen: Ich glaube nicht wie Horst FUHRMANN, Die Fabel von Papst Leo und Bischof Hilarius, in: AKG 43 (1961) 125–162, hier S. 140, daß der Dichter mit Hilarius von Arles identisch ist.]

[*S. 424* Anm. 49 Z. 1 (... „72".) Die gleiche Lesart „72" vertritt, worauf mich Prof. Reinhard ELZE – Berlin hinweist, Stephan KUTTNER, Cardinalis: The History of a Canonical Concept, in: Traditio 3 (1945) 129–214, hier S. 190, 202 f., wo ostkirchliche Vorbilder des 4. Jahrhunderts angeführt sind; auch bei ihnen ist weder der „70" noch der „72" der Vorzug gegeben. Die Lesart „70" bei Carl MIRBT.]

[*S. 425* Anm. 52, anfügen: und WARNACH, Erkennen 161 ff.]

S. 428 Z. 12 (... *unitatem.*) Wie unübersehbar die Vielfalt der Sprachen in Wirklichkeit war, das empfand wohl um die gleiche Zeit ein Gebet, das heute im römischen Meßkanon steht und nicht wie die Byzantiner von 12, nicht wie Pacian von 120, sondern von *innumeris linguis* spricht, in denen der Heilige Geist an Pfingsten den Aposteln erschien. Dieses unbegreifliche Wunder wäre auch jetzt vonnöten. [Canon Missae, Communicantes, In Pentecoste. Zur Datierung JUNGMANN (o. S. 519 Anm. 114) Bd. 2, S. 222 f.]

S. 432 Z. 29 (Gregor d. Gr. ... vertraut,) und bald konnte sich der Papst darüber freuen, daß die *lingua Britanniae*, die bisher nur barbarische Laute geknirscht habe, jetzt das hebräische Alleluja zum Lobe Gottes singe. [Moralia in Job XXVII, 11, MPL Bd. 76, Sp. 411.]

S. 434 Z. 21 (... Willen.) Freilich wurde das Sprachbewußtsein des Papstes wach, wenn es galt, sich vom griechischen Osten zu distanzieren. In einem Brief von 593 ließ Gregor einer Korrespondentin Grüße bestellen; er wolle ihr durchaus nicht selbst antworten, da sie ihm griechisch geschrieben habe, obwohl sie eine Lateinerin sei. Jeder soll also in seiner eigenen, nicht in einer Schulsprache schreiben. [Registrum III, 63, MGH Epistolae Bd. 1, S. 225; dazu HERMANN, Dolmetscher 47.]

[*S. 436* Anm. 86 Z. 6 (... beabsichtigt.) Unsicher ist auch die Zählung der etwa 72 Leitsätze in c. 4, SCHMITZ S. 15 ff.; es wären 74 nach Basilius STEIDLE OSB, Die Regel St. Benedikts, Beuron 1952, S. 109 ff.]

S. 440 Z. 30 (... Stämme.) Daß sie sich wegen ihrer gemeinsamen germanischen Sprache auch als politische oder kulturelle Gemeinschaft empfanden, ist unwahrscheinlich. [Dazu Reinhard WENSKUS, Stammesbildung und Verfassung, Das Werden der frühmittelalterlichen gentes, Köln-Graz 1961, S. 87 ff., 152 ff.]

[*S. 442* Anm. 25, zu Beginn einfügen: Ammianus Marcellinus (o. Nachtrag zu S. 407); Isidor von Sevilla, Etymologiae IX, 2, 99; IX, 4, 28; breit ausgeführt im 9. Jahrhundert in der Vita – Anfügen: Zur innergermanischen Bedeutung der Genealogie Karl HAUCK, Die geschichtliche Bedeutung der germanischen Auffassung von Königtum und Adel, in: XIe Congrès International des Sciences Historiques, Rapports, Bd. 3, Stockholm 1960, S. 96–120, hier S. 108 ff.]

S. 443 Z. 28 (Jordanes ... bescheidener) und intensiver. Das Volk war ihm kein Sammelbecken der Weltgeschichte, sondern eine geschichtlich homogene, umgrenzte Gemeinschaft der Abstammung und der Sprache; *lingua* galt ihm als eine Definition von *natio*, und *genus* und *lingua* gehörten ihm schon in der Frühgeschichte der Welt zusammen. [Getica XXV, 133, MGH AA Bd. 5, S. 92; dazu WENSKUS (o. Nachtrag zu S. 440) S. 97 f.]

S. 445 Z. 13 (Anonymus von Ravenna ... „Vaterland“?) Die Erdkarte des Ravennaten hatte zum Mittelpunkt seine Heimatstadt. Ihr hohes Alter brauchte noch nicht, wie dann im 12. und 13. Jahrhundert, durch biblische Genealogien nachgewiesen zu werden, denn die Historie zählte wenig. [Dazu Leo BAGROW, Die Geschichte der Kartographie, Berlin 1951, S. 31.]

S. 447 Z. 34 (Isidor von Sevilla ... prüfen.) Unerfindlich ist auch der Grund für eine höchst genaue Angabe, mit der die Chronik Hieronymus korrigierte: Der Turm von Babel war nicht 4000 Schritt hoch, sondern 5174 Schritt, eine Zahl, an der schon mittelalterliche Leser Isidors herumgerätselt haben. 72mal 72 ist 5184; ich vermute, daß der Zusammenhang beabsichtigt ist. Sollten dem Turm nur noch 10 Schritt zur Vollendung gefehlt haben, als Gott eingriff?

S. 449 Z. 17 (... festgesetzt.) Daher kommt es, daß Ausrufe zwar allgemeinmenschliche Gemütsbewegungen wie Freude und Trauer, Zorn und Furcht wiedergeben, aber in den einzelnen Sprachen verschieden und nicht leicht übersetzbar sind. Ebenso wie Sprache und Willkür, Sprache und Natur sind für Isidor [Etymologiae I, 14.]

S. 449 Z. 30 (... vereint.) Damit wird die Sprache aber nicht zur Welt, sie bleibt Vermittlung. Das zeigt die Etymologie von „Sprache“ selbst: *Sermo autem dictus quia inter utrumque seritur*. Auch wenn Isidor Augustins Erklärung des Namens Merkur übernimmt, läßt er die letzte Begründung nicht aus: *quod sermo currat inter homines medius*. Diese Vermittlung ist eine hohe, sogar eine göttliche Aufgabe; wo Isidor das Wort *interpres* damit erklärt, daß der Dolmetscher in der Mitte zwischen zwei Parteien und Sprachen stehe, fährt er fort, daß auch derjenige Dolmetscher genannt werde, der zwischen Gott und Mensch vermittle. Von Christus her hat demnach die menschliche Sprache ihre Würde. [Etymologiae VI, 8, 3 (sermo); VIII, 11, 45 (Merkur); X, 123 (interpres); dazu HERMANN (o. Nachtrag zu S. 34) S. 36.]

S. 450 Z. 2 (... reden.) Daß sich im Lateinischen auch einige hebräische Vokabeln wiederfanden, mochte den Rang des Lateinischen erhöhen. [Etymologiae VIII, 11, 7.]

S. 450 Z. 24 (... sollten.) Die Germanen sind noch unkultiviert; schon ihre Stammesnamen klingen barbarisch und furchterregend, und ihre Sprachen sind denn auch verschieden. Gesittung und Sprache hängen zusammen: Die fernen Schotten sind nur notdürftig bekleidet und haben eine bellende Sprache. Isidor mag meinen, daß sich in der zivilisierten Welt die Unterschiede der Idiome abschleifen; aber er betont trotzdem das allgemeine, nicht nur die Barbaren betreffende Gesetz, daß sich Völker nach Sitte und Sprache unterscheiden. [Etymologiae IX, 2, 97 (Germanen); XIX, 23, 6 (Schotten, Sitte und Sprache).]

[S. 450 Anm. 49 Z. 3 (... nach Willkür;) die Stelle stammt aus Varro, vgl. FEHLING (o. Nachtrag zu S. 154 Anm. 72) S. 228 ff., 71 f. – Z. 4 (... betont;) zu wenig achtet auf Isidors Gedankenzusammenhang in diesem Punkte auch Jacques FONTAINE, Isidore de Séville et la culture classique dans l’Espagne wisigothique, Bd. 1, Paris 1959, S. 48 ff. – Z. 5 (... Ursprache;) ähnlich I, 3, 4; X, 191.]

S. 451 Z. 39 (... weiter.) Die Römer stammen lediglich von Mars, nicht von Kittim. [Etymologiae XVIII, 41, 2.]

S. 452 Z. 17 (... nach) dem von Isidor wohl als germanisch erkannten Wort für „kühn“ oder „wild“ (*a feritate morum*), oder aber nach.

[S. 452 Anm. 52, anfügen: IX, 2, 29 (Spanier).]

S. 453 Z. 5 (... werden.) Die Vielfalt der geschichtlichen Völker wird, vor allem seit Christi Geburt und im Licht der christlichen Lehre, nicht mehr durch ein Weltreich beengt oder beherrscht; sie stehen gleichberechtigt nebeneinander. Geschichte und Offenbarung klingen darin zusammen; alle Menschen stammen vom gleichen Vater und sind als Christen auch geistlich Brüder. [Etymologiae IX, 6, 10.]

S. 453 Z. 16 (... Isidor) schloß sich, anderswo auch ausdrücklich, der Meinung Augustins an, daß Gen. 10 und die Völkerteilung zeitlich nach Gen. 11, 1–9 und die Sprachentrennung zu setzen seien. Um eine wichtige Nuance war Isidors Blickwinkel trotzdem anders; er wollte [Sententiae I, 19, 16, MPL Bd. 83, Sp. 585.]

[S. 453 Anm. 54 Z. 3 (... und Völker;) ähnlich VII, 6, 24. Dazu.]

S. 454 Z. 19–20 (... Griechische die) mediterrane und palatale.

S. 455 Z. 3–4, verbessern: Von wunderbar verliehenen Sprachkenntnissen schwieg Isidor, und auch am Pfingstwunder sah er nicht so sehr die Gnade des ekstatischen Augenblicks als die geschichtliche Wirkung: Die Apostel wurden mit der Sprachengnade erfüllt und redeten in den Sprachen aller Völker, damit sie das gläubige Volk überall belehren konnten. Die Mannigfaltigkeit des Irdischen war durch das Wunder nicht aufgehoben, eher fruchtbar gemacht. Das [Etymologiae VII, 3, 15 und 24.]

S. 456 Z. 20 (... fragte.) Es traf sich darin mit dem germanischen Selbstgefühl, das König Chlodwig bewog, auch beim Übertritt zum Christentum auf seiner Abstammung von Göttern zu beharren. Erst durch romanische Christen wurde diese religiöse Weihe in eine historische Folge, eine Ahnentafel adliger Vorfahren „übersetzt". Es war nicht leicht, diese „Interpretatio historica" bei den Franken durchzusetzen. [Avitus von Vienne, Epistola 46, MGH AA Bd. 6, 2 S. 75; dazu HAUCK (o. Nachtrag zu S. 442 Anm. 25) S. 113.]

S. 462 Z. 20 (... von 70) oder 72 Richtern.

[*S. 463* Anm. 80, anfügen: Zu Dares und seinem Nachahmer Adolf Emile COHEN, De Visie op Troje van de westerse middeleeuwse geschiedschrijvers tot 1160, Diss. phil. Leiden, Assen 1941, S. 66 ff., 84 f., 100 ff.]

[*S. 468* Anm. 100, anfügen: Aus ungedruckten Handschriften werden Kenntnis, Verwendung und Mißverständnis der drei Sprachen in irischen Bibelkommentaren gezeigt von Robert E. MCNALLY SJ, The „tres linguae sacrae" in Early Irish Bible Exegesis, in: Theological Studies 19 (1958) 395–403.]

S. 470 Z. 14 f., streichen: oder Pseudo-Aristeas.

[*S. 472* Anm. 107, anfügen: Nach BRANDL (u. S. 543 Anm. 4) S. 63 wäre *Scefing* nicht patronymisch; immerhin scheint der Name schon in der Angelsächsischen Chronik so verstanden worden zu sein, s. u. S. 543.]

S. 475 Z. 17 (Die Angelsachsen) sträubten sich gegen die irisch-britische Sonderart, so gut sie konnten; um 730/40 behauptete ein Mönch im östlichsten, germanischsten England, die Dämonen redeten die zischende und verabscheuungswürdige Sprache der Briten. Dennoch traten die Angelsachsen bald [Vita sancti Guthlaci auctore Felice c. 34, hg. Bertram COLGRAVE, Cambridge 1956, S. 108 ff.; dazu Bernhard BISCHOFF, The Study of Foreign Languages in the Middle Ages, in: Speculum 36 (1961) 209–224, hier S. 211.]

S. 475 Z. 20–22, verbessern: Abt, später Bischof Aldhelm von Malmesbury (ca. 639–709). Biographen des 12. Jahrhunderts rühmten ihm nach, er habe alle Sprachen verstanden, vornehmlich Hebräisch, Griechisch und Lateinisch. In der Schule der Iren mag er wirklich nicht nur das Griechische, sondern auch etwas Hebräisch erlernt [Faricius von Malmesbury, Vita Aldhelmi c. 1, AASS Mai Bd. 6, S. 84 f.; dazu Maurice COENS SJ, Utriusque linguae peritus, En marge d'un prologue de Thierry de Saint-Trond, in: Analecta Bollandiana 76 (1958) 118–150, hier S. 133 f.]

[S. 475 Anm. 111, anfügen: Zum Namen *Finn*, der auch im „Beowulf" vorkommt, Henry Bosley WOOLF, The Old Germanic Principles of Name-Giving, Diss. phil. Johns Hopkins University, Baltimore 1939, S. 158 f. Zu dem angelsächsischen Gottesnamen *Gaut*, *Geat*, *Geta* Karl HAUCK, Haus- und sippengebundene Literatur mittelalterlicher Adelsgeschlechter, in: Geschichtsdenken (o. Nachtrag zu S. 144 Anm. 39) S. 165–199, hier S. 180.]

S. 476 Z. 17 (Beda ... kommen,) zunächst auf Isidors Weise. Mit der etymologischen Ableitung des Wortes *sermo* von *serendo* und *movendo* war freilich wenig gewonnen; gerade wenn Sprache etwas Zusammengefügtes und Bewegtes ist, muß sie in größeren, geschichtlichen Zusammenhängen betrachtet werden. Auch der Historie widmete sich Beda früh und begründete [De orthographia, MPL Bd. 90, Sp. 150.]

S. 476 Z. 20 (... 703) wieder auf.

S. 478 Z. 32 (... denen) – das war schon Augustin aufgefallen – Gen. [Augustin, De Genesi ad litteram IX, 12, CSEL Bd. 28, 1 S. 281.]

S. 481 Z. 12 (... Angelsachsen,) die von den festländischen Germanenstämmen herkämen, wird [Historia ecclesiastica V, 9, PLUMMER S. 296.]

S. 482 Z. 4 (... Ideal; er) sah auf Verständlichkeit. Die Volksrechte mußten *Anglorum sermone* aufgeschrieben werden; angelsächsische Dichtungen waren nicht ohne Schaden in eine andere Sprache zu übersetzen; der Bischof, der einen stummen Jungen heilte, tat recht daran, ihn Angelsächsisch, nicht Latein zu lehren. Beda selbst starb [Historia ecclesiastica II, 5 S. 90 (Volksrechte); IV, 22 S. 260 (Dichtungen); V, 2 S. 284 (Heilung).]

S. 482 Z. 8 (... Großen) vor den barbarischen Engländern und ihrer unverständlichen Sprache erschraken und sich [Historia ecclesiastica I, 23 S. 42.]

S. 482 Z. 10 (... verlangten.) Wortführer auf Synoden konnte nur sein, wer die Landessprache ohne Dolmetscher beherrschte. Nicht immer gelang die Verständigung, denn Engländer konnten oft nicht Irisch, Pikten nicht Lateinisch. Aber wichtiger war, daß die in verschiedenen Völkern und Sprachen verbreitete Kirche Christi einig blieb, daß nach den Worten Gregors d. Gr. auch die Sprache Britanniens das hebräische Alleluja mit anstimmte. [Historia ecclesiastica III, 25 S. 184 (Wortführer, einige Kirche); III, 15 S. 157 (Engländer und Irisch); V, 21 S. 333, 345 (Pikten und Lateinisch); II, 1 S. 78 (Britannisch und Hebräisch).]

[S. 482 Anm. 129 Z. 1, verbessern: III, 3 S. 132.]

[*S. 483* Anm. 131 Z. 2 (RÉVÉSZ-ALEXANDER), verbessern: als Symbol und.]

[*S. 488* Anm. 11, anfügen: Friedrich-Carl SCHEIBE, Geschichtsbild, Zeitbewußtsein und Reformwille bei Alcuin, in: AKG 41 (1959) 35–62, hier S. 43 ff.]

S. 489 Z. 25, verbessern: Cant. 6, 7. [Ebenso in Anm. 13 Z. 2.]

S. 491 Z. 12 (Alkuin ... trennen.) Und dabei glaubte Alkuin durchaus, daß die *artes*, die Disziplinen also, die die Sprache lehren, von Gott geschaffen sind und vom Menschen nur in der Natur der Dinge vorgefunden werden. Aber das Werkzeug bleibt irdisch, und auch als Lehrer, der Alkuin mit Leidenschaft war, bringt er *nomen* und Wirklichkeit nicht überein. [Epistola 148, MGH Epistolae Bd. 4, S. 239 (artes); ep. 257 S. 415 (Lehrer).]

S. 491 Z. 17 (... noch,) auch wenn der gebrechliche Mensch ihr nicht gerecht wird.

[S. 491 Anm. 19, anfügen: Vermittelnd Helmut BEUMANN, Nomen imperatoris, Studien zur Kaiseridee Karls d. Gr., in: HZ 185 (1958) 515–549, hier S. 529 ff.]

S. 493 Z. 13 (... liegen.) Um so eifriger studierte man die „heutige" Aufteilung der Erde unter die Noachiden. Wie die Buchmaler von Beatus' Handschriften entwarf kurz vor 800 ein Mozaraber, vielleicht in Toledo, eine Weltkarte, merkwürdig schon durch ihre arabisch-lateinische Zweisprachigkeit, auch durch ihre Toleranz. Die Mitte der Welt gehört den Kindern Sems, nämlich Arabern, Syrern, Persern und Armeniern; Mekka und Medina sind eigens erwähnt. Die Söhne Chams, Berber, Inder, Abessinier und Kopten, bleiben links liegen. Europa ist besetzt von den Japhetiten, als da sind Barbaren, Chazaren, Gog und Magog, Römer, Slaven und Andalusier, zu welchen der Autor selber zählt. Das Gottesvolk in der Erdmitte, die bösen Gog und Magog im Norden – das klingt, als schriebe ein Mohammedaner, und doch war es ein Christ, wenn auch ein weltläufiger. [Dazu Gonzalo MENÉNDEZ PIDAL, Mozárabes y Asturianos en la cultura de la alta edad media en relación especial con la historia de los conocimientos geográficos, in: Boletín de la Real Academia de la Historia 134 (1954 137–291, hier S. 169 f., 190 f., 280, Tafel III b.]

S. 496 Z. 5 (Dungal ... geworden.) Nur nebenbei wurde der Satan selbst verantwortlich gemacht für den Turmbau von Babel, denn er habe die Völker gelehrt *conscendere turrim*; er habe den Sklaven befohlen, den Herrn zu mißachten. Das waren überholte Geschichten; der Dichter [Carmen II, 54 f., MGH Poetae latini Bd. 1, S. 398.]

[*S. 498* Anm. 40, anfügen: Nach Heinrich FICHTENAU, Karl der Große und das Kaisertum, in: MIÖG 61 (1953) 257–334, hier S. 282, stammt die Randbemerkung nicht von Karl.]

[*S. 499* Anm. 45, anfügen: und Luitpold WALLACH, Alcuin and Charlemagne: Studies in Carolingian History and Literature (Cornell Studies in Classical Philology 32), Ithaca 1959, S. 158 ff.]

[S. 499 Anm. 47, anfügen: Zur Predigt in der Volkssprache Irmgard WEITHASE, Zur Geschichte der gesprochenen deutschen Sprache, Bd. 1, Tübingen 1961, S. 9 ff.]

[*S. 503* Anm. 59 Z. 5 (... S. 65;) auch ediert von Aldo MARSILI, De Smaragdi opere, quod „Liber in partibus Donati" vulgo inscribitur, in: Studi mediolatini e volgari 2 (1954) 71–96, hier S. 76.]

S. 508 Z. 16 (Joca monachorum ... herhalten.) Wenn eine Handschrift des 9. Jahrhunderts nach den sieben Sprachen fragte, die Hieronymus beherrschte, dann zählte die Antwort nach den drei klassischen Sprachen noch Syrisch und Äthiopisch her; den Beschluß bildeten nicht etwa europäische Idiome, sondern phantastische: *Pentice, Gumetice.* [Handschrift Paris, Bibliothèque Nationale, Cod. lat. 5596, f. 161 r; zitiert nach BISCHOFF, Study 215.]

S. 509 Z. 15, verbessern: Caedmon des 7. Jahrhunderts.

[*S. 510* Anm. 82 Z. 3 (... Mythos;) so auch Georges DUMÉZIL, La Rigsthula et la structure sociale indo-européenne, in: Revue de l'histoire des religions 154 (1958) 1–9;]

S. 512 Z. 10 (Ermoldus ... stützte sie.) Auch die Goten wurden nur für Geten erklärt und mit Hilfe ovidischer Wendungen an die Antike angeschlossen. Das ist bezeichnend: Bei [In honorem Hludowici I, 278, MGH Poetae latini Bd. 2, S. 13; II, 535 S. 39.]

S. 512 Z. 33–34 (Agobard ... hervorging,) und die Juden hatten keinen Grund, sich als Kinder Abrahams besonders zu brüsten; denn von Abraham stammten auch die Mohammedaner, allerdings nicht, wie Ermoldus meinte, von Sarah, sondern von Agar – und wer wollte sie ihrer Herkunft wegen über die Christen stellen? Eben deshalb war wichtiger als die Vorgeschichte die Wende [Epistola 8, 21, MGH Epistolae Bd. 5, S. 195.]

S. 513 Z. 3 (... kann.) So ist, wie bei Isidor, die Einheit der Menschen doppelt begründet, durch Geschichte und Offenbarung. Adam ist die eine Quelle und Wurzel für uns alle, und der zweite Adam Christus hat *ab ipsa mundi origine* die eine, wahre Religion gestiftet. [Epistola 6, MGH Epistolae Bd. 5, S. 181 (Adam); ep. 13, 22 S. 221 (Christus).]

S. 513 Z. 16 (Walahfrid ... gelten.) In Walahfrids Schilderung vom Jenseits sprechen die Engel selbstverständlich *sermone Latino*, nicht Deutsch; als [Visio Wettini v. 249, MGH Poetae latini Bd. 2, S. 312; vgl. die Heito-Visio c. 2, ebenda S. 269.]

[S. 513 Anm. 90 Z. 1, verbessern: ep. 13, 7 ff. S. 213 ff.]

[*S. 514* Anm. 94, anfügen: Über die vielleicht durch Ravenna vermittelte Kenntnis der Verwandtschaft zwischen Gotisch und Althochdeutsch BISCHOFF, Study 214.]

[*S. 519* Anm. 112, anfügen: ferner, nicht ganz überzeugend, Werner GOEZ, Zur Weltchronik des Bischofs Frechulf von Lisieux, in: Festgabe für Paul Kirn, zum 70. Geburtstag dargebracht, Berlin 1961, S. 93–110, hier S. 103 ff.]

[S. 519 Anm. 114, anfügen: Nach Placide BRUYLANTS OSB, Les oraisons du Missel romain, Bd. 2, Löwen 1952, S. 94 f., stammt die in einer Handschrift des 8. Jahrhunderts erhaltene Oration möglicherweise aus der Zeit um 600. Hinweis von Prof. Reinhard ELZE – Berlin.]

S. 521 Z. 14 (... plastisch.) Manche versuchten die Brücke weniger grundsätzlich als Wandalbert zu schlagen; der in Sens geborene, in Fulda gebildete Abt Lupus von Ferrières (ca. 805 bis nach 862) schickte junge Landsleute aus dem Westen nach Prüm, damit sie dort die *Germanica lingua* lernten. [Epistola 91, MPL Bd. 119, Sp. 567.] Für Westfranken mit romanischer Muttersprache, die im Osten reisten und Deutsch lernen wollten, wurden im 9. Jahrhundert auch die „Altdeutschen Gespräche" aufgeschrieben, die ersten in der langen Reihe zweisprachiger Gesprächsbüchlein, die an der romanisch-germanischen Sprachgrenze entstanden. [Die althochdeutschen Glossen, hg. Elias STEINMEYER – Eduard SIEVERS, Bd. 5, Berlin 1922, S. 517–520, 524; dazu BISCHOFF, Study 217.]

S. 521 Z. 15, verbessern: Dennoch wuchs der Abstand zwischen hüben und drüben. Zu denen, die das spürten und hinnahmen, gehörte.

S. 522 Z. 15–16 (... Aber) immer öfter meinte man im 9. Jahrhundert mit *Romana lingua* nicht mehr die römische Sprache des Reiches und der Kirche, sondern wie Nithard die romanische Volkssprache, und etwa [Hans-Georg KOLL, Die französischen Wörter ‚langue' und ‚langage' im Mittelalter (Kölner Romanistische Arbeiten NF 10), Genf-Paris 1958, S. 47 ff.]

S. 522 Z. 23 (Angelom ... haben.) Der besondere Wert menschlicher Sprache wurde hervorgehoben; Angelom schrieb, Adams Sprache habe das Wesen der Dinge wiedergegeben und den Menschen (denn *Adam* meint *homo*) hoch über die Tiere gestellt. Das war kein Anlaß zum Hochmut, eher zur Besinnung. [Commentarius in Genesin 2, MPL Bd. 115, Sp. 134. Dazu WARNACH, Erkennen 164.]

[S. 522 Anm. 118, anfügen: Stärker wird die Rolle der Sprache hervorgehoben von Walter SCHLESINGER, Die Grundlagen der deutschen Einheit im frühen Mittelalter, in: Die deutsche Einheit als Problem der europäischen Geschichte, hg. Carl HINRICHS – Wilhelm BERGES, Stuttgart 1960, S. 5–45, hier S. 40 ff.]

[S. 522 Anm. 121 a, anfügen: Vgl. Margret LUGGE, „Gallia" und „Francia" im Mittelalter, Untersuchungen über den Zusammenhang zwischen geographisch-historischer Terminologie und politischem Denken vom 6.–15. Jahrhundert (Bonner historische Forschungen 15), Bonn 1960, S. 75 f. u. ö.]

[*S. 523* Anm. 122, anfügen: auch in: M. L. W. LAISTNER, The Intellectual Heritage of the Early Middle Ages, Ithaca 1957, S. 181–201, hier S. 183 ff.]

[*S. 525* Anm. 127, anfügen: auch Hans LIEBESCHÜTZ, Texterklärung und Weltdeutung bei Johannes Eriugena, in: AKG 40 (1958) 66–96, hier S. 80 ff.]

S. 526 Z. 21 (Hinkmar ... mit) den von Papst Nikolaus I. entlehnten Worten: [Vgl. Nikolaus I., Epistola 100, MGH Epistolae Bd. 6, S. 603 f.]

S. 528 Z. 11 (Pseudo-Isidorische Dekretalen ... von den 70) oder 72 Richtern. [Nach Johannes HALLER, Nikolaus I. und Pseudoisidor, Stuttgart 1936, S. 160, ist auch in den Dekretalen oft die Rede von 72 Richtern des Bischofs.]

S. 533 Z. 22 (Johannes Diaconus ... Barbarischen,) aber auch keine Kenntnis des Griechischen wahrzunehmen [Vita Gregorii Magni IV, 80, MPL Bd. 75, Sp. 228. Dazu Helmut GOLL, Die Vita Gregorii des Johannes Diaconus, Studien zum Fortleben Gregors des Großen und zu der historiographischen Bedeutung der päpstlichen Kanzlei im 9. Jahrhundert, Diss. phil. Freiburg i. Br. 1940, S. 70 ff.]

S. 535 Z. 22 (Theodul ... Mythologie,) Saturn und Adam, Deukalion und Noah, die Kuh Io und Bileams sprechenden Esel miteinander.

[S. 535 Anm. 147 a, anfügen: Kain als erster Städtegründer schon bei Josephus, Antiquitates I, 2, 2, NIESE (o. S. 171 Anm. 50) Bd. 1, S. 13.]

[S. 535 Anm. 147 b, verbessern: Ecloga v. 37 ff., 85 ff., Urfahr bei Linz 1902, S. 32–35;]

S. 537 Z. 28 (... barbarisch.) Während in Lüttich der Ire Sedulius Scottus (gest. nach 858) bei einem Sieg über die Normannen jubelte, Christus habe das böse Volk zerschmettert, *quae fuit turris nimium superba*, das also dem Babelturm glich, wies man im Osten die verwandten Feinde weniger schroff ab. [Carmen II, 45 v. 38, MGH Poetae latini Bd. 3, S. 209.]

S. 539 Z. 19 (Notker ... setzte.) In einer Predigt malte er aus, wie die lehmgeborenen Menschen aus Lehm einen Turm bauen wollten, um in Gottes himmlische Wohnung zu dringen. Da wurden alle Sprachen getrennt durch eine *confusio diversissima* oder *similitudo dissimillima*; die Häufung der Paradoxe bezeichnete das Wunder. Es wiederholte sich an Pfingsten, als der Heilige Geist den Aposteln die *linguarum varietas* schenkte, damit alle in einer Sprache reden könnten. Darum sang [Wilhelm Emil WILLWOLL, Ist Notker Balbulus der Verfasser des Sermo Galli? in: Zeitschrift für Schweizerische Kirchengeschichte 35 (1941) 4–28, 114–139, 180–208, hier S. 8

(Babel), 17 f. (Pfingsten). Der von Hans Frieder HAEFELE, in MGH SSRG NS Bd. 12, S. VIII f., hergestellte Zusammenhang zwischen Notkers Sprachfehler und seiner Auffassung der Sprachengeschichte findet in den Quellen keine Stütze.]

S. 540 Z. 7 (... französischen) *Gallica lingua* ab.

S. 540 Z. 17 (... Prophezeiung.) Die orientalischen Völker, die Karl den Großen bewundern, tragen zum Teil Namen aus Act. 2, 9; sie sind Zeugen eines neuen Pfingstwunders. [Gesta Karoli II, 8, MGH SSRG NS Bd. 12, S. 62.]

[*S. 543* Z. 25 (Angelsächsische Chronik ... nicht), dazu Anmerkung: Dafür ist bezeichnend, daß die biblische Ahnenreihe nicht der Genesis, sondern dem Lukasevangelium entnommen ist; vgl. Francis Peabody MAGOUN, King Aethelwulf's Biblical Ancestors, in: Modern Language Review 46 (1951) 249 f.]

[*S. 546* Anm. 8 Z. 6, verbessern: Frank Merry STENTON.]

[*S. 550* Anm. 19, anfügen: Abbildung auch bei MINKOWSKI, Turm 12 Bild 4.]

S. 552 Z. 2 (Kaddroe ... Landsmann) namens Reimann, der.

[S. 552 Anm. 23, anfügen: Dazu Irène SNIEDERS, L'influence de l'hagiographie irlandaise sur les Vitae des Saints irlandais en Belgique II, in: RHE 24 (1928) 828–867, hier S. 861 ff.]

S. 553 Z. 26–27 (Pseudo-Isidorische Chronik ... Anonymus, der) vielleicht zu Beginn des 10., vielleicht erst des 11. Jahrhunderts in [Der frühere Ansatz bei Ramón MENÉNDEZ PIDAL, Sobre la Crónica pseudo Isidoriana, in: Cuadernos de Historia de España 21/22 (1954) 5–15, hier S. 13 f.]

[S. 553 Anm. 24, anfügen: Zur Bewertung der Goten im Chronicon Albeldense Johan NORDSTRÖM, Goter och Spanjorer, Till den spanska goticismens historia I, in: Lychnos 1944–45, S. 257–280, hier S. 258 ff.]

S. 554 Z. 5 (... auch die) Basken, die *Yberi.*

S. 554 Z. 11–12 (... vorgezeichnet;) der Autor meinte, schon zur Zeit des Kaisers Hadrian hätten die zwei Sprachen die Welt beherrscht, die ihm selber vertraut waren: Arabisch und Lateinisch. Um [Cronica Gothorum c. 6, MGH AA Bd. 11, S. 381.]

S. 554 Z. 34, verbessern: *Auruspices.*

S. 555 Z. 10 (Kodex von Roda ... *Mauri.*) Dabei stand Isidor von Sevilla Pate, der allerdings die gotisch-maurische Verwandtschaft noch nicht biblisch begründet hatte. [Isidor, Etymologiae IX, 2, 118.]

S. 556 nach Z. 4 eigener Absatz: In Frankreich lassen sich vielleicht schärfer als anderswo die frommen Reformer von den klugen Weltleuten trennen; aber beide Gruppen achten kaum auf die Vielfalt der Sprachen und Völker, die eine, weil sie über das Irdische hinausstrebt, die andere, weil sie nur am eigenen Land interessiert ist. Der mächtige Reformabt Odo von Cluny (878–942) schilderte nach 927 die Heilsgeschichte, den Kampf zwischen Sünde und Erlösung, aber der Turm von Babel tauchte, auch bei der Schilderung des Pfingstwunders, nicht auf; ja, dieses Wunder selbst sollte zuerst die kalten Gemüter mit Worten entflammen helfen, nicht die Sprachen der Welt vereinen. Zwar priesen die Apostel *omnigenis linguis* die himmlischen Geheimnisse, und jeder Hörer verstand sie in seiner Sprache; doch sie redeten nur in einem einzigen Idiom. Die Spiritualität des Hörwunders fügte sich in die kluniazensische Idee vom Mönchtum als Verwirklichung der Pfingstkirche, jenseits aller irdischen Verflechtungen. [Occupatio VI, 522–567, hg. Anton SWOBODA, Leipzig 1900, S. 134f.

Dazu Kassius HALLINGER OSB, Zur geistigen Welt der Anfänge Klunys, in: DA 10 (1953/54) 417–445, hier S. 422 f.] Anders hat nach 961 in Laon ein unbekannter Ire, von Odos Schriften angeregt, das Pfingstwunder seiner reformbedürftigen Gegenwart vor Augen gestellt: als den Triumph der Weltkirche mit ihren 72 Jüngern. Die Christus kaum in der eigenen Sprache zu bekennen gewagt hatten, predigten ihn nun in fremden, in allen Sprachen, so daß die Kirche bald im göttlichen Glanz erstrahlte, in der *linguarum varietas*. [Heinz LÖWE, Dialogus de statu sanctae ecclesiae, Das Werk eines Iren im Laon des 10. Jahrhunderts, in: DA 17 (1961) 12–90, hier S. 71.] Dieses einfachere, weltnähere Ideal faszinierte die schlichten Frommen eher als Odos Spiritualität. Zu Ende des 10. Jahrhunderts schilderte eines der ältesten Dokumente der Volkssprache, die Passion von Clermont, das Pfingstwunder als Auftrag an die Apostel, durch alle Welt zu ziehen und sie zu taufen. Sie sprachen *toz lengatgues* und heiligten so auch die Mundarten; der Autor des Werkes selbst mochte seine Arbeit noch als Teil dieses pfingstlichen, missionarischen Wirkens empfinden. [Die Passion Christi v. 459 und 481, hg. Wendelin FOERSTER – Eduard KOSCHWITZ, Altfranzösisches Übungsbuch, 5. Aufl., Leipzig 1915, S. 75; dazu KOLL, Langue 81 f.] Freilich war schon hier die Wirkung auf den lokalen Umkreis beschränkt und konnte nur intensiv, nicht umfassend sein. Warum sich nicht gleich mit den örtlichen Realitäten begnügen? So nannte der nüchterne.

S. 556 Z. 23 (Flodoard ... getreten.) Zwischen ihnen gibt es nur den Wettbewerb um höheren Rang und höheres Alter; nicht die allen Menschen gemeinsame biblische, sondern die auszeichnende antike Genealogie eröffnete Flodoards Kirchengeschichte von Reims. Der Stadtname wies den Weg; nicht gerade Remus selbst, der Bruder des Gründers von Rom, aber wenigstens einige seiner Krieger gründeten Reims und verliehen ihm römischen Rang. Nicht alle gaben sich so schnell zufrieden. [Historia Remensis ecclesiae I, 1, MGH SS Bd. 13, S. 412 f.]

S. 558 Z. 10 (Richer ... verstand.) So war es für die Franzosen keine Schande, eher ein Beweis der Überlegenheit, wenn ihre Bischöfe kein Deutsch konnten, ein deutscher Bischof aber *linguam gallicam* sprach. [Histoire IV, 100, LATOUCHE Bd. 2, S. 314.]

[*S. 559* Anm. 37, anfügen: Die Trojaner-Genealogie der Franken ähnlich kurz zuvor bei Folkuin von Lobbes (ca. 935–990), Gesta abbatum Lobiensium, MGH SS Bd. 4, S. 55.]

S. 560 Z. 27 (Dudo ... Belang.) Auch seinen Sohn ließ Wilhelm im normannischen, nicht im romanischen Sprachgebiet erziehen, nicht damit er an der alten Muttersprache sich bilde, sondern damit er einst besser *contra Dacigenas* reden könne. Schon hier war den Normannen die Sprache zuerst eine politische Waffe. Die Bibel [De moribus et actis ... III, MPL Bd. 141, Sp. 690 f. Dazu August NITSCHKE, Beobachtungen zur normannischen Erziehung im 11. Jahrhundert, in: AKG 43 (1961) 265–298, hier S. 269.]

S. 564 Z. 24, verbessern: „Graphia" der goldenen Stadt.

[S. 564 Anm. 52 Z. 1, verbessern: aureae.]

[*S. 567* Anm. 59, anfügen: von neuem dafür Karl HAUCK, Mittellateinische L -teratur, in: Deutsche Philologie im Aufriß, hg. Wolfgang STAMMLER, 2. Aufl., Bd. 2, Berlin 1960, Sp. 2555–2624, hier Sp. 2584 ff.]

S. 570 Z. 22 (Preisgedicht ... bäten.) Dafür sind andere, näherwohnende Völker aus politischen Gründen ausgelassen: Dänen, Polen, Böhmen. [Dazu Walther BULST,

Eine Sequenz auf Otto II., in: Nachrichten von der Ges. d. Wiss. zu Göttingen, Philol.-Hist. Kl., NF IV, Bd. 2, Göttingen 1939, S. 67–85, hier S. 78 f.]

S. 573 Z. 33 (Thietmar ... Zahl) 72 nur bei der christlichen Caritas für die Armen, die Zahl 70 [Chronicon IV, 36, MGH SSRG NS Bd. 9, S. 173.]

S. 574 Z. 15–16 (... widmete.) Schärfer war die Tonart im Westen, wo sich christliche Völker schieden. Sogar der sanfte Domschullehrer Egbert von Lüttich (ca. 972 bis nach 1023) geriet um 1023 in Harnisch über die bösen und perversen Franzosen. Ob er damit die Ketzer oder die Klosterreformer meinte, jedenfalls wird sich auf diese Gegner der Vergleich mit dem Babelturm beziehen:

Confuso labio tepuit Babylonia turris:
Sic modo dissipat internum discordia templum.

Hier zum ersten Mal hören wir, was seitdem immer wieder zu hören ist: Die christliche Kirche selbst ist zum Babelturm geworden. Die alte Vergangenheit ist auch an Bosheit erreicht, wenn nicht übertroffen. Wozu dann noch der Blick zurück? Egberts Freund, der Bischof Adalbold [Fecunda ratis, hg. Ernst Voigt, Halle 1889: I, 1068 S. 167; I, 1746–64 S. 205 (Franzosen); I, 637 f. S. 122 (Babel).]

[*S. 576* Anm. 85a, anfügen: und Hartmut Hoffmann, Poppo von Trier in der Ecbasis cuiusdam captivi? in: AKG 40 (1958) 289–314, hier S. 290 f.]

[*S. 579* Anm. 89, anfügen: Die Vita wird Humbert von Silva Candida zugewiesen von Heinrich Tritz CSSR, Die hagiographischen Quellen zur Geschichte Papst Leos IX., in: Studi Gregoriani, Bd. 4, Rom 1952, S. 191–364, hier S. 229 ff., nicht durchschlagend.]

S. 588 Z. 11 (Rangerius ... hat) kurz vor dem Jahrhundertende sein [Dazu Pietro Guidi, Della patria di Rangerio autore della „Vita metrica“ di S. Anselmo vescovo di Lucca, in: Studi Gregoriani, Bd. 1, Rom 1947, S. 263–280, hier S. 270 f.]

[*S. 589* Anm. 21 Z. 1 (... Abb. 2a;) Minkowski, Turm 13 Tafel I.]

[*S. 590* Anm. 25, anfügen: Rudolf Buchner, Geschichtsbild und Reichsbegriff Hermanns von Reichenau, in: AKG 42 (1960) 37–60, hier S. 47 ff. Nach Rudolf Buchner, Der Verfasser der Schwäbischen Weltchronik, in: DA 16 (1960) 389–396 schrieb Hermann selbst auch dieses Werk.]

S. 591 Z. 28 (Marianus ... registriert.) Sogar die nächste Umgebung des landfremden Eremiten bekam Anteil nicht an der biblischen, aber an der antiken Urgeschichte: Bei Marianus lesen wir zum ersten Mal davon, daß Trier von *Trebata*, dem Sohn des Ninus, 1250 Jahre früher als Rom gegründet worden sei, nachdem Semiramis ihn aus Babylon vertrieben habe. Zum Babelturm war es dann nicht mehr weit. [Chronicon universale I, 16, Pistorius-Struve S. 478.]

[S. 591 Anm. 28, anfügen: Anna-Dorothee von den Brincken, Marianus Scottus, Unter besonderer Berücksichtigung der nicht veröffentlichten Teile seiner Chronik, in: DA 17 (1961) 191–238, hier S. 194 ff.]

S. 596 Z. 6 (Sigebert ... zurückgeführt,) die Trierer auf *Treber*, den Sohn des Ninus, aber [Chronica a. 413, MGH SS Bd. 6, S. 306.]

S. 596 Z. 16 (... den er,) vielleicht angeregt durch den Zweizeiler Egberts von Lüttich, 1103.

S. 599 Z. 17–19 (Gesta Treverorum), verbessern: Gallier. Trebeta, Kind des Assyrers Ninus und Stiefsohn der Semiramis, ist bei Marianus Scottus und Sigebert von Gembloux schon aufgetaucht; nun tritt er seinen.

S. 600 Z. 26 (Bruno der Kartäuser), verbessern: wie der wohl aus Brunos Umgebung stammende Paulinenkommentar [Zur Verfasserfrage Werner AFFELDT, Verzeichnis der Römerbriefkommentare der lateinischen Kirche bis zu Nikolaus von Lyra, in: Traditio 13 (1957) 369–406, hier S. 376 f.]

S. 602 Z. 6–7 (... schwach.) Die Frommen richteten wie einst Odo von Cluny ihre Aufmerksamkeit nicht auf das äußere Wort. Ein Gebet, das bald dem Kirchenvater Ambrosius zugeschrieben wurde, aber erst in der Mitte des 11. Jahrhunderts im Sakramentar von Saint-Denis vorkommt und heute im römischen Meßbuch steht, flehte um den Geist Christi, der im Herzen des Beters reden möge, *sine sono et sine strepitu verborum*, wie es mit Wendungen Gregors d. Gr. und Bedas hieß. Ganz so wortlos wie der einsame Beter konnte die Gemeinschaft der Mönche nicht leben; aber als [Oratio sancti Ambrosii, in: Missale Ambrosianum iuxta ritum sanctae ecclesiae Mediolanensis, 5. Aufl., Mailand 1946, S. XLV; Datierung nach JUNGMANN (o. S. 519 Anm. 114) Bd. 1, S. 358.]

[S. 602 Anm. 47, anfügen: Für gewichtiger als oben im Text wird die Rolle der Sprachverschiedenheit im Rolandslied gehalten bei Milton Hammond STANSBURY, Foreign Languages and Interpreters in the Chansons de geste (University of Pennsylvania Publications of the Series in Romanic Languages and Literature 18), Philadelphia 1926, S. 21 ff.]

[S. 602 Anm. 48, anfügen: Zur späteren Verwendung von *langue* für „Land", „Nation" KOLL, Langue 140 ff.]

[*S. 605* Anm. 56, anfügen: WARNACH, Erkennen 168 ff.]

S. 608 Z. 7–8 (... hatte.) Wenn überhaupt, dann achtete die theoretische, unpolitische Betrachtung auf den Ursprung der Sprache, wie es, seit langem zum ersten Mal im Abendland, der Engländer Adelard von Bath (gest. nach 1142) tat. In Frankreich studierend und von der griechischen Weisheit bezaubert, schrieb er um 1109 ähnlich wie Horaz, die Menschen seien anfangs nach Art von Tieren stumm gewesen und hätten einander nichts mitteilen können. Erst die Grammatik habe sie gelehrt, den Dingen Namen zu geben, und sie so miteinander verbunden; seitdem ständen die Menschen über den Tieren. Obwohl Adelards Traktat von der Vielfalt handelte, sprach er nicht von der Verschiedenheit der Idiome; sie hinderte allerdings den Fortschritt der Erkenntnis, auf den Adelard erpicht war. Wir kennen, meinte er, nur das lateinische Wissen von der Sprache; wir müßten auch das griechische und barbarische aufgreifen. Adelard tat es später durch Übersetzungen aus dem Arabischen, in manchem ein Vorläufer Roger Bacons. Sein Weltbild, das die Wirklichkeit der Natur zu erkennen suchte, paßte schlecht in das geläufige Bild von der biblischen Heilsgeschichte; aber in England, wo er ein Außenseiter blieb, merkte man es kaum. Nachdem hier der [De eodem et diverso, hg. Hans WILLNER (Beiträge zur Geschichte der Philosophie des Mittelalters IV, 1), Münster 1903, S. 18 f. Dazu Charles Homer HASKINS, Studies in the History of Mediaeval Science (Harvard Historical Studies 27), Cambridge-Mass. 1924, S. 20 ff.]

[*S. 615* Anm. 71 Z. 3 (Gottschalk;) dazu Hans-Dietrich KAHL, Heidnisches Wendentum und christliche Stammesfürsten, in: AKG 44 (1962) 72–119, hier S. 83 f.]

Zu Band II/2

S. 619 Z. 22 (Robert ... sah,) aber Jerusalem ohne weiteres für den Erdnabel in der Weltmitte hielt, wußte [Historia Iherosolimitana c. 1, RHC Bd. 3, S. 729. Dazu Werner MÜLLER, Die heilige Stadt, Roma quadrata, himmlisches Jerusalem und die Mythe vom Weltnabel, Stuttgart 1961, S. 53 ff.; vgl. Sibylle MÄHL, Jerusalem in mittelalterlicher Sicht, in: Die Welt als Geschichte 22 (1962) 11–26, hier S. 17 ff.]

S. 619 Z. 24 (... referiert) und Isidor aufgegriffen hatte [Isidor, Etymologiae XV, 1, 5.]

S. 621 Z. 10 (... handelten.) Und um die gleiche Zeit bezeichneten spanische Reiseführer für Pilger die baskische Sprache zwar – ähnlich wie der Kodex von Roda – als Hundegebell, teilten aber trotzdem einige baskische Vokabeln des täglichen Bedarfes mit, das älteste Dokument dieser Sprache überhaupt. Man verstand sich das Fremde anzueignen, selbst wenn man es nicht liebte. [Dazu BISCHOFF, Study 218.]

[*S. 623* Anm. 21, anfügen: Die Trojanerherkunft auch bei dem Mönch Rorico (von Moissac?), vielleicht um 1100, Gesta Francorum I, MPL Bd. 139, Sp. 589 ff.]

[*S. 628* Anm. 36, anfügen: MINKOWSKI, Turm 17 Bild 8.]

S. 630 Z. 8–9 (... nach.) Und Bernhards Freund, der Benediktiner-Abt Arnold von Bonneval (gest. nach 1156), meinte kurz vor seinem Tode, Pfingsten sei ein Wunder der Spracheinheit gewesen, das zur Eintracht von Herz und Sinn auch die des Verständnisses gebracht habe, aber er nahm wie Odo von Cluny nur ein Hörwunder an: Während die Apostel Hebräisch predigten, wurden sie von allen Hörern verstanden, als wäre die *primitivae linguae libertas* wiedergekehrt und die Schmach der Verwirrung getilgt. Dies ist indes ein Irrealis der Vergangenheit. Wie für Arnold und Guerricus ist auch für den gewaltigen honigfließenden Prediger Bernhard die Eingießung [De cardinalibus operibus Christi c. 12, MPL Bd. 189, Sp. 1675 f.]

S. 631 Z. 23 (Abälard), streichen: und in den Dingen.

[*S. 632* Anm. 51, anfügen: Zu Abälards Sprachtheorie WARNACH, Erkennen 173 ff.; Pieter Adrianus VERBURG, Taal en Functionaliteit, Een historisch-critische studie over de opvattingen aangaande de functies der taal vanaf de prae-humanistische philologie van Orléans tot de rationalistische linguistiek van Bopp, Diss. phil. Amsterdam, Wageningen 1951, S. 61 ff.]

S. 634 Z. 4, verbessern: jenseits der keltisch-romanischen Sprachgrenze: [Harald WEINRICH, Rezension meines Buches, in: Archiv für das Studium der neueren Sprachen 197 (1960) 72, entdeckte, daß zwischen Abälards Geburtsort Le Pallet südöstlich von Nantes und dem Kloster St. Gildas de Rhuys südlich von Vannes diese Grenze verläuft. Es ist demnach irrig, Abälard als Kelten zu bezeichnen, wie es u. a. bei Arno BORST, Abälard und Bernhard, in: HZ 186 (1958) 497–526, hier S. 497, geschah.]

[*S. 640* Anm. 73, anfügen, Dazu Georg MISCH, Studien zur Geschichte der Autobiographie, V: Johann von Salisbury und das Problem des mittelalterlichen Humanismus, in: Nachrichten der Akad. d. Wiss. in Göttingen, Philol.-Hist. Kl., Jg. 1960, Nr. 6, Göttingen 1960, S. 231-357, hier S. 322 f.]

[*S. 642* Anm. 78, anfügen: In der üblichen Weise wird die eine Ursprache, der Turmbau und die Sprachenverwirrung auch von Erzbischof Hugo von Amiens erwähnt, der mit Hugo von Ribémont nicht identisch ist. Dazu Francis LECOMTE, Un commentaire scripturaire du XIIe siècle: Le „Tractatus in Hexaëmeron“ de Hugues d'Amiens, in: AHDL 25 (1958) 227–294, hier S. 274.]

[*S. 646* Anm. 83, anfügen: Zur Betonung der Gegenwart Hans Robert JAUSS, Untersuchungen zur mittelalterlichen Tierdichtung (Beihefte zur Zeitschrift für romanische Philologie 100), Tübingen 1959, S. 111 f.]

[*S. 648* Anm. 86, anfügen: Zur Geschichtsdeutung, nicht ganz überzeugend, Wilhelm KAHLES, Geschichte als Liturgie, Die Geschichtstheologie des Rupertus von Deutz (Aevum Christianum 3), Münster 1960, S. 97 ff.]

[*S. 649* Anm. 89, anfügen: ähnlich In Joel I, 2, MPL Bd. 168, Sp. 239.]

S. 654 Z. 13 (Honorius von Autun ... hoch) – das wären 8000 Schritt, also das Doppelte von Hieronymus' Schätzung – gebaut.

S. 654 Z. 25 (... Gesang.) In dieser Harmonie gab es keine Sprachenvielfalt; Honorius meinte, mit der hebräischen Sprache bezeichneten wir die Sprache der Engel, mit der lateinischen die der Menschen. Es ist ungewiß, ob damit Entsprechungen oder aber Gleichungen gesetzt wurden, ob man im Himmel wirklich nur Hebräisch redet; daß man auf Erden nicht überall Lateinisch spricht, ging den nichts an, der geistliche, liturgische Ordnung suchte. [Gemma animae III, 45, MPL Bd. 172, Sp. 656. Hinweis von Prof. Reinhard ELZE – Berlin.]

[*S. 655* Z. 25 (... weiter.) dazu Anmerkung: Nur am Rand sei vermerkt, daß Honorius sich selbst widersprach, wenn er in De imagine mundi I, 15, MPL Bd. 172, Sp. 125, die Höhe der Babelburg (*arx Babel*) nun wie Hieronymus mit 4000 Schritt angab.]

S. 659 Z. 29 (Gerhoch ... Babel;) das ist ein zugleich historischer und aktueller Befund. Der Turm von Babel wurde wirklich gebaut von Menschen, die verwegen und eitel zum Himmel dringen und ihm Krieg ansagen wollten; ihr Abfall von der Wahrheit wurde durch die Dreifaltigkeit mit der Sprachenteilung bestraft. Ihr Schicksal aber wiederholt sich bis heute an den Häretikern, deren historischer Ursprung und geistliches Vorbild beim Turmbau zu finden ist: Auch Gerhochs Widersacher in seinen christologischen Streitigkeiten wollen Gott bekämpfen und sich einen Namen machen; auch sie werden durch Sprachentrennung bestraft, nicht nur durch geistige Verwirrung; „eine Ketzerei, die in einem Sprachgebiet entstand, kann sich nicht leicht auf Völker einer anderen Sprache (*alterius linguae nationes*) ausdehnen." Aber die aktuelle Exegese Gerhochs war nicht nur Polemik gegen seine Feinde, sie war Zeitkritik überhaupt; die [Opera hactenus inedita, hg. Friedrich SCHEIBELBERGER, Bd. 1, Linz 1875: De investigatione Antichristi II, 30 S. 250 f.; III, 3 S. 364. Dazu Peter CLASSEN, Gerhoch von Reichersberg, Eine Biographie, Wiesbaden 1960, S. 229 ff.; hier S. 116, 319 über „aktuelle Exegese".]

S. 660 Z. 5 (... erstrahlen.) Schon jetzt gibt es hoffnungsvolle Ansätze: In den Klöstern erschallt ein neues Lied, auch bei den Laien *per cantilenas linguae vulgaris*; besonders die deutsche Volkssprache ist für gefälligen Gesang geeignet. Gerhoch, der auch die Vielfalt der Staaten und Völker anerkannte, wollte durchaus keine deutsche Liturgie oder Theologie verteidigen. [Commentarius in psalmum 39, 4, MPL Bd. 193, Sp. 1436. Hinweis von Prof. Peter CLASSEN – Gießen.]

[S. 660 Anm. 118, anfügen: in veränderter Form gedruckt: Erich MEUTHEN, Kirche und Heilsgeschichte bei Gerhoh von Reichersberg (Studien und Texte zur Geistesgeschichte des Mittelalters 6), Leiden-Köln 1959, S. 59, 97, 135 ff.]

[S. 660 Anm. 119, anfügen: Anna-Dorothee von den BRINCKEN, Die Welt- und Inkarnationsära bei Heimo von St. Jakob, in: DA 16 (1960) 155–194, hier S. 161 f.]

S. 662 Z. 22 (Otto von Freising ... Folgen;) der Turm war mehr eine geographische Markierung als ein historisches Monument und wurde denn auch in den illustrierten Exemplaren von Ottos Chronik nicht abgebildet. Er kann nach Ottos Meinung nicht lange gestanden haben. [Chronica VII, 3, MGH SSRG Bd. 45, S. 312. Zu den Bildern Walther SCHEIDIG, Der Miniaturenzyklus zur Weltchronik Ottos von Freising im Codex Jenensis Bose q. 6 (Studien zur deutschen Kunstgeschichte 257), Straßburg 1928, S. 8 f., 13.]

S. 662 Z. 30 (... her) und sicherte wie Wipo durch die Trojanerherkunft den deutschen Königen und Kaisern die Verbindung mit Rom, aber ohne Geschichtsklitterung; ebenso wie dem französischen Poitiers sprach Otto dem benachbarten bayerischen Passau das Recht ab, sich auf Grund des Ortsnamens und an Stelle von Padua für die Gründung des Trojaners Antenor zu halten. Und ob der Frankenname wirklich auf einen trojanischen Helden zurückging? Vielleicht [Chronica VI, 28 S. 291 (deutsche Könige; vgl. IV, 32 S. 224); I, 25 S. 57 (Antenor).]

[*S. 665* Anm. 127, anfügen: Herbert GRUNDMANN, Der Cappenberger Barbarossakopf und die Anfänge des Stiftes Cappenberg (Münstersche Forschungen 12), Köln-Graz 1959, S. 58 f.]

[*S. 672* Anm. 145 Z. 2 (... S. 66 f.;) MINKOWSKI, Turm 16 Tafel III.]

S. 674 Z. 24–25 (Wiener Oswald ... *Tragemunt*) und geht zurück auf *Dragumanus*, „Dolmetscher". Die [Dazu Edgar GLÄSSER, Dolmetschen im Mittelalter, Ein Beitrag zur Entwicklung des Völkergedankens, in: Beiträge (o. Nachtrag zu S. 34) S. 61–79, hier S. 76 f.; Vermutungen zur Volksetymologie des Namens scheinen mir untunlich.]

[*S. 675* Anm. 154, anfügen: Zum geistigen Gehalt Friedrich-Wilhelm WENTZLAFF-EGGEBERT, Kreuzzugsdichtung des Mittelalters, Studien zu ihrer geschichtlichen und dichterischen Wirklichkeit, Berlin 1960, S. 98 ff.]

[*S. 679* Anm. 168, anfügen: Ein Seitenstück zu dieser im Abendland unverständlichen Liste ist die Aufzählung der armenischen Monatsnamen bei Bernold von St. Blasien, Chronicon, MGH SS Bd. 5, S. 395; dazu BISCHOFF, Study 213.]

S. 681 Z. 30 (Wilhelm von Apulien ... nach dem) in den letzten Jahren des 11. Jahrhunderts geschriebenen Zeugnis [Dazu Michele FUIANO, Studi di storiografia medioevale (Storia e pensiero 7), Neapel 1960, S. 18 f.]

[*S. 682* Anm. 174, anfügen: Zur amtlichen Dreisprachigkeit Karl Andreas KEHR, Die Urkunden der normannisch-sicilischen Könige, Eine diplomatische Untersuchung, Innsbruck 1902, S. 239 ff.; zur reichen Übersetzungsliteratur HASKINS (o. Nachtrag zu S. 608) S. 155 ff. Ein dreisprachiges Psalterium von spätestens 1153 für einen normannischen Fürsten notiert BISCHOFF, Study 220.]

S. 683 Z. 13 (... Veranlassung.) Deutlicher als in diesen Darstellungen wurde der Turmbau zu Babel im Rahmen der ganzen Heilsgeschichte gesehen von jenem Priester Pantaleone, der um 1165 den Mosaikfußboden des Mittelschiffs von San Pietro in Otranto entwarf. Der Turmbau zeigt das gewohnte Bild der eifrigen Arbeit. Aber er steht nahe an der Wurzel eines riesigen Baumes, der die Heilsgeschichte bedeutet und am Altar Christi gipfelt; in seiner Nähe sieht man Alexander den Großen, gemäß der persischen Sage, mit einem Adlerwagen beim Versuch des Fluges in den Himmel. Beides waren überhebliche und vergebliche Bemühungen der Vorzeit, längst in den Schatten gestellt durch das Wachstum der christlichen Kirche, die den wahren Weg zum Himmel weist. Allerdings ist auch hier nicht das Scheitern, nicht die Sprachverwirrung abgebildet. [Carl Arnold WILLEMSEN – Dagmar ODENTHAL, Apulien, Land der Normannen, Land der Staufer, Köln 1958, Abb. 229–230; Alfredo PETRUCCI, Cattedrali di Puglia, Rom 1960, S. 98 f. und Abb. 216; nicht bei MINKOWSKI, Turm. Erster Hinweis von Prof. Wolfram von den STEINEN – Basel.]

[S. 683 Anm. 176 Z. 2 (... XXXVI;) MINKOWSKI, Turm 14 Tafel II a.]

[S. 683 Anm. 177, anfügen: MINKOWSKI, Turm 12 Bild 5, 14 Tafel IIb.]

S. 686 Z. 15 (Ordericus Vitalis), verbessern: den Mittwoch [Korrektur von Prof. Reinhard ELZE – Berlin.]

S. 690 Z. 17 (Marie de France ... sie mit.) Nur das Irische blieb draußen: Einem irischen Mörder konnte selbst der heilige Patrick nur mit Hilfe eines Dolmetschers die Beichte abnehmen; dabei ereignete sich kein Wunder, wie es Pachomius widerfahren war und wie es Marie sonst liebte; freilich folgte sie hier einer lateinischen Vorlage. [Das Buch vom Espurgatoire S. Patrice der Marie de France und seine Quelle, hg. Karl WARNKE (Bibliotheca Normannica 9), Halle 1938: v. 229 ff. S. 19. Dazu GLÄSSER (o. Nachtrag zu S. 674) S. 74.]

[*S. 694* Anm. 194, anfügen: Herbert PILCH, Layamons „Brut", Eine literarische Studie (Anglistische Forschungen 91), Heidelberg 1960, S. 249 f., 256 f.]

S. 695 Z. 22 (Giraldus Cambrensis ... überein.) Auch die Sprache der Kobolde ist mit dem Walisischen und Griechischen verwandt; so segnet selbst die keltische Märchenwelt den Bund, der sich knüpfte, als die Briten auf der Flucht aus Troja in Griechenland haltmachten. Die Entdeckung der indogermanischen Sprachfamilie wird bei Giraldus nicht weiter ausgenutzt; die lateinische, englische, irische, gallische und deutsche Sprache werden zwar miterwähnt, bleiben aber aus dem historischen Bund ausgeschlossen. [Itinerarium Kambiae I, 8, RBSS Bd. 21, 6 S. 77 f.]

[S. 695 Anm. 196, anfügen: Zu seiner Sprachvergleichung Cornelia Catlin COULTER – Francis Peabody MAGOUN, Giraldus Cambrensis on Indo-Germanic Philology, in: Speculum 1 (1926) 104–109; Giuliano BONFANTE, Ideas on the Kinship of the European Languages from 1200 to 1800, in: Cahiers d'histoire mondiale 1 (1953/54) 679 bis 699, hier S. 680; DERS., A Contribution to the History of Celtology, in: Celtica 3 (1956) 17–34, hier S. 17 ff.]

[*S. 697* Anm. 201 Z. 2, verbessern: Die Verfasserschaft ist unsicher; außer Adam von Dryburgh käme der Zisterzienser Garnerius von Rochefort (gest. ca. 1216) in Frage; für ihn plädiert André WILMART OSB, Les allégories sur l'écriture attribuées à Raban Maur, in: Revue bénédictine 32 (1920) 47–56, hier S. 54 f. Vermittelnd SPICQ.]

[*S. 699* Anm. 206, anfügen: Zum Deutschenbild Werner BETZ, Das Deutschenbild des Saxo Grammaticus, in: Zeitschrift für deutsche Philologie 71 (1952) 117–133, hier S. 125 ff. stärker differenzierend, aber ohne die Sprachenfrage einzubeziehen.]

S. 706 nach Z. 5 eigener Absatz: Wir finden sie lediglich wieder in einem schwer datierbaren, einer ravennatischen Chronik des frühen 14. Jahrhunderts eingefügten Stück städtischer Urgeschichte. Diese „Aedificatio civitatis Ravennae" begnügte sich nicht – wie Guido von Pisa – mit der trojanischen Herkunft der Ravennaten, sondern behauptete, sichtlich in Antithese zu stadtrömischen Ansprüchen, Ravenna sei gegründet von einem Hamiten, der vor der Tyrannei Nimrods geflohen sei (des gleichen Nimrod, den die römische „Graphia" zum Herrscher in Rom machte); ein Sohn Noahs, der nach der Sintflut geborene *Cromacius* habe das benachbarte Comacchio gestiftet. Wahrscheinlich hing diese Usurpation einer biblischen Urgeschichte zusammen mit dem jahrhundertelangen kirchenpolitischen Streit zwischen Rom und Ravenna; wir werden von ihm und von der Wirkung der „Aedificatio" noch hören. [Aedificatio civitatis Ravennae, RISS Bd. 1, 2 S. 574.]

S. 713 Z. 17 (Christian von Troyes ... Interpreten,) wenngleich die Damen des Artushofes sonst *an lengue françoise* sprechen. [Le chevalier de la charrete v. 40, hg. Mario ROQUES (Les classiques français du moyen âge 86), Paris 1958, S. 2; dazu KOLL, Langue 93.]

[*S. 714* Anm. 242, anfügen: Jules HORRENT, Le Pèlerinage de Charlemagne, Essai d'explication littéraire avec des notes de critique textuelle (Bibliothèque de la Faculté de Philosophie et Lettres de l'Université de Liège 158), Paris 1961, S. 45.]

[S. 714 Anm. 243, anfügen: WEINRICH (o. Nachtrag zu S. 634) S. 72 bezweifelt HOLMES' Ansicht.]

S. 722 Z. 31 (Richard von St. Victor ... zählt.) Dazu gehört das fränkisch-französische Reich, ausgehend von Trojanern, die ihren Namen als *feroces* oder von einem Manne *Francio* erhielten und deren Gründung bis heute besteht. [Liber exceptionum X, 1, hg. Jean CHATILLON (Textes philosophiques du moyen âge 5), Paris 1958, S. 203; auch in MPL Bd. 177, Sp. 275 f.]

[*S. 724* Z. 33 (Petrus Comestor ... *Jonithus*.) dazu Anmerkung: HASKINS (o. Nachtrag zu S. 608) S. 336–345 behandelt andere Texte des 12. Jahrhunderts, die den weisen Astronomen Nimrod umgekehrt zum Lehrer des *Joathan* machen, den apokryphen Jonitus also dem biblischen Joatham (Jud. 9, 5; Matth. 1, 9) angleichen. Hinweis von D'ALVERNY (o. Nachtrag zu S. 233) S. 493.]

S. 725 Z. 4, verbessern: zehn Ellen hohe.

S. 728 Z. 31 (Alanus von Lille ... *manus*.) Erst die logische Ordnung dieser Gottesgabe, die *grammatica*, ist menschlicher Meinung überlassen, *hominis beneplacito*; aber darauf kommt es nun nicht mehr an. [Regulae de sacra theologia, prologus, MPL Bd. 210, Sp. 621.]

S. 737 Z. 3 (... umgeben.) Als Pierre von Beauvais zu Beginn des 13. Jahrhunderts das Buch „De imagine mundi" des Honorius von Autun in französische Verse übersetzte, widmete er dem Babelturm einen seiner seltenen Exkurse. Dabei gab er eine originelle Erklärung der Sprachverwirrung, die man dem unbedeutenden Übersetzer selbst nicht zutraut, die aber erst im 16. Jahrhundert bei Erasmus ähnlich auftaucht. Die Veränderung der Sprachen sei zustande gekommen durch die große Entfernung zwischen den einzelnen Stockwerken des Babelturmes; wenn die Bauarbeiter einander etwas zuriefen, konnten sie sich nicht verstehen, und so brachte der eine Mörtel, wenn der andere Steine verlangt hatte. Als hätte Pierre diese rationalistische Erklärung selber bedenklich gefunden, brachte er danach die andere, daß Gott seinen Feinden die Sprache verändert habe. Jedenfalls hatte das babylonische Ereignis etwas Verwirrendes und Beunruhigendes, auch etwas Fremdes und Außergewöhnliches, das der alltäglichen Erfahrung des Bauens und des Sprechens nicht verwandt schien. [Mappemonde v. 644–673, zitiert nach der brieflichen Mitteilung von M.lle Annie ANGREMY – Paris, die eine kritische Ausgabe vorbereitet.]

[S. 737 Anm. 15 Z. 2 (ROQUES) Paris 1954.]

S. 738 Z. 20 (Graindor ... soll.) Was bedeutet es demgegenüber noch, daß der Sultan der Sarazenen *en romans* mit Christen reden kann und daß unter den Kreuzfahrern einzelne Dolmetscher *en sarrasinois* verhandeln? Und selbst das geschah in weiter, orientalischer Ferne. [La conquête de Jérusalem v. 6446 ff., Hippeau S. 257 (Sultan); v. 6587 ff. S. 262 (Dolmetscher).]

[*S. 739* Anm. 19, anfügen: Minkowski, Turm 16 Tafel IV, hier nach Gloucester und in die Zeit vor 1222 gesetzt.]

S. 740 Z. 4–6 (... Wort.) Erst wer sich über die Realitäten zu den geistigen Beziehungen des Verschiedenartigen erhob, bemerkte ihren Zusammenhang. Ein anonymer englischer Zisterzienser, der in Paris studiert hatte und an der Wende vom 12. zum 13. Jahrhundert ein typologisches Wörterbuch schrieb, vermerkte zwar, daß in Babylon beim Turmbau eine *divisio linguarum* vorgefallen sei, verstand Babel jedoch grundsätzlich als fleischliche Welt und ihren Pomp, als Verwirrung und Hölle. Die Sprache schien ihm durch Babel nicht verderbt, obwohl er *lingua* definierte als *genus loquelae, suis idiomatibus ab aliis discretae loquelis*. Die Sprechweisen mögen verschieden sein; das Pfingstwunder zeigt, daß die Sprache von Gott kommt, ja göttlich sein kann: Sprache Gottes ist das Wort des Predigers, das Evangelium, das fleischgewordene Wort. In Christus hat die menschliche Sprache ihren unüberwindlichen Schutz, der sie vor Babel bewahrt. [Distinctiones monasticae et morales, hg. Jean Baptiste Pitra OSB, Spicilegium Solesmense complectens sanctorum patrum scriptorumque ecclesiasticorum anecdota hactenus opera, Bd. 2–3, Paris 1855: I, 32 Bd. 3, S. 457 f. (Babel); III, 165 Bd. 2, S. 210 f. (lingua).] Im Kern war die geistige Welt heil, wenn man sich nur an Christus hielt; da ordneten sich auch die Sprachen übersichtlich, wie in dem Zweizeiler eines unbekannten Engländers der Zeit:

Lingua latina potens, ebreaque religiosa,
Greca fuit sapiens: tribus his crux intitulatur.

Augustins Charakterisierung der drei Kreuzessprachen galt noch immer und umspannte die drei Hauptbezirke menschlicher Kultur. [Handschrift Cambridge, Trinity College, Cod. B. 14. 39, f. 36 v, zitiert nach Hans Walther, Scherz und Ernst in der Völker- und Stämme-Charakteristik mittellateinischer Verse, in: AKG 41 (1959) 263–301, hier S. 279 Nr. 107.] Und der Grammatiker und Regularkanoniker Alexander Neckham (1157–1217), der Hebräisch konnte und Hebräisch, Griechisch, Englisch und Französisch schon kritisch mit der lateinischen Grammatik verglich, versicherte [Dazu Bischoff, Study 214.]

[*S. 741* Anm. 23 Z. 2, verbessern: 56, 30 ff.]

S. 747 Z. 23 (... zusammenzuzählen.) Freilich war diese Vielfalt menschliche Schuld; Wilbrands nachmaliger Amtsvorgänger, der Kölner Domscholaster und spätere Kardinal Oliverus (gest. 1227), berichtete vom ägyptischen Kreuzzug 1220/21, einst hätten Giganten in Babel ein anmaßendes Werk über menschliche Kraft versucht und damit die Verwirrung der Sprachen verdient. [Historia de ortu Jerusalem et eius variis eventibus c. 1, hg. Hermann Hoogeweg, Die Schriften des Kölner Domscholasters, späteren Bischofs von Paderborn und Kardinalbischofs von S. Sabina Oliverus (BLV 202), Tübingen 1894, S. 27 f.]

S. 754 Z. 8, verbessern: ist, das hängt.

[*S. 756* Anm. 50, anfügen: Daß dem Kaiser auch slavische Sprachen nicht ganz fremd waren, zeigt Bischoff, Study 220.]

[*S. 759* Anm. 60, anfügen: Ruth Harvey, Moriz von Craûn and the Chivalric World, Oxford 1961, S. 62 ff. nimmt für die historische Einleitung verschiedene, zum Teil verlorene Quellen an.]

[*S. 762* Anm. 65, anfügen: Nach Paul HÖGBERG, La chronique de Lucas de Tuy, in: Revue hispanique 81 (1933) 404–420, hier S. 408 f. ist die SCHOTTsche Ausgabe so mangelhaft, daß sich aus ihr keine zwingenden Schlüsse auf den Inhalt des Werkes ziehen lassen.]

S. 763 Z. 26 (Roderich von Toledo ... Norden,) das heißt wohl die Lappen und Finnen.

S. 763 Z. 35–37, verbessern: In sie hat er das Baskische, das er kannte, nicht eingeordnet; es ist in der Aufstellung eigens genannt.

S. 763 Z. 38–39, verbessern: Bulgaren und Walachen (zu einer Sprache zusammengefaßt), Kumanen, Slaven (bei denen Böhmen und Polen mitgenannt sind) und, von ihnen gesondert, Ungarn.

S. 763 Z. 40 (... Schotten,) der Waliser und Briten und die Griechen.

S. 764 Z. 8 (... übertrug) und gab selber eine Koranübersetzung in Auftrag; auch sonst förderte er die Beschäftigung mit orientalischen Sprachen. [Dazu Ugo MONNERET DE VILLARD, Lo studio dell' Islām in Europa nel XII e nel XIII secolo (Studi e Testi 110), Città del Vaticano 1944, S. 21 ff.]

[S. 764 Anm. 67 Z. 3–4 streichen: Wer die ... Bihač? (Die *Blaci* sind die Walachen). – Anfügen: Zur Sprachenliste BONFANTE, Ideas 680 f.; BONFANTE, Contribution 21 f. Wenig ergiebig ist Manuel BALLESTEROS GAIBROIS, Don Rodrigo Jiménez de Rada (Pro ecclesia et patria 8), Barcelona 1936, S. 205 ff.]

[*S. 766* Anm. 78, anfügen: Dazu, überhaupt zur Verbindung von Mongolen und Magiern Ugo MONNERET DE VILLARD, Le leggende orientali sui magi evangelici (Studi e Testi 163), Città del Vaticano 1952, S. 157 ff.]

S. 772 Z. 19 (Johann von Piano di Carpine), streichen: deutsch, [Nach Ystoria Mongalorum VII, 3, hg. Anastasius VAN DEN WYNGAERT OFM, Sinica franciscana, Bd. 1, Quaracchi 1929, S. 85, ist dies Zusatz einer Wiener Handschrift, also schwerlich ursprünglich.]

S. 773 Z. 13 (Wilhelm von Rubruk), verbessern: in Ungarn geborene, von einem Lothringer stammende Frau [Itinerarium c. 30, 7, WYNGAERT (o. Nachtrag zu S. 772) S. 278.]

[*S. 780* Anm. 103, anfügen: auch nicht bei MINKOWSKI, Turm. Nach Jeffrey TRUBY, The Glories of Salisbury Cathedral, London 1948, S. 31, ist das Relief Bestandteil eines großen Bilderzyklus zum Alten Testament.]

S. 781 Z. 12 (Matthäus Paris), verbessern: den Mittwoch benennen.

[*S. 793* Anm. 129, anfügen: Das Fenster mit Adam und Babel ist zwar in der Gesamtkomposition authentisch, im einzelnen aber seit dem 16. Jahrhundert fast völlig renoviert und nicht mehr original; vgl. Marcel AUBERT – Louis GRODECKI u. a., Les vitraux de Notre-Dame et de la Sainte-Chapelle de Paris (Corpus Vitrearum Medii Aevi, France 1), Paris 1959, S. 94 ff.]

S. 794 Z. 29 (Brunetto Latini), verbessern: Latini ließ zwischen 1260 und 1266 die gesichert [Die durch W. GOETZ behauptete Benutzung des Werkes von Vinzenz von Beauvais ist nicht nachzuweisen.]

[*S. 797* Anm. 135, anfügen: Zur Sprachtheorie des Petrus Hispanus VERBURG, Taal 71 ff.]

[*S. 799* Anm. 137, anfügen: Eine Parallele zur modernen Strukturlinguistik zieht Heinrich Roos SJ, Die Stellung der Grammatik im Lehrbetrieb des 13. Jahrhunderts, in: Artes liberales, Von der antiken Bildung zur Wissenschaft des Mittelalters, hg. Josef Koch (Studien und Texte zur Geistesgeschichte des Mittelalters 5), Leiden-Köln 1959, S. 94–106, hier S. 102.]

S. 802 Z. 31, verbessern: also, wie vielleicht schon Roderich.

[S. 802 Anm. 145, anfügen: Wie Porzig auch Fontaine (o. Nachtrag zu S. 450 Anm. 49) S. 112.]

[*S. 806* Anm. 154 Z. 7–8, verbessern: Joseph Ratzinger, Die Geschichtstheologie des heiligen Bonaventura, München-Zürich 1959, S. 9 ff., 22 f. – Anfügen: Zu seiner Sprachtheorie Warnach, Erkennen 185 ff.]

S. 810 Z. 31 (Thomas von Aquin ... geschenkt.) Sie ist ihm aber auch nicht restlos möglich, weil die Sprache nur gedankliche Entwürfe unmittelbar, Dinge dagegen mittelbar bezeichnet. [Peri hermeneias I, 2, 5, Editio Leonina S. 12.]

S. 811 Z. 9–14, verbessern: Auch die Sprache Adams machte davon keine Ausnahme. Lediglich in einem dialektischen Argument, das sich dann als nicht stichhaltig erwies, erinnerte Thomas daran, daß Adam von Gott vollkommen geschaffen und zum Lehrer des Menschengeschlechts bestimmt worden sei, daß ihm also bei der Benennung der Dinge ihre Natur exakt bekannt gewesen sein müsse. Den Satz *Nomina rerum debent esse consona eorum proprietatibus* formulierte Thomas, ohne ihm zuzustimmen. Denn Namen bezeichnen nicht unmittelbar Dinge; was der eine „Stein" nennt, heißt der andere „Esel". Das betrifft offenbar auch die Namen, die Adam den Tieren gab. Sprache war immer ein [Korrektur der Interpretation von Quaestiones disputatae de veritate XVIII, 4 von Dozent Dr. Ludger Oeing-Hanhoff – Münster; von ihm auch der Hinweis auf Quaestiones disputatae de spiritualibus creaturis IX, 9, Fretté-Maré Bd. 14, S. 48 (Stein). Die Argumentation von De veritate XVIII, 4 ist in der Summa theologica I, 94, 3, Leonina Bd. 5, S. 416, ebenfalls nur im *Contra* wiederholt.]

[S. 811 Anm. 169, anfügen: Ferner Viktor Warnach OSB, Das äußere Sprechen und seine Funktionen nach der Lehre des hl. Thomas von Aquin, in: Divus Thomas 16 (1938) 393–419, hier S. 413 f.; Verburg, Taal 36 ff.]

S. 812 Z. 17 (... wiederholt,) die Dinge nur mittelbar, aber unmittelbar den [Summa theologica I, 13, 4, Leonina Bd. 4, S. 145.]

[*S. 813* Anm. 176, anfügen: Über das Verhältnis von Gottes Heilswort zum Menschenwort Thomas Bonhoeffer, Die Gotteslehre des Thomas von Aquin als Sprachproblem (Beiträge zur historischen Theologie 32), Tübingen 1961, S. 67 ff.]

S. 815 Z. 15 (Tholomeus ... zusteht) und die Kirchengeschichte seit dem ersten Papst Christus immer Papstgeschichte ist, kann [Historia ecclesiastica I, 2, RISS Bd. 11, Sp. 757.]

S. 817 Z. 16 (... Völkervielfalt ab.) Nicht ganz vernachlässigt, aber sorgsam eingehegt ist sie bei dem provenzalischen Kanonisten und Kurialen Wilhelm Durandus d. Ä. (ca. 1230–1296), dessen Darstellung der kirchlichen Liturgie vor 1291 der Sprachenfrage nicht auswich. Es gibt viele Arten von Sprachen, aber in der Messe werden nur drei verwendet, Hebräisch wegen des Alten Testaments und seines eigenen Alters, Griechisch wegen seiner Weisheit, Lateinisch wegen des Adels und der Macht des römischen Reiches. Die augustinische Charakteristik ist indes verschoben, nicht, wie man von dem Kurialen erwarten sollte, zum Lateinischen, sondern zum Hebräischen hin: Dies ist von allen Sprachen die edelste, nicht so sehr, weil sie die Mutter aller übrigen ist, vielmehr wegen der Autorität der Heiligen Schrift. *Latina vero inferior, quasi filia.* Mit fast nervöser Entschiedenheit drängte der Liturgiker hinaus über die Zone des Weltlich-Historischen, in der auch das Kirchenlatein zu Hause war. [Rationale divinorum officiorum, Venedig 1568: IV, 1, 36–37 f. 60 vb (drei Sprachen); VI, 86, 3 f. 244 va (Hebräisch als Mutter); VI, 85, 4 f. 243 va (Hebräisch und Lateinisch). Hinweis von Prof. Reinhard ELZE – Berlin).] Über diese Zone strebte auch der Augustiner-Eremit Aegidius Romanus (ca. 1245–1316) hinaus, allerdings um sie von einem festen Punkt aus in den Griff zu bekommen. Sein kirchenpolitischer Traktat von 1301/02, der den päpstlichen Universalismus begründen wollte, bediente sich der historischen Argumentation, um zu zeigen, daß Kirche und Priestertum am Ursprung der Geschichte stehen. Radikaler als Innocenz III. unterstrich Aegidius, daß Noah, ja daß Adam schon Priester war, während das Königtum erst nach der Sintflut begann, und zwar mit dem Tyrannen Nimrod in Babylon. Darum hat nicht das Königtum, sondern die Kirche Macht über die Erde, und wie sie verteilt wird, kann nicht durch Gewalt und Gesetz, nur durch die Gemeinschaft bestimmt werden. So haben sich die Söhne Noahs die Kontinente aufgeteilt, daß Sem nach Asien, Cham nach Afrika, Japhet nach Europa kam. Gemeinschaft aber setzt *communicacio hominum ad invicem* voraus, und diese Vereinbarung ist Sache der Kirche. Ohne daß das Gegenbild beschworen würde, ist es deutlich erkennbar: Es ist das Babel weltlicher Herrschaft, in dem es keine menschliche Verständigung gibt. Der geschichtliche Bereich erhält seine Ordnung von draußen; er hat keinen eigenen Wert. [De ecclesiastica potestate, hg. Richard SCHOLZ, Neudruck Aalen 1961: I, 6 S. 21; III, 1 S. 147 (Noah, Adam); I, 5 S. 15; I, 6 S. 18; II, 5 S. 54 (Nimrod); II, 12 S. 103 f. (Gemeinschaft, Vereinbarung).] Anders dachten die Franziskaner.

[*S. 818* Anm. 190, anfügen: Alfred JEREMIAS, Babylonisches im Neuen Testament, Leipzig 1905, S. 22 nimmt unnötigerweise babylonischen Einfluß an.]

[*S. 825* Anm. 6 Z. 1 (... Österreich;) dazu Kurt KÖSTER, Die Geschichtsschreibung der Kolmarer Dominikaner des 13. Jahrhunderts, in: Schicksalswege am Oberrhein, Beiträge zur Kultur- und Geistesgeschichte, zur Wirtschafts- und Staatenkunde, hg. Paul WENTZCKE, Heidelberg 1952, S. 1–100, hier S. 67 f.]

[*S. 829* Anm. 11 Z. 5 (... Typologie;) Gerhard SCHMIDT, Die Armenbibeln des XIV. Jahrhunderts (Veröffentlichungen des Instituts für österreichische Geschichtsforschung 19), Graz-Köln 1959, S. 85 ff. (Entstehung), 113, 124 (Pfingstbild).]

S. 832 nach Z. 28 eigener Absatz: Eckeharts Schüler, der alemannische Dominikaner Heinrich Seuse (ca. 1295–1366), stand seiner Umwelt wohl näher, auch in seiner bilderreichen Sprache; er begründete 1327/34 die Abfassung eines Buches in deutscher Sprache damit, daß ihm seine mystischen Betrachtungen in deutscher Sprache von Gott her gekommen seien. Erstaunlich konkret klingt auch Seuses Vergleich: *Ein minnerichen zungen ein unminneriches herze enkan als wenig verstan, als ein tutscher einen walhen,* als wäre es unmöglich, den deutsch-französischen Sprachengegensatz auf die Weise der Mystikerinnen Hadewijch und Liutgard zu überwinden. Aber das ist nur ein Bild, dessen Vordergründigkeit deutlich wird, wenn man auf Subjekt und Objekt des Vergleiches achtet: diesmal steht der Deutschsprachige auf der Seite der Nichtmystiker. Gottes Eingebung und die Verhärtung des Menschen sind an keine nationale Sprache gebunden, auch wenn sich menschliche Einsicht und Verblendung in nationalen Sprachen äußern. [Büchlein der ewigen Weisheit, Prolog, hg. Karl BIHLMEYER, Heinrich Seuse, Deutsche Schriften, Stuttgart 1907, S. 197, 199.]

[*S. 838* Anm. 30, anfügen: Minkowski, Turm 22–26 mit zahlreichen Bildern.]

S. 839 Z. 23 (Hugo von Trimberg ... das) war vielleicht für den Wandersmann nötig, der diese Sprache lernte, um seinen Hunger zu stillen, so wie man dem Sittich Griechisch beibringt; aber ohne Not schickte es [Der Renner v. 3633 ff., Ehrismann Bd. 1, S. 149 f.; dazu Bischoff, Study 216 f.]

S. 843 Z. 19 (Konrad von Megenberg ... Gottes.) Man lernt sie durch Erziehung, nicht nur die Fremdsprache, die vom 7. Lebensjahr an gelehrt werden soll, sondern auch die *materna lingwa*, in der kleinere Kinder zu unterrichten sind. Lernen muß man nicht allein diese oder jene Sprache, auch das Sprechen selbst. [Oeconomica I, 2, 17, nach der Handschrift zitiert bei Bischoff, Study 210.]

S. 844 Z. 5 (... Gegenwart.) Der spätere Bamberger Bischof Lupold von Bebenburg (ca. 1297–1363) hielt 1340 bei der Begründung der Reichsrechte noch vornehme Distanz von der Urgeschichte; es war ihm genug, daß die Franken wie die Römer von den Trojanern stammten. Ihren Namen wußte er nicht deutsch zu erklären; er bedeute in der griechischen Sprache „kühn", in der römischen „frei". Welche Sprache die Franken redeten, darauf kam es (anders als bei Alexander von Roes) nicht so sehr an wie auf den Nachweis, daß der erste Frankenkönig Faramund genau wie Karl der Große ein Germane, ein Deutscher war. Das Alte Testament wurde nicht bemüht. Wo das Niveau weniger akademisch, das Interesse lokaler war, griff man unbekümmerter aus. [De iuribus et translatione imperii, Straßburg 1508: c. 1 f. 1 r (Herkunft der Franken); c. 19 f. 66 v (Faramund).]

S. 848 Z. 38 (Johann von Marignola ... Sprachkenntnisse;) nur daß seiner *lingua Florentina* das Böhmische unbekannt und unaussprechlich sei, gab der Chronist Böhmens ohne Gewissensbisse zu.

[*S. 852* Anm. 57, anfügen: Von den 72 Statuen gemäß den 72 Sprachen weiß im 14. Jahrhundert eine „Chronica mundi ... cum descriptione praecipuorum aedificiorum urbis Romae", Handschrift Wien, Nationalbibliothek, Cod. lat. 425, zitiert bei FSTI Bd. 90, S. 192 Anm. 1.]

[*S. 854* Anm. 60 Z. 4 (... Turmbau;) Minkowski, Turm 15 Tafel IIc (mit unglücklicher Deutung, die die Wölbung der Kirche vergißt);]

[*S. 856* Anm. 62, anfügen: Die Beobachtung ist treffend; das Guantsche gehört zu den nichtindogermanischen Berbersprachen.]

S. 857 Z. 22 (Oderich ... anknüpften.) Oderich zweifelte daran nicht; obwohl er Arabisch konnte und in *multis linguis* predigen mußte, gab sein Reisebericht nur von einem einzigen Lande an, daß es seine besondere Sprache habe: von Chaldäa, wo er den Turm von Babel besuchte. [Relatio c. 7, Wyngaert (o. Nachtrag zu S. 772) S. 421. Zu seinen Sprachkenntnissen Berthold Altaner, Zur Kenntnis des Arabischen im 13. und 14. Jahrhundert, in: Orientalia Christiana Periodica 2 (1936) 437–452, hier S. 447.]

[S. 857 Anm. 66, zu Beginn einfügen: Johann von Montecorvino, Epistola 2, 9, Wyngaert (o. Nachtrag zu S. 772) S. 350;]

[*S. 858* Anm. 67, zu Beginn einfügen: Paschalis von Vitoria, Epistola 2 f., Wyngaert (o. Nachtrag zu S. 772) S. 503;]

S. 859 Z. 18 (Jakob von Acqui ... Weltgeschichte;) zu ihr gehörte lediglich die Abstammung früher Bewohner der Lombardei von Japhet. [Chronicon, Avogadro S. 1414.]

S. 862 Z. 20–27 (Jakob von Varazze ... zu haben;) verbessern: vielleicht ist es eine zu Beginn des 13. Jahrhunderts in Faenza geschriebene Chronik, die den Bericht der „Aedificatio civitatis Ravennae" verwertete und umbog: Aus dem Hamiten, der vor Nimrod floh, wurden dabei Nimrods Söhne, die nach Ravenna kamen. So übernahm Jakob die Erzählung, die neue Aktualität gewann durch die Unterstellung [Tolosanus (gest. 1226), Chronicon Faventinum c. 16, RISS NE Bd. 28, 1 S. 23.]

S. 863 Z. 9 (Guido von Colonna ... Nachahmung.) Denn es erzählte von der Urgeschichte halb Europas, von den italienischen Abenteuern des Aeneas, von der Gründung Venedigs durch Antenor, von *Sicanus*, der dem heimischen Sizilien den Namen gab, von dem Franzosen *Francus* und dem Engländer *Brutus* – und alle waren Trojaner.

[S. 863 Anm. 74, zu Beginn einfügen: Historia destructionis Troiae, hg. Nathaniel Edward GRIFFIN (The Mediaeval Academy of America Publications 26), Cambridge-Mass. 1936, S. 11; dazu.]

S. 866 Z. 30 (Cronica de quibusdam gestis ... ging,) wie man seit dem spätantiken Vergilkommentator Servius wußte, nach.

S. 869 Z. 30 (Dante ... Glossatoren) übliche, durch Thomas von Aquin freilich verworfene Wendung.

[S. 869 Anm. 88 Z. 1, verbessern: (... 1921,) S. 340.]

[*S. 872* Anm. 91 Z. 2, verbessern: I, 1–9.]

S. 873 Z. 33–34 (...*sona*;) die Muttersprache wird auch im Jenseits allenthalben in ihrer geschichtlichen Besonderheit anerkannt. Vergil spricht schon Italienisch, aber im lombardischen Dialekt; ein alter Florentiner redet zwar Dantes Sprache, aber nicht *questa moderna favella*; Dante selbst wird an seiner Sprache mehrfach als Florentiner erkannt. Jedoch darf der Dialekt nur als Charakteristikum des Individuums gelten, nicht als Fundament der Gemeinschaft; als [Divina Commedia, Inferno XXVII, 20, VANDELLI S. 221 (Vergil); Paradiso XVI, 33 S. 751 (moderna); Inferno X, 25 f. S. 75; Inferno XXXIII, 11 f. S. 275 (Dantes Dialekt). Dazu Heinrich KUEN, Sprachen und Dialekte in der Göttlichen Komödie, in: Deutsches Dante-Jahrbuch 34/35 (1957) 63–95, hier S. 67 ff.]

S. 879 Z. 33–37 (General Estoria ... Norwegisch) und, wohl anstelle des Schwedischen, Schwäbisch (*Suava*) hinzugefügt; auch andere bei Roderich zusammengefaßte Völker wurden gesondert nebeneinandergestellt, so daß nun über 20 europäische Sprachen zusammenkamen. Vertretbar ist die Unterteilung der nordgermanischen und der keltischen.

[*S. 881* Anm. 104, anfügen: Lulls Etymologie von *miles* stammt aus Isidor von Sevilla, Etymologiae IX, 3, 32.]

S. 886 Z. 22 (... werden.) Papst Klemens V. empfand sich bei der Begründung des Beschlusses als Nachfolger Christi, der gewollt habe, daß seine Apostel, um in aller Welt das Evangelium predigen zu können, auch in jeder Art von Sprachen ausgebildet würden. Das Pfingstwunder sollte sich an den Universitäten wiederholen. [Constitutiones Clementinae V, 1, 1, FRIEDBERG (o. S. 644 Anm. 80) Bd. 2, Sp. 1179.]

S. 887 Z. 11–13 streichen: Währenddessen ... [116]). [Ebenso Anm. 116. S. u. Nachtrag zu S. 1005.]

[*S. 888* Anm. 118a, anfügen: R. D. A. CRAFTER, Materials for a Study of the Sources of Guillaume Guiart's La Branche des Royaus Lingnages, in: Medium Aevum 26 (1957) 1–16, hier S. 2 f.]

S. 890 Z. 27 (Jakob von Lausanne, gest. 1322) war zwar als Prediger durchaus nicht akademisch und mischte unbekümmert französische Sentenzen und Vokabeln in sein Latein; aber wenn es um die Deutung Babels ging, verschanzte er sich [Johann Baptist SCHNEYER, Eine Sermonesliste des Jacobus von Lausanne O.P., in: RTAM 27 (1960) 67–132, hier S. 69.]

S. 893 Z. 20, verbessern: Bunde der Bettelmönche, der in Paris lebende normannische Franziskaner Nikolaus von Lyra [Korrektur von CHIRAT (o. Nachtrag zu S. 243) S. 59.]

S. 894 Z. 9–10, verbessern: Der Franziskaner achtete.

S. 894 Z. 20, streichen: im Dominikanerorden.

S. 894 Z. 23, verbessern: der französischen Genesis-Erklärer.

S. 895 Z. 20–21 (Thomas von Erfurt,) ein Magister, der vor 1350 bei den Erfurter Benediktinern die Grammatik lehrte, war sich seiner Sache noch recht sicher. Obwohl die Sprache willkürlich gesetzt ist, entspricht sie den Dingen; formal unterscheiden sich die *modi significandi* von den *modi essendi*, aber *realiter* sind sie gleich. Demzufolge gibt es [Zur Lebensgeschichte Martin GRABMANN, De Thoma Erfordiensi auctore grammaticae quae Joanni Duns Scoto adscribitur speculativae, in: Archivum Franciscanum Historicum 15 (1922) 273–277; zur Sprachtheorie VERBURG, Taal 47 ff.]

S. 896 nach Z. 30 eigener Absatz: Statt dessen gewann die averroistische Meinung von der geistigen Einheit des Menschengeschlechts und von der Ewigkeit der Welt solche Bedeutung, daß sie die heilsgeschichtliche Betrachtungsweise überschattete. Was beim Problem der Sprachenvielfalt in gelehrten Bahnen blieb, hatte weiterreichende Folgen beim Problem des Völkerursprungs. Denn wenn die Welt von Ewigkeit her besteht und wenn der Geist aller Menschen ein und derselbe ist, kann die Menschheit nicht von Adam stammen, sondern muß ewig in ihrer heutigen Situation bestanden haben. Ob die Lehre von den Präadamiten, die wir bei dem Mohammedaner al-Maqdisi im 10. Jahrhundert aus der Koran-Exegese hervorgehen sahen, durch Averroes dem Abendland vermittelt wurde, weiß ich nicht; jedenfalls wurde sie im 14. Jahrhundert von einem ehemaligen Bettelmönch namens Thomas Scotus in Spanien verfochten; woher er kam und wo er seinen Averroismus lernte, ist unbekannt. Er behauptete, *quod ante Adam fuerunt homines et per illos homines fuit factus Adam, et sic infert, quod semper fuit mundus, et in eo homines semper fuerunt.* Wir werden die Spur dieses Gedankens im Italien des 15. Jahrhunderts wiederfinden, lange vor der Entdeckung Amerikas. Nicht die Erfahrung war es, die im Abendland zuerst die biblische Lehre von Adam, dem Vater aller Menschen, bestritt, sondern die abstrakteste Theorie, die von den historischen Realitäten keine Notiz nahm. [Dazu Marcelino MENÉNDEZ Y PELAYO, Historia de los heterodoxos españoles, hg. Enrique SÁNCHEZ REYES, Bd. 7 (Edición nacional de las obras completas 41), Santander 1948, S. 324 f.]

[*S. 899* Anm. 136 Z. 1, verbessern: hg. Joseph KERVIJN DE LETTENHOVE.]

S. 900 Z. 2 (... nicht.) Diesen Zwist bewältigte man auf andere, rein praktische Weise, zum Beispiel mit jenem später vielbenutzten Gesprächsbüchlein, das um 1340 der flämischen Bevölkerung von Brügge helfen wollte, Kaufleute aus Frankreich zu verstehen. Demgemäß rangierte bei der Aufzählung der 42 europäischen Staaten

Frankreich an der Spitze als *le sovrain royaulme de crestienté*; die Christenheit wurde nicht mehr als wirkliche Einheit verstanden. Es mag sein, daß das Büchlein getragen wurde von der „Auffassung der Mitbürgerschaft, ja der ganzen Menschheit, als einer großen Familie, die trotz trennender Sprachen zusammengehört"; aber sogar die Fremdsprache war nicht das Reichsfranzösische, bloß der picardische Dialekt der Nachbarn. [Le livre des mestiers de Bruges et ses dérivés, hg. Jean GESSLER, Brügge 1931, S. 20f. (crestienté); dazu Hans RHEINFELDER, Das mittelalterliche Sprachbüchlein der Stadt Brügge, in: Zeitschrift für deutsche Geistesgeschichte 3 (1937) 175–193, hier S. 192 (Mitbürgerschaft), 176 f. (Picardisch).]

S. 905 Z. 17 (Wilhelm von Ockham ... Sprache als) das Zeichen der Dinge an, aber nur als ein willkürliches, nicht wie das Denken als ein natürliches Zeichen, wie sie ja auch *ad placitum* [Zur Sprachtheorie VERBURG, Taal 79 ff.]

[*S. 909* Anm. 155, anfügen: Für 1366 als Abfassungszeit argumentiert J. D. THOMAS, The Date of Mandeville's Travels, in: Modern Language Notes 72 (1957) 165–169.]

S. 913 Z. 35 (Birgitta ... Klausur.) Die Beziehung zur Welt wurde nur auf historischem Weg hergestellt, und zwar bloß in einer knappen Bemerkung Birgittas, die von ihrem Beichtvater und seinen exegetischen Arbeiten angeregt sein mochte: Von den Söhnen Noahs seien einige nach Schweden, andere nach Dänemark gekommen. Der Anspruch auf Sonderung war bescheiden; was Spätere von Ragvaldsson bis Rudbeck daraus machen würden, konnte Birgitta nicht voraussehen. [Uppenbarelser VIII, 41, hg. Gustaf Edvard KLEMMING, Bd. 3, Stockholm 1861, S. 399; dasselbe in den mir unzugänglichen lateinischen Revelationes IV, 3. Dazu Salomon KRAFT, Textstudier till Birgittas revelationer, Diss. phil. Stockholm, Uppsala 1929, S. 147 ff.]

[*S. 915* Anm. 167, anfügen: ferner MINKOWSKI, Turm 20 Tafel V.]

[*S. 916* Anm. 170, anfügen: Dasselbe Wortspiel mit dem Bayern-Namen verzeichnet WALTHER (o. Nachtrag zu S. 740) S. 284 Nr. 150.]

S. 918 Z. 13 (Heinrich von Mügeln ... *indische,*) wahrscheinlich sollte man lesen: *iudische* Ursprache.

[*S. 919* Anm. 176, anfügen: Flüchtig sind Übersetzung und Kommentierung bei Tibor KARDOS u. a., Die ungarische Bilderchronik, Chronica de gestis Hungarorum, Berlin 1961, S. 68 ff., 96 u. ö.]

S. 924 Z. 6 (... Unsichtbare) und steigt vom historischen Wortsinn auf zu einer Vielzahl geistiger Bedeutungen, die doch alle zusammenklingen sollen. [Dazu Henri DE LUBAC SJ, Exégèse médiévale, Les quatre sens de l'Ecriture, Bd. 1, 2, Paris 1959, S. 425 ff. u. ö.; Friedrich OHLY, Vom geistigen Sinn des Wortes im Mittelalter, in: ZDA 89 (1958/59) 1–23, hier S. 13, die babylonische Sprachverwirrung dauere demnach nur im Literalsinn der Sprachen fort, sei aber pfingstlich aufgehoben in dem allen Sprachen gemeinsamen geistigen Sinn des Wortes. Das ist eine bestechende, allerdings m. W. bei keinem mittelalterlichen Autor bezeugte Auslegung der mittelalterlichen Auslegung.]

S. 924 Z. 19 (... kam es) zur „figuralen" Denkweise, die im sprachlichen Bild die reale Substanz, in getrennten Personen nicht nur allegorische Ähnlichkeiten, sondern die Realprophetie, in der Textinterpretation die Geschichtsdeutung unmittelbar findet. So kam es auch [Dazu Erich AUERBACH, Figura, in: E. A., Neue Dantestudien (Istanbuler Schriften I, 5), Istanbul 1944, S. 11–71, hier S. 47 ff.]

[*S. 926* Anm. 194, anfügen: Vgl. Richard BERNHEIMER, Wild Men in the Middle Ages, A Study in Art, Sentiment, and Demonology, Cambridge 1952, S. 85 ff.]

S. 933 Nr. 16, anfügen: Zu den doppelten Äthiopiern LESKY (o. Nachtrag zu S. 91 Anm. 7) S. 34 ff.

S. 934 Nr. 19 (Chettaioi), anfügen: Kinder des Chatain, Chetteim (s. o. S. 371)?

S. 937 Nr. 22 (*Fili*), anfügen: Irische Barden?

S. 939 P (BONGO), einfügen: Bd. 1, Bergamo.

S. 946 Nr. 5 (*Titonii*), anfügen: Kinder des Tithonos?

S. 946 Nr. 16 (*Srpii*), anfügen: Serben (Eigenname *Srbii*)?

S. 950 (Liste des Alstedius von 1650), anfügen: S. u. S. 1351 f.

S. 952 Nr. 54, verbessern: Quechua.

Zu Band III/1

S. 963 Z. 21 (... einmal) aus zwei Bildern um 1350–60, die die Erbauer des Babelturms eindeutig zu den höllischen Widersachern Gottes rechnen, und aus dem Pfingstbild [MINKOWSKI, Turm 27 Bild 41 und 44.]

S. 964 Z. 24 (Bruni ... weiß ja) – und schon Isidor von Sevilla wußte das besser als Galvaneus Flamma –, daß [Etymologiae XV, 1, 57.]

S. 966 Z. 12 (Manetti ... Erfindungen,) unter denen die der Baukunst hervorragen; was in der Neuzeit Brunelleschis Dom von Florenz ist, waren im Altertum Pyramiden und hohe Türme. Dem Menschen gehören alle Arten der verschiedenen Sprachen und Schriften; denn Menschen erfanden, nachdem sie anfangs allein hatten leben müssen, das subtile und feine *loquendi artificium*, um allen Hörenden ihre geheimen Gedanken und Gefühle kundzutun; Menschen erfanden die Schrift, um auch Abwesenden sich mitzuteilen; und als die Menschen sich vermehrten und über die Erde zerstreuten, wurden der Sprachen und Schriften viele. Sprache und Sprachen sind in aller Geschichte Besitztum des Menschen, und er muß es möglichst umfassend erwerben, um es zu besitzen. Darum.

[S. 966 Anm. 18 Z. 1 (... hominis,) hg. Eugenio GARIN, Filosofi italiani del Quattrocento, Pagine scelte, tradotte e illustrate, Florenz 1942, S. 236–240; dazu.]

S. 971 Z. 8 (Piccolomini ... Kosmographie.) An den Grundlagen des christlichen Geschichtsbildes ließ freilich auch Enea Silvio nicht rütteln; als Papst verurteilte er 1459 die Lehren des geistlichen Juristen Giannino di Solcia aus Bergamo, der wie der Averroist Thomas Scotus behauptet hatte, Adam sei nicht der erste Mensch gewesen. Gott habe noch eine andere als unsere Welt geschaffen, und in ihr hätten vor Adam viele Männer und Frauen gelebt; auch künftig werde es andere als die christlichen Normen geben. Vierzig Jahre vor der Fahrt des Kolumbus widerrief Solcia diese These von der „Neuen Welt“; die Traditionskritik der Humanisten ging im abgegrenzten Rahmen weiter. [Caesar BARONIUS, Annales ecclesiastici, hg. Augustin THEINER, Bd. 29, Paris 1887, S. 192; DENZINGER, Enchiridion Nr. 717.]

S. 973 Z. 26 (Antonin von Florenz ... gelten.) Auch keine Sprache verdient den Vorzug. Sprache ist zwar das Vorrecht des Menschen, und selbst Bileams sprechender Esel ändert daran nichts; aber Sprache ist auch irdisch und wird im Jenseits aufhören. Dort wird schwerlich die hebräische Ursprache ertönen können, so wenig wie die *varietas idiomatum*; denn dort existiert nicht die irdische Luft, durch deren Bewegung wir Sprache hervorbringen. Dieses Argument klingt naturwissenschaftlich und modern; aber der [Summa theologica I, II, 4, 1 und 3, Ed. 1, Verona 1740, Sp. 79, 82; hier in II, III, 1, 4 Bd. 2, Sp. 423 zum Turmbau, ähnlich wie in der Chronik.]

[S. 973 Anm. 32, anfügen: Aus dem gleichen Werk Crivellis bringt MINKOWSKI, Turm 27 Bild 42 ein konventionelles Bild vom Turmbau zu Babel.]

S. 974 Z. 28 (Cronaca Rampona ... Comacchio hatte) – seit der „Aedificatio civitatis Ravennae" – einen.

[S. 974 Anm. 34 Z. 3 (PAUL), verbessern: und der Reformation – Anfügen: Die Abbildung des Babelturmes in Forestis Werk bei MINKOWSKI, Turm 39 Bild 94.]

[*S. 978* Anm. 41, anfügen: MINKOWSKI, Turm 28 Tafel VII, hier als Zeugnis der diesseitigen Lebensfreude Gozzolis interpretiert.]

S. 988 Z. 32–33 (Froissart ... gereicht.) Zwar hatte König Eduard III. vor dem Krieg seinen Adligen befohlen, ihre Kinder sollten Französisch lernen, um für den Krieg gerüstet zu sein; aber nach Froissarts Meinung beschwor doch das englische Unverständnis und Mißtrauen den [Oeuvres de Froissart, hg. Joseph KERVIJN DE LETTENHOVE, Bd. 2, Brüssel 1867, S. 419; dazu BISCHOFF, Study 221.]

S. 992 Z. 21 (Jeanne d'Arc ... Französisch.) Johanna gab vor der Inquisition an, die heilige Margarete habe mit ihr Französisch gesprochen; auf die giftige Frage, ob die Heilige auch Englisch rede, kam die Antwort: „Wie sollte sie Englisch reden, wenn sie nicht auf Seiten der Engländer steht?"

S. 992 Z. 26 (... Richtung.) Der weitgereiste Gesandte und Herold von Johannas König Karl VII., Gilles Le Bouvier, genannt Berry (1386–1455), beschrieb um 1450 die Länder und Völker der Welt ganz vom französischen Blickwinkel her; die Eigenart der Sprachen nahm ihn nur wunder, wo sich Staats- und Sprachgrenze nicht deckten. So gehören die Ungarn zum deutschen Reich, sprechen aber keineswegs Deutsch, immerhin verstehen sie Latein; die Freigrafschaft Burgund und Savoyen sind auch Teile des deutschen Reiches, doch weil sie früher zu Frankreich gehörten, redet man dort ein holpriges Französisch. Unbegreiflich ist es aber, daß in dem französischen Herzogtum Bretagne eine Sprache üblich ist, die außer den Einwohnern niemand versteht, es sei denn, er hätte sie eigens gelernt. Die Völker der Erde sind vielgestaltig und vielsprachig, das ist dem Politiker selbstverständlich; aber Frankreich muß der französischen Sprache gehören und keiner sonst. Aristokratische Gemüter mochten solche Handgreiflichkeiten scheuen; Karls VII. Vetter und Johannas [Le livre de la description des pays, hg. Ernest-Théodore HAMY (Recueil de voyages 22), Paris 1908, S. 100 f. (Ungarn), 52 (Burgund), 48 f. (Bretagne).]

[S. 992 Anm. 67 Z. 3–5, anstelle der Übersetzung von BÜTLER: Procès de condamnation de Jeanne d'Arc, hg. Pierre TISSET (Société de l'histoire de France), Bd. 1, Paris 1960, S. 84, 295, 379 (Margarete), 244 (Engel).]

S. 993 Z. 27 (Mistére du Viel Testament ... semantisch) wie bei Pierre von Beauvais. Arbeiter.

[*S. 994* Anm. 71 Z. 2 (... Dazu) Kurt BARDENWERPER, Die Anwendung fremder Sprachen und Mundarten in den französischen Mysterien des Mittelalters, Diss. phil. Halle 1910, S. 45, 50;]

[S. 994 Anm. 72, anfügen: und bei MINKOWSKI, Turm 30 Bild 60.]

S. 997 Z. 26 (... Schreckgespenst.) Eine flämische oder nordfranzösische Augustin-Handschrift stellte ihn um 1390 eindrucksvoll dar: Ein wohlgegliederter Rampenturm, hell leuchtend in einer bergigen Landschaft, leicht emporsteigend – aber von droben kommt Gott mit einem Schwert, und drunten erheben die Menschen klagend und wehrend die Hände, weil sie einander nicht mehr verstehen. Gott stört das schöne Menschenwerk. [MINKOWSKI, Turm 29 Bild 52.]

[*S. 998* Anm. 81 Z. 2 (... Abb. 31;) MINKOWSKI, Turm 31 Tafel VIII.]

[S. 998 Anm. 82, anfügen: und MINKOWSKI, Turm 49 Bild 138, der das Bild erst um 1520 ansetzen und Sanders Bening zuschreiben möchte.]

S. 1004 Z. 12–13 (Chaucer ... aufkommen;) sogar die römische Kaisertochter konnte sich auch im englischen Exil verständigen, obwohl sie nur verderbtes Latein redete. Wenn [The Canterbury Tales, B. Tale of the Man of Lawe v. 519 f., SKEAT Bd. 4, S. 145.]

[S. 1004 Anm. 95 Z. 5, verbessern: v. 124 ff. S. 4.]

S. 1005 Z. 2 (... suchen?) Nur ein anonymer englischer Schulmeister pries 1396 das Französische, es sei nach dem scholastischen Latein die edelste Sprache der Welt, von Gott zu seinem besonderen Ruhm geschaffen und der Engelssprache vergleichbar, *pour la grant doulceur et biaultee d'icel*. Das hieß, ein Schulfach heiligsprechen; außerhalb der Schulstube tat das niemand mehr. [La manière de langage, hg. Paul MEYER, in: Revue critique d'histoire et de littérature 5, 2 (1870) 373–408, hier S. 382. Dazu Ferdinand BRUNOT, Histoire de la langue française des origines à 1900, 13 Bände (teilweise 2. Aufl.), Paris 1913-53, hier Bd. 1, S. 376; KOLL, Langue 64.]

[*S. 1008* Anm. 104, anfügen: William Edward COLLINSON, Rezension meines Buches, in: Erasmus 13 (1961) 678 verweist auf die Gogmagog Hills bei Cambridge, die zuerst 1576 erwähnt werden und ihren Namen vielleicht von Studenten erhielten.]

S. 1010 Z. 32 bis S. 1011 Z. 2, streichen: Die Erzählung ... glaubwürdig.

[S. 1010 Anm. 110 Z. 3 (... Zwillinge,) 237 (Versuch; der Berichterstatter verwahrt sich, er wisse nicht von Ohrenzeugen, daß die Kinder Hebräisch sprachen). Dazu Giulio. – Den Schluß der Anmerkung (Versuch ... nicht) auf S. 1011 streichen.]

S. 1011 Z. 29 (Schwedische Historienbibel ... gelassen;) die Anregung Birgittas, nach schwedischen Noachiden zu suchen, wurde nicht aufgegriffen.

S. 1012 Z. 21 (Ragvaldsson ... sind nicht,) wie man aus der Andeutung der heiligen Landsmännin Birgitta hätte schließen können, aus.

[*S. 1013* Anm. 115, anfügen: Sverker ARNOLDSSON, Ericus Olai och periodindelningen i Sveriges historia (Acta Universitatis Gotoburgensis Bd. 58, Nr. 4), Göteborg 1953, S. 13 ff., 94 ff.]

[*S. 1020* Anm. 131, anfügen: Zu der erst bei Cuspinian bezeugten Anekdote von Sigmunds Umgang mit der lateinischen Grammatik Georg BÜCHMANN, Geflügelte Worte, Der Zitatenschatz des deutschen Volkes, 30. Aufl., Berlin 1961, S. 654 f.]

[*S. 1023* Anm. 139, anfügen: Lothar Graf zu DOHNA, Reformatio Sigismundi, Beiträge zum Verständnis einer Reformschrift des fünfzehnten Jahrhunderts (Veröffentlichungen des Max-Planck-Instituts für Geschichte 4), Göttingen 1960, S. 41.]

[*S. 1025* Anm. 141, anfügen: Dazu Joseph KLAPPER, Der Erfurter Kartäuser Johannes Hagen, Ein Reformtheologe des 15. Jahrhunderts, Bd. 1 (Erfurter theologische Studien 9), Leipzig 1960, S. 80 ff. (zur Bibelauslegung), 125 f. (zur Weltchronik).]

S. 1036 Z. 22 (... lichten.) So sammelte zwischen 1496 und 1499 bei einer Pilgerfahrt nach Jerusalem, der Mitte des Erdreiches, der kölnische Ritter Arnold von Harff Wörterverzeichnisse von neun Sprachen, Kroatisch, Albanisch, Griechisch, Arabisch, Hebräisch, Türkisch, Ungarisch, Baskisch und Bretonisch, und vermerkte auch abendländische Dialektunterschiede. [Die Pilgerfahrt des Ritters Arnold von Harff, hg. Eberhard von GROOTE, Köln 1860, S. 150 (Jerusalem), 64 f., 75 f., 111 ff., 188 f., 209 f., 212 f., 227, 240 f. (Wörterlisten), 218, 235 (Dialekte). Dazu BISCHOFF, Study 219 f.]

[*S. 1039* Anm. 165 Z. 3 (... *LXX.*) Das Turmbaubild des Fasciculus bei MINKOWSKI, Turm 34–37 mit zahlreichen Varianten.]

[*S. 1040* Anm. 167, anfügen: MINKOWSKI, Turm 34 Bild 75.]

[*S. 1041* Anm. 169 Z. 5 (... S. 57;) und bei MINKOWSKI, Turm 38 Bild 92.]

[*S. 1055* Anm. 11 Z. 5 (RAUMER ... Deutschland,) Neuere Zeit 9.]

S. 1061 Z. 9 (Epistolae obscurorum virorum,) in der Hauptsache von Crotus Rubianus (ca. 1480 bis nach 1539) verfaßt, stellten.

S. 1068 Z. 9 (Luther), verbessern: *Muttersprache* 1525 ins Hochdeutsche eingeführt [Wider die himmlischen Propheten, WA Bd. 18, S. 123, 154.]

S. 1078 Z. 19–20 (Paracelsus ... Blutes.) Derlei hatte man zuvor nur von Averroisten wie Thomas Scotus und Giannino di Solcia vernommen, und es war eine abstrakte Theorie gewesen; nun bezweifelte zum ersten Mal auf Grund der geographischen Erfahrung ein.

S. 1081 Z. 6 (Zwingli), verbessern: Gen. 2, 20.

[*S. 1082* Anm. 56 Z. 2 (... S. 252;) MINKOWSKI, Turm 41 Bild 110.]

[*S. 1084* Anm. 60, anfügen: Das Turmbaubild der Kosmographie bei MINKOWSKI, Turm 42 Bild 119.]

S. 1088 Z. 13 (Erasmus ... hatte,) und erinnert an den Einfall des Pierre von Beauvais, der nun freilich ohne Zögern und im vollen Bewußtsein seiner Folgen vorgetragen wurde. Nicht.

S. 1093 Z. 14 (... Zeit in) ihren Babelbildern. Da ist, vielleicht um 1530 in Italien von Jan van Scorel (1495–1562) gemalt, ein ungleichmäßiger Rampenturm im Entstehen; Wolken verdüstern aber schon das Land, und das Gewimmel der halbnackten Menschen ist ein zielloses Hin und Her von fast apokalyptischer Unruhe geworden. Den nächsten, fürchterlichen Augenblick schildert dann die Radierung [MINKOWSKI, Turm 48 und 68 Bild 221.]

S. 1093 Z. 23 (Brueghel ... unfertig und) wie menschenleer. Obwohl man bei genauer Betrachtung die ameisengleich wimmelnden Menschen auf den Rampen des Turmes erkennt, ist es, als.

[S. 1093 Anm. 73 Z. 4 (... Abb. 34;) MINKOWSKI, Turm 33 Tafel IX, wo als Autor Gheeraert Horenbout (ca. 1467 bis vor 1541) angegeben wird.]

[S. 1093 Anm. 74 Z. 1 (... Abb. 961;) MINKOWSKI, Turm 43 Tafel X.]

[*S. 1094* Anm. 75 Z. 2–3 (... Abb. 35;) MINKOWSKI, Turm 52–54 Tafel XI und Bild 159, mit mißglückter Deutung; ich folge Gustav GLÜCK. – Anfügen: und MINKOWSKI, Turm 70–73 Bild 230–243.]

S. 1105 Z. 1, verbessern: Hinweis auf. – Z. 2, verbessern: Navagieros.

S. 1109 Z. 24 (... selber?) Der päpstliche Gesandte in Deutschland, Giovanni Giorgio Trissino (1478–1550), liebte sein italienisches Vaterland, dessen Völkerwanderungs-Schicksale er in einem riesigen Epos besang, und seine Muttersprache, der er den Gesamtnamen „Italienisch" geben wollte und durch Übersetzung von Dantes lateinischem Sprachtraktat zu dienen hoffte; doch grundsätzlich meinte er 1529, das menschliche Reden sei allgemein, teile sich aber in besondere Sprachen, bis hinab zur Sprache des Einzelmenschen. Ein jeder hat seine eigene Sprache; denn die Sprachen sind Akzidenzien, sie wechseln, teilen und vereinigen sich nach den Substanzen, zu denen sie gehören. Demnach ist die Sprachenvielfalt nichts, was man eigens erklären müßte; sie gehört zur Beschaffenheit des Menschen und seiner Gemeinschaften. Auch der Dichter [Il Castellano, in: Tutte le opere, Bd. 2, Verona 1729, S. 229 ff. Dazu KLEIN, Latein 67 ff.]

S. 1110 Z. 21–22, verbessern: Woher kommt die Schwäche der Sprache? Der Jurist Andrea Alciati (1492–1550) bemerkte 1529, daß sie in ihrer Geschichtlichkeit liegt. Sprache wurde einst erfunden im Gebrauch, und dem *usus* blieb sie unterworfen. Wenn es wirklich feststeht, daß die älteste Sprache die chaldäische oder hebräische war, so hat doch auch sie sich verzweigt, und *ex usu et consuetudine* haben die Sprachen Gestalt angenommen. Dieser Brauch ist verschieden in den Sprachen, anders in den Bildungssprachen, anders in der *vulgaris lingua*; er wechselt auch in den Zeiten, die Antike redet anders als die Gegenwart. In der Etymologie findet man nicht immer die „wahre" Bedeutung, weil die Zeiten sich geändert haben: Der *Pontifex* baut heute keine Brücken zum ewigen Leben mehr, der *Augustus* mehrt das Reich nicht mehr. Nicht zufällig zeigte Alciati an den mittelalterlichen Universalmächten Papsttum und Kaisertum die Brüchigkeit mittelalterlichen Wortglaubens. Aber wie ist zwischen den Worten, die nur bezeichnen, und den Dingen, die nur bezeichnet werden, der Zusammenhang zu wahren? Es gibt bezeichnende Dinge, den Hieroglyphen ähnlich: die Embleme. Um dem Wort Verbindlichkeit und Handgreiflichkeit zu sichern, verfiel Alciati 1531 auf [De verborum significatione libri IV, Lyon 1572, S. 67–70 (usus, Geschichte), 12, 462 (Etymologie), 176 f. (Embleme).]

[*S. 1118* Anm. 115 Z. 3 (TOFFANIN) 5. Aufl., Mailand 1954.]

[*S. 1120* Anm. 119, anfügen: und MINKOWSKI, Turm 32 Bild 68.]

S. 1124 Z. 23–24 (Margarete von Navarra ... fließend.) Margarete übersetzte italienische Liebeslieder „so treu wie möglich" ins Französische; Skrupel hatte sie nur beim Spanischen, denn die kastilische Sprache kann Liebesleidenschaft unvergleichlich besser als jede andere ausdrücken. Ein paar spanische Verse bleiben unübersetzt stehen, anderes kann Margarete nur „unzulänglich übersetzen". Aber sie tut es; denn mag auch die Leidenschaft kastilisch sein, die Gesellschaft ist französisch. [Heptaméron II, 19, FRANÇOIS S. 146 (Italienisch); III, 24 S. 198; VII, 64 S. 384, 386 f. (Kastilisch).]

S. 1141 Z. 11–12 (Karl V. ... wollte.) Weil die Bewohner der überseeischen Gebiete den Spaniern unterstehen und Christen sein sollen, müssen nach der Meinung des Kaisers die Indios Spanisch lernen. Am 7. Juni 1550 gab Karl V. Weisung, die Missionare sollten den Indios „Unsere spanische Sprache" beibringen, damit sie die Evangelien verstehen könnten. Hier war nicht von der Sprache der Vulgata die Rede; denn die Mission sollte lebendig überzeugen, nicht durch Lektüre. Überhaupt paßten die Bildungssprachen nicht [Richard KONETZKE, Colección de documentos para la historia de la formación social de Hispanoamérica 1493-1810, 3 Bände, Madrid 1953–58, hier Bd. 1, S. 272 ff.]

S. 1146 Z. 7 (Vitoria ... *communicatio.*) (Gedanke und Formulierung stammen von Aegidius Romanus.).

S. 1148 Z. 33 (Loyola ... Welt) anders als in dem Sprachenbefehl Karls V. voll mit.

S. 1149 Z. 4 (... abgetan.) Ignatius sagt, es gebe auf Erden *tantas y tan diversas gentes*, alle verschieden in ihren Trachten, Gesichtszügen und Hautfarben; aber das veranlaßt ihn nur, über die Güte Gottes nachzudenken, der alle diese Menschen durch die Menschwerdung Christi erlösen wollte. Durch Christus ist die geschichtliche Vielfalt aufgehoben. [Ejercicios espirituales II, 103 und 106, IPARRAGUIRRE S. 181.]

S. 1157 Z. 21 (... müßten.) Die Missionare widersetzten sich damit mehr oder weniger stillschweigend den Befehlen des spanischen Königs; wie Karl V. ordnete auch Philipp II. wiederholt an, alle Indios sollten Spanisch lernen. Ein Gutachten des Indienrates räumte 1596 ein, daß es Schwierigkeiten gegeben habe, begründete aber den Befehl von neuem: In der Neuen Welt gebe es *mucha variedad de lenguas*, und die Dialekte seien so wenig allgemein verständlich wie in Spanien das Baskische, Portugiesische und Katalanische. Der Staat braucht eine Einheitssprache, und die Kirche soll behilflich sein; denn auch die beste Indianersprache kann die Geheimnisse des Glaubens nicht richtig wiedergeben. Darum sollen die Missionare sich nicht damit begnügen, die Landessprachen zu studieren, sondern die Indios Spanisch lehren, das *más comun y capaz* ist. Der König stellte sich sogleich hinter dieses Gutachten; aber daß ähnliche Befehle aus Madrid sich bis zum Ende des 17. Jahrhunderts ständig wiederholten, spricht nicht für ihre Einhaltung. [KONETZKE (o. Nachtrag zu S. 1141) Bd. 2, 1 S. 30, 33 f., 38 f. (Gutachten), 41 usw.]

S. 1161 Z. 38 (Suarez ... vielmehr,) wie schon Aegidius von Rom angedeutet hatte, der Konsens.

S. 1176 Z. 15 (Bellarmin ... Konzil,) vor allem gegen den deutschen Lutheraner Chemnitz gewandt.

[*S. 1180* Anm. 46, anfügen: MINKOWSKI, Turm 77 Bild 270 f.]

S. 1184 Z. 28 (Bruno ... Anlauf,) von dem Vergil schon erzählt hatte, versuchten [Georgica I, 281 ff., SABBADINI (o. S. 162 Anm. 11) Bd. 1, S. 106.]

S. 1189 Z. 8–9 (Goldast ... glaubte) um 1599 in einem ungedruckt gebliebenen griechisch-lateinischen Wörterbuch an die hebräische Ursprache und suchte abendländische Sprachen aus dem „heiligen" Hebräischen herzuleiten; dementsprechend glaubte er in der Historie an [Zum Wörterbuch Heinz SCHECKER, Melchior Goldast von Haiminsfeld, Eine Studie (Bremer Bibliophile Gesellschaft 7), Bremen 1930, S. 12 f.]

S. 1196 nach Z. 23 eigener Absatz: Auf weit höherem Niveau als Musaeus trat mit diesem Argument seit 1573 der Braunschweiger Superintendent Martin Chemnitz (1522–1586) der katholischen Sprachtheologie entgegen. Der Schüler Melanchthons antwortete den Dekreten von Trient mit einer wirklichen Heilsgeschichte der Sprachen. Gott hat die himmlische Lehre zuerst hebräisch offenbar gemacht; denn vor der Sintflut war Hebräisch die eine und einzige Sprache des ganzen Menschengeschlechts, sie ist die Mutter aller anderen Idiome. Nun trägt aber nicht bloß Nimrods Babel die Verantwortung für die Sprachenvielfalt; sie liegt auch an der geschichtlichen Art des Menschen, ist also nicht zu verdammen und ist nicht unüberwindlich. Noch nach der babylonischen Sprachverwirrung blieben die Idiome so eng miteinander verwandt, daß Abraham in Chaldäa, Kanaan und Ägypten zu verstehen war; so konnten auch andere lesen, was Gott hebräisch hatte aufschreiben lassen. Später, als der Fortgang der Geschichte auch dies unmöglich machte, begann man mit Übersetzungen; Daniel schrieb mit chaldäischen Wendungen. Auch Christus sprach Syrisch, und die Apostel benutzten griechische Übersetzungen; diejenigen Völker, die damit nicht zu erreichen waren, wurden dem Evangelium durch das Pfingstwunder zugeführt. Dabei wurde die himmlische Lehre in barbarischen Sprachen verkündet, und seitdem sind Bibelübersetzungen in allen Sprachen der Welt möglich, ja nötig. *Omnium enim gentium linguae a Spiritu sancto dedicatae sunt, ut sonent magnalia Dei.* Zu den Großtaten Gottes gehört es, daß er die Geschichte der Sprachen durch alle Zeiten so gelenkt hat, daß die irdische Vielfalt nicht der Verkündigung des Wortes im Wege stand. Verhindert wird sie allein durch das kirchliche Verbot der Bibelübersetzung. Gottes Wille ist die Weihe aller Sprachen. [Examen Concilii Tridentini, hg. Eduard Preuss, Berlin 1861, S. 61 ff.]

S. 1201 Z. 21 (Kirchhoff ... lassen.) Ein närrischer Landsknecht behauptet zwar noch, er sei gelehrter als alle Geistlichen und *kündig zwo und fünfftzig sprachen*; aber selbst wenn er bei Verstand wäre, verfehlte er die Symbolzahl. [Wendunmuth I, 102, Oesterley Bd. 1, S. 131.]

S. 1207 Z. 21 (Dalmatin ... widerspricht,) wie bei Chemnitz, dem Pfingstwunder.

S. 1213 Z. 6 (Bonivard ... borgen.) Deshalb förderte Bonivard intensiv die Pflege der modernen Sprachen, besonders Französisch und Deutsch, die er in einem Wörterbuch miteinander verglich. [Dazu Joseph Ernst Berghoff, François de Bonivard, Sein Leben und seine Schriften, Heidelberg 1923, S. 151 ff., 165.]

[*S. 1218* Anm. 113, anfügen: Minkowski, Turm 44 Bild 121. Galls Vorbild bei Minkowski, Turm 45 Bild 124.]

[*S. 1220* Anm. 117, anfügen: Minkowski, Turm 86 Bild 300. Die Vorlage dazu bei Minkowski, Turm 63 Bild 196; eine Nachahmung bei Minkowski, Turm 76 Bild 265.]

S. 1229 nach Z. 19 eigener Absatz: Was papistisch war, das schien der aus London stammende, in Oxford graduierte Edmund Campion (1540–1581) nach seinem Übertritt zur katholischen Kirche 1571 zu demonstrieren. Seine Geschichte Irlands nahm die mittelalterlichen Sagen noch entschiedener als Boece auf: *Bastolenus* aus dem Hause Japhet brachte aus Babel *some one of the seventie two languages* nach Irland; diese Sprache war verwandt mit dem Skythischen, Griechischen, Ägyptischen, vor allem mit dem Spanischen. Denn die Bewohner von *Iberia* sind, wie auch Irlands Name verrät, die eigentlichen Vorfahren der Iren. In den Jahren katholischer Verschwörungen, die Verbindungen mit Spanien suchten, war Campions Werk ein Politikum; der später in den Jesuitenorden Eingetretene wurde 1581 als Hochverräter hingerichtet. [A Historie of Ireland, hg. James Ware, Ancient Irish Histories, Dublin 1809, S. 16 f., 31 ff. Dazu Allen, Noah 118.]

[S. 1229 Anm. 128, anfügen: Collinson (o. Nachtrag zu S. 1008 Anm. 104) Sp. 677 verweist darauf, daß Camdens These noch heute fortlebt in dem Titel einer walisischen, nonkonformistischen Zeitschrift: *Seren Gomer*, Stern von Gomer.]

S. 1230 Z. 5–6 (... freilich) besorgte gründlicher als Willet, der die Bibel verteidigte, der gegen Katholiken und Puritaner fechtende Theoretiker der anglikanischen Staatskirche Richard Hooker (ca. 1554–1600). Der Mensch ist, so schrieb er seit 1594, vernünftig geschaffen und kann seine Welt so einrichten, daß sie der göttlichen Weltordnung entspricht; er ist dabei an keine Tradition, auch nicht an die Bibel der Kalvinisten gebunden. Das Werkzeug seiner Planung ist die Sprache, durch die seit Adam der Mensch vor allen Tieren ausgezeichnet ist; sie erlaubt, nach Aristoteles, die Mitteilung vernünftiger Gedanken. Sie verbindet die Menschen zur *sociable communion*, die keine Grenze anerkennt. Wir besuchen fremde Länder und entdecken unbekannte Völker nicht nur um des Handels und der Macht willen, sondern weil wir Weltbürger sind und an der göttlichen Natur teilhaben sollen. Mit dieser Abkehr von der biblischen und nationalen Tradition schlug Hooker die Brücke von der anglikanischen Theologie zur elisabethanischen Dichtung. [Of the Laws of Ecclesiastical Polity I, 10, 12, hg. Richard William CHURCH, Oxford 1896, S. 64 f.]

S. 1230 Z. 9 (Spenser ... Irland den) von Campion eben noch genährten irischen.

S. 1232 Z. 15 (Shakespeare ... bedeutet.) Freilich, das sagt Macbeth, der selbst die Richtigkeit der Worte verkehrt hat und dafür büßen muß; sein Untergang stellt die Welt der Werte und der Worte wieder her – aber für wie lange?

S. 1234 Z. 12 (Leslie ... Boece) und Campion las.

[*S. 1252* Anm. 162 Z. 1 (... Abb. 6;) MINKOWSKI, Turm 46 Bild 129. – Anfügen: MINKOWSKI, Turm 47 Bild 132 f. reproduziert das Bild B. Salomons, einen Rampenturm mit einer Hafenanlage und dem riesigen Nimrod; Kamele deuten die orientalische Umwelt an; das Ganze ist anspruchslose „Historienmalerei".]

S. 1258 Z. 3 (Brantôme ... Karl V.,) das er angesichts eines in 17 Sprachen bewanderten türkischen Dolmetschers auch gleich als türkisches Sprichwort ausgegeben haben soll:

S. 1274 Z. 2 (Descartes ... unergiebig.) Vielleicht gibt es auch auf anderen Planeten menschenähnliche Wesen, aber was gehen sie uns an? Descartes, der sich so zu schreiben vornahm, „daß selbst die Frauen etwas verstehen können", wollte sich an die [Brief 514 von 1648, ADAM-TANNERY Bd. 5, S. 168 (andere Planeten); Brief 109 von 1638 Bd. 1, S. 560 (Frauen).]

S. 1276 Z. 32 (La Peyrère ... sündigen.) Wahrscheinlich ohne von seinen mohammedanischen und averroistischen Vorläufern zu wissen, schloß er:

[S. 1276 Anm. 24, anfügen: und bei MINKOWSKI, Turm 85 Bild 297.]

S. 1281 Z. 25 (La Rochefoucauld ... Eigennutz,) der Bau des Hochmuts (*bâtiment de l'orgueil*). [Réflexions Nr. 589 (Maximes supprimées). GILBERT-GOURDAULT S. 253.]

[*S. 1284* Anm. 33 Z. 4 (... 15 ff.;) VERBURG, Taal 327 ff.;]

S. 1285 Z. 29 (... Bastille.) Vor ihr mußte Arnaulds Freund Pasquier Quesnel (1634–1719) fliehen, vor allem wegen seiner jansenistischen Reflexionen zum Neuen Testament von 1670–87. Auch seiner Auslegung kam es nicht auf das äußere Geschehen an; sie verstand das Pfingstwunder als ein äußerlich der babylonischen Verwirrung gleiches Ereignis, als Vervielfältigung der Sprachen. Die Wirkung auf die Herzen entscheidet: Während in Babel der Stolz der Menschen gedemütigt, ihr Bau gehemmt, ihre Gemeinschaft verwirrt wurde, führt Pfingsten die Menschen zur Demut, zum starken Glauben und zur Einheit Christi. Demzufolge ist die Kenntnis vieler Sprachen für die Kirche eher schädlich als nützlich, wenn sie nicht im Dienst der Demut und Liebe steht. Freilich widerspricht auch die lateinische Liturgie der katholischen Kirche dem Brauch der Apostel und der Absicht Gottes, weil sie das einfache Volk um den Trost bringt, seine Stimme mit der Stimme der ganzen Kirche zu vereinen. In welcher historischen Sprache die Kirche reden soll, ohne der historischen Folge von Babel zu erliegen, das war Quesnels Sorge nicht; er suchte das bloß Geschichtliche zu überwinden. [Le Nouveau Testament en françois avec des réflexions morales, Neuaufl., 8 Bände, Brüssel 1700–02: Bd. 5, S. 10–13 (Pfingsten und Babel); Bd. 6, S. 528 f. (Fremdsprachen). DENZINGER, Enchiridion Nr. 1436, 1566 (Liturgie; dazu GRENTRUP, Muttersprache 302 f.).]

S. 1295 Z. 22, verbessern: Zahl der 72 Jünger.

S. 1320 Z. 24 (... europäische.) Ähnlich, aber mehr vom Neuen Testament her, urteilte der zwischen Anglikanern und Presbyterianern ausgleichende Pfarrer und Rabbinist John Lightfoot (1602–1675) seit 1642. Gewiß war Hebräisch die Ursprache, und in Babel ging sie allen Götzendienern verloren; aber daß den 70 dort enstandenen Nationen – Lightfoot akzeptierte natürlich die jüdische Zahl – auch 70 Sprachen zugeteilt wurden, ist nicht zu glauben. Um den Bau des Babelturmes zu unterbrechen, genügten die 15 in der Apostelgeschichte genannten Idiome, und so werden es nicht mehr gewesen sein. Denn der Zusammenhang zwischen Babel und Pfingsten ist unmittelbar, obwohl 2003 Jahre dazwischenliegen: Die Sprachengabe in Sion brachte den wahren, zuvor auf die Hebräer eingeschränkten Glauben wieder allen Völkern. So berühren sich die Epochen vor Babel und nach Pfingsten, die hebräische und die christliche Zeit. [Opera omnia, Bd. 1, Rotterdam 1686: Chronica temporum et ordo textuum Veteris Testamenti S. 10; Paucae ac novae observationes super librum Geneseos S. 155.]

S. 1323 Z. 22 (Poole ... wohl,) ähnlich wie bei Lightfoot, die.

S. 1329 nach Z. 16 eigener Absatz: Aber konnte sich der Mensch diese Zukunft ohne Rücksicht auf Gottes Pläne gestalten? Gerade die Natur verwies doch, je genauer man ihre Gesetze studierte, desto eindringlicher auf ihren weisen Schöpfer, der auch in der Bibel gesprochen hat – nur verstanden ihn die theologischen Spekulationen weit weniger gut als die naturwissenschaftlichen Experimente, und daher kam der Menschheit ganzer Jammer. Der berühmte Chemiker Robert Boyle (1627–1691) verstand genug Hebräisch, um 1663 zu bemerken, daß uns Heutigen Sprache und Umwelt des Alten Testaments fremd geworden und schwer zu deuten sind; er glaubte 1673 auch nicht, daß Adam der beste aller Naturforscher war. Schwerlich definierte er die Natur der Dinge einsichtiger in der hebräischen *holy tongue* als spätere Gelehrte in der griechischen oder einer anderen Sprache. Die Wissenschaft ist fortgeschritten. Aber das ist (so 1664) kein Anlaß für den Menschen, sich weiser als Gott zu dünken, wie es die stolzen Erbauer des Babelturms taten. Sie wollten nämlich nicht die Natur beherrschen, sich etwa vor neuer Sintflut schützen – dann hätten sie den Turm nicht in der Ebene gebaut (das hatte Lorenz von Brindisi auch gesagt) –; sie wollten ihre Zerstreuung verhindern und die ganze Menschheit ihren Plänen dienstbar machen, die nicht weniger hochfahrend als ihr Turm waren. Gottes Liebe aber wollte die natürliche Besiedlung und Bebauung der Erde und benutzte die Vereinigung der Menschheit zu ihrer völligen Zerstreuung. Nun sind auch die entferntesten Teile der bewohnten Erde noch Kolonien von Babel, und die Architekten des Turmes haben sich in der Tat einen für alle Zeiten berühmten Namen gemacht, nur ganz anders, als sie planten. Wer ihnen nicht nachfolgen will, der hüte sich vor Spekulationen und achte auf die Stimme Gottes in der Natur; so wird er den wahren Fortschritt der Menschheit fördern. [The Works, hg. Thomas BIRCH, 5 Bände, London 1744: Some Considerations Touching the Style of the Holy Scriptures Bd. 2, S. 96 (Altes Testament); The Excellency of Theology II, 3 Bd. 3, S. 434 f. (Adam); Occasional Reflections IV, 13 Bd. 2, S. 199 (Babel). Dazu ALLEN, Noah 27 ff.; Eduard Jan DIJKSTERHUIS, Die Mechanisierung des Weltbildes, Berlin 1956, S. 493 ff.]

S. 1329 Z. 17–19, verbessern: Konnte man aber inzwischen ohne Schaden die Folge von Babel, die Spaltung der menschlichen Sprachen, hinnehmen? Gerade wer wie Boyle auf den Fortschritt hoffte, mußte sich um die Überwindung des derzeitigen sprachlichen Wirrwarrs bemühen.

S. 1330 Z. 23 (Wilkins ... Waltons,) ein Förderer Boyles.

S. 1332 Z. 33 (... Dryden) 1682 die offenbarte Religion gegen die Vernunftgläubigen in Schutz nahm. Da waren die Deisten Werkleute, die den Himmel erreichen wollten mit einem *tower like that of Babel*, aber nur Verwirrung schufen. Die wahre Religion ist heute noch lebendig, denn Noah übergab sie seinen Söhnen; Reste davon sind in allen Kulten noch zu finden, besonders im Geschlecht des *Japhet of whose progeny we are*. Indes fand Dryden in seiner vernunftgläubigen Zeit mehr Anstrengungen als Erfolge, auch als er 1687 [Religio laici or A Laymans Faith, The Preface, Noyes S. 158.]

S. 1347 Z. 22–23 (Merian ... dem) wohl an B. Salomons Holzschnitt anknüpfenden Kupferstich die.

[*S. 1348* Anm. 128, anfügen: und bei Minkowski, Turm 87 Bild 301 ff.]

S. 1353 Z. 9–10 (J. L. Gottfried, ca. 1584–1633 ... kümmerte sich) 1629/30 nicht.

[S. 1353 Anm. 136 Z. 2 (... zugetragen,) 6. Aufl. – Anfügen: Lucas Heinrich Wüthrich, Der Chronist Johann Ludwig Gottfried (ca. 1584–1633), in: AKG 43 (1961) 188–216, hier S. 198 ff. Das Babelbild der Chronik bei Minkowski, Turm 87 Bild 303.]

S. 1364 Z. 34 (... erraten.) Es war schon ein Zeichen maßvoller Toleranz, daß Calovs Schwiegervater und Kollege Johann Andreas Quenstedt (1617–1688) 1685 in seinem Kompendium der Hochorthodoxie die vollkommene Weisheit und Sprachkraft Adams nicht einer besonderen göttlichen Inspiration, sondern seiner geschaffenen Art zuschrieb; dennoch waren die von ihm gegebenen Namen nicht nur grammatisch völlig angemessen, sondern auch logisch, *quoad verissimam definitionem*. Über die spätere Korruption der Sprache verlor Quenstedt dabei kein Wort; sie verstand sich leider von selbst. [Theologia didacto-polemica sive Systema theologicum II, 1, 15, Teil 2, Wittenberg 1691, S. 5 f.]

S. 1369 Z. 17 (Kircher ... rekonstruierte.) Diese Rekonstruktion richtete sich genau nach den Angaben Herodots; das bedeutete aber auch, daß der Turm – im Gegensatz zur tausendjährigen Tradition von Exegese und Ikonographie – als vollendet oder doch vollendbar erschien, zudem mitten in der Stadt Babel stand, umgeben von Lustgärten. Im gleichen aufwendigen Maßstab dachte sich Kircher die Sprachverwirrung.

[*S. 1370* Anm. 167 Z. 7 (... Babelturmes;) Minkowski, Turm 80 ff. Tafel XIIa–c (mit treffender Interpretation), 84 Bild 295;]

S. 1373 Z. 3, streichen: (die wir ... fanden).

S. 1373 Z. 22, verbessern: Gen. 9, 25.

Zu Band III/2

S. 1410 Z. 22 (Hume ... Wert.) Auch Englands germanische Urgeschichte wird mißachtet. [Dazu Marie Schütt, Das Germanenproblem in der englischen Geschichtsschreibung des 18. Jahrhunderts (Britannica et Americana 5), Hamburg 1960, S. 34 ff.]

S. 1414 Z. 36 (... nicht mehr.) Und was blieb noch von seinem biblischen Wort, von der Bibel als Universalgeschichte? Einer der größten Universalhistoriker des Jahrhunderts, Edward Gibbon (1737–1794), sprach ihr 1776 zusammenfassend das Urteil. Nicht nur, daß die christliche Lehre einst den Verfall des römischen Reiches beschleunigte, sie benebelte bis vor kurzem den Verstand vieler grundgelehrter und leichtgläubiger Forscher. Beim trüben Licht von Legenden und Traditionen, von Konjekturen und Etymologien führten sie die Großenkel Noahs vom Turm zu Babel bis an die äußersten Enden der Erde; jeder wollte ein Sohn Japhets sein, der Ire wie der Tatar, und der Schwede Rudbeck zumal. Wie Voltaire spottete Gibbon scheinbar nur über die allzu konkrete Auslegung der Bibel; aber wie Voltaire stellte Gibbon sein Panorama der Weltgeschichte und der Völkergemeinschaft der biblischen Heilsgeschichte selbst entgegen. Und das geschah in diesem englischen Jahrhundert allenthalben. Wo blieben die Verteidiger des alten, theologischen Weltbildes? Die [The History of the Decline and Fall of the Roman Empire, hg. John Bagnell BURY, Bd. 1, London 1912, S. 217. Dazu MEINECKE, Historismus 233 ff.; SCHÜTT (o. Nachtrag zu S. 1410) S. 43 ff.]

[*S. 1433* Anm. 72 Z. 3 (... 187 f.;) Aram VARTANIAN, La Mettrie's L'homme machine, A Study in the Origins of an Idea, Princeton 1960, S. 26 ff. (zur Sprachdeutung; V. gibt auch eine kritische Ausgabe.).]

S. 1460 Z. 25 (... Amerika.) Nach einer Lappland-Expedition wollte 1703 auch der Sohn des großen Rudbeck, Olof Rudbeck d. J. (1660–1740) die lappische Sprache aus der hebräischen ableiten und bereitete eine umfangreiche europäisch-asiatische Sprachenharmonie vor, bei der das Hebräische ebenfalls im Mittelpunkt gestanden haben dürfte. [Lappo hebraicans sive de convenientia linguae hebraeae ac lapponiae, Uppsala 1703, zitiert nach Hans Joachim SCHOEPS, Rezension meines Buches, in: Zeitschrift für Religions- und Geistesgeschichte 13 (1961) 186 f.]

S. 1462 nach Z. 36 eigener Absatz: Wie die Gedanken westlicher Kritik in dem zerrissenen Polen wirkten, zeigen zwei Geschichtswerke entgegengesetzter Tendenz. Der Danziger Historiker Gottfried Lengnich (1689–1774) nahm 1740 in den Titel seiner polnischen Geschichte zwar noch den sagenhaften Volksgründer *Lechus* auf, begann das Buch aber mit einer scharfen Kritik an solchen unkritischen Behauptungen. [Historia Polona a Lecho ad Augusti II mortem, Leipzig 1740, S. 1.] Weil jedoch die Polen gerade gegenüber den ausländischen Einflüssen einen starken Halt in ihrer eigenen Vergangenheit brauchten, übertrumpfte ein polnischer Patriot, Przybyslaw Dyamentowski, den ersten Geschichtsschreiber Polens, den „Gallus anonymus" des 12. Jahrhunderts, durch eine Reihe früherer, polnischer Chroniken; in einer von ihnen, der angeblichen Chronik des Krakauer Erzbischofs Prokossius, soll schon das 10. Jahrhundert gewußt haben, daß die Polen Sarmaten sind und von einem Enkel des Japhetiten Javan abstammen. Aber die neue, gefälschte Abstammungssage konnte noch weniger als die wirklich mittelalterliche dem Zug der aufgeklärten Zeit standhalten. [Chronicon Slavo-Sarmaticum, hg. Hipolit KOWNACKI, Warschau 1827, S. 2. Dazu ZEISSBERG (o. S. 768 Anm. 82) S. 3.]

S. 1464 Z. 8 (Lomonosov ... Sprachfamilie;) wohl gehört es zum Ruhm der slavischen Sprache, daß sie weder von der griechischen noch von der lateinischen noch von einer anderen bekannten Sprache abstammt und seit den ältesten Zeiten selbständig ist, wie Lomonosov 1750 schrieb; aber warum dann in der trüben Vergangenheit fischen? Vor 1764 muß sich Lomonosov mit einer heute nicht mehr nachweisbaren

Studie über „die Spaltungen der Sprachen und die Ähnlichkeiten zwischen ihnen" befaßt haben; der Turm von Babel dürfte darin keine Rolle gespielt haben. Denn obgleich.

[S. 1464 Anm. 118, anfügen: Lomonossow, Ausgewählte Schriften, übers. Herta HÖSEL – Erhard JOHN, Bd. 2, Berlin 1961: Russische Grammatik, Widmung S. 70 f. (Sprachenvergleich); I, 1, 3 S. 74 (Sprachvermögen als Gottesgeschenk); Bemerkungen zur Abhandlung von G. F. Müller, „Über die Herkunft des russischen Volkes und seines Namens" S. 23 (slavische Sprache); Verzeichnis der Schriften und der sonstigen Arbeiten V, 9 S. 257 (Spaltungen).]

[*S. 1472* Anm. 135, anfügen: Karl HEUSSI, Johann Franz Buddeus und die Anfänge der historischen Auffassung des Alten Testaments, in: Gott und die Götter, Festgabe für Erich Fascher zum 60. Geburtstag, Berlin 1958, S. 154–158.]

S. 1477 Z. 14 (Leibniz), verbessern: Der Turmbau von Babel wurde nicht als historisches Faktum erwähnt; nur wo Leibniz vorschlug, in der Sprache der Wissenschaften die Bedeutungen einheitlich festzulegen, wollte er den Wirrwarr und Mißbrauch der Worte beseitigen und *cette tour de Babel* zerstören. Das Babel der geschichtlichen Sprachen zu zerstören kam ihm jedoch nicht in den Sinn. Er teilte [Nouveaux essais sur l'entendement III, 9, 9, GERHARDT Bd. 5, S. 318.]

[*S. 1490* Anm. 172, anfügen: und Karlfried GRÜNDER, Langage et histoire, in: Archives de philosophie 24 (1961) 414–425, hier S. 417 ff.]

S. 1526 Z. 14 (Herder ... macht sie.) Als *die große Gesellerin der Menschen* ermöglicht erst die Sprache *eine Geschichte der Menschheit*; sie verbindet nicht nur die Gleichzeitigen, sondern vermittelt auch den Späteren die Tradition. [Ideen zur Philosophie der Geschichte der Menschheit IX, 2, SUPHAN Bd. 13, S. 357.]

S. 1526 Z. 30 (... schickt.) Herder freute sich von Herzen über die Teilung der Völker nach ihren Sprachen; ihretwegen sei es noch keinem Nimrod gelungen, *die Bewohner des Weltalls in Ein Gehäge zusammen zu jagen.* [Ideen zur Philosophie der Geschichte der Menschheit VIII, 5, SUPHAN Bd. 13, S. 341.]

S. 1527 Z. 22 (... Gottes.) Denn was uns davon als Tradition überkommen ist, bezeichnet Herder als *die Stimme Gottes*. [Ideen zur Philosophie der Geschichte der Menschheit IX, 1, SUPHAN Bd. 13, S. 352.]

S. 1538 Z. 20 (Schiller ... vor.) Der Historiker erkannte zwar bereitwilliger als Kant die Geschichtlichkeit der Sprache an: *Die Quelle aller Geschichte ist Tradition, und das Organ der Tradition ist die Sprache.* Dennoch kam es ihm weniger auf Tradition als auf Fortschritt, mehr auf Freiheit als auf Treue an. [Was heißt und zu welchem Ende studiert man Universalgeschichte? HELLEN Bd. 13, S. 17.]

S. 1546 Z. 11 (A. W. Schlegel ... Formen,) erst recht nicht in deren treuer Bewahrung; Schlegel spottete über die Deutschen, die als geduldige *Lastträger des Herkommens* heute noch ungefähr so sprechen wie damals, *da Kaiser Karl der Fünfte nur mit seinen Pferden deutsch sprechen wollte.* Sprache darf nicht zur historischen Schicht und zur Kruste werden. [Betrachtungen über Metrik, BÖCKING Bd. 1, S. 165.]

S. 1546 Z. 15 (... Poesie.) Darum lächelte Schlegel über die älteren Vorstellungen vom Ursprung der Sprache, über die *Schulübungen unseres ersten Stammvaters*, über den ihm erteilten *göttlichen Unterricht*; Sprache entstand nicht aus Nachahmung, sondern *aus Tönen der Empfindung.* [Briefe über Poesie, Silbenmaß und Sprache 2, BÖCKING Bd. 1, S. 111 ff.]

S. 1556 Z. 26 (Kleist ... ob die) gespaltene und unzulängliche, mißverständliche Sprache und die umständliche Geschichte [Dazu Hans Heinz HOLZ, Macht und Ohnmacht der Sprache, Untersuchungen zum Sprachverständnis und Stil Heinrich von Kleists, Frankfurt/Main-Bonn 1962, S. 26 ff.]

[*S. 1558* Anm. 50, anfügen: Wilhelm WISSMANN, Johann Andreas Schmeller als Sprachforscher, in: Geist und Gestalt, Biographische Beiträge zur Geschichte der Bayerischen Akademie der Wissenschaften ..., Bd. 1, München 1959, S. 63–71 (mit Mitteilungen aus dem Nachlaß über Schmellers Sprachtheorie und den Plan eines Buches „Sprache und Sprachen, Philosophisch-linguistischer Versuch". Hinweis von Dozent Dr. Rudolf VIERHAUS-Münster.).]

S. 1573 Z. 24 (F. A. Wolf ... Bildung.) So kann man, wie Wolf von seinem Schüler Immanuel Bekker sagte, wirklich *in sieben Sprachen schweigen*. [Dazu BÜCHMANN (o. Nachtrag zu S. 1020 Anm. 131) S. 226.]

[*S. 1585* Anm. 84, anfügen: Der ehemalige Freimaurer Hoffmann, der im ungarischen Aufstand einen Teil der Weltverschwörung von Jakobinern und Illuminaten witterte, schrieb im Auftrag Kaiser Leopolds II., der die Babel-Schrift persönlich durchkorrigierte. Dazu Denis SILAGI, Ungarn und der geheime Mitarbeiterkreis Kaiser Leopolds II. (Südosteuropäische Arbeiten 57), München 1961, S. 55 ff., 68 ff.]

S. 1595 Z. 1 (Turner ... Literatur.) Allerdings war er trotz Gibbons Protest noch davon überzeugt, daß alle Menschen von den Kindern Noahs abstammten und gemeinsam das von Moses berichtete Schicksal der babylonischen Sprachverwirrung und Völkerzerstreuung erlitten; darum fand er in den Sprachen der verschiedenen Völkergruppen, der Kelten, Germanen, Slaven, Spuren gemeinsamer Vergangenheit. Er suchte sie jedoch nicht im einzelnen genealogisch zu verifizieren; konkret war nur der heimische Umkreis zu erfassen. [The History of the Anglo-Saxons, Bd. 2, 2. Aufl., Paris 1840, S. 276 ff.; dazu SCHÜTT (o. Nachtrag zu S. 1410) S. 45 ff. – Unzugänglich sind mir Turners spätere, fromme Werke, die bis zur Sintflut reichende Sacred History of the World, 3 Bände, London 1832, und On the Affinities and Diversities in the Languages of the World and on Their Primeval Cause, in: The Royal Society of Literature Transactions, London 1829, Bd, 1, 1 S. 17–31, 80–94.]

S. 1602 nach Z. 21 eigener Absatz: Das fand auch der zweite große Romantiker Amerikas, James Fenimore Cooper (1789–1851), als er sich seit 1826 liebevoll in die indianische Vergangenheit seines Landes vertiefte. Seit der europäischen Kolonisation hörten die Indianer vielerlei fremde Sprachen, Holländisch, Englisch, Französisch, und mancher verstand ein europäisches Idiom in den tiefen, schönen Gutturaltönen seiner eigenen Sprache deutlich, wenn auch gebrochen und fehlerhaft, zu reden. Dennoch galt der Eingeborene, der nicht seine Sprache gebrauchte, den Aufrechten als Feind; verschieden waren auch die Dialekte miteinander verfeindeter Stämme. Nur ein heimtückischer roter Häuptling schmeichelt einem fremden Stamme mit dem Argument: „Wenn der Große Geist seinen roten Kindern verschiedene Sprachen gab, so geschah es, damit alle Tiere sie verstehen könnten." In Wahrheit kann nur der Dichter diese männliche Welt der stolzen, bis zum Untergang unbeirrten Sonderung so schildern, daß alle Menschen sie verstehen. [The Last of the Mohicans (The People's Library 34), London 1908: c. 3 S. 34 (Holländisch); c. 2 S. 21 (Englisch); c. 23 S. 255 f. (Französisch); c. 6 S. 59 (Gutturaltöne); c. 5 S. 53 (Eingeborene und Fremdsprachen); c. 24 S. 271 f. (Dialekte verfeindeter Stämme); c. 29 S. 329 (Großer Geist).]

[*S. 1607* Anm. 130, anfügen: Zur Sprachtheorie der Revolutionäre, die durch Sprachreform die Wissenschaft neu begründen wollten, Harry Burrows ACTON, La philosophie du langage sous la révolution française, in: Archives de philosophie 24 (1961) 426–449.]

[*S. 1624* Anm. 152, anfügen: Nach Berta EISENMANN, Carlo Denina, Diss. phil. Heidelberg 1932, S. 29, 49 ist die Hauptthese des Werkes, daß die vier genannten Sprachgruppen auf eine skythische Ursprache zurückgehen.]

S. 1637 Z. 21 (... Präzision.) Im sicheren Bewußtsein, daß die Gesetze der Geschichte und der Sprache allein durch Empirie erkennbar seien, verbat sich die Pariser „Société de Linguistique" bei der Gründung 1866 alle Studien *concernant soit l'origine du langage, soit la création d'une langue universelle.* Ursprung und Zukunft der Sprachenvielfalt sind nur Themen der Spekulation; die Wissenschaft hält sich an das zur Zeit Vorhandene. [Dazu Louis KUKENHEIM, Esquisse historique de la linguistique française et de ses rapports avec la linguistique générale (Leidse Romanistische Reeks 8), Leiden 1962, S. 67.]

[*S. 1647* Anm. 32 Z. 2, verbessern: S. 270 f. (Weltsprache).]

[*S. 1652* Anm. 39, anfügen: Jürgen KEDENBURG, Teleologisches Geschichtsbild und theokratische Staatsauffassung im Werke Thomas Carlyles (Frankfurter Arbeiten aus dem Gebiete der Anglistik und der Amerika-Studien 6), Heidelberg 1960, S. 69ff.]

S. 1665 Z. 25 (Longfellow ... erliegen.) Von Coopers Glauben an die Besonderheit der indianischen Stämme und Sprachen war er weit entfernt.

[*S. 1669* Anm. 66, anfügen: Carl RESEK, Lewis Henry Morgan, American Scholar, Chicago 1960, S. 137 ff.]

S. 1674 nach Z. 8 eigener Absatz: Aber war er nicht an dem bisherigen Gang der Weltgeschichte deutlich abzulesen? Der Naturwissenschaftler Nikolaj Jakovlevič Danilevskij (1822–1885) glaubte 1865 das Gesetz des universalhistorischen Ablaufs erkannt zu haben. Sein Inhalt war bis jetzt die organische Entwicklung von zehn kulturhistorischen Typen, und jeder von ihnen bestand aus einer Sprachgemeinschaft. Drei waren semitisch, die chaldäische, hebräische und arabische Gruppe; eine war hamitisch, die ägyptische; ganz aus dem Rahmen fiel die chinesische; die Hälfte der Haupttypen aber war japhetitisch: Indisch, Persisch, Griechisch, Römisch, Germanisch. Nur zwei Sprachfamilien der arischen Gruppe haben noch keinen kulturhistorischen Typ gebildet, die keltische, die in die romanisch-germanische Mischung mit einging, und die slavische, die ganz abseits steht. Aber eben daraus läßt sich schließen, daß die Zukunft der Welt einem allslavischen Bund gehören wird, der Europa niederringen muß; der politischen Einung wird die sprachliche auf dem Fuße folgen, und die gemeinsame Sprache der Zukunft könnte nur die russische sein. Die Kraft des heiligen Rußland ist von der Vorsehung dazu bestimmt, den zersetzenden Rationalismus Europas zu heilen. [Rußland und Europa, Eine Untersuchung über die kulturellen und politischen Beziehungen der slawischen zur germanisch-romanischen Welt, übers. Karl NÖTZEL, Stuttgart-Berlin 1920, S. 61 ff. (Typen), 230 ff. (allslavischer Bund). Der sonst für Danilevskij anregende Breslauer Historiker und Dichterssohn Heinrich Rückert (1823–1875) achtete bei seiner universalhistorischen Typologie der Kulturkreise nur auf die Unterschiede der Rassen, nicht auf Sprachgemeinschaften: Lehrbuch der Weltgeschichte in organischer Darstellung, Bd. 1, Leipzig 1857, S. 93 ff. Darin ist Danilevskij also originell.]

[*S. 1682* Anm. 85 Z. 8 (... 327 ff.;) Pieter Adrianus VERBURG, The Background to the Linguistic Conceptions of Bopp, in: Lingua 2 (1949/50) 438–468, hier S. 444 ff.;]

S. 1704 Z. 7 (Marx ... vermerkt;) sie wußten auch, daß bisher die Aneignung von Gedanken fremder Länder in derselben Weise geschah, *wodurch man sich überhaupt eine fremde Sprache aneignet, durch die Übersetzung*, und daß diese Übersetzung Veränderung bedeutete. Aber sie fürchteten von der Ausbreitung ihrer Lehren keine ähnlichen Folgen, weil sie die Revolution predigten. [Manifest der Kommunistischen Partei Bd. 4, S. 486.]

S. 1704 Z. 7–21, streichen: daß die Nationalität ... angeglichen haben. [Ebenso Anm. 122 Z. 6–8, streichen: Deutschland ... Panslavismus; der hier zitierte Aufsatz stammt nicht von Marx, sondern von Engels. S. u. Nachtrag zu S. 1724.]

S. 1714 Z. 25 (Lotze ... verborgen.) Die Einheit des Menschengeschlechts stand vielleicht am Ursprung, aber erweisbar ist sie nicht, zumal wir keine gemeinsame Ursprache, sondern *von Anfang an eine Menge verschiedener Ausprägungen der gemeinsamen Sprachfähigkeit* vorfinden. Diese Einheit ist, wenn es sie je gab, als vergangene für uns nicht wichtig; nur eine Hoffnung für die Zukunft könnte sie sein. Der Mensch sieht sich eingeschlossen in diese Kette von der Vergangenheit zur Zukunft; die Geschichte ist für ihn ein Weg von unbekanntem Anfang zu unbekanntem Ende. [Mikrokosmos VII, 5 Bd. 3, S. 91–96 (Einheit in Vergangenheit und Zukunft); VII, 3 S. 56 f. (Ursprachen).]

[*S. 1718* Anm. 144, anfügen: Vittore PISANI, August Schleicher und einige Richtungen der heutigen Sprachwissenschaft, in: Lingua 4 (1954/55) 337–368, hier S. 342 ff.]

S. 1724 Z. 16 (Engels ... Prozeß.) Daß die Nationalität ... (hierher von S. 1704 Z. 7–21; in Z. 8 und 12 Marx, verbessern: Engels) ... angeglichen haben. [Deutschland und der Panslawismus II, Werke (o. S. 1704 Anm. 122) Bd. 11, Berlin 1961, S. 196 f.]

[*S. 1729* Anm. 164, anfügen: Zur verworrenen alldeutschen Gedankenwelt dieses Münchener Professors Albrecht Wirth (1866–1936) Heinz GOLLWITZER, Die Gelbe Gefahr, Geschichte eines Schlagworts, Studien zum imperialistischen Denken, Göttingen 1962, S. 181 ff.]

S. 1751 Z. 15 (Ciakciac ... Venedig) – ähnlich wie sein Landsmann Chamich zehn Jahre zuvor –, Armenisch.

S. 1764 Z. 28 (Stalin ... überhaupt.) Ein Leitartikel der Moskauer Zeitung „Pravda" zog am 7. Juli 1938 die einfache Folgerung aus Marrs Lehren: „Das Russische wird zur internationalen Sprache der sozialistischen Kultur werden, wie es das Lateinische für die frühmittelalterlichen Gesellschaftsspitzen und das Französische im 18. und 19. Jahrhundert gewesen waren." Man fühlt sich dabei an Danilevskijs universalhistorische Sprachentypologie erinnert. [Zitat aus Kurt STEGMANN VON PRITZWALD, Die Bedeutung der Sprache für die sowjetische Meinungssteuerung, in: Osteuropa 11 (1961) 98–108, hier S. 101.]

S. 1767 nach Z. 21 eigener Absatz: Eine neue Wendung von der Theorie der Geschichtlichkeit zur Handgreiflichkeit der Eschatologie sprach aus den Worten, mit denen Stalins Nachfolger Nikita Sergeevič Chruščev (geb. 1894) seinen Rechenschaftsbericht vor dem 22. Parteitag am 17. Oktober 1961 schloß. Mit dem Hinweis auf die russischen Raketen im Weltraum wurde das Bild vom Babelturm beschworen und übertrumpft: „Heute können wir mit Stolz sagen, daß die Völker der

Sowjetunion, die den Sozialismus aufgebaut haben und jetzt erfolgreich das Gebäude der kommunistischen Gesellschaft errichten, tatsächlich den Himmel stürmen, im bildlichen wie im buchstäblichen Sinne dieses Wortes." Ob sich der Himmel indes tatsächlich durch kumulative Exegese stürmen läßt? Ob man sich nicht wieder wie Stalin auf den Sinn menschlicher Worte und die Grenzen geschichtlicher Strukturen wird besinnen müssen?

S. 1771 Z. 14 (Pound ... begrenzt.) Denn da in jeder Sprache Umwelt und Erbe der einzelnen Gruppen ihre dauernden Spuren hinterlassen, ist die Summe menschlicher Weisheit nicht in einer einzelnen Sprache enthalten. Das ist, wie Pound 1934 schrieb, eine bittere Wahrheit, aber man darf sie nicht verschweigen. [ABC of Reading c. 3, 2, London 1951, S. 34 f.]

S. 1772 Z. 21 (Hemingway, 1898–1961 ... Vergleichen auf.) In Hemingways Roman von 1940 überlegt sich der amerikanische Held mitten in der internationalen Atmosphäre des spanischen Bürgerkrieges, daß *dead* und *todt*, *war* und *Krieg* nicht dasselbe bedeuten; im Deutschen sind sie schlimmer, grausamer, vielleicht nur, weil der Amerikaner nicht gut Deutsch kann. Indes geht es ihm mit dem Spanischen, das er viel besser beherrscht, ganz ähnlich: *La Gloria* der Liebe ist etwas ganz anderes als *glory* oder *La Gloire*; es kommt von einem fremden Planeten – und doch widerfahren Liebe, Krieg und Tod den Menschen aller Völker. [For Whom the Bell Tolls, New York 1940: c. 13 S. 146 (Krieg); c. 37 S. 333 (Liebe).]

[*S. 1773* Anm. 18, anfügen: Ähnlich zuvor, in einem Aufsatz von 1928, Franz Boas, Race, Language, and Culture, Neudruck New York 1948, S. 219–225.]

S. 1778 Z. 11 (... stürmen.) Im gleichen Jahr 1938 verlangte der Philosophie-Professor Charles William Morris (geb. 1901), damals in Chicago, der Mensch müsse sich befreien von dem Gewebe aus Wörtern, das er gesponnen habe; die Sprache müsse gereinigt und geordnet werden. Die Zeichentheorie, die zur Vereinheitlichung der Wissenschaft beitrage, sei ein Instrument für diese *debabelization*, für die Beseitigung der *confusion* verschiedener Zeichenfunktionen. [Foundations of the Theory of Signs (International Encyclopedia of Unified Science I, 2), Chicago 1938, S. 3, 58 f. – Prof. Peter Hartmann – Münster, dem ich diesen Hinweis verdanke, schreibt ähnlich; Rezension meines Buches, in: Kratylos 6 (1961) 21: Die allgemeine Linguistik sei, wenn man die alten Termini einmal beibehalte, in den von ihr gesuchten allgemeinen Sprachstrukturen die wissenschaftliche Analyse des eigentlichen, fortdauernden Pfingstwunders, dessen, was bei allen Völkern gleich ausgedrückt werde.]

[S. 1778 Anm. 28 Z. 1 (Hall) 2. Auflage unter dem Titel: Linguistics and Your Language, New York 1960, S. 228–242.]

S. 1781 Z. 14 (Shaw ... dient.) Dem Spötter Shaw lag nichts daran, ob diese lebendige Sprache von Gott oder vom Satan kam. Eine Freundin schrieb ihm 1912, sicher in seinem Sinne, die Schlange im Paradies habe wohl in dem geliebten irischen Akzent gesprochen, denn sonst hätte Eva den Apfel gar nicht gesehen, geschweige denn gegessen. [Bernard Shaw and Mrs. Patrick Campbell: Their Correspondence, hg. Alan Dent, London 1952, S. 42.]

[*S. 1786* Anm. 45, anfügen: Dazu W. Warren Wagar, H. G. Wells and the World State (Yale Historical Publications 75), New Haven 1961, S. 245 ff. u. ö.]

[*S. 1788* Anm. 47, anfügen: Über die Verwandtschaft Wittgensteins mit der Phänomenologie Hermann Lübbe, „Sprachspiele" und „Geschichten", Neopositivismus und Phänomenologie im Spätstadium, in: Kant-Studien 52 (1960/61) 220–243, hier S. 222 ff.]

[*S. 1789* Anm. 51, anfügen: die 2. deutsche Auflage, Köln-Berlin 1959, hat wortlos den dritten Teil von Bodmers Buch „Das Problem einer Weltsprache" ausgelassen (S. 464–544 der 1. Aufl.). Warum?]

S. 1790 Z. 14 (... lassen.) Die kosmischen Möglichkeiten der Atomspaltung haben in England nicht, wie in Rußland und anderswo, zum Vergleich mit den Himmelsstürmern vom Babelturm angeregt; in dem englischen Atomkraftwerk Harwell erhielt ein Aggregat zur Herstellung von Protonen den Namen Nimrods, *a machine regarded ‚alternately with affection and exasperation'*. [Mitteilung von Collinson (o. Nachtrag zu S. 1008 Anm. 104) Sp. 678.]

[S. 1790 Anm. 53, anfügen: Ebenso der Düsseldorfer Kabarettist Martin Morlock, Lied, vor dem großen Turm zu singen; Szene: Der Wolkenkratzer der UNO; Refrain: „Wir leben alle in Babel und bauen am großen Turm". (Erlanger Tagblatt vom 6./7. 10. 1962, Sonntagsbeilage S. 8).]

S. 1793 Z. 5–6 (... gegeben.) Gegen ihr hartes Bild vom Babelturm wehrte sich 1891, im neuromantischen Erstlingswerk, die schwedische Dichterin Selma Lagerlöf (1858 bis 1940). Von all den titanischen Entwürfen der Menschen, den Pyramiden und dem Turm von Babel, ist nichts übriggeblieben; die Bauarbeiter täten besser, sich ins Gras zu legen und in ihren Träumen Luftschlösser zu bauen. Aber was erwartete den Träumer, wenn nicht ein neues Babel? Solche babylonischen Träume verfolgten den von Ibsen [Gösta Berlings Saga c. 10 (Skrifter Bd. 1), Stockholm 1952, S. 163.]

S. 1802 Z. 7 (Wadler ... Sprachen;) sie zeige sich auch sprachwissenschaftlich, etwa an dem Wort „Volk", das auf ein Urwort der Menschheit *p-l-g* zurückgehe. So bezeugt Phaleg und die babylonische Sprachverwirrung die geistige Gemeinschaft alles Menschlichen.

[*S. 1816* Anm. 99, anfügen: Santino Cavaciuti, La teoria linguistica di Benedetto Croce (Pubblicazioni dell'Istituto di Filosofia dell'Università di Genova 13), Mailand 1959, S. 58 ff.]

S. 1819 Z. 4 (Pius XI. ... Semiten".) Die Kirche vereinigt in sich alle Völker und umgreift alle Zeiten; aber gerade deshalb braucht sie, wie der gelehrte Papst 1922 schrieb, eine wahrhaft katholische Sprache jenseits geschichtlicher Besonderheiten und Veränderungen, *universalem, immutabilem, non vulgarem*. Das ist das Lateinische, nicht das Italienische. [Officiorum omnium vom 1. 8. 1922, Acta apostolicae sedis (o. S. 1820 Anm. 107) Bd. 14, S. 452 f.]

S. 1821 Z. 27 (Johannes XXIII. ... Welt.) Wer allerdings aus der Ankündigung von 1959 hatte schließen wollen, die katholische Kirche würde den Primat des Lateinischen aufgeben, den belehrte der Papst 1962: „Aus der Vielfalt der Sprachen ragt nun vor allem jene hervor, die im Gebiet vom Latium entstanden ist und die dann später in wunderbarer Weise zur Ausbreitung des christlichen Namens in den westlichen Ländern beigetragen hat." Sie wurde „nicht ohne göttliche Fügung" die Amtssprache des Heiligen Stuhles; sie verband die christlichen Völker Europas zur Einheit; sie, die allen Völkern zugänglich ist, erweckt keinen nationalen Neid; sie kann die eine Wahrheit genau ausdrücken. Von neuem wird die kirchliche Tradition in gegenwärtige Leistung übersetzt. [Veterum sapientia vom 22. 2. 1962, zitiert nach: Herder-Korrespondenz 16 (1962) 318–321.]

S. 1839 Z. 9 (... bezogen.) Eindrücklich wurde diese Exegese ins Bild gesetzt in dem Ölgemälde „Pfingsten", das der norddeutsche Expressionist Emil Nolde (1867 bis 1956) 1909 schuf. Die Apostel, mit bäuerlich groben, halluzinierten Gesichtern, stehen im Bann ursprünglicher, barbarischer Ekstase, ohne fremde Zeugen ringsum – es sind bestimmt nicht die Bildungsidiome der Welt, die aus ihnen sprechen. [Werner Haftmann, Malerei im 20. Jahrhundert, Tafelband, 2. Aufl., München 1960, S. 75 f., 82 (Abbildung).]

S. 1856 Z. 19 (Spengler ... Burckhardt) noch auch die Sprachgemeinschaft der Kultur (wie bei Danilevskij) verbindet.

S. 1863 Z. 5 (E. Jünger ... sind.) Und 1960 meinte Jünger, der Mensch erhebe sich durch seine Willensfreiheit über die *babylonischen Paläste* und Pyramiden der Geschichte; *seit dem Verfall des babylonischen Turmes* seien die titanischen Staaten immer wieder verschwunden, *während die Menschheit geblieben ist.* Die geschichtliche Zukunft des Weltstaates wird die Vielfalt der Geschichte überwinden. [Der Weltstaat, Organismus und Organisation, Stuttgart 1960, S. 13, 67.]

S. 1866 nach Z. 21 eigener Absatz: Ein Schritt in die Profanität, und Heideggers hermeneutischer Zirkel wird aus der Burg Gottes zum Gefängnis des Menschen. Hängt die Wahrheit von Geschichte und Sprache nicht ab von ihrer Auslegung, vom Geschichts- und Sprachdenken? Das war 1960 das Problem des Heidelberger Philosophen Hans-Georg Gadamer (geb. 1900), dessen Buch mit einer Kritik am Historismus begann und mit einer Sprachphilosophie schloß. Der Mensch ist nach Gadamer von seiner Umwelt frei, frei auch gegenüber den Namen, die er den Dingen gibt; das meint *der tiefsinnige Bericht der Genesis* (2, 19 f.), *demzufolge Adam die namengebende Vollmacht von Gott empfing.* Mit der Umweltfreiheit ist dem Menschen die freie Sprechfähigkeit gegeben und damit der Grund für die geschichtliche Sprachenvielfalt. *Wenn der Mythos von einer Ursprache und dem Eintritt einer Sprachverwirrung redet*, so irrt er; *in Wahrheit* ist der Mensch, *weil er sich über seine jeweilige zufällige Umwelt immer schon zu erheben vermag und sein Sprechen die Welt zur Sprache bringt, für die Varietät der Ausübung seiner Sprachfähigkeit von vornherein freigegeben.* Die Vielfalt des Besonderen, die Endlichkeit und Geschichtlichkeit des Menschen war demnach *immer schon* und *von vornherein* da; sie ist nicht geschichtlich entstanden, wie die Bibel meint. Ihr Geschichtsbild stellt *die Dinge auf den Kopf.* Gadamer unterscheidet nicht zwischen dem, was die Bibel sagt, und dem, was die Exegeten aus ihr herausgelesen haben; er liest aus der Bibel selbst in Zustimmung und Widerspruch seine These heraus. Diese Auslese scheint ihm legitim, weil er Verstehen und Auslegen als Wirkungsgeschichte der Aneignung begreift und den Text nicht als Fremdes, Gegenüberstehendes anerkennt. Wo Gadamer andere Zeugen aus der Geschichte des Sprachdenkens zitiert, geschieht es ähnlich: *Auch der Cusaner meint mit dem natürlichen Wort nicht das Wort einer Ursprache, die der menschlichen Sprachverwirrung noch vorauslag. Eine solche Adamssprache im Sinne einer Lehre vom Urstand liegt ihm ganz fern. Vielmehr geht der Cusaner von der grundsätzlichen Ungenauigkeit alles menschlichen Wissens aus.* Das ist Gadamers Auslegung, aber, wie wir sahen, nicht die Meinung des Nikolaus von Kues. Es mag sein, daß sich die auslegende Vernunft als Einheit von Denken und Sprechen über die Vielfalt der *Sagweisen* und *über die Schranken jeder gegebenen Sprachverfassung* erhebt, vielleicht auch über die vielfältig verschlungenen Wege der Geschichte; aber es bleibt gerade dann nicht nur *die Inkommensurabilität von Sein und Sichwissen*, sondern es öffnet sich eine Kluft zwischen dem in einer geschichtlichen Lage verfaßten Text und seiner in einer anderen geschichtlichen Lage unternommenen Auslegung. Ohne wirklich frei zu werden, verliert die Auslegung ihren dienenden, vermittelnden, verbindlichen Charakter, so redlich auch der Interpret verfahren mag. [GADAMER (o. S. 2024 Anm. 420) S. 420 f. (Adam, Sprachverwirrung), 413 (Cusaner; vgl. o. S. 1027 Z. 29–33 über Adams Sprache), 380 (auslegende Vernunft). Hans-Georg GADAMER, Geschichtsphilosophie, in: RGG³ Bd. 2, Sp. 1488 bis 1496, hier Sp. 1495 (Inkommensurabilität). Vgl. DERS., Sprache, philosophisch, in: RGG³ Bd. 6, Tübingen 1962, Sp. 266–268. Dazu Helmut KUHN, Wahrheit und geschichtliches Verstehen, in: HZ 193 (1961) 376–389, hier S. 382 ff.]

[*S. 1868* Anm. 207, anfügen: Dazu Georg MÜLLER, Der Sprachdenker Eugen Rosenstock-Huessy, in: Evangelische Theologie 14 (1954) 314–333, hier S. 316 ff.]

[*S. 1870* Anm. 212, anfügen: Ähnlich schon Norbert HÖTZEL OMI, Vielheit der Völker und Sprachen – Schöpfungstat oder Sündenfolge? Eine Auseinandersetzung mit Gen 11, 1–9, in: Zeitschrift für Missionswissenschaft und Religionswissenschaft 37 (1953) 308–316, hier S. 315 f.]

S. 1871 Z. 15 (... *herab.*) Mit der gleichen düsteren Warnung schilderte 1961 ein Halbhundert Radierungen des Lyrikers und Graphikers Christoph Meckel (geb. 1934) den Bau des Babelturms. Zuerst durch Propaganda verlockt, dann der Fron eines kahlköpfigen Managers ausgeliefert, führen die Massen triebhaft den Turmbau der Technik auf, hinauf über das Wasser, die Städte, die Wälder, die Wolken und die geängstigten Vögel, zu einem Himmel voller Zeitungen. Die Sprache hat nur die Aufgabe, zu dem eitlen Werk zu verführen. Als ein gepanzerter Engel vorbeifliegt und der Turm zusammenstürzt, bleibt den Arbeitern bloß Zeit zu panischem Schrecken, nicht zur Sprachverwirrung; unter rauchenden Trümmern liegen sie erschlagen. Der Manager aber hat sich in Sicherheit gebracht, und bald beginnt der neue Turmbau. Nach Eccle. 1, 2–7 ist alles menschliche Mühen umsonst, und doch lassen die Toren nicht ab. [Der Turm, München 1961.]

S. 1871 Z. 23 (Thieß ... Turms.) Fast schon resigniert rechnete Thieß Fernsehgeräte und Übersetzungsmaschinen 1961 *zu den Dingen, aus denen heute der babylonische Turm gebaut wird.* [Sturz nach oben, Roman über das Thema eines Märchens, Hamburg-Wien 1961, S. 51, 147 f., 285.]

[S. 1871 Anm. 214, anfügen: und Wolf SCHNEIDER, Überall ist Babylon, Die Stadt als Schicksal des Menschen von Ur bis Utopia, Düsseldorf 1960, wo die Städte und ihre Hochbauten durchgehend mit Babel verglichen werden.]

[S. 1871 Anm. 215, anfügen: Nicht mehr ganz in diese Gruppe gehört die Erzählung von Ernst HEIMERAN, Der Turmbau zu Babel, in: Fuldaer Volkszeitung, Osternummer 1961, deren Heiterkeit zwielichtig sein will.]

Abgeschlossen am 15. 10. 1962

ÜBERSICHTEN

Abgekürzt zitierte Werke

Dieses Verzeichnis enthält nicht die ganze oder die wichtige Literatur zum Thema der vorliegenden Arbeit; es weist lediglich diejenigen Quellen und Forschungen nach, die an mehreren, weit auseinanderliegenden Stellen des Werkes angeführt und dort abgekürzt zitiert wurden.

AASS – Acta Sanctorum Bollandiana, bisher 67 Bände, Antwerpen und Brüssel 1643–1940.

ADLER, Pfingstfest – Nikolaus ADLER, Das erste christliche Pfingstfest, Sinn und Bedeutung des Pfingstberichtes Apg 2, 1–13, Diss. theol. Münster 1938.

AGRELL, Studier – Jan AGRELL, Studier i den äldre språkjämförelsens allmänna och svenska historia fram till 1827 (Uppsala Universitets Årsskrift, Jg. 1955, Nr. 13), Uppsala-Wiesbaden 1955.

AH – Analecta Hymnica Medii Aevi, hg. Guido Maria DREVES und Clemens BLUME SJ, 55 Bände, Leipzig 1886–1922.

AHDL – Archives d'histoire doctrinale et littéraire du moyen âge, bisher 28 Bände, Paris 1926–61.

AKG – Archiv für Kulturgeschichte, bisher 43 Bände, Leipzig und Köln 1903–61.

ALBRIGHT, Steinzeit – William Foxwell ALBRIGHT, Von der Steinzeit zum Christentum, Monotheismus und geschichtliches Werden (Sammlung Dalp 55), München 1949.

ALLEN, Ideas – William Stannard ALLEN, Ancient Ideas on the Origin and Development of Language, in: Transactions of the Philological Society 1948, London 1949, S. 35–60.

ALLEN, Noah – Don Cameron ALLEN, The Legend of Noah, Renaissance Rationalism in Art, Science, and Letters (Illinois Studies in Language and Literature 33, 3–4), Urbana 1949.

ALMA – Archivum latinitatis medii aevi, Bulletin Du Cange, bisher 31 Bände, Brüssel 1924–61.

ALTANER, Patrologie – Berthold ALTANER, Patrologie, Leben, Schriften und Lehre der Kirchenväter, 4. Aufl., Freiburg i. Br. 1955; ab Band II/1 zitiert nach der 5. Aufl., Freiburg i. Br. 1958.

ALTANER, Sprachstudien – Berthold ALTANER, Sprachstudien und Sprachkenntnisse im Dienste der Mission des 13. und 14. Jahrhunderts, in: Zeitschrift für Missionswissenschaft und Religionswissenschaft 21 (1931) 113–136.

ANDERSON, Gog – Andrew Runni ANDERSON, Alexander's Gate, Gog and Magog, and the Inclosed Nations (Monographs of the Mediaeval Academy of America 5), Cambridge-Mass. 1932.

ANDERSSON, Geschichte – Ingvar ANDERSSON, Schwedische Geschichte, Von den Anfängen bis zur Gegenwart, München 1950.

ANDRAE-FRITZ, Turm – Walter ANDRAE und Rolf FRITZ, Der Babylonische Turm, Erläuterungen zum Kabinett des babylonischen Turms in der vorderasiatischen Abteilung der Staatlichen Museen zu Berlin, Berlin 1932.

ANER, Lessingzeit – Karl ANER, Die Theologie der Lessingzeit, Halle 1929.

ARENS, Sprachwissenschaft – Hans ARENS, Sprachwissenschaft, Der Gang ihrer Entwicklung von der Antike bis zur Gegenwart (Orbis academicus), Freiburg i. Br.-München 1955.

ASS – Acta Sanctae Sedis, hg. Pietro AVANZINI u. a., 41 Bände, Rom 1870–1909.

AUERBACH, Mimesis – Erich AUERBACH, Mimesis, Dargestellte Wirklichkeit in der abendländischen Literatur, 2. Aufl. (Sammlung Dalp 90), Bern 1959.

BAE – Biblioteca de Autores Españoles, bisher 131 Bände, Madrid 1846–1960.

BAHNER, Beitrag – Werner BAHNER, Beitrag zum Sprachbewußtsein in der spanischen Literatur des 16. und 17. Jahrhunderts (Neue Beiträge zur Literaturwissenschaft 5), Berlin 1956.

BARRACLOUGH, Geschichte – Geoffrey BARRACLOUGH, Geschichte in einer sich wandelnden Welt, Göttingen 1957.

BARZUN, Race – Jacques BARZUN, The French Race: Theories of Its Origins and Their Social and Political Implications Prior to the Revolution, Diss. phil. Columbia University, New York 1932.

BAESECKE, Vorgeschichte – Georg BAESECKE, Vor- und Frühgeschichte des deutschen Schrifttums, Band 1, Halle 1940.

BAUER-STRZYGOWSKI, Weltchronik – Adolf BAUER und Josef STRZYGOWSKI, Eine alexandrinische Weltchronik (Denkschriften der Kais. Akad. d. Wiss., Philos.-Hist. Kl., Jg. 51, Nr. 2), Wien 1906.

BDNL – Bibliothek der gesamten deutschen Nationalliteratur, 39 Bände, Quedlinburg-Leipzig 1835–60. Die deutsche Nationalliteratur, hg. Joseph KÜRSCHNER, 164 Bände, Stuttgart und Berlin 1882–99.

BENFEY, Sprachwissenschaft – Theodor BENFEY, Geschichte der Sprachwissenschaft und orientalischen Philologie in Deutschland seit dem Anfange des 19. Jahrhunderts mit einem Rückblick auf die früheren Zeiten (Geschichte der Wissenschaften in Deutschland, Neuere Zeit 8), München 1869.

BENZ, Sprachtheologie – Ernst BENZ, Die Sprachtheologie der Reformationszeit, in: Studium Generale 4 (1951) 204–213.

BERGES, Fürstenspiegel – Wilhelm BERGES, Die Fürstenspiegel des hohen und späten Mittelalters (Schriften der MGH 2), Neudruck Stuttgart 1952.

BIME – Bullettino dell' Istituto Storico Italiano per il Medio Evo e Archivio Muratoriano, bisher 73 Bände, Rom 1886–1961.

BISCHOFF, Bildung – Bernhard BISCHOFF, Das griechische Element in der abendländischen Bildung des Mittelalters, in: Byzantinische Zeitschrift 44 (1951) 27–55.

BISCHOFF, Geheimschriften – Bernhard BISCHOFF, Übersicht über die nichtdiplomatischen Geheimschriften des Mittelalters, in: MIÖG 62 (1954) 1–27.

BISCHOFF, Study – Bernhard BISCHOFF, The Study of Foreign Languages in the Middle Ages, in: Speculum 36 (1961) 209–224.

BLEIBERG, Antología – Germán BLEIBERG, Antología de elogios de la lengua española, Madrid 1951.

BLOCH, Société – Marc BLOCH, La société féodale (L'évolution de l'humanité 34), 2 Bände, Paris 1949.

BLV – Bibliothek des Literarischen Vereins in Stuttgart, bisher 294 Bände, Stuttgart, Tübingen und Leipzig 1842–1957.

BOCHART, Phaleg – Samuel BOCHART, Geographiae sacrae pars prior: Phaleg, seu de dispersione gentium et terrarum divisione facta in aedificatione turris Babel, Caen 1651.

BODMER, Sprachen – Frederick BODMER, Die Sprachen der Welt, Geschichte, Grammatik, Wortschatz in vergleichender Darstellung, Köln-Berlin 1955.

BONFANTE, Contribution – Giuliano BONFANTE, A Contribution to the History of Celtology, in: Celtica 3 (1956) 17–34.

BONFANTE, Ideas – Giuliano BONFANTE, Ideas on the Kinship of the European Languages from 1200 to 1800, in: Cahiers d'histoire mondiale 1 (1953/54) 679–699.

BOOR, Literatur – Helmut DE BOOR, Geschichte der deutschen Literatur von den Anfängen bis zur Gegenwart, Band 1 und 2, 2. Aufl., München 1955.
BOUSSET, Judentum – Wilhelm BOUSSET, Die Religion des Judentums im späthellenistischen Zeitalter, 3. Aufl., hg. Hugo GRESSMANN (Handbuch zum Neuen Testament 21), Tübingen 1926.
BP – Bibliothèque de la Pléiade, bisher etwa 150 Bände, Paris 1945–61.
BRANDT, Arbeit – Paul BRANDT, Schaffende Arbeit und bildende Kunst, 2 Bände, Leipzig 1927–28.
BRIE, Schottland – Friedrich BRIE, Die nationale Literatur Schottlands von den Anfängen bis zur Renaissance, Halle 1937.
BRINCKEN, Weltchronistik – Anna-Dorothee von den BRINCKEN, Studien zur lateinischen Weltchronistik bis in das Zeitalter Ottos von Freising, Diss. phil. Münster, Düsseldorf 1957.
BRUNOT, Langue – Ferdinand BRUNOT, Histoire de la langue française des origines à 1900, 13 Bände (teilweise 2. Aufl.), Paris 1913–53.
BÜDINGER, Universalhistorie – Max BÜDINGER, Die Universalhistorie im Mittelalter (Denkschriften der Kais. Akad. d. Wiss., Philos.-Hist. Kl., Jg. 46, Nr. 1–2), Wien 1900.
BURCKHARDT, Renaissance – Jacob BURCKHARDT, Die Kultur der Renaissance in Italien, hg. Werner KAEGI (Jacob Burckhardt–Gesamtausgabe 5), Berlin-Leipzig 1930.
CARY, Alexander – George CARY, The Medieval Alexander, Cambridge 1956.
CASSIRER, Aufklärung – Ernst CASSIRER, Die Philosophie der Aufklärung, Tübingen 1932.
CASSIRER, Individuum – Ernst CASSIRER, Individuum und Kosmos in der Philosophie der Renaissance (Studien der Bibliothek Warburg 10), Leipzig-Berlin 1927.
CASSIRER, Philosophie – Ernst CASSIRER, Philosophie der symbolischen Formen, Band 1: Die Sprache, Berlin 1923.
CCSL – Corpus Christianorum seu nova Patrum collectio, Series latina, bisher 25 Bände, Turnhout-Paris 1954–61.
CDS – Die Chroniken der deutschen Städte vom 14. bis 16. Jahrhundert, 36 Bände, Leipzig und Stuttgart-Gotha 1862–1931.
CISS – X Congresso Internazionale di Scienze Storiche, Relazioni, 7 Bände, Florenz 1955; Atti, Rom (1957).
Collection de textes – Collection de textes pour servir à l'étude et à l'enseignement de l'histoire, 50 Bände, Paris 1886–1925.
COUTURAT-LEAU, Langue – Louis COUTURAT und Léopold LEAU, Histoire de la langue universelle, 2. Aufl., Paris 1907.
CR – Corpus Reformatorum, bisher 101 Bände, Braunschweig, Halle, Berlin und Leipzig 1834–1959.
CRAMER-PIJPER, Bibliotheca – Samuel CRAMER und Fredrik PIJPER, Bibliotheca Reformatoria Neerlandica, 10 Bände, 's Gravenhage 1903–14.
CSCO – Corpus scriptorum christianorum orientalium, bisher 203 Bände, Paris 1903–60.
CSEL – Corpus scriptorum ecclesiasticorum latinorum, bisher 77 Bände, Wien 1866–1961.
CSHB – Corpus scriptorum historiae byzantinae, 50 Bände, Bonn 1828–97.
CURTIUS, Frankreich – Ernst Robert CURTIUS, Die französische Kultur, Eine Einführung (Frankreich, Band 1), Berlin-Leipzig 1930.

CURTIUS, Literatur – Ernst Robert CURTIUS, Europäische Literatur und lateinisches Mittelalter, 2. Aufl., Bern 1954.

DA – Deutsches Archiv für Erforschung des Mittelalters, bisher 17 Bände, Weimar und Köln 1937–61.

DAHL, Volk Gottes – Nils Alstrup DAHL, Das Volk Gottes, Eine Untersuchung zum Kirchenbewußtsein des Urchristentums (Skrifter utgitt av det Norske Videnskaps-Akademi i Oslo, Hist.-Philos. Kl., Jg. 1941, Nr. 2), Oslo 1941.

DANNENBAUER, Altertum – Heinrich DANNENBAUER, Germanisches Altertum und deutsche Geschichtswissenschaft (Philosophie und Geschichte 52), Tübingen 1935.

DAUBE, Muttersprache – Anna DAUBE, Der Aufstieg der Muttersprache im deutschen Denken des 15. und 16. Jahrhunderts (Deutsche Forschungen 34), Frankfurt/Main 1940.

DAVID, Sources – Pierre DAVID, Les sources de l'histoire de Pologne à l'époque des Piasts (963–1386), Paris 1934.

DEMPF, Imperium – Alois DEMPF, Sacrum Imperium, Geschichts- und Staatsphilosophie des Mittelalters und der politischen Renaissance, Neudruck Darmstadt 1954.

DENZINGER, Enchiridion – Heinrich DENZINGER, Enchiridion symbolorum, definitionum et declarationum de rebus fidei et morum, 30. Aufl., hg. Karl RAHNER SJ, Freiburg i. Br. 1955.

DETZEL, Ikonographie – Heinrich DETZEL, Christliche Ikonographie, Band 1, Freiburg i. Br. 1894.

DEUSSEN, Geschichte – Paul DEUSSEN, Allgemeine Geschichte der Philosophie I, 4. Aufl., 3 Bände, Leipzig 1920.

DIEHL, Manuel – Charles DIEHL, Manuel d'art byzantin, 2. Aufl., 2 Bände, Paris 1925–26.

DIESTEL, Geschichte – Ludwig DIESTEL, Geschichte des Alten Testamentes in der christlichen Kirche, Jena 1869.

DREVES-BLUME, Hymnendichtung – Guido Maria DREVES, Ein Jahrtausend lateinischer Hymnendichtung, Eine Blütenlese aus den Analecta Hymnica, revidiert von Clemens BLUME SJ, 2 Bände, Leipzig 1909.

DUBLER, Geschichtschreibung – Cesar Emil DUBLER, Geschichtschreibung im spanischen Mittelalter, Barcelona 1943.

DÜRR, Wort – Lorenz DÜRR, Die Wertung des göttlichen Wortes im Alten Testament und im antiken Orient, zugleich ein Beitrag zur Vorgeschichte des neutestamentlichen Logosbegriffes (Mitteilungen der Vorderasiatisch-Ägyptischen Gesellschaft 42, 1), Leipzig 1938.

DVLG – Deutsche Vierteljahrsschrift für Literaturwissenschaft und Geistesgeschichte, bisher 35 Bände, Halle und Stuttgart 1923–61.

EETS – Early English Texts Society, Original Series, bisher etwa 250 Bände, London 1864–1960; Extra Series, 126 Bände, London 1867–1935.

EHRENSTEIN, Bild – Theodor EHRENSTEIN, Das Alte Testament im Bilde, Wien 1923.

EHRENSTEIN, Graphik – Theodor EHRENSTEIN, Das Alte Testament in der Graphik, Wien 1936.

EISLER, Weltenmantel – Robert EISLER, Weltenmantel und Himmelszelt, Religionsgeschichtliche Untersuchungen zur Urgeschichte des antiken Weltbildes, 2 Bände, München 1910.

ENDRES, Zahl – Franz Carl ENDRES, Die Zahl in Mystik und Glauben der Kulturvölker, Zürich-Leipzig 1935.

FFRB – Fontes rerum Bohemicarum, hg. Josef EMLER, 4 Bände, Prag 1873–82.

FIESEL, Sprachphilosophie – Eva FIESEL, Die Sprachphilosophie der deutschen Romantik, Tübingen 1927.
FINKE, Weltimperialismus – Heinrich FINKE, Weltimperialismus und nationale Regungen im späteren Mittelalter (Freiburger wissenschaftliche Gesellschaft 4), Freiburg i. Br.-Leipzig 1916.
FISCHER, Oriens – Jürgen FISCHER, Oriens-Occidens-Europa, Begriff und Gedanke „Europa" in der späten Antike und im frühen Mittelalter (Veröffentlichungen des Instituts für Europäische Geschichte Mainz 15), Wiesbaden 1957.
FISCHER, Völkerwanderung – Joseph FISCHER, Die Völkerwanderung im Urteil der zeitgenössischen kirchlichen Schriftsteller Galliens unter Einbeziehung des heiligen Augustinus, Diss. theol. Würzburg, Heidelberg 1948.
FOLZ, Charlemagne – Robert FOLZ, Le souvenir et la légende de Charlemagne dans l'Empire germanique médiéval (Publications de l'Université de Dijon 7), Paris 1950.
FRANKFORT-WILSON-JACOBSEN, Frühlicht – Henry u. H. A. FRANKFORT, John Albert WILSON und Thorkild JACOBSEN, Frühlicht des Geistes, Wandlungen des Weltbildes im Alten Orient (Urban-Bücher 9), Stuttgart 1954.
FREYER, Weltgeschichte – Hans FREYER, Weltgeschichte Europas, 2. Aufl., Stuttgart 1954.
FRICK, Chronica – Carl FRICK, Chronica minora, Leipzig 1892.
FRIEDRICH, Struktur – Hugo FRIEDRICH, Die Struktur der modernen Lyrik, Von Baudelaire bis zur Gegenwart (Rowohlts deutsche Enzyklopädie 25), 2. Aufl., Hamburg 1959.
FRITZ, Turmbau – Rolf FRITZ, Die Darstellungen des Turmbaues zu Babel in der bildenden Kunst, in: Mitteilungen der Deutschen Orientgesellschaft zu Berlin 71 (1932) 15–22.
FRITZEMEYER, Christenheit – Werner FRITZEMEYER, Christenheit und Europa, Zur Geschichte des europäischen Gemeinschaftsgefühls von Dante bis Leibniz (Beiheft 23 der HZ), München-Berlin 1931.
FSTI – Fonti per la Storia d'Italia, bisher 98 Bände, Rom 1887–1960.
FÜCK, Arabische Studien – Johann FÜCK, Die arabischen Studien in Europa bis in den Anfang des 20. Jahrhunderts, Leipzig 1955.
FUETER, Historiographie – Eduard FUETER, Geschichte der neueren Historiographie, 3. Aufl., München 1936.
GANSHOF, Relations – François-Louis GANSHOF, Le moyen âge (Histoire des relations internationales 1), Paris 1953.
GARIN, Humanismus – Eugenio GARIN, Der italienische Humanismus (Überlieferung und Auftrag 5), Bern 1947.
GASTER, Studies – Moses GASTER, Studies and Texts in Folklore, Magic, Medieval Romance, Hebrew Apocrypha and Samaritan Archaeology, 3 Bände, London 1925–28.
GCS – Die griechischen christlichen Schriftsteller der ersten drei Jahrhunderte, bisher 52 Bände, Leipzig und Berlin 1897–1960.
GELZER, Africanus – Heinrich GELZER, Sextus Julius Africanus und die byzantinische Chronographie, 2 Bände, Leipzig 1880–98.
GERBI, Disputa – Antonello GERBI, La disputa del nuovo mondo, Storia di una polemica 1750–1900, Mailand-Neapel 1955.
GIESSWEIN, Sprachwissenschaft – Alexander GIESSWEIN, Die Hauptprobleme der Sprachwissenschaft in ihren Beziehungen zur Theologie, Philosophie und Anthropologie, Freiburg i. Br. 1892.

GILSON, Philosophie – Etienne GILSON, Der Geist der mittelalterlichen Philosophie, Wien 1950.

GOLLWITZER, Europabild – Heinz GOLLWITZER, Europabild und Europagedanke, Beiträge zur deutschen Geistesgeschichte des 18. und 19. Jahrhunderts, München 1951.

GORRA, Storia – Egidio GORRA, Testi inediti di storia Troiana, preceduti da uno studio sulla leggenda Troiana in Italia, Turin 1887.

GOTTHELF, Altertum – Friedrich GOTTHELF, Das deutsche Altertum in den Anschauungen des sechzehnten und siebzehnten Jahrhunderts (Forschungen zur neueren Literaturgeschichte 13), Berlin 1900.

GOETZ, Italien – Walter GOETZ, Italien im Mittelalter, 2 Bände, Leipzig 1942.

GOEZ, Translatio – Werner GOEZ, Translatio Imperii, Ein Beitrag zur Geschichte des Geschichtsdenkens und der politischen Theorien im Mittelalter und in der frühen Neuzeit, Tübingen 1958.

GRABMANN, Methode – Martin GRABMANN, Die Geschichte der scholastischen Methode, 2 Bände, Neudruck Darmstadt 1956.

GRAU, Herkunft – Anneliese GRAU, Der Gedanke der Herkunft in der deutschen Geschichtschreibung des Mittelalters (Trojasage und Verwandtes), Diss. phil. Leipzig 1938.

GREGORIUS, Muttersprache – Gregorius von BREDA OFM Cap, Die Muttersprache, Eine missions- und religionswissenschaftliche Studie über die Sprachenfrage in den Missionsgebieten (Veröffentlichungen des internationalen Instituts für missionswissenschaftliche Forschungen 7), Münster- 's Hertogenbosch 1933.

GRENTRUP, Muttersprache – Theodor GRENTRUP SVD, Religion und Muttersprache (Deutschtum und Ausland 47–49), Münster 1932.

GRESSMANN, Tower – Hugo GRESSMANN, The Tower of Babel (The Hilda Stich Stroock Lectures at the Jewish Institute of Religion), New York 1928.

GROSSMANN, Zahlensymbolik – Ursula GROSSMANN, Studien zur Zahlensymbolik des Frühmittelalters, in: Zeitschrift für katholische Theologie 76 (1954) 19–54.

GRUNDMANN, Geschichtsschreibung – Herbert GRUNDMANN, Geschichtsschreibung im Mittelalter, in: Deutsche Philologie im Aufriß, hg. Wolfgang STAMMLER, Band 3, Berlin 1956, Sp. 1273–1336.

GRUNDMANN, Grundzüge – Herbert GRUNDMANN, Die Grundzüge der mittelalterlichen Geschichtsanschauungen, in: AKG 24 (1934) 326–336.

GRUNDMANN, Litteratus – Herbert GRUNDMANN, Litteratus–illitteratus, Der Wandel einer Bildungsnorm vom Altertum zum Mittelalter, in: AKG 40 (1958) 1–65.

GRUNDMANN, Studien – Herbert GRUNDMANN, Studien über Joachim von Floris (Beiträge zur Kulturgeschichte des Mittelalters und der Renaissance 32), Leipzig-Berlin 1927.

GÜNTERT, Göttersprache – Hermann GÜNTERT, Von der Sprache der Götter und Geister, Bedeutungsgeschichtliche Untersuchungen zur homerischen und eddischen Göttersprache, Halle 1921.

GUTSCHMID, Diamerismos – Alfred von GUTSCHMID, Zur Kritik des *Διαμερισμὸς τῆς γῆς*; Untersuchungen über den *Διαμερισμὸς τῆς γῆς* und andere Bearbeitungen der mosaischen Völkertafel, in: Kleine Schriften von A. v. G., hg. Franz RÜHL, Band 5, Leipzig 1894, S. 240–273, 585–717.

HACKENBERG, Stammtafeln – Erna HACKENBERG, Die Stammtafeln der angelsächsischen Königreiche, Diss. phil. Berlin 1918.

HALECKI, Europa – Oskar HALECKI, Europa, Grenzen und Gliederung seiner Geschichte, Darmstadt 1957.

HALLER, Papsttum – Johannes HALLER, Das Papsttum, Idee und Wirklichkeit, 2. Aufl., 5 Bände, Stuttgart 1950–53.

HANKAMER, Sprache – Paul HANKAMER, Die Sprache, Ihr Begriff und ihre Deutung im sechzehnten und siebzehnten Jahrhundert, Bonn 1927.

HARNOIS, Théories – Guy HARNOIS, Les théories du langage en France de 1660 à 1821 (Etudes françaises 17), Paris (1928).

HARTLICH-SACHS, Mythosbegriff – Christian HARTLICH und Walter SACHS, Der Ursprung des Mythosbegriffes in der modernen Bibelwissenschaft (Schriften der Studiengemeinschaft der Evangelischen Akademien 2), Tübingen 1952.

HAUCK, Geblütsheiligkeit – Karl HAUCK, Geblütsheiligkeit, in: Liber floridus, Mittellateinische Studien, Paul Lehmann zum 65. Geburtstag, St. Ottilien 1950, S. 187–240.

HAUCK, Kirchengeschichte – Albert HAUCK, Kirchengeschichte Deutschlands, 5 Bände, Neudruck Leipzig 1952.

HAYES, Evolution – Carlton Joseph Huntley HAYES, The Historical Evolution of Modern Nationalism, Neudruck New York 1949.

HAZARD, Herrschaft – Paul HAZARD, Die Herrschaft der Vernunft, Das europäische Denken im 18. Jahrhundert (Europa-Bibliothek), Hamburg 1949.

HAZARD, Krise – Paul HAZARD, Die Krise des europäischen Geistes 1680–1715 (Europa-Bibliothek), Hamburg 1939.

HEIMANN-SCHRÖDER, Bibel – Heidi HEIMANN und Rudolf Alexander SCHRÖDER, Die Bibel in der Kunst, Das Alte Testament, Miniaturen, Gemälde, Zeichnungen, Skulpturen, Köln 1956.

HEIMPEL, Mensch – Hermann HEIMPEL, Der Mensch in seiner Gegenwart, Acht historische Essais, 2. Aufl., Göttingen 1957.

HEINTEL, Sprachphilosophie – Erich HEINTEL, Sprachphilosophie, in: Deutsche Philologie im Aufriß, hg. Wolfgang STAMMLER, Band 1, Berlin 1952, Sp. 453–498.

HELBLING, Saeculum – Hanno HELBLING, Saeculum humanum, Ansätze zu einem Versuch über spätmittelalterliches Geschichtsdenken (Istituto italiano per gli studi storici 11), Neapel 1958.

HENNIG, Terrae incognitae – Richard HENNIG, Terrae incognitae, Eine Zusammenstellung und kritische Bewertung der wichtigsten vorcolumbischen Entdeckungsreisen an Hand der darüber vorliegenden Originalberichte, 2. Aufl., 4 Bände, Leiden 1944–56.

HERMANN, Dolmetscher – Alfred HERMANN und Wolfram Frhr. von SODEN, Dolmetscher, in: Reallexikon für Antike und Christentum, Band 4, Stuttgart 1959, Sp. 24–49.

HEUSLER, Urgeschichte – Andreas HEUSLER, Die gelehrte Urgeschichte im altisländischen Schrifttum (Abhandlungen der Kgl. Preuß. Akad. d. Wiss., Philos.-Hist. Kl., Jg. 1908, Nr. 3), Berlin 1908.

HEYDTE, Geburtsstunde – Friedrich-August Frhr. von der HEYDTE, Die Geburtsstunde des souveränen Staates, Ein Beitrag zur Geschichte des Völkerrechts, der allgemeinen Staatslehre und des politischen Denkens, Regensburg 1952.

HJb – Historisches Jahrbuch der Görres-Gesellschaft, bisher 80 Bände, Köln und München 1880–1961.

HOFSTEN, Diskontinuitätsproblem – Nils von HOFSTEN, Zur älteren Geschichte des Diskontinuitätsproblems in der Biogeographie, in: Zoologische Annalen 7 (1919) 198–353.

HOPPER, Symbolism – Vincent Foster HOPPER, Medieval Number Symbolism, Its

Sources, Meaning and Influence on Thought and Expression (Columbia University Studies in English and Comparative Literature 132), New York 1938.

Howald, Geschichtsschreibung – Ernst Howald, Vom Geist antiker Geschichtsschreibung, Sieben Monographien, München-Berlin 1944.

Hugelmann, Stämme – Karl Gottfried Hugelmann, Stämme, Nation und Nationalstaat im deutschen Mittelalter, Stuttgart 1955.

Huizinga, Nationalbewußtsein – Johan Huizinga, Wachstum und Formen des nationalen Bewußtseins in Europa bis zum Ende des XIX. Jahrhunderts, in: J. H., Im Bann der Geschichte, Betrachtungen und Gestaltungen, Zürich-Basel 1942, S. 131–212.

HZ – Historische Zeitschrift, bisher 193 Bände, München 1859–1961.

Ipsen, Sprachphilosophie – Gunther Ipsen, Sprachphilosophie der Gegenwart (Philosophische Forschungsberichte 6), Berlin 1930.

Jacobs, Landessprachen – Eduard Jacobs, Die Stellung der Landessprachen im Reiche der Karolinger, in: Forschungen zur deutschen Geschichte 3 (1863) 363–382.

Jacoby, Fragmente – Felix Jacoby, Die Fragmente der griechischen Historiker, 3 Bände, Berlin und Leiden 1923–55.

Jeremias, ATAO – Alfred Jeremias, Das Alte Testament im Lichte des Alten Orients, 4. Aufl., Leipzig 1930.

JHI – Journal of the History of Ideas, bisher 22 Bände, Lancaster-New York 1940–61.

Joachimsen, Geschichtsauffassung – Paul Joachimsen, Geschichtsauffassung und Geschichtschreibung in Deutschland unter dem Einfluß des Humanismus, Band 1 (Beiträge zur Kulturgeschichte des Mittelalters und der Renaissance 6), Leipzig-Berlin 1910.

Joachimsen, Volk – Paul Joachimsen, Vom deutschen Volk zum deutschen Staat, Eine Geschichte des deutschen Nationalbewußtseins (Aus Natur und Geisteswelt 511), 2. Aufl., Leipzig-Berlin 1920.

Jolles, Nationalbewußtsein – Mathys Jolles, Das deutsche Nationalbewußtsein im Zeitalter Napoleons, Frankfurt/Main 1936.

Jones, Triumph – Richard Foster Jones, The Triumph of the English Language, A Survey of Opinions Concerning the Vernacular from the Introduction of Printing to the Restoration, Oxford-London 1953.

Jüthner, Hellenen und Barbaren – Julius Jüthner, Hellenen und Barbaren, Aus der Geschichte des Nationalbewußtseins (Das Erbe der Alten, Neue Folge 8), Leipzig 1923.

Kaegi, Chronica – Werner Kaegi, Chronica mundi, Grundformen der Geschichtschreibung seit dem Mittelalter (Christ heute III, 6), Einsiedeln 1954.

Kamlah, Apokalypse – Wilhelm Kamlah, Apokalypse und Geschichtstheologie, Die mittelalterliche Auslegung der Apokalypse vor Joachim von Fiore (Historische Studien 285), Berlin 1935.

Kampers, Alexander – Franz Kampers, Alexander der Große und die Idee des Weltimperiums in Prophetie und Sage (Studien und Darstellungen aus dem Gebiete der Geschichte I, 2–3), Freiburg i. Br. 1901.

Kaulen, Sprachverwirrung – Franz Kaulen, Die Sprachverwirrung zu Babel, Linguistisch-theologische Untersuchungen über Gen. XI, 1–9, Mainz 1861.

Kayser, Klangmalerei – Wolfgang Kayser, Die Klangmalerei bei Harsdörffer, Ein Beitrag zur Geschichte der Literatur, Poetik und Sprachtheorie der Barockzeit (Palaestra 179), Leipzig 1932.

Kern, Ausdehnungspolitik – Fritz Kern, Die Anfänge der französischen Ausdehnungspolitik bis zum Jahr 1308, Tübingen 1910.

Kirchner, Altertum – Horst Kirchner, Das germanische Altertum in der deutschen Geschichtsschreibung des achtzehnten Jahrhunderts (Historische Studien 333), Berlin 1938.

Kirn, Nationalgefühl – Paul Kirn, Aus der Frühzeit des Nationalgefühls, Studien zur deutschen und französischen Geschichte sowie zu den Nationalitätenkämpfen auf den britischen Inseln, Leipzig 1943.

Klein, Latein – Hans Wilhelm Klein, Latein und Volgare in Italien, Ein Beitrag zur Geschichte der italienischen Nationalsprache (Münchner Romanistische Arbeiten 12), München 1957.

Klempt, Säkularisierung – Adalbert Klempt, Die Säkularisierung der universalhistorischen Auffassung, Zum Wandel des Geschichtsdenkens im 16. und 17. Jahrhundert (Göttinger Bausteine zur Geschichtswissenschaft 31), Göttingen 1960.

Klingner, Geisteswelt – Friedrich Klingner, Römische Geisteswelt, 3. Aufl., München 1956.

Klippel, Trojanersage – Maria Klippel, Die Darstellung der fränkischen Trojanersage in Geschichtsschreibung und Dichtung vom Mittelalter zur Renaissance in Frankreich, Diss. phil. Marburg 1936.

Kohn, Idee – Hans Kohn, Die Idee des Nationalismus, Ursprung und Geschichte bis zur Französischen Revolution, Heidelberg 1950.

Kohn, Orient – Hans Kohn, Geschichte der nationalen Bewegung im Orient, Berlin 1928.

Koll, Langue – Hans-Georg Koll, Die französischen Wörter ‚langue' und ‚langage' im Mittelalter (Kölner Romanistische Arbeiten, Neue Folge 10), Genf-Paris 1958.

Koppelmann, Sprache – Heinrich Ludwig Koppelmann, Nation, Sprache und Nationalismus, Leiden 1956.

Korolevskij, Liturgie – Cyrille Korolevskij, Liturgie en langue vivante, Orient et Occident (Lex orandi 18), Paris 1955.

Kraus, Geschichte – Hans-Joachim Kraus, Geschichte der historisch-kritischen Erforschung des Alten Testaments von der Reformation bis zur Gegenwart, Neukirchen 1956.

Krauss, ZATW – Samuel Krauss, Die Zahl der biblischen Völkerschaften, in: ZATW 19 (1899) 1–14; Zur Zahl der biblischen Völkerschaften, in: ZATW 20 (1900) 38–43; 26 (1906) 33–48.

Kretschmer, Erdkunde – Konrad Kretschmer, Die physische Erdkunde im christlichen Mittelalter (Geographische Abhandlungen 4, 1), Wien-Olmütz 1889.

Kuehner, Theories – Paul Kuehner, Theories on the Origin and Formation of Language in the Eighteenth Century in France, Diss. phil. Pennsylvania University, Philadelphia 1944.

Kukenheim, Contributions – Louis Kukenheim, Contributions à l'histoire de la grammaire italienne, espagnole et française à l'époque de la Renaissance, Diss. phil. Amsterdam 1932.

Künstle, Ikonographie – Karl Künstle, Ikonographie der christlichen Kunst, Band 1, Freiburg i. Br. 1928.

Laistner, Thought – Max Ludwig Wolfram Laistner, Thought and Letters in Western Europe A. D. 500 to 900, 2. Aufl., London 1957.

Landsberg, Weltchroniken – Fritz Landsberg, Das Bild der alten Geschichte in mittelalterlichen Weltchroniken, Diss. phil. Berlin 1934.

Laurent, Peregrinationes – Johann Carl Mauritz Laurent, Peregrinationes medii aevi quatuor, Leipzig 1864.

LECHNER, Hellenen und Barbaren – Kilian LECHNER, Hellenen und Barbaren im Weltbild der Byzantiner, Diss. phil. München 1954.

LEIBNIZ, Scriptores – Gottfried Wilhelm LEIBNIZ, Scriptores rerum Brunsvicensium, 3 Bände, Hannover 1707–11.

LEIPOLDT-MORENZ, Heilige Schriften – Johannes LEIPOLDT und Siegfried MORENZ, Heilige Schriften, Betrachtungen zur Religionsgeschichte der antiken Mittelmeerwelt, Leipzig 1953.

LEMBERG, Nationalismus – Eugen LEMBERG, Geschichte des Nationalismus in Europa, Stuttgart 1950.

LEVISON, England – Wilhelm LEVISON, England and the Continent in the Eighth Century, Oxford 1946.

LHOTSKY, Apis Colonna – Alphons LHOTSKY, Apis Colonna, Fabeln und Theorien über die Abkunft der Habsburger, in: MIÖG 55 (1944) 171–245.

LI – La Letteratura Italiana, Storia e Testi, 75 Bände, Mailand-Neapel 1951–61 (noch unvollständig).

LORENZ, Geschichtsquellen – Ottokar LORENZ, Deutschlands Geschichtsquellen im Mittelalter seit der Mitte des 13. Jahrhunderts, 3. Aufl., 2 Bände, Berlin 1886–87.

LÖWE, Theoderich – Heinz LÖWE, Von Theoderich dem Großen zu Karl dem Großen, Das Werden des Abendlandes im Geschichtsbild des frühen Mittelalters, in: DA 9 (1952) 353–401.

LÖWITH, Heilsgeschehen – Karl LÖWITH, Weltgeschichte und Heilsgeschehen, Die theologischen Voraussetzungen der Geschichtsphilosophie (Urban-Bücher 2), Stuttgart 1953.

LÖWITH, Von Hegel – Karl LÖWITH, Von Hegel zu Nietzsche, Der revolutionäre Bruch im Denken des neunzehnten Jahrhunderts, Marx und Kierkegaard, 4. Aufl., Stuttgart 1958.

LUBAC, Drame – Henri DE LUBAC SJ, Le drame de l'humanisme athée, Paris 1945.

MACARTNEY, Historians – Carlile Aylmer MACARTNEY, The Medieval Hungarian Historians, A Critical and Analytical Guide, Cambridge 1953.

MANITIUS, Literatur – Max MANITIUS, Geschichte der lateinischen Literatur des Mittelalters (Handbuch der Altertumswissenschaft IX, 2), 3 Bände, München 1911–31.

MANSI, Concilia – Giovanni Domenico MANSI, Sacrorum conciliorum nova et amplissima collectio, Neudruck, 60 Bände, Paris 1899–1927.

MASCHKE, Nationalbewußtsein – Erich MASCHKE, Das Erwachen des Nationalbewußtseins im deutsch-slavischen Grenzraum, Leipzig 1933.

MATTER, Gründungssagen – Hans MATTER, Englische Gründungssagen von Geoffrey of Monmouth bis zur Renaissance, Ein Versuch (Anglistische Forschungen 58), Heidelberg 1922.

MEINECKE, Historismus – Friedrich MEINECKE, Die Entstehung des Historismus, 2. Aufl., München 1946.

MEINECKE, Staatsräson – Friedrich MEINECKE, Die Idee der Staatsräson in der neueren Geschichte (Werke, Band 1), München 1957.

MEISSNER, England – Paul MEISSNER, England im Zeitalter von Humanismus, Renaissance und Reformation, Heidelberg 1952.

MEISSNER, Literaturbarock – Paul MEISSNER, Die geistesgeschichtlichen Grundlagen des englischen Literaturbarocks, München 1934.

MELZER, Sprache – Friso MELZER, Unsere Sprache im Lichte der Christus-Offenbarung, 2. Aufl., Tübingen 1952.

Mensching, Wort – Gustav Mensching, Das Heilige Wort, Eine religionsphänomenologische Untersuchung (Untersuchungen zur allgemeinen Religionsgeschichte 9), Bonn 1937.
MGH – Monumenta Germaniae Historica, bisher etwa 230 Bände, Hannover, Berlin, Weimar, Köln und Stuttgart 1826–1961. Davon wurden abgekürzt zitiert die Reihen
MGH AA – Auctores Antiquissimi, 15 Bände;
MGH LL – Leges (in Quart), 5 Sectiones, 17 Bände;
MGH SS – Scriptores, 32 Bände;
MGH SS rer. Merov. – Scriptores rerum Merovingicarum, 7 Bände;
MGH SSRG (oder SrG) – Scriptores rerum Germanicarum in usum scholarum separatim editi, 61 Bände;
MGH SSRG NS – Scriptores rerum Germanicarum, Nova Series, 13 Bände.
Michel, Sprache und Schisma – Anton Michel, Sprache und Schisma, in: Festschrift, Kardinal Faulhaber zum 80. Geburtstag, München 1949, S. 37–69.
Michels, Patriotismus – Robert Michels, Der Patriotismus, Prolegomena zu seiner soziologischen Analyse, München-Leipzig 1929.
Minkowski, Turm – Helmut Minkowski, Aus dem Nebel der Vergangenheit steigt der Turm zu Babel, Bilder aus 1000 Jahren, Berlin 1960.
MIÖG – Mitteilungen des Instituts für österreichische Geschichtsforschung, bisher 69 Bände, Innsbruck und Graz-Köln 1880–1961.
Mitchell, Literature – Phillip Marshall Mitchell, A History of Danish Literature, Kopenhagen 1957.
Mohrmann, Latein – Christine Mohrmann, Die Rolle des Lateins in der Kirche des Westens, in: Theologische Revue 52 (1956) 1–18.
Molsdorf, Symbolik – Wilhelm Molsdorf, Christliche Symbolik der mittelalterlichen Kunst, 2. Aufl., Leipzig 1926.
Moravcsik, Byzantinoturcica – Gyula Moravcsik, Byzantinoturcica (Magyar-Görög Tanulmányok 20–21), 2 Bände, Budapest 1942–43.
Morison-Commager, Werden – Samuel Eliot Morison und Henry Steele Commager, Das Werden der amerikanischen Republik, Geschichte der Vereinigten Staaten von ihren Anfängen bis zur Gegenwart, 2 Bände, Stuttgart 1949–50.
Moscati, Geschichte – Sabatino Moscati, Geschichte und Kultur der semitischen Völker, Eine Einführung (Urban-Bücher 3), 2. Aufl., Stuttgart 1955.
Mosiman, Zungenreden – Eddison Mosiman, Das Zungenreden geschichtlich und psychologisch untersucht, Tübingen 1911.
MPG – Patrologiae cursus completus, Series Graeca, hg. Jacques Paul Migne, 166 Bände, Paris 1857–66.
MPH – Monumenta Poloniae Historica, hg. August Bielowski u. a., 6 Bände, Lemberg und Krakau 1864–93.
MPL – Patrologiae cursus completus, Series Latina, hg. Jacques Paul Migne, 221 Bände, Paris 1844–64.
Mühlmann, Anthropologie – Wilhelm Emil Mühlmann, Geschichte der Anthropologie, Bonn 1948.
Müller, Ethnographie – Friedrich Müller, Allgemeine Ethnographie, 2. Aufl., Wien 1879.
Müller, Hand Gottes – Heinz Müller, Die Hand Gottes in der Geschichte, Zum Geschichtsverständnis von Augustinus bis Otto von Freising, Diss. phil. (Masch.-Schr.) Hamburg 1949.

MÜLLER, Quellenschriften – Johannes MÜLLER, Quellenschriften und Geschichte des deutschsprachlichen Unterrichtes bis zur Mitte des 16. Jahrhunderts, Gotha 1882.

NA – Neues Archiv der Gesellschaft für ältere deutsche Geschichtskunde, 50 Bände, Hannover und Berlin 1876–1935.

Neudrucke – Neudrucke deutscher Literaturwerke des 16. und 17. Jahrhunderts, bisher 325 Bände, Halle und Tübingen 1876–1958.

NORDSTRÖM, Yverbornes ö – Johan NORDSTRÖM, De yverbornes ö, Sextonhundratalsstudier, Stockholm 1934.

NOTH, Geschichte – Martin NOTH, Geschichte Israels, 2. Aufl., Göttingen 1954.

PARROT, Ziggurats – André PARROT, Ziggurats et tour de Babel, Paris 1949.

PAUL, Nationalbewußtsein – Ulrich PAUL, Studien zur Geschichte des deutschen Nationalbewußtseins im Zeitalter des Humanismus und der Reformation (Historische Studien 298), Berlin 1936.

PBB – (Paul und Braune's) Beiträge zur Geschichte der deutschen Sprache und Literatur, bisher 83 Bände, Halle 1874–1961.

PETERSON, Monotheismus – Erik PETERSON, Der Monotheismus als politisches Problem, Ein Beitrag zur Geschichte der politischen Theologie im Imperium Romanum, Leipzig 1935.

PETRI, Sprache – Franz PETRI, Die Sprache in der Geschichte, in: Studium Generale 4 (1951) 183–191.

PEZ, Scriptores – Hieronymus PEZ, Scriptores rerum Austriacarum, 3 Bände, Leipzig und Regensburg 1721–45.

PFANDL, Nationalliteratur – Ludwig PFANDL, Geschichte der spanischen Nationalliteratur in ihrer Blütezeit, Freiburg i. Br. 1929.

PISTORIUS-STRUVE, Scriptores – Johannes PISTORIUS, Rerum Germanicarum scriptores, 3. Aufl., hg. Burkhard Gotthelf STRUVE, 3 Bände, Regensburg 1726.

PLISCHKE, Barbaren – Hans PLISCHKE, Von den Barbaren zu den Primitiven, Die Naturvölker durch die Jahrhunderte, Leipzig 1925.

PORZIG, Wunder – Walter PORZIG, Das Wunder der Sprache, Probleme, Methoden und Ergebnisse der modernen Sprachwissenschaft (Sammlung Dalp 71), München 1950; ab Band II/2 zitiert nach der 2. Aufl., Bern 1957.

POTT, Anti-Kaulen – August Friedrich POTT, Anti-Kaulen oder mythische Vorstellungen vom Ursprung der Völker und Sprachen, Lemgo-Detmold 1863.

PRE – Realencyklopädie für protestantische Theologie und Kirche, 3. Aufl., 24 Bände, Leipzig 1896–1913.

PRITCHARD, Texts – James Bennett PRITCHARD u. a., Ancient Near Eastern Texts relating to the Old Testament, 2. Aufl., Princeton 1955.

RANDA, Handbuch – Handbuch der Weltgeschichte, hg. Alexander RANDA, 3 Bände, Olten-Freiburg i. Br. 1954–58.

RAUMER, Friede – Kurt von RAUMER, Ewiger Friede, Friedensrufe und Friedenspläne seit der Renaissance (Orbis Academicus), Freiburg i. Br.-München 1953.

RAUMER, Philologie – Rudolf von RAUMER, Geschichte der Germanischen Philologie, vorzugsweise in Deutschland (Geschichte der Wissenschaften in Deutschland, Neuere Zeit 9), München 1870.

RBSS – Rerum Britannicarum medii aevi scriptores, 106 Bände, London 1858–1906.

RE – Realencyklopädie der Klassischen Altertumswissenschaft, 67 Halbbände, Stuttgart 1893–1961.

RÉAU, Iconographie – Louis RÉAU, Iconographie de l'art chrétien, 6 Bände, Paris 1955–59.

Rehm, Experimentum – Walther Rehm, Experimentum medietatis, Studien zur Geistes- und Literaturgeschichte des 19. Jahrhunderts, München 1947.

Reibstein, Völkerrecht – Ernst Reibstein, Völkerrecht, Eine Geschichte seiner Ideen in Lehre und Praxis (Orbis academicus I, 5), Band 1, Freiburg i. Br.-München 1958.

RGG^{2}, RGG^{3} – Die Religion in Geschichte und Gegenwart, 2. Aufl., 5 Bände, Tübingen 1927–32; 3. Aufl., bisher 5 Bände, Tübingen 1957–61.

RHC–Recueil des historiens des croisades, Historiens occidentaux, 5 Bände, Paris 1841–95.

RHF – Recueil des historiens des Gaules et de la France, hg. Martin Bouquet OSB u. a., 24 Bände, Paris 1738–1904.

Riessler, Schrifttum – Paul Riessler, Altjüdisches Schrifttum außerhalb der Bibel, übersetzt und erläutert, Augsburg 1928.

RISS – Rerum Italicarum Scriptores, hg. Lodovico Antonio Muratori, 28 Bände, Mailand 1723–51.

RISS NE – Raccolta degli storici italiani dal cinquecento al millecinquecento, etwa 40 Bände, Città di Castello und Bologna seit 1900 (noch unvollständig).

RMAL – Revue du moyen-âge latin, bisher 17 Bände, Lyon und Straßburg 1945–61.

Robins, Grammatical Theory – Robert Henry Robins, Ancient and Mediaeval Grammatical Theory in Europe with Particular Reference to Modern Linguistic Doctrine, London 1951.

Rosenstock-Huessy, Frankreich-Deutschland – Eugen Rosenstock-Huessy, Frankreich-Deutschland, Mythos oder Anrede, Berlin 1957.

Rosenstock-Huessy, Revolutionen – Eugen Rosenstock-Huessy, Die europäischen Revolutionen und der Charakter der Nationen, Stuttgart-Köln 1951.

Roth, Predigttheorie – Dorothea Roth, Die mittelalterliche Predigttheorie und das Manuale Curatorum des Johann Ulrich Surgant (Basler Beiträge zur Geschichtswissenschaft 58), Basel-Stuttgart 1956.

Rotta, Filosofia – Paolo Rotta, La filosofia del linguaggio nella Patristica e nella Scolastica, Turin 1909.

RTAM–Recherches de théologie ancienne et médiévale, bisher 28 Bände, Löwen 1929–61.

Russell, Mezzofanti – Charles William Russell, The Life of Cardinal Mezzofanti, with an Introductory Memoir of Eminent Linguists, Ancient and Modern, London 1858.

Sánchez-Alonso, Historia – Benito Sánchez-Alonso, Historia de la historiografía española, 3 Bände, Madrid 1941–50.

SATF – Société des anciens textes français, bisher etwa 150 Bände, Paris 1875–1959.

Schaeder, Moskau – Hildegard Schaeder, Moskau, das Dritte Rom, Studien zur Geschichte der politischen Theorien in der slavischen Welt, Diss. phil. Hamburg 1929; ab Band II/2 zitiert nach der 2. Aufl., Darmstadt 1957.

Schaeder, Orient – Hans Heinrich Schaeder, Der Vordere Orient, in: Handbuch der Kulturgeschichte, hg. Heinz Kindermann, Band II, 1, Potsdam 1936, S. 161–248.

Schardius, Opus – Simon Schardius, Historicum opus seu scriptores rerum Germanicarum, Band 1, Basel 1574.

Scheiber, Problem – Alexander Scheiber, Das Problem des Ursprungs der Sprache im jüdischen Schrifttum, in: Jubilee Volume in Honour of Edward Mahler, Budapest 1937, S. 494–509.

Scherer, Universitäten – Emil Clemens Scherer, Geschichte und Kirchengeschichte an den deutschen Universitäten, Ihre Anfänge im Zeitalter des Humanismus und ihre Ausbildung zu selbständigen Disziplinen, Freiburg i. Br. 1927.

Schmidtke, Japhetiten – Friedrich Schmidtke, Die Japhetiten der biblischen Völkertafel (Breslauer Studien zur historischen Theologie 7), Breslau 1926.

SCHNABEL, Berossos – Paul SCHNABEL, Berossos und die babylonisch-hellenistische Literatur, Leipzig-Berlin 1923.

SCHNABEL, Geschichte – Franz SCHNABEL, Deutsche Geschichte im neunzehnten Jahrhundert, 4 Bände, 2.–3. Aufl., Freiburg i. Br. 1947–51.

SCHNEIDER, Geistesgeschichte – Carl SCHNEIDER, Geistesgeschichte des antiken Christentums, 2 Bände, München 1954.

SCHÖFFLER, Abendland – Herbert SCHÖFFLER, Abendland und Altes Testament, Untersuchung zur Kulturmorphologie Europas, insbesondere Englands (Das Abendland 5), 2. Aufl., Frankfurt/Main 1941.

SCHÖFFLER, Geist – Herbert SCHÖFFLER, Deutscher Geist im 18. Jahrhundert, Essays zur Geistes- und Religionsgeschichte, hg. Götz von SELLE, Göttingen 1956.

SCHOTT, Hispania – Andreas SCHOTT SJ u. a., Hispaniae illustratae seu rerum urbiumque Hispaniae, Lusitaniae, Aethiopiae et Indiae scriptores varii, 4 Bände, Frankfurt/Main 1603–08.

SCHRAMM, Herrschaftszeichen – Percy Ernst SCHRAMM, Herrschaftszeichen und Staatssymbolik, Beiträge zu ihrer Geschichte vom dritten bis zum sechzehnten Jahrhundert (Schriften der MGH 13), 3 Bände, Stuttgart 1954–56.

SCHRAMM, Renovatio – Percy Ernst SCHRAMM, Kaiser, Rom und Renovatio, Studien und Texte zur Geschichte des römischen Erneuerungsgedankens vom Ende des karolingischen Reiches bis zum Investiturstreit (Studien der Bibliothek Warburg 17), 2 Bände, Leipzig-Berlin 1929.

SCHRÖDER, Germanentum – Franz Rolf SCHRÖDER, Germanentum und Hellenismus, Untersuchungen zur germanischen Religionsgeschichte (Germanische Bibliothek II, 17), Heidelberg 1924.

SCHULTHEISS, Nationalgefühl – Franz Guntram SCHULTHEISS, Geschichte des deutschen Nationalgefühles, Eine historisch-psychologische Darstellung, Band 1, München-Leipzig 1893.

SCHWERING, Idee – Julius SCHWERING, Die Idee der drei heiligen Sprachen im Mittelalter, in: Festschrift August Sauer zum 70. Geburtstag, Stuttgart 1925, S. 3–11.

SEELIGER, Ikonographie – Stephan SEELIGER, Die Ikonographie des Pfingstwunders unter besonderer Berücksichtigung der deutschen Buchmalerei des Mittelalters, Diss. phil. (Masch.-Schr.) München 1956.

SEELIGER, Pfingsten – Stephan SEELIGER, Pfingsten, Die Ausgießung des Heiligen Geistes am fünfzigsten Tage nach Ostern (Lukas-Bücherei zur christlichen Ikonographie 10), Düsseldorf 1958.

SEIDLMAYER, Weltbild – Michael SEIDLMAYER, Weltbild und Kultur Deutschlands im Mittelalter (Handbuch der deutschen Geschichte I, 6), Darmstadt (1953).

SESTAN, Nazione – Ernesto SESTAN, Stato e nazione nell' alto medioevo, Ricerche sulle origini nazionali in Francia, Italia, Germania, Neapel 1952.

SMALLEY, Study – Beryl SMALLEY, The Study of the Bible in the Middle Ages, 2. Aufl., Oxford 1952.

SOMMERFELT, Origin – Alf SOMMERFELT, The Origin of Language, Theories and Hypotheses, in: Cahiers d'histoire mondiale 1 (1953/54) 885–902.

SPICQ, Exégèse – Ceslas SPICQ OP, Esquisse d'une histoire de l'exégèse latine au moyen âge (Bibliothèque thomiste 26), Paris 1944.

SPÖRL, Grundformen – Johannes SPÖRL, Grundformen hochmittelalterlicher Geschichtsanschauung, Studien zum Weltbild der Geschichtsschreiber des 12. Jahrhunderts, München 1935.

SRBIK, Geist – Heinrich Ritter von SRBIK, Geist und Geschichte vom deutschen Humanismus bis zur Gegenwart, 2 Bände, München-Salzburg 1950–51.
SrG siehe MGH SSRG.
SSRD – Scriptores rerum Danicarum medii aevi, hg. Jacob LANGEBEK u. a., 9 Bände, Kopenhagen 1772–1878.
SSRH – Scriptores rerum Hungaricarum, hg. Emerich SZENTPÉTERY, 2 Bände, Budapest 1937–38.
STADELMANN, Geist – Rudolf STADELMANN, Vom Geist des ausgehenden Mittelalters, Studien zur Geschichte der Weltanschauung von Nicolaus Cusanus bis Sebastian Franck (DVLG, Buchreihe 15), Halle 1929.
STADELMANN, Geschichtsdenker – Große Geschichtsdenker, Ein Zyklus Tübinger Vorlesungen, hg. Rudolf STADELMANN, Tübingen-Stuttgart 1949.
STAMMLER, Verfasserlexikon – Die deutsche Literatur des Mittelalters, Verfasserlexikon, hg. Wolfgang STAMMLER, 5 Bände, Berlin-Leipzig 1933–55.
STEGMÜLLER, Repertorium – Friedrich STEGMÜLLER, Repertorium biblicum medii aevi, 7 Bände, Madrid 1950–61.
STEINSCHNEIDER, Zahlen – Moritz STEINSCHNEIDER, Die kanonische Zahl der muhammedanischen Sekten und die Symbolik der Zahl 70–73, aus jüdischen und muhammedanisch-arabischen Quellen nachgewiesen, in: ZDMG 4 (1850) 145–170; Die kanonischen Zahlen 70–73, in: ZDMG 57 (1903) 474–507.
STEINTHAL, Sprachwissenschaft – Heyman STEINTHAL, Geschichte der Sprachwissenschaft bei den Griechen und Römern, mit besonderer Rücksicht auf die Logik, 2. Aufl., 2 Bände, Berlin 1890–91.
STOLL, Völkerkunde – Otto STOLL, Die Entwicklung der Völkerkunde von ihren Anfängen bis in die Neuzeit, in: Mitteilungen der Geographisch-Ethnographischen Gesellschaft Zürich 18 (1918) 1–128.
STRAUSS, Germany – Gerald STRAUSS, Sixteenth-Century Germany, Its Topography and Topographers, Madison 1959.
SUCHIER, Joca – Walther SUCHIER, Das mittellateinische Gedicht Adrian und Epictitus nebst verwandten Texten (Joca monachorum), Tübingen 1955.
THEILER, Sprache – Willy THEILER, Die Sprache des Geistes in der Antike, in: Sprachgeschichte und Wortbedeutung, Festschrift Albert Debrunner, Bern 1954, S. 431–440.
THOMPSON-HOLM, History – James Westfall THOMPSON und Bernard J. HOLM, A History of Historical Writing, 2 Bände, New York 1942.
THOMSEN, Sprachwissenschaft – Vilhelm THOMSEN, Geschichte der Sprachwissenschaft bis zum Ausgang des 19. Jahrhunderts, Halle 1927.
THUROT, Notices – Charles THUROT, Notices et extraits de divers manuscrits latins pour servir à l'histoire des doctrines grammaticales au moyen âge (Notices et extraits des manuscrits de la Bibliothèque Impériale 22, 2), Paris 1868.
TIKKANEN, Genesismosaiken – Johann Jakob TIKKANEN, Die Genesismosaiken von S. Marco in Venedig und ihr Verhältnis zu den Miniaturen der Cotton-Bibel, nebst einer Untersuchung über den Ursprung der mittelalterlichen Genesisdarstellung, besonders in der byzantinischen und italienischen Kunst, in: Acta Societatis Scientiarum Fennicae, Band 17, Helsingfors 1891, S. 207–357.
TOFFANIN, Humanismus – Giuseppe TOFFANIN, Geschichte des Humanismus, Nijmegen 1941.
TOURNEUR, Esquisse – Victor TOURNEUR, Esquisse d'une histoire des études celtiques (Bibliothèque de la Faculté de Philosophie et Lettres de l'Université de Liège 15), Lüttich 1905.

TRÜDINGER, Ethnographie – Karl TRÜDINGER, Studien zur Geschichte der griechisch-römischen Ethnographie, Diss. phil. Basel 1918.

UEBERWEG-GEYER, Philosophie – Bernhard GEYER, Die patristische und scholastische Philosophie (Friedrich UEBERWEG, Grundriß der Geschichte der Philosophie 2), 12. Aufl., Tübingen 1951.

VERBURG, Taal – Pieter Adrianus VERBURG, Taal en Functionaliteit, Een historisch-critische studie over de opvattingen aangaande de functies der taal vanaf de praehumanistische philologie van Orléans tot de rationalistische linguistiek van Bopp, Diss. phil. Amsterdam, Wageningen 1951.

VOSSLER, Nationalgedanke – Otto VOSSLER, Der Nationalgedanke von Rousseau bis Ranke, München-Berlin 1937.

VRIES, Literatur – Jan DE VRIES, Altnordische Literaturgeschichte (Grundriß der germanischen Philologie 15–16), 2 Bände, Berlin-Leipzig 1941–42.

WACH, Verstehen – Joachim WACH, Das Verstehen, Grundzüge einer Geschichte der hermeneutischen Theorie im 19. Jahrhundert, 3 Bände, Tübingen 1926–33.

WAITZ, Verfassungsgeschichte – Georg WAITZ, Deutsche Verfassungsgeschichte, 8 Bände, 2.–4. Aufl., Darmstadt 1953–55.

WALLACH, Gemeinschaftsbewußtsein – Richard WALLACH, Das abendländische Gemeinschaftsbewußtsein im Mittelalter (Beiträge zur Kulturgeschichte des Mittelalters und der Renaissance 34), Leipzig-Berlin 1928.

WANDRUSZKA, Geist – Mario WANDRUSZKA, Der Geist der französischen Sprache (Rowohlts deutsche Enzyklopädie 85), Hamburg 1959.

WARNACH, Erkennen – Viktor WARNACH OSB, Erkennen und Sprechen bei Thomas von Aquin, Ein Deutungsversuch seiner Lehre auf ihrem geistesgeschichtlichen Hintergrund, in: Divus Thomas 15 (1937) 189–218, 263–290; 16 (1938) 161–196.

WARTBURG, Entstehung – Walther von WARTBURG, Die Entstehung der romanischen Völker, 2. Aufl., Tübingen 1951.

WATTENBACH-HOLTZMANN, Geschichtsquellen – Wilhelm WATTENBACH, Deutschlands Geschichtsquellen im Mittelalter, Deutsche Kaiserzeit, hg. Robert HOLTZMANN, Band 1, 2. Aufl., Tübingen 1948.

WATTENBACH-LEVISON, Geschichtsquellen – Wilhelm WATTENBACH, Deutschlands Geschichtsquellen im Mittelalter, Vorzeit und Karolinger, hg. Wilhelm LEVISON und Heinz LÖWE, 3 Hefte, Weimar 1952–57.

WEIGAND, Languages – Hermann John WEIGAND, The Two and Seventy Languages of the World, in: The Germanic Review 17 (1942) 241–260.

WEISGERBER, Muttersprache – Leo WEISGERBER, Die Entdeckung der Muttersprache im europäischen Denken (Schriften der Gesellschaft für Deutsche Sprache 1), Lüneburg 1948.

WEISGERBER, Volksname – Leo WEISGERBER, Deutsch als Volksname, Ursprung und Bedeutung, Darmstadt 1953.

WENTZLAFF-EGGEBERT, Mystik – Friedrich-Wilhelm WENTZLAFF-EGGEBERT, Deutsche Mystik zwischen Mittelalter und Neuzeit, Einheit und Wandlung ihrer Erscheinungsformen, 2. Aufl., Tübingen 1947.

WIRTH, Chroniken – Albrecht WIRTH, Aus orientalischen Chroniken, Frankfurt/Main 1894.

WITTRAM, Das Nationale – Reinhard WITTRAM, Das Nationale als europäisches Problem, Beiträge zur Geschichte des Nationalitätsprinzips vornehmlich im 19. Jahrhundert, Göttingen 1954.

Wundt, Schulphilosophie – Max Wundt, Die deutsche Schulphilosophie im Zeitalter der Aufklärung (Heidelberger Abhandlungen zur Philosophie und ihrer Geschichte 32), Tübingen 1945.

Zatschek, Volksbewußtsein – Heinz Zatschek, Das Volksbewußtsein, Sein Werden im Spiegel der Geschichtsschreibung, Brünn-Prag 1936.

ZATW – Zeitschrift für die alttestamentliche Wissenschaft, bisher 73 Bände, Gießen und Berlin 1881–1961.

ZDA – Zeitschrift für deutsches Altertum und deutsche Literatur, bisher 91 Bände, Berlin und Wiesbaden 1841–1961.

ZDMG – Zeitschrift der Deutschen Morgenländischen Gesellschaft, bisher 110 Bände, Leipzig 1847–1961.

ZKG – Zeitschrift für Kirchengeschichte, bisher 72 Bände, Gotha und Stuttgart 1877–1961.

ZNTW – Zeitschrift für die neutestamentliche Wissenschaft und die Kunde der älteren Kirche, bisher 52 Bände, Gießen und Berlin 1900–1961.

Zöllner, Stellung – Erich Zöllner, Die politische Stellung der Völker im Frankenreich (Veröffentlichungen des Instituts für österreichische Geschichtsforschung 13), Wien 1950.

ZRG GA – Zeitschrift der Savigny-Stiftung für Rechtsgeschichte, Germanistische Abteilung, bisher 78 Bände, Weimar 1880–1961.

Zitierte Handschriften

Die mit Stern (*) bezeichneten Handschriften wurden im Original, im Film oder in Abschrift des Originals benutzt, die übrigen nach der Sekundärliteratur zitiert.

Zitierte Bibelstellen

Alle folgenden Stellen sind nach der lateinischen Vulgata gezählt, auch wenn oben im Text andere Versionen benutzt wurden. Für die Bibelbücher im ganzen und ihre Kommentare sowie für biblische Namen im einzelnen ist das nachfolgende alphabetische Register zu vergleichen.

Altes Testament

Neues Testament

Namen- und Sachverzeichnis

Die Zahlen bezeichnen die Seiten dieses Werkes. Halbfett gedruckt sind Seiten, auf denen das Stichwort Hauptgegenstand der Darstellung ist. Ein Sternchen steht vor Seiten, deren Fußnoten weitere Seitenverweise zum Stichwort bringen.

INHALT VON BAND I-IV

Band I

Band II/1

Band II/2

Band III/1

Band III/2

Band IV